詩毛氏傳疏

（一）

國學要籍叢刊序例

昔者梁任公、胡適之、汪辟疆、錢基博諸先生均嘗開列國學要籍目錄，或且爲之解題，以示青年學子。顧諸先生之陳義頗高，卽如梁任公先生所擬之「最低限度之必讀書目」，已包括四書、易經、詩經、禮記、左傳、老子、墨子、莊子、荀子、韓非子、戰國策、史記、漢書、後漢書、三國志、資治通鑑（或通鑑紀事本末）、宋元明史紀事本末、楚辭、文選、李太白集、杜工部集、韓昌黎集、柳河東集、白香山集及其他詞曲集數種，且謂：「以上各書，無論學鑛學、工程學……皆須一讀，若並此未讀，眞不能認爲中國學人矣！」今中國學人曾讀此「最低限度之必讀書」者，能有幾人耶？彼學鑛學、工程學及其他科學者無論矣，卽在大學專攻中國文學者，曾讀此「最低限度之必讀書」，亦有幾人耶？據教育部修訂大學中國文學系必修科目表，有專書選讀九學分，其書目如次：

（一）論語、孟子、周易、尙書、詩、禮記、春秋左氏傳、附國語。

（二）荀子、老子、莊子、管子、韓非子、呂氏春秋、淮南子。

（三）史記、漢書、後漢書、三國志。

（四）楚辭、文選、杜詩、韓文，並其他名家詩文專集。

（五）文心雕龍、史通。

書名開列二十餘種，與梁擬「最低限度之必讀書目」僅略有不同；然其書爲選讀，又限於九學分，即以一書三學分計，不過三種書耳。昔梁氏以爲一般中國學人（無論學何科學）最低限度必讀國學要籍二十餘種，今教育部規定專攻中國文學者但須選讀國學要籍三種，其相去何如是之遠耶？近數十年來，中國文化之不競，於此亦可以覘之矣！國人近方以復興中國文化相策勵，顧中國文化之復興，非空言宣傳而可以收效也；必也取國學要籍而博學之、審問之、愼思之、明辨之，從而擷取中國文化之菁華，以篤行之，發揚而光大之，然後始可以淑世而濟民。專攻中國文學者，尤應以復興中國文化自任，豈可以選讀國學要籍三數種而遽以自足哉？竊教育部訂立中國文學系必修科目表開列專書名目之意，蓋亦欲人徧讀其書，特以選讀三數種以開其端耳。然國學要籍二十餘種，或有深文奧義，非青年學子所能盡解，必借助於前人之注釋；而前人之注釋又或玉石雜陳，優劣互見，非青年學子所能盡知；即或知之矣，而散在各處，搜購爲難，又非青年學子所能盡備。若能彙集諸國學要籍之善注善本於一編，使青年學子無搜購之難，有研讀之便，其裨益於中國文化之復興，豈淺鮮哉！國立政治大學中國文學研究所有見於此，因據教育部修訂大學中國文學系必修科目表所開列之書目，選集國學要籍之善注善本，輯爲「國學要籍叢刊」，付學生書局，影印行世。玆揭其凡例於次：

一、本叢刊所輯國學要籍，以教育部修訂大學中國文學系必修科目表所開列者爲限。該表所列，約分五類：第一類爲經部要籍，凡八種；第二類爲子部要籍，凡七種；第三類爲史部要籍，凡四種；第四類爲集部要籍，已列出書名者四種，「其他名家詩文專集」未列書名者酌予增列；第五類爲文史評要籍，凡二種。

一、本叢刊所輯國學要籍，每種選擇最佳之注釋一部或數部。其選擇之標準：一爲最古之注釋，以其距成書之時較近，其訓詁當較爲可信也；二爲最精之注釋，以其後出，能集前注之大成，並汰糟粕而存精粹也。

一、本叢刊所輯國學要籍，間收精校本、精評本，以與精注本相參證。

一、本叢刊所輯經部要籍，以經學有漢宋之別，而清儒成就又往往超邁前人，故注釋之選擇必三方兼顧，俾學者循是可知經學之家法及治經之途徑。

一、本叢刊所輯子部要籍，以古注勝義迭出，今注校釋詳明，實不能偏廢，故二者兼採；惟今注有涉及他人版權者，則暫不列入。

一、本叢刊所輯史部要籍，以其篇幅較繁，故僅採古注，亦以古注保存古音古義甚多，而佚書遺說往往可見，並足資考證故也。

一、本叢刊所輯集部要籍，如一書有數家注釋，而各有擅場者，則兼採之；否則，但取其最精審之一家。文史評類要籍亦然。

一、本叢刊所輯國學要籍，如同一部注釋書而有數版本，則採用其較精善者。

一、本叢刊所輯國學要籍，全部影印，原書或有標點，或無標點，皆依原式；惟版面大小，不盡與原書相同，大體皆有伸縮，以求合本叢刊之規格。

一、本叢刊於每種書前，皆有「出版說明」，介紹選輯之旨趣，以供讀者之參考。

一、本叢刊以篇帙繁富，擬依經、子、史、集、文史評各類之次序，分期印行，陸續出書。

一、國學要籍亦有未列名於教育部修訂大學中國文學系必修科目表之中者，容俟異日另行選輯，爲本叢刊之續編。

中華民國五十六年九月十五日國立政治大學中國文學研究所謹識。

出版說明

史記孔子世家稱：「古詩三千餘篇，孔子去其重，取可施於禮義，上采契、后稷，中述殷、周之盛，至於幽、厲之缺，三百五篇，孔子皆弦歌之，以求合韶、武、雅、頌之音，禮樂至此可得而述。」古詩是否三千餘篇，雖未可確言；然決不止於三百五篇，由古籍中所存「逸詩」之衆，可知也。（明胡文煥輯有逸詩一卷，鍾惺輯有新刻逸詩一卷，厤三衡輯有古逸詩載一卷，清郝懿行輯有詩經拾遺一卷；孫國仁輯有逸詩徵三卷，皆可證。）三百五篇是否爲孔子所刪定，雖亦未可確言；然孔子一則曰「詩三百」（論語爲政），再則曰「誦詩三百」（論語子路），是孔子時已有詩經三百五篇之定本，又可知也。（三百五篇，而云「詩三百」，舉其大數而言。）秦焚書，三百五篇之詩，「以其誦諷不獨在竹帛」（漢書藝文志語），故得獨全。漢興，傳詩者四家：魯、齊、韓、毛是已。魯人言詩者出申公，申公始爲訓故，號曰「魯詩」。燕、趙間言詩者出韓生，韓生爲內外傳，號曰「韓詩」。申公、韓生皆在文帝時爲博士。景帝時，齊人轅固生又以言詩爲博士，亦作內外傳，號曰「齊詩」。三家詩皆今文。別有傳古文詩者魯人毛亨，作故訓傳三十卷，以授趙人毛萇，河間獻王修學好古，立萇爲博士。時人謂亨爲大毛公，萇爲小毛公。萇授貫長卿，長卿授解延年，延年授徐敖，敖授陳俠，而俠於平帝時公車徵說詩，於是漢廷中「毛詩」亦立博士。東漢時，魯、齊、韓、毛四家並行，而毛詩漸顯。大儒如衞宏、鄭衆、賈逵、許愼、馬融輩，固皆治毛詩者也。漢末，鄭玄初從張恭祖受韓詩，旣事馬融，乃一宗於毛。其爲毛詩箋也，毛義若隱略，則更表明；如有不同，卽下己意；三家之說，亦頗見甄採。自鄭箋行，而毛傳益顯，三家遂微。魏王肅雖與鄭立異爭名，卒亦不能勝，故其書亦亡。隋書經籍志云：「齊詩魏代已亡；魯詩亡於西晉；韓詩雖存，無傳之者。唯毛詩、鄭箋至今獨立。」至唐貞觀十六年，孔穎達等受命，因毛傳、鄭箋而爲正義，頒行天下，毛詩益定於一尊。正義之爲書，以劉焯毛詩義疏、劉炫毛詩述義爲稾本，頗能融貫羣言，包羅古義，終唐之世，人無異詞。韓詩雖北宋尙存，靖康之亂，僅存外傳，而內傳亦亡。夫詩傳於漢，治詩者欲求詩之古義與古訓，必於漢人之書。今所見漢人說詩之書，唯毛傳、鄭箋爲全帙，而孔正義則專疏毛傳、鄭箋者。故欲知漢人之詩說，捨毛傳、鄭箋、孔正義末由也。

漢人傳詩者，魯、齊、韓、毛四家，毛立博士最後而獨傳，此其故亦有可得而言者：漢書藝文志云：「漢興，魯申公爲詩訓故，而齊轅固、燕韓生皆爲之傳，或取春秋，采雜說，咸非其本義；與不得已，魯最近之。」三家詩之不慊於人意，班孟堅固已言之。卽以班氏所稱「魯最爲近之」者觀之，魯詩謂「佩玉晏鳴，關雎歎之」（漢書杜欽傳中語，杜習魯詩），爲刺康王而作（史記十二諸侯年表序及列女傳皆云然，司馬遷、劉向亦均習魯詩者），固已異於孔子之言（孔子言，見論語，以關雎爲美詩，不以爲刺詩）。又周禮疏云：「今詩韓魯說：騶虞，天子掌鳥獸官。」文選魏都賦劉逵注引魯詩傳：「古有梁騶。梁騶者，天子之田也。」文王事殷，豈可以天子言哉？韓詩外傳言，孔子南游至楚，見處女佩瑱而浣，乃令子貢以微詞挑之，以是說漢廣游女之章，則繆戾極矣。其釋周南、召南之詩尚如此，他何言乎！傳齊詩者翼奉，奉上封事，稱述六情五際，與詩緯推度災、氾歷樞之說合，說詩而引陰陽五行災異之說，非走火入魔而何！至於毛詩，其言賦比興，與周官太師合；其言興特詳，則固孔門之家法（孔子言「興於詩」，又言「興、觀、羣、怨」而以興爲首，皆見論語）；其言制度，與禮經及戴記合（如說葛覃、草蟲、簡兮、淇澳、子衿、揚之水、東山、伐柯、采芑、正月、采菽、采綠、行葦、既醉、瞻卬、良耜、泮水、那諸詩，與小戴合；說節南山、小宛、下武諸詩，與大戴合；說行露之緇帛五兩、坰之邦國六閑、常棣之九族、天保之四享、正月之圜土、白華之桀石、東方未明之挈壺氏、標有梅野有死麕之凶荒殺禮，皆與周禮合；說泉水生民之釋軷祭脯、東山之施衿結帨、君子陽陽之房中樂、采菽之鉶芼，皆與儀禮合）；事案以序爲主，悉與尚書、左傳、國語、孟子等書合（詳見朱彝尊經義考）；訓釋詩辭，解說詩意，悉與荀子合（陳奐毛傳淵源通論云：「子夏善說詩，數傳至荀卿子，而大毛公生當六國，猶在暴秦燔書之先，又親受業荀氏之門，故說詩取義於荀子書者不一而足，」可證）；其訓詁又多本諸爾雅（詳見陳啓源毛詩稽古篇）。有此數長，故易取信於人。然則，三家淪亡，而毛詩獨傳，豈倖而致哉？鄭箋雖以毛傳爲主，然其說或與古今文家不同，或取三家以申毛、正毛，不存門戶之見，一以是非爲準，寸有所長，皆所不廢，蓋不徒爲毛傳之功臣，抑亦爲三家之益友。此鄭箋所以共毛傳而並存也。孔正義專崇毛、鄭，守疏不破注之例，不以己意爲進退，又雜取魏晉南北朝諸家之說，以羽翼毛、鄭；采摭既博，析義亦精，諸家瑣瑣，莫之能及；其所以附毛傳、鄭箋而傳，固不僅由於一代功令之所繫，抑亦其書有必傳之價值在也。今毛傳、鄭箋、孔正義並收入於十三經注疏中，通稱爲毛詩注疏。漢書藝文志中列有毛詩二十九卷、毛詩故訓傳三十卷，未言誰氏所撰。但云：「又有毛公之學，自謂子夏所傳，而河間獻王好之，未得立。」又儒林傳中亦但云：「毛公，趙人也，治詩，爲河間獻王博士。」均稱毛公，而不著其名。至鄭玄詩譜云：「魯人大毛公爲訓詁傳於其家，河間獻王得而獻之，以小毛公爲博士。」陸璣毛詩草木蟲魚疏云：「荀卿授魯國毛亨，毛亨作訓詁傳，以授趙國毛萇。時人謂亨爲大毛公，萇爲小毛公。」世始知毛傳撰者實爲毛亨，而亨之生平竟未得詳悉，亦憾事也。鄭玄，漢末大儒，世所共仰，後漢書有傳；孔穎達主修五經正義，亦唐代儒宗，新舊唐書皆有傳；其生平均易檢知，今從略。

宋儒好創新義，然於詩初尚本於毛、鄭，未出其苑囿，觀呂祖謙之呂氏家塾讀詩記所輯諸家之說可知也。迨鄭樵出，恃其才辨，遂發難端，南宋諸儒始以掊擊毛、鄭爲能事。朱熹注詩，凡兩易稾。呂氏讀詩記所稱「朱氏曰」者，皆其初稾，其說尙宗毛、鄭，後乃改從鄭樵，即今所見詩集傳是也。自元延祐科舉條例明定試詩以朱傳爲主，雖兼用古注疏，而其時門戶已成，講學者多置注疏於高閣。沿及明代，胡廣等剽竊劉瑾之書，撰詩經大全，著爲令典，於是專宗朱傳，而漢學幾亡。清代漢學雖復興，然欽定詩經傳說彙纂仍以朱傳爲主，士子不讀朱傳，則無以應試。朱傳影響之深遠，於此可知。故治詩者亦不可不涉及之。朱熹，字元晦，一字仲晦，徽州婺源人；紹興十八年進士，歷事高、孝、光、寧四朝，累官轉運副使、煥章閣待制、祕閣修撰、終寶文閣待制，卒謚文；其學出於李侗、羅從彥，盡得二程子之傳，爲理學之大宗師；其生平詳見宋史道學傳。所爲詩集傳，雖從鄭樵，廢棄詩序，然說詩旨仍不能盡脫詩序之窠臼，且亦有仍沿用詩序之說者（如關雎、葛覃、卷耳、樛木、螽斯……之類皆是）。其間經文譌異，馮嗣京所校正者凡十二條，陳啓源所校正者凡十四條；又傳文譌異，陳啓源所校正者，凡十一條，史榮所校正者凡十條；四庫提要具列其目，此當由坊刻展轉傳譌，非原本如此。至其音叶，初用吳棫詩補音，其孫鑑又意爲增損，頗多舛迕；史榮作風雅遺音，已詳辨之；自陳第撰毛詩古音考，顧炎武撰詩本音，孔廣森撰詩聲類，江有誥撰詩經韻讀……詩音益明，集傳注音之謬亦益顯。周中孚鄭堂讀書記評朱傳云：「卷首『關關雎鳩』毛傳云：『鳥摯而有別。』鄭箋云：『摯之言至也。謂王雎之鳥，雌雄情意至，然而有別。』兩家語極分明。是傳引曰：『故毛傳以爲摯而有別』，此却不誤。後又引曰：『毛傳云：摯字與至通，言其情意深至也』，則誤以鄭箋爲毛傳，而刪改其語焉。開卷卽誤，可想見其全書之梗概矣。」抨擊朱傳，雖措辭不免於過激；然讀朱傳者，固亦應知所抉擇，不可盡信其說，而以墨守自誤也。

清儒治詩者甚衆，其能宏究漢義，辨明家法，闡揚毛、鄭，旁及三家，以破宋儒臆測之談者，莫過於陳奐之詩毛氏傳疏。奐，字碩甫，號師竹；先世崇明人，祖浩遷蘇，遂爲長洲人。少於書塾中見五禮通考，心好之，纂要鈔錄，得窺爲學塗徑。年二十七，爲縣學生；後舉孝廉方正。初從吳縣江沅游，精研小學，通六書音韻。金壇段玉裁寓吳，甚器異之。迨江有閩中之行，遂受學於段。既應順天鄉試，入都，獲見王念孫引之父子、郝懿行、胡培翬、胡承珙、金鶚等，以經術相砥礪，而學乃大進。常謂：「毛詩多記古文，倍詳前典，或引申，或假借，或互訓，或通釋，或文生上下而無害，或辭用順逆而不違，要明乎世次得失之迹，而吟詠情性，有以合乎詩人之本志。故讀詩不讀序，無本之教也；讀詩與序，而不讀傳，失守之學也。文簡而義贍，語正而道精，洵乎爲小學之津梁、羣書之鈐鍵也。」（見詩毛氏傳疏自敍）初倣爾雅，編作義類，凡聲音訓詁之用、天地山川之大、宮室衣服制度之精、鳥獸草木蟲魚之細，分別部居，各爲探索，久乃剗除條例章句，揉成作疏。又表明西漢儒說禮器制度，可補古經殘闕，同傳異箋者，揭著數端，爲毛詩說一卷；準以古音，依四始，爲毛詩音四卷；明鄭多本三家，與毛不同術，爲鄭氏箋考徵一卷；與毛詩傳義類並附疏後。奐雖宗毛學，亦頗稽譔三家同異。嘗言：近今學三家者不下數十百家，蓋三家者，兩漢習魯兼習齊，六朝以迄趙宋習韓，諸儒多從習尙，故所引與毛詩同文，亦三家不獨異文也，一也；其所引成句易曉，間有用三家異字，不全用成句者，六朝雜文多有之，又有不用詩辭，而用詩義，與毛不同義者，亦皆出於三家，二也；更有三家字義經後人改竄，轉寫譌奪者，亦習三家者所亟當釐正，三也。其爲詩毛氏傳疏，則凡三家與毛同字、同義、異字、異義者廣採之，其有不合者辨證之，散見於六朝之後者則從略，然三家之說固亦已概見於此矣。至於奐之詳細行迹及其在學術上之其他成就，具見清史儒林傳、戴望所撰孝廉方正陳先生行狀、張星鑑所撰陳碩甫先生傳、書陳碩甫先生、楊峴所撰陳先生述及徐世昌所撰清儒學案中之南園學案，茲不備述。

竊以爲治詩者如從毛詩注疏、朱熹詩集傳及陳奐詩毛氏傳疏三書入手，則於漢、宋、清三代詩經學，可以窺見門徑，且進而登入堂奧，故合爲一編，印以問世。毛詩注疏，有宋刊明修補十行本、宋建安劉叔剛刊明修補本、明北監本、汲古閣本（以上並見中央圖書館善本書目）、閩本（見阮元校勘記）、元刊大字本（見邵懿辰四庫簡目標注）、武英殿本、廣州書局覆刻殿本、阮元刻附校勘記本、何紹基校刻大字本（以上並見書目答問補正）。書目答問云：「阮本最於學者有益，凡有關校勘處，旁有一圈，依圈檢之，精妙全在於此。」今卽據江西刻阮本影印。朱熹詩集傳，有宋本（藏日本靜嘉堂文庫，涵芬樓有影印本，古籍出版社、藝文印書館皆據之影印）、殘宋本（海昌吳氏拜經樓，見邵懿辰四庫簡目標注）、元刊十一行本、明正統十二年司禮監本、明嘉靖贛州清獻堂刊巾箱本（以上並見中央圖書館善本書目）、咸豐海昌蔣氏衍芬艸堂校刊本、光緒己丑江南書局本（以上並見孫殿起販書偶記），皆二十卷本；又又明經廠本、揚州鮑氏刻本、江甯局本、武昌局本、杭州局本、崇道堂本（以上並見書目答間補正），皆八卷本，則明國子監所併也；今以宋本最古，即據以影印。陳奐詩毛氏傳疏，有道光咸豐間吳門南園陳氏掃葉山莊原刊本、續淸經解本、鴻章書局本、商務印書館國學基本叢書本（以上皆通行本），今據鴻章書局本影印。

國立政治大學中國文學研究所謹識

詩毛氏傳疏目次

小雅

周頌

魯頌

商頌

詩毛氏
傳疏

道光二十七年秋八月碩甫自題

文瑞樓藏版
鴻章書局石印

陳石父先生六十二小像

西吳費昇旭寫

南園舊宅以水連寰儲祥毓秀
篤生先生資產不間簪紱勿
榮下帷覃思發藻儒林祖述
長民光顯西京跨鼂軼孔閔媲
超嬴道氣載見海內儀形

受業

吳縣潘遵祁謹贊

長洲汪獻玗敬書

詩毛氏傳疏目次

目次終

敘曰昔者周公制禮作樂詩爲樂章用諸宗廟朝廷達諸鄉黨邦國當時賢士大夫皆能通於詩教孔子以詩授羣弟子曰小子何莫學夫詩又曰不學詩無以言誠以詩教之入人者深而聲音之道與政通也卜子子夏親受業於孔子之門遂櫽括詩人本志爲三百十一篇作序史記云詩三百五篇孔子皆弦歌之此不數六笙詩也子夏作序時六笙詩尚存數傳至六國時魯人毛公依序作傳其序意有不盡者傳乃補綴之而於詁訓特詳授趙人小毛公毛公名亨作詩詁訓傳小毛公名萇爲河閒獻王博士漢書儒林傳不得其詳實詩當秦燔錮禁之際猶有齊魯韓三家詩萌芽閒出三家多採雜說與儀禮論語孟子春秋內外傳論詩往往或不合三家雖自出於七十子之徒然而孔子既沒微言已絕大道多岐異端共作又或偕以諷動時君以正詩爲刺詩違詩人之本志故齊魯韓可廢毛不可廢齊魯韓且不得與毛抗衡況其下者乎漢興齊魯韓先立學官置博士而毛僅僻在河閒平帝末得立學官遂遭新禍班孟堅說詩魯最爲近之者素習見聞而云然也東京已降經術粤隆若鄭仲師賈景伯許叔重馬季長稍稍治毛詩然在廷諸臣猶尚魯訓兼習韓故鄭康成殿居漢季初從東郡張師張恭祖學韓詩後見毛詩義精好爲作箋亦復閒雜魯詩并參

己意固作箋之旨實不盡同毛義及至魏晉鄭學既行雖以王子雝不好鄭氏力極申毛難鄭究未得毛之精微唐貞觀中孔沖遠作正義傳箋俱疏於是毛鄭兩家合爲一家之書矣兩漢信魯而齊亡魏晉用韓而魯亡隋唐以迄趙宋稱鄭而韓亦亡近代說詩兼習毛鄭不分時代（毛在齊魯韓之前鄭後四百餘載）不尚專脩（毛自謂子夏所傳鄭則兼用韓魯）不審鄭氏作箋之旨而又苦毛義之簡深猝不得其涯際漏辭偏解迄無鉅觀二千年來毛雖存而若亡有固然已奐不揣檮昧沈研鑽極畢生思慮會萃於茲竊以毛詩多記古文倍詳前典或引申或假借或互訓或通釋或文生上下而無害或辭用順逆而不違要明乎世次得失之迹而吟詠情性有以合乎詩人之本志故讀詩不讀序無本之教也讀詩與序而不讀傳失守之學也文簡而義贍語正而道精洵乎爲小學之津梁羣書之鈐鍵也初放爾雅編作義類凡聲音訓詁之用天地山川之大宮室衣服制度之精鳥獸草木蟲魚之細分別部居各爲探索久乃剗除條例章句揉成作疏攷漢書藝文志毛詩二十九卷毛詩故訓傳三十卷此蓋以十五國風爲十五卷小雅七十四篇爲七卷大雅三十一篇爲三卷三頌爲三卷合爲二十八卷而序別爲一

卷故爲二十九卷毛公作故訓傳時以周頌三十一篇爲三卷而序分冠篇首故合爲三十卷今分作三十卷者仍毛詩舊也古經傳本各自爲書自傳與箋合併而久失原書之舊今置箋而疏傳者宗毛詩義也憶自髦飾聞脩趨承庭訓依奉慈規父諱植與叔父樸季父格同產以樹德勛子世稱丈芸先生母趙安人私淑先師之緒博訪通人之語攟取先秦之舊說搴擇末漢之異言墨守之譏亦所不辭而鼠璞之譽庶幾免焉若夫作者之聖述者之明卓乎篇章粲然大備欲達治亂之原以懷聖賢之教其將有竢於天下後世之言詩者長洲舊籍隸崇明陳奐碩甫氏謹撰

條例十凡

凡寫字體恭遇

列聖廟諱恪遵

高宗純皇帝刊行　武英殿五經敬缺末筆恭遇

御名恪遵

聖諭上一字敬缺中點作旻下一字敬改中畫作寧

凡詩有四今以詩爲建首而以毛氏傳別之曰詩毛氏詁訓傳詩是書之名毛氏爲作傳人姓別於齊魯韓三家

凡全書初從校宋小字本不滅改字後獲見原宋本譌踳脫落難於依據今其甚誤處或從善本訂正而宋本之舊誤仍辨載於疏

凡傳文中羼入箋語及脫句脫字依據善本增補若傳文中衍句衍字及有疑義皆不加刪削唯表明於疏而已

凡經傳相行通用之字如關雎在河之洲洲即州之俗而仍用洲字不改不妨從俗也疏中則表明之如葛覃傳中貌字葉石林鈔本釋文皆從古文作皃今

疏中從古作皃而傳仍作貌所引之書皃貌悉從本書故字體不能畫一此其大概也

凡齊魯韓三家與毛同字同義異字異義者廣採之其有不合者辨證之散見於六朝以後者則從略

凡後人所引傳文意有增益不足徵信者不載

凡援引古書從善本校本與今流俗本不同其注釋間引用它說與原注亦不必盡同或箸明之不悉箸明也

凡傳注唯毛詩最爲近古義又簡括其訓詁與爾雅詳略異同相爲表裏至于一切禮數名物由漢而來無人稱引遂韜晦不彰故博引古書廣收前說講明而條貫始可以發數千年未明之義大抵用西漢前人之說而與東漢人說詩者不能苟同也

凡毛氏之學其源出於荀子而善承毛氏者唯鄭仲師許叔重兩家周禮注說文解字多所取說其餘先儒舊說不悉備載亦不復駁難有足以申明毛氏者鄭箋孔疏與近人說詩家亦皆取證

此疏之作始於嘉慶壬申從學段氏若膺先生於蘇郡白蓮橋枝園親炙函丈
取益難數而成於道光庚子杭郡西湖水北樓友人汪亞虞聳恩爲之亞虞名
适孫遠孫之弟有振綺堂藏書極富庚子四月六日開雕丁未八月七日雕成
坿記始末於此

長洲陳奐學

周南關雎詁訓傳第一　毛詩國風

周南之國十一篇三十四章百五十九句疏南南國也在江漢之域周雍州地名在岐山之陽譙周司馬貞說本大王所居扶風雍東北故周城是也周公食采於周故曰周公當武王成王之世周公在王朝爲陝東之伯率東方諸侯攝政五年營治東都王城六年制作禮樂遂以文王受命以後與己陝內所采之詩編諸樂章屬歌於大師名之曰周南焉先師金壇段氏玉裁毛詩小箋云章句旣移篇前則都數宜在此毛三十四章鄭始三十六章

關雎三章一章四句二章章八句疏今本分章作五章此從故言陸德明釋文云五章鄭所分故言毛公本意後放此是也小箋云各本章句在篇後孔穎達正義云定本章句在篇後然則孔本章句在前可知也杜甫以曲江三章章五句爲題書於前知唐本多如此

關雎后妃之德也風之始也所以風天下而正夫婦也故用之鄉人焉用之邦國焉風風也敎也風以動之敎以化之詩者志之所之也在心爲志發言爲詩情動於中而形於言言之不足故嗟歎之嗟歎之不足故永歌之永歌之不足不知手之舞之足之蹈之也情發於聲聲成文謂之音治世之音安以樂其政

和亂世之音怨以怒其政乖亡國之音哀以思其民困故正得失動天地感鬼神莫近於詩先王以是經夫婦成孝敬厚人倫美敎化移風俗故詩有六義焉一曰風二曰賦三曰比四曰興五曰雅六曰頌上以風化下下以風刺上主文而譎諫言之者無罪聞之者足以戒故曰風至于王道衰禮義廢政敎失國異政家殊俗而變風變雅作矣國史明乎得失之迹傷人倫之廢哀刑政之苛吟咏情性以風其上達於事變而懷其舊俗者也故變風發乎情止乎禮義發乎情民之性也止乎禮義先王之澤也是以一國之事繫一人之本謂之風言天下之事形四方之風謂之雅雅者正也言王政之所由廢興也政有小大故有小雅焉有大雅焉頌者美盛德之形容以其成功告於神明者也是謂四始詩之至也（疏）總論全詩風小大雅頌皆以文王詩爲始關雎風始鹿鳴小雅始文王大雅始清廟頌始然則關雎麟趾之化王者之風故繫之周公南言化自北而南也鵲巢騶虞之德諸侯之風也先王之所以敎故繫之召公周南召南正始之道王化之基（疏）總論二南文王受命爲西伯三分天下有其二以服事殷雖行王者之事猶循諸侯之職二南同風也是以關雎逑樂得淑女以配君子憂在進賢不淫其色哀窈窕思賢才而無傷善之心焉是關雎之義也（疏）總論關雎論語八佾篇云關雎樂而不淫

哀而不傷此孔子論詩釋關雎之義而子夏作序之所本也毛公之學出自子夏故傳與序無不合釋文沈重云鄭詩譜意大序是子夏作小序是子夏毛公合作然則毛詩眞得聖人之教者矣劉向列女傳仁智篇楊雄法言孝至篇司馬遷史記十二諸侯年表序儒林傳序班固漢書杜欽傳范曄後漢書明帝紀皇后紀馮衍傳楊賜傳張衡傳所引皆申培魯詩又李賢注明帝紀馮衍傳引薛方丘韓詩章句竝以關雎爲刺詩然關雎三章周公已用合鄉樂作爲房中之樂箸於儀禮鄉飲酒燕等篇三家詩別有師承不若毛詩之得其正也

關關雎鳩在河之洲（傳）興也關關和聲也雎鳩王雎也鳥摯而有別水中可居者曰洲后妃說樂君子之德無不和諧又不淫其色愼固幽深若雎鳩之有別焉然後可以風化天下夫婦有別則父子親父子親則君臣敬君臣敬則朝廷正朝廷正則王化成**窈窕淑女君子好逑**（傳）窈窕幽閒也淑善逑匹也言后妃有關雎之德是幽閒貞專之善女宜爲君子之好匹（疏）興也者詩託關雎以爲興也序云詩有六義二曰賦三曰比四曰興周禮大師教六詩其次弟與詩序同鄭玄注云賦之言鋪直鋪陳今之政教善惡鄭司農衆注云比者比方於物興者託事於物禮記樂記云人生而靜天之性也感於物而動性之欲也物至知知然後好惡形焉蓋好惡動於中而適觸於物假以明志謂之興而以言乎物則比矣而以言乎事則賦矣要迹其志之所自發情之不能已者皆出於興故孔子曰詩可以興凡託鳥獸草木以成言者皆興也賦顯而興隱比直而興曲傳言興凡百十有六篇而賦比不之及賦比易識耳余友長洲吳毓汾說○關關和聲關古讀如管如管叔墨子作關叔之比與和雙聲得義爾雅釋詁關關音聲和也此傳所本也顧野王玉篇關關和鳴也或爲喧丁度集韻喧喧和鳴也通作關許愼說文解字無喧字雎鳩王雎爾雅釋鳥文郭璞注云鵰類今江東呼之爲鶚昭十七

年左傳雎鳩氏司馬也杜預注云王雎正義引陸機毛詩義疏云雎鳩大小如鴟深目目上骨露幽州人謂之鷲而楊雄許慎皆曰白鷢似鷹尾上白案許說見說文而楊說未聞太平御覽羽族部十三引風土記說詩義者或說雎鳩爲白鷢白鷢鶚屬於義無取蓋蒼鶚大於白鷢而色蒼其鳴戛和順又遊於水而息於洲常隻不雙此又謂雎鳩非白鷢矣杜注左傳及戴侗六書故雎下引毛傳摯而有別摯上無鳥字郭注爾雅引有鳥字與今本同定本作摯釋文摯本亦作鷙摯與鷙通摯有別者雌雄別居劉安淮南子泰族篇云關雎興於鳥而君子美之爲其雌雄之不乘居也王肅僞家語好生篇略同又列女傳仁智篇雎鳩之鳥猶未嘗見乘居而匹處也三家說與毛傳言有別義合洲當作州說文川部引詩作州徐鉉云今別作洲非是水中可居者曰州爾雅釋水文酈道元水經河水注河水又南瀵水入焉水出汾陰縣南四十里西去河三里與郃陽瀵水夾河中渚上又有一瀵水皆潛相通故呂忱曰爾雅異出同流爲瀵水案瀵水卽洽水古莘國地在洽水北而東鄰大河其河渚疑卽河州故處余友嘉定朱右曾詩地理徵云文王后妃大姒郃陽人也故詩人詠之以河州起興今陝西同州府郃陽縣東四十里大河經流傳云后妃說樂君子之德無不和諧者卽申釋關關和聲云又不淫其色愼固幽深若雎鳩之有別焉者雎鳩宋小字本作關雎岳本不誤此卽申釋摯而有別所謂樂而不淫也君子謂文王也言后妃之德必本諸文王也傳旣釋字之訓又釋經之義全詩傳例如此也然後可以風化天下以下又推廣言之總括二南二十五篇序云周南召南正始之道王化之基騶虞序云人倫旣正朝廷旣治則王道成此其義也韓嬰詩外傳孔子與子夏論關雎天地之間生民之屬王道之原不外此矣韓外傳與毛義同○傳詁窈窕爲幽閒爾雅冥窈也幽深也窕肆也窕閒也窈言婦德幽靜也窕言婦容閒雅也古者女未嫁女師教以婦德婦言婦容婦功后妃在父母家有如是也楊雄方言云美心爲窈美狀爲窕釋文引王肅述毛云善心曰窈善容曰窕張揖廣雅窈窕好也又窈窕深也蕭統文選顏延年秋胡詩李善注引韓詩章句窈窕貞專貌析言渾言義竝相通淑善釋詁文君子偕老韓奕同說文俶善也聘禮俶獻古文俶作淑古淑俶聲通公羊傳云女在其國稱女釋文逑本亦作仇仇匹釋詁文孫炎本仇作逑秦無衣賓之初筵皇矣傳竝訓

仇爲匹匹配也好匹猶嘉配耳大明傳文定厥祥言大姒之有文德也卽此云窈窕淑女也親迎于渭言賢聖之相配也卽此云君子好仇也焦延壽易林履姤云雎鳩淑女賢聖配偶云言后妃有關雎之德冢上文關雎起興而言窈窕爲幽閒又爲貞專皆其德之善言后妃有是德是謂之善女宜乎爲君子之好配也序云是以關雎樂得淑女以配君子言作關雎詩者在得淑女配君子也東門之池序思得賢女以配君子車舝序周人思得賢女以配君子義竝同漢書匡衡傳妃匹之際生民之始萬福之原婚姻之禮正然後品物遂而天命全孔子論詩以關雎爲始言大上者民之父母后夫人之行不侔乎天地則無以奉神靈之統而理萬物之宜故詩曰窈窕淑女君子好仇言能致其貞淑不貳其操情欲之感無介乎容儀宴私之意不形乎動靜夫然後可以配至尊而爲宗廟主此綱紀之首王教之端也案匡學韓固齊詩亦與毛詩合列女傳母儀篇引詩作逑讀如左傳怨耦曰逑而釋之云言賢女能爲君子和好衆妾鄭玄作箋云后妃善女能爲君子和好衆妾之怨樛木箋后妃能和諧衆妾不嫉妬其容貌鄭亦以淑女指后妃唯以好仇爲和好衆妾義本三家說耳正義謂后妃思得淑女以配君子失傳箋之恉矣

參差荇菜左右流之(傳)荇接余也流求也后妃有關雎之德乃能共荇菜備庶物以事宗廟也**窈窕淑女寤寐求之**(傳)寤覺寐寢也**求之不得寤寐思服悠哉悠哉輾轉反側**(傳)服思之也悠思也(疏)參差說文木部引詩作槮差爾雅釋草莕接余其葉苻釋文莕本亦作荇說文作莕接說文作菨顏之推家訓書證篇荇先儒解釋皆云水草圓葉細莖隨水淺深今是水悉有之黃華似蓴賈思勰齊民要術卷九引義疏云接余其葉白莖紫赤正圓徑寸餘浮在水上根在水底莖與水深淺等大如釵股上青下白以苦酒浸之爲菹脆美可案酒其華蒲黃色古流求同部流本不訓求而詁訓云爾者流讀與求同其字作流其意爲求此古人假借之法也凡依聲託訓者例此爾雅釋言流求也釋詁流擇也郭注云見詩是三家詩或用釋詁文訓流

爲擇與下章采之芼之一例作解毛用釋言文求之即緣下文寤寐求之立訓云后妃有關雎之德亦冢上章與義爲說言后妃之德如此乃能共荇菜備庶物以事宗廟也所以釋經言荇菜之義召南采蘩助祭則知荇菜亦以事宗廟公侯夫人執蘩菜不求備物此王后共荇菜備庶物也○寤猶晤訓覺寐猶昧訓寢求求此善女也箋謂求三夫人九嬪以下賢女與傳義異也服思疊韻傳以思之釋經之服寤寐思之猶云寤寐求之也則經中思字爲助詞無實義漢廣文王傳皆云思詞也思爲句首句末之詞又爲句中之詞悠思釋詁文重言曰悠悠爾雅釋訓悠悠思也釋文輾本亦作展呂忱從車展則輾始見於呂忱字林古作展必矣說文展轉也今隸變作展廣雅展轉反側也何人斯箋反側展轉也展與轉同義展轉又與反側同義重言之者思之甚至不安斯寢此所謂哀而不傷也正義引王肅云哀窈窕之不得思賢才之良質無傷善之心焉若苟慕其色則善心傷也

參差荇菜左右采之窈窕淑女琴瑟友之傳宜以琴瑟友樂之**參差荇菜左右芼之**傳芼擇也**窈窕淑女鍾鼓樂之**傳德盛者宜有鍾鼓之樂疏芣苢傳采取也傳例有不限於首見也經言琴瑟友之傳云友樂之者兼釋下鍾鼓樂之句友之友讀如相親有之有樂之之樂讀如喜樂之樂於琴瑟言友於鍾鼓言樂互詞○芼者覒之假借字玉篇引詩作左右覒之說文云覒擇也讀若苗禮記少儀篇爲君子擇蔥薤則絕其本末呂覽慎人篇顏回擇菜於外皆與傳擇字同義擇者去其根莖也爾雅芼搴也擇搴義相近鍾當作鐘今經典通作鍾傳云鍾鼓之樂者此樂讀爲禮樂之樂鍾鼓爲樂則上文琴瑟亦爲樂琴瑟常御鍾鼓非恆設故傳以有鍾鼓爲德盛貫亦互詞也凡樂琴瑟在堂上鍾鼓在堂下關雎爲房中之歌則燕樂有鍾鼓○案宜以琴瑟友樂之釋琴瑟友之句德盛者宜有鍾鼓之樂釋鍾鼓樂之之句蓋漢初經與傳本各自爲書傳箋不分久相襍廁複經之句每任意刪去有在本句下者其文易明有不在本句下者其理難曉易明者仍之而不補難曉者隨文移改令詩節次昭然其喻學者知非毛氏之舊而已全詩倣此

葛覃三章章六句

葛覃后妃之本也后妃在父母家則志在於女功之事躬儉節用服澣濯之衣尊敬師傅則可以歸句安父母化天下以婦道也

葛之覃兮施于中谷維葉萋萋(傳)興也覃延也葛所以爲絺綌女功之事煩辱者施移也中谷谷中也萋萋茂盛貌黃鳥于飛集于灌木其鳴喈喈(傳)黃鳥摶黍也灌木藂木也喈喈和聲之遠聞也(疏)案此興義與鴛鴦篇同婦人之衣不一端而舉葛以言興者溯其本也交於葛物亦不一事而舉鴛鴦以言興者廣其義也此言近而指遠也生民傳覃長也延長義相近葛所以爲絺綌釆葛同說文葛絺綌艸也傳云女功之事煩辱者撰下章是刈是濩爲絺爲綌而言箋云習之以絺綌煩辱之事煩辱勞苦之意施移雙聲移亦延也陸灋言廣韻移延也中谷谷中此倒句法中谷有蓷同凡詁訓中多用此例萋萋茂盛貌葉林宗鈔本釋文作皃此可見傳中貌字古本皆作皃字文選潘岳藉田賦注引韓詩章句亦云萋萋盛也葛長谷中萋萋日茂盛后妃之在父母家猶如是也○詩黃鳥五見此傳云黃鳥摶黍也小雅黃鳥傳黃鳥宜集木啄粟者黃鳥啄粟故一名摶黍秦風交交黃鳥傳交交小皃黃鳥爲小鳥與七月傳倉庚離黃不同物則知自來說黃鳥者皆傳其實方言驪黃自關而東謂之倉庚自關而西謂之驪黃或謂之黃鳥或謂之楚雀是楊採關西方語倉庚已冒黃鳥之名初不以爲卽詩之黃鳥高誘注淮南子時則篇云倉庚爾雅曰商庚黎黃楚雀也齊人謂之摶黍秦人謂之黃流離幽冀謂之黃鳥是高說倉庚卽黃鳥而又冒以摶黍之名呂覽仲春紀倉庚鳴注同而并引詩云黃鳥于飛集于灌木于是黃鳥之爲倉庚誤始於楊雄之方言而實成其說於高誘之呂覽注也不知爾雅倉庚商庚鵹黃楚雀倉庚鵹黃一物五名皆卽今之黃鸝又爾雅皇黃鳥說者亦不指謂詩之黃鳥而郭璞注

云俗呼黃離留亦名搏黍郭旣以詩爾雅黃鳥爲一而亦誤以倉庚爲一陸機
義疏云黃鳥黃鸝留也或謂之黃栗留幽州人謂之黃鸎一名倉庚一名商庚
一名鵹黃一名楚雀齊人謂之搏黍孔仲達作正義據義疏爲說而黃鳥倉庚
合爲一物其承譌久矣余友涇胡承珙毛詩後箋亦以詩之黃鳥卽今之黃雀
段氏更引戰國策說啄白粒仰棲茂樹尤與詩辭義合搏音博○鴇羽傳云集
止也灌木栵棘之類傳藂木釋文正義本及家訓皆作叢木宋本作藂木釋文
所謂俗作也釋文一本作最木小箋作冣云冣積也从冖从取才句反案爾雅
釋木木族生爲欟又欟木叢木欟或作灌皇矣傳云灌木叢生卽釋木之木族
生爲欟此傳云灌木冣木卽釋木之欟木叢木叢族冣三字訓同毛傳不必盡
同爾雅也夏小正傳灌也者聚生者也冣聚聲義皆同爾雅諧和也喈與諧同
重言曰喈喈云和聲之遠聞也者言后妃之德和諧在父母家已有遠聲
聞也案葛覃一興也黃鳥又一興也詩本葛以爲言故下章又以葛起興

葛之覃兮施于中谷維葉莫莫（傳）莫莫成就之貌**是刈是濩爲絺爲綌服之無**
斁（傳）濩煑之也精曰絺麤曰綌斁厭也古者王后織玄紞公侯夫人紘綖卿之
內子大帶大夫命婦成祭服士妻朝服庶士以下各衣其夫（疏）傳云莫莫成就
之皃釋文無之
字箋云成就者其可采用之時廣雅莫莫萋萋茂也此三家詩義毛於萋萋爲
茂盛而莫莫爲成就緣下文以立訓旱鹿傳莫莫施皃訓異而意實同釋文引
韓詩云刈取也濩煑之也爾雅釋訓文釋文引韓詩濩瀹也服虔通俗文云以
湯煑物曰瀹絺綌皆煑葛所成就者以別精麤說文絺細葛也綌麤葛也或作
峪精與細同是女功之所有事者也厭釋文作猒古猒足猒憎皆作猒今字通
作厭說文攴部引詩服之無斁斁猒也正義云斁厭釋詁文彼斁作射音義同
今爾雅作射厭也郭注引此詩作斁禮記緇衣作射古斁射聲通是刈是濩爲
絺爲綌所謂志在於女功之事也服之無斁所謂躬儉節用也古者王后織玄
紞以下皆國語魯語文魯語公父文伯之母陳先王古訓以自言其效績而無
有怠惰皆以盡婦道也傳引之者葢因治葛爲女功之事故推類及之謂后妃

之衽父母家躬親煩辱為化天下以婦道之本下章傳釋嫁時私衣為燕服而又推類以及婦人之有副褘盛飾者亦此意也○魯語織玄紞上有親字韋昭注云紞所以縣瑱當耳者周禮追師掌王后之首服追衡笄鄭司農注衡維持冠者春秋傳曰衡紞紘綖玄謂唯祭服有衡笄垂于副之兩旁當耳其下以紞縣瑱鄭注衡下笄字據君子偕老正義補說文紞冕冠塞耳者是紞為縣瑱之組韋從古說也箸箋云以素為充耳謂所以縣瑱者或名為紞織之人君五色臣則三色而已青紞之青黃紞之黃據鄭言人君五色則天子紞亦五色或單舉玄以該它色耳○魯語紘綖上有加之以三字韋注云既織紞又加之以紘綖也冕曰紘紘纓之無緌者也從下而上不結弁師玉笄朱紘鄭注云朱紘以朱組為紘也紘一條屬兩端於武又鄭玄注禮記禮器篇云朱紘天子冕之紘也諸侯青組紘大夫士當緇組紘纁邊案冠無笄有纓冕弁有笄有紘笄貫於武笄首又有紐纓以二組屬於武而結於頤下垂緌為飾紘則一組以組之兩端上屬於武上小鼻郎笄所貫之紐垂組為飾鄭注玉藻篇云武冠卷也古者冠卷殊說文紘冠卷維也冠弁冕之總名也然則冕弁有紘矣綖當作延說文無綖字歙金榜禮箋云後漢書輿服志孝明皇帝永平二年初詔有司采周官禮記尚書皋陶篇乘輿服從歐陽氏說公卿以下從大小夏侯氏說冕前圓後方前垂四寸後垂三寸三公諸侯及卿大夫皆有前無後榜按玉藻天子玉藻十有二旒前後邃延則歐陽氏說所本也大戴禮子張問入官篇古者冕而前旒所以蔽明也禮緯旒垂目纊塞耳王者示不聽讒不視非也則大小夏侯氏說所本也鄭君釋周官禮記用歐陽氏說榜聞之師曰前旒義取蔽明則無後旒可知記言十二旒未嘗謂前後皆有也玉藻所云前後邃延者謂延之前後出于武者皆深邃耳前後据延言不据延之垂者言斯言可正諸儒相傳之誤古冕旒之制當從大小夏侯氏說與案周禮弁師掌王之五冕皆玄冕朱裏延紐皆玄冕者五冕皆玄衣而冕也說詳九罭篇朱裏延紐者冕以版為之裏謂版下延謂覆版之帛紐謂武上之笄結三者皆朱自讀者誤以皆玄冕朱裏連文正義遂有玄表纁裏之說此非也正義又引孔安國論語注言績麻三十升布以為冕即是綖也蓋孔說亦誤所云麻冕者麻謂麻衣朝服也古冕弁通稱不得據為冕綖之制延亦織成之組為之是絲而非麻矣天子朱延諸侯未聞

○魯語大帶上有爲字韋注云大帶緇帶也與化任大椿弁服釋例云玉藻大夫素帶裨垂又曰襍帶大夫玄華士緇辟然則緇帶士帶也故士冠禮士喪禮
陳士帶皆曰緇帶卿之內子所爲之帶當素帶辟以玄華韋昭云緇帶誤也案任說是也天子諸侯大夫素帶士緇帶皆謂之大帶又有革帶革帶繫韍韐刀
韠及佩玉之屬大帶則束衣垂紳鄭注玉藻云大夫裨垂外以玄內以華華黃色也禮記孔穎達疏引熊安生云近人爲內遠人爲外詩正義從鄭說不從韋
說○魯語命婦上無大夫二字韋注云祭服玄衣纁裳案韋注與七月傳同禮器士玄衣纁裳此士統大夫言大夫祭服玄冕玄衣而冕亦纁裳士無冕雖爵
弁爲異耳正義謂大夫玄冕受之於君妻所成者自祭之朝服則以祭服朝服合爲一誤○魯語士上有列字朝服上有加之以三字韋注云既成祭服又加
之以朝服也弁服釋例云蓋列士助祭之服爵弁亦玄衣纁裳士之妻既織此爵弁服而又加之以朝服加之二字冡上成祭服爲文謂士妻不僅如大夫命
婦成祭服而已是祭服朝服二文對舉顯爲二服葛覃疏誤案天子朝服皮弁諸侯朝服玄冠君與臣同色也韋注云庶士下士也庶士對上文列士列士爲
上士則庶士爲下士不言中士者略也祭法適士二廟庶士庶人無廟適士立二祀庶士庶人立一祀此適士爲上士則庶士爲下士鄭注以祭法官師一廟
一句遂謂官師中士下士庶士府史之屬正義援彼鄭注以剝韋注亦誤

言告師氏言告言歸（傳）言我也師女師也古者女師教以婦德婦言婦容婦功祖廟未毀教于公宮三月祖廟既毀教于宗室婦人謂嫁曰歸**薄汙我私薄澣我衣**（傳）汙煩也私燕服也婦人有副褘盛飾以朝事舅姑接見于宗廟進見于君子其餘則私也**害澣害否歸寧父母**（傳）害何也私服宜澣公服宜否寧安也父母在則有時歸寧耳（疏）言我爾雅釋詁文我后妃自我也師爲女師女師與傅姆異女師者教女之師在公宮宗室不隨行傅姆

則隨女同行齊南山箋姜與姪娣及傅姆同處是也禮記昏義篇教以婦德婦
言婦容婦功周禮九嬪掌婦學之灋以教九御婦德婦言婦容婦功此傳所本
也又昏義是以古者婦人先嫁三月祖廟未毀教于公宮祖廟旣毀教于宗室
儀禮士昏禮祖廟未毀教于公宮三月若祖廟已毀則教于宗室亦傳所本也
因歸而告師氏卽序所謂尊敬師傅之義傳引之以明女師有嫁前之教教成
而設祭則采蘋傳所云牲用魚芼之以蘋藻也班固白虎通義嫁娶篇婦人所
以有師何學事人之道也詩云言告師氏言告言歸禮昏經曰教于公宮三月
婦人學一時足以成矣與君無親者各教於宗廟宗婦之室國君取大夫之妾
士之妻老無子者而明於婦道又祿之使教宗室五屬之女大夫士皆有宗族
自於宗子之室學事人也班從魯詩與毛詩同婦人謂嫁曰歸釋文一本無曰
字正義云定本歸上無曰字案有曰字是也江有汜齊南山箋及公羊傳穀梁
傳杜預注左傳皆有曰可證詩疊用言而義別言歸之言與言告之言不同義
言告我告也言歸曰歸也此篇及黃鳥我行其野有駜皆作言歸齊南山東山
采薇皆作曰歸黍苗作云歸言曰云三字同義若皆訓言爲我則辭義俱棨矣
全詩言字有在句首者爲發聲若漢廣之言刈其楚之類是也有在句中者爲
語助若柏舟靜言思之之類是也言皆不作我解唯此詩之言告泉水之言邁
彤弓之受言文王之永言訓言爲我者當是相傳詁訓如此鄭箋則詩中言字
多訓我而於泉水彤弓文王言字不訓我顯易傳訓○芣苢傳云薄詞也汙訓
煩煩亦汙垢也內則衣裳垢和灰請澣何休注莊三十一年公羊傳云無垢加
功曰澣去垢曰浣齊人語也說文瀚濯衣垢也从水榦聲或作浣案今字作澣
汙與澣正相反私與衣又相連上句言汙下句言澣上句言私下句言衣皆互
詞耳私燕服謂燕居之服也有私服必有公服下文害否爲不澣之公服故傳
又言婦人副褘盛飾以推廣及之也內司服掌王后之六服褘衣揄狄闕狄鞠
衣展衣緣衣是褘衣王后六服之一也諸侯夫人亦服褘衣君子偕老傳副者
后夫人之首飾編髮爲之婦人兼后夫人言禮記檀弓下敬姜曰婦人不飾不
敢見舅姑此盛飾見舅姑也明堂位夫人副褘立于房中又祭統夫人副褘立
于東房此盛飾見宗廟也伏勝書大傳云古者后夫人將侍于君前息燭後舉
燭至于房中釋朝服襲燕服然後入御于君此盛飾見君子也今細繹傳意當

就嫁者夙興婦沐浴以俟見質明贊見婦于舅姑三月廟見而后成昏之禮言之云其餘則私者謂事舅姑見宗廟見君子其餘事則服燕服也正義依鄭注內司服强解褘衣見宗廟事舅姑亦服之又推衍展衣褖衣爲見君子盛服誤以傳中餘字爲衣之餘恐未是傳釋害爲何緣衣傳釋曷爲何古害曷聲同故曷謂之何害亦謂之何矣曷者本字害者假借字小箋云害本不訓何而曰何也則可以知害爲曷之假借也此一例也若假干爲扞直云干扞也假輈爲朝直云輈朝也此直指假借之例毛傳言假借不外此二例說文云否不也云私服宜澣公服宜否者私服卽燕服對上衣而言中衣以至袙褻皆私服也公服謂褘衣以下至褖衣○寧安釋詁文說文寧願詞也盜安也凡訓安之字正作盜今通作寧全詩寧字皆盜也盜又爲語詞與胡字同義胡安皆何也傳文父母在則有時歸寧耳此九字是箋語竄入傳文耳箋云言常自絜淸以事君子但解害澣害否句父母在則有時歸寧耳正解歸寧父母句序箋云可以歸安父母言嫁而得志猶不忘孝序箋以歸寧爲孝也泉水箋國君夫人父母在則歸寧兩箋正合也又伏后議若后適離宮及歸寧父母從子禮是鄭解此詩歸寧實與左傳歸寧同義則此云父母在有時歸寧箋語非傳語甚顯白也箋解經歸字爲歸宗之歸以寧字連上讀與傳釋經歸字爲歸嫁之歸而以寧字連下讀者不同序云則可以歸歸卽言告言歸序又云安父母卽寧父母毛公本序作傳故上文旣釋歸爲嫁則此句弟訓寧爲安歸寧父母者旣嫁而寧父母所謂無父母詒罹也後箋云王符潛夫論斷訟篇不枉行以遺憂故美歸寧之志一許不改蓋所以長貞絜而寧父母也案此正足以發明序傳之義草蟲箋云憂不當君子無以寧父母故心衝衝然又云始者憂於不當今君子待己以禮庶自此可以寧父母故心下也寧父母卽本此詩之義古者后夫人三月廟見使大夫寧有寧父母禮無歸寧父母禮左傳歸寧春秋時制文王初年不當有此且此篇三章皆言后妃在父母家事唯末句纔說到嫁耳若作歸寧連文解大失經恉說文晏安也詩曰以晏父母許引三家詩與毛詩文異而義實同

卷耳四章章四句

卷耳后妃之志也又當輔佐君子求賢審官知臣下之勤勞內有進賢之志而無險詖私謁之心朝夕思念至於憂勤也〔疏〕小箋云玩又當二字可知古各序合爲一篇故冢上而言

采采卷耳不盈頃筐〔傳〕憂者之興也采采事采之也卷耳苓耳也頃筐畚屬易盈之器也嗟我懷人寘彼周行〔傳〕懷思寘置行列也思君子官賢人置周之列位〔疏〕正義云不云興也而云憂者之興明有異於餘興也餘興言采菜即取采菜喻此言采菜而取憂爲興故特言憂者之興言興取其憂而已不取其采菜也勤事采菜尚不盈筐言其憂之極案興有即事以言興者葛覃是也興有離事以言興者卷耳是也它放此○古采事聲同爾雅采事也云采采事采之也者言勤事采之而不已也芣苢傳采采非一詞也鄭志荅張逸云事謂事事一一用意之事芣苢亦然雖說異義則同卷耳苓耳爾雅釋草文郭注引廣雅云枲耳也亦云胡枲江東呼爲常枲或曰苓耳形如鼠耳叢生如盤正義引義疏云葉青白色似胡荽白華細莖蔓生可煑爲茹滑而少味四月中生子如婦人耳中璫今或謂之耳璫幽州人謂之爵耳說文蔠卷耳王逸注楚辭離騷葹枲耳皆異名也傳云頃筐畚屬畚所以盛糧頃筐口不能平執處淺而向揭處淺其盛糧之畚相似歟七月懿筐爲深筐則頃筐爲淺筐故傳又申之云易盈之器也釋文引韓詩頃筐敧筐也敧與頃義相近盈滿也荀子解蔽篇釋詩云頃筐易滿也卷耳易得也然而不可以貳周行故曰心枝則無知傾則不精貳則疑惑毛傳正本荀子陸德明釋文序錄云荀卿子傳魯人大毛公徐堅初學記云荀卿授魯國毛亨作詁訓傳故詁訓傳多用其師說淮南子俶眞篇今矰繳機而在上罔罟張而在下雖欲翺翔其勢焉得故詩云采采卷耳不盈頃筐嗟我懷人寘彼周行以言慕遠世也此陳古刺今或本三家詩○懷思釋詁文野有死麕齊南山四牡常棣同寘置伐檀生民同寘者寘之俗釋文寘之豉反寘大千反分爲二字二音非也今唯東山釋文作寘大千反從穴下眞不誤行列雙聲作訓襄十五年左傳君子謂楚於是乎能官人官人國之急也能官

人則民無覦心詩云嗟我懷人寘彼周行能官人也王及公侯伯子男甸采衞大夫各居其列所謂周行也毛傳以懷人爲思君子官賢人以周行爲周之列位皆本左氏說序所謂輔佐君子求賢審官也釋文序錄云左丘明作傳趙人虞卿傳同郡荀卿名況毛爲荀卿弟子故作詁訓傳多與左氏傳說詩同是亦用其師說也棫樸序云文王能官人也

陟彼崔嵬我馬虺隤（傳）陟升也崔嵬土山之戴石者虺隤病也**我姑酌彼金罍維以不永懷**（傳）姑且也人君黃金罍永長也（疏）陟升釋詁文此及載馳文王傳竝訓陟爲升詩作升不作登也箋公劉陟升而車臺皇矣陟登則升與登通用矣十月之交傳山頂曰冢卒者崔嵬谷風傳崔嵬山顚也說文崔大高也嵬山石崔嵬高而不平也又自部陮隗高也陮隗與崔嵬同劉熙釋名云土戴石曰崔嵬因形名之也皆謂土山戴石也爾雅石戴土謂之崔嵬毛傳與爾雅正相反或所見本與今異正義以爲傳轉寫之誤非是隤當作穨虺穨病釋詁文玉篇尢部云虺㿉馬病小雅采薇序云文王之時西有昆夷之患北有玁狁之難以天子之命命將率遣戍役以守衞中國故歌采薇以遣之出車以勞還杕杜以勤歸也此詩所言正是其事蓋文王大夫或有陟險馬病之憂及其使歸也又設饗燕之禮以勞之序所謂知臣下之勤勞也○姑者詞之且也山有扶蘇傳且詞也方言盬且也廣雅辜且也姑盬辜皆古聲故皆爲且說文夂部引詩作夃云秦人市買多得爲夃箋言且者君賞功臣或多於此鄭依夃作訓本三家詩也正義云異義罍制韓詩說金罍大夫器也天子以玉諸侯大夫皆以金士以梓毛詩說金罍酒器也諸臣之所酢人君以黃金飾尊大一碩金飾龜目蓋刻爲雲雷之象謹案韓詩說天子以玉經無明文謂之罍者取象雲雷博施如人君下及諸臣案許愼五經異義從毛詩說說文木部櫑龜目酒尊刻木作雲雷象象施不窮也䨏或从缶說文與異義同正義引阮諶禮圖亦云刻木爲之則罍本質畫以雲雷而加飾以爲等差人君黃金罍黃金其飾也正義引韓詩說士以梓士無飾洞釋文引韓詩說天子以玉飾諸侯大夫皆以黃金飾是韓亦爲木質而加飾矣異義不

從韓詩說天子以玉者毛詩說人君統天子諸侯言天子亦飾黃金不聞飾玉也周禮司尊彝六尊皆有罍諸臣之所昨也鄭注云昨讀爲酢字之誤也諸臣獻者酌罍以自酢不敢與王之神靈共尊鄭司農云罍臣之所飲也案此雖宗廟之罍而人君饗燕使臣常設此器故云酌彼金罍也維發聲文選揚雄羽獵賦注及阮籍詠懷詩注引韓詩章句惟辭也維與惟通凡全詩多用維字爲發聲者放此永長釋詁文漢廣常棣文王公劉竝同

陟彼高岡我馬玄黃（傳）山脊曰岡玄馬病則黃**我姑酌彼兕觥維以不永傷**（傳）兕觥角爵也傷思也（疏）爾雅釋山山脊岡傳所本也公劉箋亦云山脊曰岡傳文玄馬病則黃五字當作馬病則玄黃與四牡傳馬勞則喘息句法相同今本誤也上章傳云虺穨病此云馬病義互明也虺穨疊韻玄黃雙聲皆合二字成義玄黃之不可分釋猶虺穨之不能分釋耳爾雅釋詁痡瘏虺穨玄黃病也正釋此詩辭傳於痡瘏虺穨皆用雅訓不應於玄黃更作玄馬病黃解與雅訓乖戾凡傳言黃馬黑喙曰騧黃白曰皇黃騂曰黃黃白雜毛曰駓亦黃曰騂黃本馬之正色黃而玄爲馬之病色若以玄爲馬色而黃爲馬病則不通矣易林乾歸震竝云玄黃虺隤行者勞罷役夫憔悴踰時不歸文選曹子建贈白馬王彪詩云中逵絕無軌改轍登高岡脩坂造雲日我馬玄以黃玄黃猶能進我思鬱以紆古皆玄黃連讀不謂玄馬病黃足證今本毛傳之誤○釋文觵字又作觥今詩皆作觥周禮作觵觵亦爵也以兕角爲之故云兕觥角爵也正義云異義韓詩說一升曰爵爵盡也足也二升曰觚觚寡也飲當寡少也三升曰觶觶適也飲當自適也四升曰角角觸也飲不能自適觸罪過也五升曰散散訕也飲不能自節爲人所謗訕也總名曰爵其實曰觴觴者餉也觥亦五升所以罰不敬觥廓也所以著明之貌君子有過廓然著明非所以餉不得名觴毛詩說觥大七升謹案觥罰有過一飲而盡七升爲過多禮圖云觥大七升以兕角爲之先師說云刻木爲之形似兕角蓋無兕者用木也案禮圖觥大七升同毛詩說而異義從韓詩說說文云觵兕牛角可以飲者也从角黃聲其形觵觵故謂之觵俗作觥說文既不以觵爲罰爵其容數當亦同毛詩說段氏謂異義早成說文晚成是也昭元年左傳趙孟叔孫豹曹大夫入于鄭

鄭伯兼享之趙孟爲客鄭叔子皮及曹大夫興拜舉兕爵曰小國賴子知免於戾矣飲酒樂兕爵卽兕觥此亦饗燕用兕觥之證觥爲最大之爵三人興拜而舉兕爵饗燕將終羣人以盡敬於客之禮故酌此大爵也箋用韓詩說觥爲罰爵桑扈箋同恐非是傷思釋詁文釋傷爲思與上章不永懷同義懷亦思也

陟彼砠矣我馬瘏矣我僕痡矣云何吁矣傳石山戴土曰砠瘏病也痡亦病也吁憂也疏釋文砠本亦作岨說文岨石戴土也引詩作岨是叔重所據作山旁岨矣𨸏部阢石山戴土也則岨一名阢也釋名云石戴土曰岨岨臚然也皆謂石山戴土也爾雅土戴石爲砠與毛傳異段氏說文注云用石戴於土上土而戴之以石用土戴於石上石而戴之以土二文互異而義則一戴者增益也石在上則高不平故曰崔嵬土在上則雨水沮洳故曰岨毛之立文爲善矣○瘏病釋詁文鳴鵙同說文瘏或作屠痡病亦釋詁文吁當爲盱爾雅注引詩云何盱矣邢昺疏云卷耳及都人士文也邢所據卷耳作盱詁訓箸於卷耳故都人士與何人斯盱皆不傳此其例也盱憂釋詁文盱者忓之假借字說文忓憂也何憂者言憂臣下之勤勞如何也云爲語詞凡坙詩云字或在句首或在句中句末多用爲語詞無實義文選傳咸詩注引韓詩章句云云辭也

樛木三章章四句

樛木后妃逮下也言能逮下而無嫉妬之心焉疏下謂衆妾也

南有樛木葛藟纍之傳興也南南土也木下曲曰樛南土之葛藟茂盛樂只君子福履綏之傳履祿綏安也疏傳釋南爲南土與南國異南國在江漢荊州猶不及揚州南土則近在岐周之地也周南十一篇皆文王岐周之詩漢廣汝墳及於南國矣麟止以應關雎此樛木及螽斯桃夭兔罝芣苢皆詠后妃以坿於關雎葛覃卷耳三詩之後則亦岐周也木下曲曰樛謂木之下曲者爲樛也爾雅下句曰朻下曲卽下句樛朻聲義相通釋文云馬融韓詩本竝作朻蓋馬治毛詩其所據作朻木與韓詩同藟葛藟釋文引

義疏云藟葉似艾白色其子赤可食易困上六困于葛藟釋文引義疏云藟一名巨荒似蘡薁連蔓而生幽州人謂之蓷蘽云南土之葛藟茂盛者茂盛釋纍字南有嘉魚傳纍曼也楚辭劉向九歎注虆緣也引詩作虆虆俗字曼緣皆茂盛之意二章荒奄三章縈旋義同案樛木下曲而纍葛藟得而上曼之喻后妃能下逮其衆妾得以親坿焉傳於首章言興以晐下章也全詩放此○只詞也南山有臺采菽皆作只樂只君子猶云展矣君子允矣君子也凡只或在句中或在句末皆爲語詞君子謂文王也言后妃有不嫉妬之德可以樂此文王也履祿爾雅釋言文福履綏之猶鴛鴦云福祿綏之耳爾雅釋詁履福也祿亦福也綏安釋詁文楚茨以綏後祿傳亦云綏安也綏從妥聲妥爲安故綏亦爲安鄭玄注儀禮士相見禮古文妥爲綏此綏妥聲通之證也綏古讀如拖纍古讀如離故詩以纍綏爲韻

南有樛木葛藟荒之傳荒奄也**樂只君子福履將之**傳將大也疏傳荒奄下奪也字今補凡言也者別詞也詞未盡不須用也以別之詞已盡則用也以別之今本多互亂矣荒奄釋言文說文荒蕪也一曰艸掩地也奄與掩通○將大釋詁文方言云將大也齊楚之郊或曰京或曰將破斧正月我將長發傳竝同

南有樛木葛藟縈之傳縈旋也**樂只君子福履成之**傳成就也疏正月傳云云旋也縈云聲相近鄭注士喪禮云幎讀若詩曰葛藟縈之之縈幎縈亦相近也說文衣部褮下引作縈又艸部藥艸旋皃也引詩作藥縈與藥同○爾雅就成也成就二字互訓傳爲全詩成字通訓凡成皆有就義也

螽斯三章章四句

螽斯后妃子孫衆多也言若螽斯句**不妬忌則子孫衆多也**

螽斯羽詵詵兮宜爾子孫振振兮（傳）螽斯蚣蝑也詵詵衆多也振振仁厚也（疏）斯語詞螽斯羽與麟之止句法相同傳云螽斯蚣蝑疑螽下斯字當衍春秋桓五年秋螽穀梁謂螽爲蟲公羊作螺說文螽蝗也或作螺是螽卽蝗矣爾雅阜螽草螽蜤螽蟿螽土螽李巡注云皆分別蝗子異方之語蜤螽七月篇作斯螽爾雅毛傳皆謂之蚣蝑然則螽爲蚣蝑斯螽爲蚣蝑猶鳩爲秸鞠尸鳩爲秸鞠鳩爲鶻鳩鳴鳩爲鶻鳩此單評絫評之例若謂斯螽可倒作螽斯則析螽亦可倒作螽析矣解者失之○釋文詵說文作辡今說文侁辡字玉篇䎀所巾切羽多皃集韻䎀䎀羽多所臻切䎀卽辡之異體或三家詩有作辡辡者也集韻三十二霰引說文詵衆致言也詵與辡義亦相近皇皇者華傳駪駪衆多之皃晉語引詩作莘莘駪駪之或作莘莘猶詵詵之或作辡辡矣桑柔傳甡甡衆多也並字異義同○宜者承上轉下之詞爾女也女女后妃也此詩以螽比后妃詵詵薨薨揖揖言后妃子孫衆多也振振繩繩蟄蟄言后妃子孫衆多又皆賢也序云不妬忌則子孫衆多所以推本衆多之由故經中宜字有三義焉子孫衆多也不妬忌也賢也振振仁厚與麟之止般其靁傳振振信厚各隨文訓禮記中庸篇肫肫其仁鄭注云肫肫讀如誨爾忳忳之忳忳忳懇誠貌也今詩作諄諄並與振振聲同義近

螽斯羽薨薨兮宜爾子孫繩繩兮（傳）薨薨衆多也繩繩戒愼也（疏）爾雅釋訓薨薨衆也傳用爾雅而益其義云衆多也集韻十七登引博雅薨薨飛也或作𧍧通作薨今廣雅釋訓𧍧𧍧薨薨飛也玉篇𧍧蟲飛也薨羣鳥弄翅也葢本三家詩○爾雅繩繩戒也傳用爾雅而益其義云戒愼也抑子孫繩繩箋繩繩戒也管子宙合篇故君子繩繩乎愼其所先淮南子繆稱篇末世繩繩乎惟恐失仁義並與詩繩繩同是繩繩之爲戒愼其訓古矣繩愼雙聲故下武繩其祖武三家詩作愼其祖武韓詩外傳云詩曰宜爾子孫繩繩兮言賢母使子賢也

螽斯羽揖揖兮宜爾子孫蟄蟄兮（傳）揖揖會聚也蟄蟄和集也（疏）傳釋揖揖爲會聚也者言

衆多而會衆之進乎衆多之詞也廣雅集集衆也說或本三家與詵詵薿薿並訓衆多揖通作集如說文鏶或作鍓之例○說文卙卙盛也从十甚聲徐鍇繫傳云詩曰宜爾子孫蟄蟄兮蟄蟄衆也此卙義近之也據此或三家詩有作卙卙訓盛者淮南原道注蟄讀什伍之什呂覽孟春紀注音律注蟄讀如詩文王之什此蟄聲與十聲同音之理傳云和集亦盛之意也爾雅蟄蟄靜也郭注云見詩傳此亦三家義

桃夭三章章四句

桃夭后妃之所致也不妬忌則男女以正婚姻以時國無鰥民也【疏】序言男女婚姻必以正時上句言正下句言時互詞耳男子自二十至三十女子自十五至二十皆為昏娶之正時至三十二十謂之及時踰三十二十謂之失時失時謂之鰥民不失正時國無鰥民書大傳云舜年三十不娶稱鰥也

桃之夭夭灼灼其華【傳】興也桃有華之盛者夭夭其少壯也灼灼華之盛也**之子于歸宜其室家**【傳】之子嫁子也于往也宜以有室家無踰時者【疏】興者三章皆言桃夭以喻女子之少壯其華喻色實喻德葉喻形體又分屬三章則桃不專指華矣傳云桃有華之盛者此釋首章擬下灼灼其華句正義云桃少故華盛以喻女少而色盛是也云夭夭其少壯也者謂桃不謂華也說文枖木少盛皃引詩作枖枖小篆云夭夭即枖枖之假借也豈風棘心夭夭傳夭夭盛皃字亦作妖妖廣雅妖妖茂也少壯與茂盛同義說文妖女子笑皃引詩作妖妖此三家義云灼灼華之盛也者小箋云灼灼即焯焯之假借焯明也案說文引周書焯見三有俊心今立政篇作灼此灼焯聲通之證明謂之焯亦謂之灼因之凡色之光華明盛者皆謂之焯亦謂之灼矣廣雅灼灼明也玉篇灼灼華盛皃盛與明同義月令仲春之月桃始華○之猶是也之子為嫁子傳隨文訓也于讀為於采蘩燕燕傳皆云于於也於者自此之彼之詞自此之彼謂之於又謂之往則

於與往同義亦于與往同義矣故于歸爲往歸也漢廣鵲巢燕燕東山篇並同
雨無正維曰于仕于往也二傳訓同葛覃傳婦人謂嫁曰歸云宜以有室家無
踰時者傳兼上句爲釋無踰時言無踰少壯之時無踰時而宜有室家嫁子
往歸不逮仲春媒氏會之也周禮媒氏有司會無夫家之禮詳見摽有梅篇

桃之夭夭有蕡其實(傳)蕡實貌非但有華色又有婦德之子于歸宜其家室(傳)

家室猶室家也(疏)說文萉枲實也字或作黂爾雅作蕡周禮作蕡枲實爲蕡因
之爲凡華結實之稱有蕡其實言桃之實蕡然大也僖三十
三年穀梁傳云實之爲言猶實也凡艸木果曰實傳云非但有華色又有婦德
者此承上章華色又以明桃實與婦德也○云家室猶室家也者與上章同義
謂宜其有家室也孟子滕文公篇丈夫生而願爲之有室女子生而願爲之有
家桓十八年左傳申繻曰女有家男有室無相瀆也謂之有禮此家室互言也
渾言之室亦家也爾雅牖戶之間
謂之扆其內謂之家說文家凥也

桃之夭夭其葉蓁蓁(傳)蓁蓁至盛貌有色有德形體至盛也之子于歸宜其家人(傳)一家之人盡以爲宜(疏)

蓁聲同臻故云蓁蓁至盛皃廣雅蓁蓁茂也字亦
通作溱無羊傳溱溱眾也王應麟詩考載杜佑通
典禮十九引詩作其葉溱溱傳云有色有德形體至盛也者承上二章而又明
此言桃葉之至盛以興女子之形體也形體猶言婦容也葛覃傳云古者女師
教以婦德婦言婦容婦功○云一家之人盡以爲宜者以釋經宜其家人句此
逆辭釋經之例傳不與上二章同訓也凡詩三章有末章與上二章辭異者若
汝墳采蘩北風新臺蝃蝀大車清人風雨子衿東方未明甫田敝笱唐揚之水
鴇羽匪風庭燎沔水祈父我行其野谷風魚藻菀柳漸漸之石此文之變也又
有末章與上二章辭同而意異者若此篇之宜其家人螽斯之揖揖鵲巢之成
羔羊之縫考槃之軸緇衣之席中谷有蓷之溼兔爰之庸毛公作傳循辭之變
本意之殊故往往不與上二章同訓箋不然矣此篇上二章就嫁時言末章就
巳嫁時言禮記大學篇引末章而釋之云宜其家人而后可以教國人正所謂

家齊盡安之道也傳意實本大學爲說

兔罝三章章四句

兔罝后妃之化也關雎之化行則莫不好德賢人衆多也（疏）卷耳之應

肅肅兔罝椓之丁丁（傳）肅肅敬也兔罝兔罟也丁丁椓杙聲也赳赳武夫公侯干城（傳）赳赳武貌干扞也（疏）肅肅敬爾雅釋訓文思齊同敬者言兔罝之人賢其持事猶不忘其敬列女傳賢明篇夫安貧賤而不怠於道者唯至德者能之詩曰肅肅兔罝椓之丁丁言不怠於道也易林坤云兔罝之容不失其恭竝與毛訓同釋器兔罟謂之罝傳所本也釋玄應衆經音義卷十七引郭注云罝遮也遮取兔也說文椓擊也丁丁爲椓聲傳云椓杙聲者家兔罝作訓也釋宮樴謂之杙郭注云橜也又謂之招孟子盡心篇入從而招之趙岐注云招罥也亦謂之蹏莊子外物篇蹏者所以在兔得兔而忘蹏釋文云蹏兔罥也周禮冥氏注弧張罿罦之屬所以扃絹禽獸翨氏注置其所會之物於絹中鳥來下則掎其腳案絹與罥同凡網取禽獸必築橜於地而以捕器網之罝兔亦如是也椓杙今俗謂之朾橜杙者弋之俗丁古朾字○赳赳武釋訓文說文赳輕勁有才力也从走丩聲讀若鐈酌傳云蹻蹻武皃丩聲喬聲正相近干扞釋言文采芑同成十二年左傳此公侯之所以扞城其民也故詩曰赳赳武夫公侯干城左傳釋詩干城即扞城干古文假借字毛傳干訓扞義本爾雅其實本左傳爲訓言武夫之能爲公侯扞城其民也呂覽報更篇宣孟德一士猶活其身而況德萬人乎故詩曰赳赳武夫公侯干城濟濟多士文王以寧此引詩證文王之能用賢公侯謂文王也高誘注云言其賢可爲公侯扞難其城藩也墨子尚賢上篇文王舉閎夭泰顚於罝罔之中授之政西土服據此則兔罝之武夫指閎夭泰顚其人也書大傳稱閎夭兔文王牖里之害爲胥附先後奔走禦侮四臣之一鄭箋亦云此兔罝之人賢者也有武力可任爲將帥之德公侯可任以國守扞城其民折衝禦難於未然此或出於三家詩義

毛詩僞略義當然也縣傳云武臣折衝曰禦侮

肅肅兔罝施于中逵【傳】逵九達之道**赳赳武夫公侯好仇**【疏】施讀如施罟濊濊之施爾雅釋宮云九達謂之逵傳所本也文選顏延之皇太子釋奠詩注王粲從軍詩注引韓詩施于中馗薛君章句云中馗馗中九交之道也說文九部馗九達道也似龜背故謂之馗或作逵是馗逵同字而九達九交同義也杜預注左傳以爲逵道九軌劉炫規之逵爲九道交出案劉說是也逵謂野涂也考工記國中經涂九軌野涂五軌杜謂逵當九軌直以野涂而容國中涂矣釋文乃引杜解爲說○仇匹也義見關雎傳例不煩更見也公侯好匹言武夫能爲公侯之好匹匹當讀率由羣匹之匹假樂箋云循用羣臣之賢者其行能匹耦己之心昭三十二年左傳史墨曰物生有兩有三有五有陪貳故天有三辰地有五行體有左右各有妃耦王有公諸侯有卿皆有貳也晉語國人誦之曰若狄公子吾是之依兮鎮撫國家爲王妃兮韋注云言重耳當伯諸侯爲王妃耦漢書董仲舒傳贊伊呂乃聖人之耦文選楊雄甘泉賦披迷索偶皋伊之徒冠倫魁能竝與詩仇字義同

肅肅兔罝施于中林【傳】中林林中**赳赳武夫公侯腹心**【傳】可以制斷公侯之腹心【疏】正月瞻彼中林傳亦云中林林中也駉傳云野外曰林徐幹中論法象篇人性之所簡也存乎幽微人情之所忽也存乎孤獨夫幽微者顯之原也孤獨者見之端也胡可簡也胡可忽也是故君子敬孤獨而愼幽微雖在隱蔽鬼神不得見其隙也詩云肅肅兔罝施于中林處獨之謂也○傳云可以制斷公侯之腹心者以釋公侯腹心句左傳及其亂也諸侯貪冒侵欲不忌爭尋常以盡其民略其武夫以爲己腹心股肱爪牙故詩曰赳赳武夫公侯腹心天下有道則公侯能爲民干城而制其腹心亂則反之杜注云舉詩之正以駮亂義詩言治世則武夫能合德公侯外爲扞城內制其腹心左傳言制毛傳本之以益其義云制斷者謂制斷其貪冒侵欲也公侯腹心謂武夫能爲公侯制斷其腹心則公侯干城亦謂武夫能爲公侯扞城其民矣皆就賢者一邊說桓寬鹽

鐵論備胡篇賢良曰匈奴如中國之麋鹿耳好事之臣求其義責之禮使中國干戈至今未息萬里設備此兔罝之所刺故小人非公侯腹心干城也此言小人用事上不能制君腹心下不能為民干城適見刺於兔罝耳桓釋詩正與毛訓合首章言禦侮二三章不言禦侮也箋俱依禦侮為說

芣苢三章章四句

芣苢后妃之美也和平則婦人樂有子矣（疏）列女傳貞順篇蔡人之妻者宋人之女也既嫁於蔡而夫有惡疾其母將改嫁之女終不聽其母乃作芣苢之詩又文選劉峻辯命論注引韓詩芣苢傷夫有惡疾也薛君云詩人傷其君子有惡疾人道不通求已不得發憤而作以事興芣苢雖臭惡乎我猶采采而不已者以興君子雖有惡疾我猶守而不離去也案三家與毛異然亦被文王后妃之化故婦人能守一不去盡其情一心乎君子者也

采采芣苢薄言采之（傳）采采非一辭也芣苢馬舄馬舄車前也宜懷任焉薄辭也采取也采采芣苢薄言有之（傳）有藏之也（疏）采采非一辭辭當作詞小箋云謂非一采而已之詞韓詩章句亦云采采而不已也芣苢馬舄馬舄車前爾雅釋草文郭注云今車前草大葉長穗好生道邊江東呼為蝦蟆衣正義引義疏云馬舄一名車前一名當道喜在牛跡中生故曰車前當道也今藥中車前子是也幽州人謂之牛舌草可鬻作茹大滑其子治婦人產難說文芣苢一名馬舄其實如李令人宜子周書所說段注引黃公紹韻會載說文李作麥案唐慎微證類本草蘇頌圖經云車前實如葶藶赤黑色據蘇說則芣苢之實如麥不如李一本作其實如李故解之者遂誤以芣苢為木不為草陶宏景本草注云韓詩言芣苢是木似李食其實宜子孫然韓詩不言芣苢是木陶未知何據也又案釋文引韓詩直曰車前瞿曰芣苢文選注引章句芣苢澤瀉也韓以芣苢車前為別物又以澤瀉為同物皆與爾雅毛傳不合傳云宜懷任焉者此即周書令人宜子之說也任古妊字

今逸周書王會篇作桴苡即芣苢○薄辭小箋云辭當作詞說文作𧮪意內而言外也說文凡文辭作辭辭說也凡形容及語助發聲作𧮪如芣苢之薄漢廣之思草蟲之止大叔于田之忌是也薄見葛覃矣於此始爲傳者漢人傳注不限於首見也案傳爲全詩薄字發凡也後漢書李固傳注引韓詩章句薄辭也辭亦當作詞今字通作辭谷風薄送出車六月薄伐車攻薄狩泮水薄采薄皆詞也此篇及采蘩柏舟出車采芑采綠時邁有客駉皆曰薄言言亦詞也載馳不爲言字作傳駉不爲薄言作傳余友高郵王引之經傳釋詞云薄言皆語詞是也箋薄言爲我薄失之矣采訓取者傳爲采字通訓采從爪取從又爪又皆手也廣雅釋詁采取也○傳云有藏之也者藏之謂收藏之也廣雅有取也高郵王念孫疏證云詩之用詞不嫌於複有亦取也首章泛言取之次則言其取之之事卒乃言既取而盛之以歸耳若首章既言藏之而次章復言掇之捋之則非其次矣奐謂訓有爲取或本三家詩義毛意則以首章泛言取藏下二章乃分承之耳掇之捋之即承首章采之而言袺之襭之即承首章有之而言藏古作臧

采采芣苢薄言掇之(傳)掇拾也**采采芣苢薄言捋之**(傳)捋取也(疏)說文拾掇也掇拾取也廣雅掇取也義竝同○廣韻六術守持取今守禾是也捋與守聲義俱近後箋云傳捋取也三字連讀非訓捋爲取猶言捋捋取之也傳文簡消耳掇是拾其子之既落者捋是捋其子之未落者

采采芣苢薄言袺之(傳)袺執衽也**采采芣苢薄言襭之**(傳)襭扱衽也(疏)爾雅釋器執衽謂之袺此傳所本也禮記深衣續衽鉤邊鄭注云續猶屬也衽在裳旁者也屬連之不殊裳前後也鉤邊若今曲裾也婺源江永深衣考云續衽謂裳之左旁縫合其衽鉤邊謂裳之右旁別用一幅布綴於右後衽之上使鉤而前漢時謂之曲裾可以掩裳際也古者布幅闊二尺二寸深衣裳用布六幅裁爲十二幅其當裳之前襟後裾正處者以布四幅正裁爲八幅上下皆廣一尺一寸各邊去一寸爲縫一幅上下皆正得九寸八幅七尺二寸其在上者既足要中之數

矣下齊當倍於要又以布二幅斜裁爲四幅狹頭二寸寬頭二尺各去一寸爲縫狹頭成角寬頭一尺八寸皆以成角者向上以廣一尺八寸者向下則四幅下廣亦得七尺二寸合於齊得一丈四尺四寸此四幅連屬於裳之兩旁別名爲衽所謂衽當旁是也玉藻衽當旁鄭注云衽謂裳幅所交裂也凡衽者或殺而下或殺而上是以小要取名焉衽屬衣則垂而放之屬裳則縫之以合前後上下相變深衣考云衽有二朝服祭服喪服皆用帷裳前三幅後四幅裳際不連有衽掩之用布交解寬頭在上合縫之狹頭在下如燕尾之形卽喪服篇衽二尺有五寸是也此衽之殺而下者也深衣之衽當裳旁亦交解而以狹頭向上寬頭向下此衽之殺而上者也衽屬於衣則垂而放之謂朝祭喪服之衽屬於裳則縫之以合前後卽此深衣之衽也其縫之以合前後者唯左旁爲然若右旁則不能縫合別有鉤邊鄭亦略言之耳案婦人衣與裳不殊當如男子深衣則衽乃屬於裳執衽扱衽是卽當裳旁之衽鄭注喪服傳婦人不殊裳如深衣而下無衽余友績溪胡培翬云謂無二尺五寸之衽非謂無裳旁之衽是也○襭扱衽也各本作扱衽曰襭今從宋本釋器扱衽謂之襭傳所本也郭注云扱衣上衽於帶李注同說文衣部云以衣衽扱物謂之襭襭或作擷又足部云䟺進足有所擷取也爾雅曰䟺謂之擷扱䟺義相近扱猶插也許云扱物卽是扱物於帶中袺者手持衽以盛物襭者插衽於帶以納物非袺但手執衽而襭乃納物於衽也

漢廣三章章八句

漢廣德廣所及也文王之道被于南國美化行乎江漢之域無思犯禮求而不可得也（疏）南國卽江漢之域禹貢荆州江漢合流在今湖北武昌漢陽兩府之閒文王時爲荆楚地漢入於江傳云漢上韓詩傳云漢皋皆不及江而詩人又以漢廣命篇則序所云江漢之域在漢南江北非必江漢合流處水經江水注云韓嬰敘傳南其地在南郡南陽之閒今河南南陽府漢之南陽郡卽其地矣關雎序云南言化自北而南也蓋文王治岐周梁在岐周之西南荆在岐周之東南準視天下則荆梁皆西也文王爲紂三公受命出爲西伯僅主

西諸侯其東諸侯非文王所主長之國紂命文王典治南國江漢荊梁不及楊徐也還周書大匡云周王宅程三年三州之侯咸率三州者雍荊梁也迨戡黎而後東諸侯叛殷程典云文王合六州之侯奉勤于商六州者雍荊梁及徐豫楊也徐豫楊皆東諸侯叛殷之國文王率焉以朝聘乎紂此三分天下有其二也其實文王所屬止有禹貢雍梁荊三州之地東不過漢廣汝墳西不踰江沱而文王之化其所被於東南者尤多故序二南以江漢之域爲南國在西南者別之爲召南之國

南有喬木不可休思漢有游女不可求思(傳)興也南方之木美喬上竦也思辭也漢上游女無求思者**漢之廣矣不可泳思江之永矣不可方思**(傳)潛行爲泳永長方泭也(疏)爾雅釋木句如羽喬上句曰喬如木楸曰喬槐棘醜喬小枝上繚爲喬五者義相近傳云上竦即本爾雅之上句句曲也上竦者其上曲其下少枝葉高注淮南原道云喬木上竦少陰之木是也休思各本作休息釋文本或作休思今訂正瞻卬傳云休息也思訓辭辭當作詞休思求思泳思方思皆詞也傳爲全詩思字句末語助之發凡也思又爲句首語詞義見文王篇傳云漢上游女無求思者無求釋經之不可求不可謂之無無亦謂之不可鴟鴞既取我子無毀我室傳不可以毀我周室是又以不可釋無矣無思卽序所謂無思犯禮也案傳以南方之木美興漢上之女貞上竦之木不可休與出游之女不可求漢廣不可泳江永不可方亦因見江漢而起興也首章唯弟三四句正意餘皆興二三章言薪中之楚蔞可刈而東之興貞絜之于在淫亂之世當備禮以取之此變文以言興也○初學記地部下韓詩云鄭交甫過漢皋遇二女妖服佩兩珠交甫與之言曰願請子之佩二女解佩與交甫而懷之去十步探之則亡矣迴顧二女亦不見說文鬼部引韓詩傳妖服作魃服奇寄切御覽地部二十七與初學記同又珍寶部一韓詩內傳云漢女所弄珠如荊雞卵文選江賦南都賦注所引詳略雖異要皆出內傳文也又文選七啓注韓詩序漢廣悅人也琴賦注薛君章句游女漢神也言漢神時見不可得而

求之七啓及齊敬皇后哀策文注皆引章句游女爲漢神楚辭王逸九思周徘徊兮漢渚求水神兮靈女此用韓詩義也然則韓詩以游女爲漢神與之子矣列女傳辯通篇孔子南游過阿谷處子孔子曰斯婦人達於人情而知禮詩云南有喬木不可休思漢有游女不可求思此之謂也魯詩游女即之子與毛詩合然韓詩外傳載阿谷處子事亦引此詩或韓乃斷章取義也○六月詩傳云廣大也潛行爲泳爾雅釋水文說文泳潛行水中也潛涉水也段注云潛行水中對浮行水上言之邶風傳曰由厀以下爲涉言潛者自其厀以下沒於水言之所謂泳也後人不甚分明若水經注江水篇云有潛客泳而視之見水下有兩石牛此則謂潛全沒水中矣案段說是也邶谷風方舟泳游對文方舟一類泳游一類游者浮水而過泳者涉水而行爾雅泳游也渾言不別也哀九年左傳云是謂如川之滿不可游也不可游與詩不可泳同意說文永部永水長也象水巠理之長詩曰江之永矣又羕水長也詩曰江之羕矣許兩引詩字異義同治毛不廢三家也文選登樓賦注引韓詩江之漾矣薛君云漾長也漾卽羕之俗是韓詩作羕矣爾雅永羕長也毛詩多古文永古羕字漢以絶流而渡言故曰廣江以順流而下言故曰永方泭釋言文今爾雅方作舫釋言又云舫舟也釋水云大夫方舟方言泭謂之箄箄謂之筏筏秦晉通語也方舟謂之潢說家皆以方爲併船泭爲併木二者不同邶谷風傳云舟船也方舟與泳游析爲四事舟爲船方爲泭其義互見葢方舟大夫之禮制非泛言渡水詩之方當是併木不是併船故傳用爾雅舫泭之訓而不用舫舟之訓邶箋亦云方泭也

翹翹錯薪言刈其楚(傳)翹翹薪貌錯襍也**之子于歸言秣其馬**(傳)秣養也六尺以上曰馬**漢之廣矣不可泳思江之永矣不可方思**(疏)翹翹高大之意故云薪兒廣雅翹翹衆也此三家義薪謂楚木蔞草也錯之爲言蔟蔟也襍與集同集木與草爲襍薪猶集玉與石爲襍佩矣無羊箋云麤曰薪綢繆傳云男女待禮而成若薪芻待人事而後束也彼詩以束薪喻嫁娶之以禮正與此同王揚之水傳楚木也○鴛鴦傳秣粟也此秣詁養讀校人頒良馬而養乘之養養者未及駕之詞也於馬言

秣不言駕猶於薪言刈不言束皆是待禮而行求不可得之義夏官廋人馬八尺以上爲龍七尺以上爲騋六尺以上爲馬此傳云六尺以上曰馬從周禮說也定之方中傳馬七尺以上曰騋亦從周禮說是諸侯乘騋也騋七尺以上爲諸侯所乘則馬六尺以上當是大夫所乘故此章之馬與下章之驕雖有六尺五尺之殊而以衞文乘騋推之則皆大夫乘也何注隱元年公羊傳云天子馬曰龍高七尺以上諸侯曰馬高六尺以上何與毛異

翹翹錯薪言刈其蔞(傳)蔞草中之翹翹然之子于歸言秣其駒(傳)五尺以上曰駒漢之廣矣不可泳思江之永矣不可方思(疏)釋文引馬融毛詩注云蔞蔞蒿爾雅購蔏蔞郭璞以蔏蔞爲蔞蒿管子地員篇云蔞下於莽又云山之側其草蔏與蔞是蔞爲蔏莽之類矣正義引義疏云其葉似艾白色長數寸高丈餘正月根芽生旁莖正白生食之香而脃美其葉又可蒸爲茹據此則蔞蒿嫩時可食老則爲薪高丈餘正與詩翹翹合傳云蔞草中之翹翹則楚亦木中之翹翹翹翹薪皃楚木爲翹翹之薪則蔞草亦爲翹翹之薪互詞見義也上句言錯薪而下句刈楚刈蔞皆薪也猶之揚之水首章言束薪而下章束楚束蒲皆薪也綢繆首章言束薪而下章束芻束楚皆薪也薪其大名也三家詩解以錯薪爲衆薪則楚蔞爲衆薪中之尤翹翹若然楚蔞外別有薪矣非是○駒當作驕陳風乘我乘駒釋文作驕引沈重云或作駒後人改之皇皇者華篇內同小雅我馬維駒釋文云本亦作驕據陳風小雅則知周南本亦作驕也驕非韻與蔞株濡諏爲合韻說文馬高六尺爲驕詩曰我馬維驕株林箋六尺以下曰驕此傳云五尺以上卽是六尺以下也高誘注淮南子時則脩務篇兩云馬五尺以下爲駒然則駒乃五尺以下之稱矣何注公羊傳云卿大夫士曰駒高五尺以上武進臧鏞堂說此駒字亦必驕字之誤矣謂株林傳言大夫得乘驕與何注統卿大夫士說異漢廣游女非大夫也士親迎而秣驕與士昏禮乘墨車俱爲攝盛

汝墳三章章四句

汝墳道化行也文王之化行乎汝墳之國婦人能閔其君子猶勉之以正也

遵彼汝墳伐其條枚(傳)遵循也汝水名也墳大防也枝曰條榦曰枚未見君子

惄如調飢(傳)惄飢意也調朝也(疏)遵循爾雅釋詁文遵大路九罭同汝水名不見禹貢而汝見孟子漢書地理志汝南郡定陵高陵山汝水出東南至新蔡入淮此新蔡二字疑有誤蓋漢時汝水在汝陰縣北入淮新蔡爲汝水所逕之上流也墳大防釋丘文苕之華傳墳大也大謂之墳故防之大者亦謂之墳字亦作坋說文坋大防也又作濆常武傳濆厓也箋陳屯其兵於淮水大防之上釋水汝爲濆郭注引三家詩作濆水經注汝水逕奇領城西北濆水出焉世亦謂之大㶏水爾雅曰汝有濆濆者汝別也案濆墳字別而義實通大防即在水旁以水作濆以防作墳一也奇領城在今河南南陽府葉縣東北㶏水出葉縣東南流逕上蔡新蔡縣境跨二蔡文王子蔡叔國然晉語文王諏于蔡原韋注蔡蔡公是文王時先有蔡國矣列女傳稱宋莒爲蔡人之妻作又陶宏景名醫別錄澤瀉生汝南池澤汝南蔡地以此驗之汝墳正值二蔡汝過之處序云汝墳之國其即蔡公等國歟又案汝南郡汝陰故胡國莽曰汝墳考工記注妢胡胡子之國在楚旁妢與墳通汝水入淮在漢汝陰縣北汝水入淮爲汝墳猶之淮水入海爲淮浦常武淮浦非漢縣之淮浦此汝墳亦必非王莽之汝墳矣司馬彪續漢書郡國志劉昭補注引地道記汝陰有陶丘鄉詩所謂汝墳恐未是○說文云條小枝也枝木別生條也枚榦也是枝爲條榦爲枚也榦者本也下章之肄亦謂斬本復生者也旱麓莫莫葛藟施于條枚箋云葛也藟也延蔓於木之枝本而茂盛鄭以條枚爲枝本義同此○爾雅惄飢也傳云飢意謂惄爲飢之意非直訓惄爲飢也釋文引韓詩作愵方言愵憂也說文愵憂皃讀與惄同釋文調又作輖李燾五音韻譜引詩作惄如輖飢毛詩作輖或作調其義訓朝謂即朝之假借字古人朝食曰饔夕食曰飧朝饔少闕是爲朝飢

遵彼汝墳伐其條肄(傳)肄餘也斬而復生曰肄既見君子不我遐棄(傳)既已遐

遠也〔疏〕肄者槩枿之假借字長發傳槩餘也爾雅枿餘也說文𤡆伐木餘也引商書若顛木之有甹𤡆又丂部甹木生條也引書作甹枿今般庚篇作由槩詩之條肄即書之由槩傳既訓肄爲餘又申之云斬而復生曰肄斬而復生卽說文所謂伐木餘也淮南子俶眞篇今夫萬物之疏躍枝舉百事之莖葉條枿皆本於一根而條循千萬也高注枿讀詩頌苞有三槩同說文枿古文𤡆字條枿即條肄也○傳訓既爲已已爲已止之已又爲已然之已雞鳴行葦公劉傳竝以已釋既也遐遠棫樸下武同正義云不我遐棄猶云不遐棄我古之人語多倒詩之此類衆矣

魴魚赬尾王室如燬〔傳〕赬赤也魚勞則尾赤燬火也**雖則如燬父母孔邇**〔傳〕孔甚邇近也〔疏〕赬從赤故訓赤說文引詩作經或作赬左傳作竀爲假借字傳文魚上當奪魴字正義有魴字可證言魴魚勞則尾赤意以魴魚之勞猶君子之勞上二章言遵墳伐木皆其王事賢勞也說文魴赤尾魚也玉篇同哀十七年左傳如魚竀尾衡流而方羊詩正義引鄭衆云魚肥則尾赤以喻蒯聵淫縱左傳不言魴魚故仲師不從毛傳耳爾雅魴魾郭注云江東呼魴魚爲鯿一名魾邢疏引義疏云魴今伊洛濟潁魴魚也廣而薄肥䑋而少肉細鱗羅願爾雅翼云魴縮頭穹脊博腹色青白而味美今之鯿魚也毛不言魴爲何魚者以魴常有人共曉耳燬火釋言文釋文云燬音毀齊人謂火曰燬字書作焜說文同說文焜火也引詩作王室如焜是許所據詩作焜也○孔甚釋言文鄭羔裘小戎十月之交同凡孔與既同義故云孔且者猶既且也云亦孔者猶亦既也上傳既已也悉蟀傳已甚也孔者甚之詞也邇近釋詁文東門之墠杕杜小旻同列女傳賢明篇周南之妻者周南大夫之妻也大夫受命平治水土過時不來妻恐其懈於王事蓋與其鄰人陳素所與大夫言國家多難惟勉強之無有譴怒遺父母憂生於亂世不得道理而迫於暴虐不得行義然而仕者爲父母在故也乃作此詩君子以是知周南之妻而能匡夫也後漢書周磐傳磐居貧養母儉薄不充嘗誦詩至汝墳之卒章慨然而歎迺解韋帶就孝廉之舉李賢注引韓詩汝墳辭家也其卒章薛君章句赬赤也燬烈火也孔甚也邇近也言魴魚勞則尾赤君子勞苦則顏色變以王室政教如烈火矣猶觸冒而

仕者以父母甚迫近飢寒之憂爲此祿仕案此皆三家詩義毛意亦然也四牡傳云文王率諸侯撫叛國而朝聘乎紂故汝墳之國近在典治南方之中其時婦人亦被文王之化知君子之勤勞猶勉其仕於紂朝是文王之化行也君子不以私害公不以家事辭王事

麟之趾三章章三句

麟之趾關雎之應也關雎之化行則天下無犯非禮雖衰世之公子皆信厚如麟趾之時也（疏）衰世與野有死麕亂世皆謂殷紂時

麟之趾振振公子（傳）興也趾足也麟信而應禮以足至者也振振信厚也于嗟麟兮（傳）于嗟歎辭（疏）趾釋文作止爾雅止足也今作趾止趾古今字止與至同故傳既釋止爲足又以足至申明止足之義正義云言信而應禮則與左氏說同以爲修母致子也服虔哀十四年左傳注云視明禮修而麟至思睿信立白虎擾言從義成則神龜在沼聽聰知正而名山出龍貌恭體仁則鳳皇來儀騶虞傳云有至信之德則應之是與左傳說同也說者又云人臣則修母致子應以昭二十九年左傳云水官不修則龍不至故也人君則當方來應案孔穎達左傳疏及禮記禮運疏引異義與此詳略不同左傳疏又云賈逵服虔穎容等皆以孔子自衛反魯考正禮樂修春秋約以周禮三年文成致麟麟感而至然則先儒皆主修母致子之說矣麟爲應禮之信獸詩以麟喻公子言公子應文王之禮化其德似麟也麟依說文作麐○序云公子皆信厚故傳以振振訓信厚殷其雷振振君子謂大夫之信厚傳訓亦同公子公之子也姓族之所自出也二章公姓三章公族同姓族於公子者也文選謝朓入公山詩注引韓詩章句亦云吁嗟歎辭也于吁古今字辭當作詞歎詞美歎之詞也美歎曰嗟傷歎亦曰嗟凡全詩歎詞有此二義或言嗟或言嗟嗟或言猗嗟或言于嗟爾雅嗟咨𧮪也說文口部嗞𧮪也言部𧮪嗞也嗟𧮪𧮪同

麟之定振振公姓（傳）定題也公姓公同姓于嗟麟兮（疏）定題題本作顛定本作題釋文正義皆以顛爲誤疑傳本作顛爾雅作題題顛同義而顛與定雙聲凡毛傳有不與爾雅盡同者必於聲求義也解之者不通其例遂據爾雅之文改毛傳之字矣爾雅釋言定題也題頂也車鄰傳白顛旳顙也題顛頂顙義同定依聲託訓也俗加頁作頷○古者諸侯之子爲公子公子之子爲公孫公孫之子始以王父字爲姓故與公同姓之人其姓實出於公公之別子爲得姓之祖也公之子別子也公子之子繼別也至公孫之子其長子則爲繼別之大宗其庶子即爲繼禰之小宗既有小宗即有庶姓五世而遷其羣小宗各自成其庶姓而羣庶姓又壹是統於大宗之正姓鄭注禮記大傳云姓世所由生又云姓正姓也始祖爲正姓高祖爲庶姓傳云公姓公同姓者同其姓必同其祖故唐杕杜不如我同姓傳同姓同祖也

麟之角振振公族（傳）麟角所以表其德也公族公同祖也于嗟麟兮（疏）傳文角上麟字疑衍角之爲言桷也較也定之爲言頷也庭也角定皆有正直之義此釋角爲表德而於上章之定不言經義者詳略可互見也角德雙聲定德亦雙聲爾雅麐麕身牛尾一角郭注云角頭有肉公羊傳曰有麕而角○公族猶公姓也孫以祖字爲姓以祖字爲族隱八年左傳諸侯以字爲謚因以爲族杜注云諸侯不賜姓其臣因氏其王父字或便即先人之謚稱以爲族爾雅釋親篇云父之從祖昆弟爲族父曾祖之孫也自己而上數至於曾此四世稱族之義也又云父之從祖祖父爲族曾王父高祖之子也族父之子相謂爲族昆弟高祖之玄孫也自己而上數至於高祖又下數至於玄孫此五世九族之義也又云族昆弟之子相謂爲親同姓與己同出於高祖之父此六世絕族之義也然雖絕族其庶姓猶各以始祖之正姓爲姓即各以始祖之命族爲族所謂同姓從宗合族屬也故傳以同族爲同祖同祖即同姓是姓族皆有服內外之親也正義謂公族較親於公姓則以公族爲親族之族而以公姓爲氏姓之姓謬矣

卷一終

長洲陳奐學

召南鵲巢詁訓傳弟二　毛詩國風

召南之國十四篇四十章百七十七句（疏）釋文召地名在岐山之陽扶風雍縣南有召亭水經渭水注雍水東逕召亭南故召公之采邑京相璠曰亭在周城南五十里案周武王封召公於北燕在成王時爲三公北燕國今京師順天府治召公未就國居王朝爲西伯自陝以西主之周公定樂遂以分陝所典治之國名之曰召南焉

鵲巢三章章四句

鵲巢夫人之德也國君積行累功以致爵位夫人起家而居有之德如鳲鳩乃可以配焉（疏）鳲釋文作尸今通俗作鳲騶虞序鵲巢之化行人倫既正朝廷既治天下純被文王之化是鵲巢推本文王矣德如鳲鳩猶云德如關雎也關雎麟止王者之風故曰后妃鵲巢騶虞諸侯之風故曰夫人后妃夫人皆謂大姒也周公作樂爲後世法

維鵲有巢維鳩居之（傳）鳩鳲鳩秸鞠也鳲鳩不自爲巢居鵲之成巢之子于歸百兩御之（傳）百兩百乘也諸侯之子嫁於諸侯送御皆百乘（疏）鳩五鳩之總名序云鳲鳩故傳知鳩爲鳲鳩也鳲鳩一名秸鞠爾雅作鴶鵴說文作秸𪇘方言布穀自關而東西梁楚之閒謂之結誥周魏之閒謂之擊穀爾雅邢疏引義疏云今梁宋之閒謂布穀爲鴶鵴一名擊穀郭注云江東呼爲穫穀鄭注月令作搏穀案結誥擊穀卽秸鞠之轉語穫搏與布聲相近方言又誤以鳲鳩爲戴勝鳥辨

見鳲鳩篇鳲鳩篇鳲鳩在桑其子七兮傳云鳲鳩秸鞠也鳲鳩之養其子朝從上下莫從下上平均如一是郎鳲鳩之德也故詩人以鳲鳩興諸侯夫人云鳩鳩不自爲巢居鵲之成巢者此易傳所謂地道无成而代有終之義也箋云鵲之作巢冬至架之至春乃成淮南子天文篇曰冬至鵲始加巢又時則篇鵲加巢加與架通古人嫁娶在霜降後冰泮前故詩人以鵲巢設喻○傳云百兩百乘兩乘以車馬爲數兩一車兩輪也百兩以兩輪爲數也管子乘馬篇一乘者四馬也百乘以四馬爲數也云諸侯之子嫁於諸侯送御皆百乘者此合次章百兩將之而總釋其義思齊傳御迎也士昏禮注御當爲訝訝迎也謂壻從者也迎親迎也諸侯親迎從者百乘也韓奕韓侯迎止百兩彭彭箋亦云百兩百乘也

維鵲有巢維鳩方之（傳）方有之也**之子于歸百兩將之**（傳）將送也（疏）方有之釋文據傳一本無之字非也凡詁義不盡則用之字以足之如關雎服思之也葛覃濩煑之也又有連經文之字而言者芣苢薄言有之有藏之也靈臺經之營之經度之也昊天有成命大王荒之荒大之也詁訓本有此句法維鳩方之方有之也其例正同○將訓行送又行之引申也送之者有留車之禮又有來媵之文韓奕諸娣從之祁祁如雲傳云如雲言衆多也諸侯之子送之者亦百乘

維鵲有巢維鳩盈之（傳）盈滿也**之子于歸百兩成之**（傳）能成百兩之禮也（疏）盈滿匏有苦葉同墨子經上篇云盈莫不有也盈讀如百室盈止之盈巢之滿猶室之盈也○案一章迎二章送末章百兩成之兼送迎傳乃約文以釋之云能成百兩之禮者爲能成百兩送迎之禮也言成之者宜室家寧父母

采蘩三章章四句

采蘩夫人不失職也夫人可以奉祭祀則不失職矣（疏）禮記射義云采蘩者樂不失職也

于以采蘩于沼于沚〔傳〕蘩皤蒿也于於沼池沚渚也公侯夫人執蘩菜以助祭
神饗德與信不求備焉沼沚谿澗之草猶可以薦王后則荇菜也于以用之公
侯之事〔傳〕之事祭事也〔疏〕于以猶薄言皆發聲語助也蘩皤蒿爾雅釋草文七
月同七月之蘩生蠶則蘩非水草故正義以爲生於
沼沚之旁者也又爾雅蘩由胡蘩之醜秋爲蒿蘩醜不一種左傳疏引義疏云
凡艾白色爲皤蒿今白蒿春始生及秋香美可生食又可蒸一名遊胡北海人
謂之旁勃故大戴禮夏小正傳曰蘩遊胡遊胡旁勃也案今小正作由胡遊由
同也陸以皤蒿由胡皆蘩之異名箋云豆薦蘩菹本小正傳則鄭亦以蘩爲由
胡不始於元恪也蘩當作蘇○于於釋詁文經作于傳作於于於古今字上于
以爲發聲下于訓於與在同義沼池正月靈臺同沚訓渚渾言之也蒹葭傳小
渚曰沚析言之也傳言蘩菜助祭不求備物即本左傳以釋經義隱三年左傳
云苟有明信澗谿沼沚之毛蘋蘩薀藻之菜筐筥錡釜之器潢汙行潦之水可
薦於鬼神可羞於王公此傳及采蘋傳皆本左以爲說也云王后則荇菜也者
關雎傳后妃有關雎之德乃能共荇菜備庶物以事宗廟彼言王后必備庶物
者義各有所取也祭事釋事字則傳文之字疑當衍

于以采蘩于澗之中〔傳〕山夾水曰澗于以用之公侯之宮〔傳〕宮廟也〔疏〕爾雅釋山山夾
水澗傳所本也考槃同釋名云澗閒也言在兩山之閒也凡兩者爲閒兩山之
閒必有川焉故其川流行於兩山閒者爲澗○爾雅宮謂之室云廟者宮中之
一室也公羊穀梁傳竝云羣公曰宮此羣公廟稱宮矣廟數同於五服之親天
子諸侯皆立四親廟與大祖共五廟周制天子有二祧稱七廟不數二祧止五
廟詳清廟篇

被之僮僮夙夜在公〔傳〕被首飾也僮僮竦敬也夙早也被之祁祁薄言還歸〔傳〕

祁祁舒遲也去事有儀也【疏】君子偕老副笄六珈傳副者后夫人之首飾編髮爲之彼傳以副爲首飾則被與副同物副用編髮被亦用編髮編髮卽周禮追師之編次也葛覃傳云婦人有副褘盛飾接見于宗廟此詩言公侯夫人助祭宗廟首飾必用副則被之爲副又可證也少牢饋食禮主婦被錫衣侈袂主婦贊者一人亦被錫衣侈袂禮箋云被卽詩所謂被與案少牢主婦被特牲主婦纚笄被尊於纚笄是大夫妻有被矣大夫妻之被與諸侯夫人之被被飾尊卑不同而要不得爲髲也鄭改少牢被爲髲又讀詩之被爲髲鬄之髲髲鬄婦人常服后夫人副雖用編髮作成與髲鬄制相似然亦不以髲鬄爲從祭之服鄭注追師及士昏少牢以髲鬄爲周禮之次而次又非后夫人從祭之服也箋詩與注禮又不合○古僮童通射義注引詩被之童童廣雅童童盛也此三家詩義童童爲首飾盛祁祁亦當爲首飾盛毛於祁祁揆下文薄言還歸爲舒遲僮僮揆下文夙夜在公爲竦敬則首飾之盛不待言矣僮竦疊韻夙早爾雅釋詁文釋文作蚤東方未明生民傳竝訓夙爲早而此傳又爲全詩夙夜二字通訓也古曰夙夜今曰早夜夜未旦謂之早夜庭燎云夜如何其夜未央夜如何其夜未艾未央未艾卽早夜之義末章云夜如何其夜向晨晨明也向明已非早夜矣行事必以早夜爲恭敬故周語叔向說昊天有成命曰夙夜恭也是也被之僮僮夙夜在公被之祁祁薄言還歸公讀如論語祭於公之公在公正行助祭之禮故夫人用被爲首飾之最盛其非視濯溉饎爨可知且在公與下文還歸意緊相承不應中閒橫梗先夕親事可知公公廟也歸歸燕寢也僮僮來儀也祁祁去儀也夙夜在公質明而始行事薄言還歸晏朝而還也夙夜二字連讀得義而與夙興夜寐平列者自不同也全詩中若行露小星雞鳴陟岵雨無正烝民韓奕昊天有成命我將振鷺閔予小子有駜解者失其讀久矣因具論之爾雅祁祁遲遲徐也祁與遲聲同義通傳云舒遲者容儀安徐祁祁然也又申之云去事有儀也者祁祁爲事畢歸去之儀則僮僮爲助祭初來之儀依文作訓義可互見也

草蟲三章章七句

草蟲大夫妻能以禮自防也

喓喓草蟲趯趯阜螽(傳)興也喓喓聲也草蟲常羊也趯趯躍也阜螽蠜也卿大夫之妻待禮而行隨從君子未見君子憂心忡忡(傳)忡忡猶衝衝也婦人雖適人有歸宗之義亦既見止亦既覯止我心則降(傳)止辭也覯遇降下也(疏)廣雅喓喓鳴也聲亦鳴也說文無喓字爾雅草螽負蠜正義引爾雅作草蟲又引義疏云小大長短如蝗也奇音青色好在茅草中春秋莊二十九年秋有蜚蜚亦蝗也漢書五行志劉歆以爲負蠜郭璞以爲常羊本毛詩說廣雅趯趯跳也躍跳義同阜螽蠜釋蟲文義疏云今人謂蝗子爲螽子兖州人謂之螣阜俗作皀螽爾雅釋文本亦作蠜音終公羊春秋螽作螺螺即蠜字據諸家說草蟲爲蝗阜螽爲蝗子蠜謂異種同類是也庶人之家有不待備禮者卿大夫之妻必待備禮而後行待禮而行隨從君子傳謂大夫妻而言也首章以阜螽之從草蟲興妻之隨從君子此蓋明言其意所在也凡言興體有寓意於喻言者又有明言其正意者是其例也二三章以陟山采菜興從君子必當順其志願○忡忡衝衝古今語言之變也衝說文从童衝衝讀如憧憧往來之憧楚辭九歌極勞心兮𢥞𢥞又嚴忌哀時命心煩冤之𢥞𢥞廣雅𢥞𢥞憂也本三家詩傳云婦人雖適人有歸宗之義以釋經未見憂心未見君子謂未成婦也古者婦人三月廟見然後成婦禮未成婦有歸宗義故大夫妻於初至時心憂之衝衝然也春秋宣五年秋九月齊高固來逆叔姬冬齊高固及子叔姬來左傳冬來反馬也杜注云禮送女留其送馬謙不敢自安三月廟見遣使反馬孔疏云禮送女適於夫氏留其所送之馬謙不敢自安於夫若被出棄則將乘之以歸故留之也至三月廟見夫婦之情既固則夫家遣使反其所留之馬以示與之偕老不復歸也案古者諸侯以上不取國中之女反馬告寧乃遣大夫行之大夫無外交不得取他國中之女女歲歸寧大夫不得親自反馬故齊高固既取魯女而來反馬示譏爾然大夫禮亦三月廟見亦留馬留馬之禮即有歸宗之義諸侯以上

體尊無出士卑當夕成昏皆不歸宗故此傳亦謂大夫妻而言也禮記曾子問篇孔子曰三月而廟見稱來婦也曾子問曰女未廟見而死則如之何孔子曰不遷於祖不祔於皇姑壻不杖不菲不次歸葬于母氏之黨示未成婦也此亦大夫禮也嫁不三月不成婦死則歸黨出則可以歸宗全婦節遂女志又互見葛屨篇鄭謂士以上皆當夕成昏故以未見爲在塗既見爲同牢失之○傳訓止爲辭辭當作詞爲全詩止字發凡也抑箋云止辭也爾雅釋詁遘遇也覯與遘通公劉抑傳訓覯爲見此訓覯爲遇者既見謂已見君子既遇謂已與君子相遇也穀梁傳云遇者志相得也志相得謂之遇相偶亦謂之遇故釋言云遇偶也易彖辭傳遘遇也柔遇剛也又序卦傳遘者遇也物相遇而後聚詩言初昏之子得遇於君子夫婦和則室家成室家成而繼嗣生所謂相遇而後聚也此傳義也降下釋言文文王傳亦訓降爲下襄二十七年左傳鄭伯享趙孟子展賦草蟲趙孟曰善哉民之主也抑武也不足以當之又曰子展其後亡者也在上不忘降案此雖斷章取義然亦主爲卿大夫者說

陟彼南山言采其蕨【傳】南山周南山也蕨鼈也**未見君子憂心惙惙**【傳】惙惙憂也**亦既見止亦既覯止我心則說**【傳】說服也【疏】詩言南山雖繫於召南而實與周南不分疆域故傳云周南山也致周原在今岐山縣東其南與郿縣接界太一山卽太白山在縣東南則周南山卽太一山也終南山在酆鎬之南古文尚書家說以武功縣之太一當終南說者謂秦風之終南卽此詩傳所說之周南山其誤最甚○蕨鼈爾雅釋草文齊民要術卷九引義疏云蕨山菜也初生似蒜莖紫黑色二月中高八九寸先有葉瀹爲茹滑美如葵三月中其端散爲三枝枝有數葉葉似青蒿長麤堅長不可食周秦曰蕨齊魯曰鼈管子地員篇五粟之土藻龜楢檀五位之土求龜楢檀鼈劉績一本作龜上一字皆柔字之誤求柔聲相近藻柔形相近因而誤作求又作藻下一字乃鼈字之誤鼈字滅去上半之敝遂誤作黽又誤作龜耳郭璞山海經注云楢剛木中車材檀木中材故曰楢檀鼈草可食故曰柔鼈也夷吾齊人故評蕨爲鼈矣○晏子春秋外篇惙惙矣如之何淮南子原道篇其

爲悲不惙惙與詩惙惙同惙惙爲憂則上章忡忡亦爲憂義得互明也爾雅忡忡惙惙憂也說文忡憂也引詩憂心忡忡惙憂也引詩憂心惙惙則忡忡惙惙皆爲憂也說服雙聲爾雅云悅服也劉向說苑君道篇引詩作悅說悅古今字

陟彼南山言采其薇(傳)薇菜也**未見君子我心傷悲**(傳)嫁女之家不息火三日思相離也**亦既見止亦既覯止我心則夷**(傳)夷平也(疏)薇菜者菜名薇也采薇同薇以芼羹公食大夫士虞特牲饋食記鉶芼皆用薇芼卽菜也說文云薇菜也佀藿陸機以爲山菜爾雅薇垂水顧野王云水濱生故曰垂水吳江陳啓源稽古編云垂水生水旁不生水中澗谿潢潦皆山間水薇生其旁無害爲山菜案此說似得之四月篇云山有蕨薇○曾子問孔子曰嫁女之家三夜不息燭思相離也此凡嫁女者之常禮傳引之者以釋經我心傷悲言大夫妻未三月未成爲婦憂不當君子無以寧父母我心用是傷悲爾不當君子猶恐其被出歸宗也無以寧父母故念父母之思離己也春秋成九年二月伯姬歸于宋夏季孫行父如宋致女左傳季文子如宋致女復命公享之賦韓奕之五章穆姜出于房再拜曰大夫勤辱不忘先君以及嗣君施及未亡人先君猶有望也敢拜大夫之重勤又賦綠衣之卒章而入孔疏云此伯姬二月歸夏致女其間近三月禮婦入三月廟見廟見之後婦禮旣成使大夫聘問謂之致女案父母思離故有致女之禮至如穆姜出拜可謂寧父母矣其禮行於三月廟見後亦是思相離之義諸侯致女春秋一見大夫無聞○夷平出車節南山桑柔召旻傳同夷者侇之省說文侇行平易也士喪禮奉尸侇于堂今文侇作夷侇當爲侇此夷侇爲古今字通用之證凡全詩夷字有平說易常四義其正字皆當作侇也

采蘋三章章四句

采蘋大夫妻能循法度也能循法度則可以承先祖共祭祀矣(疏)禮記射義云采蘋者樂循

法
也
于以采蘋南澗之濱于以采藻于彼行潦(傳)蘋大蓱也濱厓也藻聚藻也行潦
流潦也(疏)說文蘋大蓱也今字通作蘋爾雅釋草苹蓱其大者蘋傳所本也釋
文引韓詩云沈者曰蘋浮者曰薸薸音瓢卽蓱是蘋蓱有大小沈浮
之異苹其大名耳韓言沈者非不浮也但其根連水底較大於水浮之蓱說雖
異而義實同蘋作菜蓱不作菜也隱三年左傳蘋蘩薀藻之菜杜注云蘋大蓱
孔疏引義疏云今水上浮蓱是也其麤大者謂之蘋小者曰蓱季春始生案字
亦作萍月令季春之月萍始生逸周書時訓篇穀雨之日萍始生紀萍生候也
夏小正七月湟潦生苹傳湟下處也有湟然後有潦有潦而後有苹也此正與
詩義合藻亦蘋之屬詩言采蘋藻為菜為嫁女教成而祭教成亦在七月蓋古
者嫁娶秋始行之南澗南山之澗也濱厓北山同疑濱字出三家詩召旻釋文
引張揖字詁云瀕今濱說文瀕水厓人所賓附也今毛詩唯召旻作瀕耳沈約
宋書何尚之傳引毛詩南澗之瀕○藻說文引詩作薻或作藻傳云聚藻左傳
澗之薀藻杜注云薀藻聚藻也孔疏引義疏云生水底有二種其一種葉如雞
蘇莖大如箸長四五尺其一種莖大如釵股葉如蓬蒿謂之聚藻此二藻皆可
食煑熟挼去腥氣米麪糝蒸為茹嘉美據陸說則莖如釵股者為聚藻矣爾雅莙
牛藻郭注似藻葉大江東呼為馬藻邢疏及家訓書證篇引郭注三蒼莔以牛
藻謂卽聚藻也行猶流也行潦山澗之流潦也泂酌傳亦云行潦流潦也於南
澗言蘋於行
潦言藻互詞
于以盛之維筐及筥于以湘之維錡及釜(傳)方曰筐圓曰筥湘亨也錡釜屬有
足曰錡無足曰釜(疏)甫田傳云在器曰盛說文匡筥也或作筐筥䈬也䈬飯筥
也受五升秦謂筥曰䈬方言作簇筐筥同類而有方圓
之異本為飯器乃以盛蘋藻也小雅采菽采菽筐之筥之筐筥盛菽亦為芼羹
之用○湘讀為鬺假借字也景祐本漢書郊祀志皆當鬺亨上帝鬼神顏師古

注云鬺煑也鬺亨煑而祀也引韓詩于以鬺之史記封禪書字亦作鬺說文鬺
煑也不錄鬺鬺即鬺也亨與煑同義楚茨傳亨飪之也錡釜屬則錡與釜屬而
別也郭璞注方言云錡或曰三腳釜玉篇云三足釜說文鬴鍑屬也或作釜周
禮㮚人注云六斗四升曰鬴正義云定本有足曰錡下更無傳俗本錡下又云
無足曰釜御覽器物部二引無無足曰釜與定本同而六書故
錡下鬺下兩引毛傳有足曰錡無足曰釜是毛傳有此兩本也

于以奠之宗室牖下（傳）奠置也宗室大宗之廟也大夫士祭於宗室奠於牖下

誰其尸之有齊季女（傳）尸主齊敬季少也蘋藻薄物也澗潦至質也筐筥錡釜陋器也少女微主也古之將嫁女者必先禮之於宗室牲用魚芼之以蘋藻（疏）

奠訓置故奠祭爲置祭左傳寘諸宗室此傳所本也寘亦置也云宗室大宗之廟也者定之方中室猶宮也采蘩宮廟也室宮同義故宮謂之廟亦室謂之廟詩言設祭於宗室故謂室爲廟也宗以廟爲主故主祭者稱宗禮記喪服小記別子爲祖繼別爲宗繼禰者爲小宗有五世而遷之宗其繼高祖者也鄭注云別子諸侯之庶子別爲後世爲始祖繼別別子之世長子爲其族人爲宗所謂百世不遷之宗繼禰者別子庶子之長子爲其昆弟爲宗謂之小宗者以其將遷也小宗有四或繼高祖或繼曾祖或繼祖或繼禰皆至五世則遷蓋古者立宗之義有小宗以聯其情又有大宗以收其族大宗者合羣小宗而名之者也羣小宗各有下正之廟不得有大宗之廟大宗之廟唯繼別之宗子世世祀之亦羣繼禰之庶子世世宗之是祖爲百世不遷之祖宗爲百世不易之宗廟爲百世不毀之廟天子諸侯有大祖廟大夫士則爲始祖廟傳云大夫士祭於宗室奠於牖下此依經作訓下傳亦云禮之於宗室各本作宗廟轉寫者或涉傳上句廟字而改耳今依正義作宗室訂正大夫士祭於宗室此即庶子不祭祭於宗子之義也喪服小記庶子不祭祖者明其宗也鄭注云言不祭祖者主謂宗子庶子俱爲適士得立祖禰廟者也凡正體在乎上者謂下正猶爲庶也又庶子不祭禰者明其宗也鄭注云謂宗子庶子俱爲下士得立禰廟也雖庶人

亦然欲程瑤田宗法小記云宗子庶子皆爲適士於禮皆得立祖禰廟而主祭者唯宗子雖庶子爲下正得自祭禰而不祭祖故曰庶子不祭祖明其宗也宗子庶子皆爲下士於禮皆得立禰廟而主祭者唯宗子庶人祭於寢主祭者亦唯宗子故曰庶子不祭禰明其宗也案此士爲庶子不祭祭必於宗子也曾子問宗子爲士庶子爲大夫其祭也如之何孔子曰以上牲祭於宗子之家祝曰孝子某爲介子某薦其常事葢大夫得立曾祖廟但已爲庶子義不當立故孔疏引崔靈恩云當寄立曾祖廟於宗子之家亦得以上牲宗子爲祭也喪服小記士不攝大夫士攝大夫唯宗子亦其義也此宗子爲士庶子爲大夫而主祭者亦唯宗子矣若宗庶同爵皆爲大夫庶子不祭禮更可知宗法小記云宗子庶子爲大夫宗子爲繼曾祖之宗有曾祖祖禰三廟主祭宗子之弟三廟與宗子其不祭宗子從父昆弟是下正有禰廟主祭而爲祖與曾祖之庶者祖與曾祖與宗子其不祭宗子從祖昆弟是下正有祖禰二廟主祭而爲曾祖之庶者曾祖廟與宗子其不祭案此大夫爲庶子不祭祭必於宗子也然則大夫士必祭於宗子之室矣下士是庶子不得立禰廟而祭於繼禰之宗適士是庶子不得立祖廟而祭於繼祖之宗大夫是庶子不得立曾祖廟而祭於繼曾祖之宗是皆曰小宗若大宗其室則宗子家也其廟則始祖廟也古者嫁女當祭女所出之祖祖廟毀乃祭於大宗之家之廟故正義申明傳義云言大夫士祭於宗室謂祖廟已毀或非君同姓故祭大宗之家是已牖下宗室之牖下也胡培翬云大夫士宗廟之制室在中有東西房或以爲無西房者燕寢非廟與正寢也房室皆向堂開戶房有戶無牖室則戶牖俱有戶在東牖在西故堂上以戶牖閒爲尊位亦有單就牖以明其位者顧命牖間南嚮周禮司几筵筵國賓于牖前是也此詩言牖下與牖閒牖前義葢同奐案胡說廟牖極明白以牖下爲堂上意用箋義但禮記飯于牖下左傳狄于牖下蔡邕獨斷霤神在室祀中霤設主于牖下也皆指室中詩言奠于牖下指室中不指堂上○尸主釋詁文襄二十八年左傳穆叔曰濟澤之阿行潦之蘋藻寘諸宗室季蘭尸之敬也左傳正釋此詩傳詁齊爲敬即本諸此也玉篇女部引詩作孌說文孌材也廣雅孌好也皆三家詩義陟岵傳人傳以季爲少子此季訓少又爲少女也傳既釋字訓又總釋全章大指蘋藻薄物澗潦至質筐筥錡釜陋器此本左傳義與采蘋傳

同少女微主卽是季蘭尸之亦本左傳義也禮記昏義篇古者婦人先嫁三月祖廟未毀敎于公宮祖廟既毀敎于宗室敎以婦德婦言婦容婦功敎成之祭牲用魚芼之以蘋藻所以成婦順也傳於葛覃篇旣言女師敎女之事而於此又引昏義文者以明此詩亨飪蘋藻奠祭宗室正與禮記敎成之祭合矣楚語庶人食菜祀以魚則牲用魚爲薄祭也芼菜也箋云亨蘋藻者於魚湆之中是鉶羹之芼又云魚俎實正義云魚體在俎蘋藻亨於魚湆之中此釋牲魚芼蘋藻之說也毛傳亦謂敎成之祭其云禮之於宗室者將嫁之女既於宗子之家敎之敎之三月又設奠於大宗之家此與士昏禮父醴女而俟迎者在當嫁之夕非將嫁之先異時二事箋解經不誤唯誤會傳義以禮爲父醴女正義回護鄭說乃謂傳合敎成之祭與父醴女爲一事非也

甘棠三章章三句

甘棠美召伯也召伯之敎明於南國（疏）漢書王吉傳說苑貴德篇法言先知篇白虎通義封公侯篇及巡守篇並引此詩爲召之事行露序云召伯聽訟甘棠傳云召伯聽男女之訟公作二伯分陝述職聽斷獄訟後世思而歌詠之則甘棠謂作於武王世矣案此三家說也甘棠行露紀一時行露述訟者之辭甘棠美聽訟者之德施化在前而采風在後也行露箋云衰亂之俗微貞信之敎興殷之末世周之盛德當文王與紂之時此箋則云召公爲二伯此美其功然同一召伯也行露爲文王詩甘棠爲武王詩葢參三家而爲之說

蔽芾甘棠勿翦勿伐（傳）蔽芾小貌甘棠杜也翦去伐擊也**召伯所茇**（傳）茇草舍也召伯聽男女之訟不重煩勞百姓止舍小棠之下而聽斷焉國人被其德說其化思其人敬其樹（疏）說文蔽蔽小艸也爾雅芾小也韓詩外傳引詩作蔽茀卷阿傳茀小也芾與茀同我行其野箋蔽芾始生始生卽此傳所云小皃之義也爾雅釋木杜甘棠杜赤棠白者棠是甘棠赤棠皆得謂之杜唯別其色之白者謂之棠杜可以通稱棠棠則不可以通稱杜也毛傳

於此甘棠釋杜而於唐風杕杜之杜釋赤棠竝用爾雅說文云棠牡曰棠牝曰杜杜甘棠也小雅有杕之杜有晥其實此卽牝杜之義證杜有實棠則華而不實說文亦是通杜於棠而別棠於杜牡牝之說足以補雅傳之未及而與雅傳竝無不合杕杜正義引義疏云赤棠與白棠同耳但子有赤白美惡子白色爲白棠甘棠也少酢滑美赤棠子澀而酢無味俗語云澀如杜是也依陸說棠亦有子白棠爲甘棠赤棠澀如杜則詩之杜其赤棠與其白棠與乃始與古說相混耳說文𠝣齊斷也从刀歬聲隸變作前經典通假作翦云去者去其枝葉也釋文引韓詩作剗初簡反剗謂剗除與去義相近蔡邕劉鎮南碑蔽芾甘棠召伯聽訟周人勿剗我賴其楨所據詩亦作剗伐擊采芑同擊者非斬伐之謂乃毀傷之意故汝墳伐其條枚伐其條肄不訓擊也○茇草舍也以下四十一字宋本岳本皆爲箋汲古注疏本茇草舍也四字爲傳以下爲箋正義云定本集注於此注內無箋云則皆爲傳文可證矣今據以訂正說文废舍也詩曰召伯所废釋文引說文舍上有草字爲許正用毛訓是其所據詩作废也今字作茇與废同傳云草舍二字見襄二十八年左傳文又定九年引詩而釋之云思其人猶愛其樹襄十四年晉士鞅曰武子之德在民如周人之思召公焉愛其甘棠昭二年晉韓宣子來聘旣享宴于季氏有嘉樹焉宣子譽之武子曰宿敢不封殖此樹以無忘角弓遂賦甘棠宣子曰起不堪也無以及召公此皆傳義之所出也

蔽芾甘棠勿翦勿敗召伯所憩 傳 憩息也 疏 集韻二十六產引韓詩勿剗勿敗○憩息爾雅釋詁文詩爾雅釋文皆云憩本又作愒菀柳民勞皆作愒說文愒息也愒與墍聲近愒之俗作憩猶墍之俗作塈也

蔽芾甘棠勿翦勿拜召伯所說 傳 說舍也 疏 王讜唐語林引施士丐詩說云拜如人身之拜小低屈也上言勿翦終言勿拜明召伯漸遠人思不可得也毛詩拜猶伐非也據施說疑毛傳本有拜猶伐也四字今奪然首章傳伐訓擊施乃誤仞爲斬伐故謂毛爲非耳廣韻十六怪扒拔也引詩勿翦勿扒鄭箋亦云拜之言拔也皆本三家義○說舍雙聲浮游箋云說猶舍息也

行露三章一章三句二章章六句

行露召伯聽訟也衰亂之俗微貞信之教興彊暴之男不能侵陵貞女也（疏）列女傳貞順篇詩爲申人之女所自作此三家說也

厭浥行露豈不夙夜謂行多露（傳）興也厭浥溼意也行道也豈不言有是也（疏）說文浥溼也厭浥古語厭浥溼三字聲同傳訓行爲道凡六見而義別道路之道謂之道道義之道亦謂之道載馳之亦各有行鹿鳴之示我周行傳行道也道義之道也此篇及北風之攜手同行有女同車之有女同行行葦之敦彼行葦傳行道也皆道路之道也公劉爰方啓行傳云方開道路義亦同行露道中有露也興者夙夜行露喻犯禮雀角鼠牙喻彊暴速獄訟○後箋云詩首三句初讀之似與豈不爾思畏子不奔文意相類故箋云我豈不知當早夜成昏禮與謂道中之露太多故不行耳正義卽用此述傳然女方被訟不從而乃先云豈不欲之作此婉辭不合語意玩首章謂字當與下二章誰謂之謂一律誰謂者誣善之辭衆不能察而歸之聽訟之明者也故此云厭浥者道中之露也然必早夜而行始犯多露豈不早夜而謂多露之能濡己乎以興本無犯禮不畏彊暴之侵陵也傳云豈不言有是也謂有是早夜而行者則可謂道中多露經反言之傳正言之可謂善會經旨矣左傳僖二十年隨以漢東諸侯叛楚楚鬬穀於菟帥師伐隨取成而還君子曰隨之見伐不量力也量力而動其過鮮矣善敗由己而由人乎哉詩曰豈不夙夜謂行多露此正以夙夜犯露爲不量力之喻言豈有量力而動猶至見伐乎又襄七年晉韓獻子告老公族穆子有廢疾將立之辭曰詩曰豈不夙夜謂行多露此亦謂自量不才故辭位如人不早夜可無犯露耳杜注皆云豈不欲早夜而行懼多露之濡己此箋義非傳義也傳以厭浥爲多露濡溼之意三句一貫語本直截箋則以行露爲始有露是二月嫁娶正時多露則三月四月已過昏時故云禮不足而彊來於經文三句中多一轉折不如毛義爲允易林云厭浥晨夜道多湛露霑衣濡襦重不可步亦卽以厭浥爲多露無

二月四月之別也

誰謂雀無角何以穿我屋誰謂女無家何以速我獄（傳）不思物變而推其類雀之穿屋似有角者速召獄埆也**雖速我獄室家不足**（傳）昏禮純帛不過五兩（疏）

誰孰也以猶為也鼓鍾傳以雅以南為雅為南也是以為同義雀無角鼠無牙物之常也今視屋牆之穿推其類則雀似有角鼠似有牙矣物之變也彊暴之男本無家亦物之常也今視獄訟之速推其類則無家而似有家若雀無角而有角鼠無牙而有牙矣亦物之變也雀鼠喻彊暴之男也穿屋穿墉喻無禮也貞女守禮之常今彊暴來侵陵故作此驚疑意外之語傳云不思物變四字合下章而總釋其義速召疊韻東方未明傳云召告也獄埆亦疊韻埆當作确說文犾部獄确也从犾从言二犬所以守也許本毛詩則傳作确不作埆此其證矣周禮大司寇之職以嘉石平罷民以肺石達窮民确者正取嘉石肺石以命名獄亦訟也速於訟獄或坐嘉石或立肺石皆在聽斷之後非即入於圜土也鄭司農司圜注云圜土謂獄城也若字作土旁角則已入於圜土矣後漢書寇榮傳不復質确其過寘於嚴棘之下李注云質正也确實也嚴棘為獄也其字亦作确○傳純字定本作紂字依鄭注周禮以純為緇改純帛為紂帛猶芊箋瞻彼洛矣箋改純衣為紂衣說文無紂字周禮媒氏及儀禮士昏禮注郭璞穆天子傳注皆作純帛矣媒氏凡嫁子取妻入幣純帛無過五兩鄭注云五兩十端也士昏禮納徵玄纁束帛儷皮注云束帛十端也襍記下篇納幣一束束五兩兩五尋注云納幣謂昏禮納徵也十个為束貴成數兩兩合其卷是謂五兩八尺曰尋一兩五尋則每卷二丈也合之則四十尺今謂之匹猶匹偶之云與案納徵之禮重束帛耳士昏禮言玄纁束帛媒氏入幣純帛不及玄纁者五兩卽玄纁也媒氏曰純帛束帛也曰純帛五兩束帛十端也曰純帛無過五兩納幣一束束五兩也純之為言屯也野有死麕傳純束猶苞之也純亦束也秦策錦繡千純下束也管子輕重甲篇纂組一純一束也穆天子傳錦組百純說苑善說篇文織百純百束也聘禮注凡物十曰束又引朝貢禮純四只制丈八尺

天官內宰注引天子巡守禮制幣丈八尺純四袇與既夕禮注丈八尺曰制二制合之束十制五合元和惠士奇禮說云蓋一匹分兩端相對相合故曰兩亦曰純五兩則一束十端每端二丈純猶全也丈八爲端名曰制幣用之鬼神者也吉凶禮用制賓嘉禮用純案惠半農訓純爲全其說甚精而與鄭十爲束之義亦無不合帛幣也幣用玄纁昏禮之制不過乎此鄭氏注周禮破純帛爲緇帛賈公彥作疏遂有庶人用緇無纁之說而儀禮注仍援純帛以證束帛鄭固以前說爲不安矣詩言不足者禮不足也故傳引昏禮以明之列女傳亦云夫家之禮不備足義與毛同

誰謂鼠無牙何以穿我墉誰謂女無家何以速我訟(傳)墉牆也視牆之穿推其類可謂鼠有牙雖速我訟亦不女從(傳)不女從終不棄禮而隨此彊暴之男(疏)

說文牙壯齒也段注云壯齒者齒之大者也統言之皆偁齒偁牙析言之前當脣者偁齒後在輔車者偁牙牙較大於齒鼠齒不大故謂無牙也東方朔說騶牙曰其齒前後若一齊等無牙此爲齒小牙大之明證爾雅釋宮云牆謂之墉是墉卽牆也○傳云終不棄禮而隨此彊暴之男以釋經不女從之義今本傳文從上奪女蜀石經有女字今訂正禮純帛五兩也隨卽經之從字彊暴之男卽經之女字案此與上章義互足也韓詩外傳云夫行露之人許嫁矣然而未往也見一物不具一禮不備守節貞理守死不往列女傳云召南申女許嫁于酆夫家禮不備女不肎往夫家訟之於理致之於獄終以一物不具一禮不備守節持義必死不往服虔宣元年左傳注亦云古者一禮不備貞女不從竝合上下兩章爲訓也

羔羊三章章四句

羔羊鵲巢之功致也召南之國化文王之政在位皆節儉正直德如羔羊也(疏)

正義云德如羔羊者詩人因事託意見在位者裘得其制德稱其服故說羔羊之裘以明在位之德序達其意故云如羔羊焉

羔羊之皮素絲五紽（傳）小曰羔大曰羊素白也紽數也古者素絲以英裘不失其制大夫羔裘以居退食自公委蛇委蛇（傳）公公門也委蛇行可從迹也（疏）經言羔羊故傳釋小羔大羊唯羔爲大夫之裘故下傳但說羔裘耳正義云兼言羊者以羔亦是羊故連言以協句素白者考工記凡畫繢之事後素功論語八佾篇繪事後素素與繪事對言蓋以其色白可采也白絲不染絲也五古文作乂當讀爲交午之午周禮壺涿氏午貫象齒故書午爲五此五午相通之例魯有五父衢名亦是午達岐出也釋文它本作佗或作紽說文無紽字據陸所見詩作它它者佗之假借小弁傳佗加也傳詁它爲數者數與縫同事五佗猶交加言縫裘不言縫裘之絲後漢書循吏王渙傳注引韓詩章句云小者曰羔大者曰羊素喻絜白絲喻屈柔紽數名也詩人賢仕爲大夫者言其德能稱有絜白之性屈柔之行進退有度數也案韓與毛訓同唯紽爲絲數之量名與毛訓異玉篇紽絲數也或紽字出韓詩○傳旣釋經字再總釋經義云古者庠文王時也干旄篇素絲紕之傳紕所以織組也素絲組之傳總以素絲而成組也鄭注玉藻云紕緣邊也襍記云在旁曰紕在下曰純深衣云純謂緣之也純邊衣裳之側廣各寸半旣夕記云飾裳在幅曰綼在下曰緆素絲者織成之組作裘緣邊之紕漢人謂之偏諸傳云素絲以英裘謂以素絲爲縫裘之飾英猶飾也清人闕宮皆以英爲飾出車傳英英鮮明皃郎其義也又云不失其制者言不失縫裘制度下章傳云縫殺之大小得其制兩制字一意大夫庠文王時在位者也大夫在朝服玄冠朝服羔裘豹褎緇衣以爲裼卒食燕居易玄冠玄端朝玄端夕深衣則其裘空朝羔裘而夕褻裘此羔裘爲在家之禮服也傳云大夫羔裘以居與七月傳狐貉之厚以居狐貉褻裘也兩居字義同此謂居家非謂居朝傳揆下文退食自公而言○公公門謂應門也玉藻朝辨色始入君日出而視之鄭注云入入應門也應門內治朝爲卿大夫治事之所諸侯則爲雉門襄七年左傳詩曰退食自公委蛇委蛇謂從者也衡而委蛇必折杜注云委蛇順貌衡橫也橫不順道必毀折傳云行可從迹者正用左氏釋詩之語從俗作蹤君子偕老委委佗佗傳委委者行可委曲也佗佗者德平易也單言委重言委

委單言蛇重言蛇蛇亦作佗佗二傳訓同箋云委蛇委曲自得之皃委曲猶順從也釋文引韓詩逶迤公正皃韓字異而義亦相近

羔羊之革素絲五緎(傳)革猶皮也緎縫也**委蛇委蛇自公退食**(疏)載驅韓奕傳以革釋鞹革去毛之稱此言革與上章言皮同意則非去毛故云革猶皮也爾雅釋訓云緎羔裘之縫也傳詁緎爲縫正本爾雅作訓五緎既爲縫則五紽五總亦爲縫也爾雅獨解緎者蓋舉中言之耳說文黑部云黬羔裘之縫也繫傳引詩作羔羊之黬許所據詩爾雅皆作黬羔裘黑羔裘也所以縫黑羔裘是謂之黬其字從黑會意不從糸會意則知今本作緎非古也玉篇黬亦作緎從革即從皮皆於裘得義詩以素絲爲織成之組它黬總皆爲縫裘之名毛傳於黬訓縫而於它於總訓數數之爲言蔟蔟也皆即密縫之意也王引之詩述聞云紽緎總皆數也五絲爲紽四紽爲緎四緎爲總五紽二十五絲五緎一百絲五總四百絲故詩先言五紽次言五緎次言五總也西京雜記載鄒長倩遺公孫宏書曰五絲爲䌰倍䌰爲升倍升爲緎倍緎爲紀倍紀爲繌倍繌爲襚繌字又作總緎者二十絲總者八十絲紽之數今失其傳紽又作佗春秋時陳公子佗字五父則知五絲爲紽即西京雜記之䌰矣案此說與韓詩合今細繹經義上句言裘下句言縫若但言絲數而於縫殺之制其義不明蓋三家泥於五字爲數名故有此解然同是羔裘也首章止用二十五絲二三章又多至一百絲四百絲以用絲之多寡爲羔裘之制度其說迂迴難通總不如爾雅毛傳之得經恉也

羔羊之縫素絲五總(傳)縫言縫殺之大小得其制總數也**委蛇委蛇退食自公**(疏)上言皮革此言縫則所縫者皮革也周禮天官有縫人考工記攻皮之工有裘氏玉藻注云縫紩也爾雅釋言云黹紩也縫黹同事儀禮喪服記衣帶下尺衽二尺有五寸袂屬幅衣二尺有二寸袪尺二寸鄭注衣帶下尺者要也廣尺足以掩裳上際也衽所以掩裳際也二尺五寸與有司紳齊也屬猶連也連幅謂不削衣二尺有二寸此謂袂中也衣自領至要二尺二寸倍之四尺四寸加闊中八寸而又倍之凡衣用布一丈四寸袪袖口也尺口寸武進張惠言儀禮圖云衣之長二尺

二寸而用布得前後通爲五尺二寸是古之衣當肩爲殺縫中屈其八寸爲曲袷袷之左右皆殺去其八寸之布而爲縫如是則袷方而衣身止二尺二寸也案此端衣冕服之衣不連裳言也唯深衣長衣中衣衣連裳衣二幅裳四幅通前後十二幅儀禮圖云深衣亦連帶下之長以布七尺二寸中屈之闊中八寸前後各三尺二寸曲袷去布八寸當肩縫也袂中二尺二寸屬於幅袂中縫也左衽前後縫合之續衽縫也要中三尺六寸要縫也下齊倍要七尺二寸齊縫也深衣目錄云深衣連衣裳而純之以采者素純曰長衣有表則謂之中衣案此深衣長衣中衣皆連衣裳言也裳無明文端冕深衣皆有裳衣有紕純裳亦當然傳云縫殺大小得其制亦舉衣以明裳也裳幅廣狹與衣幅大小略相似歟說文云制裁也裁制衣也○小箋云東門之枌傳緵數也烈祖傳緵總也然則此傳數字當讀數罟之數五總猶俗云五稯也上文它數也亦當如此讀

殷其靁三章章六句

殷其靁勸以義也召南之大夫遠行從政不遑寧處其室家能閔其勤勞勸以義也

殷其靁在南山之陽(傳)殷靁聲也山南曰陽靁出地奮震驚百里山出雲雨以潤天下何斯違斯莫敢或遑(傳)何此君子也斯此違去遑暇也振振君子歸哉歸哉(傳)振振信厚也(疏)靁古雷字經言靁故傳云殷靁聲殷猶殷殷也殷殷猶隱隱也南山周南山也僖二十八年穀梁傳山南爲陽范甯注云日之所照曰陽周禮柞氏疏引爾雅山南曰陽今爾雅無此文雷出地奮震驚百里易豫震兩卦象彖辭文傳引之以釋經靁之義雷有雲雨以喻政澤故申之云山出雲雨以潤天下所以釋經靁在山陽之義而又補明其設喻意也百里就南山至近者說天下又推廣之天下純被文王之化而王道成

也○傳云何此君子以釋經何斯之斯斯此釋詁文釋經違斯之斯違讀如論語棄而違之之違節南山惡怒是違傳亦云違去也違斯猶言此去也故傳先釋斯後釋違逐其辭以釋其義詁訓中多有此例遑暇四牡同爾雅偟暇也古祇作皇遑偟皆非也今本唯漸漸之石不說邶谷風小弁之遑恤我後四牡采薇之不遑啓處殷武之不敢怠遑左傳引詩皆作皇其明證矣莫敢或皇莫不也或有也言不敢有暇也二章莫敢皇息言不敢暇止也三章莫或皇處言不有暇居也首章但言不暇下乃言不暇止居耳此篇例也振振信厚麟之止同箋云歸哉歸哉勸以爲臣之義未得歸也

殷其靁在南山之側【傳】亦在其陰與左右也何斯違斯莫敢遑息【傳】息止也振振君子歸哉歸哉【疏】上章山陽謂山南也此章山側傳以陰與左右釋經側字之義周禮疏引爾雅山北曰陰今亦無此文桓十六年公羊傳注云山北曰陰則陰在山北也北與背同北亦側也卷阿傳山東曰朝陽左謂東山東則左側也公劉傳山西曰夕陽右謂西山西則右側也是陰與左右皆側矣說文側旁也○息止葛生浮游民勞傳竝同

殷其靁在南山之下【傳】或在其下何斯違斯莫或遑處【傳】處居也振振君子歸哉歸哉【疏】或在其下或有也靁聲有在南山之下所謂靁出地奮也○處居四牡黃鳥同旣夕記今文處爲居是處居疊韻通用也處居古字作処凥

摽有梅三章章四句

摽有梅男女及時也召南之國被文王之化男女得以及時也【疏】時謂男三十女二十及猶汲汲也襄八年左傳晉范宣子來聘公享之宣子賦摽有梅季武子曰誰敢哉今譬於草木寡君在君君之臭味也歡以承命何時之有案此雖斷章亦取摽

梅及時爲喩序與左氏說合

摽有梅其實七兮（傳）興也摽落也盛極則隋落者梅也尚在樹者七求我庶士

迨其吉兮（傳）吉善也（疏）梅由盛而衰猶男女之年齒也梅媒聲同故詩人見梅以起興摽落爾雅釋詁文梅釋文引韓詩作楳說文楳或梅字其本字當作某某酸果也又說文𠬪讀若詩摽有梅許宗毛氏引作摽摽𠬪讀同又於音箸義也孟子梁惠王篇注引詩莩有梅丁公箸音義云韓詩也鄭德注漢書食貨志莩音蔈有梅之蔈蔈爲摽之誤而莩芆皆𠬪之俗玉篇艸部芆落也正作𠬪蔈本韓詩隋亦落也說文陊落也隋與陊義相近管子宙合篇奮盛苓落也盛而不落者未之有也此與傳盛極隋落之義合○首章云其實七兮二章云其實三兮傳以七三爲在樹者之實數言梅實之隋落者多而未隋落者有七有三也七三者合十數也詩人偶以之分爲耳正義申毛首章謂男年二十六七女年十六七二章謂男年二十八九女年十八九卒章云三十之男二十之女爲蕃育法孔據篇內有七字而附會其說失之鑿矣匏有苦葉鴟鴞傳云迨及也韓詩云迨願也吉善天係同

摽有梅其實三兮（傳）在者三也求我庶士迨其今兮（傳）今急辭也（疏）今者急之辭也說文云今是時也从亼从乛乛古文及急褊也从心及聲今與急皆從及諧聲會意辭當作詞

摽有梅頃筐塈之（傳）塈取也求我庶士迨其謂之（傳）不待備禮也三十之男二十之女禮未備則不待禮會而行之者所以蕃育民人也（疏）卷耳傳云頃筐畚屬塈玉篇引詩作概廣雅概取也或本三家詩與毛詩字異而訓同○古謂與曰同謂之謂之行親迎之禮莊二十二年穀梁傳禮有納采有問名有納徵有請期四者備而後娶禮也不待備禮言不待四者禮備便行親迎唯凶荒然也周禮大司徒以荒政十有二聚萬民十曰多昏鄭司農注云多昏不備禮而娶昏者多也與此傳

訓同傳又本周禮會男女法以申明不待備禮之義乃統釋全章非專釋末章凡傳總釋有發見於章首者又有發見於章末者此其例矣媒氏掌萬民之判凡男女自成名以上皆書年月日名焉令男三十而娶女二十而嫁凡娶判妻入子者皆書之中春之月令會男女於是時也奔者不禁若無故而不用令者罰之司男女之無夫家者而會之鄭注云無夫家謂男女之鰥寡者案男三十而娶女二十而嫁禮記曲禮內則大戴禮本命穀梁文十二年傳尚書大傳白虎通義竝有其文五經異義古春秋左氏說二十而嫁三十而娶庶人禮也管子入國篇云五日合獨所謂合獨者凡國都皆有掌媒丈夫無妻曰鰥婦人無夫曰寡取鰥寡而合和之予田宅而家室之三年然後事之此之謂合獨管子合獨亦卽行周禮會男女法古者未三十男亦行娶未二十女亦行嫁三十二十爲年盡若踰時無夫家則爲鰥寡矣嫁娶以秋冬爲正時冰泮而殺止仲春之月爲期盡周禮於仲春會男女之無夫家者以年盡之男女於期盡之月行之此雖禮不備而亦會而行之者也若遇凶荒亦得行此乃爲蕃育民人之法有狐序云古者凶荒則殺禮而多昏會男女之無夫家者所以蕃育民人也傳義正本彼序爲說逸周書糴匡篇大荒嫁娶不以時孔晁注云不以時秋冬也媒氏會男女合之亦此義也

小星二章章五句

小星惠及下也夫人無妬忌之行惠及賤妾進御於君知其命有貴賤能盡其心矣

嘒彼小星三五在東（傳）嘒微貌小星衆無名者三心五噣四時更見肅肅宵征夙夜在公寔命不同（傳）肅肅疾貌宵夜征行寔是也命不得同於列位也（疏）經言小星故傳以嘒爲微皃云小星衆無名者卜星對心噣伐畱爲大星者言之也小星喻賤妾心噣伐畱皆列宿喻貴妾衆無名卽傳所謂命不得同於列位也此賤妾進御而

歸時歷道其所見女曰雞鳴篇女曰雞鳴士曰昧旦子興視夜明星有爛傳云言
小星已不見也則見小星尚在昧旦之前可以證下文宵夜非昏夜之夜矣○三
心者襄九年左傳古之火正或食於心是故心爲大火爾雅大火謂之大辰孫郭
注竝云大火心也其中最明是心三星中央色最明也史記律書云心言萬物始
生有華心天官書云心爲明堂周初心星旦中在十二月五噣者爾雅咮謂之柳
柳鶉火也左傳作味詩釋文引爾雅作噣爾雅釋文咮本作喙或又作注古噣咮
喙注竝同聲而通用司馬貞史記索隱云注咮也張守節正義以爲柳八星鄭注
考工記鶉火朱鳥宿之柳其屬有星星七星唯詩正義引春秋元命苞柳五星與
集疏云禮記月令季春之月昏七星中月令周公所作距堯時千九百餘年則恆
毛傳五噣合書堯典日中星鳥以殷中春馬融注云春分之昏七星中吳江氏聲
星移二十餘度故遲二十餘日至季春而昏七星中案月令季夏日在柳季秋日
柳中僖五年左傳丙子旦鶉火中冬十二月丙子朔晉滅虢周十二月夏十月其
去周公作月令時又遠故鶉火中在十月朔詩在周初則鶉火晨見南方當亦在
季秋之月傳云四時更見者合下章維參與昴而總釋之也○爾雅釋詁肅疾也
重言之爲肅肅肅肅猶數數數數亦疾也宵夜釋言文傳亦訓宵
爲夜征行釋言文在猶自也夙夜在公猶云退食自公耳夙早也日未出夜未盡
曰早夜說見采蘩篇寔是釋詁文此傳爲全詩寔字通訓禮記大學寔能容之寔
不能容書秦誓寔作是春秋桓六年春正月寔來公羊穀梁傳竝以寔來爲是來
寔是聲義皆同釋文引韓詩作實云有也與毛詩作寔訓是聲義皆異燕燕釋文
實是也本亦作寔頍弁箋實猶是也韓奕箋實當作寔趙魏之東實寔同聲寔是
也無羊召旻閟宮箋以是字代實字或鄭所據皆作寔也漢時毛詩實寔錯出今
全詩寔字俱改作實總由寔實同讀遂通假矣云命不得同於列位也者釋經命
不同之義命命數也列位行列之位也天子諸侯皆一取九女后夫人位尊不列
九女之數九女周禮謂之九嬪天官九嬪掌婦學之灋以教九御婦德婦言婦容
婦功各帥其屬而以時御敘于王所敘次序也次序于王所是有位於王宮也匠
人職內有九室九嬪居之外有九室九卿朝焉是天子內九嬪當外九卿也喪大
記夫人坐于西方內命婦姑姊妹子姓立于西方外命婦率外宗哭于堂上北面
是諸侯內命婦當外命婦也天子九嬪下有世婦女御卿諸侯之有貴妾又有賤

妾也賤妾與貴妾禮命不同班也文六年左傳辰嬴賤班在九人杜祁以君故讓偪姞而上之以狄故讓季隗而己次之故班在四杜注云班位也劉向新序齊宣王召無鹽女而見之謂曰昔先王為寡人取妃匹皆已備有列位矣列位指貴妾若以列位為夫人之位其說自誤禮記月喻夫人不聞以星喻夫人

嘒彼小星維參與昴（傳）參伐也昴留也**肅肅宵征抱衾與裯寔命不猶**（傳）衾被也裯襌被也猶若也（疏）參伐者考工記熊旗六斿以象伐也鄭注云伐屬白虎宿與參連體而六星史記天官書云參為白虎三星直是也為衡石下有三星兌曰罰為斬艾事其外四星左右肩股也案罰亦作伐漢書天文志同傳以伐釋參者亦因參伐連體而渾言之耳何注昭十七年公羊傳云迷惑不知東西者須視北辰以別心伐所在心東方宿伐西方宿詩蓋以東西列宿分章也夏小正云八月參中則旦昴留者正義引元命苞云昴六星昴之為言留言物成就繫留是也史記律書云昴者言陽氣之稽留也並以昴為留與毛傳合爾雅大梁昴也西陸昴也小正四月昴則見昭四年左傳疏引鄭荅孫皓問云西陸朝覿謂四月立夏之時本爾雅小正為說昴俗作昴○說文衾大被被寢衣長一身有半論語鄉黨篇必有寢衣長一身有半鄭玄注云今小臥被許鄭同意傳釋衾為被偁為襌被者渾言衾裯皆被名析言則裯為襌被而衾為不襌之被凡人入寢必衣寢衣而加衾也詩之裯即論語之寢衣也方言汗襦自關而西或謂之祇裯說文祇裯短衣也祇裯連文與單言裯者不同而其為帖身之物義實不異箋云裯牀帳也爾雅幬謂之帳幬本或作幬此鄭所本也釋言猷若也猷與猶同鼓鐘傳亦云猶若也

江有汜三章章五句

江有汜美媵也勤而無怨適能悔過也文王之時江沱之閒有適不以其媵備數媵遇勞而無怨適亦自悔也（疏）江沱之媵妾也其適女君也媵有賢行能絕適嫉妬之原故美之詩錄江有汜其猶春秋

美紀叔姬與適今俗作嫡

江有汜〔傳〕興也決復入爲汜之子歸不我以不我以其後也悔〔傳〕適能自悔也

〔疏〕興者江喻適汜渚沱喻媵決復入爲汜此爾雅釋水文也決者適媵不相得復入者適自悔而媵備數也說文汜下引江有汜本毛詩洍下引江有洍本三家詩爾雅窮瀆汜無水之汜與此異○之子謂適也我媵自我也載芟傳以用也不我以不用我不我與不與我也以與二字渾言義同析言則義別云適能自悔也者傳用序適亦自悔之語以釋經悔之義是詩似美適之能悔而序以爲美媵者適之悔由於媵之勞而無怨故詩爲推本之詞

江有渚〔傳〕渚小洲也水岐成渚之子歸不我與不我與其後也處〔傳〕處止也〔疏〕

渚有有水無水兩義鶴鳴魚在于渚謂有水也鴻飛遵渚鳧鷖在渚傳渚沚也謂無水也爾雅小洲曰渚謂無水而可居者爲渚也此篇三章皆以江水別流爲喻江汜江渚江沱皆江水也傳於汜下沱下舉大水溢出別爲小水之名而不言無水之汜沱則渚下自不應用爾雅小洲爲渚之義釋文云本或無此注則陸氏所見或本傳無渚小洲也四字當據之以刪正云水岐成渚者岐岳本作枝釋文亦作枝案岐枝皆非其正字當作汥或傳借枝爲汥也說文汥水都也从水支聲都猶聚也水所都聚處是曰汥水都即所謂水汥也穆天子傳入駿之藥以飲于枝洔之中枝正字亦當作汥說文洔水暫益且止未減也益同溢亦謂水之溢出而未減者曰洔洔義同蒹葭沚或作洔沚亦渚也枝洔即汥渚枝洔之中可以飲馬其爲有水可知也學者罕見汥字遂依枝字爲訓解作水之枝出者成渚郭璞江賦云因岐成渚又注穆天子傳云水岐成洔洔小渚也其義皆謂無水之渚失古義矣水汥成渚傳申經義謂江水別流其所都聚以成渚見江水之大別流成渚以喻適能悔過容媵備數也釋文引韓詩一溢一否曰渚薛綜注文選西京賦引韓詩章句水一溢而爲渚溢讀如禹貢溢爲熒之溢韓毛訓不同而不指此經之渚爲無水之渚者又無不同箋謂江水流而渚留以喻媵留不行意與傳異然渚澤停留鄭亦不謂小洲可居也○處

止皃鷖同說文処止也或作處其後也止言適能悔過終自止其嫉妬之行

江有沱（傳）沱江之別者之子歸不我過不我過其嘯也歌（疏）書禹貢梁荆皆有沱爾雅水自江出爲沱禹所名也漢書地理志蜀郡郫禹貢江沱在西東入大江鄭康成不從漢志梁沱注云郫縣江沱首不於此出江原有鄗江首出江南至犍爲武陽又入江豈沱之類與德淸胡渭禹貢錐指云鄗水郎大皁江實岷江之正流也沱水自灌縣西南首受大江東逕郫縣新繁成都新都金堂又東南逕簡州資陽資縣富順瀘州與江水會是胡從漢志郫江爲梁沱矣又地理志蜀郡汶江江沱在西南東入江水經注云汶出玉輪坂下東別爲沱開明之所鑿也此在大江之西別流與禹貢梁沱無涉地理志南郡枝江江沱出其西東入江鄭荆沱注云今南郡枝江縣有沱水其尾入江耳首不於江出也華容有夏水首出江尾入沔蓋此所謂沱也水經注江水東逕上明城北江沱枝分東入大江縣治洲上故以枝江爲稱又沮水注云江津豫章口東有中夏口是夏水之首江之沱也酈注言江沱有二一從班一同鄭矣禹貢錐指云枝江沱水爲江州所隔而成何言不於江出華容夏水本沱水枝分而爲夏非出於大江鄭以爲沱者蓋北江久已盛大世目爲岷江之經流因以其所出者爲沱耳禹時無此沱也又云夷水本首受奉節縣之大江今建始縣北其故道皆已陻塞唯從縣南受施州衞關蠻界水東逕巴東長陽至宜都縣北又東入于江胡意奉節之東有三峽七百里之險夏水故爲入沔之水而枝江又爲出峽之經流故以漢志南郡巫縣夷水東至夷道入江者爲荆沱矣漢志以郫之江沱爲禹貢之沱而汶江枝江皆不言禹貢禹貢道江條岷山道江東別爲沱沱爲江水發源之別流當指梁沱說說文沱江別流也出嶓山東別爲沱箋亦引道江條之沱爲詩江沱作證胡朏明以詩沱爲荆沱意以南國在江漢閒也程瑶田通藝錄又以詩沱爲梁沱奐竊謂荆梁皆周之南國梁沱在周之西南荆沱在周之東南詩繫於召南之國宜以梁沱爲近是蓋周於禹貢雍州之北地不踰涇洛而岐周之南同於殷商以漢水爲界漢東之梁併入於豫荆漢西之梁併入於雍故漢之西江之東皆禹貢梁州之域而爲召公西陝之掌江沱爲梁沱書闕有閒姑準之

地理以備參攷○說文口部嘯吹聲也欠部歗吟也歎吟也是歗與歎同訓吟與嘯訓吹聲義別故分人欠口兩部今本說文嘯字下有籀文作歗四字疑係後人誤衍毛詩作歗中谷有蓷條其歗矣白華歗歌傷懷字皆作歗說文歗字下引詩其歗也謌本毛詩也謌或歌字箋云嘯蹙口而出聲玉篇口部同或鄭用三家詩作嘯與說文嘯吹聲合今本毛詩乃依箋而改誤其歗也

歌謂媵備數能與君子歗歌也東門之池云彼美叔姬可與晤歌

野有死麕三章二章章四句一章三句

野有死麕惡無禮也天下大亂彊暴相陵遂成淫風被文王之化雖當亂世猶惡無禮也（疏）亂世謂紂之世

野有死麕白茅包之（傳）郊外曰野包裹也凶荒則殺禮猶有以將之野有死麕羣田之獲而分其肉白茅取絜清也**有女懷春吉士誘之**（傳）懷思也春不暇待秋也誘道也（疏）案此傳文錯誤包裹也凶荒則殺禮猶有以將之十三字當在白茅取絜清也之下傳云郊外曰野野有死麕羣田之獲而分其肉白茅取絜清也包裹也此依經作解也又云凶荒則殺禮猶有以將之此統釋經義也曰包之曰將之經傳兩之字皆指死麕言故首章傳必先釋野有死麕再釋包之其義乃明猶下章傳必先釋野有死鹿再釋純束其文自順首章箋貞女之情欲令人以白茅裹束野中田者所分麕肉爲禮而來下章箋樸樕之中及野有死鹿皆可以白茅裹束以爲禮毛依經作傳鄭依傳作箋可以證今本傳文之誤凡傳例先依經文次弟作解後乃統釋經義以發作詩者之恉卽如召南之篇采蘩草蟲甘棠羔羊殷其靁皆其例也○郊外曰野燕燕干旄駉傳竝同說文麇麞也籀文作麕麕麕麇屬釋文引義疏麕麏也青州人謂之麏考工記注齊人謂麇爲獐麞獐皆字之異體傳云羣田之獲而分其肉羣衆也古者大田獵天子取三十焉其餘以與士衆習射經言野麕傳知爲田獲分

肉者此化本文王之義也云白茅取絜清也者易繫辭傳初六藉用白茅无咎子曰苟錯諸地而可矣藉之用茅何咎之有愼之至也夫茅之爲物薄而用可重也愼斯術也以往其无所失矣蓋取諸此也釋文苞逋茆反木瓜正義引此詩作白茅苞之是陸孔本皆作包說文勹裹也勹本字古假作苞今俗作包云凶荒則殺禮猶有以將之者士昏禮納徵玄纁束帛儷皮鄭注云儷兩也執束帛以致命兩皮爲庭實皮鹿皮記用物皮帛必可制注云皮帛儷皮束帛也記庭實納徵執皮攝之內文兼執足左首隨入西上參分庭一在南賓致命釋外足見文主人受幣士受皮者自東出于後自左受遂坐攝皮逆退適東壁案昏禮有幣必有皮玄纁束帛幣也儷皮皮也納徵重幣故春秋經變言納徵爲納幣唯凶荒之歲得以減殺其禮詩詠苞苴麕肉但爲庭實執皮之用是用皮不用幣爲禮之殺矣麕亦鹿之屬○傳訓懷爲思又釋經春字之義云不暇待秋也者言女感春田之候思得禮則行所以惡非禮相陵不暇待秋而欲嫁男也誘訓道者道之猶謂之也摽有梅求我庶士迨其謂之傳云不待備禮也三十之男二十之女禮未備則不待禮會而行之者所以蕃育民人也不待備禮所謂殺禮也唯凶荒則然彼言男女之年此言凶荒之禮詳略當互參楚辭離騷賦及少康之未家兮留有虞之二姚理弱而媒拙兮恐道言之不固與此傳道字義同

林有樸樕野有死鹿白茅純束（傳）樸樕小木也野有死鹿廣物也純束猶包之也

有女如玉（傳）德如玉也（疏）王引之爾雅述聞云釋木樸樕心樸樕與心皆小貌也因以爲木名耳古者謂小爲僕遬漢書息夫躬傳僕遬不足數顏注曰僕遬凡短之貌也心之言纖纖小也釋名曰心纖也則二字聲義相近邶風凱風首章吹彼棘心傳曰棘心難長養者二章吹彼棘薪傳曰棘薪其成就者小棘謂之棘心與樸樕小木謂之心其義一也故召南傳及說文皆云樸樕小木也而樊注乃云樸樕斛樕也有心能溼江河閒以作柱則是以心爲松柏有心之心矣夫木皆有心何獨於樸樕而謂之心乎段氏說文注引廣韻樕木名其心黃以爲即爾雅之心字又謂毛傳說文小木爲心木之譌皆非也案王說是也樸樕爲小木猶扶蘇爲大木皆疊韻連緜字小木以喻殺禮凡漢廣齊南山及小雅車舝等篇言昏姻之事每以薪作喻唐風綢繆篇綢繆束薪傳綢繆猶纏緜

也男女待禮而成若薪芻待人事而後束也彼詩以束薪爲喻此詩之意亦猶是也林有樸樕謂薪也野有死鹿白茅純束猶上章云野有死麕白茅苞之謂禮也昏禮用鹿殺禮可用麕故傳於此章言野有死鹿以爲麕物也純亦束也束裹同義傳亦卽承上章苞之爲訓○經言如玉傳乃申明之云德如玉言女德如玉德也禮記祭統篇既內自盡又外求助昏禮是也故國君取夫人之辭曰請君之玉女與寡人共有敝邑事宗廟社稷此求助之本也鄭注云言玉女者美言之也君子於玉比德焉

舒而脫脫兮（傳）舒徐也脫脫舒遲也**無感我帨兮無使尨也吠**（傳）感動也帨佩巾也尨狗也非禮相陵則狗吠（疏）舒訓徐與常武同而者狀物之詞舒而猶舒如也君子偕老而天而帝傳云如天如帝是而與如同義也舒如卽舒然也旄丘褎如傳云褎然又如與然同義也而如然一語之轉傳舒遲也釋文定本作舒皃箋脫脫然舒亦無遲字可證集韻十四泰娧娧舒遲皃一曰喜也此三家詩義也玉篇娧好皃娧娧爲本字脫脫爲假借字禮記儒行注云又必舒而脫脫焉鄭蓋用毛詩也○感動釋詁文感古撼字釋文胡坎反卽撼也士昏禮送女施衿結帨鄭注云帨佩巾也說詳東山篇說文尨犬之多毛者从犬彡詩曰無使尨也吠許引詩釋尨之本義毛傳釋尨爲狗用爾雅釋畜文李注云尨一名狗渾言之則尨亦狗之通稱案上句我字女子自我也狗有守禦之義尨吠亦女子自喻也傳云非禮相陵所以申明尨吠之故承感帨爲說言有感我帨者則狗吠也昭元年左傳子皮賦野有死麕之卒章趙孟賦常棣且曰吾兄弟比以安尨也可使無吠杜注云義取君子徐以禮來無使我失節而使狗驚吠喻趙孟以義撫諸侯無以非禮相加陵杜以狗吠謂趙孟自喻與毛訓合如謂尨喻非禮之人則上下文義有不可通失毛氏訓經之恉

何彼襛矣三章章四句

何彼襛矣美王姬也雖則王姬亦下嫁於諸侯車服不繫其夫下王后一等猶執

婦道以成肅雝之德也

何彼襛矣唐棣之華(傳)興也襛猶戎戎也唐棣移也曷不肅雝王姬之車(傳)肅敬雝和(疏)興者首二章言華之襛喩王姬車服之盛末章言以絲緡作釣喩王姬能執婦道以成其肅雝之德云襛猶戎戎也者說文艸部茸艸茸茸皃从艸聰省聲戎戎卽茸茸也旄丘蒙戎左傳尨茸此戎卽茸之證釋文襛韓詩作莪說文無莪字疑莪卽茸之異體唐棣移當作唐棣棣晨風山有苞棣傳棣唐棣也是唐棣一名棣作移者誤也論語子罕篇唐棣之華偏其反而皇侃疏云唐棣棣樹也玉篇云榶棣棣也榶俗字皆可訂今本毛傳及爾雅釋木之誤說文移棠棣也棣白棣也棠當作常爾雅邢疏引陸機義疏云許愼曰白棣樹也如李而小如櫻桃正白今官園種之又有赤棣樹亦似白棣葉如刺榆葉而微圓子正赤如郁李而小五月始熟自關西天水隴西多有之案元恪謂白棣以實白而得名赤棣如郁李其實正赤郁李一名奧李一名雀李一名車下李爲棣之屬乃論語邢疏引義疏云唐棣奧李也一名雀李亦曰車下李所在山皆有其華或白或赤六月中熟大如李子可食此與齊民要術引豳風七月篇義疏鬱樹高五六尺實大如李赤色食之甛正同則論語疏引唐棣必是常棣之誤小雅之常棣七月之鬱皆卽赤棣歟而非此唐棣也○淸廟肅雝顯相傳肅敬也雝和也思齊雝雝在宮肅肅在廟傳雝雝和也肅肅敬也義並同序箋云下王后一等車乘厭翟則此車乃厭翟也士昏禮注云士妻之車夫家共之大夫以上嫁女則自以車送之則此王姬之車乃王姬自乘其車也賈公彥儀禮疏引鄭箴膏肓齊侯嫁女乘其母王姬始嫁時車送之鄭志苔張逸以爲魯詩是魯以此爲齊侯嫁女之詩然詩何以得編於召南歟曷不曷也曷何也何彼襛矣唐棣之華曷不肅雝王姬之車言何戎戎者唐棣華也何肅肅雝雝者王姬車也何謂之曷不又何不謂之曷唐風有杕之杜篇中心好之曷飲食之言中心好之何不飲食之也是曷爲何不也說者皆失之

何彼襛矣華如桃李平王之孫齊侯之子(傳)平正也武王女文王孫適齊侯之

子疏華即承上章而言華如桃李言唐棣之華如桃李也○平訓正邢傳同傳意王姬之王謂武王王孫之王謂文王故又申之云武王女文王孫也二南皆文王詩雅頌之始亦皆文王詩故四牡傳云周公作樂以歌文王之道為後世法是其義也春秋元年春王正月公羊傳王者孰謂謂文王也曷為先言王而後言正月王正月也何言乎王正月大一統也春秋法文王與詩相表裏箋云正王者德能正天下之王亦與公羊說春秋合經言齊侯之子傳云適齊侯之子者適謂下嫁也案此亦承上章而言平王之孫齊侯之子言肅雝之王姬是文王之孫今乃乘車適齊侯之子謂初嫁時也下章齊侯之子平王之孫言今下嫁適齊侯之子者是文王之孫故能成其肅雝之德如此謂已嫁時也三章文義本自一貫文王稱王事固在追王後則此詩當作於武王之世然而詩之王謂文王也采風者故得坿於召南之篇

其釣維何維絲伊緡傳伊維緡綸也齊侯之子平王之孫疏維語詞維何何也伊維爾雅釋詁文雄雉蒹葭同緡綸釋言文維絲維緡上維語詞下維與是同義言以絲是綸也六韜云緡隆餌重則嘉魚食之緡調餌芳則庸魚食之說苑政理篇云投綸錯餌淮南子俶眞篇云以道為竿以德為綸禮樂為釣仁義為餌采綠箋亦云綸釣繳案釣繳為緡亦為綸然采綠之綸有糾合之義則此傳以綸詁緡亦必謂以絲而糾合之作為釣魚之繳非即以緡為釣魚繳矣說文网部罠釣也釣魚繁應以罠為正字傳於竹竿之釣以喻婦人之成其室家此詩之釣與義當同也

騶虞二章章三句

騶虞鵲巢之應也鵲巢之化行人倫既正朝廷既治天下純被文王之化則庶類蕃殖蒐田以時仁如騶虞則王道成也疏純大也

彼茁者葭（傳）茁出也葭蘆也**壹發五豝**（傳）豕牝曰豝虞人翼五豝以待公之發

于嗟乎騶虞（傳）騶虞義獸也白虎黑文不食生物有至信之德則應之（疏）傳茁出也

小箋云也當作皃今攷正義本作皃字故謂茁茁爲形容其出非訓爲出正義作也字者是以已誤之傳改之也說文茁艸初生出地皃玉篇茁草出皃皆作皃可證葭蘆爾雅釋草文碩人蒹葭傳竝云葭蘆也七月傳葭爲葦說文葦大葭也葭葦之未秀者高注淮南脩務云未秀曰蘆已秀曰葦是葭蘆皆葦未秀者之稱箋云記蘆始出者著春田之早晚○爾雅釋獸牝豝傳所本也鄭司農周禮大司馬注云二歲曰豝說文豝牝豕也一曰二歲能相杷挐者也詩曰一發五豝一當作壹說文前說本爾雅毛傳後說本鄭仲師周禮說兩說實一義吉日篇言發彼小豝則豝爲小豕矣廣雅亦云二歲爲豝發者公之發壹發而得五豕傳云虞人翼之者所以補明經義之未備吉日傳驅禽之左右以安待天子翼與驅義正相近也案此與禮記射義騶虞樂官備之說本無不合賈誼新書禮篇云虞人翼五豝以待一發所以復中也賈用魯詩與毛詩合然魯詩以騶虞之虞當即虞人之官究非達詁○序言仁如騶虞傳則云騶虞義獸不食生物仁義相兼也云有至信之德則應之者言文王有信德而騶虞以應故詩人于嗟乎美歎之也周禮鍾師疏引異義古毛詩說與傳同異義又引古山海經鄒子書云騶虞獸御覽獸部二引尚書大傳散宜生之於陵氏取怪獸尾倍其身名曰騶虞正義引鄭志荅張逸問傳曰白虎黑文何謂荅曰白虎黑文周史王會云今逸周書王會篇佚此文然亦可證騶虞爲獸古無異說服虔注左傳云思睿信立白虎擾白虎即騶虞此從左氏修母致子與古毛詩說同唯周禮疏云今詩韓魯說騶虞天子掌鳥獸官文選劉逵注魏都賦引魯詩傳古有梁騶梁騶者天子之田也李善注東都賦騶作鄒新書禮篇引詩而釋之云騶者天子之囿也虞者囿之司獸者也當亦魯詩傳皆不以騶虞爲獸名鈔本御覽樂部三引墨子三辯篇周成王因先王之樂又自作樂命曰騶吾吾與虞通詩蓋作於成王故古有是說也

彼茁者蓬（傳）蓬草名也壹發五豵（傳）一歲曰豵于嗟乎騶虞（疏）爾雅齧彫蓬薦黍蓬郭注云別蓬種類說文云蓬蒿也蓬春生至秋則老而為飛蓬衛風所謂首如飛蓬是也蓬易識之草故傳但云草也草下名字小箋以為俗增全詩傳蒲草茗草蓍草蕿草芩草萊草芑草芄蘭草龍紅草鷊綬草勺藥香草鬯香草蓼水草苴水中浮草草下皆無名字可證○豵豕上豝言亦謂豕也傳於豝言牝而於豵言歲互文可見也七月言私其豵獻豜于公傳豕一歲曰豵三歲曰豜大獸公之小獸私之以豜為大則豵為小故兩傳訓同鄭司農周禮注云一歲為豵說文豵生六月豚一日一歲豵尚叢聚也廣雅亦云一歲為豵並與毛傳同毛傳不本爾雅當別有師承也箋乃本爾雅豕生三豵之說余友歸安姚學塽說爾雅釋嘼六嘼少畜釋獸之豕當有釋嘼錯簡耳然則此是家畜非田豕故毛不用爾雅詩之豝豵皆田豕也郊特牲云迎虎為其食田豕也春蒐亟驅豝豵其即禮記迎虎之意與

卷二終

長洲陳奐學

邶柏舟詁訓傳弟三　毛詩國風

邶國十九篇七十一章三百六十三句疏邶商邑名在商都之北武王封武庚爲商後其國不襲紂之故都而徙封於國北之邶邑朝歌紂故都也續漢書郡國志云朝歌北有邶國說文云邶故商邑河內朝歌以北是矣武王時武庚以邶爲國都稱邶國而庸與衛皆其下邑成王時封康叔於紂之故都更名曰衛稱衛國而邶與庸又皆其下邑衛即朝歌邶在朝歌北庸在朝歌東所以邶庸衛三國之詩皆衛詩也左傳吳公子札來聘請觀周樂工爲之歌邶庸衛曰吾聞衛康叔武公之德如是是其衛風乎又衛北宮文子引衛詩曰威儀棣棣不可選也此邶詩也而稱衛詩蓋周大師舊次本三國不分編詩者見其篇什繇多較異他國乃分之爲三猶雅之有什焉爾古國邑通稱也然則一衛也兼有故殷邶庸則謂之邶庸衛取相土東都曰商衛衛遷帝丘居夏伯昆吾之虛曰昆吾衛皆以衛爲國都而繫以舊號遂連而稱之與之同例邶庸衛俱在漢河內郡朝歌縣內漢書地理志云河內本殷之舊都周既滅殷分其畿內爲三國詩風邶庸衛國是也邶以封紂子武庚庸管叔尹之衛蔡叔尹之以監殷民謂之三監故書序曰武王崩三監畔周公誅之盡以其地封康叔號曰孟侯以夾輔周室遷邶庸之民于雒邑故邶庸衛三國之詩相與同風

柏舟五章章六句

柏舟言仁而不遇也衛頃公之時仁人不遇小人在側疏史記衛世家康叔七世至頃侯頃侯厚賂周夷王夷王命爲衛侯頃公即頃侯也邶庸衛三國皆衛詩庸首柏舟衛首淇奧皆武公時詩頃在武前故邶遂以柏舟爲首正義云三國如此次者以君世

之首在前者爲先是矣列女傳貞順篇以此詩爲衞寡夫人所作潛夫論斷訟篇亦云貞女不二心以數變故有匪石之詩用列女傳然與漢書本傳說苑新序所引詩義皆不合此劉子政習魯說兼用韓詩故歟凡韓同毛者多魯異毛者多其師承源流蓋如此

汎彼柏舟亦汎其流(傳)興也汎汎流貌柏木所以宜爲舟也亦汎汎其流不以濟渡也**耿耿不寐如有隱憂**(傳)耿耿猶儆儆也隱痛也**微我無酒以敖以遊**(傳)非我無酒可以敖遊忘憂也(疏)釋文云汎流皃本或作汎汎流皃者此從王肅注加正義云汎然而流是唐時毛傳作汎流皃不重汎字王肅依下文經作汎其流傳作汎汎其流乃於上句重一汎字不知汎猶汎汎也書禹貢孔穎達疏引傳作汎汎流也依王肅本又皃誤爲也字耳柏木名柏木爲舟曰柏舟故傳云柏木所以宜爲舟也亦汎其流亦語詞也傳以汎汎其流釋經汎其流三字則傳中亦字當衍矣興者柏舟與仁人不以濟渡與仁人不遇時○耿耿猶儆儆此以今語通古語之例楚辭遠遊夜耿耿而不寐兮王逸注云耿一作炯哀時命作炯炯說文耿炯省聲故耿耿或作炯炯也廣雅耿耿警警不安也儆與警通隱讀爲慇說文云慇痛也慇亦作殷文選陸機歎逝賦阮籍詠懷詩謝瞻荅靈運詩劉琨勸進表嵇康養生論注引韓詩竝作如有殷憂案殷即慇之省如猶而也詩合二句爲一句耿耿不寐如有隱憂言耿耿然不得寐而有思痛之憂也如與而一聲之轉故如而皆爲轉下之詞傳釋微爲非非本字微假借字遊當作游微我無酒以敖以游言非無酒敖游以忘此痛憂耳亦合二句爲一句鹿鳴傳云敖游也敖游連文同義則下以字爲語助足句此全詩通例如此易林屯咸云汎汎柏舟流行不休耿耿寤寐心懷大憂仁不逢時退隱窮居焦說正用毛序隱憂爲大憂王引之云本三家義

我心匪鑒不可以茹(傳)鑒所以察形也茹度也**亦有兄弟不可以據**(傳)據依也

薄言往愬逢彼之怒（傳）彼彼兄弟（疏）鑒釋文作監周禮司烜氏注監鏡屬茹度爾雅釋言文鑒所以察形之物我心非如
鑒人不可以測度於我意承上章而言我心之隱憂人無有能明其志者耳匪鑒不可茹與下文匪石不可轉匪席不可卷句法一例箋謂鑒之察形不能度
其眞僞我心度知衆人之善惡外內但經明言鑒可度我心不可度依鄭說則爲鑒不可度而我心可度矣韓詩外傳云莫能以己之皭皭容人之混汙然下
卽引此詩韓訓茹爲容納與毛訓各通○據依同義僖五年左傳虞公曰吾享祀豐絜神必據我宮之奇對曰鬼神非人實親唯德是依是據爲依也往愬逢
怒卽是不可依之事故傳冡上文而釋之云彼彼兄弟箋云責之以兄弟之道謂同姓臣也
我心匪石不可轉也我心匪席不可卷也（傳）石雖堅尚可轉席雖平尚可卷威
儀棣棣不可選也（傳）君子望之儼然可畏禮容俯仰各有威儀耳棣棣富而閑
習也物有其容不可數也（疏）石堅席平傳但就石席作釋箋乃云言己心志堅平過於石席此申成傳義也說苑立節篇言比干
尾生夷齊之事其下引此詩而釋之云言不失已也能不失已然後可與濟難矣此士君子之所以越衆也又新序節士上篇言原憲居爵天子不得而臣諸
侯不得而友故養志者忘身身且不愛孰能累之亦引此詩說見韓詩外傳其言君子之不遇時竝與毛詩序合○傳君子望之儼然可畏禮容俯仰各有威
儀耳此文多有誤奪正義云君子望之儼然可畏釋經之威也禮容俯仰各有宜耳釋經之儀也正義本傳中威儀二字作宜字案君子下尚有奪字古本毛
傳當作君子有威儀望之儼然可畏禮容俯仰各有宜耳十九字傳順經先出威儀二字下復分解以畏釋威以宜釋儀言可畏必曰望之儼然言各有宜必
曰禮容俯仰又於分解中見其互義自各本君子下奪去有威儀三字解者因改宜爲威儀幸正義本作宜不誤尋繹傳文訂正之如是襄三十一年左傳衛
北宮文子引詩釋之云言君臣上下父子兄弟內外大小皆有威儀也文子又云故君子在位可畏施舍可愛進退可度周旋可則容止可觀作事可法德行

可象聲氣可樂動作有文言語有章以臨其下謂之有威儀也毛傳言君子有威儀正用左傳文唯左傳釋詩言君臣父子兄弟內外大小皆有威儀皆者統同之詞毛傳之君子卽詩序之謂仁人不當爲統同之詞葢言各有當也傳棣棣富而閑習也閑當作閒閒古嫺字閒下習字衍車鄰傳閒習也訓閒爲習則不必於閒下增習矣杜預左傳注作富而閒也四字可證富而閒猶之美且都有女同車傳云都閒也相如傳所謂雍容嫺雅是也新書容經篇云棣棣富也義與毛同棣棣禮記孔子閒居篇引詩作逮逮鄭注云安和之貌義相近傳云物有其容不可數也此上當奪選數也三字先釋經字再釋經義全詩通例如此左傳注及釋文皆云選數也疑杜陸所見傳文有此三字正義云又解不可選者物各有其容遭時制宜不可數昭九年左傳曰服以旌禮禮以行事事有其物物有其容是也左傳注云物類也容貌也不可數者言己之儀容美備不可說數也容經篇云不可選衆也

憂心悄悄慍于羣小傳慍怒也悄悄憂貌覯閔既多受侮不少傳閔病也靜言思之寤辟有摽傳靜安也辟拊心也摽拊心貌疏傳先釋慍後釋悄悄文疑誤倒顏師古注漢書楊倞注荀子及魏徵羣書治要竝云悄悄憂貌慍怒也正義亦順經爲釋其所據毛傳皆當不誤怨當作怨正義云言仁人憂心悄悄然而怨此羣小人在君側者也文選思玄賦注引傳慍怨也不誤孟子盡心篇詩云憂心悄悄慍于羣小孔子也趙注云憂心悄悄憂在心也慍于羣小怨小人聚而非議賢者也孟子引詩正與此序文仁人不遇小人在側合傳義正同孟子又荀子宥坐篇釋詩云小人成羣斯足憂矣家語始誅篇同此釋憂心悄悄句漢書楚元王傳劉向釋詩云小人成羣誠足慍也葢撰下慍于羣小句立訓韓詩外傳云小人成羣何足禮哉不足禮亦是怨之意○閔病釋詁文鵙鴞閔予小子同女曰雞鳴傳亦訓靜爲安說文竫亭安也靜與竫通辟拊心釋訓文說文日部引詩作晤辟玉篇手部引詩作寤擗晤擗卽寤擗也楚辭王褒九懷寤辟標兮永思王逸注與爾雅毛傳同辟皆擗古文假借字說文云摽擊也故傳爲形容拊心之皃

日居月諸胡迭而微心之憂矣如匪澣衣【傳】如衣之不澣矣靜言思之不能奮飛【傳】不能如鳥奮翼而飛去【疏】正義云居諸語助故日月傳曰日乎月乎不言居諸也居諸皆不爲義案孔說是也釋文迭引韓詩作戜云常也疑戜乃戴之誤假樂傳秩秩訓有常巧言秩秩大猷說文作戴戴是迭秩戴聲同而義通日月喻君臣胡何也何常而微言日月常微耳箋云君道常明如日此常字用韓義又云今君失道而任小人大臣專恣則日如月然鄭泥經中居字作釋毛意不然也○匪不也澣當作澣匪澣衣不澣之衣傳乃釋心憂之狀故云如衣之不澣箋云衣之不澣則憒辱無照察凡全詩中匪字或爲非或爲不古匪非通用故匪謂之非非又謂之不匪亦謂之不出其東門之匪我思存雨無正之匪舌是出常武之匪紹匪游傳竝以不字釋匪字巧言車舝公劉抑桑柔江漢思文箋皆以不字代匪字與訓匪爲非者不同○說文奞部奮翬也从奞在田上詩曰不能奮飛羽部翬大飛也淮南子原道篇羽翼奮高注云奮壯也經言奮飛偕鳥爲喻故傳言鳥正義云鳥能擇木故取譬焉是矣宣十七年穀梁傳非之則胡爲不去也曰兄弟也何去而之范注云泰曰兄弟無絕道故雖非而不去論情可以明親親言義足以厲不軌正義引箴膏肓云楚鬻拳同姓有不去之恩鄭注論語云箕子比干不忍去皆是同姓之臣有親屬之恩君雖無道不忍去之也竝與傳意同

綠衣四章章四句

綠衣衛莊姜傷己也妾上僭夫人失位而作是詩也【疏】妾賤妾州吁之母也賤妾不得列姪娣之數今以寵驕而上僭賤妨貴矣逸周書祭公篇云女無以嬖御固莊后

綠兮衣兮綠衣黃裏【傳】興也綠間色黃正色心之憂矣曷維其已【傳】憂雖欲自止何時能止也【疏】綠間色喻妾黃正色喻夫人綠衣喻妾上僭黃裏黃裳喻夫人失位綠兮衣兮言綠衣兮也謂以間色爲上衣也上兮字

爲語助如全詩中瑣兮尾兮挑兮達兮薈兮蔚兮萋兮斐兮皆合二字成義上兮字爲語助又有疊其義者如絺兮綌兮父兮母兮叔兮伯兮是也又有重其文者如簡兮簡兮玼兮玼兮韡兮韡兮是也此皆句例檀弓練衣黃裏縓緣注練中衣以黃爲內是褻或用黃裏而吉則不用黃裏可知易林觀黃裏綠衣君服不安淫湎毀常失其寵光君謂小君也○傳云憂雖欲自止何時能止也者以釋心憂曷已之義以何釋曷以止釋已爲全詩通訓心之憂矣曷維其已言何時止憂也心之憂矣曷維其亾言何時亾憂也維其句中語助

綠兮衣兮綠衣黃裳（傳）上曰衣下曰裳**心之憂矣曷維其亾**（疏）上曰衣下曰裳東方未明傳同下曰裳所以配衣也斯干傳云裳下之飾也上章釋綠黃此章釋衣裳互文也正義云前以表裏興幽顯則此以上下喻尊卑

綠兮絲兮女所治兮（傳）綠末也絲本也**我思古人俾無訧兮**（傳）俾使訧過也（疏）綠爲所染之色故綠爲末而絲爲本本末猶先後絲所以爲衣也綠兮絲兮猶云綠兮衣兮也絲閒色正色皆可以爲染今女所治者但爲閒色之絲不爲正色之絲以喻嬖妾上僭之非禮○俾使爾雅釋詁文天保蕩傳竝訓俾爲使依節南山菀柳緜蕩載見閟宮釋文皆當作卑載馳傳尤過也訧尤義同我思古人俾無訧兮言我思古之君子使無過於禮也魯語公父文伯之母欲室文伯饗其宗老而爲賦綠衣之三章師亥曰謀而不犯微而昭矣案不犯卽詩無訧之義章昭注誤引四章

絺兮綌兮淒其以風（傳）淒寒風也**我思古人實獲我心**（傳）古之君子實得我之心也（疏）葛覃傳葛所以爲絺綌女功之事煩辱者精曰絺麤曰綌此承上文言絲更言絺綌也淒寒意依經言風故云淒寒風也絺綌以禦寒風喻夫人失位○實當作是燕燕實勞我心實本亦作寔獲得也衛莊姜以齊女嫁衛而不見荅於莊公以致失位傳云古之君子寔得我之心也者思古之人傷今

之已也成九年左傳二月伯姬歸于宋夏季文子如宋致女復命公享之賦韓奕之五章穆姜出于房再拜曰大夫勤辱不忘先君以及嗣君施及未亡人先君猶有望也敢拜大夫之重勤又賦綠衣之卒章而入杜預云古者嫁女必有大夫致女之禮三月廟見又有大夫反馬之禮此伯姬嫁于宋故文子復命賦韓奕以言宋土如韓樂穆姜遂荅賦此詩者正取寔獲我心之義所謂斷章取義也

燕燕四章章六句

燕燕衛莊姜送歸妾也（疏）妾戴嬀也衛莊公夫人莊姜無子以厲嬀娣戴嬀生子完爲己子是謂桓公桓公立在春秋前魯隱四年州吁弑之已在位十六年完弑而戴嬀歸陳莊姜送之而作是詩也其不稱戴嬀而直稱妾何此正名也莊姜爲適夫人戴嬀雖子貴猶稱妾以視州吁之母身爲賤妾而上僭夫人逆禮甚矣詩之義春秋之義也

燕燕于飛差池其羽（傳）燕燕鳦也燕之于飛必差池其羽**之子于歸遠送于野**（傳）之子去者也歸歸宗也遠送過禮于於也郊外曰野**瞻望弗及泣涕如雨**（傳）瞻視也（疏）爾雅巂周燕燕鳦舍人注云巂周名燕燕又名鳦說文巂周燕也从隹中象其冠也冏聲燕玄鳥也籋口布翅枝尾象形乙玄鳥也齊魯謂之乙取其鳴自謼象形也字或從鳥夏小正傳燕乙也玄鳥傳玄鳥鳦也然則巂周也燕也鳦也玄鳥也一物四名舊讀爾雅燕燕屬上下是鳦不名燕燕矣詩重言燕燕者此猶鴟鴞鴟鴞黃鳥黃鳥疊評成義之例傳乃依經作訓云燕燕鳦者此猶罩罩籗汕汕樔重字連文之例呂覽音初篇二女作歌一終曰燕燕往飛漢書五行志童謠燕燕尾涎涎皆與詩義同也自郭景純不明詩義致誤爾雅燕燕連讀而孔仲達左傳疏以爲重名燕燕異方語其誤實始於郭矣云燕之于飛必差池其羽以釋經于飛差池其羽六字是傳意本指一燕而言差池者郎說文說燕之形布翅枝尾是也箋云差池其羽謂張舒其尾翼興

戴嬀將歸顧視其衣服二章箋頡頏與戴嬀將歸出入前卻三章箋下上其音興戴嬀將歸言語感激聲有小大此箋言興而傳不言興釜斯正義引鄭志答張逸云若此無人事實興也文義自解故不言之凡說不解者耳衆篇皆然凡實興而傳不言興者放此○之子斥戴嬀也傳云去者蓋緣上下文作訓桃夭之子于歸歸謂嫁也自母家之夫家曰歸自夫家之母家亦曰歸傳釋歸爲歸宗者草蟲傳婦人雖適人有歸宗之義黃鳥傳婦人有歸宗之義與此言歸宗者凡三但草蟲黃鳥言大夫以下婦人歸宗此言諸侯之女亦有歸宗之義左氏傳所謂大歸也戴嬀歸于陳猶之紀叔姬歸于酅矣遠送至於野故傳云過禮箋云婦人之禮送迎不出門今我送是子乃至于野者舒己憤盡己情案此申傳過禮之說也于訓於者釋于野之于與于歸之于不同義于歸往歸于野於野也於猶之也采蘩傳于於於猶在也二傳訓同意別云郊外曰野郊遠郊也遠送遠郊之外雖過禮猶不越衛境也瞻視爾雅釋詁文雄雉節南山同

燕燕于飛頡之頏之〔傳〕飛而上曰頡飛而下曰頏之子于歸遠于將之〔傳〕將行也瞻望弗及佇立以泣〔傳〕佇立久立也〔疏〕飛而上曰頡飛而下曰頏小箋云上下字當互易頡同頁頁頭也飛而下則頭搶地頏同亢亢者頸也飛而上則亢向天說文注又引楊雄甘泉賦柴虒參差魚頡而鳥肮李注云頡肮猶頡頏也顏注云頡肮上下也皆本毛詩頡頏爲訓與謂傳文當是頡頏二字之互譌凡鳥飛必卬上而後注下故傳先釋頡之飛而上曰頡再釋頏之飛而下曰頏以盡其翱翔回顧之狀猶下章下上其音傳必先釋上音再釋下音以寫其鳴號遠近之態同一意例今本順經改傳恐失毛氏之恉○將行爾旁丰楚茨文王既醉烝民敬之傳竝同將古𤕎字說文云𤕎行皃上言遠送此言遠行下又言其所歸之地立言之次弟然也佇當作宁宁者著之假借如朝宁即朝著之例著直略切與久義相近傳以久詁宁釋文本久下無立字可證宁久釋詁文今爾雅亦作佇墨子經上篇云久彌異時也

燕燕于飛下上其音〔傳〕飛而上曰上音飛而下曰下音之子于歸遠送于南〔傳〕

陳在衛南瞻望弗及實勞我心疏飛而上曰上音飛而下曰下音下上猶頡頏也傳先釋上音再釋下音此逆意以解之也箋云聲有小大雄雌箋亦云小大其聲小謂上大謂下凡飛鳥之音遠乃小近始大也上章箋頡頏猶出入頡猶出也頏猶入也箋亦逆意以解之〇南以言鄉南行也戴嬀歸于陳故傳以陳在衛南釋之衛今之淇縣陳今之陳州府衛至陳五百里而遙也

仲氏任只其心塞淵傳仲戴嬀字也任大塞瘞淵深也終溫且惠淑慎其身傳惠順也先君之思以勖寡人傳勖勉也疏傳以仲爲戴嬀字女子以伯仲爲字十五笄而字則十五以後稱伯仲異乎男子之五十以伯仲也大明傳云仲中女也又云大任仲任也彼詩言大任來嫁于周故稱婦之姓而言任此莊姜詩戴嬀不必繫乎姓故但言仲而不言仲嬀玉篇人部引詩云仲氏任只仲中也又眾經音義卷九引韓詩云仲中也言位在中也是韓不以仲爲字矣諸侯一取九女皆有列位小星寔命不同傳命不得同於列位也同列位者稱貴妾戴嬀之位在中故稱仲韓與毛不同其義甚古必有師承〇賓之初筵傳壬大也任與壬同大者正義云言仲氏有大德行是也塞訓瘞瘞乃實之誤崔集注本作實書堯典孔疏及文選舞賦李注引作實漢書敘傳安世溫良塞淵其德顏注引亦作實定之方中常武箋並訓塞爲實鄭正本此傳訓皆其證說文塞實也書曰剛而塞今皋陶謨作剛而塞夏本紀作剛而實此古塞實同訓之理也定之方中箋云淵深也義與傳同惠順釋言文溫惠猶和順也終猶既也終溫且惠言既溫且惠也與既安且寧既明且哲同詞既醉傳既者盡其禮終其事此終與既同也其義又見葛藟篇淑善也慎誠也禮記中庸云不明乎善不誠乎身矣〇勖勉釋詁文書牧誓勖字史記多以訓詁代之作勉字此勖勉義通之證先君莊公也思齊傳寡妻適妻則莊姜適夫人故得自稱曰寡人也思憂思也莊姜不見荅於先君致遭州吁之難憂思不已於戴嬀之歸猶望其以先君之故勉己禮記坊記篇利祿先死者而後生者則民不偝先亾者而後存者則民可以託引詩云先君之思以畜寡人案勖畜古聲同此引詩念畜先君以爲先死亾者斷章取義鄭注以此爲

衛夫人定姜之詩云畜孝也獻公無禮於定姜定姜作詩言獻公當思先君定公以孝於寡人釋文云此是魯詩然鄁鄘衛於文公以後無詩不應獻公時有定姜之詩又列女傳母儀篇又謂衛定姜子娶其婦無子而歸定姜送婦而作列女傳出於劉向劉習魯詩而與禮記注不合唯毛詩序稱衛莊姜詩傳釋南爲陳在衛南仲爲戴嬀字與序發明悉本左傳爲說鄭志荅炅模云爲記注時盧君先師亦然後乃得毛公傳既古書義又宜然記注已行不復改之是鄭注禮信從三家其後稍稍見毛詩源流眞古故箋詩亦從毛義

日月四章章六句

日月衛莊姜傷己也遭州吁之難傷己不見荅於先君以至困窮之詩也

日居月諸照臨下土（傳）日乎月乎照臨之也**乃如之人兮逝不古處**（傳）逝逮古故也**胡能有定寧不我顧**（傳）胡何定止也（疏）傳云日乎月乎照臨之也者言日月照臨也經中居字當讀爲其語助詞傳以諸代乎不釋居字釋詞云小爾雅曰諸乎也故祭義勿勿諸其欲其饗之也禮器諸作乎樂記禮發諸外祭義諸作乎是皆諸乎聲通之證箋云日月喻國君與夫人也當同德齊意以治國者常道也○箋云之人是人也謂莊公也爾雅遾逮也逮及也逝與遾通逝謂之逮逮又謂之及故下章傳直以及字代逝字逝不不及也逝不古處言不及古處也逝不相好言不及相好也亦作噬有杕之杜噬肎適我言可及時適我也噬肎來游言可及早來游也句義相同古故烝民同古處猶言舊所耳胡何傳爲全詩通訓胡不即何不胡然即何然胡爲乎即何爲乎是胡何同義定止釋詁文節南山亂靡有定箋定止也義與此同寧亦胡也凡詩或言胡或言寧桑柔寧爲荼毒正月胡爲虺蜴寧爲即胡爲也雲漢寧俾我遯正月胡俾我瘉寧俾即胡俾也連言之如胡寧忍予胡寧瘨我以旱皆是也故上言胡而下言寧連言之曰胡寧猶上言維而下言其連言之曰維其上言既而下言亦連言之曰亦既皆其句例寧不我顧言胡

不顧我也寧不我報言胡不我報也予衿予寧不嗣音子寧不來伐木
寧適不來寧不皆胡不也葛覃傳寧安也寧胡安三字竝與何同義

日居月諸下土是冒〔傳〕冒覆也乃如之人兮逝不相好〔傳〕不及我以相好胡能有定寧不我報〔傳〕盡婦道而不得報〔疏〕君子偕老傳蒙覆也冒蒙聲轉義通下土是冒猶云照臨下土也箋云覆猶照臨也○唐風釋文引韓詩逝及也及與逮同義逝不爲不及此倒句法不報即不荅也案此詩四章皆莊姜自敘其傷已不見荅於先君之事傳云盡婦道而不得報盡婦道三字補明經義而以謚著其傷已之情

日居月諸出自東方〔傳〕日始月盛皆出東方乃如之人兮德音無良〔傳〕音聲良善也胡能有定俾也可忘〔疏〕天保如日之升傳升出也是日始出於東方也東方之日傳亦云月盛於東方禮器大明生於東月生於西此陰陽之分夫婦之位也注大明日也禮記言日東月西以喻夫婦之位此傳言月盛與日始亦皆出東方者箋云夫人當盛之時與君同位是也○傳訓音爲聲德音猶善聞令名也二字連讀得義德之聞於聲者爲德音德音無良言有德我之聲而實無善我之意故云然若谷風有女同車小戎狠跋鹿鳴南山有臺車舝皇矣假樂德音連緜者可以類推良善鶉之奔奔秦黃鳥同說文廣雅竝云良善也忘忘憂也

日居月諸東方自出父兮母兮畜我不卒胡能有定報我不述〔傳〕述循也〔疏〕案此經傳疑皆有誤爾雅釋訓不遹不蹟不徹不道也不遹不蹟不徹統爲釋詩之詞不蹟不徹見於小雅不遹即此篇報我不述之異文孫炎云遹古述字毛詩多古字當同爾雅作遹遹即述古文假借字釋文述本又作術李善注廣絕交論引韓詩報我不術薛君云術法也是韓詩作術術述一字也今詩或因韓改毛耳傳沔水念彼不蹟不蹟不道也十月之交天命不徹徹道也不蹟不徹皆用釋訓文則此詩不遹爲不道亦當用釋訓無疑或云釋詁遹循也毛氏傳詩

所本也不知爾雅一書原不專釋詩辭釋詁遹循可釋尚書康誥遹字而釋訓遹道正釋此詩遹字報我不道不道猶言無道也故釋遹爲道文義已明若釋遹爲循文義未盡古人屬辭最平直也箋云不道不循禮也箋蓋以循禮申傳之道今本不道作不循亦誤

終風四章章四句

終風衛莊姜傷已也遭州吁之暴見侮慢而不能正也(疏)箋云正猶止也

終風且暴(傳)興也終日風爲終風暴疾也顧我則笑(傳)笑侮之也謔浪笑敖(傳)言戲謔不敬中心是悼(疏)終風且暴且霾且曀其陰其靁皆所以興州吁之暴也御覽天部九引傳終日而風爲終風有而字終日而風爲終風則下二章終風且霾終風且曀皆是終日而風也釋文引韓詩云西風也爾雅西風謂之泰風泰當作大桑柔箋作大風毛韓意同爾雅釋天日出而風爲暴傳與雅訓異意同終日而風總釋三終風之義日出而風則專釋詩首章暴字之義言日出以別於霾曀也孫炎云陰雲不興而大風暴起傳訓暴爲疾者亦謂風之暴起何人斯傳飄風暴起之風是也玉篇瀑疾風也此毛詩義而作瀑字誤說文瀑疾雨也从水暴聲詩曰終風且瀑此三家詩與雅傳不合或謂傳暴疾也疾下奪雨字據三家改毛大誤○笑郎笑敖序謂之侮慢故傳云笑侮之也爾雅謔浪笑敖戲謔也說文謔戲也謔爲戲連言之爲戲謔笑敖者謔之狀也傳云言戲謔不敬郎所以釋經謔字之義韓詩云浪起也韓以謔字逗謔則起笑敖則亦以笑敖爲謔可因韓讀而明毛訓矣中心心中也呧傳悼傷也悼與末章懷同義

終風且霾(傳)霾雨土也惠然肯來(傳)言時有順心也莫往莫來(傳)人無子道以來事己己亦不得以母道往加之悠悠我思(疏)霾與埋同聲爾雅風而雨土爲霾雨土者風起土下如雨小雅

序雨自上下者也穀梁傳箸於上見於下謂之雨言雨土則風箸矣故傳不更
言風也孫炎云大風揚塵土從上下也○燕燕傳惠順也然猶若也氓傳若然
同義北風惠而好我而猶如也君子偕老傳而如同義惠然惠而其義一也然
字不當作然後解爾雅肎可也說文可肎也此凡語全詩放此順心釋惠然時
有順心釋肎來時有順心卽承上章顧我之意也人無子道以來事己釋莫來
己亦不得以母道往加之釋莫往莫來故莫往傳乃逆其辭以釋之無子道事
己卽承上章笑傲之意也莫訓無又訓不莫來爲無來莫往爲不往也凡全詩
莫字有此二義關雎傳悠思也重言曰悠悠此及雄雉泉水子衿渭陽十月之
交皆曰
悠悠

終風且曀不日有曀（傳）陰而風曰曀**寤言不寐願言則嚏**（傳）嚏跲也（疏）陰而風
曰曀爾
雅釋天文曀亦陰也釋名曀翳也小爾雅曀冥也雅傳緣詩立訓乃兼風言耳
終風且曀謂風也不日有曀謂陰也言不日曀也有爲句中語助箋云喩州吁
闇亂甚也○寤言不寐猶云獨寐寤言也願思也言我也願言爲思我思我我
思也願言則嚏謂我思之而志倦欠㰦也願言則懷謂我思之而憂傷也猶上
文云莫往莫來悠悠我思也願言之言訓爲我與寤言之言不同義葛覃言告
言歸言告之言訓爲我與言歸之言不同義皆兩言字連文而異解○嚏跲經
傳皆從誤本釋文疌本又作啑又作疐鄭作嚏劫本又作跲孫毓同崔云毛訓
疌爲㰦今俗人云欠欠㰦㰦是也不作疐劫字正義引王肅作疐劫定本集注同
然則唐初舊本經皆作疐今作嚏者其誤始於唐開成石經陸所見崔本作疌
疌卽疐之誤孔引集注作疐不誤又引王肅本毛傳作疐劫劫與跲音同故又
改作跲唯陸所見崔本作㰦孔引集注作劫是又誤踕王肅矣崔靈恩集注所
據毛詩經作疐傳作疐㰦也當是古本如是通俗文張口運气謂之欠㰦玉篇
㰦欠張口也廣韻九御㰦欠㰦集韻㰦張口皃或作呿說文欠張口气悟也象
气从儿上出之形吹出气也从欠从口傳訓疐爲㰦疐卽古文嚏毛詩作疐三
家詩作嚏嚏有口气鼻气兩解說文口部嚏悟解气也从口疐聲詩曰願言則
嚏悟解气與㰦訓合許以嚏字从口故主謂口气宗毛故說解同毛而引詩作

嚏者此許氏據三家詩字以申毛詩之義謂疐卽嚏之古文假借此說文例也玉篇疐噴鼻也詩曰願言則疐鄭箋疐讀爲不敢嚏咳之嚏今俗人嚏云人道我此古之遺語也鄭於毛傳說文異而與玉篇噴鼻之說同此亦本三家詩義也但此詩四章皆是衛莊姜傷己之詞願言則欬謂我思之不已則志倦而欠欬也若依噴鼻解疐字謂州吁思莊姜莊姜爲之噴鼻於序言傷己不合至王肅云願以母道往加之則疐劫而不行不知上章傳云不以母道往加釋莫往句不釋我思句今肅以解此願字而於句義有不安又據狼跋傳改欬爲劫以疐劫不行解疐字則於篇義更難通正義依王申毛誤矣

曀曀其陰虺虺其靁(傳)如常陰曀曀然暴若震靁之聲虺虺然**寤言不寐願言則懷**(傳)懷傷也(疏)曀爲陰故傳以曀曀爲常陰曀曀猶晻晻也說文引詩作㙠㙠曀㙠聲義皆近經言靁傳云震靁大雅兩言如霆如雷震雷卽霆雷也暴疾也虞世南北堂書鈔天部四引爾雅疾靁謂之霆郭注云靁之急擊者謂霹靂說文靁陰陽薄動靁雨生物者也从雨畾象回轉形𩆜籀文靁閒有回回靁聲也霆靁餘聲也鈴鈴所以挺出萬物震霹歷振物者案靁霆震三者自微而箸凡靁必回轉餘聲而振物者也虺虺與回回聲同意别回回者象靁回轉之聲虺虺者振物聲也○懷訓思此云傷者思亦傷也願言則懷言我思之則憂傷也序所謂傷己也

擊鼓五章章四句

擊鼓怨州吁也衛州吁用兵暴亂使公孫文仲將而平陳與宋國人怨其勇而無禮也(疏)箋云將者將兵以伐鄭也平成也將伐鄭先告陳與宋以成其伐事春秋傳曰宋殤公之卽位也公子馮出奔鄭鄭人欲納之及衛州吁立將修先君之怨於鄭而求寵於諸侯以和其民使告於宋曰君若伐鄭以除君害君爲主敝邑以賦與陳蔡從則衛國之願也宋人許之於是陳蔡方睦於衛故宋公陳侯蔡人衛人伐鄭是也伐鄭在魯隱四年

擊鼓其鏜，踊躍用兵。（傳）鏜然，擊鼓聲也。使衆皆踊躍用兵也。土國城漕。（傳）漕，衛邑也。我獨南行。（疏）傳云鏜然擊鼓聲鏜然者言形容其擊鼓之聲與零雨其濛兕觥其觩句同皆先言事而後言狀也有先言其狀而後言其事者宛丘坎其擊鼓坎其擊缶是也此句倒也說文鼞鼓聲也引詩作鼞鏜鐘鼓之聲也引詩作鏜依毛訓則詩之鏜當爲鼞也司馬法云鼓聲不過閶閶爲鼞之假借字管子輕重甲篇云漣然擊鼓士忿怒漣與鏜一聲之轉詩上句言擊鼓下句言用兵鼓以動衆故云使衆皆踊躍用兵也踊躍連綿字說文云兵械也〇漕衛邑泉水同衛都朝歌漕邑乃在河東城築都城也後狄滅河西之衛而立戴公於漕卽此邑矣今河南衛輝府滑縣春秋時衛之漕邑漕古作曹思須與漕水經注作曹言至于漕列女傳作曹詩序野處漕邑露于漕邑左傳及管子作曹左傳釋文云曹詩作漕定之方中傳云虛曹虛曹以虛得名不以水得名我軍士自我也南行南行伐鄭也

從孫子仲，平陳與宋。（傳）孫子仲謂公孫文仲也。平陳於宋。不我以歸，憂心有忡。（傳）憂心忡忡然。（疏）從從南行也孫子仲衛大夫序作公孫文仲故傳以爲一人孫公孫子仲其字文仲其謚也云平陳於宋者於字釋經與字平成也陳與宋與者及也爲從同之詞今用兵伐鄭宋爲盟主陳屬於宋不從同也讀與爲於其義憭矣箋云平陳於宋謂使告宋曰君爲主敝邑以賦與陳蔡從正義云成伐事先告陳使從於宋與之俱行也鄭孔皆申明毛義〇有狀物之詞憂心忡忡然傳以忡忡釋經之忡此疊字釋單字也草蟲出車篇云憂心忡忡

爰居爰處，爰喪其馬。（傳）有不還者，有亾其馬者。于以求之，于林之下。（傳）山木曰林。（疏）爰於也於於是也於是有居處而不還者以釋爰居爰處句不還承上章不歸而言也箋云謂死也傷也病也於是有喪馬而死亾者以釋爰喪其

馬句起下文求于林下而言也皇矣傳亦云喪亾也○于於也於猶在也于林之下言在林之下也篇中或言爰或言于爰于並與於同凡林必兼言麓麓山足故傳云山木曰林也宣十二年左傳趙旃弃車走林逢大夫謂其二子使下指木曰尸女於是授趙旃綏以免明日以表尸之皆重獲在木下此即詩言求林之義箋軍行必依山林正義引周禮肆師祭兵於山川注軍之所依止又以申明傳言山林之義也

死生契闊與子成說(傳)契闊勤苦也說數也**執子之手與子偕老**(傳)偕俱也(疏)

說文契大約也契乃挈之假借釋文契本亦作挈大東契契寤歎或作挈挈縣焈契我龜本作挈挈闊疊韻蓋古語勤苦憂苦也釋文引韓詩云契闊約束也箋從軍之士與其伍約死也生也相與處勤苦之中鄭用韓詩義毛義則憂用兵之苦因追述其室家有不忍遠離耳傳云說數者說文數計也○君子偕老陟岵傳並訓偕為俱說文偕一曰俱也皆俱詞也皆為語詞之俱偕從皆聲義亦同正義引王肅云言國人室家之志欲相與從生至死契闊勤苦而不相離相與成男女之數相扶持俱老

于嗟闊兮不我活兮(傳)不與我生活也**于嗟洵兮不我信兮**(傳)洵遠信極也(疏)

于嗟歎詞悲歎之詞也爾雅闊遠也洵訓為遠則闊之為遠不訓此傳例也載芟箋活生也連言之曰生活孟子盡心篇云民非水火不生活是生活連文得義洵讀為敻聲轉通也釋文引韓詩作敻云敻亦遠也高注呂覽盡數篇引詩于嗟敻兮本韓詩也管子宙合篇讂充之心也劉績補注云讂遠也讂與敻通遠者言遠行從軍也正義云信古伸字易曰引而信之伸即終極之義故云信極也案傳以極詁信而信極連讀猶以生詁活而生活連讀不與我信極者言不與我終古也○案魯隱公四年春州吁弒桓公而自立即於是秋九月被殺於陳一時之頃伐鄭者再此詩正是國人怨其用兵暴亂為未能和衆張本左傳衆仲曰州吁阻兵安忍阻兵無衆安忍無親衆叛親離難以濟矣州吁弒其君而虐用其民不務令德而欲以亂成必不免矣蓋此為衆仲逆料之詞詩人

口內不應豫及箋以四章用韓詩義契闊爲軍中約束末章謂軍士棄約歎其離散相遠非毛義也歐陽修詩本義引王肅云爰居而下三章衞人從軍者與其室家訣別之辭

凱風四章章四句

凱風美孝子也衞之淫風流行雖有七子之母猶不能安其室故美七子能盡其孝道以慰其母心而成其志爾 疏 孟子告子篇公孫丑曰凱風何以不怨曰凱風親之過小者也不怨言不怨親也

凱風自南吹彼棘心棘心夭夭 傳 興也南風謂之凱風樂夏之長養棘心難長養者夭夭盛貌 母氏劬勞 傳 劬勞病苦也 疏 興者前二章以凱風之吹棘喻母養其七子後二章以寒泉之益於浚黃鳥之好其音喻七子不能事悅其母梟鳥之不如也南風謂之凱風爾雅釋天文傳文申釋凱風云樂夏之長養所以明其興義也南風主乎夏萬物茂盛夏小正傳所謂生必于南風爲離氣所生者也凱當作豈傳以樂字釋豈字載驅蓼蕭旱麓泂酌並以樂易釋豈弟此作豈之證豈古文愷字爾雅愷樂也說文爾收愷字心部愷樂也豈部愷康也康亦樂也○傳文棘下當有心字小箋云心字各本奪今補棘心對下棘薪言謂棘之初生萌櫱故云難長養者棘心至於夭夭然盛則母氏之劬勞可知矣案段說是也野有死麕傳樸樕小木也爾雅樸樕心是心有小義爾有桃傳棘棗也棗叢生故叢生之木皆得稱棘桃夭傳云夭夭其少壯也盛與少壯義相近○爾雅劬勞病也傳云病苦者兼三章言勞苦作訓鴻雁同說文勞勮也疑劬即勮之異體

凱風自南吹彼棘薪 傳 棘薪其成就者 母氏聖善 傳 聖叡也 我無令人 疏 棘長成薪故傳云棘薪其成就者○逸周書謚法篇云叡聖也楚語云子實不叡聖又云其聖之叡廣也此皆聖叡同訓之理傳所本也箋云叡作聖鄭用古文尚書以

證傳訓非也洪範五行傳五事曰思心思心之不容是謂不聖漢書五行志五
曰思心曰容容作聖董仲舒春秋繁露五行五事篇及說苑君道篇皆從今
文尚書說毛詩傳與伏書大傳合故詁訓與今文尚書合不當據古文尚
書爲證鄭玄注大傳云容當爲睿睿通也亦古文改今文與箋詩意同

爰有寒泉在浚之下（傳）浚衛邑也在浚之下言有益於浚**有子七人母氏勞苦**

（疏）鄭注水經瓠子水云濮水枝津水上承濮渠東逕鉏邱城南京相璠曰今濮
陽城西南十五里有沮邱城六國時沮楚同音以爲楚邱非也又東逕浚城
南而北去濮陽三十五里城側有寒泉岡卽詩所謂爰有寒泉在浚之下世謂
之高平渠非也京相璠曰濮水故道在濮陽南者也案漢書地理志濮陽縣在
東郡今直隸大名府開州卽古濮陽地酈善長以浚城在濮陽浚城在沮邱東
沮邱卽楚邱而善長復以京說爲非誤矣辨見定之方中篇攷衛未渡河濮陽
乃其下邑故此傳云浚衛邑也干旄在浚之郊傳浚衛邑郊外曰野在浚之都
傳下邑曰都是浚邑與楚丘地相近當有可據寒泉在浚下溉浚之所資傳云
在浚之下言有益於浚者亦以
明其與義也○勞苦猶劬勞也

睍睆黃鳥載好其音（傳）睍睆好貌**有子七人莫慰母心**（傳）慰安也（疏）小箋云說
文無睆字
疑此本作睍睍黃鳥故韓詩作簡簡黃鳥也案韓詩見詩考引御覽羽族部十
毛詩後下句作訓疑傳文當作睍睍好也四字好謂聲音之好今本也誤作皃
禮記檀弓疏引亦作睍睆好貌是以睍睆爲形容黃鳥顏色之好矣葛覃詠黃
鳥其鳴喈喈傳黃鳥搏黍也喈喈和聲之遠聞也睍睆喈喈語轉雙聲古樂府
長歌行凱風吹長棘夭夭枝葉傾黃鳥鳴相追咬咬弄好音咬咬亦雙聲○傳
訓慰爲安車鞶縣同大戴禮曾子立孝篇子曰不可入也吾任其過可入也吾
辭其罪詩云有子七人莫慰母心子之辭也此
據戴氏震校本盧辯注云七子自責任過之辭

雄雉四章章四句

雄雉刺衞宣公也淫亂不恤國事軍旅數起大夫久役男女怨曠國人患之而作是詩（疏）春秋衞宣公於魯隱四年即位明年衞入郕又與宋入鄭伐戴又與陳蔡從王伐鄭又與齊鄭伐魯戰于郎皆其軍旅事也

雄雉于飛泄泄其羽（傳）興也雄雉見雌雉飛而鼓其翼泄泄然我之懷矣自詒伊阻（傳）詒遺伊維阻難也（疏）經言雄雉傳則兼及雌雉以明興義也隱元年左傳其樂也洩洩杜注云洩洩舒散也與詩泄泄同洩即泄字箋云興者喻宣公整其衣服而起奮訊其形貌志在婦人而已不恤國之政事○終風傳懷傷也詒遺爾雅釋言文靜女匡中有靡天保同伊維何彼襛矣蒹葭同箋於此篇伊字及蒹葭東山正月之伊竝云伊當作緊緊猶是也或三家詩有作緊也凡毛詩皆作伊內外傳皆作緊左傳緊我獨無惟德緊物緊伯舅是賴國語豈緊多寵緊起先人又宣二年左傳云我之懷矣自詒伊慼此詩正義引作自詒緊慼此伊緊相通之證阻難釋詁文谷風同難軍旅之難也

雄雉于飛下上其音展矣君子實勞我心（傳）展誠也（疏）箋云下上其音與宣公小大其聲怡悅婦人○展誠釋詁文君子偕老同展與愼雙聲愼謂之誠展亦謂之誠矣展與亶疊韻亶謂之誠展亦謂之誠矣實當作寔寔是也此女望君子之詞言誠以君子久役之故我心是勞也

瞻彼日月悠悠我思（傳）瞻視也道之云遠曷云能來（疏）瞻視燕燕節南山同韓詩外傳引此而釋之云急時辭也是故稱之日月也說苑辯物篇略同君子于役篇不日不月曷其有佸義與此同

百爾君子不知德行不忮不求何用不臧（傳）忮害臧善也（疏）百爾君子庶在位者也○忮害瞻卬

同韓詩外傳云傳曰夫利爲害本而福爲禍先唯不求利者爲無害不求福者爲無禍又傳曰故智者不爲非其事廉者不求非其有是以害遠而名彰也兩引詩不忮不求何用不臧韓亦詁忮爲害馬融注論語子罕篇云忮害也不疾害不貪求言有德行者如此也臧善釋詁文定之方中野有曼草還頍弁皆同

匏有苦葉四章章四句

匏有苦葉刺衛宣公也公與夫人並爲淫亂（疏）夫人謂宣姜也此與新臺刺意同

匏有苦葉（傳）興也匏謂之瓠瓠葉苦不可食也**濟有深涉**（傳）濟渡也由膝以上爲涉**深則厲淺則揭**（傳）以衣涉水爲厲謂由帶以上也揭褰衣也遭時制宜如遇水深則厲淺則揭矣男女之際安可以無禮義將無以自濟也（疏）匏與瓠渾言不別析言之則有異豳風斷瓠小雅瓠葉瓠皆可食公劉酌之用匏匏不可食箋云瓠葉苦謂八月之時正義引義疏云匏葉少時可爲羹又可淹煮極美故詩曰幡幡瓠葉采之亨之今河南及揚州人恆食之八月中堅強不可食故云苦葉是匏瓠一物異名匏瓠之堅強者也瓠匏之始生者也瓠其大名也傳以瓠釋匏匏有苦葉猶云瓠有苦葉耳瓠葉未苦可食瓠葉至于苦則不可食矣苦與枯通魯語苦匏不材易林震作枯瓠不朽其證也案此句詩意以匏葉之苦不可食與男女必以及時郎弟三章云士如歸妻迨冰未泮也下三句以水之深淺渡有常法興男女之際必守禮義而行郎弟四章云人涉卬不卬須我友也首一句爲一興以下三句又一興如伐木篇首一句伐木丁丁爲一興鳥鳴嚶嚶以下又一興同其篇例二章以濟盈雉鳴興夫人之犯禮義三章又因雉而思鴈四章復因濟渡而思舟子興昏姻之成必由禮義三章四章與首章兩興正同意○濟渡爾雅釋言文連言之曰濟渡末章傳云主濟渡者是也由膝以上爲涉釋水文爾雅釋文字又作厀案今作膝者俗也水在厀以下可褰裳而過謂之揭水至厀以上則必濡褌而過是謂之涉載馳傳水行曰涉管子小問篇

至卑耳之谿有贊水者曰從左方涉其深及冠從右方涉其深至膝是其義也傳以衣涉水爲厲謂由帶以上也正義云今定本如此然則各本當作以衣涉
水爲厲由帶以上爲厲與爾雅釋水篇同矣小箋謂定本出於小顏恐屬肊改是也厲當讀爲濿爾雅釋文本或作濿王逸注九歎引爾雅正作濿云濿渡也
渡水則其字當作水旁厲今單作厲者謂厲卽濿之古文假借字也傳云以衣涉水爲厲者此本雅訓弟一說也李巡注不解衣而渡水曰厲孫炎注以衣涉
水濡褌也郭璞注衣謂褌也不解衣則且濡褌矣濡褌則在由厀以上矣此以衣涉水卽由厀以上厲卽涉也深厲卽深涉也說文云涉徒行厲水也由厀以
上爲涉鄭注論語及服注左傳皆作由厀以上爲厲此可證厲涉同義以衣涉水由厀以上同義矣傳云由帶以上爲厲者此本雅訓弟二說也由帶以上與
以衣涉水絕然不同葢爾雅釋詩之例每存兩說如翦齊也翦勤也皆釋詩實始翦商之翦流求也流擇也皆釋詩左右流之之流毛傳中亦用此例如天保
傳單信也或曰厚也皆傳聞異辭備存古訓也故此詩厲字雅傳皆備存兩說陸德明釋文云厲以衣涉水也此言厲之弟一說也又引韓詩云至心曰厲至
心卽由帶以上此明厲之弟二說也是陸氏所言畫然二事則其據傳文尚不誤較諸定本牽合兩說爲一說其義長矣又說文云砅履石渡水也引詩曰深
則砅砅或作濿此許或存齊魯異說也深水無定名故說詩者多不同云揭褰衣也者褰當作揭釋文揭揭衣一本作揭褰衣正義云揭褰衣今定本如此是
定本同釋文之一本作褰衣非古本也褰裳箋揭衣渡溱水鄭正本此傳之語爾雅揭者揭衣也玉篇手部詩曰淺則揭謂揭衣也竝作揭衣可證言遇淺則
揭裳而過其水尚不至厀[illegible]不若遇深必以衣涉水至厀以上也正義云傳不引爾雅由厀以下爲揭者略耳王引之詩述聞謂古本爾雅無此句故傳不
引非略案王說是也爾雅釋水濟有深涉深則厲淺則揭揭者揭衣也以衣涉水爲厲繇厀以上爲涉繇帶以上爲厲毛傳依經之次弟爲訓爾雅則以水之
由淺而深爲說故首釋淺則揭句下皆釋深則厲句以衣涉水爲厲繇厀以上爲涉二句互文足義下句正以申解上句涉字之義厲卽涉也言深水不言淺
水不應中間廁繇厀以下爲揭六字使上下文辭不貫而經義亦致晦矣傳以深厲淺揭喻遭時制宜此釋經之興義也後漢書張衡傳深厲淺揭隨時爲義

與傳訓同言男女之際安可無禮義亦必遭時制宜而後行此釋經之正義也傳文當直無禮義三字令奪云無禮義將無以自濟也者將猶且也末章傳云室家之道非得所適貞女不行非得禮義昏姻不成是其義也濟字即承上文濟有深涉亦即起下文有瀰濟盈而言

有瀰濟盈有鷕雉鳴（傳）瀰深水也盈滿也深水人之所難也鷕雌雉聲也衛夫人有淫泆之志授人以色假人以辭不顧禮義之難至使宣公有淫昏之行濟**盈不濡軌雉鳴求其牡**（傳）濡漬也由輈以上爲軌違禮義不由其道猶雉鳴而求其牡矣飛曰雌雄走曰牝牡（疏）新臺河水瀰瀰傳瀰瀰盛皃此云深水者家云瀰水滿也盈滿鵲巢同深水人之所難猶無禮義亦人之所難傳兼正驗而言也下言求牡故知鷕爲雌雉聲傳云衛夫人有淫泆之志授人以色假人以辭者以釋有鷕雉鳴句傳又云不顧禮義之難至使宣公有淫昏之行兼以釋有瀰濟盈句經言興義傳則明言正義也新臺傳水所以絜汙穢反于河上而爲淫昏之行淫昏之行皆指宣公納伋妻事○傳訓濡爲漬不濡軌言漬軌也釋詞以不爲語詞是也由輈以上爲軌詩述聞云傳輈本作軸古輈軸同聲故軸誤爲輈軌上當有濡字寫者脫去耳上章傳曰由卻以上爲涉厲謂由帶以上凡言由者皆水之所濡高下之度此言由軸以上亦謂水之所至也軌者軸之兩端水由軸以上則其深滅軌故經曰濡軌而傳釋之曰由軸以上爲濡軌與上由卻以上爲涉厲謂由帶以上之義正同知非由輈以上者輈承衡者最高承軫者最下但曰由輈以上則其爲上曲而承衡之處與下曲而承軫之處皆未可知不可以定水濡之高下故不得言由輈以上也知非由軸以上爲軌者由軸以上乃水濡之度上言水由軸以上則下必言爲濡軌始與上文相應若無濡字則義不可通且上傳由卻以上爲涉厲謂由帶以上涉與厲皆濟水之名也此云爲濡軌濡軌亦謂濟水之名若去濡字而但云爲軌則軌之一字不可以爲濟水之名與由卻以上爲涉由帶以上爲厲之義參差不一矣故不

得言由軸以上為軌也釋文曰軌舊龜美反謂車轊頭也蓋徐邈阮侃王肅江
惇干寶李軌諸人所見本竝作由軸以上為濡軌軌為軸之轊頭故有車轊頭
之訓陸德明孔穎達所見本軸字始誤作輈軌上又脫濡字於是讀者不復知
傳文所言為水所濡之度而誤以為釋軌之名物又以軌非輈上之物而疑為
軾前之軓唐石經因之遂改軌為軓則既失其義而又失其韻矣案王說是也
氓淇水湯湯漸車帷裳箋云帷裳童容也我乃濟渡淇水至漸車童容猶冒此難
而行凡帷裳冢車必過於軸漸水至於車帷裳與濟盈濡軌其度相等二詩取
興雖殊而其為濟渡淺水則一也箋云渡水者必濡其軌兩解意同云違禮義
不由其道以釋濟盈濡軌句雉指夫人牡指宣公蓋雌雉而求雄雉已違禮義
今飛雌求走牡尤為違禮義之甚者以比宣姜本假妻而求配宣公尤非配偶
新臺篇魚網之設鴻則離之傳言所得非所求也魚網而得鴻離雌飛而求走
牡其事同也傳嫌牝雄可以通稱故又申釋之云飛曰雌雄走曰牝牡者雌雄
從隹為飛鳥牝牡從牛為走獸刺夫人兼刺宣公也上傳云衞夫人有淫泆之
志至使宣公有淫昏之行順就經辭作訓然序云公與夫人竝為淫亂仍以刺
宣公淫於新昏作士故傳乃合併以刺
之此即所謂雙雙俱至似鳥獸然者與

雝雝鳴鴈旭日始旦〔傳〕雝雝鴈聲和也納采用鴈旭日始出謂大昕之時**士如**

歸妻迨冰未泮〔傳〕迨及泮散也〔疏〕爾雅廱廱和也傳依鳴鴈言故云鴈聲和廱
與雝通說文雁讀若鴈今經典字多作鴈鹽
鐵論結和篇引詩作雍雍鳴鳱鳱干聲鴈厂聲聲相近納采用鴈儀禮士昏禮
文王引之儀禮述聞云士昏禮記曰摯不用死鄭注曰摯鴈也是鴈乃生者鴻
鴈野鳥不可生服得之則死若以鴻鴈為摯則是死物也而記曰摯不用死則
非鴻鴈可知又士相見禮曰贄冬用雉夏用腒是四時皆有執摯之禮鴻鴈孟
春北去仲冬始來夏月無鴈之時下大夫將何以為摯乎由是言之所用必非
鴻鴈矣鴈蓋鵝也鵝乃常畜之禽故四時用之古者謂鵝為鴈衆秋行嫁娶納
采在前當無鴈之時則鴈為家畜之鵝王說是也士昏禮唯納徵用幣不用鴈
此外自納采為始以及問名納吉請期親迎皆用鴈傳乃不言親迎而言納采

者嫌昏禮用昏不用昕經下句旭日始旦則非親迎可知故言納采著昏禮之
始采事也納采者納昏禮之始有事也傳旭字逗日始出三字詁經之旭字新
書脩政語下篇旭旭然如日之始出也義正同說文云旭日旦出皃又云昕日
將出也士昏禮記凡行事必用昏昕鄭目錄云日入三商爲昏案三商三刻也
昏昕對文日入三刻謂之昏則先日出三刻謂之昕大昕過三刻矣姚信易豫
卦盱字注云日始出引詩盱日始旦盱旭一聲之轉盱大也三家詩亦爲大昕
之時也○婦人謂嫁曰歸歸妻猶取妻謂親迎也迨及鶵鶵同及者言男女得
以及時也泮讀爲判訪落傳判分也散分同義大戴禮誥志篇孟春冰泮發蟄
月令謂之解凍冰未泮猶在解凍前也荀子大略篇云霜降逆女冰泮殺止言
霜降始逆女冰泮而殺止也毛氏親業荀門故其說嫁娶時[illegible]說同詳東門
之楊篇案衞宣公爲子伋娶於齊而聞其美作新臺于河上之是宣公于
河上親迎夫人矣故詩人卽以昏禮發端正告之以室家之必當用禮義成
昏姻也此
章就公說

招招舟子人涉卬否(傳)招招號召之貌舟子舟人主濟渡者卬我也**人涉卬否**
卬須我友(傳)人皆涉我友未至我獨待之而不涉以言室家之道非得所適貞
女不行非得禮義昏姻不成(疏)釋文引韓詩招招聲也聲亦謂號召之聲北山
傳號召也連言之則曰號召舟子爲舟人猶之
傷人涉人耳此章仍從濟渡說下故傳又申之云主濟渡者箋云舟人之子號
召當渡者猶媒人之會男女無夫家者使之爲妃匹鄭以舟人喻媒人是也○
卬我釋詁文白華生民同傳云人皆涉釋經人涉二字云我友未至我獨待之
而不涉釋經卬否卬須我友六字爾雅須待也須與額通此釋經之喻義也傳
又云以言室家之道非得所適貞女不行非得禮義昏姻不成此釋經之正義
也行露篇雖速我獄室家不足所謂非得禮義昏姻不成也雖速我訟亦不女
從所謂非得所適貞女不行也彼序云彊暴之男不能侵陵貞女卽其義也今
夫人不能守貞女之教違禮義而成昏姻室家之道乚矣此章又就夫人說

谷風六章章八句

谷風刺夫婦失道也衞人化其上淫於新昏而棄其舊室夫婦離絕國俗傷敗焉疏左傳稱衞宣公納子伋之妻是爲宣姜而夷姜縊此淫新昏棄舊室也國人化之遂成爲風俗

習習谷風以陰以雨傳興也習習和舒貌東風謂之谷風陰陽和而谷風至夫婦和則室家成室家成而繼嗣生黽勉同心不宜有怒傳言黽勉者思與君子同心也采葑采菲無以下體傳葑須也菲芴也下體根莖也德音莫違及爾同死疏羣書治要及文選東晳補亡詩注引毛傳習習和舒之皃有之字東風謂之谷風爾雅釋天文孫炎注云谷之言穀穀生也是谷風爲生長之風也陰雨膏潤百物以陰以雨爲陰爲雨也陰陽之道致和而育以興夫婦之道積和而生室家成繼嗣生皆和之驗也黽勉雙聲連緜字文選傳亮劉將軍表注引韓詩作密勿十月之交雲漢黽勉三家詩皆作密勿也密通作蜜爾雅蠠沒勉也說文蠠古蜜字黽蜜蠠同義勉勿沒同義黽勉卽勉勉猶蜜勿卽勿勿亦蠠沒卽沒沒矣此黽勉與四章黽勉同婦人自言所以黽勉者思與君予同心以成其室家也○爾雅須葑從孫注云須一名葑從說文葑須從也據許所見爾雅不同而今本毛傳須下疑脫從字從俗作蓯正義引義疏云葑蕪菁幽州人或謂之芥葑通作蘴方言云蘴蕘蕪菁也陳楚之閒謂之蘴魯齊之閒謂之蕘關之東西謂之蕪菁陳藏器本草拾遺云蕪菁北人名蔓菁桑中箋及禮記坊記注葑蔓菁此箋又云蔓菁之類菲芴釋草文爾雅又云菲息菜俗作蒠義疏云菲似葍莖麤葉厚而長有毛三月中蒸鬻爲茹滑美可作羹幽州人謂之芴爾雅謂之息菜今河內人謂之宿菜案元恪則合芴與息菜皆菲之異名矣箋及坊記注菲葍類元恪言似葍同云下體根莖也者根莖不可食無以下體言不用其根莖也僖三十三年左傳引此詩而釋之云君取節焉可也取節猶

節取繁露竹林篇取其一美不盡其失亦引此詩坊記注言人之交當取一善義並同左傳毛意亦然也葑菲之菜不以其下惡而棄其善以喻夫婦之好不以其後衰而棄其初及與爾女及爾同死猶云與子偕老耳

行道遲遲中心有違(傳)遲遲舒行貌違離也**不遠伊邇薄送我畿**(傳)畿門內也

誰謂荼苦其甘如薺宴爾新昏如兄如弟(傳)荼苦菜也宴安也(疏)說文引詩遲遲訓徐行舒與徐同義野有死麕常武傳云舒徐也違訓離離憂也中心心中也心中有離憂之思故遲遲然舒行哏傳所謂有一心乎君子也釋文引韓詩違很也義異○伊猶是也邇近也不遠伊邇言不遠是近也畿讀爲機假借字也呂覽本生篇出則以車入則以輦務以自佚命之曰招蹷之機高誘注蹷機門內之位也詩曰不遠伊邇薄送我畿此不過蹷機之謂又蔡邕司徒夫人靈表不出其機化道宣揚說苑政理篇修近理內正梱機之禮壹妃匹之際案梱卽槷單言機繁言槷機作蹷者字之誤也廣雅槷機闑朱也朱與闑同傳云門內也者闑門在大門內堂戶又在閨門內闑爲閨門中央所豎短木故閨闑或曰梱機然則閾也闑也槷機也一物已矣左傳婦人送逆不出門國語夫人送王不出屏不出門屏卽是不出梱機也今以男子送婦人而至於槷機箋云送我裁於門內無恩之甚裁猶不過也此鄭申毛也白虎通義嫁娶篇出婦之義必送之接以賓客之禮君子絕愈于小人之交詩云薄送我畿班引詩以證送婦之禮用魯詩說○荼苦菜釋草文緜傳同是苦菜一名荼也又謂之苦采苓傳苦苦菜也苦菜味苦可食或謂茅秀若有女如荼是也或謂穢草若以薅荼蓼是也凡詩言荼有此三種家訓書證篇云苦菜葉似苦苣而細摘斷有白汁華黃似菊采苓正義引義疏云苦菜生山田及澤中得霜甛脆而美淮南子墬形篇薺冬生夏死高注云薺水也水王而生土王而死也繁露天地之行篇云薺以冬美冬水氣也薺甘味也乘於水氣而美者甘勝寒也誰謂荼苦其甘如薺言君子於已之薄比荼之苦不復如薺之甘耳全詩宴安字皆假作燕唯此宴爾新昏作宴宴饗字亦皆假作燕唯頍弁君子維宴作宴說文宴安也

涇以渭濁湜湜其止（傳）涇渭相入而清濁異宴爾新昏不我屑以（傳）屑絜也毋逝我梁毋發我笱我躬不閱遑恤我後（傳）逝之也梁魚梁笱所以捕魚也閱容也（疏）書禹貢雍州涇屬渭汭又道渭東會于涇詩正義引鄭注云涇水渭水發源皆幾二千里然而涇小渭大屬於渭而入于河又引地理志云涇水出今安定涇陽西幵頭山東南至京兆陽陵行千六百里入渭卽涇水入渭也案陽陵漢志在左馮翊此云京兆陽陵者鄭從東漢志也郡國志陽陵故屬馮翊云行千六百里漢志作千六十里攷涇源出今甘肅平凉府西北至陝西高陵縣西南入渭計行不及千里則六百當是六十之誤鄭從漢志而云幾行二千里者兼連渭水言耳涇入渭與渭入河傳所謂涇渭相入也漢書溝洫志云涇水一石其泥數斗是涇濁而渭清傳所謂清濁異也湜湜水清皃釋文引說文云湜水清見底也止今本誤作沚說文玉篇白帖集韻類篇引詩皆作止以猶與也涇與渭相入涇自濁耳渭則湜湜然清也興者以喻君子雖有新昏之惡而已仍持正自守不納汙垢以渭之清形已之絜也涇濁喻新昏渭清喻舊室解者皆以涇濁喻舊室渭清喻新昏失之○屑絜疊韻君子偕老同趙注孟子公孫丑篇引詩不我屑已已與以通列女傳賢明篇趙姬曰夫得寵而忘舊舍義好新而嫚故無恩與人勤於隘厄富貴而不顧無禮君棄此三者何以使人詩不云乎采葑采菲無以下體德音莫違及爾同死與人同寒苦雖有小過猶與之同死而不去況於安新忘舊乎又曰讌爾新昏不我屑以蓋傷之也此三家義與毛詩同○毋依釋文當作無小弁作無爾雅之逝往也三義相近而敘有別逝往也往猶去也逝之也之猶至也鄘柏舟傳之至也梁爲魚梁周禮䱷人掌以時䱷爲梁鄭司農注云梁水偃也偃水爲關空以笱承其空賈疏云謂偃水兩畔中央通水爲關孔候人傳梁水中之梁亦謂魚梁也禮記王制孟子梁惠王篇皆曰澤梁趙岐注以澤梁爲魚梁是也云笱所以捕魚也者賈疏云笱者葦薄以薄承其關孔魚過者以薄承取之說文笱曲竹捕魚笱也淮南子兵略篇魚笱門高注云竹笱所以捕魚其門可入而不得出是其制也然則笱用竹或用葦薄又謂之罶魚麗及苕之華傳皆云罶曲梁也寡婦之笱也寡婦

之笥卽所謂楸笥與凡爲笥者不同釋文引韓詩發亂也韓讀發爲撥長發傳撥治也撥之爲亂猶治之爲亂逝梁發笱喻新昏者入我家而亂我室我欲禁
其無然而不可得也○鄭注禮記表記篇云閱猶容也與傳訓同單言閱絫言容閱浮游傳堀閱容閱也孟子作容悅襄二十五年左傳引詩作說杜注云言
今我不能自容說說與閱通遑古祗作皇禮記左傳皆作皇皇暇也皇恤我後言不暇憂我後人也

就其深矣方之舟之就其淺矣泳之游之(傳)舟船也何有何亡黽勉求之(傳)有謂富也亡謂貧也凡民有喪匍匐救之(疏)漢廣傳方泭也方舟之類舟船古今名方言自關而西謂之船自關而東
或謂之舟說文廣雅皆云舟船也漢廣傳潛行爲泳游亦泳之類言就深則方舟就淺則泳游也箋云喻君子之家事無難易吾皆爲之○亡與無同有爲富
則無爲貧矣箋云有求多也求有猶汪龍毛詩異義謂箋正申說傳貧富之義富貧求多貧則求有也匍匐猶黽勉也禮記檀弓篇及漢書谷永傳作扶服

能不我慉反以我爲讎(傳)慉養也既阻我德賈用不售(傳)阻難也昔育恐育鞫及爾顛覆(傳)育長鞫窮也既生既育比予于毒(疏)能字各本在不我下轉寫誤耳能不我慉與寧不我顧既
不我嘉則不我遺能寧既則皆爲語詞之轉說文引詩作能不我慉段注云與能不我知能不我甲句法同也能讀爲而慉養釋文以爲王肅義毛傳作畜與孫
毓引傳亦作興玉篇慉興也案興古嬹字廣雅嬹喜也說文嬹說也說亦喜也此傳興字當亦訓爲喜慉與好亦同義或曰說文慉起也蓼莪箋畜起也畜與
慉同疑古毛傳本作起起讀起家而居有之之起箋慉驕也本三家詩○阻難雄雉同難猶害也售俗讎字上讎與仇同此讎當訓爲用抑傳云讎用也不讎
不用也箋如賣物之不讎御覽資產部十五引韓詩既詐我德賈用不讎一錢之物舉賣百何時當讎乎抑箋物善則其讎賈貴物惡則其讎賈惡鄭本韓義
而意實同○傳意兩育字皆訓爲長長猶常也鞫窮釋言文齊南山小弁同說文鞫窮也鞫窮治罪人也今字俗作鞫又作鞠昔育恐育鞫及爾顛覆言昔者

長恐此後日之長窮故雖顚覆之事顧與女共之也顚覆謂窮也生民載生載育傳亦云育長也此育字與上兩育字訓同義異育亦生也毒猶𩁕也

我有旨蓄亦以御冬宴爾新昏以我御窮（傳）旨美御禦也有洸有潰既詒我肄（傳）洸洸武也潰潰怒也肄勞也不念昔者伊余來塈（傳）塈息也（疏）旨美疊韻說文旨美也从甘匕聲蓄無傳箋云蓄聚美菜高注呂覽仲秋紀云蓄菜乾苴之屬也郎引此詩御禦古今字秦黃鳥傳禦當也○經言洸傳云洸洸經言潰傳云潰潰凡經文一字傳文用疊字者一言不足則重言之以盡其形容者例準此釋文引韓詩潰潰不善之皃則洸洸亦不善也箋云君子洸洸然潰潰然無溫潤之色竝與傳武怒義相近肄讀爲勩爾無正莫知我勩傳勩勞也勩本字肄假俗字塈息嘉樂同塈猶愒也王引之釋詞云來詞之是也全詩來字多與是同義解者皆以來爲往來之來遂詰䚡爲病矣案王說是也谷風曰伊余來塈嘉樂曰民之攸塈來猶攸也采芑曰荊蠻來威角弓曰兄弟孔威來猶孔也車牽曰德音來括南山有臺曰德音是茂來猶是也下武曰四方來賀常武曰四方既平來猶既也來皆爲語詞不念昔者伊余來塈言君子不思昔日之情與我共此休息序所謂棄其舊室也

式微二章章四句

式微黎侯寓于衞其臣勸以歸也（疏）黎古作䨲說文䨲殷諸侯國在上黨東北應劭注漢書杜預注左傳竝云在上黨壺關今山西潞安府治漢晉壺關縣地李泰括地志云在潞州黎城縣東北十八里案此黎侯本國也漢書地理志東郡黎孟康以爲詩黎侯國今直隸大名府開州地魏郡黎陽晉灼以爲黎山得名今河南衞輝府濬縣地濬縣之東即開州之西案此黎侯所寓之地也水經瓠子水注以黎縣爲黎侯寓而河水注又以黎陽爲黎侯國則誤矣衞宣公之世黎遭狄人迫逐出寓於衞衞即置諸東地爲寓公中露泥中是即所寓二邑也其後魯宣公十五年赤狄潞氏奪黎氏

地晉滅潞立黎侯詩序之狄人即赤狄也狄人自迫逐黎侯遂據奪其地晉立黎侯或是繼絕與亾之一舉耳其寓侯之復歸與否不見經傳或其臣勸歸或別立他公爲後無明文可攷衞與黎脣齒相依黎遭狄患衞不能救越後四十餘年衞亦得滅卒罹狄禍於此可以覘國勢列女傳貞順篇以詩爲黎莊夫人及傅母作此三家義也

式微式微胡不歸〔傳〕式用也微無也微君之故胡爲乎中露〔傳〕中露衞邑也〔疏〕式用爾雅釋言文說文云試用也試謂之用式亦謂之用矣節南山皇矣傳竝訓式爲用微無伐木同傳釋式爲用釋微爲無正義引左傳榮成伯賦式微服虔注君用中國之道微案道微猶云無道言衞不能修方伯連率之職救患恤同也箋據爾雅釋訓解式微而微君爲無君與傳迥別今本傳箋不分强戳微無也三字作下微字正解則傳訓久晦矣○微非也微君之故胡爲乎中露言非君之故胡爲乎在中露也微君之躬胡爲乎泥中言非君之躬胡爲乎在泥中也邶柏舟傳以非字釋微字此其義中露列女傳引作中路衞邑未聞

式微式微胡不歸微君之躬胡爲乎泥中〔傳〕泥中衞邑也〔疏〕泥中衞邑亦未聞二邑皆當在衞之東

旄丘四章章四句

旄丘責衞伯也狄人迫逐黎侯黎侯寓于衞衞不能修方伯連率之職黎之臣子以責於衞也〔疏〕案責衞伯伯疑誤衍序云責衞下又云責於衞若螽斯采蘩殷其雷摽有梅野有死麕文法與之同則責衞下不當有伯字矣衞康叔封於成王之世未聞爲方伯然非必皆任此職而今不修以爲刺也春秋上無天子下無方伯凡寰內諸侯均有連屬憂患相及皆當修之魯桓

公五年冬州公如曹六年寔來左傳云不復其國也蓋其時魯不能修方伯連率之職州公來魯也而不復春秋書寔來所以責魯也詩錄旄丘所以責衛也

旄丘之葛兮何誕之節兮（傳）興也前高後下曰旄丘諸侯以國相連屬憂患相及如葛之蔓延相連及也誕闊也 **叔兮伯兮何多日也**（傳）日月以逝而不我憂

（疏）爾雅釋丘前高旄丘前高者後必下故傳必增益其義云前高後下也高下喻尊卑也余友棲霞郝懿行爾雅義疏云旄丘詩釋文引字林作堥云堥丘也亾周反又音毛又亾付反爾雅釋文引字林作嵍又作堥玉篇云嵍丘也或作堥顏氏家訓書證篇柏人城東北有一孤山世俗或呼為宣務山余讀碑銘知此嶐嵍山也嵍字依諸字書即旄丘之旄也是呂忱顯野王顏之推竝以旄丘為堥丘文選答賓戲注應劭引爾雅文作前高堥丘又內則注牟讀曰堥即此堥字鄭應同時蓋必所見爾雅本旄丘作堥丘故一讀一引字俱作堥可知今本作旄假借字耳寰宇記云旄丘在澶州臨河縣東今在大名府開州也案旄丘之葛蔓延連及以興侯國連屬憂患相及生民傳誕訓大闊大義相近闊者遠也何誕之節兮言何今葛之遠闊也衛不能修方伯連率之職故云然○傳於下章狐裘充耳為大夫尊盛之服飾則叔伯席大夫也此黎之臣子控告援救若飢若渴評衛大夫者不敢直席衛君也多日寓衛之日多也云日月以逝而不我憂者此申明經義為相責之詞

何其處也必有與也（傳）言與仁義也 **何其久也必有以也**（傳）必以有功德

（疏）何其處也韓詩外傳作兮古也兮通經言與傳云與仁義荀子議兵篇陳囂問孫卿子曰先生議兵常以仁義為本仁者愛人義者循理孫卿子曰彼仁者愛人愛人故惡人之害之也義者循理循理故惡人之亂之也彼兵者所以禁暴除害也繁露仁義法篇春秋之所治人與我也所以治人與我者仁與義也以仁安人以義正我故仁之為言人也義之為言我也言名以別矣仁之於人義之於我者不可不察也○經言以傳云以有功德周禮大宗伯八命作牧鄭注云謂侯伯有功

德者加命得專征伐於諸侯九命作伯注云上公有功德者加命爲二伯得征五侯九伯者

狐裘蒙戎匪車不東（傳）大夫狐蒼裘蒙戎以言亂也不東言不來東也叔兮伯兮靡所與同（傳）無救患恤同也（疏）禮記玉藻君子狐青裘豹褎玄綃衣以裼之鄭注云君子大夫士也綃綺屬也染之以玄於狐青裘相宜狐青裘蓋玄衣之裘孔疏云熊氏曰六冕皆有裘此云玄謂六冕及爵弁也則天子諸侯皆然君用純狐青大夫士襍以豹褎案傳云大夫狐蒼裘卽君子狐青裘蒼青也白虎通義衣裳篇大夫狐蒼是也僖五年左傳士蔿賦曰狐裘尨茸一國三公吾誰適從公事也三公謂有事之臣則狐裘亦狐青裘也玄綃衣冕弁之裼衣也玄綃衣爲狐青裘之裼則此狐裘爲大夫冕弁之裘凡諸侯會同皆冕弁服也唯大夫狐青裘以豹皮爲褎飾此不言豹褎者文略耳正義以爲玄端裘誤矣蒙戎猶尨茸杜預注云尨茸亂貌義與傳同匪彼也彼車不東者言彼大夫之車不來東也襄八年左傳引詩如匪行邁謀杜注匪彼也是匪爲彼也箋云黎國在衞西今所寓在東○靡無也鄘柏舟皇皇者華文王皇矣烈祖竝以無釋靡同讀如同盟之同僖元年左傳諸侯救邢邢人潰出奔師師遂逐狄人具邢器用而遷之師無私焉夏邢遷于夷儀諸侯城之救患也凡侯伯救患分災討罪禮也案此卽救患恤同之事侯伯卽方伯也今狄人迫逐黎侯衞不能逐狄而復黎故責之

瑣兮尾兮流離之子（傳）瑣尾少好之貌流離鳥也少好長醜始而愉樂終以微弱叔兮伯兮褎如充耳（傳）褎盛服也充耳盛飾也大夫褎然有尊盛之服而不能稱也（疏）傳以少好詁瑣尾猶甫田傳以少好詁婉孌婉孌疊韻瑣尾雙聲皆合二字連文成義韓詩防有鵲巢云娓美也則尾卽娓之古文假借字爾雅鳥少美長醜爲鶹鷅釋文鷅本亦作栗郭注云鶹鷅猶畱離詩所謂畱離之子說文鶹鳥少美長醜爲鶹離許宗毛疑其所據本作鶹離或古文假

僭作流離也傳云少好卽少美醜惡也鶹離少美而長醜詩言之子蓋言其少故瑣尾以形容其少好喩叔伯服飾之尊盛至鳥長而毛羽醜惡與叔伯服飾之不能稱俱在詞外也故傳又申明經義總釋之云始而愉樂終以微弱者以言衞之大夫始而樂與仁義終以微弱無功德於諸侯○傳云褎盛服卽承上章狐裘而言狐裘爲大夫狐蒼裘則褎正指豹褎傳又訓充耳盛飾大夫玄冕服以充耳爲飾盛飾者謂盛服之飾也淇奧言充耳皮弁服也箸首章及都人士言充耳爵弁服也箸二三章及此篇言充耳禆冕服玄冕服也男子唯緇布冠無笄無瑱其餘冕弁皆有笄有笄則皆有瑱瑱謂之充耳亦謂之塞耳懸瑱之組謂之紞云大夫褎然有尊盛之服而不能稱也者所以申明經義褎如卽褎然是以然釋如也漢書董仲舒傳今子大夫褎然爲舉首顏注云褎褎然盛服貌也義與傳同此言大夫有此服而不能救患恤同是徒有其服而不能稱其德矣候人云彼其之子不稱其服

簡兮三章章六句

簡兮刺不用賢也衞之賢者仕於伶官皆可以承事王者也【疏】釋文作泠官唐開成石經同張參五經文字云泠樂官或作伶譌

簡兮簡兮方將萬舞【傳】簡大也方四方也將行也以干羽爲萬舞用之宗廟山川故言於四方日之方中在前上處【傳】敎國子弟以日中爲期碩人俁俁公庭萬舞【傳】碩人大德也俁俁容貌大也萬舞非但在四方親在宗廟公庭【疏】簡大爾雅釋詁文簡簡與下文俁俁同意正義謂大爲大德之人是也箋簡擇也爾雅柬擇也郭注云見詩此本三家說釋方爲四方與下文公庭作對文將訓行行讀如行列之行樂記云其治民勞者其舞行綴遠其治民逸者其舞行綴短是其義也詩言萬舞凡三邶萬舞有奕爲商祀成湯之樂閟宮萬舞洋洋爲魯祀周

公用天子之樂皆用萬舞是萬舞爲天子宗廟舞名也衛爲侯國不得用萬舞簡兮兩言之者何也蓋此詩刺賢者仕泠官而作篇中言執籥秉翟其職事也序云衛之賢者仕於泠官是也就賢者居泠官乃推其德可承事王朝故於首章兩言萬舞皆在於王所也序云皆可以承事王者是也此經義也傳因篇中言泠官承事祭祀故以公庭萬舞爲用於宗廟而以方將萬舞爲用於山川者文以廣大碩人之德末章傳云乃宜在王室則首章萬舞正指在王室之事此傳釋經之義而與序亦無不脗合也若謂衛用萬舞則經傳之恉昧矣云以干羽爲萬舞者禮記文王世子春夏學干戈秋冬學羽籥樂記羽籥干戚樂之器也又干戚旄狄以舞之案戚猶戈狄卽翟干舞有干與戚羽舞有羽與旄曰干曰羽者舉一器以立言也干舞武舞羽舞文舞曰萬者又兼二舞以爲名也干舞以舞大武羽舞以舞大夏而郊特牲朱干設錫冕而舞大武爲諸侯之僭禮則侯國無干舞可知逸周書世俘篇籥人奏武王入進萬孔晁注云武以干羽爲萬舞也孔注正本毛義初學記樂部上引韓詩萬大舞也以干羽舞故萬舞爲大舞韓傳亦同毛義又案宣八年春秋經萬入去籥此萬之有籥者也公羊傳萬者何干舞也籥者何籥舞也公羊萬籥對文故以萬爲干舞籥爲籥舞其實萬則未有不籥也孔仲達引異義公羊說樂萬舞以鴻羽取其勁輕一舉千里此乃西京嚴彭祖顏安樂兩家舊說以萬爲羽與公羊傳以萬爲干互相發明最爲得恉又引韓詩說以夷狄大鳥羽則萬舞有羽古無異說萬舞兼干羽或省言干謂干爲萬其說本自可通武功者必有武舞非有武舞者卽去文舞也自何邵公注公羊言萬爲武王以萬人服天下民樂之之樂不從嚴顏舊說後儒遂以萬舞爲干舞之專稱而不爲羽舞之兼號夏小正某氏傳萬也者干戚舞也鄭箋亦謂萬舞干舞也皆同公羊何說孫毓從鄭駁毛於古未審矣傳文用之下誤衍宗廟二字云用之山川故言於四方釋方將萬舞句下云萬舞非但在四方親在宗廟公庭釋公庭萬舞句上言萬舞用之四方下言萬舞用之公庭傳又申明經義四方爲山川公庭爲宗廟也玩傳中故字非但字則知此宗廟爲衍文正義云祭山川之時乃使之於四方行在萬舞之位是孔所據本不誤也周禮樂師掌教國子六舞有干舞有羽舞而舞師掌四舞教兵舞帥而舞山川之祭祀教羽舞帥而舞四方之祭祀舞師四舞主爲祈禳不與樂師

六舞教國子者混而一也樂師干羽二舞以分教國子詩言萬舞用之山川則兼有干羽不得據樂師干羽分教爲兩事者釋詩亦不可據舞師山川四方爲兩處者釋詩矣天子於巡狩四岳有祭山爲升祭川爲沈之禮傳云山川用萬舞者始謂是與○傳以日中爲期釋經日中之義王肅述毛以爲欲其徧至而要於經義無明證也大司樂以樂舞教國子樂師掌國學之政以教國子小舞大胥掌學士之版以待致諸子鄭司農注以學士謂卿大夫諸子學舞者則國子當兼王大子王子羣后之大子正義謂子爲適子弟爲庶子引王制以證是也傳云教國子弟者是大司樂樂師所司非大胥也樂師不言弟者省文也周禮大司樂中大夫爲之樂師下大夫爲之小正二月萬用入學此天子入學用萬舞故傳引入學教舞之儀亦以著碩人之德也箋云在前上處者在前列上頭也正義云使此碩人居前列上頭所以教國子諸子學舞者令法於己也○狠跋傳碩大也碩人大德謂有大德之人也俁俁釋文引韓詩作扈扈云美皃大與美同意經言公庭傳云宗廟公庭是以公庭爲宗廟也親猶近也鄭司農云宗廟以羽籥謂大祭祀則兼以干故傳謂宗廟用萬舞山川也教國子弟也宗廟也三者皆以備著碩人之德下章即承祭宗廟而言

有力如虎執轡如組（傳）組織組也武力比於虎可以御亂御衆有文章言能治衆動於近成於遠也**左手執籥右手秉翟**（傳）籥六孔翟翟羽也**赫如渥赭公言錫爵**（傳）赫赤貌渥厚漬也祭有畀煇胞翟閽寺者惠下之道見惠不過一散（疏）

組訓織組謂如織組之有經緯也傳先釋經訓再釋經義御治也武力足以治亂故比於虎以釋有力如虎句衆謂轡文章謂組執轡如織組喻治衆能動近而成遠以釋執轡如組句干旄篇素絲紕之傳紕所以織組也總紕於此成文於彼願以素絲紕組之法御四馬也素絲組之傳總以素絲而成組也素絲祝之傳祝織也兩詩傳義同呂覽先己篇詩曰執轡如組孔子曰審此言也可以爲天下子貢曰何其躁也孔子曰非謂其躁也謂其爲之於此而成文於彼也

聖人組修其身而成文於天下矣淮南子繆稱篇聖人在上化育如神大上曰我其性與其次曰微彼其如此乎故詩曰執轡如組易曰含章可貞動於近成文於
遠王肅家語好生篇及王逸注楚辭九歎皆有此文竝與毛傳同案此言碩人之德有武有文丞宏援以治民之政不當仕以冷官之職二句爲承上起下之詞○
籥說文玉篇引詩作龠今通作籥鄭注周禮禮記趙注孟子郭注爾雅竝云三孔說文亦云三孔廣雅云七孔此傳云六孔說各不同籥有大小故也爾雅釋樂大
籥謂之產其中謂之仲小者謂之箹釋文云籥以竹爲之長三尺執之以舞是舞者所執之籥或較長於凡籥矣釋鳥翟山雉傳云翟羽即雉羽執籥秉翟謂吹籥
持羽以爲舞羽籥一事也執以籥則謂之籥舞以羽則謂之羽舞凡侯國祭宗廟用羽舞而不用干舞○赭爲赤故云赫赤皃赫如猶赤然也厚赤曰渥赭則訓渥
爲厚其義已足不必於厚下增漬字矣正義本傳作厚漬非也釋文及定本厚下無漬字文選顏延年赭白馬賦潘安仁寡婦賦顏延年觀北湖詩陸士衡塘上行
注引毛傳竝云渥厚也今本有漬字者後人乃依終南箋增改之耳此傳渥厚也終南箋渥厚漬與燕燕傳塞實也定之方中箋塞充實杕杜傳杕特皃有杕之杜
箋杜特生皆是鄭箋增字之例公庰衞君也錫賜也傳引禮記祭統篇文以證經錫爵之義祭統夫祭有畀煇胞翟閽者惠下之道也煇者甲吏之賤者也胞者肉
吏之賤者也翟者樂吏之賤者也閽者守門之賤者也此四守者吏之至賤者也尸又至尊以至尊既祭之末而不忘至賤而以其餘畀之祭統但言閽毛傳則兼
言閽寺古閽寺竝稱正義引依毛傳非與今本祭統異也翟即狄人喪大記注狄人樂吏之賤者績溪胡匡衷侯國官制考云周禮無狄人唯有籥師中士四人其
職云掌教國子舞羽歈籥祭統注翟謂教羽舞者也然則諸侯之狄人豈即籥師與案胡說是也序謂冷官即狄人狄亦作翟在天子爲籥師在諸侯則爲翟人大
子籥師中士則諸侯翟人是下士祭祀歈籥又舞翟即籥師所謂祭祀則鼓羽籥之舞也傳引之者以明翟爲樂吏至賤之官其煇胞閽寺連而相及耳云見惠不
過一散者箋散受五升正義云禮器禮有以小爲貴者貴者獻以爵賤者獻以散祭統尸飲九以散爵獻士士猶以散獻爵賤無過散故知不過一散散謂之爵爵
總名也

山有榛隰有苓（傳）榛木名下溼曰隰苓大苦云誰之思西方美人彼美人兮西方之人兮（傳）乃宕在王室（疏）說文榛木也桼果實如小栗引春秋傳女摯不過桼栗是女摯與邊實之榛其字古皆作桼木名作榛說文於榛下又云一曰菆也廣雅作蓁榛木爲蓁生之木疑一曰四字後人所沾也傳釋此詩之榛爲木名者當是叢生之榛尸鳩青蠅棘榛旱鹿榛桔皆是木唯定之方中榛與栗類舉其字當作果實之桼齊民要術太平御覽引義疏云榛有兩種其一種子如杼子味似栗者字當作桼其一種形如木蓼生高丈餘者字當作榛今榛桼莫別矣釋文榛本又作蓁齊民要術引詩作山有蓁蓁假借字下溼曰隰車鄰皇皇者華同苓大苦釆苓同爾雅作蘦郭注云今甘草也蔓延生葉似荷青黃莖赤有節節有枝相當或云蘦似地黃沈括筆談云此乃黃藥也其味極苦謂之大苦郭云甘草非也甘草枝葉全不同山有榛隰有苓以喻賢者之處得其宕也○美人碩人也邶風傳云周道在乎西周在衛西故傳以西方爲王室也禮記射義篇古者天子之制諸侯歲獻貢士於天子天子試之於射宮其容體比於禮其節比於樂而中多者得與於祭其容體不比於禮其節不比於樂而中少者不得與於祭數與於祭而君有慶數不與於祭而君有讓數有慶而益地數有讓而削地書大傳亦言古者諸侯之於天子也三年一貢士天子命與諸侯輔助爲政所以通賢共治示不獨專重民之至大國舉三人次國舉二人小國舉一人案大國舉三人者卽王制大國三卿皆命於天子也次國舉二人者卽次國二卿命於天子也小國舉一人者卽小國一卿命於天子也此皆古者貢士之制莊元年公羊傳單伯者何吾大夫之命乎天子者也是列國大夫命於天子也成二年左傳晉鞏朔以上軍大夫獻捷于周王曰鞏伯未有職司於王室是諸侯命卿職司王室也衛在周爲大國其三卿皆得命於天子故傳云宕在王室謂大德之人宕列命卿之位焉序言可以承事王者亦卽大傳所謂天子命與諸侯輔助爲政通賢共治之義也此章承上二章言樂舞廟祭洽翟之人皆有大德有王者起天子必有聘賢之典諸侯亦修貢士之職得與祭以爲慶不得與祭以有讓則衛賢者決不窮處樂吏矣慨今不然是以爲刺

泉水四章章六句

泉水衛女思歸也嫁於諸侯父母終思歸寧而不得故作是詩以自見也（疏）春秋歸寧始見於莊二十七年左傳而襄十二年秦嬴歸于楚楚司馬子庚聘于秦爲夫人寧傳以此大夫寧爲禮則必不以歸寧爲禮穀梁傳婦人既嫁踰竟爲非禮傳凡八見亦力主不歸寧蓋古者有大夫寧無夫人歸寧歸寧乃春秋時制泉水詩作於衛宣公時在隱桓之閒已非西周舊禮父母在則歸寧今衛女嫁於諸侯因父母既歿思而不得遂作此詩作序者卽因之爲言耳鄭箋據時制爲舊禮乃於葛覃歸寧父母解作左傳歸寧之義此則據序父母終思歸寧而不得故云國君夫人父母在則歸寧又篇中有遠父母兄弟句故云歿則使大夫寧於兄弟而要非周初舊禮本然也大戴禮本命女及日乎閨門之內不百里而奔喪禮記檀弓亦言婦人不越疆而弔人而襍記又云婦人非三年之喪不踰封如三年之喪則君夫人歸此奔喪父母而歸又非歿不歸寧繁露玉英篇云婦人無出竟之事經禮也奔喪父母變禮也

毖彼泉水亦流于淇（傳）興也泉水始出毖然流也淇水名也有懷于衛靡日不思孌彼諸姬聊與之謀（傳）孌好貌諸姬同姓之女聊願也（疏）毖讀爲泌衡門傳泌泉水也說文䀣下引詩作泌彼泉水泌本字今詩作毖假借字釋文引韓詩作祕亦假借字泉水不必定指淇水竹竿傳泉源小水之源淇水大水則此泉水卽泉源酈道元以泉源爲肥泉蓋肥泉上承諸水而流於淇者也其說或有足據淇水名桑中同漢書地理志河內郡共北山淇水所出說文又引或曰出隆慮西山水經淇水出河內隆慮縣西大號山淮南子墬形淇出大號高注云或曰在臨慮西案隆臨聲通隆慮亦在河內蓋淇有二源矣地理志淇至黎陽入河黎陽屬魏郡今濬縣有黎陽廢縣北山經及說文皆云入河唯水經以爲東北入海今淇水從河南衛輝府濬縣入衛以入海非故淇道也淇衛水泉水流淇以興嫁女之

歸衛也衛女思歸不得是泉水之不如○懷亦思也孌好皃侯人同衛姬姓衛女嫁諸侯有姪娣從故以諸姬爲同姓之女聊者願之詞也爾雅願思也方言願欲思也願與之謀猶言思與之謀也出其東門聊樂我員願室家得相樂也猶言思室家相樂也素冠聊與子同歸兮願見有禮之人與之同歸猶言思見有禮之人也傳皆訓聊爲願願與方言欲思語氣正合此篇及園有桃箋聊且略之詞素冠箋聊猶且也此今義

出宿于泲飲餞于禰【傳】泲地名祖而舍軷飲酒於其側曰餞重始有事於道也禰地名女子有行遠父母兄弟問我諸姑遂及伯姊【傳】父之姊妹稱姑先生曰姊

【疏】泲與濟水別泲地名未聞聘禮記出祖釋軷祭酒脯乃飲酒于其側此傳所本也生民取羝以軷傳軷道祭也軷即周禮之犯軷出祖必犯軷古舍釋通釋釋奠也以始往祭道神曰祖委土爲山依神而祭曰軷取土爲軷謂之犯軷釋奠於軷謂之舍軷釋奠有祭酒脯傳不言者以經中不及出祖舍軷乃文得略耳祭軷畢而即於道神之側送之者設飲酒焉是曰餞聘禮不言餞然飲酒即飲餞鄭注云卿大夫處者於是餞之飲酒於其側鄭亦本詩義而言也崧高申伯信邁王餞于郿箋餞送行飲酒也韓奕顯父餞之清酒百壺箋餞送之故有酒文選謝靈運顏延年詩注引薛君章句云送行飲酒曰餞案碩人篇庶士有朅傳云庶士齊大夫送女者凡諸侯之女嫁於異國必有送女之大夫大夫出使其處者設飲餞禮及大夫歸所嫁之女又有寧父母兄弟姑姊之禮此衛女思歸而追念及求嫁時耳傳云重始有事於道也者昏義昏禮者將合二姓之好上以事宗廟而下以繼後世也是以君子重之此重之義也侯伯之國近郊十五里遠郊三十里出宿在近郊飲餞則在遠郊說見韓奕篇禰地名亦未聞二地皆當在衛之河西釋文引韓詩禰作坭士虞禮注引詩飲餞于禰劉昌宗本作泥余友桐城徐璈詩經廣詁云爾雅水潦所止泥丘釋文泥亦作坭此所引即韓詩泥蓋衛之泥中邑也段氏詩經小學亦有是說○父之姊妹稱姑爾雅釋親文也釋親父之姊妹爲姑王父之姊妹爲王姑曾祖王父之姊妹爲曾祖王姑高祖王父之姊妹爲高祖王姑父之從父姊妹爲從祖姑父之

從祖姊妹爲族祖姑案王父以上之姊妹由父之姊妹而推之皆得稱姑此衛女念親親之詞故知諸姑爲父之姊妹不及王父以上之姊妹也古人稱父之姊有爲姑姊者稱父之妹有爲姑妹者襄二十一年左傳云季武子以公姑姊妻之是父之姊爲姑姊也左傳釋文引列女傳云梁有節姑妹是父之妹爲姑妹也先生曰姊亦釋親文也列女傳貞順篇云禮婦人既嫁歸問女昆弟不問男昆弟所以遠別也

出宿于干飲餞于言（傳）干言所適國郊也**載脂載舝還車言邁**（傳）脂舝其車以還我行也**遄臻于衛不瑕有害**（傳）遄疾臻至瑕遠也（疏）傳云干言所適國郊也者郊有近遠故兼釋二地謂爲衛女所適國之郊而非衛郊也其地名俱未聞上章泲禰爲始嫁所遷之地就己國言之此章干言爲送女者歸國所遷之地就所適之國言之上章言始嫁故云女子有行遠父母兄弟此章卽承上章末二句問寧之後而言蓋大夫反馬還車臻衛則所嫁之國亦必有出宿飲餞之事也迺解之者誤以干言爲衛郊豈旣宿餞於泲禰而又宿餞於干言乎漢書地理志東郡發干郡國志云東郡衛國有干城又御覽地部十引李公緒記曰柏人縣有干山言山郞引衛詩一在衛東一爲衛北要皆後人坿會不足證信○說文鐗車軸鐵也釭車轂中鐵也舝車軸耑鍵也兩穿相背鍵一曰車轄轄一曰鍵也軔車轂小穿也𨊠車軸耑也或作轄漢人軔轄通用軔爲轂末轄爲軸末軸轂皆有鐵以鎝之盛膏於釭中則鐵與鐵相摩使之滑利是曰脂又於軸末以木鍵之是曰舝車舝傳閒關設舝也文選潘尼四言詩星陳夙駕載脂載轄李注云毛詩案轄與舝同傳釋言爲我葛覃彤弓文王同釋邁爲行爾雅釋言文黍離悉蟀東門之枌時邁同遄疾釋詁文巧言烝民同臻至亦釋詁文雲漢同瑕讀爲遐此假借字也二子乘舟不瑕有害傳言二子之不遠害亦假瑕爲遐遐訓同而義異凡婦人始適異國尚未成婦送嫁之者留車至三月廟見成婦則有寧問之禮又有反馬之禮此衛女追念大夫還反故國時欲與同歸亦不遠害於禮也亦是設想之詞

我思肥泉，茲之永歎。(傳)所出同所歸異爲肥泉。思須與漕，我心悠悠。(傳)須、漕，衛邑也。駕言出遊，以寫我憂。(傳)寫，除也。(疏)南海曾釗詩毛鄭異同辨云：釋水「歸異出同曰肥」，無流字。河水篇又引呂忱云：爾雅「異出同流，肥」。水經注淇水篇引爾雅「歸異出同流，肥」，疑爾雅本文當云「歸異出同，肥；異出同流，瀵」。後人轉寫錯誤，遂溷沾流字入「歸異出同」下，而脫「異出同流瀵」句耳。但犍爲舍人注已云「水異出流行合同曰肥」，則其誤在漢以前矣。雖劉熙釋名云「所出同所歸異曰肥泉」，郭注爾雅引毛詩傳，不爲流字作解，蓋郭本實無流字。案曾說是也。水經淇水篇引毛傳「同出異歸爲肥泉」，與今本文異而義同。又云：朝歌東南有馬溝水，出朝歌城北，東流與美溝合。水出朝歌西北大嶺下，東南流與馬溝水合，又東南注淇水，爲肥泉。詩所謂「我思肥泉」也。然則肥泉爲朝歌城北之水，會合諸水，即爲同出；至入東南，枝撒而分派矣。肥泉同出，喻衛女未嫁；異歸，喻適異國。爾雅、毛傳釋詩如是。「茲之永歎」，與「兄也永歎」同義。常棣傳：「兄，茲也。」茲即滋也。彼言良朋之道不能救難，此言衛女之思不得歸寧，徒滋長歎，語意正同。○水經濟水注：濮渠東逕須城北，衛詩云「思須與漕」也。須城今在滑縣東南。曹、漕古今字。漕邑已見擊鼓篇，在須之東。我心悠悠，猶云悠悠我思也。遊當作游。言，我也。駕我，我駕也。出游，猶敖游也。蓼蕭傳：「寫，輸寫其心也。」寫除與輸寫同。爾雅：「寫，憂也。」寫本不訓憂，而依憂言，故謂寫爲憂。爾雅釋經義，毛傳則兼釋字義。裳裳者華、車舝箋：「寫，爲憂除。」合爾雅、毛傳作訓。

北門三章，章七句。

北門，刺仕不得志也。言衛之忠臣不得其志爾。

出自北門，憂心殷殷。(傳)興也。北門背明鄉陰。終窶且貧，莫知我艱。(傳)窶者無禮也，貧者困於財。已焉哉，天實爲之，謂之何哉！(疏)興者，北門喻闇君；出北門，喻仕闇君。北門，衛城北門也。云背明鄉陰者人君南面而立鄉明而治今衛不然所以席卑處行闇冥也箋云喻已仕於闇君猶行而出北門心爲之憂殷殷然正月桑柔皆云憂心慇慇爾雅慇慇憂也本又作殷殷王逸注九歎云隱隱憂也詩云憂心殷殷亦作隱隱○終猶旣也終窶且貧就窶且貧也爾雅窶貧也是窶亦貧也傳窶爲無禮者言無以爲禮也無禮由於困財故傳又釋貧爲困於財語雖分釋而義自互明也荀子大略篇云然故民不困財貧窶者有所竄其手困財義本荀子說文云窶無禮居也倉頡篇云無財曰貧無財備禮曰窶窶從宀從穴艱難也莫知我窶貧之難言不得其志也○已焉猶云旣然詁訓然焉通用旣已通用旣然猶旣如是此承上轉下之詞解者皆誤讀已爲已止之已韓詩外傳兩引詩作亦已焉哉與氓篇句同謂之何哉與云如之何同謂之何卽如之何也哉云皆語詞

王事適我政事一埤益我傳適之埤厚也我入自外室人交徧讁我傳讁責也

已焉哉天實爲之謂之何哉疏適之緇衣四月傳同而意別緇衣四月訓適爲之之之猶往也此適爲之之之猶至也鄘柏舟傳之至也高誘注呂覽知節篇云之猶乃也埤厚釋詁文說文埤增也厚與增義相近○讁俗謫字說文玉篇皆有謫無讁廣韻二十一麥云謫責也讁上同至唐韻始見讁字疑毛詩祇作適爲謫之假借殷武勿予禍適傳適過也適亦謫之假借後人以此詩適字兩見異訓遂加言旁作讁耳孟子離婁注引詩作適可證

王事敦我政事一埤遺我傳敦厚遺加也我入自外室人交徧摧我傳摧沮也

已焉哉天實爲之謂之何哉疏爾雅惇厚也古敦惇通用厚猶加也箋云敦猶投擿也韓詩云敦迫也義並相近埤遺猶埤益也上章訓埤爲厚不爲益作訓此訓遺爲加不爲埤作訓傳訓可互見也爾雅加重也○釋文摧或作催說文催相擣也引詩正作催是許所據詩作催也段注云相擣猶相迫也傳取沮壞之義與摧訓擠訓折義同又釋文引韓詩作誰云誰就也廣雅誰就也本韓詩就亦相迫之義潛夫論交際篇云處卑下之位

懷北門之殷憂內見讁於妻子外蒙譏於士夫此與箋以推爲刺譏之言者合說雖異而意則同

北風三章章六句

北風刺虐也衞國竝爲威虐百姓不親莫不相攜持而去焉

北風其涼雨雪其雱（傳）興也北風寒涼之風雱盛貌**惠而好我攜手同行**（傳）惠愛行道也**其虛其邪旣亟只且**（傳）虛虛也亟急也（疏）興者前二章以風雪喻政之威虐末章赤狐黑烏喻衞國君臣竝爲無道也爾雅北風謂之涼風說文作飆傳但就詩本句爲釋故云北風寒涼之風不用爾雅作訓與豈風谷風異也說文雱溥也籀文作雱盛與溥義相近御覽天十二時序十九引詩作滂滂與雱通穆天子傳庚寅北風雨雪天子以寒之故命王屬休郭璞注引作霶霶俗字○惠愛爾雅釋詁文褰裳子惠思我傳亦云惠愛也傳以同行爲同道箋云性仁愛而又好我者與我相攜持同道而去疾時政也虛虛也釋文一本作虛徐也正義本亦作虛徐案一本非也傳以虛釋虛謂此上虛字讀作謙虛字虛邪二字連文成義虛邪猶委蛇也莊子應帝王篇吾與之虛而委蛇羔羊箋委蛇委曲自得之皃韓詩作逶迤說文逶逶迤衺去皃廣雅釋訓委蛇逶衺也眾經音義引廣雅作委佗窊邪也邪卽古衺字窊邪與虛邪聲義又相近管子弟子職篇志毋虛邪行必正直楊雄大玄戾初一虛旣邪心有傾測曰虛邪心傾懷不正也羨次六大虛旣邪或直之或翼之得矢夫測曰虛邪矢夫得賢臣也然則衺曲謂之虛邪委曲亦謂之虛邪詩言虛邪者是委隨順從之義也爾雅作虛徐釋訓其虛其徐威儀容止也孫炎注虛徐威儀謙退也班固幽通賦承靈訓其虛徐兮竚盤桓而且俟曹大家注引詩其虛其徐班從魯詩毛詩虛邪或魯詩作虛徐皆以二字連讀箋云邪讀如徐言今在位之人其故威儀虛徐寬仁者今皆以爲急刻之行矣傳爲虛字作訓不爲邪字作訓箋乃申補傳訓依三家詩易邪爲徐虛邪虛徐一語之轉毛鄭義無不合爾雅悈急也釋文悈本或作極又作亟傳云亟急

者箋所謂急
刻之行也

北風其喈雨雪其霏(傳)喈疾貌霏甚貌惠而好我攜手同歸(傳)歸有德也其虛

其邪既亟只且(疏)喈訓疾義未詳玉篇颹疾風也或本三家詩霏甚皃甚與盛
同小箋云霏說文無此字古當作非非猶飛也○云歸有德
也者以釋經之歸字碩鼠云逝將去女適
彼樂國樂國樂國爰得我直亦此意也

莫赤匪狐莫黑匪烏(傳)狐赤烏黑莫能別也惠而好我攜手同車(傳)攜手就車

其虛其邪既亟只且(疏)莫無也匪非也莫赤匪狐莫黑匪烏無有赤者非狐乎
無有黑者非烏乎狐赤烏黑人所易曉今莫能別言衞
之君臣昏惡之甚也傳中莫字非經義正義云人莫能分別赤以爲非狐者人
莫能分別黑以爲非烏者恐非詩恉矣○傳云攜手就車者以釋經同車之義
言將就車
而同去也

靜女三章章四句

靜女刺時也衞君無道夫人無德

靜女其姝俟我於城隅(傳)靜貞靜也女德貞靜而有法度乃可說也姝美色也

俟待也城隅以言高而不可踰愛而不見搔首踟躕(傳)言志往而行正(疏)邶柏
舟女
曰雞鳴傳訓靜爲安此云貞靜亦安義也文選張衡思玄賦宋玉神女賦注引
韓詩靜貞也韓與毛同又申說貞靜云女德貞靜而有法度乃可說也者法度
指彤管此總釋全章之義方言趙魏燕代之閒謂好曰姝說文姝好也又姣好
也引詩作姣又衣部袾好佳也引詩作袾姝姣袾同傳云美色義亦同○爾雅

竢待也字又作俟莊八年穀梁傳俟待也相鼠箸傳竝同於疑當作乎文選向秀思舊賦注引毛詩作俟我乎城隅考工記匠人宮隅之制七雉城隅之制九雉賈疏引異義古周禮說天子城高七雉隅高九雉公之城高五雉隅高七雉侯伯之城高三雉隅高五雉然則雉高一丈城隅加高於城二丈矣鄭注云宮隅城隅謂角浮思也又考工記宮隅之制以爲諸侯之城制鄭注云諸侯畿以外也其城隅制高七丈宮隅門阿皆五丈禮器曰天子諸侯臺門案鄭引禮器臺門以證宮隅城隅之制其說必有所據但臺門天子諸侯制異天子四面城其臺當在中央諸侯城缺南方東西有門門上有臺謂之臺門亦謂之城臺鄭風出其東門傳闍城曲也闍城臺也城隅即城曲漢人謂之角浮思角亦隅也字亦作學周禮疏據漢時罘思災以城隅爲小樓者亦城臺之遺意也諸侯城高五丈城隅高七丈其宮隅之高與城高同是城隅爲最高之處傳云以言高而不可踰者蓋偕城隅喩靜女之守禮法箋言待禮而動自防如城隅此申成傳也俟乎城隅言親迎者俟女於城門之外丰子之丰兮俟我乎巷兮傳巷門外即其義也言俟之者兼以反刺人君也韓詩外傳云故不肖者精化始具而生氣感動觸情縱欲反施亂化是以年壽亟夭而性不長也詩曰乃如之人兮懷婚姻也大無信也不知命也賢者不然精氣闐溢而後傷時不可過也不見道端乃陳情欲以歌道義詩曰靜女其姝俟我乎城隅愛而不見搔首踟躕韓詩引此詩爲歌道義道義者韓奕傳所謂曲顧道義也毛韓說解不同而義得互明說苑辨物篇同韓詩說○說文僾仿佛也引詩作僾方言掩翳薆也郭注引詩作薆說文竹部薆蔽不見也薆與薆同今詩作愛者古文假借字烝民傳云愛隱也案此承上文城隅立言愛而者隱蔽不見之謂襄二十三年左傳宣子出斐豹而閉之督戎從之踰隱而待之督戎踰入豹自後擊而殺之蓋斐豹既出閉在門外見督戎來而先踰避不見處以待之督戎踰入乃從後擊殺之也詩言愛而左傳言隱而蓋古有此語也傳文行正之正當依岳本作止志往行止繹搔首踟躕句亦是狀親迎之女其德貞靜而與韓詩道義之說又合也文選琴賦注引韓詩章句云躊躇猶躑躅也洞簫賦思玄賦思舊賦何劭贈張華詩左思招隱詩注引作躊躇皆本韓詩今外傳作踟躕乃後人用毛改韓耳易林師季姬踟躕結衿待時終日至暮百兩不來又同人謙渙季姬踟躕望孟

城隅終日至暮不見齊侯此或本齊魯詩

靜女其孌貽我彤管(傳)旣有靜德又有美色又能遺我以古人之法可以配人君也古者后夫人必有女史彤管之法女史不記過其罪殺之后妃羣妾以禮御於君所女史書其日月授之以環以進退之生子月辰則以金環退之當御者以銀環進之著于左手旣御著于右手事無大小記以成法彤管有煒說懌女美(傳)煒赤貌彤管以赤心正人也(疏)傳釋靜爲靜德孌爲美色是孌與姝同義也車舝傳云孌美皃釋文貽本又作詒案詒是也傳以遺釋詒與雄雉天保同丘中有麻傳亦以詒爲遺箋云彤管筆赤管也彤管者女史所執之管是卽古人之法也管雖女史所執然必后夫人有貞靜之德乃能授以女史之法故傳以爲靜德之女能遺我以古人之法然後可以配人君也古者后夫人必有女史彤管之法傳引成文今無可攷正義云周禮女史八人注女史女奴曉書者其職云掌王后之禮職掌內治之貳以詔后治內政逆內宮書內令凡后之事以禮從夫人女史亦如之女史若有不記妃妾之過其罪則殺之謂殺此女史案傳文史不記過史上奪女字今據正義訂正御覽皇親部一引劉向五經要義云古者后夫人必有女史彤管之法后妃羣妾以禮御于君所女史書其日授其環以示進退之法生子月娠則以金環退之當御者以銀環進之著于左手旣御著于右手左手陽也以當就男故著左手右手陰也旣御而復故此亦西京舊說與毛傳互有詳略○彤赤色故傳云煒赤皃說文煒盛明皃盛明者言赤色之盛明也傳又申明取赤之義云以赤心正人也者謂女史以赤心而正妃妾之次序也陳啓源稽古編云牛亨問彤管何也董仲舒荅曰彤者赤漆耳史官載事故以彤管赤心記事也張華博物記崔豹古今注皆載其語仲舒去古未遠所聞必有據又武帝時毛詩未行而仲舒之論彤管與詁訓傳相合箋云說懌當作說釋說文說說釋也

頍弁庶幾說懌依鄭許懌亦當作釋今詩作說懌爾雅作悅懌并說字誤從心旁矣

自牧歸荑洵美且異（傳）牧田官也荑茅之始生也本之於荑取其有始有終匪女之爲美美人之貽（傳）非爲其徒說美色而已美其人能遺我法則（疏）田官爲牧未聞此必田誤作官轉寫併入耳傳文當作牧牧田也四字箋自牧田歸荑鄭所據作牧田正義不爲田官作解孔本亦不誤周禮牧田任遠郊之地隱五年左傳鄭人侵衛牧衛牧猶言晉郊耳管子度地篇草木荑生可食是荑本爲草木初生之稱因之則爲茅之始生矣碩人手如柔荑傳云如荑之新生案彼詩之荑亦茅也茅萑之類初生色白而蘆葦初生色赤故彼以茅之柔白狀碩人之手而此亦以茅之絜白喻靜女之德茅生後於蘆葦正月之末其始萌芽藉茅可以供祭祀故傳又申之云本之於荑取其有始有終也經中歸字當讀如言告言歸之歸○異無傳異者瘱之假借字李善注神女賦引韓詩云瘱悅也當是此詩章句異瘱一聲之轉韓詩瘱悅也承上文說釋女美而言又說文瘱靜也承上文靜女其姝靜女其孌而言皆是釋此詩之詞瘱作嫕者誤箋云其信美而異者可以供祭祀猶貞女在窈窕之處鄭言窈窕亦貞靜之謂此本三家詩以申毛詩或毛詩本作洵美且瘱瘱靜也爲許鄭所本女如字貽當作詒匪非同聲非本字匪假借字定之方中匪風並以匪釋非與此傳同也傳云說美色者卽承說釋女美而言云遺我以法則者詒遺也法則古女史彤管之法也此與詒我彤管句相應言非徒說美色而說美德也定九年左傳靜女之三章取彤管焉杜注云言靜女三章之詩雖說美女義取彤管故毛公作傳於三章皆取彤管爲說實本左氏也

新臺三章章四句

新臺刺衞宣公也納伋之妻作新臺于河上而要之國人惡之而作是詩也（疏）新臺當在鄴東大河之旁齊衞之所經也酈注水經河水篇河水逕濮陽縣北爲濮陽津又東逕鄄城縣北北岸有新臺鴻基層廣高數丈衞宣公所築新臺矣詩齊姜

所賦也爲盧關津臺東有小城崎嶇積側臺址枕河案酈安道注水經往往廣採襍說以示炫博然古今河道不同衛宣公所作新臺河上決非魏晉鄄城縣北臨河之新臺攷史記衛世家成王封康叔爲衛君居河淇閒故商虛孟子告子篇晉王豹處於淇而河西善謳趙注云衛地濱於淇水在北流河之西是衛故在淇東河西也漢書地理志魏郡淇水至黎陽入河鄴故大河在東北入海水經注河水東逕遮害亭南又有宿胥口舊河水北入處也然則禹大河故瀆當在今濬滑二縣之西矣漢書溝洫志王橫言周譜云定王五年河徙定王五年當魯宣公之七年也衛宣公時禹故河道未改河在鄴東不逕濮陽碩人詩河水洋洋北流活活此言送女之大夫反馬歸齊齊在衛北衛適齊必遡河上流五百餘里從聊城陸路至齊臨淄若河水已徙則當云東流不云北流矣又定之方中序衛爲狄所滅東徙渡河野處漕邑漕邑今之滑縣漢之白馬縣文公渡河而東河在楚丘之西若河水已徙則從楚丘之北直東鄄城之北二百餘里皆有大河之所經亦不得謂東徙渡河矣以詩證詩知新臺斷不在鄄城北也

新臺有泚河水瀰瀰（傳）泚鮮明貌瀰瀰盛貌水所以絜汙穢反于河上而爲淫昏之行**燕婉之求籧篨不鮮**（傳）燕安婉順也籧篨不能俯者（疏）說文玼新色鮮也引詩新臺有玼今詩作泚釋文引韓詩作漼云鮮皃瀰瀰釋文引說文水滿也攷說文作瀰滿也从水爾聲是陸所據詩本作瀰玉篇瀰水流皃文選沈約安陸昭王碑文注引毛詩作河水瀰瀰今字通作彌釋文引韓詩作浘浘云盛皃詩小學云韓詩新臺有漼河水浘浘蓋一章新臺有泚河水瀰瀰之異文漼浘字與泚瀰同部與洒浼不同部而陸德明誤竭之二章也又盧召弓曰漢地理志引邶詩河水洋洋師古以今邶詩無此句爲疑攷玉篇曰洋亦瀰字然則洋洋必洋洋之誤集韻亦曰瀰或作洋案洋洋亦即瀰瀰之異文當出齊魯詩管子水地篇水淖弱以清而好洒人之惡仁也荀子宥坐篇水以出以入以就鮮潔似善化竝與傳云水所以潔汙穢合潔當作絜水絜汙穢衛宣公反於河上作新臺要納伋妻是爲淫昏之行○谷風傳宴安也宴本字燕假借字燕安婉順言人有安

順之德者箋以燕婉之人謂仮此毛義也文選西京賦注引韓詩嬿婉之求云嬿婉好皃燕嬿古今字說文𡟰目相戲也引詩𡟰婉之求當出齊魯詩與毛異晉語籧篨不可使俯戚施不可使仰又戚施直鎛籧篨蒙璆箄注云籧篨直者戚施瘁者直直擊也鎛鎛鍾也蒙戴也璆玉磬不能俯故使戴磬案毛傳正用國語文國語籧篨戚施爲八疾之二毛兼引之以刺衛宣公柏舟傳君子有威儀望之儼然可畏禮容俯仰各有其宜今宣公於一俯一仰有佞媚容悅之狀以是爲病故即以是爲刺此毛義也爾雅籧篨口柔也戚施面柔也亦是釋此詩之詞箋云籧篨口柔常觀人顏色而爲之辭故不能俯也戚施面柔下人以色故不能仰也鄭乃合爾雅國語爲一義矣大玄閑次七跙跙閑于籧除或寢之廬測曰跙跙之閑惡在舍也范望注跙跙惡貌也籧除之人不能俯者也籧除即籧篨蓋凡物之粗惡者曰籧篨說文籧篨粗竹席也方言簟自關而西其麤者謂之籧篨亦人名春秋文十三年邾子蘧蒢卒又地名定十五年次于渠蒢此或取於病惡者也

新臺有洒河水浼浼（傳）洒高峻也浼浼平地也**燕婉之求籧篨不殄**（傳）殄絕也

（疏）小箋云釋丘望厓洒而高岸夷上洒下漘高謂其頂洒謂其身峭直夷上者其頂平不高出也洒下亦謂身斗峭也說文曰陖陗也陗陖也峻同陖洒即陖之假借字凡言陖陗皆謂斗直不可上又云吳都賦清流亹亹李善注引韓詩亹亹水流進皃不言何經之注今按必此章浼浼之異文也古音洒讀如詵浼亹皆如門殄如珍傳云平地義不可通奐疑地字乃池字之誤平池猶湯池謂河水平滿蓄納爲池則浼浼然也說文云浼污也引詩河水浼浼污下云一曰小池爲污是許以污釋浼與此傳平池釋浼浼義正相同說文又云潤水流浼浼皃亦謂平流爲潤也沔水傳沔水流滿也浼潤沔一聲之轉○殄絕釋詁文思齊傳殄亦訓絕緜思齊桑柔雲漢皆云不殄不絕也不絕猶不鮮鮮少也鄭箋殄當作腆腆善也上章箋鮮善也義異燕禮不腆之酒古文腆作殄

魚網之設鴻則離之（傳）言所得非所求也**燕婉之求得此戚施**（傳）戚施不能仰

者（疏）離讀爲麗士冠禮注云古文麗爲離易離卦云離麗也凡詩離羅離學離罹離畢離皆麗也魚網所以求魚今反得鴻此謂所得非所求也求卽經燕婉之求以喻齊女求伋而得宣公也桓十六年左傳衞宣公烝于夷姜生急子爲之取于齊而美公取之是其事也急詩序作伋○御覽蟲豸部薛君章句云戚施蟾蜍喻醜惡韓謂戚施卽蟾蜍以喻醜惡則上章籧篨爲粗竹席亦喻醜惡高注淮南子脩務篇云籧篨偃戚施僂皆醜貌也此本韓詩說也韓與毛訓異而意同說文䶢鼀詹諸也引詩作得此䶢鼀許亦用韓詩義爾雅釋文戚施字書作規覗同玉篇廣韻皆云規覗面柔也廣雅云規覗八疾也並與戚施同鄭語云侏儒戚施寔御在側

二子乘舟二章章四句

二子乘舟思伋壽也衞宣公之二子爭相爲死國人傷而思之作是詩也（疏）新序節士篇云伋方乘舟時伋傅母恐其死也閔而作詩此與列女傳孼嬖篇不同劉子政習魯詩兼習韓詩也韓詩多同毛詩

二子乘舟汎汎其景（傳）二子伋壽也宣公爲伋取於齊女而美公奪之生壽及朔朔與其母愬伋於公公令伋之齊使賊先待於隘而殺之壽知之以告伋使去之伋曰君命也不可以逃壽竊其節而先往賊殺之伋至曰君命殺我壽有何罪賊又殺之國人傷其涉危遂往如乘舟而無所薄汎汎然迅疾而不礙也

願言思子中心養養（傳）願每也養養然憂不知所定（疏）序思伋壽故傳云二子伋壽也宣公爲伋取於齊女而美以下桓十六年左傳文詳略字句微有不同伋左傳作急云使賊先待於隘左傳作使盜待諸莘服注云莘衞東地水經注河水篇莘道城西北有

莘亭衛宣公使伋諸齊令盜待于莘伋壽繼隕于此亭道阨限蹊要自衛適齊之道也史記衛世家作界列女傳同云竊其節左傳節作旌史記列女傳作白旄雖辭有小異而恉則大同也伋壽涉危爭相爲死詩人以如乘舟無薄爲喻廣雅云薄至也詩述聞云景讀如憬魯頌泮水篇憬彼淮夷毛傳曰憬遠行貌下章言汎汎其逝正與此同意也士昏禮姆加景今文景作憬是憬景古字通負案說文凝止也傳意以迅疾不止釋經中景字與遠行之義正合汎汎流見○傳訓願爲每皇皇者華傳訓每爲雖願言思子中心養養雖曰思子徒憂其心養養然也願言思子不瑕有害雖曰思子不能遠於害也猶常棣云每有良朋兄也永歎言雖有善朋徒滋長歎而已伯兮願言思伯甘心首疾願言思伯使我心痗文義皆同故終風願言不傳此願言作傳用意攸別終風願訓思此願訓思則思言思子不成辭矣中心心中也爾雅釋詁恙憂也憂謂之恙重言恙恙猶憂爲忡重言忡忡憂爲悄重言悄悄矣釋訓洋洋思也郭注云憂思邪疏引此詩中心養養云洋養音義同穆天子傳中心翔翔郭注云憂無薄也養養洋洋翔翔皆恙恙也

二子乘舟汎汎其逝（傳）逝往也**願言思子不瑕有害**（傳）言二子之不遠害（疏）逝往釋詁文東門之枌小雅杕杜同上章傳云涉危遂往兼釋此汎汎其逝也○瑕讀爲遐有爲句中語助不遐有害言不遠害也二子之不遠害即是涉危也有文爲句首句末語助者義見文王篇

卷三終

詩毛氏傳疏卷四

長洲陳奐學

鄘柏舟詁訓傳弟四　毛詩國風

鄘國十篇三十章百七十六句疏鄘邑名古作庸逸周書作雒篇云武王克殷乃立王子祿父俾守商祀建管叔于東漢書地理志云庸管叔尹之是庸在朝歌東矣又逸周書言中旄父宇于東孔晁注云中旄父代管叔此與地理志盡以邶庸封康叔不合鄭作詩譜依據逸書故有後世子孫稍幷邶庸之說且以管蔡霍爲三監俱與羣經不合或又謂左傳稱康叔取於有閻之土以供王職閻與庸聲相近如左傳閻職史記作庸職以爲康叔身取庸邑之證抑又不然杜預云有閻衞所受朝宿邑蓋近京畿攷昭九年左傳周甘人與晉閻嘉爭閻田即此也不得以庸爲閻矣

柏舟二章章七句

柏舟共姜自誓也衞世子共伯蚤死其妻守義父母欲奪而嫁之誓而弗許故作是詩以絕之疏史記衞世家釐侯卒大子共伯餘立爲君共伯弟和襲攻共伯於墓上共伯入釐侯羨自殺而立和爲衞侯是爲武公五十五年卒攷衞武公元年周宣王之十六年至平王十三年卒計在位五十五年與世家合國語稱武公九十有五猶作懿自儆則其即位年已四十矣共伯又爲武公兄與序云蚤死乖戾索隱云大史公採襍說而爲之記是矣

汎彼柏舟在彼中河傳興也中河河中髧彼兩髦實維我儀傳髧兩髦之貌髦者髮至眉子事父母之飾儀匹也之死矢靡它傳矢誓靡無之至也至己之死信無

它心母也天只不諒人只【傳】諒信也母也天也尚不信我天謂父也【疏】鄘柏舟傳汎流兒汎猶汎汎也中河河中此倒句之例也舟汎汎然與婦人夫不在無所適從河中河側言其守義之所自處○詩言兩髦故傳謂髧爲兩髦之皃釋文無之字云髧本又作优玉篇髟部髧髮垂皃又人部引詩髧或作优說文㲃髮至眉也从髟敄聲詩曰紞彼兩㲃或省作髳髧优紞同㲃本字髦假借字許云髮至眉亦傳義也㲃至眉爲子事父母之飾者禮記玉藻篇親沒不髦喪大記及儀禮既夕記皆有說髦之文鄭注云兒生三月翦髮爲鬌男角女羈否則男左女右長大猶爲飾存之謂之髦所以順父母幼小之心至此尸柩不見喪無飾可以去之髦之形象未聞內則總拂髦注亦云髦用髮爲之象幼時鬌其制未聞也案子事父母有總有髦總以收髮結之髦即髮之所結以垂爲飾髦收取他髮爲之兩角故兩髦垂飾至眉其形象也鄭未治毛詩故云未聞耳齊甫田傳云總角聚兩髦也兩髦在角故以角爲兩髦其義同也實當作寔寔是也寔維亦曰時維寔時皆是也維猶爲也儀匹爾雅釋詁文文王有聲傳匹配也皇矣傳配媲也○矢誓靡無皆釋言文靡無聲之弇侈耳旄丘皇皇者華文王皇矣烈祖傳竝以無字釋靡字之至一聲之轉之死矢靡它此共姜自誓之詞傳乃先釋矢靡後釋之逆經作訓云至己之死以釋之死二字信無它心以釋靡它二字以申明其自誓如此也諒信爾雅作亮與諒同傳云母也天也尚不信我言不信我之無它心也只與也同義母天連言故傳又申明之云天謂父也儀禮喪服傳婦人有三從之義無專用之道故未嫁從父旣嫁從夫夫死從子故父者子之天也夫者妻之天也婦人不貳斬者猶曰不貳天也婦人不貳尊也列女傳母儀篇禮婦人未嫁則以父母爲天旣嫁則以夫爲天其喪父母則降服一等無二天之義也杜預桓十五年左傳注亦云婦人在室則天父出則天夫案此天父謂婦人之未嫁者也共姜未嫁天父旣嫁則天夫共伯死共姜無子義歸宗故又天父喪服子嫁反在父之室爲父三年是女子旣適人而出則爲父服三年與女子子在室爲父服三年者同故婦人旣嫁而反從天父之義乃得評父爲天也經先母後父者先親親而後尊尊

汎彼柏舟在彼河側髧彼兩髦實維我特【傳】特匹也之死矢靡慝【傳】慝邪也母也

天只不諒人只（疏）特爲奇又爲耦匹爲偶又爲奇二者義相因釋文引韓詩作實維我直云相當値也毛韓字異義同○民勞傳訓慝爲惡此訓慝爲邪者各隨文解說也靡慝即無邪上章傳所謂信無它心也

牆有茨三章章六句

牆有茨衞人刺其上也公子頑通乎君母國人疾之而不可道也（疏）公子頑宣公庶長子昭伯也君母惠公母宣姜也閔二年左傳云初惠公之即位也少齊人使昭伯烝於宣姜生齊子戴公文公宋桓夫人許穆夫人

牆有茨不可埽也（傳）興也牆所以防非常茨蒺藜也欲埽去之反傷牆也中冓之言不可道也（傳）中冓內冓也所可道也言之醜也（傳）於君醜也（疏）將仲子傳牆垣也云所以防非常者兼明興義也茨蒺藜爾雅釋草文郭注云布地蔓生細葉子有三角刺人說文薺疾黎也引詩作牆有薺薺本字茨假借字蒺疾黎合評之曰薺也後人加艸耳薺從艸虞翻注易以蒺藜爲木云欲埽去之反傷牆也者此合下二章以釋經不可之義正義云言人以牆防禁一家之非常今上有蒺藜之草不可埽而去之欲埽去之反傷牆而毀家以興國君以禮防制一國之非法今宮中有淫昏之行不可滅而除之欲除而滅之反違禮而害國○中冓內冓義未詳中冓與牆對稱牆爲宮牆則中冓當爲宮中之室說文冓交積材也構蓋也應劭注漢書云中冓材構在堂之中也構與冓同堂當作室凡室必積材蓋屋故室內謂之內冓毛意或當如是箋云內冓之言謂宮中所冓成頑與夫人淫昏之語鄭以冓爲構成恐非此詩毛意周禮媒氏注云陰訟爭中冓之事以觸法者引此詩爲證亦不以冓爲構成也釋文引韓詩云中冓中夜謂淫僻之言也玉篇冓夜也詩曰中冓之言中夜之言也本亦作冓漢書文三王傳不窺人閨門之私聽聞中冓之言晉灼注云魯詩以爲夜也韓魯義同傳文於君醜也上奪醜字十月之交傳醜惡也此醜亦爲惡下章傳云長惡長也

牆有茨不可襄也（傳）襄除也中冓之言不可詳也（傳）詳審也所可詳也言之長也（傳）長惡長也（疏）襄除釋言文出車同說文云漢令解衣而耕謂之襄除與解衣義相近悉悴傳除去也不可除言不可去也詳訓審詳與讀義相近讀者抽繹之詳者審悉之也繹文引韓詩揚猶道也韓詩作揚與上章道同義云長惡長也者言君之惡甚長也

牆有茨不可束也（傳）束而去之中冓之言不可讀也（傳）讀抽也所可讀也言之辱也（傳）辱辱君也（疏）傳文束而去之上奪束字經言埽傳云欲埽去之經言束傳乃云束而去之皆是申明經義二章言除郎去也方言云抽讀也讀抽互訓辱爲辱君猶醜言君醜長言惡長亦是申明經義也

君子偕老三章一章七句一章九句一章八句

君子偕老刺衛夫人也夫人淫亂失事君子之道故陳人君之德服飾之盛宐與君子偕老也（疏）箋云夫人宣公夫人惠公之母也人君小君也或者小字誤作人耳

君子偕老副笄六珈（傳）能與君子俱老乃宐居尊位服盛服也副者后夫人之首飾編髮爲之笄衡笄也珈笄飾之最盛者所以別尊卑委委佗佗如山如河（傳）委委者行可委曲蹤迹也佗佗者德平易也山無不容河無不潤象服是宐（傳）象服尊者所以爲飾子之不淑云如之何（傳）有子若是可謂不善乎（疏）詩三章以君子偕老發端此郎禮記壹與之醮終身不改之義偕俱也偕老俱老傳言后夫人能與君子俱老宐居尊位服盛服所以總釋三章而又與序相發明也云副者后夫人之首飾編髮

爲之者周禮追師掌王后之首服爲副編次爲作也爲副編次謂作副必以編髮
次第爲之也編讀爲辮次讀爲髲說文髲用梳比也用梳比謂之次以他人髮而
梳比之是謂之編次傳言編髮卽本周禮編次爲訓鄭司農注云副者婦人之首
服仲師不爲編次作解則與毛意合矣唯鄭注以副編次爲婦人三等之禮服與
毛不同云笄衡笄也者追師追衡笄此傳所本也鄭司農注云追冠名衡維持
冠者春秋傳曰衡紞紘綖案男子冠無笄而冕弁有笄冕笄用衡笄以玉爲之
所以維持冕也婦人有副笄有纚笄維持纚者謂之纚笄維持副者謂之副笄
副笄用衡笄纚笄不用衡笄衡笄亦以玉爲之笄下縣瑱笄上爲珈飾說文笄
簪也先首笄也俗作簪云珈笄飾之最盛者所以別尊卑箋云珈之言加也副
旣笄而加飾如今步搖上飾古之制所有未聞儀禮喪服傳吉笄尺二寸又折
笄首者折吉笄之首也鄭注云有首者若今時刻鏤摘頭矣檀弓蓋榛以爲笄
長尺而總八寸然則喪笄長尺吉笄長尺二寸折去笄首當折去二寸吉笄有
首首有飾珈卽飾也珈與副同義衡笄有珈乃得爲副副者以飾珈而名之所
謂別尊卑也夫人六珈王后制未聞說文無珈字大玄普上九男子折笄婦人
易哿王涯以哿爲珈音加○傳文行可委曲下蹤迹二字當衍正義云其行委
委然行可委曲佗佗然其德平易又云委委者行可委曲佗佗者德平易由德
平易故行可委曲是正義本無蹤迹二字釋文云委委行可委曲蹤迹也然陸
不爲蹤迹音釋則釋文舊本亦無蹤迹二字行可委曲謂之委委德平易謂之
佗佗傳與羔羊傳文變而意實同羔羊傳云委蛇行可從迹也蛇與佗通羔羊
從字與此委曲字是釋經之委字委委字羔羊迹字與此平易字是釋經之蛇
字佗佗字羔羊箋委蛇委曲自得之皃委曲二字卽本此傳訓今各本此傳委
曲下依羔羊傳增入蹤迹二字則與平易義複爲不可通矣幸正義本未誤可
據以訂正爾雅委委佗佗美也韓詩委委佗佗德之美皃韓渾言之毛析言之
傳言無不容潤者釋經德如山河之義○象服未聞疑此卽褘衣也象古豫字
說文豫飾也象服猶豫飾服之以畫繪爲飾者周禮內司服王后六服有褘衣
鄭司農注褘衣畫衣說文引周禮曰王后之服褘衣謂畫袍禮記玉藻篇亦云
王后褘衣夫人揄狄其夫人而服褘衣猶雜記謂之褎衣數明堂位祭統君卷
冕夫人副褘又祭義君皮弁素積夫人副褘案此皆夫人有褘衣之證葛覃傳

婦人有副褘盛飾則毛亦謂盛飾有褘矣上文傳云副者后夫人之首飾則象服亦后夫人之飾故云尊者所以為飾后夫人有副必有褘副有珈飾褘亦有畫飾其尊卑之數未聞也詩首章言褘二章言翟三章言展鄭注禮以褘衣唯王后魯及二王後有之衞為侯國夫人不得有褘故箋謂象服為卽二章之翟三章之展又不數在象服內僖九年穀梁楊士勛疏解詩象服為象箳正義云象骨飾服與之同誤則以象服為首飾與上文副笄六珈辭義重複箋疏說恐未是○傳云有子若是釋經子之二字之猶是也云可謂不善乎釋經不淑如之何五字云語詞也不淑如之何如之何不淑也正義云可謂不善言其善也是也禮記雜記篇如何不淑鄭注云如何不善如何者若何也如之何者若之何也莊十一年左傳若之何不弔猶云如之何不淑也弔淑皆善也如與若竝與柰字同義

玼兮玼兮其之翟也（傳）玼鮮盛貌褕翟闕翟羽飾衣也鬒髮如雲不屑髢也（傳）鬒黑髮也如雲言美長也屑絜也玉之瑱也象之揥也（傳）瑱塞耳也揥所以擿髮也揚且之晳也（傳）揚眉上廣晳白晳胡然而天也胡然而帝也（傳）尊之如天審諦如帝（疏）說文玼玉色鮮也因之為凡色鮮之稱追師疏引傳玼鮮明貌與今本作鮮盛異內司服褕狄闕狄為王后六服之二夫人與王后服同故傳以褕翟闕翟二者釋經之翟也玉藻襍記皆云夫人褕狄詩釋文褕字又作褕狄本亦作翟說文作褕翟與今本毛傳同褕正字褕假借字翟正字狄假借字喪大記夫人以屈狄玉藻君命屈狄注君女君也屈周禮作闕毛傳亦作闕云羽飾衣者羽字卽承上兩翟字則羽卽翟也飾猶畫也飾衣畫衣也說文褕字下云羽飾衣正本毛詩說鄭司農注云揄狄闕狄畫羽飾司農治毛詩言畫翟羽以為飾亦與毛不異也翟雉名褕闕皆衣名其畫飾尊卑之次未聞也褕之為言揄也揄猶揚也闕與屈竝有短義或闕翟畫短羽而褕翟則畫長羽歟鄭注周禮禮記皆以揄為䍃雉揄翟刻繒而畫闕翟刻繒不畫與毛不

合而其以晝羽爲飾則與毛許先鄭皆同孫毓以毛傳羽飾衣謂眞以翟羽飾衣剝毛申鄭正義本之則誤解傳義矣之爲句中語助其之翟其翟也其之展其展也揚且之晳揚且晳也揚且之顏揚且顏也之皆語助無實義○傳鬒黑髮下追師疏引無也字昭二十八年左傳昔有仍氏生女黰黑而甚美光可以鑑名曰玄妻服杜注皆云美髮爲鬒詩作鬒傳以黑髮釋鬒正本左傳黑髮必美長故云如雲言美長也說文彡部㐱稠髮也引詩作㐱或作鬒肩絜郲谷風同髢追師注引詩作鬄說文鬄髲也或作髢髲鬄也正義引說文作髲益髮也髲髢髮也不絜者不用髲髮爲善禮記斂髮毋髢左傳以爲呂姜髢莊子禿而施髢髲假他人髮爲之副亦假他人髮故鄭以髲髢爲首飾其實首飾謂之副又謂之被不得謂之髲髢也○淇奧傳充耳謂之瑱充者塞也故瑱又謂之塞耳也大戴禮子張問入官篇黈纊塞耳所以弇聰也盧注引禮緯含文嘉以縣纊垂旒爲閉姦聲弇亂色傳謂瑱爲塞耳者義取諸此也周禮弁師諸侯繅斿皆就玉瑱玉笄鄭注玉瑱塞耳者說文瑱以玉充耳也詩曰玉之瑱兮或作䡄案婦人亦有笄故亦有瑱笄爲玉笄故瑱亦玉瑱張惠言儀禮圖云瑱制無文春秋傳曰幣錦二兩縛一如瑱則其形必圓而長釋文揥勑帝反摘他狄反本亦作擿又作𢶍疑揥即擿之省傳作擿謂揥即擿之假借揥所以擿髮淇奧傳會所以會髮二者同事會亦作䯤說文云䯤骨擿之可會髮者又云擿搔也會髮本淇奧傳而擿即本此篇傳許說正可申明毛訓也擿髮以象骨爲之男女將冠笄者先纚紒而後以組束髮是謂之䯤亦謂之揥男子象揥爲會髮之用女子象揥爲擿髮之用而又佩之以爲飾葛屨傳云象揥所以爲飾○傳云揚眉上廣揚廣疊韻眉上近額與下章傳廣揚而顏角豐滿同義猗嗟抑若揚兮傳揚廣揚兩詩揚字同也襄十七年左傳澤門之晳邑中之黔黔爲黑則晳爲白文昭二十六年左傳白晳鬒須眉傳云晳白晳義本左傳晳從白與晳從日者別胡然皆問詞也古而如通用常武而震而怒今本作如都人士垂帶而厲內則注作如傳釋而天尊之如天而帝審諦如帝正爲全詩而如通訓鄭注內司服引詩云言其德當神明

瑳兮瑳兮其之展也蒙彼縐絺是紲袢也(傳)禮有展衣者以丹縠爲衣蒙覆也

絺之靡者爲縐是當暑袢延之服也子之清揚揚且之顏也傳清揚視清明也揚且之顏廣揚而顏角豐滿展如之人兮邦之媛也傳展誠也美女爲媛疏小詩學云按弟二章弟三章古本皆作玼兮三章傳箋皆不釋瑳字又周禮注引詩玼兮玼兮其之展也可證也玼瑳異部而音近如賓之初筵傞傞或爲姕姕此篇二三章玼字皆一本作瑳釋文二章玼兮引沈氏云本或作瑳冣後乃分別以玼屬二章瑳屬三章而德明據之○說文䙨丹縠衣从衣㠭聲玉篇同今字通俗作展釋文引馬融毛詩注亦云展色赤竝與毛同唯鄭司農注周禮展衣爲白衣仲師治毛義多同毛此白衣疑有誤箋云展衣宜白展衣字誤禮記作襢衣鄭依玉藻襍記喪大記作襢釋名云襢衣襢坦也坦然正白無文采也與鄭同案內司服王后六服褘衣揄狄闕狄鞠衣展衣緣衣辨外內命婦之服鞠衣展衣緣衣禮記明堂位祭義祭統言夫人褘玉藻襍記言夫人揄狄喪大記言夫人屈狄是外命婦亦有此三服內司服於辨外內命婦服不數之者略也蓋褘衣揄狄屈狄三者有畫文爲婦人加上之服猶男子之冕服也鞠衣展衣緣衣三者無畫文猶男子之朝服也故鄭注書大傳云展衣朝服也夫人日視內朝纚笄而不加副展衣而不加上服故夏時展衣卽覆於縐絺之上不更復有中衣矣箋展衣夏則裏衣縐絺正義謂覆彼縐絺之上是也說文冡覆也蒙與冡通葛覃傳葛所以爲絺綌精曰絺麤曰綌此傳云絺之靡者爲縐靡古摩字絺於綌較細而縐尤絺之極細者也云是當暑袢延之服也者以釋經是紲袢也句說文褻私服引三家詩作褻袢衣無色引毛詩作紲紲卽褻之假借字袢延當時語延古涎字論語鄉黨篇當暑袗絺綌必表而出之孔注云必表而出加上衣也皇疏云若在家則裘葛之上亦無別加衣若出行接賓客皆加上衣當暑絺綌可單若出不可單則必加上衣也嫌暑熱不加故特明之案詩之縐絺是當暑之裏衣其上覆以展衣覆猶表也展衣亦婦人之上衣對縐絺裏衣言也○傳清下奪揚字依後箋補後箋云兩揚字當有二義清揚之揚必非亦謂眉上傳文當作清揚視清明也猗嗟美目揚兮揚卽明也又猗嗟名兮名與明通亦謂目也說詳猗嗟篇猗嗟傳云目下爲清卽此詩清之義玉藻云視

容淸明郊特牲云目者氣之淸明者也卽此傳視淸明之義傳文揚下各本奪且之顏三字依小箋本補正云廣揚而顏角豐滿七字作一句讀揚謂廣揚與上揚字不同上揚字指目此揚指額廣揚卽碩人傳所謂額廣而方也說文注云顏角蓋指全額而言中謂之顏旁謂之角由兩眉閒以直上皆得謂之顏醫經領曰顏曰庭是也國語角犀豐盈亦角謂旁犀謂中案傳蓋以廣揚釋揚以顏角豐滿釋顏以而字代且字揚且之顏言揚而顏也揚且之晳言揚而晳也之爲語助美且仁美且好猶言美而仁美而好也昌而熾昌而大猶言昌且熾昌且太也凡全詩中且而同義者可依此傳類推○展誠雄雛同美女爲媛爾雅釋訓文說文媛美女也人所援也引詩邦之媛兮釋文引韓詩作援云助也箋媛者邦人所依倚以爲援助也許鄭竝兼用韓詩義詩小學云按此篇也字疑古皆作兮說文引玉之瑱兮邦之媛兮箸正義引孫毓故曰玉之瑱兮皆古本之存於今改之未盡者也

桑中三章章七句

桑中刺奔也衞之公室淫亂男女相奔至于世族在位相竊妻妾期於幽遠政散民流而不可止（疏）成二年左傳楚巫臣盡室以行申叔跪遇之曰異哉夫子有三軍之懼而又有桑中之喜宜將竊妻以逃者也禮記樂記篇桑閒濮上之音亡國之音也其政散其民流誣上行私而不可止也此竝與序說合漢書地理志亦云衞地有桑閒濮上之阻男女亦亟聚會聲色生焉故俗稱鄭衞之音

爰采唐矣沬之鄉矣（傳）爰於也唐蒙菜名沬衞邑云誰之思美孟姜矣（傳）姜姓也言世族在位有是惡行期我乎桑中要我乎上宮送我乎淇之上矣（傳）桑中上宮所期之地淇水名也（疏）爰於爾雅釋詁文釋詁又云爰于也爰曰也擊鼓烝民詩或言爰或言于緜詩或言爰或言曰爰于

曰於四字皆語詞爰采唐矣矣爲起下之詞爰與下文云誰之思之云並爲發語之詞此傳爲全詩爰字發凡也緜傳爰於也於於是也二傳訓同意別唐蒙菜名唐一句蒙一句傳釋唐爲蒙說本爾雅爾雅釋草而又申釋蒙爲菜也名字疑也字之誤爾雅蒙王女郭注云蒙卽唐也是蒙又一名王女矣毛傳不言唐蒙爲女蘿則與女蘿爲別物疑今本爾雅唐蒙下衍女蘿字說文蒙王女也段注云王或作玉誤○沬衞邑沬者衞之下邑衞之世族有會采於沬者周禮所謂都家鄉邑也沬北沬東沬鄉之北與東也書酒誥明大命于妹邦馬融說謂妹邦卽牧野說文云坶朝歌南七十里地衞都朝歌沬爲衞南郊邑名去朝歌七十里在遠郊外矣沬妹牧坶字並通用正義謂沬卽朝歌失之姜姓大嶽之苗裔孟姜孟弋孟庸皆世族之妻期要送是惡行也傳云言世族在位有是惡行者此總釋全章之義○桑中地卽衞之桑閒禮記注云桑閒在濮陽南郡國志濮陽縣下劉昭注引博物記桑中在其中案濮陽在今開州南又穆天子傳天子飲于桑中郭注桑林之中此非地名也上宮地未聞淇水名泉水同水經淇水注云淇水南歷枋堰舊淇水口東流逕黎陽縣界南入河地理志曰淇水出共東至黎陽入河溝洫志曰在遮害亭西一十八里至淇水口是也又河水注云河水又東淇水入焉又東逕遮害亭南漢書溝洫志曰在淇水口東十八里有金隄隄高一丈自淇口東地稍下隄稍高至遮害亭高四五丈又有宿胥口舊河水北入處也案今濬縣卽黎陽地遮害亭在縣西十里淇之上卽淇水口也衞之世族居於沬在淇口之西取姜氏弋氏庸氏之女皆在淇口之東此思女之愛厚於我從濮陽之南送至黎陽淇口也氓送子涉淇至于頓丘亦女送男之詞

爰采麥矣沬之北矣云誰之思美孟弋矣（傳）弋姓也期我乎桑中要我乎上宮送我乎淇之上矣（疏）弋讀爲姒春秋定姒穀梁傳作定弋姒姓夏之後

爰采葑矣沬之東矣云誰之思美孟庸矣（傳）庸姓也期我乎桑中要我乎上宮

送我乎淇之上矣（疏）庸姓未聞

鶉之奔奔二章章四句

鶉之奔奔刺衛宣姜也衛人以爲宣姜鶉鵲之不若也（疏）襄二十七年左傳伯有賦鶉之賁賁趙孟曰牀笫之言不踰閾則此爲刺詩明矣

鶉之奔奔鵲之彊彊（傳）鶉則奔奔鵲則彊彊然人之無良我以爲兄（傳）良善也兄謂君之兄（疏）鶉說文作雜云離屬也此詩之鶉與伐檀之鶉宜爲一物匹鳥也故犍鳥鸛鶉其雄鶡牝痺亦以雌雄槃匹言之鶉鳥有班文其色不純若四月之鶉乃鷻之省鷻爲鷙鳥鷙鳥不雙則此鶉之非鷻明矣鵲今謂之乾鵲即季冬架巢之鳥傳云鶉則奔奔鵲則彊彊然不言奔奔彊彊之義箋奔奔彊彊言其居有常匹飛則相隨之皃韓詩奔奔彊彊乘匹之皃鄭本韓以申毛也奔奔左傳及禮記表記呂覽壹行注俱作賁賁彊彊禮記作姜姜鄭注姜姜賁賁爭鬬惡皃高誘注以賁賁爲其色不純玉篇䎐飛皃此或兼取齊魯家詩說○良善日月秦黃鳥同人之無良言人則無善耳上文兩之字傳以則字代之此之字當亦訓爲則全詩之則同義者放此之與則同義之又與是同義見蝃蝀篇我我國人也傳云兄謂君之兄公子頑惠公庶兄也言人不善我國人猶謂君之兄也韓詩外傳顏回曰人善我我亦善之人不善我我亦善之夫子曰回之所言親屬之言也詩曰人之無良我以爲兄此最得詩人忠厚之恉 毛韓同

鵲之彊彊鶉之奔奔人之無良我以爲君（傳）君國小君（疏）君子偕老序陳人君之德箋以爲小君又碩人無使君勞列女傳以爲女君此傳釋君小君而必云國小君者爲國人衆口之詞小君謂宣姜也莊二十二年穀梁傳云小君非君也其曰君何也以其

爲公配可以言小君也

定之方中三章章七句

定之方中美衛文公也衛爲狄所滅東徙渡河野處漕邑齊桓公攘戎狄而封之文公徙居楚丘始建城市而營宮室得其時制百姓說之國家殷富焉(疏)滅衛在魯閔公二年封楚丘在僖公二年春秋之義書入不書滅不與夷狄滅中國也書城不書封不與諸侯封諸侯也詩美文公中興序乃據實事而言之

定之方中(傳)定營室也方中昏正四方作于楚宮揆之以日作于楚室(傳)楚宮楚丘之宮也仲梁子曰初立楚宮也揆度也度日出日入以知東西南視定北準極以正南北室猶宮也樹之榛栗椅桐梓漆爰伐琴瑟(傳)椅梓屬(疏)爾雅釋天營室謂之定傳所本也孫郭注竝云定正也營室又謂之水莊二十九年左傳水昏正而栽昭十七年傳衛顓頊之虛也故爲帝丘其星爲大水杜注云衛星營室營室水也又謂之天廟周語日月底于天廟韋注云天廟營室也又謂之豕韋廣雅釋天云營室謂之豕韋也云方中昏正四方者言定星昏見正居四方之中傳義本左傳爲訓箋云定星昏中而正於是可以營制宮室故謂之營室定昏中而正謂小雪時其體與東壁連正四方傳言得制箋兼言得時周語營室之中土功其始韋注云建亥小雪之中定星昏正於午土功可以始也宏嗣言正於午即下文傳南視定之說夏十月周十二月此蓋魯僖公元年之十二月也說見載馳篇○于一本作爲文選魏都賦注魯靈光殿賦謝朓和伏武昌詩江淹擬顏特進詩王中頭陀寺碑文王融曲水詩序注引毛詩皆作作爲正義作爲楚丘之宮作爲楚丘之室是孔所據亦作作爲傳以楚爲楚丘楚宮爲楚丘之宮又引仲梁子說初立楚宮也者言文公始造楚丘之宮也仲梁子見禮

記檀弓篇與曾子子游同時鄭注云仲梁子魯人揆度爾雅釋言文日日景也公劉傳考於日景度與考義相近云度日出日入以知東西釋揆之以日句南視定北準極以正南北補釋定之方中句北準極對南視定而推言之極即極星極星不移建國必以極星爲準晏子襍下篇古之立國者南望南斗北戴樞星極星即樞星也又上傳云昏正四方則視定不獨正南北且可以知東西周禮大司徒正日景測日之東西亦兼測日之南北俱可互文見義也考工記匠人建國水地以縣置槷以縣眂以景爲規識日出之景與日入之景晝參諸日中之景夜考之極星以正朝夕鄭注云立王國若邦國者於四角立植而縣以水望其高下高下既定乃爲位而平地槷古文臬假借字於所平之地中央樹八尺之臬以縣正之眂之以其景將以正四方也日出日入之景其端則東西正也又爲規以識之者爲其難審也自日出而畫其景端以至日入既則爲規測景兩端之內規之規之交乃審也度兩交之間中屈之以指臬則南北正日中之景最短者也極星謂北辰案毛傳本匠人而鄭注亦足以申明傳義矣爾雅宮謂之室室謂之宮是宮室同也傳楚宮楚室無二義箋楚宮謂宗廟也楚室居室也君子將營宮室宗廟爲先廄庫爲次居室爲後箋雖分解亦傳義之所得該○樹當讀如列樹表道之樹上言營宮室下言建城市也掌固掌脩城郭溝池樹渠之固鄭司農說樹以國語曰城守之木於是乎用之司險設國之五溝五涂而樹之林以爲阻固鄭注云樹之林作藩落也並與詩樹字義合榛當作亲東門之墠傳栗行上栗亲栗不中琴瑟乃連而及之耳傳文椅梓屬依正義本當作椅桐梓屬正義云釋木椅梓湛露其桐其椅桐椅既爲類而梓一名椅故以椅桐爲梓屬言梓屬則椅梓別而釋木椅梓爲一者陸機云梓者楸之疏理白色而生子者爲梓梓實桐皮曰椅則大類同而小別也案傳以椅桐梓三木爲一類漆古字作桼桼木亦中琴瑟材故巧言篇荏染柔木君子樹之傳柔木椅桐梓漆也謂此四木中琴瑟之材也桑中傳云爰於也

升彼虛矣以望楚矣望楚與堂景山與京傳虛漕虛也楚丘有堂邑者景山大山京高丘也**降觀于桑**傳地勢宜蠶可以居民**卜云其吉終然允臧**傳龜曰卜

允信臧善也建國必卜之故建邦能命龜田能施命作器能銘使能造命升高
能賦師旅能誓山川能說喪紀能誄祭祀能語君子能此九者可謂有德音可
以爲大夫疏管子大匡篇狄人伐衛衛君出致于虛尹知章注云虛地名小匡
篇衛人出旅于曹虛與曹同地當時或有評曹爲虛者故管子與
詩皆曰虛傳云虛漕虛也漕衛邑名字當作曹詳擊鼓篇戴公初廬於曹戴公
卒立文公詩言文公自曹虛而徙居楚丘也○楚楚丘也春秋有兩楚丘一爲
曹國邑一爲衛國邑常熟顧祖禹方輿紀要云曹州曹縣東南四十里有楚丘
城春秋時戎州己氏之邑左傳隱公七年戎伐凡伯于楚丘又襄公十年宋享
晉侯于楚丘蓋在曹宋間漢置己氏縣屬梁國今山東兗州府成武縣即其地
此楚丘之在宋魯間者也樂史太平寰宇記澶州衛南縣下云衛文公自曹邑
遷楚丘即此城也漢爲濮陽縣地隋開皇十六年于此置楚丘縣後以曹州有
楚丘縣改名衛南此在衛之南坐故以名縣又云楚丘城在縣西北四里方輿
紀要云北直大名府滑縣縣東六十里衛南廢縣春秋時楚丘地此楚丘之在
衛者也穀梁傳以戎伐之戎爲衛故楚丘爲衛楚丘左公羊不以戎爲衛而杜
預何休注仍誤以楚丘屬衛酈道元濟水注濟水北逕楚丘城西以成武之楚
丘爲衛文公遷邑又瓠子水注京相璠曰濮陽城西南十五里有沮丘城六國
時沮楚同音以爲楚丘道元以京說爲非要之先儒之誤始於穀梁異解而以
成武楚丘當之其說實運於班固漢書地理志云山陽郡成武有楚丘亭齊桓
公所城遷衛文公於此子成公徙濮陽東郡濮陽衛成公自楚丘徙此故帝丘
顓頊虛今開州漢濮陽地滑縣漢白馬地春秋之曹邑也則楚丘自當在開州
滑縣之閒京相璠以沮丘當楚丘其說良是不當遠在兗州界內地理志又云
齊桓公帥諸侯伐狄而更封衛於河南曹楚丘其誤以戴公所廬之曹即曹國
遂以戎伐之楚丘即文公所徙之楚丘且文公時大河在滑縣之東北入海至
西漢以後則濮陽成武皆在河南矣鄭箋云楚丘自河以東夾於濟水又鄭志
荅張逸問楚丘在河濟閒疑在今東郡界中然則鄭意近在濮陽不從漢志成
武之說矣仁和趙一清辨甚明晰傳云楚丘有堂邑者堂邑名也其地未聞景

山楚丘旁邑之山也景訓大故傳云大山則不以景爲山名矣水經濟水注黃溝枝流北逕景山東即引衛詩景山與京作證其說恐不得實京高丘小雅甫田同爾雅絕高爲之京非人爲之丘其訓有二解郭注云京人力所作丘地自然生應劭風俗通義山澤篇云爾雅丘之絕高大者爲京謂非人力所能成乃天地性自然也應讀與郭異案丘非人力所作京非人力作有人力作者故說文云京人所爲絕高丘也京爲丘之高故毛傳以京爲高丘所謂爲高必因丘陵也○草蟲傳降下也書禹貢桑土旣蠶是降丘宅土傳云地勢宜蠶可以居民者即本書義作詩訓也龜曰卜㕡同允信臧善皆釋詁文終猶旣也然猶是也卜云其吉終然允臧言龜卜其吉矣於是徙居楚丘則信乎善也信當讀如論語信乎夫子之信允謂之信猶洵謂之信亶謂之信信皆作虛字解不作實義解故全詩允字多爲語詞云建國必卜之者周禮大卜國大遷貞龜鄭注云正龜於卜位也左傳稱邾文公卜遷于繹衛成公遷帝丘卜曰三百年緜稱大王徙岐亦曰爰始爰謀爰契我龜曰止曰時築室于茲皆其事也建邦能命龜以下皆用成文未知所出傳蓋因徙都命卜連而及之耳韓詩外傳孔子游於景山之上孔子曰君子登高必賦漢書藝文志傳曰不歌而誦謂之賦登高能賦可以爲大夫或班引出魯詩傳餘義未聞

靈雨旣零命彼倌人星言夙駕說于桑田(傳)零落也倌人主駕者**匪直也人秉心塞淵**(傳)非徒庸君秉操也**騋牝三千**(傳)馬七尺以上曰騋騋馬與牝馬也(疏)零古字作霝爾雅霝落也郭注云見詩今爾雅又俗加艸頭耳廣韻引說文云霝雨零也零與落同靈雨之靈當亦訓爲零言零雨又言旣零如汎彼亦汎且曀有曀之比靈雨石鼓文作霝雨東山零雨其濛說文作霝雨皆謂零雨也靈者假借字箋於鄭風靈露訓靈爲落而此篇訓靈爲善非傳意○傳挨下夙駕句故云倌人主駕者正義云諸侯之禮亾未聞倌人爲何官也說文倌小臣也詩曰命彼倌人小臣其義亦未聞後箋以小臣即周禮之小臣爲大僕之佐箋云星雨止星見說文姓雨而夜除星見也姓與星同釋文引韓詩星精也精猶清也故淸明亦曰精明今俗作晴釋文說毛始銳反舍也說訓舍見甘棠傳箋爲辭說於桑田敎民稼穡務農

急也鄭讀說如字或本三家義○匪讀爲非直猶特也特與徒同義傳嫌經文人字與騋牝作對文故以庸君解釋人字庸君庸國之君謂文公也文公雖東徙渡河而繫諸以故國益作詩者河西舊臣也文公爲庸君猶趙岐注孟子鵙鴞詩以成王爲幽君正義以爲庸庸之人恐失之矣秉訓操秉心操心也燕燕傳云塞實也淵深也案此兼臣下而言匪直也人秉心塞淵言非徒爲君如此爲臣亦當然相鼠序衛文公能正其羣臣干旄序衛文公臣子多好善卽其義也上章言文公徙卜之事而傳亦兼說大夫命龜者意可見矣○馬七尺以上曰騋傳本周禮庾人文爲說釋文本及定本作六尺誤說文亦云馬七尺爲騋引詩曰騋牝驪牝段注云釋嘼曰騋牝驪牝今爾雅譌作驪牡而音義不誤可攷音義曰騋牝頻忍反下同下同者卽謂驪牝也此以驪牝釋詩之騋牝驪與騋以雙聲爲訓謂騋馬驪色亦兼牝馬也奐案爾雅以騋爲驪不解牝字非謂騋牝爲驪色之牝傳云騋馬與牝馬釋騋牝爲二馬不用爾雅義也諸侯乘騋騋爲文公所自乘之馬牝馬毋馬也騋牝非騋之牝三千亦非騋與牝合三千馬有三千者統通國言若邦國六閑馬四種家四閑馬二種皆是也此卽序云國家殷富之意閔二年左傳衛文公元年革車三十乘季年乃三百乘此十倍也齊語齊桓公城楚丘以封之其畜散而無育與之繫馬三百詩言騋牝三千此亦十倍也

蝃蝀三章章四句

蝃蝀止奔也衛文公能以道化其民淫奔之恥國人不齒也

蝃蝀在東莫之敢指（傳）蝃蝀虹也夫婦過禮則虹氣盛君子見戒而懼諱之莫之敢指**女子有行遠父母兄弟**（疏）蝃蝀爾雅作螮蝀說文螮字下高誘注淮南呂覽歐陽詢藝文類聚天部下蔡邕月令章句引詩皆作螮蝀爾雅釋天云螮蝀謂之雩螮蝀虹也霓爲挈貳霓本或作蜺郭注云俗名爲美人虹江東呼雩雙出色鮮盛者爲雄曰虹闇者爲雌曰蜺後漢書注引郭注如是傳云夫婦過禮則虹氣盛者以釋經蝃蝀在東句云君子見戒而懼諱之莫之敢指者所以釋經莫之敢指之義也後漢書楊賜傳賜曰今殿前之氣應爲虹

蜺皆妖邪所生不正之象詩人所謂蝃蝀者也於中孚經曰蜺之比無德以色親約虹貫牛山管仲諫桓公無近妃宮案此與毛義合李賢注引韓詩序云蝃蝀刺奔女也蝃蝀在東莫之敢指詩人言蝃蝀在東者邪色乘陽人君淫泆之徵臣子爲君父隱藏故言莫之敢指韓序傳與毛義異○行謂嫁也女子必待命而行以爲禮也

朝隮于西崇朝其雨傳隮升崇終也從旦至食時爲終朝**女子有行遠兄弟父母**

疏隮當作躋爾雅躋升也蒹葭斯干長發傳並云躋升也周禮眡祲掌十煇之法九曰隮鄭司農云煇爲日光氣也隮者升氣也玄謂隮虹也詩云朝隮于西字亦當作躋案上章傳言虹氣盛則此言升卽是升氣升氣卽是虹先後鄭說不同而意無異也釋名蝃蝀其見每於日在西而見於東啜飲東方之水氣也見於西方日升朝日始升而出見也劉亦謂升爲虹唯荀爽注易需卦引詩解作升雲與詩義不合候人南山朝隮傳隮升雲也雨朝隮不同崇者終之假借字采綠終朝采綠傳自旦及食時爲終朝與此崇朝同趙岐注孟子云雨則虹見郭璞爾雅音義云虹者陰陽交會之氣雲薄漏日日照雨滴則虹生也葢本是因雨而虹詩則言見虹而雨二者實相因夕見在東朝見於西則雨君子尤當見之而思戒焉傳意當如是也

乃如之人也傳乃如是淫奔之人也**懷昏姻也大無信也不知命也**傳不待命也

疏傳云如是淫奔之人釋經如之人三字爾雅之子是子日月箋之人是人蓼莪箋之猶是也凡之與是同義者放此乃如之人也也日月篇作兮韓詩外傳列女傳皆作兮古也兮通用懷讀如有女懷春之懷箋云懷思也又云淫奔之女大無貞絜之信又不知婚姻當待父母之命此申傳不待命之說也韓詩外傳是故陽以陰變陰以陽變故不肖者精化始具而生氣感動觸情縱欲反施亂化是以年壽亟夭而性不長也詩曰乃如之人兮懷婚姻也大無信也不知命也說苑辯物同列女傳孽嬖篇引此詩而釋之云言嬖色殞命也三家解命並與毛異

相鼠三章章四句

相鼠刺無禮也衛文公能正其羣臣而刺在位承先君之化無禮儀也（疏）襄二十七年左傳齊慶封來聘叔孫與慶封食不敬為賦相鼠然則此為刺詩矣此與野有死麕序意略同被文王化知惡無禮衛文公正羣臣能刺無禮皆序推本言之耳白虎通義諫諍篇云妻諫夫之詩當本魯詩與左氏傳不合

相鼠有皮人而無儀（傳）相視也無禮儀者雖居尊位猶為闇昧之行**人而無儀不死何為**（疏）相視爾雅釋詁文說文相省視也即引此詩儀當作義周禮肆師治其禮儀故書儀為義鄭司農云義讀為儀古者書儀但為義今時所謂義為誼說文義己之威義也儀度也誼人所宜也古仁義字禮義字皆作誼威儀字作義今毛詩用字之例威儀作儀仁義禮義皆作義為通用假借也關雎大車呡甫田載驅序匏有苦葉呡悉蟀破斧伐柯皇皇者華傳皆作禮義不作禮儀則此篇經序與傳亦皆作義可證矣作儀者疑因箋而誤傳云雖居尊位以釋經人字云猶為闇昧之行以釋經無義字蓋以鼠喻人也

相鼠有齒人而無止（傳）止所止息也**人而無止不死何俟**（傳）俟待也（疏）傳云止所止息則無止為無所止息矣禮記仲尼燕居篇孔子曰若無禮則手足無所錯耳目無所加進退揖讓無所制所謂無所止息也箋云止容止孝經曰容止可觀釋文引韓詩云止節無禮節也鄭用韓詩俟待靜女箸同

相鼠有體人而無禮（傳）體支體也**人而無禮胡不遄死**（傳）遄速也（疏）上二章皮齒俱指鼠身一端而言體為支體亦此意也遄速釋詁文傳於泉水巧言烝民竝訓遄為疾此乃訓遄為速隨文解說也定十年左傳晉人討衛之叛故遂殺涉佗君子曰此之謂

弃禮必不鈞詩曰人而無禮胡不遄死涉佗亦遄矣哉杜注云遄速也

干旄三章章六句

干旄美好善也衛文公臣子多好善賢者樂告以善道也

孑孑干旄在浚之郊傳孑孑干旄之貌注旄於干首大夫之旃也浚衛邑古者臣有大功世其官邑郊外曰野素絲紕之良馬四之傳紕所以織組也總紕於此成文於彼願以素絲紕組之法御四馬也彼姝者子何以畀之傳姝順貌畀予也疏孑孑猶桀桀特立之意故傳云干旄之皃干讀如籊籊竹竿之竿說文竿竹梃也於旄旗杠皃竿與杠一聲之轉云注旄於干首者旄與氂同說文氂犛牛尾也注犛牛尾於竿之首謂之干旄下章干旟干旌干皆干旄也出車傳旄干旄也傳又云大夫之旃也者旃亦作旜周禮司常通帛爲旜襍帛爲物士喪禮爲銘各以其物亾則以緇長半幅䞓末長終幅廣三寸書名于末今文末爲旆案禮言無物則幅用半緇半䞓易之緇黑也䞓赤也說文云勿襍帛幅半異或作物今隸變作物物本半幅白半幅赤此士喪易半幅黑其下半幅則仍用赤也襍帛之幅半赤則知通帛之旃充幅皆赤矣鄭注周禮云通帛謂大赤從周正色無飾是也通帛正幅旗之縿也爾雅因章曰旃郭注云因其文章不復畫之其游數禮未聞奐謂說文物三游則旃其五游歟特有游而不畫耳司常孤卿建旜諸侯之上大夫卿此大夫爲卿也聘禮使者載旜注聘使卿此大夫得建旃也凡旗皆有旄有旌詩二章言旟則一章之旄三章之旌似皆屬旟傳乃於干旄下箸明爲大夫之旃實據左傳孟子竝有旃以招大夫之禮蘇林注漢書田蚡傳引古禮大夫立曲旃此皆大夫用旃之證旃常建旟不常建猶之駕四常乘駕三非常乘耳傳言旃以明一章之旄與三章之旌皆指旃爲大夫之所常建不得以不常建之旟亦有旄有旌以一旟該旄旌爲說泥於文而害其意不可以說詩也○浚衛邑豈風同衛邑

備下邑也隱八年左傳云官有世功則有官族邑亦如之此言爲官者有世功則官邑亦世其子孫或以官爲族或以邑爲族傳引之者以言諸侯之大夫有大功
者皆得世其官邑於干旄知世其官而於在浚知世其邑也經言郊傳必云郊外曰野者以下章在浚之都知之也大夫采地在都都在郊外○二章言組三章言
織故傳云紕所以織組也紕讀如次比之比謂以素絲次比織組是爲紕紕與絣聲相近比絲爲紕紕猶幷絲爲絣矣云總紕於此成文於彼者總亦紕也成文者成
其織組之文也爾雅紕飾也文與飾義相近云願以素絲紕組之法御四馬者簡兮執轡如組傳組織組也御衆有文章言能治衆動於近成於遠也執轡如織組
織組似御馬兩詩意實同素絲謂轡也素絲紕合組織以爲御馬之法其法可通於治民大戴禮盛德篇六官以爲轡司會均入以爲軜故曰御四馬者執六轡御
天地與人與事者亦有六政晏子諫下篇禮者所以御民也轡者所以御馬也韓詩外傳故御馬有法矣御民有道矣法得則馬和而歡道得則民安而集此皆以
御馬譬治民也傳意言大夫願聞其法即序好善之義四之謂四馬五之六之謂轡意以一章三章皆謂大夫椉四馬也正義謂四之服馬之四轡失傳之指○彼
彼大夫也姝順皃六書故九引傳作順也疑唐人作也字不誤詁姝爲順順讀如易君子以順德之順中論虛道篇君子常虛其心志恭其容貌不以逸羣之才加
乎衆人之上視彼猶賢自視猶不足也故人願告之而不倦引詩曰彼姝者子何以告之此與傳順訓合畀子釋詁文訓畀爲予與二章同義又互文以見也予之
予之以法也

孑孑干旟在浚之都（傳）鳥隼曰旟下邑曰都素絲組之良馬五之（傳）總以素絲而成組也驂馬五轡彼姝者子何以予之（疏）周禮司常鳥隼爲旟傳所本也司常又云州里建旟箋謂州長之屬天子之州
長中大夫建旟則諸侯之上大夫卿有旟宜也旟與帥都旗縣鄙旐其建以殊於諸侯建旂也大司馬百官載旟旟與軍吏旗郊野旐同載以別於諸侯載旂也諸
侯之旂未嘗無旟考工記鳥旟七游與周禮侯伯七游之制合則州里百官所建載之旟不得與侯伯同七游矣不獨此也爾雅錯革鳥曰旟錯革鳥與止畫鳥隼

者又復不同鳥隼畫於旐孫炎注云畫急疾之鳥於旐周官所謂鳥隼爲旟者矣
是也鄭注司常云鳥隼象其勇捷也此與出車桑柔傳同與六月傳異出車桑柔
之旟皆戎車之所建則大夫之旟其非常建可知無羊傳旟所以聚衆也○古者
城郭之中謂之國中亦謂之邑中其餘鄉遂之地公有公邑家有家邑縣都有縣
邑都邑皆謂之下邑浚在衛都故傳云下邑曰都也地官載師以家邑之田任削
地以小都之田任縣地以大都之田任畺地鄭注云家邑大夫之采地小都卿之
采地大都公之采地王子弟所食邑也案周制鄉遂之外置都鄙都爲畿畺之竟
名其實削縣皆有封邑侯國封邑亦在四郊之外亦有縣都之號衛之有浚都猶
晉之有原縣也方士掌都家鄭司農注云魯季氏食於都○傳釋素絲爲總以素
絲卽上章傳云總紕於此也釋組爲成組卽上章傳云成文於彼也說文總聚束
也驂馬五轡以釋經五之之義正義云王肅云古者一轅之車駕三馬則五轡其
大夫皆一轅車夏后氏駕兩謂之麗殷益以一騑謂之驂周人又益一騑謂之駟
本從一驂而來亦謂之驂經言驂則三馬之名又孔晁云作者歷言三王之法
此似述傳非毛旨也何則馬以引重左右當均一轅車以兩馬爲服傍以一馬
驂之則偏而不調非人情也株林曰乘我乘駒傳曰大夫乘駒則毛以大夫亦
駕四也且殷之制亦駕四故王基云商頌曰約軝錯衡八鸞鏘鏘是則殷駕四
不駕三也又異義天子駕數易孟京春秋公羊說天子駕六毛詩說天子至大
夫同駕四士駕二詩云四騵彭彭武王所乘龍旂承祀六轡耳耳魯僖所乘四
牡騑騑周道倭遲大夫所乘謹案禮王度記曰天子駕六諸侯與卿同駕四大
夫駕三士駕二庶人駕一說與易春秋同玄之聞也周禮校人掌王馬之政凡
頒良馬而養乘之乘馬一師四圉四馬爲乘此一圉者養一馬而一師監之也
尚書顧命諸侯入應門皆布乘黃朱言獻四黃馬朱鬣也既實周天子駕六校
人則何不以馬與圉以六爲數顧命諸侯何以不獻六馬王度記曰大夫駕三
經傳無所言是自古無駕三之制也案異義大夫駕三本逸禮王度記鄭駁不
從其說王肅同異義而孔晁王基皆不從其說異義引毛詩說大夫同駕四相
傳古毛詩家說然此傳云驂馬五轡則古又不廢是說矣大夫乘四其常乘也
驂非常乘禮記孔子之衛遇舊館人之喪說驂而賻之或孔子在路偶亦用驂
歟服馬四轡驂馬二轡驂外轡納於服之靳環其驂內轡與服四轡總持在御

者之手所謂驂馬五轡也說文驂駕三馬也駕三馬爲驂又
益一驂爲兩驂小戎箋驂兩騑也大叔于田車攻皆曰兩驂
孑孑干旄在浚之城（傳）析羽爲旌城都城也素絲祝之良馬六之（傳）祝織也四
馬六轡 彼姝者子何以告之（疏）析羽爲旌周禮司常文司常又云斿車載旌司
常掌九旗而大司馬辨七旗者蓋以大常旂旟
旜物旐旟皆有旌也旆與旟皆有旌傳於首章之旄卽本爾雅注旄首之義而
於旌下引周禮析羽之義其文可互見也爾雅注旄首曰旌李巡云旄牛尾箸
干首郭璞云載旄於竿頭如今之幢亦有旒李郭但釋爾雅之旌不涉周禮之
析羽鄭注周禮云全羽析羽皆五采繫之旞旌之上所謂注旄於干首也鄭直
以羽爲旌舉一端以爲言其實凡旌皆有旄有羽鄉射記旌各以其物無物則
以白羽與朱羽糅以鴻脰韜上注旌總名也不命者無物此翿旌也是翿旌無
旄乃以鴻脰易之而糅以白羽朱羽則旌之有羽此其明證也襄十四年左傳
范宣子假羽毛於齊定四年傳晉人假羽旄於鄭孔疏云羽旄者有五色鳥羽
又有旄牛尾也孫炎注爾雅亦云析五采羽注旄上也說文旌游車載旌析羽
注旄首所以精進士卒也許說旌兼羽旄合周禮爾雅以立言耳○上章言都
故傳釋城爲都城隱元年左傳祭仲曰都城過百雉國之害也先王之制大都
不過參國之一中五之一小九之一又閔元年傳晉獻公使大子主曲沃士蔿
曰大子不得立矣分之都城是諸侯封邑大者皆謂之都城也考工記匠人門
阿之制以爲都城之制○傳讀祝爲織小箋云此謂假借祝與織雙聲而合音
最近云四馬六轡者以釋經六之之義兩服在中兩驂在旁兩服四轡兩驂各
有內外轡靳環在服馬背上兩驂馬之外轡貫之以止驂之出與服馬四轡同
入軜上大環便於總持其內轡則先箸服馬之外脅止驂之入秦風謂之脅驅
而後入軾前之環謂之觼繫於軾前謂之軜是兩驂內轡不在手在手者止六
轡也四驖小戎皇皇者華裳裳者華閟宮皆曰六轡四驖閟宮箋並云四馬六
轡定九年左傳竿旄何以告之取其忠也杜注云取其中心願告人以善道也
韓詩外傳亦引詩而釋之云君子善其以誠
相告也此皆與序賢者樂告以善道義合

載馳五章一章六句一章八句一章六句二章章四句（疏）今訂正辨見下

載馳許穆夫人作也閔其宗國顚覆自傷不能救也衛懿公爲狄人所滅國人分散露於漕邑許穆夫人閔衛之亾傷許之小力不能救思歸唁其兄又義不得故賦是詩也（疏）閔二年左傳云許穆夫人賦載馳

載馳載驅歸唁衛侯（傳）載辭也弔失國曰唁驅馬悠悠言至于漕（傳）悠悠遠貌漕衛東邑大夫跋涉我心則憂（傳）草行曰跋水行曰涉（疏）桒車曰載假借之爲語詞傳爲全詩載字發凡也豈風泉水不傳者例不限於首見也辭當爲詞載者發語詞也載驅載驅薄薄言驅薄薄也傳不釋載字凡句首載字無意義者放此載者語助詞也賓之初筵賓載手仇言賓取匹也傳亦不釋載字凡句中載字無意義者放此又載者詞之乃也小戎曰載寢載興斯干曰乃寢乃興是載與乃同義又載者詞之則也江漢曰王心載寧桼苗曰王心則寧是載與則同義此箋及七月湛露沔水小宛楚茨江漢時邁有駜箋竝云載之言則也凡詩中或言載而或言則或言載而或言乃者放此而傳則渾言之云詞也學者可隨文以別解之廣雅䚈詞也說文云䚈讀若載弔失國曰唁昭二十五年穀梁傳文衆經音義卷十三引韓詩傳弔生曰唁弔失國曰唁悠悠爲遠桼離傳訓同言至于漕猶曰至渭陽也言曰皆語詞列女傳仁智篇引詩作曹曹漕古今字擊鼓泉水傳皆云衛邑此云衛東邑者時衛已在河東也馳驅歸唁驅馬至漕皆是設想之詞泉水云思須與漕我心悠悠駕言出游以寫我憂卽此首四句之意也思歸唁其兄又義不得意在言外○儀禮聘禮疏引詩作大夫軷涉鄭注軷山行之名跋與軷通傳云草行者山與草皆對水行而言也云水行曰涉者說文𣶒徒行厲水也篆文作涉釋文引韓詩不由蹊遂而涉曰跋涉不由蹊遂解跋字與毛詩義異大夫許大夫也我許穆夫人自我也言許大夫雖有跋涉之勞而終不

能救衛之亾我心用是淡長憂也下章云視爾不臧我思不遠視爾不臧我思不閟末章云百爾所思不如我所之皆本此二句意而申說之葢許與衛本昏姻國衛爲狄滅許豈無一介弔唁之人特不如夫人之所思要在乞師於大邦耳序云閔衛之亾傷許之小力不能救此夫人賦詩之故實由乎此箋意許人旣以歸唁尤夫人不應更有跋涉之事遂席首章大夫爲衛大夫與下大夫君子分屬衛許兩國先後異解恐非經恉

旣不我嘉不能旋反（傳）不能旋反我思也．視爾不臧我思不遠（傳）不能遠衛也

旣不我嘉不能旋濟（傳）濟止也視爾不臧我思不閟（傳）閟閉也（疏）正月傳哿可也嘉與哿可聲同經言不能旋反傳乃撥下我思不遠句以足經義故云不能旋反我思也爾大夫也臧善也云不能遠衛者亦言我思之不能遠於衛也○說文霽雨止也濟讀同霽故訓止止者止我思也閟閉閟宮同閟閉雙聲閉猶止也

陟彼阿丘言采其蝱（傳）偏高曰阿丘蝱貝母也升至偏高之丘采其蝱者將以療疾女子善懷亦各有行（傳）行道也許人尤之衆穉且狂（傳）尤過也是乃衆幼穉且狂進取一槩之義（疏）偏高曰阿丘爾雅釋丘文釋名云阿何也如人儋何物一邊偏高也阿丘所在未聞疑衛丘名陟彼阿丘與至漕行野一意說文繫傳淮南氾論注引詩作言采其莔毛詩作蝱假借字爾雅釋草莔貝母郭注云根如小貝圓而白華葉似韭正義引義疏云蝱今藥草貝母也其葉如栝樓而細小其子在根下如芋子正白四方連累相箸有分解傳云將以療疾者言欲一至衛國我思始可釋然故取升丘采蝱以設喻也傳不爲言字作訓言亦語詞○懷亦思也傳訓行爲道各有道者自言其所思之有道與他人各異也尤讀爲訧綠衣傳訧過也書呂刑報以庶尤說文作庶訧此尤訧通用之證文選盧諶贈劉琨詩注引薛君章句尤非也毛韓義同穉幼穉衆穉謂衆人皆幼穉也幼穉孱弱無知之謂論語子路篇狂者進取又孟

子盡心篇孔子在陳曰盍歸乎來吾黨之士狂簡進取案狂簡進取即下文所謂狂者進取也趙注云簡大也傳進取即本此義云進取一槩者言狂之狀韓子解老篇心不能審得失之地則謂之狂此狂字之義也鶩裳狂童之狂也且傳狂行童昏所化也稺狂猶云狂童也抑彼童而角實虹小子傳童羊之無角者也而角自用也衆稺且狂猶云彼童而角也古且而同也昭二十三年左傳胡沈之君幼而狂亦與詩句恉相同

我行其野芃芃其麥(傳)願行衛之野麥芃芃然方盛長**控于大邦誰因誰極**(傳)控引極至也(疏)傳云願行衛之野願思也芃芃盛長之皃云麥芃芃然方盛長言思行衛野麥方盛長之時也胡承珙後箋云狄滅衛在閔公二年冬非麥熟之候考定之方中營室詩也在夏之十月爲周之十二月此蓋魯僖公元年之十二月至僖二年諸侯乃城楚丘而封衛焉則當僖元年春夏之閒戴公已卒文公雖立而尚無寧居許穆夫人所爲賦載馳以弔失國歎援之情事衞侯似指文公爲近熟已麥野雖皆𣪠設辭亦不宜取非時之物而漫爲託興也案胡說是也春秋書閔公二年冬十有二月狄入衛左傳載宋桓公立戴公杜注戴公名申立其年卒而立文公左傳又載衛文公元年革車三十乘季年乃三百乘注衛文公以此年冬立季年在僖二十五年史記衛世家文公二十五年卒與杜注合是戴之卒文之立皆在魯閔公二年十二月魯僖公之元年即衞文公之元年也二年春諸侯城楚丘封衛則文廬漕之日已一年有餘定之方中爲文徙居楚丘之詩序云衛爲狄所滅東徙渡河野處漕邑木瓜思齊封楚丘之詩序云衛國有狄人之敗出處于漕齊桓公救而封之遺之車馬器服焉是則處漕者謂文公也此序亦云國人分散露於漕邑亦當指文公而言鄭志荅趙商以廬漕專屬諸戴於定之方中箋云戴立一年而卒故此詩首章衛侯爲戴公皆泥讀左傳戴公廬漕之句不知左傳宋桓公逆河宵濟與齊桓公歸公乘馬皆謂文公也胡墨莊以熟已麥野在魯僖元年春夏之閒舉諸於詩可審定其年月○衆經音義卷九引韓詩云控赴也赴謂赴告傳訓控爲引爾雅引陳也陳告與赴告義同說文及襄八年左傳注竝同毛訓因讀論語因不失其親之因極至爾雅釋詁文齊南山菀柳嵩高同至者當讀如申

包胥以秦師至控引大邦思其救至此夫人之志也左傳稱齊侯使公子無虧戍曹繫在賦載馳之下意者詩有以感發乎列女傳載許穆夫人初欲嫁齊衛侯不聽而嫁之許其言驗驅弔唁衛侯爲衛懿公又夫人爲懿公女皆與左傳異或因詩辭而附會其說韓詩外傳亦載其事其下即引詩二章似此詩爲衛女欲嫁於齊而作尤不足憑信

大夫君子無我有尤百爾所思不如我所之(傳)不如我所思之篤厚也(疏)尤過也大夫君子無我有尤承許人尤之句爾與上文兩言覦爾不臧爾字相應所之即所思與上文兩言我思不遠我思不閟思字相應控于大邦是我所思之篤厚也○案古分章與今本異文十三年左傳鄭伯與公宴于棐子家賦載馳之四章襄十九年傳穆叔會范宣子于柯穆叔見叔向賦載馳之四章凡左傳引詩例如野有死麕綠衣揚之水七月常棣魚麗鴻雁節小旻巧言隰桑緜末章皆稱卒章此明言四章則篇末當以我行其野四句爲一章大夫君子四句爲一章矣服虔云載馳五章屬鄘風許夫人閔衛滅戴公失國欲馳驅而唁之故作以自痛國小力不能救在禮婦人父母既沒不得寧兄弟於是許人不嘉故賦二章以喻思不遠也許人尤之遂賦三章以卒章非許人不聽遂賦四章言我遂往無我有尤也然則服子慎以旣不我嘉爲二章許人尤之爲三章卒章指五章我遂往即是我行其野之義爲四章非許人不聽即是不如我思之義爲五章四章五章雖錯綜言之而分章固自不誤杜預注於文十三年云載馳詩鄘風四章以下義取小國有急欲引大國以救助疑以下二字係後人誤衍故杜於襄十九年云四章曰控于大邦誰因誰極控引也取其欲引大國以自救助其稱四章可證也載馳五章一章六句一章八句一章六句二章章四句今各本都數一章八句與二章章四句譌易倒置以致篇章錯亂孔仲達作正義時已從誤本亟互釐正

卷四終

詩毛氏傳疏卷五

長洲陳奐學

衞淇奧詁訓傳弟五　毛詩國風

衞國十篇三十四章二百三句 疏 漢書地理志河內郡朝歌紂所都周武王弟康叔所封更名衞

淇奧三章章九句

淇奧美武公之德也有文章又能聽其規諫以禮自防故能入相于周美而作是詩也 疏 徐榦中論虛道篇衞武公年過九十又作抑詩以自儆也衞人誦其德爲賦淇澳是作於抑詩後矣武公入相在周平王世詳見抑篇

瞻彼淇奧綠竹猗猗 傳 奧隈也綠王芻也竹萹竹也猗猗美盛貌武公質美德盛有康叔之餘烈 有匪君子如切如磋如琢如磨 傳 匪文章貌治骨曰切象曰磋玉曰琢石曰磨道其學而成也聽其規諫以自修如玉石之見琢磨也 瑟兮僩兮赫兮咺兮 傳 瑟矜莊貌僩寬大也赫有明德赫赫然咺威儀容止宣著也 有匪君子終不可諼兮 傳 諼忘也 疏 爾雅釋厓岸隩隈厓內爲隩外爲隈爾雅旣釋隩一名隈又釋厓以別內隩外隈之異名渾言析言皆得互稱此郭讀本也說文隩水隈厓也澳隈厓也其內曰澳其外曰隈大學注澳隈厓也許鄭讀以隈厓連文成義傳訓奧爲隈與郭讀同淇隈謂淇水湥曲處也昭二年左傳及禮記大學引詩作澳澳與隩同今詩作奧者古文假借耳陸機謂淇澳二水名或本三家詩義綠王芻釋草

文爾雅作菉大學引詩作菉小雅終朝采綠楚辭注引詩作菉菉本字綠假借
字郭璞注云菉蓐也今呼鴟腳莎詩正義引某氏注作菉鹿蓐唐本草舊注云
藎草俗名菉蓐草爾雅所謂王芻者也此吳普蓋因藎草可染黃綠故云然爾
竹爾雅亦作竹竹傳云萹竹爾雅作萹蓄釋文引韓詩薄萹茿也石經同說文薄
水萹茿也讀若督竹者薄之假借字水經淇水注今通望淇川唯王芻編草不
異毛興案編草卽萹蓄郭璞注云似小藜赤莖節蘇頌本草圖經云苗似瞿麥
葉細綠如竹赤莖如釵股節間花出甚細微青黃色根如蒿根是綠竹二草名
唯陸機以爲一草正義麻之矣傳云猗猗美盛皃皃釋文作也有康叔之餘烈
釋文本無餘字詩以綠竹之美盛喻武公之質美德盛言淇奧者康叔所封之
地武公能承康叔之烈故因於衞地而起興焉泉水竹竿有狐竝以淇水爲興
○匪文章皃傳本序有文章作訓匪卽斐之假借禮記爾雅玉篇列女傳引詩
正作有斐君子釋文引韓詩作邲美皃廣韻六至邲好皃用韓詩也爾雅釋器
骨謂之切象謂之瑳玉謂之琢石謂之磨切瑳琢磨皆治器之名故傳引爾雅
而箸其義以爲治也釋文切本或作齺玉篇齺治骨也說文齺齒差也讀若切
瑳俗作磋琢御覽器物九引韓詩作錯束晳補亡詩粲粲門子如磨如錯用韓
詩也說文礲礱也古作摩俗作磨云道其學而成也者釋經如切如瑳句云聽
其規諫以自修如玉石之見琢磨也者釋經如琢如磨句禮記大學篇引詩而
釋之云如切如瑳者道學也如琢如磨者自修也爾雅釋訓文同此傳所本也
楚語在輿有旅賁之規位宁有官師之典倚几有誦訓之諫居寢有暬御之箴
臨事有瞽史之導宴居有師工之誦史不失書矇不失誦以訓御之案此皆紀
武公自修之實序云聽其規諫以禮自防自防卽自修亦學問中事耳故荀子
大略篇云人之於文學也猶玉之於琢磨也詩曰如切如瑳如琢如磨謂學問
也說苑建本篇云學者所以反情治性盡才者也親賢學問所以長德也論交
合友所以相致也亦引此詩○澤㬎傳儼矜莊皃瑟儼訓同矜莊爲瑟義未聞
傳云僩寬大也也釋文作皃荀子榮辱篇塞者俄且通也陋者俄且僩也愚者
俄且知也皆反對成文陋者陋陋則僩者寬大僩訓本荀子又新書道術篇容
志審道謂之僩反僩爲野亦與傳寬大義近大學釋訓皆云瑟兮僩兮者恂栗
也大學注恂字或作峻讀如嚴峻之峻言其容貌嚴栗也案恂栗但解瑟兮猶

下威儀但解咺兮禮記爾雅渾舉其義毛傳則各箸其義文異意同也韓詩僩美皃與毛合說文僩武皃與毛異赫猶赫赫也大明篇明明在下赫赫在上傳文王之德明明於下故赫赫然箸見於天是赫赫爲德之明也威儀容止四字同義傳以威儀容止之宣箸詁咺釋文引韓詩正作宣云宣顯也禮記作喧爾雅釋文作烜竝與宣同說文心部愃寬閒心腹皃引詩作愃本三家詩也諼忘爾雅釋訓文引詩作諼考槃伯兮皆作諼禮記引詩作諠

瞻彼淇奧綠竹青青(傳)青青茂盛貌**有匪君子充耳琇瑩會弁如星**(傳)充耳謂之瑱琇瑩美石也天子玉瑱諸侯以石弁皮弁所以會髮**瑟兮僩兮赫兮咺兮有匪君子終不可諼兮**(疏)青青釋文云本或作菁菁唐風小雅作菁菁茂盛猶美盛也○充耳謂之瑱荀子禮論篇充耳而設瑱是也說文璓石之次玉者从玉莠聲引詩充耳璓瑩許據詩作璓今詩作琇非是都人士充耳琇實傳琇美石此傳云琇瑩美石也者瑩乃連琇而言與箸篇之瑩不同義瑩卽琇之光明說文瑩玉色也傳釋瑱言天子玉諸侯石而箸傳言卿大夫青玉人君黃玉則人君及卿大夫皆用玉其說似異奐案考工記玉人之事天子用全上公用龍侯用瓚伯用將鄭注全純玉也龍瓚將皆雜名也公侯四玉一石伯子男三玉二石將說文作埒說文瓚三玉二石也禮天子用全純玉也上公用駹四玉一石侯用瓚伯用埒玉石半相埒也鄭許皆謂天子用全爲用純玉公侯伯玉石雜唯鄭司農注周禮云全純色也龍當爲尨尨謂雜色然則天子用全爲用純色之玉尨爲雜色之玉侯伯雜色可以例推仲師說與毛傳合玉以白者爲貴雜色者爲次傳云天子玉瑱謂用白玉純色之玉也云諸侯以石謂用石之次玉者雜色之玉也青玉黃玉皆雜色玉之次者故於箸言玉而於淇奧言石蓋與石對稱則青色黃色皆可謂之玉與玉對稱則青色黃色皆但謂之石也夏官弁師諸侯之繅斿九就瑉玉三采其餘如王之事繅斿皆就玉瑱玉笄故書瑉作璑鄭司農注云璑惡玉名先師吳江氏沅云惡玉者亞次之玉也古惡亞字通是則諸侯用亞次之玉周禮言諸侯玉瑱毛傳言諸侯石瑱說似異而實同矣檀弓練角瑱注瑱充耳也吉時以玉人君

有瑱鄭謂人君吉時以玉瑱本周禮其實吉時所用亦非白玉練冠則用角○尸鳩頍弁傳竝以弁爲皮弁皮白鹿皮也春官司服眂朝則皮弁服玉藻天子皮弁以日視朝箋天子之朝服皮弁以日視朝正義云在朝君臣同服故言天子之朝也傳文所以會髮之上奪會字今補會所以會髮與君子偕老傳揥所以擿髮句義正同經言會弁傳先言弁後言會者依周禮皮弁會五采之文不先言弁則所會者不箸也弁師王之皮弁會五采玉琪象邸玉笄故書會作䯤鄭司農注云䯤讀如馬會之會謂以五采束髮也士喪禮曰檜用組乃笄檜讀與䯤同書之異耳說曰以組束髮乃箸笄謂之檜沛國人謂反紒爲䯤案此儀禮舊說也仲師說周禮會五采謂以五采組束髮束髮即用骨擿髮是曰䯤今士喪禮作鬠古文皆作括括亦會也士喪禮鬠笄用桑長四寸纋中注笄長四寸不冠故也纋笄之中央以安髮荀子禮論篇始卒沐浴鬠髮而不冠笄此始卒之人鬠髮而不加冠笄與生人異也王之皮弁先以五采組束髮若露紒然擿髮而加弁弁而貫之以玉笄諸侯皮弁當與天子同詩之會弁言會髮而加弁會髮作會以䯤會髮作䯤說文䯤骨擿之可會髮者詩曰䯤弁如星玉篇引詩同傳釋經會字不云會髮而必云所以會髮者會亦讀爲䯤謂會即䯤之假借字䯤即象揥也如星者其象揥玉笄首飾光輝星星然也鄭箋詩及注周禮會爲弁縫飾以玉與毛許先鄭解會字皆不合僖二十八年左傳釋文會亦作璯魏徵隋書禮儀志引詩作璯依鄭說以改經字也又呂覽上農篇庶人不冠弁高注引詩冠弁如星冠弁委貌爲玄冠不爲皮弁皮弁爲諸侯在天子朝之服玄冠爲諸侯視朝之服蓋本三家異說

瞻彼淇奧綠竹如簀(傳)簀積也有匪君子如金如錫如圭如璧(傳)金錫鍊而精圭璧性有質寬兮綽兮猗重較兮(傳)寬能容眾綽緩也重較卿士之車善戲謔兮不爲虐兮(傳)寬緩弘大雖則戲謔不爲虐矣(疏)張衡西京賦芳草如積文選注引韓詩綠蕃如簀簀積也薛君云簀綠蕃盛如積也毛韓皆作簀謂簀即積之假借字或齊魯詩作積爲平子所據也如猶而也積鬱積謂綠竹鬱然其茂積也玉篇蕃同藩○傳於金

錫言鍊而精以喻道學自修之功致而於圭璧言性有質謂其性質本美與首章傳云武公質美德盛同義箋云圭璧亦琢磨四者亦道其學而成也鄭申毛意寬猶容也論語云寬則得衆綽訓緩謂其治衆有不迫也○猗當作倚禮記曲禮孔疏論語鄉黨皇疏荀子非相篇楊注文選西京賦李注引詩皆作倚正義云入相爲卿士倚此重較之車孔所據本尚不誤也考工記輿人以其廣之半爲之式崇以其隧之半爲之較崇鄭注云較兩輢上出式者兵車自較而下凡五尺五寸案乘車與兵車同制說文較車輢上曲銅也段氏據文選注引曲銅作曲鉤輢上曲鉤謂之較較與較通較輢共五尺五寸較高於軾二尺二寸較崇卽輢崇倚較猶倚輢也釋名云較在箱上爲辜較也重較其較重卿所乘也劉說與毛傳同而未詳其制續漢書輿服志金薄繆龍爲輿倚較劉昭注引徐廣云繆交錯之形也較在箱上西京賦倚金較薛綜注云金較黃金以飾較也然則重較其金有重飾歟云卿士之車者謂武公入相平王爲周卿士也○傳釋末二句卽承上文寬綽而言寬綽爲寬緩寬緩亦弘大皆所以狀其有容衆之德也戲謔不爲虐所以成戲謔之善箋云君子之德有張有弛故不常矜莊而時戲謔此申傳義也

考槃三章章四句

考槃刺莊公也不能繼先公之業使賢者退而窮處(疏)御覽逸民部一引處下有也字唐石經同

考槃在澗(傳)考成槃樂也山夾水曰澗碩人之寬獨寐寤言永矢弗諼(疏)考成爾雅釋詁文江漢載芟絲衣同爾雅般樂也周頌序般樂也漢書敘傳注引詩作盤爾雅釋文考槃本又作盤疑古本作般後人加木加皿耳成樂者謂成德樂道也山夾水曰澗采蘋同釋文引韓詩作干云墝埆之處也劉逵注吳都賦引韓詩考盤在干地下而黃曰干後箋云黃疑潢字之誤潢汙者停水之處小雅正義引鄭注漸卦云干者大水之傍故停水處卽其義也至韓詩干有兩訓則或由韓故韓說與薛君章句之不同○碩人大德之人寬寬大也言賢者雖在山

澗陵阿之地而有寬大之休永矢弗諼永長矢誓諼忘也王肅云先王之道長自誓不敢忘也美君子執德宏信道篤

考槃在阿碩人之薖(傳)曲陵曰阿薖寬大貌獨寐寤歌永矢弗過(疏)說文阿曲阜也傳云曲陵者陵亦阜也菁菁者莪傳大陵曰阿文選西都賦注及衆經音義卷一引韓詩曲京曰阿皇矣傳京大阜也大阜謂之京猶大阜謂之陵曲陵謂之阿猶曲京謂之阿其義一也傳文皃當作也字玉篇云薖寬大也碩人之薖與上章碩人之寬同意釋文引韓詩作過過美皃毛韓同也王肅云歌所以詠志長以道自誓不敢過差正義於弗諼弗過皆本王子雝述毛說

考槃在陸碩人之軸(傳)軸進也獨寐寤宿永矢弗告(傳)無所告語也(疏)在陸猶在阿也天保傳云高平曰陸大陸曰阜大阜曰陵桑柔傳迪進也軸卽迪之假借字正義云傳訓軸爲進則是大德之人進於道義也弗無義同傳云無所告語以釋經之弗告亦是窮處之意

碩人四章章七句

碩人閔莊姜也莊公惑於嬖妾使驕上僭莊姜賢而不荅終以無子國人閔而憂之(疏)詩中皆追念莊姜初嫁盛時序則就其不荅於終而言之以見閔爾荅猶對也隱三年左傳云衞莊公娶于齊東宮得臣之妹曰莊姜美而無子衞人所爲賦碩人也案美與賢同義列女傳母儀篇稱莊姜傅母見其婦道不正諭之乃作詩此是魯詩與左氏傳不合

碩人其頎衣錦褧衣(傳)頎長貌錦文衣也夫人德盛而尊嫁則錦衣加褧襜齊侯之子衞侯之妻東宮之妹邢侯之姨譚公維私(傳)東宮齊大子也女子後生

曰妹妻之姊妹曰姨姊妹之夫曰私 疏
猗嗟頎而長兮傳亦云頎長皃玉篇引
詩作頎人頎頎傳頎頎具長皃希馮所
據經傳與今本異也傳云錦文衣也四字連讀以釋經衣錦二字巷伯傳貝錦
錦文也終南傳錦衣采衣也男子皮弁服錦衣爲中衣以見錦爲美女子錦衣
之上復加褧衣以惡文爲義禮記中庸篇詩曰衣錦尚絅惡其文之箸也是褧
衣乃爲加上之衣矣說文衣部褧檾也詩曰衣錦褧衣示反古从衣耿聲檾部
檾枲屬从林熒省聲詩曰衣錦檾衣毛詩作褧三家詩作檾說文引三家詩又
引毛詩以檾詁褧則褧與檾同也玉藻注及列女傳引詩作絅絅者褧之假借
字絅亦檾也褧衣衣兼下裳之名傳云褧襜者猶衣裳也說文直裾謂之襜褕
是也丰篇衣錦褧衣裳錦褧裳錦衣裳褧衣裳錦在中褧在外婦人中外服皆
連衣裳也錦衣爲中衣加褧襜爲上衣夫人嫁時之所服丰傳云嫁者之服兩
傳義同也士昏禮女次純衣纁袡立于房中南面婦乘以几姆加景景亦褧之
假借字加景與加褧是一事諸侯夫人中衣用錦與士妻中衣用純不同而其
上衣用褧用景不異也鄭此箋云褧襌也國君夫人翟衣而嫁今衣錦者在塗
之所服也尚之以襌衣爲其文之大箸丰箋云褧襌也蓋以襌縠爲之中衣裳
用錦而上加襌縠焉爲其文之大箸也庶人之妻嫁服也士妻純衣纁袡案鄭
氏兩箋其誤有四葛覃傳婦人有副褘盛飾以朝事舅姑接見于宗廟進見于
君子是副褘以下褕翟屈翟皆旣之夫家之服箋謂嫁服翟衣誤一也士妻純
衣加景諸侯夫人錦衣加褧士妻就塗始加景則諸侯夫人褧衣亦就塗時所
加可知士妻純衣立于房中之服則諸侯夫人錦衣亦非在塗之上服可知箋
謂在塗衣錦誤二也中庸之絅卽褧褧以績檾所成故尚絅惡其文箸箋據玉
藻絅爲襌絅從糸訓爲縠說文縠細絹也加細絹之衣不得爲惡其文箸矣鄭
意據玉藻以帛裏布非禮之文故謂中衣用錦上衣用縠不知以帛裏布非禮
者文承朝玄端夕深衣言之非泛言衣制也誤三也諸侯夫人嫁服攝盛故錦
衣而加褧士妻嫁服攝盛故純衣而加景士妻且不敢服錦豈庶人妻反上僭
侯國夫人乎箋以錦褧爲庶人妻嫁服誤四也○東宮大子宮故傳直以東宮
爲齊大子矣女子後生曰妹爾雅釋親文爾雅男子謂女子先生爲姊後生爲
妹詩言東宮之妹是男子稱女子之後生者爲妹也泉水問我諸姑遂及伯姊

傳云先生曰姊又女子稱女子之先生者為姊也散文無專稱○漢書地理志趙國襄國故邢國說文邢周公子所封地近河內懷案班許不同漢襄國縣即今直隸順德府附郭邢臺縣漢懷縣即今河南懷慶府武陟縣襄國為邢始封國懷即春秋之夷儀為邢徙封國也爾雅妻之姊妹同出為姨傳不言同出略也莊十年左傳蔡哀侯娶于陳息侯亦娶焉息嬀將歸過蔡蔡侯曰吾姨也呂覽長攻篇蔡侯曰息夫人吾妻之姨也高注云妻之女弟為姨說文亦云妻之女弟同出為姨女弟即姊妹也○譚說文作鄿白虎通義號篇宗族篇及朱子儀禮經傳通解郭璞爾雅注引詩皆作覃郡國志濟南郡東平陵有譚城水經濟水注武原水北逕東平陵縣故城西譚國也今山東濟南府附郭歷城縣東南有故譚城春秋譚子爵此稱公未聞爾雅女子謂姊妹之夫為私傳所本也釋名云姊妹互相謂夫曰私言於其夫兄弟之中此人與己姊妹有恩私也

手如柔荑膚如凝脂(傳)如荑之新生如脂之凝**領如蝤蠐齒如瓠犀螓首蛾眉**(傳)領頸也蝤蠐蝎蟲也瓠犀瓠瓣螓首顙廣而方**巧笑倩兮美目盼兮**(傳)倩好口輔盼白黑分(疏)靜女傳荑茅之始生此云荑之新生則荑亦謂茅其義可互見也御覽百卉部三引風俗通義詩曰手如柔荑荑者茅始熟中穰也既白且滑應說正與傳訓同說文凝俗冰字爾雅冰脂也孫炎本作凝鄭注內則云脂肥凝者釋者曰膏案不釋之脂其色滑白莊子消搖游篇肌膚若冰雪冰雪以言絜白冰脂以言滑白故皆取為喻郭璞云脂膏誤矣○傳詁領為頸古今異名也釋文及定本傳文蝎下無蟲字草蟲傳阜螽蠜俗本作蠜蟲正義以蟲為衍則此蟲亦誤衍矣蝤蠐蝎爾雅釋蟲文郭注云在木中爾雅又云蟦蠐螬蝎蛣蝠蝎桑蠹方言云蟦蠐謂之蟦自關而東謂之蝤蟦或謂之蚕蠋或謂之蝖蝬梁益之閒謂之蛒或謂之蝎或謂之蛭蛒秦晉之閒謂之蠹或謂之天螻案此皆蝎之異名也說文蝎蝤齏也齏與蠐同蓋蝤之為言酋也酋者長也正義云蝤蠐白而長故以比頸○正義引釋草云瓠棲瓣也今定本亦然是定本毛傳同爾雅無下瓠字疑古本爾雅當作瓠棲瓠瓣有下瓠字為

毛傳所本定本依巳誤之爾雅改不誤之毛傳矣爾雅注引詩作瓠棲釋文云詩作犀廣韻作瓠犀與今詩同說文云瓣瓜中實也瓜中實謂之瓣瓠中瓣謂之犀字亦作棲此齒白整齊之皃說文𪗪齒相值也引春秋傳曰晳𪗪○說文虫部無螓頁部䫉好皃詩所謂䫉首許不全引詩句故謂此䫉字卽詩之䫉首字是其據毛詩本作䫉首矣傳云䫉廣而方卽君子偕老傳廣揚而顏角豐滿說文云好皃與傳訓同箋或從三家詩字讀䫉爲螓謂螓爾雅蜓蜻蜻方言云蟬有文者謂之螓蜻蜻螓卽蜻之異體自鄭以螓爲蜻蜻後人又以蛾爲蠶蛾要皆非古字義○詩小學云蛾眉古作娥眉王逸注離騷賦云娥眉好皃顏師古注漢書始有形若蠶蛾之說夫蠶蛾之眉與首異物類乎鳥之有毛角者不得謂之眉也且人眉似蠶角其醜甚矣安得云美哉此千年之誤也娥者美好輕揚之意方言娥好也秦晉之閒好面輕者謂之娥大招娥眉曼只枚乘七發皓齒娥眉張衡思玄賦嫮眼娥眉又云按毛傳葢奪娥眉好皃四字娥字一句眉好皃三字一句○論語八佾篇引詩巧笑倩兮美目盼兮馬融注倩笑皃楚辭大招靨輔奇牙宜笑嘕只王逸注嘕笑皃輔一作酺倩與嘕一聲之轉傳云好口輔口輔卽靨酺也釋文倩本亦作蒨引韓詩云蒼白色是韓詩作巧笑蒨兮蒨草初生蒼白色韓詩依字作訓與毛訓異盼從目分聲以分詁盼此同聲爲訓之例玉篇盼謂黑白分本毛訓釋文引韓詩云盼黑色也馬注論語云盼動目皃竝與毛訓異

碩人敖敖說于農郊（傳）敖敖長皃農郊近郊**四牡有驕朱幩鑣鑣**（傳）驕壯皃幩飾也人君以朱纏鑣扇汗且以爲飾鑣鑣盛貌**翟茀以朝**（傳）翟翟車也夫人以翟羽飾車茀蔽也**大夫夙退無使君勞**（傳）大夫未退君聽朝於路寢夫人聽內事於正寢大夫退然後罷（疏）敖敖與頎頎傳竝訓爲長皃故箋云敖敖猶頎頎也農郊當衞之東郊高注呂覽孟春紀云東郊農郊也齊在衞東故夫人入竟舍於東郊何注莊二十四年公羊傳云禮夫人至大夫皆郊迎是也東郊在近郊之外故傳以近郊釋之矦國遠郊三十里近郊半之十五里月令注引王

居明堂禮出十五里迎歲蓋殷禮也案周制矦國多從殷禮與○驕猶蹻蹻也嵩高四牡蹻蹻傳云壯皃訓同幩者所以爲馬飾故謂幩爲飾說文幩馬纏鑣扇汗也鑣馬銜也釋文鑣馬銜外鐵也一名扇汗又曰排沫是似鑣扇汗一物又輿服志云乘輿象鑣赤扇汗王公列矦朱鑣絳扇汗卿以下有騑者緹扇汗此漢人鑣與扇汗爲二其制未聞也爾雅鑣謂之钀郭注云馬勒旁鐵鑣古用鐵以朱絲飾鑣是爲朱幩巾車重翟鍚面朱總鄭司農注云總著馬勒直兩耳與兩鑣朱總卽朱幩也兩鑣之端繫諸以鑾秦風所謂鑾鑣也廣雅鑣鑣盛也說文引詩作鑣鑣義與傳同玉篇儦儦盛皃或本三家詩案上下文皆就夫人說此二句就公說故傳以朱幩爲人君之馬飾此就公親迎夫人而言之也穀梁傳云迎者行見諸舍見諸○周禮春官巾車王后之五路重翟厭翟安車翟車連車王后重翟上公夫人厭翟以是爲耋矦伯夫人當用安車攝盛用厭翟其燕出入則當用翟車傳不言攝盛故釋經之翟爲翟車卽本周禮翟車爲訓凡朝之常禮夫人纚笄不用盛飾皆其側耳重翟者車前後皆飾翟羽也厭翟者車前一面比次翟羽以爲飾也翟車者車前之兩旁但飾翟羽不比次也茀三家詩作蔽故傳云茀蔽也茀卽車答交結木於車前之兩旁其覆笭之幦幦緣翟羽是謂之翟茀曰朝者亦卽引起下二句之意鄭注巾車云詩國風碩人曰翟蔽以朝謂諸矦夫人始來乘翟蔽之車以朝見於君盛之也此翟蔽蓋厭翟也鄭本詩翟蔽爲厭翟就始來攝盛言又解朝爲夫人朝君非毛義○禮記玉藻篇朝辨色始入君日出而視之退適路寢聽政使人視大夫大夫退然後適小寢釋服此傳所本也釋文引韓詩退罷也義與傳同傳旣本玉藻文以證經大夫退之義又言夫人聽內事以明經君爲小君之義君夫人竝有聽政之朝大夫退則君退適小寢小寢卽燕寢而夫人之退適小寢可知也君路寢有堂爲聽政之處天子諸矦皆二朝大夫朝君在路門外之治朝亦爲外朝大夫朝君於此君視大夫朝亦於此其聽朝在路門內之內朝亦爲燕朝宗人圖嘉事於此諸臣復逆亦於此玉藻言聽政於路寢而傳變言聽朝者謂聽大夫朝政之事也玉藻朝服以日視朝於內朝燕朝亦有視朝之政也傳於君言聽朝於夫人言聽內事於君言路寢於夫人言正寢皆互文以明義也雞鳴傳東方明則夫人纚笄而朝朝已昌盛則君聽朝君聽朝卽此云君聽朝於路寢也夫人纚笄而朝卽此云夫人聽內事於正寢也兩傳正是一義是君夫人各

自有朝矣胡培翬云古者天子諸侯有公卿大夫以襄外治后夫人有世婦九嬪
之屬以襄內治故君每日朝羣臣於外以聽政后夫人每日朝羣妾於內以治事
正寢夫人之寢后夫人皆別有正寢燕寢下至大夫妻皆然其制前爲君路寢次
君燕寢次夫人正寢次夫人燕寢天子路寢一燕寢五后亦正寢一燕寢五諸侯
路寢一燕寢三孔賈疏謂燕寢二非也夫人亦正寢一燕寢三夫人常居在燕寢
每日聽事在正寢正寢卽夫人朝處左傳所謂內宮之朝是也考工記云內有九
室九嬪居之外有九室九卿朝焉注疏謂外九室九卿治事之處內九室九嬪治
事之處外九室在正朝左右內九室當在后朝左右此王后禮其諸侯夫人正寢
之前亦當有世婦羣妾治事處毛傳言夫人正寢足補禮經之未備案胡說是也
經中朝字君字皆就夫人說列女傳賢明篇引詩曰大夫夙退無使君勞其君者
謂女君也此又可援魯以證毛矣詩上下文義皆就夫人初嫁盛時說而唯此翟
茀以朝三句就常朝之禮言之葢莊公之不荅莊姜在惑嬖州吁之母之後其初
昏原未見其不荅也故
詩人始於此箸明之

河水洋洋北流活活施罛濊濊鱣鮪發發葭菼揭揭（傳）洋洋盛大也活活流也罛
魚罟濊濊施之水中鱣鯉也鮪鮥也發發盛貌葭蘆菼薍也揭揭長也庶姜孽孽
庶士有朅（傳）孽孽盛飾庶士齊大夫送女者朅武壯貌（疏）衛門傳洋洋廣大也盛
大義相近北流河水北
流也凡夫人三月廟見然後成婦禮後遂有大夫反馬告寧之禮詩上章傳言夫
人聽內事於正寢已當在廟見成婦後此章傳又釋庶士爲齊大夫送女者則當
指大夫反馬告寧而言之由衛返齊必溯河上流故云北流也活活爲流說文𣶃
流聲也隸變作活○爾雅釋器魚罟謂之罛傳所本也濊濊說文爾引詩作濊濊
又作濊作𣿅皆俗字傳云施之水中釋文下有也字說文云礙流也施罛於水中
必礙於水流許說正申成毛訓淮南子齊俗篇河水欲清沙石濊之此卽礙流之
謂也韓詩云流皃玉篇云水聲又云多水皃皆就水流而言馬融云大魚罔目大
豁豁也則又就魚罟而言之矣傳云鱣鯉爾雅釋魚鯉鱣舍人注及說文皆爲一

魚唯陸機郭璞皆爲二魚鱣即鱣鯉今之赤鯉與古說異本草圖經云鯉魚即赤鯉魚也其脊中鱗一道每鱗上皆有小黑點從頭數至尾無大小皆三十六鱗案詩鱣鮪凡三見毛以鮪爲叔鮪鱣即三十六鱗之鯉此渾言之也析言之三十六鱗之鯉爲鯉其大者則爲鱣崔豹古今注鯉之大者爲鱣是也四月匪鱣匪鮪潛逃于淵傳大魚能逃處淵潛有鱣有鮪鰷鱨鰋鯉既有鱣又有鯉故鄭箋別言之鱣大魚也蓋大魚即大鯉矣然不聞以鱣爲鱏也傳云鮪鮥爾雅鮥叔鮪說文鮪鮥也鮥叔鮪也陸機郭璞皆謂鮪似鱣大者名王鮪小者名叔鮪高誘注呂覽鮪似鯉而大言似鯉則鮪亦鯉屬矣云發發盛皃者釋文引韓詩作鱍鱍說文作鮁鮁淮南說山呂覽季春注作潑潑竝字異而義同葭一名蘆葦之初生者也詳騶虞篇菼薍爾雅釋言釋草竝有其文郭注云似葦而小實中江東呼爲烏區邢疏引義疏云薍或謂之荻至秋堅成則謂之萑說文云𦵔萑之初生一曰薍或作菼薍𦵔也是菼薍皆萑初生之名七月篇八月萑葦傳薍爲萑葭爲葦萑與葦皆已秀之名也葭菼二草孔仲達以爲一草誤矣說文揭高舉也重言曰揭揭衆經音義卷七引傳作朅朅非也案古者霜降逆女冰泮殺止濊濊發發則非冰泮前矣葭菼揭揭則又非霜降後矣此追敘齊大夫所見以箸還反之僕故云然○庶姜謂媵諸侯一取九女皆媵也此因庶士之歸而先及庶姜居者言之也傳云孽孽盛飾釋文下有也字玉篇作皃字盛飾皃謂首飾之盛皃爾雅孽孽戴也郭注云頭戴物廣韻巘頭戴物也亦即盛飾之義說文巘櫱同字櫱之或作孽猶巘之或作巘釋文引韓詩作巘巘云長皃謂庶姜形體之高長呂覽過理篇注引詩庶姜巘巘高長皃本韓詩與雅傳異桓三年左傳凡公女嫁于敵國姊妹則上卿送之以禮於先君公子則下卿送之於大國雖公子亦上卿送之於天子則諸卿皆行公不自送於小國則上大夫送之今齊嫁女於衛爲敵國則未知其姊妹與公子與送之者爲上卿與下卿與傳云庶士齊大夫送女者統釋之詞又隱八年傳鄭公子忽如陳逆婦嬀陳鍼子送女此即大夫送女之一證伯兮傳朅武皃此云武壯義同文選魏都賦注引毛詩作朅釋文引韓詩作桀云健也韓與毛亦字異而義同

氓六章章十句

氓刺時也宣公之時禮義消亡淫風大行男女無別遂相奔誘華落色衰復相棄背或乃困而自悔喪其妃耦故序其事以風焉美反正刺淫泆也

氓之蚩蚩抱布貿絲（傳）氓民也蚩蚩敦厚之貌布幣也匪來貿絲來卽我謀送子涉淇至于頓丘（傳）丘一成爲頓丘匪我愆期子無良媒將子無怒秋以爲期（傳）愆過也將願也（疏）傳詁氓爲民民庶男子也方言說文竝云氓民也蚩蚩敦厚之皃釋文正義本無之字敦亦厚也言男子始來意甚敦厚則蚩蚩然釋文引韓詩氓美皃美皃謂之氓則蚩蚩爲美毛韓訓異意同鄭司農周禮載師注云里布者布參印書廣二寸長二尺以爲幣貿易物詩云抱布貿絲抱此布也案仲師治毛詩此相傳古毛詩說注又云或曰布泉也易林史以緡易絲抱布自媒如淳注史記平準書詩云抱布貿絲故謂之緡也又鹽鐵論錯幣篇古者市朝而無刀幣各以其所有易無抱布貿絲而已此皆以布爲錢幣或本三家詩我女子自我也○爾雅釋丘丘一成爲敦丘傳所本也敦郭音頓注云成猶重也周禮曰爲壇三成今江東呼地高堆者爲敦釋名作頓丘與詩同水經淇水注云淇水又東屈而西轉逕頓丘北故闞駰云頓丘在淇水南又屈逕頓丘西詩所謂送子涉淇至于頓丘者也是頓丘之西北皆淇水之所逕流故女子送男子必涉淇而後至頓丘也水經注又云淇水北逕頓丘縣故城西古文尚書以爲觀地矣案頓丘縣漢屬東郡今爲直隸大名府清豐縣在大河故瀆之東與詩頓丘無涉○愆過傳爲全詩通訓爾雅釋言愆過也說文愆籀文作諐期會期也良善也此女子雖與男子會期而仍望善媒至也秋行昏禮必待媒妁之言若仲春之月奔者不禁則不待媒妁之言媒氏爲主傳於此將訓願將仲子兮將伯助予兩將字訓請請者語氣直願者語氣曲故隨文以別言之孟子滕文公篇丈夫生而願爲之有室女子生而願爲之有家荀子非相篇婦人莫不願得以爲夫處女莫不願得以爲士奔其親家而欲奔之者比肩竝起案此卽傳願字之義期請期也士昏禮納徵在許嫁三月之前請期卽在敎女三月之中請期則與親迎時近矣野有死麕傳春

不暇待秋也東門之楊傳男女失時不逮秋冬毛
傳以秋冬爲昏嫁正時詩云秋以爲期其明證也

乘彼垝垣以望復關(傳)垝毀也復關君子所近也不見復關泣涕漣漣既見復關載笑載言(傳)言其有一心乎君子故能自悔爾卜爾筮體無咎言(傳)龜曰卜蓍曰筮體兆卦之體以爾車來以我賄遷(傳)賄財遷徙也(疏)垝訓毀毀猶缺也說文引詩作垝或作陒垣牆也復
反也猶來也關衞之郊關也襄十四年二十六年左傳蘧伯玉遂行從近關出又
二十六年傳大叔儀乃行從近關出公使止之葢衞之境有遠有近詩之關卽衞
之近關傳云復關君子所近也者言望君子之來空自近關也傳意正本左傳爲
訓云言其有一心乎君子者以釋經泣涕漣漣句楚辭九歎涕流交集兮泣下漣
漣王注云漣漣流貌也云故能自悔者攈下弟四章靜言思之躬自悼兮而總釋
之郎序所謂困而自悔之意不見復關泣涕漣漣猶云未見君子也既見復關載
笑載言猶云既見君子也玩詩語意復關非關名○爾爾男子也左傳稱懿氏卜
妻敬仲晉獻公筮嫁伯姬于秦是嫁娶皆有龜卜蓍筮之事龜以開兆蓍以揲卦
傳承十筮言故釋體爲兆卦之體周禮大卜三兆其經兆之體皆百有二十其頌
皆千有二百三易其經卦皆八其別皆六十有四是謂也禮記坊記引詩作履無
咎言鄭注云履禮也言女鄉卜筮然後與我爲禮則無咎惡之言矣釋文引韓詩
作履云履幸也訓異意同賄財爾雅釋言文遷徙釋詁文賓之初筵般武同皇矣
傳亦詁遷爲徙以爾車來以我賄遷謂男
子來以車徙財也此亦一心乎君子之詞

桑之未落其葉沃若于嗟鳩兮無食桑葚于嗟女兮無與士耽(傳)桑女功之所起沃若猶沃沃然鳩鶻鳩也食桑葚過則醉而傷其性耽樂也女與士耽則傷禮義

士之耽兮猶可說也女之耽兮不可說也(疏)桑女功之所起猶葛爲女功之所事因桑生興與葛覃篇以葛生興同膈

桑傳沃柔也沃說文作渼重言之則謂之渼渼傳以然字代若字庶上傳又以然字代如字如若同聲如謂之然若謂之然其義一也正義云女取桑落未落興己色之盛衰○鳩鶻鳩鶻鳩為五鳩之一春來冬去之鳥亦曰鳴鳩小宛傳鳴鳩鶻鵰也鶻鵰與鶻鳩實一物也泮水傳黮桑實也葚與黮同傳云鳩食桑葚醉傷其性義未聞說文酖樂酒也媅樂也今字媅通假作湛酖又通假作耽爾雅妉樂也邪疏引詩作妉妉乃酖媅之俗字凡樂過其節謂之酖鳩於葚過食醉傷其性以興女與士過樂則傷禮義之節韓詩外傳所謂防邪禁佚調和心志也此婦人自明持正以禮卽下章女也不爽之意

桑之落矣其黃而隕自我徂爾三歲食貧淇水湯湯漸車帷裳（傳）隕隋也湯湯水盛貌帷裳婦人之車也**女也不爽士貳其行士也罔極二三其德**（傳）爽差也極中也（疏）傳於七月小弁縣皆訓隕為隊隋隊義相近隋之俗作墮猶隊之俗作墜爾雅隕隊落也隋亦落也而猶且也其黃而隕言黃且隕也君子偕老傳且訓而故而亦可訓且它放此桑落黃隕喻顏色憔悴下文又因色衰而追念初來辛苦不安終棄爾淮南子說山篇云桑葉落而長年悲易林履云桑方將落隕其黃葉失勢傾側而無所立並與詩義同○徂往爾猶矣自我徂爾猶云咎我往矣也噫嘻箋以矣字解爾字載驅傳湯湯大皃水盛以言淇水滿盛也凡車不帷裳故傳云帷裳婦人之車箋帷裳童容也鄭司農注巾車作潼容士昏禮婦車亦如之有裧注裧車裳帷裧與幨通列女傳貞順篇齊孝公使騶馬立車載姬以歸姬使侍御者舒帷以自障蔽而使傅母應使者曰妾聞妃后野處則帷裳擁蔽所以正心壹意自斂制也今立車無軿非所敢受命也野處無衞非所敢久居也君子謂孟姬好禮禮婦人出必輜軿是帷裳又名輜軿也漸者漬也漬車至於帷裳以喻家道之難猶不敢失其故常下章三歲為婦靡室勞矣夙興夜寐靡有朝矣卽承此意而申言之○爽差釋言文蓼蕭同詩述聞云貳當為貣之譌貣音他得切卽忒之俗字也爾雅爽差也爽忒也鄭注豫卦彖傳曰忒差也是爽與忒同訓為差女也不爽士貳其行言女也不差士則差其行耳爾雅說此詩曰晏晏旦旦悔爽忒也郭注曰傷見絕棄恨士失也然則悔爽忒者正謂恨士之爽忒其行據爾雅

所釋詩之作貳明矣箋解女字爲汝貳字爲二皆失之負案成八年左傳引詩作貳蓋依箋改也極中闈有桃思文同罔無也無中卽是二三之謂左傳釋詩云士之二三猶喪妃耦

三歲爲婦靡室勞矣夙興夜寐靡有朝矣言既遂矣至于暴矣兄弟不知咥其笑矣（傳）咥咥然笑靜言思之躬自悼矣（傳）悼傷也（疏）爾無正傳云遂安也此遂字亦可訓爲安既遂句承上四句說下此謂女也不爽也至于暴矣句以起下文此謂士貳其行也○經言咥傳重言之則云咥咥說文咥大笑也悼傷者方言云悼傷也秦謂之悼又云陳楚之閒曰悼秦晉之閒或曰矜或曰悼終風檜羔裘箋皆以悼爲傷言見暴而自傷也

及爾偕老老使我怨淇則有岸隰則有泮（傳）泮陂也總角之宴言笑晏晏信誓旦旦（傳）總角結髮也晏晏和柔也信誓旦旦然不思其反反是不思亦已焉哉（疏）傳訓泮爲陂者謂泮乃阪之假借字杜子春注腦人讀胖爲版此半反聲同之例也東鄭傳陂者曰阪下溼曰隰說文隰阪下濕也阪與隰對文隰者下溼其邊高之處謂之阪亦謂之陂阪亦厓岸之異名下溼之有阪猶淇水之有岸也箋云泮讀爲畔畔涯也言淇與隰皆有厓岸以自拱持今君子放恣心意曾無所拘制繁露隨本消息篇云拱揖指撝諸侯莫敢不出此猶隰之有泮也鄭所本三家義而與毛意實同○禮記內則子事父母總拂髦婦事舅姑總男女未冠笄者拂髦總角鄭注云總束髮也垂後爲飾總角收髮結之案總與總角別男子拂髦而女子總角其實總角男子亦稱之故甫田傳總角爲聚兩髦此就女子自說故傳以總角爲結髮結髮但聚髮而無髦髦爲子事父母之飾總爲婦事舅姑之飾傳意詩之總角卽內則之總不必就女子未笄時言也又襍記下女雖未許嫁年二十而笄禮之婦人執其禮燕則鬈首注既笄之後去之猶若女有鬌紒也孔疏云燕居則去其笄而鬈首謂分髮爲鬌紒也然則此詩言總角猶卽鬈首之謂與宴當讀如宴

爾新昏之宴宴謂宴安也○古宴晏通用爾雅釋訓晏晏柔也郭注云和柔與猥訓同定本旦旦猶怛怛說文怛或作悬引三家詩作信誓悬悬毛詩旦旦爲假借字箋云言其懇惻款誠此申成毛義也釋訓晏晏旦旦悔爽忒也爾雅釋詩謂穜嫁之年其言笑則晏晏然以信相誓則悬悬然今士差貳其行故有此悔恨雅與傳訓異而義實同反讀如反以我爲讎之反不思其反誓詞也已旣也焉焉然也言今反覆不常不思其前日信誓亦旣然哉此皆棄背悔恨之詞

竹竿四章章四句

竹竿衛女思歸也適異國而不見荅思而能以禮者也〔疏〕此詩與泉水文略同而事實異泉水之衞女因念父母而思歸歸寧也竹竿之衞女以不見荅而思歸歸宗也歸宗義也歸寧非禮也故序於泉水思歸不云禮而於竹竿之思歸爲能以禮者

籊籊竹竿以釣于淇〔傳〕興也籊籊長而殺也釣以得魚如婦人待禮以成爲室家

豈不爾思遠莫致之〔疏〕傳云籊籊長而殺也者殺者纖小之稱爾雅梢梢擢郭注云謂木無枝柯梢擢長而殺者釋文梢郭音朔擢直角反集韻梢色角切梢擢木無枝柯長而殺者或作萷考工記輪人望其輻欲其掣爾而纖也鄭注云掣纖殺小貌鄭司農云掣讀爲紛容掣參之掣漢書司馬相如傳紛溶萷蔘郭彼注云支竦擢也案梢萷掣同說文無籊疑毛詩本作翟翟爲擢古文假借字長而殺謂之擢擢猶長而殺謂之梢擢也興者竹竿爲釣與末章檜楫松爲舟以興得夫婦之禮中間二章言由泉源而達淇水即淇水而思泉源左右之得其宜以興由母家而適夫家本夫家而思母家始終之得其道皆所以傷今也○豈不言有是也莫無也言婦人樂成爲室家雖有是思而無由致得禮則近不得禮則遠也

泉源在左淇水在右〔傳〕泉源小水之源淇水大水也

女子有行遠兄弟父母〔疏〕酈注水經淇水篇泉源水水有二源一水出朝歌城西北一出東南其水南流東屈逕朝歌城南又東與左水合謂之馬溝水又東與美溝合水出朝歌西北大嶺下東

逕朝歌城北東南注淇水爲肥泉博物志謂之澳水斯水卽詩所謂泉源之水也案源古作原今通作源水以北爲左南爲右泉源在朝歌北故曰在左淇水則屈轉於朝歌之南故曰在右泉源一爲馬溝一爲美溝雖不是淇水之發源而要之泉源在上流下注於淇水故傳以泉源爲小水淇水爲大水水由小以達大與女子由幼以至成人泉有原猶敎有本也晉語胥臣曰夫敎者因體能質而利之者也若川然有原以卬浦而後大傳語似本此義爲訓

淇水在右泉源在左巧笑之瑳佩玉之儺 (傳)瑳巧笑貌儺行有節度(疏)胡承珙後箋云瑳疑齹之假借瑳字本亦作磋一切經音義云磋古文齹同說文齹齒參差也詩但爲笑而見齒之貌耳案胡說讀瑳爲齹是也楚辭大招靨輔奇牙宜笑嫣只王注言美女頰有靨輔口有奇牙嘕然而笑尤媚好也輔一作酺淮南子脩務篇奇牙出靨酺搖高注靨酺頰邊文婦人之媚也碩人巧笑倩兮彼傳云倩好口輔謂靨酺也此傳云瑳巧笑皃謂奇牙也說文儺行有節也从人難聲詩曰佩玉之儺許所據毛傳祇作行有節無度字庭燎傳噦噦徐行有節亦無度字或後人以節字義未盡乃加度字耳有女同車佩玉將將傳云將將鳴玉而後行所謂行有節也

淇水滺滺檜楫松舟 (傳)滺滺流貌檜柏葉松身楫所以櫂舟也舟楫相配得水而行男女相配得禮而備 **駕言出遊以寫我憂** (傳)出遊思鄉衛之道(疏)說文攸行水也从攴从人水省六書故云唐本作水行攸攸也其中從水釋文作浟浟玉篇浟水流皃五經文字滺見詩風亦作攸案攸從水爲正字隸變作浟俗又誤作滺攸悠聲同義近黍苗悠悠行皃又載馳悠悠遠皃黍離悠悠遠意其字皆當作攸攸通假作悠悠檜柏葉松身爾雅釋木文禹貢作栝檜栝聲同古舌會聲通也爾雅翼云檜今人謂之圓柏方言楫謂之橈或謂之櫂所以隱櫂謂之槳所以縣櫂謂之緝釋名在旁撥水曰櫂櫂濯也濯於水中也且言使舟櫂進也又謂之楫楫捷也撥水使舟捷疾也說文楫舟櫂也是櫂本楫之異名舟櫂卽舟楫棫樸傳亦云楫櫂也說文注云許無櫂字手部擢引也楫所以引舟而行故亦謂之櫂案傳以舟楫之得水

喻男女之得禮此亦待禮以成其室家也箋云此傷已今不得夫婦之禮○游當作游駕言出游以寫我憂泉水句義皆同彼傳云寫除也此傳云出游思鄉衛之道傳互訓而見義也此詩俱以淇水設喻正是思鄉衛之道之意

芄蘭二章章六句

芄蘭刺惠公也驕而無禮大夫刺之

芄蘭之支（傳）興也芄蘭草也君子以德當柔潤溫良童子佩觿（傳）觿所以解結成人之佩也人君治成人之事雖童子猶佩觿早成其德雖則佩觿能不我知（傳）不自謂無知以驕慢人也容兮遂兮垂帶悸兮（傳）容儀可觀佩玉遂遂然垂其紳帶悸悸然有節度（疏）芄蘭草屬故傳直以芄蘭為草爾雅釋草雚芄蘭郭注云芄蘭蔓生斷之有白汁可啖說文芄蘭莞也莞乃雚之誤陸機義疏云一名蘿藦幽州人謂之雀瓢唐本草蘇恭云雀瓢是女青別名也名醫增補云女青葉嫩時似蘿藦圓端大莖是雀瓢一名女青蘿藦葉似之芄蘭亦以相似通稱非芄蘭卽蘿藦矣說文引詩作枝說苑亦作枝芄蘭之柔枝弱葉與君子之德當有柔潤溫良以反刺惠公之驕慢無禮也○禮記內則子婦事父母舅姑皆左佩小觿右佩大觿注小觿解小結也觿貌如錐以象骨為之鄭謂小觿解小結則大觿解大結歟說文觿佩角銳耑可以解結詩曰童子佩觿管子白心篇觿解不可解而后解說苑襍言篇百人操觿不可為固結又修文篇能治煩決亂者佩觿傳云觿所以解結釋經觿字成人之佩以下總釋兩章佩字童子席惠公也正義引閔二年左傳初惠公之卽位也少杜預云蓋年十五六以明惠公稱童子之義五經異義春秋左氏傳說歲星為年紀十二而一周於天天道備故人君可以冠然則人君十二而行冠禮為成人入君治成人之事故惠公得佩觿且佩鞢也云早成其德者卽傳所謂君子以德當柔潤溫良也說苑云故君子衣服中而容貌

得接其服而象其德故望玉貌而行能有所定矣詩曰芄蘭之枝童子佩觿說行能者也○古能與而通皆語詞之轉則猶是也雖則佩觿能不我知言雖是佩觿而不我知也雖則佩韘能不我甲言雖是佩韘而不我狎也猶民勞篇云戎雖小子而式弘大上言雖而下言能與上言雖而下言而句法正同經言佩觿佩韘雖是成人亦當謙退而不自謂我知而不自謂我狎傳乃申明經義是刺惠公故云不自謂無知不自謂不狎以見其驕慢人經反言之傳正言之也○左傳孝經皆云容止可觀容儀卽容止詩之容與儀禮士冠禮之容義同謂成人而有容儀也鄭注士冠禮云容者再加爾成其儀益繁遂遂猶遂遂也遂遂與大東鞙鞙同爾雅釋器遂有瑞綬兩義傳於大東之遂訓瑞而於此篇之遂爲綬佩玉有綬行則動綬以成聲容儀遂遂玉藻所謂習容觀玉聲鄭注祭義云遂遂相隨行之貌是也帶大帶也古者有大帶又有革帶革帶服於要大帶用組系結於紐革帶所以繫佩大帶所以東衣先服革帶然後加之以大帶革帶不垂其垂者乃大帶也其廣四寸垂長三尺天子諸侯大夫皆合素爲禪士則練禪皆謂之大帶惠公垂帶爲諸侯之帶卽玉藻所謂素帶終禪彼疏云諸侯以素爲帶亦用朱綠終禪上以朱爲下以綠傳云垂其紳帶釋經之垂帶紳亦帶也內則韠紳鄭注論語拖紳苞注書紳孔注竝云紳大帶也鄭司農注典瑞云晉讀如薦紳之薦謂臿於紳帶之閒若帶劍也又白虎通義衣裳篇云所以必有紳帶者示敬謹自約整也皆紳帶連文同義詩言佩玉遂遂然舉佩玉則有革帶可知而紳帶悸悸自屬大帶此及有狐尸鳩都人士之帶皆大帶也悸猶悸悸也悸悸然有節度傳所以形容其垂帶之狀釋文引韓詩垂帶萃兮云萃垂皃悸與萃古聲相近哀十三年左傳佩玉繠兮說文繠垂也悸與繠聲亦相近

芄蘭之葉童子佩韘(傳)韘玦也能射御則佩韘雖則佩韘能不我甲(傳)甲狎也容兮遂兮垂帶悸兮(疏)傳云韘玦玦字誤釋文玦又作決玉篇韘決也佩韘內則曰佩決車攻傳決鉤弦也說文韘射決也所以拘弦以象骨韋系著右巨指从韋枼聲詩曰童子佩韘或从弓作弽此與傳訓同箋云韘之言沓所以彄沓手指此以極釋韘也大射儀朱極三注云極猶放也所以韜指利放弦

也以朱韋爲之三者食指將指無名指小指短不用案決著右巨指極冒右中三指決以鉤弦極以放弦兩事相須士喪大射禮言極必兼言決但經典言決拾無言極拾故傳以決釋韘者舉決以該極也箋以極釋韘者亦是足成傳義鄭司農注周禮繕人云決者所以縱弦此古人決極不分矣說苑修文篇亦云能射御者佩韘○甲狎爾雅釋言文毛詩用古文假借作甲釋文引韓詩正作狎多方因甲于內亂鄭王本皆以甲爲狎此甲狎字通之證爾雅狎習也習習禮也知知禮也

河廣二章章四句

河廣宋襄公母歸于衞思而不止故作是詩也（疏）案此詩宋襄公母所作也序云宋襄公母者宋桓公夫人也何以不言宋桓夫人以夫人終襄公世不返宋故不繫諸宋桓而繫諸宋襄也序云歸于衞者歸歸宗也女旣歸宗義當廟絕春秋成五年春杞叔姬來歸穀梁傳婦人之義嫁曰歸反曰來歸九年春杞伯來逆叔姬之喪以歸傳夫無逆出妻之喪而爲之也葢婦人旣出不歸葬猶婦人旣嫁不歸寧杞叔姬歸於魯其義與杞當絕故春秋書逆喪以見譏宋襄公母歸于衞其義與宋當絕故詩錄河廣以存禮序與穀梁傳皆正論也序云思而不止者思憂思不止猶不已也當時衞有狄人之難宋襄公母歸在衞見其宗國顚覆君滅國破憂思不已故篇內皆敘其望宋渡河救衞辭甚急也未幾而宋桓公逆諸河立戴公以處曹則此詩之作自在逆河之前河廣作而宋立戴公矣載馳賦而齊立文公矣載馳許詩河廣宋詩而繫列於鄘衞之風以二夫人於其宗國皆有存亡繼絕之思故錄之若僞謂思子而作孔子奚取焉鹽鐵論執務篇好德如河廣此三家詩義或云河當作漢

誰謂河廣一葦杭之（傳）杭渡也**誰謂宋遠跂予望之**（疏）說文抗舉也或作杭後箋云廣雅釋詁抗渡也疑詩杭本亦有作抗者次章曾不容刀釋文正義皆引說文舠字而於一葦杭之竝不及方部之斻是陸孔皆知杭非卽斻字也案初學記地部及白居易六帖六兩引詩作航航乃俗字楚辭九歎注引詩作企跂企古通用

誰謂河廣曾不容刀誰謂宋遠曾不崇朝(疏)箋云小船曰刀正義云上言一葦桴栰之小此刀宜為舟船之小引說文作舠舠小船也釋文同今說文無舠廣雅釋地云舠舟也蝃蝀傳以崇朝為終朝箋云崇終也行不終朝亦喻近

伯兮四章章四句

伯兮刺時也言君子行役為王前驅過時而不反焉(疏)箋云衛宣公之時蔡人衛人陳人從王伐鄭伯也為王前驅久故家人思之案事在魯桓公五年衛宣公之十三年也王周桓王也

伯兮朅兮邦之桀兮(傳)伯州伯也朅武貌桀特立也伯也執殳為王前驅(傳)殳長丈二而無刃(疏)傳釋伯為州伯者禮記內則州史獻諸州伯州伯命藏諸州府正義引解州伯謂州里之伯是矣管子問篇問州之大夫也何里之士也此亦謂州里之伯州伯即州長周禮州長每州中大夫一人天子州長中大夫則諸侯當下大夫州長職云若國作民而師田行役之事則帥而致之掌其戒令與其賞罰鄭注云掌其戒令賞罰則是於軍因為師帥揭武皃碩人同玉篇人部引詩作偈宋玉高唐賦偈兮若駕駟馬建羽旗文選注引韓詩云偈桀侹也疾驅貌侹疑健之誤韓詩庶士有桀訓健連言之為桀健說文無偈字桀者傑之假偕正月載芟傳竝以傑特同訓與此同箋云桀英桀正義作英傑衆經音義卷五引此經傳俱作傑說文傑執也材過萬人也○考工記廬人殳長尋有四尺是殳長丈二也說文云禮殳以積竹八觚長丈二尺建於兵車鄭注亦云凡矜八觚殳首有鐏而無刃故正義云冶氏為戈戟之刃不言殳刃是無刃也說文又云杸殳也詩曰何戈與杸杸軍中士所持殳也司馬法曰執羽從杸杸杸亦皆殳也釋名云殳殊也有所撞挃於車上使殊離也周禮司戈盾祭祀授旅賁殳說文殳下亦云旅賁以先驅詩之伯其以州長而攝旅賁歟後箋云執殳之旅賁則為士曲禮列國之大夫入天子之國曰某士注三命以下於天子為士衛之君子為王前驅者自是諸侯大夫於王朝則為士耳

自伯之東首如飛蓬(傳)婦人夫不在無容飾豈無膏沐誰適為容(傳)適主也(疏)正義云此時從王伐鄭鄭在衞之西南而言東者時蔡衞陳三國從王伐鄭則兵至京師乃東行伐鄭也上云為王前驅即云自伯之東明從王為前驅而東行故據以言之非謂鄭在衞東○飛蓬猶蒙戎旄丘傳蒙戎以言亂也管子形勢篇飛蓬之問不在所賓尹知章注云蓬飛因風動搖不定淮南子見飛蓬轉而知為車商子飛蓬飄風而行千里乘風之勢也並與詩飛蓬同傳云婦人夫不在無容飾容字即揬下句為訓適當讀為敵說文敵仇也爾雅仇匹也並與主義相近容謂容飾也

其雨其雨杲杲出日(傳)杲杲然日復出矣願言思伯甘心首疾(傳)甘厭也(疏)古其維通其雨其雨猶云維雨維雨也杲杲日出之貌故玉篇云杲日出也管子內業篇杲乎如登於天尹注云杲明貌楚辭遠遊陽杲杲其未光兮與此杲杲同傳云日復出箋申之以為伯復不來○願言每曰也義見二子乘舟篇說文目部猒飽也今字通作厭莊九年左傳管召讎也請受而甘心焉杜注云甘心言欲快意戮殺之案左傳甘心與詩甘心不同快意謂之甘心憂念之思滿足於心亦謂之甘心傳以厭詁甘憂思滿足之意也小弁云疢如疾首趙注孟子梁惠王篇云疾首頭痛也甘心疾首平列言首疾者蓋倒句以協韻耳

焉得諼草言樹之背(傳)諼草令人忘憂背北堂也願言思伯使我心痗(傳)痗病也

(疏)釋文諼本又作萱文選稽康養生論注引詩作萱說文作安得藼艸或作蕿或作萱爾雅釋文引詩作萲萲即蕿之省傳云令人忘憂儀徵阮元校勘記云此當作令人善忘箋憂以生疾恐將危身欲忘之傳不言憂箋以憂申之也釋文令人力呈反善忘亾向反爾雅釋文引毛傳作令人善忘為證正義云令人善忘憂憂字以鄭說為毛說耳案說文云令人忘憂之艸文選謝惠連西陵遇風詩注引韓詩焉得諠草薛君云諠草忘憂也諠當作萱傳文當作諼草令人善忘六字韓

詩言憂說文言憂之艸皆足以補明傳義非有異也古不言諼草爲何草唯蘇頌圖經云萱草俗謂之鹿葱味甘而無毒主五藏利心志令人好歡樂無憂李時珍本草綱目云今東人採其花跗乾而食之名爲黃花菜案今俗謂金針菜即此然古無此說也○背北堂北堂燕寢之北堂也古人居室之制爲五架之屋前有堂後有房有室室西房東入處在於室治事在於房中房在堂北謂之北堂詩謂之背背者北門[illegible]所謂背明鄉陰也士昏禮鄭注北堂房中半以北特牲有司徹注北堂中房而北則以房之近北者爲北堂矣淮南子原道篇上漏下溼潤浸北房高注云北房陰堂亦此義也室之北有北牖房之北有北階北階下有餘地可以樹草故婦人於房中偶見生傷欲得善忘之草以樹之者謂此也北堂正指北堂階下正義謂婦人欲樹草於堂上誤矣○痗病爾雅釋詁文十月之交亦孔之痗傳與此同說文無痗字

有狐三章章四句

有狐刺時也衛之男女失時喪其妃耦焉古者國有凶荒則殺禮而多昏句會男女之無夫家者所以育人民也疏釋文云所以育民人也本或作蕃育者非案作蕃育者是也正義本有蕃字標有梅傳有蕃字蕃育故多昏若無蕃字則不辭矣箋但訓育爲生長者以蕃之爲多易曉耳人民當依釋文作民人標有梅傳亦作民人可證

有狐綏綏在彼淇梁傳興也綏綏匹行貌石絕水曰梁心之憂矣之子無裳傳之子無室家者在下曰裳所以配衣也疏興者以狐爲興傳云綏綏匹行兒者匹者妃耦也狐妃耦而行綏綏然以興無室家者狐之不若也綏綏讀爲夊夊與齊南山同石絕水曰梁絕者渡也以石渡水爲梁與說文屦石渡水爲砅或作濿義同也爾雅隄謂之梁郭注云即橋也或曰石絕水者爲梁見詩傳又石杠謂之徛郭注云聚石水中以爲步渡彴也孟子曰歲十月徒杠成或曰今之石橋段注說文云石杠者謂兩頭聚石以木橫架之可行

非石橋也然則毛傳石絕水曰梁卽是爾雅之石杠石杠亦梁也故得通稱○之子無室家者之子兼男女言桓十八年左傳云申繻曰女有家男有室無相瀆也謂之有禮易此必敗鄭注周禮媒氏云無夫家謂男女之鰥寡者是室家猶夫家也云在下曰裳所以配衣也者緣衣東方未明傳上曰衣下曰裳是裳在下也無裳謂無衣裳無帶謂無衣帶不言衣者文不備耳故傳於首章云配衣次章云申東衣皆以足成經義衣裳就上下言上下猶尊卑衣帶就表裏言表裏猶內外末章之子無服傳云言無室家若人無衣服兼男女說

有狐綏綏在彼淇厲（傳）厲深可厲之旁心之憂矣之子無帶（傳）帶所以申束衣（疏）厲與匏有苦葉深則厲訓異而義實相通厲者涉也深厲卽深涉傳云深可厲者卽本匏有苦葉謂水深可涉也此與爾雅以衣涉水由帶以上兩解厲字之義未嘗不合然傳必申之云深可厲之旁以釋詩厲字則又與說文㢅石渡水義相近厲本涉水之名因之水旁可涉亦謂之厲廣雅厲方也方與旁同水經注河水篇段國沙州記吐谷渾於河上作橋梁謂之河厲此方俗之命名詩之淇厲淇梁皆爲水旁可涉非若後世之橋梁矣○云帶所以申束衣者廣雅紳束也韓子外儲說左上篇紳之束之宋人有治者因重帶自紳束也鄭注內則云紳大帶所以自紳約也案紳約卽紳束古字當作申束申言帶之垂束言帶之結紐約用組廣三寸其結之下垂者長三尺

有狐綏綏在彼淇側心之憂矣之子無服（傳）言無室家若人無衣服（疏）伐檀傳側猶厓也

木瓜三章章四句

木瓜美齊桓公也衛國有狄人之敗出處于漕齊桓公救而封之遺之車馬器服焉衛人思之欲厚報之而作是詩也（疏）魯閔公二年左傳云齊侯使公子無虧帥車三百乘甲士三千人以戍曹歸公乘馬

祭服五稱牛羊豕雞狗皆三百與門材歸夫人魚軒重錦三十兩齊語云狄人攻衞衞人出廬于曹桓公城楚丘以封之其畜散而無育桓公與之繫馬三百是其事也案其年冬戴公立未踰月卒而文公立戍曹廬曹皆謂文公矣春秋魯僖公十九年陳蔡楚鄭盟于齊左傳以爲修桓公之好況桓於文曾有存亾繼絶之功衞人思厚報其德作木瓜之詩其猶春秋盟齊之志歟齊桓盛而王業初衰齊桓歿而王迹終熄故孔子刪詩繫木瓜於衞國之末篇而下繼以王國之變風

投我以木瓜報之以瓊琚（傳）木瓜楙木也可食之木瓊玉之美者琚佩玉名匪報也永以爲好也（疏）爾雅楙木瓜木瓜一名楙本木名故傳云木考工記弓人取幹之道七木瓜次之是木瓜中弓幹材矣詩之木瓜謂實故傳又云可食之木郭注爾雅云實如小瓜酢可食齊民要術引義疏云楙葉似柰葉實如小瓜上黃水經江水注云江水逕魚復縣之故陵地多木瓜樹有子大如甒白黃實甚芬香爾雅之所謂楙也○小箋云瓊爲玉之美者故引伸凡石之美皆謂瓊如瓊琚瓊瑤瓊華瓊瑩瓊玖瓊英瓊瑰皆是也應劭曰瓊玉之華也琚佩玉名小箋云名乃石之誤佩玉石者謂佩玉納閒之石也後箋云此說非也襍佩謂之佩玉亦謂之玉佩故鄭風言佩玉瓊琚秦風言瓊瑰玉佩一也佩玉名者襍佩非一其中有名琚者耳段以琚乃佩玉之一物不得爲佩玉名誤矣

投我以木桃報之以瓊瑤（傳）瓊瑤美玉匪報也永以爲好也（疏）瓊瑤美玉小箋云正義作美石不誤釋文作美玉誤也說文琨珉瑤皆石之美者周禮王獻玉爵后獻瑤爵禮記玉爵獻卿瑤爵獻大夫是其等差後箋云呂記引傳尚作美石正義云瑤亦佩玉名者賈誼新書言佩玉捍珠以納其閒大戴作蚍珠韓詩外傳作蠙珠然珠字從玉其初蓋以玉爲者後乃用蚌珠代之荀卿賦曰旋玉瑤珠不知佩也古人始以瑤爲珠以充佩玉故知瑤亦佩玉名也

投我以木李報之以瓊玖（傳）瓊玖玉名匪報也永以爲好也（傳）孔子曰吾於木瓜

見苞苴之禮行疏瓊玖玉名小箋云王風傳曰玖石次玉者說文玖石之次玉黑色者今此傳作玉名乃玉石之誤耳玉石見楊雄蜀都賦漢書西域傳師古曰玉石石之似玉者也後箋云首章正義云此言琚佩玉名下傳云瓊琚美石瓊玖玉名三者互也此瓊玖玉名名當作石蓋謂傳訓瓊玖爲玉石與琚爲佩玉名瑤爲美石三者互文見義若作瓊玖玉名則與琚佩玉名同不得云三者互矣正義又云琚言佩玉名瑤玖亦佩玉名瑤言美石玖言玉名明此三者皆玉石襍也此玖言玉名亦當作玉石蓋以瑤之美石玖之玉石證琚雖佩玉名而亦爲玉石襍也今本正義瓊玖玉名玖言玉名二名字皆石之誤若此傳本以玖爲玉名則正義不當引丘中有麻傳以明玖非全玉矣○傳於章末引孔子語以總釋全章蓋木瓜桃李皆苞苴之果實也箋云以果實相遺者必苞苴之尚書曰厥苞橘柚禮記曲禮篇苞苴問人新書禮篇苞苴時有筐篚時至則羣臣附其下引詩曰投我以木瓜報之以瓊琚匪報也永以爲好也上少投之則下以軀償矣弗敢謂報願長以爲好古之蓄其下者其施報如此昭二年左傳衛侯享韓宣子宣子賦木瓜杜注云義取於欲厚報以爲好竝與毛詩義合

卷五終

長洲陳奐學

王黍離詁訓傳弟六　毛詩國風

王國十篇二十八章百六十二句（疏）王王城也漢書地理志云河南郡雒陽周公遷殷民是爲成周河南故郟鄏地周武王遷九鼎周公致大平營以爲都是爲王城至平王居之又云雒邑與宗周通封畿東西長而南北短短長相覆爲千里案雒邑卽王城也鎬京至王城千里而近所謂東西長也周西東都本通畿王城居瀍水之西澗水之東而成周又在瀍水之東爲東都下邑召公相雒邑周公兼營成周幽王既滅宗周而平王遂徙都於此不復及天下之事故謂之曰王國之風毛詩關雎序云是以一國之事繫一人之本謂之風

黍離三章章十句

黍離閔宗周也周大夫行役至于宗周過故宗廟宮室盡爲禾黍閔周室之顚覆彷徨不忍去而作是詩也（疏）案黍離之詩太平御覽八事一百一十百穀六兩引韓詩以爲伯封作羽族十藏令禽惡鳥論皆尹吉甫信後妻之讒而殺孝子伯奇其弟伯封求而不得作黍離之詩陳思王本韓詩也劉向說苑奉使篇云魏文侯封大子擊於中山趙倉唐見文侯文侯曰子之君何業倉唐曰業詩文侯曰於詩何好倉唐曰好晨風黍離韓詩外傳亦有其文倉唐以詩諷動其父文侯是自指伯封作而新序節士篇又以爲衞宣公子壽閔其兄見害而作所傳聞異此皆三家詩說與毛詩序列黍離於王風之首者不同

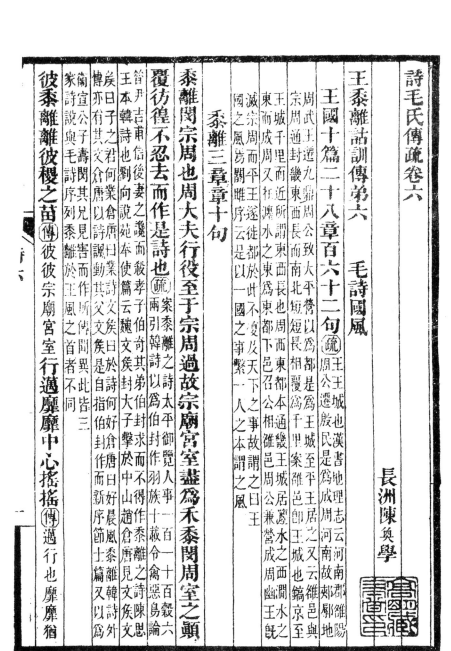

彼黍離離彼稷之苗（傳）彼彼宗廟宮室行邁靡靡中心搖搖（傳）邁行也靡靡猶

遲遲也搖搖憂無所愬知我者謂我心憂不知我者謂我何求悠悠蒼天此何人哉傳悠悠遠意蒼天以體言之尊而君之則稱皇天元氣廣大則稱昊天仁覆閔下則稱旻天自上降鑒則稱上天據遠視之蒼蒼然則稱蒼天疏詩言彼黍彼稷

郎是宗周之地故傳依序釋彼爲彼宗廟宮室也箋云宗廟宮室毁壞而其地盡爲禾黍我以黍離離時至稷則尚苗此箋申成傳意也程瑤田九穀考云諸書言穫黍皆云大火中是以夏至而穫也說文獨言以大暑而穫蓋言穫黍之極時其正時實夏至也氾勝之穫植書黍暑也種者必待暑說與說文同亦以極時言之矣月令孟春行冬令首種不入鄭注舊說首種謂稷今以北方諸穀播種先後考之高粱最先粟次之黍穈又次之然則首種者高粱也又云瑤田六月過天津見黍穈正秀而高粱竟畝無一秀者因問之農民則曰高粱穫在黍穈前秀在黍穈後在地時日久其秀反遲若不早穫鬭不能收向疑高粱首穫而詩乃云黍離離稷猶苗者至此始信詩言不謬矣案程說辨黍稷詳盡此以目驗證經義尤見確實御覽引薛君章句云彼黍離離彼稷之苗離離黍貌也詩人求己兄不得憂懣不識於物視彼黍離離然憂甚之時反以爲稷之苗乃自知憂之甚也此韓與毛異湛露傳離離垂也下二章言稷穗稷實亦是離離之狀憂懣不識故黍稷莫辨若首章視黍離離不得目爲稷之苗苗狀不相似韓不若毛之優○傳訓邁爲行邁亦行也行邁靡靡猶云行道遲遲耳兩無正小旻皆行邁連文靡遲一語之轉邶谷風傳云遲遲舒行皃玉篇彳部徲徲猶遲遲也今作靡爾雅愮愮憂無告也本又作搖郭注云賢者憂懼無所訴也義與傳同說文有搖無愮於懽下引爾雅作愮愮爲誤字大戴禮武王踐阼篇若風將至必先搖搖楚策心搖搖如懸旌而無所終薄漢書五行志中上引左傳遠哉搖搖顔注云搖搖不安之貌說文搖動也廣雅搖亂也○訪落傳悠遠也重言之爲悠悠傳云悠悠遠意者探詩人之志必得故訓之意如爰爰緩意瀏瀏憂意蛇蛇淺意施施難進之意沖沖鑿冰之意皆其例蒼古作倉釋文本又作倉是也爾雅釋天春爲蒼天夏爲昊天秋爲旻天冬爲上天異義天號今

尚書歐陽說春曰昊天夏曰蒼天秋曰旻天冬曰上天總爲皇天爾雅亦然是許叔重所據爾雅作春昊夏蒼與今本作春蒼夏昊者不同福州陳壽祺五經異義疏證云攷白虎通義四時篇曰四時天異名何天尊各據其盛者爲名也春秋物變盛冬夏氣變盛春曰蒼天夏曰昊天秋曰旻天冬曰上天爾雅曰一說春爲昊天是也白虎通義竝載爾雅兩說是爾雅舊本有作春昊夏蒼者許君異義及鄭駁所據爾雅皆然說文弟七上日部旻秋天也从日文聲虞書曰仁閔覆下則稱旻天此用爾雅與今尚書說也所引虞書卽異義之古尚書說也弟十下夰部昦春爲昦天元氣昦昦从日夰夰亦聲此亦兼採爾雅今尚書古尚書說也其曰春爲昊天與異義同與案桑柔篇以念穹蒼云穹蒼蒼天也傳本爾雅此因詩言蒼天傳總釋五天名號之義當亦本爾雅黍離在夏時則蒼天指夏天爾雅春昊夏蒼秋閔冬上爲四時名號而傳更釋其名義也周禮大宗伯賈疏引古尚書說云天有五號各用所宜稱之尊而君之則曰皇天元氣廣大則稱昊天仁覆愍下則稱旻天自上監下則稱上天據遠視之蒼蒼然則稱蒼天說與毛傳同鄭康成從古尚書說云夏氣高明故以遠言之與毛傳云遠意亦同又案四時名號各施所宜泛稱自不專泥於四時故全詩中若秦黃鳥巷伯之蒼天抑雝之皇天節南山雨無正巧言蓼莪抑桑柔雲漢瞻卬昊天有成命時邁之昊天雨無正小旻召旻之旻天小明信南山文王之上天皆不取四時之名號此何人哉箋云此亾國之君何等人哉疾之甚

彼黍離離彼稷之穗(傳)穗秀也詩人自黍離離見稷之穗故歷道其所更見行**邁靡靡中心如醉**(傳)醉於憂也**知我者謂我心憂不知我者謂我何求悠悠蒼天此何人哉**(疏)說文采禾成秀也俗作穗是穗采同字禾秀曰采稷秀亦曰采生民實發實秀傳不榮而實曰秀是實亦秀也黍離離爲行役始至之時三章無變文稷則有苗穗實之異皆是詩人之自見如此傳云故歷道其所更見者以總釋全章之義道言也下篇序云君子行役無期度卽此意也

彼黍離離彼稷之實(傳)自黍離離見稷之實行邁靡靡中心如噎(傳)噎憂不能息也知我者謂我心憂不知我者謂我何求悠悠蒼天此何人哉(疏)傳以憂不能息釋噎字正義云噎者咽喉蔽塞之名而言中心如噎故知憂深不能喘息如噎之然是也玉篇謂噎憂不能息也謂噎二字讀逗與嘌下謂嘌嘌無節度也句法正同憂無所愬醉於憂憂不能息傳三憂字一例

君子于役二章章八句

君子于役刺平王也君子行役無期度大夫思其危難以風焉

君子于役不知其期曷至哉雞棲于塒(傳)鑿牆而棲曰塒日之夕矣羊牛下來君子于役如之何勿思(疏)說文西鳥在巢上或作棲衡門可以棲遲漢碑作西遲此漢人作西字矣爾雅釋宮鑿垣而棲爲塒郭注云今寒鄉穿牆棲雞說文云雞棲垣爲塒許本爾雅承上句雞棲爲言不言鑿垣者略也毛傳作鑿牆牆者垣也釋文作時賈昌朝羣經音辨引詩作時爲塒古文假借字

君子于役不日不月曷其有佸(傳)佸會也雞棲于桀(傳)雞棲于杙爲桀日之夕矣羊牛下括(傳)括至也君子于役苟無饑渴(疏)佸會曡韻聲通如話或作譮檜亦作栝之例說文佸會也玉篇同本毛詩釋文引韓詩佸至也會與至義相近○雞棲于杙爲桀釋宮文于杙當作於弋桀爾雅作榤杙榤皆後出字說文弋橜也兔罝椓之丁丁傳云丁丁椓弋聲也地官牛人以授職人而芻之鄭注云職讀爲樴樴謂之弋可以繫牛是罝兔繫牛與棲雞皆用弋也伯兮傳桀特立也雞棲弋有特立之狀故謂之

桀桀之爲言括也猶塒之爲言止也下括猶下來桀桀傳來至也括與佸義相近箋云言畜產出入尚使有期節至于行役者乃反不也

君子陽陽二章章四句

君子陽陽閔周也君子遭亂相招爲祿仕全身遠害而已疏箋云祿仕者苟得祿而已不求道行

君子陽陽左執簧傳陽陽無所用其心也簧笙也右招我由房傳由用也國君有房中之樂其樂只且疏正義引史記稱晏子御擁大蓋策四馬意氣陽陽甚自得今史記列傳作揚揚晏子襍上篇亦作揚揚荀子儒效篇則揚揚如也楊注云得意之貌竝與傳無所用其心義合陽卽揚之叚借玉藻注揚讀爲陽此陽揚聲通之例○傳釋簧爲笙者謂簧卽笙也車鄰鹿鳴同爾雅釋樂大笙謂之巢小者謂之和郭注云列管瓠中施簧管端大者十九簧和十三簧者鄉射記曰三笙一和而成聲周禮笙師掌教龡竽笙鄭司農注云竽三十六簧笙十三簧說文廣雅皆本此說疑巢卽竽其笙之大者歟故諸家竝以十三簧者爲笙之管高注呂覽仲夏紀云竽三十六簧笙十七簧武進莊述祖以七爲三之誤是巳簧爲笙中之管其底貫之以匏故白虎通義云笙曰匏○由訓用蕩人尚乎由行傳亦訓由爲用小弁箋云由用也燕禮乃閒歌魚麗笙由庚歌南有嘉魚笙崇丘歌南山有臺笙由儀遂歌鄉樂用南關雎葛覃卷耳召南鵲巢采蘩采蘋大師告于樂正曰正歌備又燕禮記曰有房中之樂此記文正釋經鄉樂之義禮言鄉樂在笙入閒歌巳後則此詩上言執簧卽笙入閒歌也下言由房卽燕合鄉樂也毛傳以房中之樂釋之正本燕禮爲訓右招我由房我我僚友也王燕用房中之樂而君子位在樂官故得相招詩其僚友也所謂房中者路寢之房中也書顧命胤之舞衣大貝鼖鼓在西房兌之戈和之弓垂之竹矢在東房案上言狄設黼扆綴衣下言東房西房天子設黼扆在路寢明堂則房爲路寢之房高注淮南子本經篇云明堂王者布政之堂上圓下方堂四出各有左右房謂之个凡十二所此一證也禮記明堂位君卷冕立于阼夫人副褘立于房中案上文言祀周公于大廟又曰大廟天子

明堂則此云房中自在大廟中可知月令青陽明堂總章玄堂大廟各有左右个此一證也儀禮覲禮記几俟于東箱鄭注王卽席乃設之也東箱東夾之前相翔待事之處案天子覲諸侯在廟中故覲禮右肉袒于廟門之東鄭注以爲受次於文王廟門之外則記云東箱在文王廟中文王廟卽路寢之大廟大室也有東箱必有西箱爾雅釋宮室有東西箱曰廟東西箱卽東西个東西房也此一證也又燕禮記燕朝服於寢鄭注燕於路寢相親昵也今辟雍十月行此燕禮案鄭以寢爲路寢統天子諸侯而言之諸侯燕寢東房西室其路寢有左右房天子路寢卽明堂爲九室其燕寢左右房與諸侯之路寢同制諸侯燕寢臣在路寢燕同姓之臣在燕寢天子與諸侯同燕合鄉樂非專爲燕同姓設也則天子之燕亦在路寢不在燕寢可知燕樂行於路寢之房中故記有房中之樂此又一證也周公攝政制禮作樂築王宮於東都王城其路寢當從天子明堂之制傳云國君雖天子亦國君也正義云天子路寢有五室無左右房又云此路寢之樂謂路寢之下小寢之內作之非於正寢作樂又玉藻疏引熊安生云平王微弱路寢不復如明堂其說皆謬亂不可從○只且皆語詞也北風篇同詩有言且者椒聊且遠條且是也有言只者柏舟母也天只不諒人只是也連言之曰只且只且猶也且舊裳曰也且皆爲語末助詞

君子陶陶左執翿（傳）陶陶和樂貌翿纛也翳也**右招我由敖其樂只且**（疏）禮記檀弓人喜則思陶鄭注云陶鬱陶也爾雅鬱陶繇喜也文選枚乘七發注及後漢書杜篤傳注引韓君章句陶暢也暢與傳云和樂同義說文傜喜也嗂喜也陶與傜嗂聲俱相近○案翿纛翳三字兩訓爾雅毛傳皆錯亂不可讀爾雅翿纛也釋文翿徒刀反又徒報反纛字又作纛徒報反鄭衆云羽葆幢也爾雅釋文不爲翳字作音周禮鄉師之職及葬執纛以與匠師御匶而治役鄭注引雜記諸侯匠人執翿以御柩鄭司農云翿羽葆幢也爾雅曰翿纛也以指揮輓柩之役正其行列進退釋文纛桃報反翿劉音桃戚徒報反周禮注引爾雅而釋文亦不爲翳字作音是陸所見之爾雅無纛翳也三字詩正義云釋言翿纛也李巡曰翿舞者所持纛孫炎曰纛舞者所持羽此李孫但爲翿纛也作訓郭璞云今之羽葆幢舞者所持以自蔽翳此郭依翿有翳訓故以蔽翳解之乃轉寫者遂誤

合翳也於纛字之下失爾雅之舊本矣爾雅翿纛也毛傳翿翳也此解經義各有師承兩訓不必相同而意義實合一轍釋文於詩君子陽陽宛丘兩篇並云翳於計反又云纛徒報反沈徒老反俗作纛陸所見爾雅不誤其所見詩傳已衍纛也二字五經文字云纛見詩作纛譌張乃踵陸之誤耳爾雅翿宋本作𦑱葉林宗鈔本釋文亦作𦑱玉篇𦑱纛也此爾雅釋言文也又翿翳也翳同此毛傳文也希馮猶在元朗之前則其所見毛傳猶不誤𦑱翿者翳之隸變說文翳翳也所以舞也从羽𣪠聲詩曰左執翳許引詩作翳訓翳正本毛詩傳文纛但見周禮許不錄纛字猶不錄周禮之翢字皆從毛氏古文說此傳翿翳也箋翳舞者所持謂羽舞也宛丘傳鷺鳥之羽可以爲翳翿翳也箋翳舞者所持以指麾箋承翳字作訓則傳中無纛字又足證也今本爾雅依巳誤之毛傳衍纛翳也三字毛傳又依巳誤之爾雅衍纛也二字不有釋文何由識爾雅之誤不有鄭箋說文玉篇又何由正毛傳之誤兩釋之斯兩得之矣凡舞有羽有旄羽用翟羽旄卽漢之羽葆幢以犛牛尾爲之說文旄幢也廣雅翿謂之幢方言翿幢翳也是翿翳皆舞器之名傳兩訓翿爲翳義同而所施各異宛丘値翿卽周禮之皇舞也翳者謂以翳覆頭也此執翿卽周禮之旄舞也翳者但以翳指撝也周禮旄人下士四人舞者衆寡無數凡四方之以舞仕者屬焉凡祭祀賓客舞其燕樂鄭司農注樂師云辟雝以旄天子路寢行明堂辟雝之禮執翿卽秉旄也仲師之說與詩義亦合○鹿鳴嘉賓式燕以敖傳敖游也此敖字與鹿鳴敖字同由用也用敖猶以敖也不與上章同義凡詩二章下章不與上章同義者此篇及二子乘舟君子于役遵大路褰裳東門之墠揚之水野有曼草溱洧葛屨園有桃終南權輿墓門株林伐柯狼跋皆是

揚之水三章章六句

揚之水刺平王也不撫其民而遠屯戍于母家周人怨思焉

揚之水不流束薪（傳）興也揚激揚也彼其之子不與我戍申（傳）戍守也申姜姓之國平王之舅懷哉懷哉曷月予還歸哉（疏）傳以激揚釋揚淮南子本經篇抑減怒瀨以揚激波高注云抑止也減怒水也

瀨急流也而抑止之故激揚之波起也激揚蓋古語鄭風揚之水傳云揚激揚也
激揚之水可謂不能流漂東楚乎言能流漂也二傳義同則經中不字爲發語詞
矣激揚之水流漂草木與平王用煩急之政疾趨遠戍視民如草芥然○彼其之
子彼是子也其語助箋云其或作記或作已讀聲相似嵩高箋迈聲如彼記之子
之記大叔于田箋忌讀如彼己之子之己蓋記己本三家詩毛詩皆作其此及鄭
羔裘汾沮洳椒聊候人並同彼是子席平王也我我民也不發聲與猶用也以也
采苓傳與用同義九罭傳以與同義是與用以三字同也戍古音讀如數戍守疊
韻采薇箋亦云戍守也釋文引韓詩云戍舍也戍舍雙聲此謂遠戍故下文言思
念征夫從行不能還歸耳○云申姜姓之國者嵩高傳以申爲四嶽之後是姜姓
之國也漢南陽郡宛縣爲申故都自宣王徙諸謝邑申乃在宛縣之南作爲侯伯
其國始大云平王之舅者嵩高傳又云申伯宣王之舅也周與申國亦世爲昏姻
矣鄭語史伯曰申繒西戎方彊王室方騷將以縱欲不亦難乎王欲殺大子以成
伯服必求之申申人弗畀必伐之若伐申而繒與西戎會以伐周周不守矣後幽
王九年王室始騷十一年而斃韋注云申姜姓幽王前后大子宜咎之舅也大子
將奔申幽王伐申申繒召西戎以伐周殺幽王於驪山戲下然則幽王之末申方
彊盛平王奔申而幽王伐之申殺幽王立宜咎於申是謂平王平王遂以東徙雒
邑而申亦漸弱序箋云申國在陳鄭之南迫
近彊楚王室微弱而數見侵伐王是以戍之

揚之水不流束楚【傳】楚木也**彼其之子不與我戍甫**【傳】甫諸姜也**懷哉懷哉曷月**
予還歸哉【疏】上章言束薪此言束楚鄭揚之水亦以束楚束薪分章楚亦薪材漢
廣翹翹錯薪言刈其楚是也楚木爲棘之類葛生蒙楚蒙棘黃鳥止
棘止楚楚楚茨傳楚楚茨棘皃皆是也學記注云楚荊也說文云楚叢木一名荊也
荊楚木也○甫鄭呂國詩及孝經禮記皆作甫尚書左傳國語皆作呂甫呂古同
聲甫四嶽之後申同姓故傳云諸姜也鄭語史伯曰當成周者南有申呂又曰申
呂方彊其隩愛大子亦必可知也案呂在幽王之末稱彊國且呂與申共隩愛大
子則平王東遷呂有力焉戍甫在所必也潛夫論志氏姓篇宛西三十里有呂城
漢書地理志南陽郡宛故申伯國有屈申城縣南有北筮山育陽有南筮聚在東

北水經淯水東過宛縣南又屈南過淯陽縣東酈注云淯水南逕宛城東其地故申伯之都又南梅谿水注之水逕宛西呂城東四嶽佐禹治水有功虞夏之際受封於呂淯水之南又有南就聚聚在淯陽之東北故北筮山潛夫論謂之北序山南筮聚續漢志謂之南就聚毛詩之謝三家詩作序或作徐漢人或爲筮或爲就此古今聲同音轉之變徙也漢宛縣故申伯國縣南有北筮山淯水所逕宣王徙封於謝卽其地南筮聚在謝之南呂侯城在宛西不在謝西也西周之末申在宛南呂在宛西故史伯荅鄭桓公云申國方彊而又兼及呂國也楚伐申在春秋魯莊公之六年呂未聞成七年左傳楚圍宋之役子重請取申呂以爲賞田蓋呂亦楚所滅

揚之水不流束蒲（傳）蒲草也**彼其之子不與我戍許**（傳）許諸姜也**懷哉懷哉曷月予還歸哉**（疏）蒲爲草澤陂韓奕之蒲同說文蒲水艸也草亦薪也箋易傳蒲蒲柳鄭荅以上章束楚爲木一類耳正義依箋爲說謂薪是木名不宜爲草失之○許國古作鄦隸變作鄦說文鄦炎帝太嶽之胤甫侯所封在潁川讀若許敘曰云呂叔作藩俾侯于許段注云甫侯卽呂叔呂叔卽文叔也地理志潁川郡許故國姜姓四岳後大叔所封二十四世爲楚所滅案隱十一年左傳疏引漢書作文叔今河南許州卽春秋時許國許申同姓故傳亦云諸姜也甫申同壞而許去申遠昭二十六年左傳疏劉炫引汲冢紀年平王奔申申侯魯侯許文公立平王於申據此許有立平王之大功時有侵伐故兼戍之與

中谷有蓷三章章六句

中谷有蓷閔周也夫婦日以衰薄凶年饑饉室家相棄爾

中谷有蓷暵其乾矣（傳）興也蓷鵻也暵菸貌陸草生於谷中傷於水**有女仳離**

嘅其嘆矣【傳】仳別也**嘅其嘆矣遇人之艱難矣**【傳】艱亦難也【疏】爾雅釋草萑蓷疑上一字作蓷下一字作隹爾雅以隹釋蓷毛傳以鵻釋蓷鵻從隹聲也釋文引爾雅作蓷鵻或本與毛傳同釋文引韓詩蓷茺蔚也正義引韓詩及三蒼說悉云益母茺蔚也劉歆曰蓷臭穢又引義疏云舊說及魏博士濟陰周元明皆云菴閭案神農本草茺蔚與菴閭爲二草蓷一名鵻一名茺蔚臭穢卽茺蔚之轉聲今俗通謂之益母草華有白紅二種說文水部灘水濡而乾也引詩作灘其乾矣或許所據毛詩作灘今本誤作暵或三家詩作灘毛詩作暵謂暵卽灘之假俗字不能肊定也菸與蔫一語之轉說文蔫菸也菸鬱也一曰婑也廣雅蔫菸婑葾也廣韻婑枯姒也萎蔫也傳云菸皃者以釋三章暵字兼括乾脩溼三義而又上承中谷明蓷傷水之所由云陸草生於谷中傷於水此總釋全章也蓷傷於水與夫婦衰薄實由凶年○說文仳別也卽引此詩本傳訓也別離言相棄也艱難謂饑饉也艱難合二字一義古人屬辭一字未盡重一字以足之七月序正義亦云艱亦難也但古人之語字重耳凡全詩中疊字平列者放此

中谷有蓷暵其脩矣【傳】脩且乾也**有女仳離條其歗矣**【傳】條條然歗也**條其歗矣遇人之不淑矣**【疏】說文脩脯也脯乾肉也乾肉謂之脯亦謂之脩因之凡乾皆曰脩矣凡全詩通例詩三章弟二章與弟一章同意傳於弟二章卽承弟一章立訓如羔羊革猶皮也緇衣好猶宜也此通例也此詩弟二章言脩與弟一章言乾同意傳不云脩猶乾也而云脩且乾也者且乾不盡乾也脩訓且乾則弟一章言乾亦且乾不盡乾之義與乾燥之乾不同傳變文立訓互相足也箋云鵻之傷於水始則溼中而脩久而乾分乾脩爲兩侯似非傳指○椒聊傳條長也重言曰條條條條然者歗聲也釋文歗本又作嘯江有汜箋嘯蹙口而出聲淑善也

中谷有蓷暵其溼矣【傳】鵻遇水則溼**有女仳離啜其泣矣**【傳】啜泣貌**啜其泣矣何嗟及矣**【疏】鵻遇水則溼卽首章傳所云陸草生於谷中傷於水也說文灘下言水濡而乾濡字卽指此章之溼字爲解溼猶濡也匏有苦葉傳

濡漬也雖漬於水則菸然矣方言㵐憂也憂猶病與此㵐字義相近玉篇暵欲
乾也或本三家詩○啜腤歎也依經言故云泣皃後箋云箋云及與也泣者傷
其君子棄己嗟乎將復何與爲室家乎詳玩箋語經文當作嗟何及矣傳寫者
誤倒之今各本皆然從來無人是正序下正義云何嗟及矣是決絕之語可知
孔所見本已誤倒矣韓詩外傳二說苑建本篇引詩皆作何嗟及矣然外傳引
孔子曰不慎其前而悔其後嗟乎雖悔無及矣是正以何及二字相連爲義而
所引詩仍作何嗟
亦皆傳寫誤倒

兔爰三章章七句

兔爰閔周也桓王失信諸侯背叛構怨連禍王師傷敗君子不樂其生焉(疏)桓五
年左傳云王奪鄭伯政鄭伯不朝秋王以諸侯伐鄭鄭伯禦之戰于繻
葛王卒大敗祝聃射王中肩是其事也魯桓公五年周桓王之十四年

有兔爰爰雉離于羅(傳)興也爰爰緩意鳥網爲羅言爲政有緩有急用心之不
均我生之初尚無爲(傳)尚無成人爲也我生之後逢此百罹尚寐無吪(傳)罹憂
吪動也(疏)爰爰讀與緩同易林未濟狡兔趯趯良犬逐咋雄雌爰爰爲鷹所獲
與詩爰爰同爾雅釋訓爰爰緩也釋器鳥罟謂之羅皆傳所本也鄭
注月令高注呂覽並謂羅爲鳥網云言爲政有緩有急用心之不均者以明興
義也兔爰喻有緩也雉離喻有急也箋云有緩者有所聽縱也有急者有所操
蹙也衆經音義卷二十三韓詩爰爰發蹤之皃蹤當作縱發縱即聽縱鄭用韓
申毛也管子正世篇云制民急則民迫民迫則窘窘則民失其所葆緩則縱縱
則淫淫則行私行私則離公離公則難用故治之所以不立者齊不得也齊不
得則治難行故治民之齊不可不察也○傳以人爲釋經爲字爲即僞也凡成
於人爲謂之僞荀子性惡篇云人之性惡其善者僞也不可學不可事而在人
者謂之性可學而能可事而成之在人者謂之僞又正名篇云生之所以然者

謂之性心慮而能爲之動謂之僞慮精焉能習焉而後成謂之僞此謂成於人爲者皆僞也爾雅詐僞也詐尤成於人爲之甚者也成人爲語本荀子我生之初尚無爲尚猶也言我幼穉之時王朝出政猶不成於僞不成於僞則諸侯無背叛之心所以閔今桓王之失信也○罹憂釋詁文說文無罹字疑古毛詩作離釋文罹本又作離文選盧諶贈劉琨詩注引毛詩作逢此百離斯干無父母詒罹傳罹憂也罹本又作離離爲憂則逢此百離猶下章逢此百憂耳傷已逢之序所謂不樂生也說文吪動也詩曰尚寐無吪正義云吪動釋詁文今釋詁作訛破斧正義云吪化釋言文今釋言作訛釋文吪本亦作訛無羊篇作訛玉篇引作吪動謂動作也

有兔爰爰雉離于罦（傳）罦覆車也**我生之初尚無造**（傳）造爲也**我生之後逢此百憂尚寐無覺**（疏）罦覆車釋器文郭注云今之翻車也有兩轅中施罥以捕鳥說文引詩作雉離于罬○造爲釋言文爲卽僞此與思齊閔予小子酌傳訓同而義與傳訓造爲僞以與上章傳成人爲實一義也爾雅釋言云作造爲也造爲之爲造僞猶作爲之爲作僞是爲卽僞也又釋詁云載謨食詐僞也載謨食爲作僞之爲詐爲詐僞之爲是僞亦爲也古爲僞通用關睢傳寤覺也覺寤可互訓荀子王霸篇嗚呼哀哉君人者千歲而不覺也

有兔爰爰雉離于罿（傳）罿罬也**我生之初尚無庸**（傳）庸用也**我生之後逢此百凶尚寐無聰**（傳）聰聞也（疏）罿罬亦釋器文爾雅繴謂之罿罿謂之罬罬謂之罦罦覆車也說文网部罬覆車也或作罦罿罬也罬捕鳥覆車也又糸部繴謂之罿罿謂之罬罬謂之罦捕鳥覆車也蓋一物五名說文正本爾雅爲說釋文引韓詩云施羅於車上曰罿御覽資產部十二引薛君章句作張羅車上曰罿韓詩謂罿爲覆車與上章之罦一物矣○庸用齊南山同庸從用庸用猶欲㳄試式矣無用者謂無用師之苦聽聞皆從耳傳訓聽爲聞無聰無聞也尚猶也言時値凶亂猶能寐而無聞乎尚寐無吪尚寐無覺尚字竝與猶同義

葛藟三章章六句

葛藟王族刺桓王也周室道衰棄其九族焉（疏）兔爰刺桓葛藟不應刺平玩詩辭於桓爲有徵矣釋文定本崔靈恩皇甫謐皆以爲桓王詩譜左方中作平王者疑徑轉寫者之誤羣書治要亦作刺桓王

緜緜葛藟在河之滸（傳）興也緜緜長不絕之貌水厓曰滸終遠兄弟（傳）兄弟之道已相遠矣謂他人父謂他人父亦莫我顧（疏）興者言王之恩澤不及親戚故其族以葛藟長大河厓反刺益王城北逾大河在東都畿內王子弟所封采邑在焉故也文七年左傳宋昭公將去羣公子樂豫曰公族公室之枝葉也若去之則本根無所庇陰矣葛藟猶能庇其本根故君子以爲比況國君乎案此詩因葛藟而興又以葛藟爲比故毛傳以爲興左傳則以爲比凡全詩通例關雎若雎鳩之有別旋上如葛之曼延相連及竹竿如婦人待禮以成爲室家齊南山國君尊嚴如南山崔崔然山有樞如山隰不能自用其財綢繆若薪芻待人事而後束葛生喻婦人外成于他家晨風如晨風之飛入北林菁菁者莪如阿之長莪菁菁然卷阿猶飄風之入曲阿曰若曰如曰喻曰猶皆比也傳則皆曰興比者比方於物興者託事於物作詩者之意先以託事於物繼乃比方於物蓋言興而比已寓焉矣正義云緜緜然枝葉長而不絕者據傳文長下有而字文選南都賦注引毛傳與正義同爾雅釋水滸水厓傳所本也緜同說文作汻徐鉉云今作滸非是○傳云兄弟之道已相遠矣者以已釋終爲全詩終字通訓既辭傳又以終字釋既字終既已三字同義遠猶棄也兄弟九族之親也謂他人父者是卽遠棄也隱十一年左傳王與鄭人蘇忿生之田溫原絺樊隰郕欑茅向盟州陘隤懷君子是以知桓王之失鄭也案此十二邑皆在河厓桓王不能親撫之以與鄭人所謂謂他人父也鄭終不能有此十二邑其後襄王以田賜晉文公左傳倉葛曰此誰非王之親姻其俘之也又晉語陽人有夏商之嗣典有周室之師旅樊仲之官守焉其非官守則皆王之父兄甥舅也君定王室而殘其姻族民將焉放可知

河厓左右皆王族之世官邑矣

緜緜葛藟在河之涘〔傳〕涘厓也終遠兄弟謂他人母〔傳〕王又無母恩謂他人母亦莫我有〔疏〕釋丘厓岸涘爲厓傳所本也蒹葭大明同說文涘水厓也周書曰王出涘恩文正義引鄭注大誓云涘涯也僖元年公羊傳自南涘何注云涘水涯涯者厓之俗○傳云王又無母恩釋文恩下有也字正義以爲箋則誤也王於兄弟有父之尊又有母之親已相遠棄故云又無母恩也廣雅疏證云古者謂相親曰有謂他人母亦莫我有謂相親有也有猶友也故釋名云友有也相保有也案荀子大略篇云友者所以相有也亦謂相親有也毛傳多本荀子則此詩有自當作相親有解無傳者易曉耳

緜緜葛藟在河之漘〔傳〕漘水隒也終遠兄弟謂他人昆〔傳〕昆兄也謂他人昆亦莫我聞〔疏〕釋丘夷上洒下不漘郭注云洒謂涘也厓上平坦而下水涘者爲漘不發聲李注云夷上平上洒下陗下故名漘孫注云平上陗下故名曰漘義竝同案漘本依水厓爲名伐檀傳漘厓也此云漘水隒也者正謂水厓之上平洒下廣雅隒漘厓也是隒與漘皆得爲厓也○釋親晜兄也傳所本也郭注云今江東人通言晜說文弟部云周人謂兄曰䍃从眔弟䍃本字昆俗字䍃爲字詩述聞云聞猶問也謂相恤問也古字聞與問通上文曰亦莫我顧亦莫我有此曰亦莫我聞顧也有也聞也皆親愛之意也解者多失之

采葛三章章三句

采葛懼讒也

彼采葛兮一日不見如三月兮〔傳〕興也葛所以爲絺綌也事雖小一日不見於

君憂懼於讒矣〔疏〕與者采之爲言事也采葛采蕭采艾皆事之小者讒之進而事每始於細小故以爲喻采苓傳采苓細事也細事喻小行也采苓聽讒采葛懼讒義正同葛所以爲絺綌葛覃同傳云事雖小一日不見於君憂懼於讒矣者此總釋全章之義言其事雖甚細小然君子之於君一日不見已爲讒人所毀故憂懼及之葛爲絺綌蕭供祭祀艾以療疾此唯解物不言與意箋說會傳以小事專釋首章蕭喻大事艾喻急事因又申說之非是

彼采蕭兮〔傳〕蕭所以共祭祀一日不見如三秋兮〔疏〕爾雅蕭萩郭注云即蒿故下泉蓼蕭傳竝云蕭蒿也

正義引義疏云今人所謂萩蒿也或云牛尾蒿似白蒿白葉莖麤科生多者數十莖可作燭有香氣故祭祀以脂爇之爲香許慎以爲艾蒿非也說文蕭艾蒿也菻蕭也段注云此物蒿類而似艾一名艾蒿許非謂艾爲蕭也齊高帝云蕭即艾也乃爲誤耳案白虎通義引王度記云士以蕭庶人以艾是蕭艾二物矣周禮甸師祭祀共蕭茅杜子春云蕭香蒿也玄謂詩所云取蕭祭脂郊特牲云蕭合黍稷臭陽達於牆屋故既薦然後焫蕭合馨香合馨香者是蕭之謂也又郊特牲注云蕭薌蒿也染以脂合黍稷燒之薌與香通蕭有香氣故采之以供祭祀

彼采艾兮〔傳〕艾所以療疾一日不見如三歲兮〔疏〕爾雅艾冰臺郭注云今艾蒿孟子離婁篇猶七年之病求三年之艾也趙注云艾可以爲灸人病乾久益善是艾療疾也

大車三章章四句

大車刺周大夫也禮義陵遲男女淫奔故陳古以刺今大夫不能聽男女之訟焉〔疏〕三章皆陳古之詞

大車檻檻毳衣如菼〔傳〕大車大夫之車檻檻車行聲也毳衣大夫之服菼鵻也

蘆之初生者也天子大夫四命其出封五命如子男之服乘其大車檻檻然服毳冕以決訟豈不爾思畏子不敢〔傳〕畏子大夫之政終不敢〔疏〕大車大夫之車何注昭二十五年公羊傳云禮天子大路諸侯路車大夫大車士飾車是大夫之車曰大車古禮有明文矣此大車即墨車巾車大夫乘墨車鄭注云墨車不畫也覲禮侯氏裨冕乘墨車注云墨車大夫制也乘之者入天子之國車服不可盡同也案侯氏入天子之國裨冕如其命數之冕服所乘之車則皆墨車故此詩言子男入爲天子大夫仍服毳冕而其所乘之大車爲墨車無疑也正義以大車爲革路失之六帖十一引詩作大車轞轞五經文字云轞音檻大車聲詩風亦假檻字爲之○周禮司服子男之服自毳冕而下如侯伯之服冕謂冠毳謂衣是唯子男服毳衣也天子三公袞卿鷩大夫毳是天子大夫亦與子男同服毳衣故傳云毳衣大夫之服也周制子男五命冕服五章一曰宗彝二曰藻會二章也三曰粉米四曰黼五曰黻刺三章也天子大夫四命冕服四章當去黼而有黻會二章刺二章也蓋天子大夫與公之孤其四命左傳以黻冕命晉士會爲大傳此即公之孤禮器云諸侯黼大夫黻其義證矣鄭司農注周禮云毳罽衣也說文罽西胡毳布也毳獸細毛也獸細毛謂之毳以毳爲布謂之罽罽古罽字也考工記畫繢之事鳥獸蛇畫毳即畫獸也鄭注周禮意據彝有虎彝蜼彝故云毳畫虎蜼謂宗彝也特舉毳者以宗彝爲章首故也衣者連下裳也畫刺皆在裳說詳九罭篇菼鵻鵻當作騅爾雅菼騅也郭注云菼草色如騅在青白之閒傳蘆字乃萑字之誤箋菼薍也菼薍皆萑之類蘆則葦之類說文艸部⿱艹剡萑之初生一曰薍一曰騅或从炎作菼糸部⿰糹剡帛騅色也引詩作毳衣如⿰糹剡案⿱艹剡色如騅曰⿱艹剡帛色如騅曰⿰糹剡毛作菼三家作⿰糹剡狀衣之色則當以⿰糹剡爲本字菼爲假俗字說文又云緂白鱻衣皃緂與⿰糹剡同猶菼與⿱艹剡同矣書大傳云宗彝白也義正合云天子大夫四命其出封五命如子男之服者既釋經大車毳衣爲大夫之車服而又申明天子大夫命數之節也汪龍詩異義云出封指封爲諸侯其曰如子男之服者即典命加一等其國家宮室車旗衣服禮儀亦如之之如正謂王朝大夫出封爲子男乃得服毳冕也大夫出封始得服毳冕則此大夫

而言毳冕其爲子男入爲大夫可知故略而不言而箋則申之曰則是子男入爲大夫者義相接成也疏申傳義乃曰毛意以周禮出封謂出於封畿非封爲諸侯誤矣案汪說是也大宗伯四命受器鄭注王之下大夫亦四命五命賜則注王之下大夫四命出封加一等五命典命王之大夫四命及其出封加一等注四命中下大夫也出封出畿內封於八州之中加一等褒有德也大夫爲子男卿爲侯伯其在朝廷則亦如命數耳唐無衣傳一章侯伯之禮七命二章天子之卿六命毛於彼傳言天子之卿六命侯伯則七命於此傳言天子之大夫四命子男則五命正謂出封爲諸侯加一等非謂出封畿便加一等有明文矣鄭仲師治毛詩亦以五命出爲子男同康成說檻檻爲車行聲故云檕其大車檻檻然毳衣即毳冕故云服毳冕以決訟也序云聽男女之訟○經中不涉決訟一語傳云畏子大夫之政釋畏子二字所以補明經義也此章不敢下章不奔奔即序所謂淫奔也不敢不敢淫奔也傳云終不敢行露傳不女從終不棄禮而隨此彊暴之男兩終字義正同但彼專指女此兼說男女耳箋云此二句者古之欲淫奔者之辭我豈不思與女以爲無禮與畏子大夫來聽訟將罪我故不敢也子者稱所尊敬之辭

大車啍啍毳衣如璊（傳）啍啍重遲之貌璊赬也**豈不爾思畏子不奔**（疏）啍啍重遲之皃六書故引傳重遲皃無之字說文諄告曉之孰也讀若庉諄語諄諄也讀若行道遲遲段注云諄諄蓋猶鈍遲也許書諄諄連篆是諄有重遲意啍與諄同○說文璊玉經色也禾之赤苗謂之虋言璊玉色如之璊以毳爲罽色如虋故謂之璊虋禾之赤苗也引詩曰毳衣如璊經與赬通玉色如虋曰璊衣色如虋曰璊猶上章之以菼色作喻也毳爲獸故璊字從毛會意毳衣有赤色故璊聲讀如赤苗之虋毛作璊爲假借字三家作璊爲本字汝墳傳云赬赤也喪大記大夫以玄赬鄭注云赬赤也玄衣赤裳所謂卿大夫自玄冕而下之服也案諸侯大夫三命玄衣而纁裳此謂天子大夫其冕服上衣玄下裳赬赬者裳之一章耳傳以赬詁璊正與喪大記合書大傳云璪火赤也天子大夫有璪無火則赬者爲畫璪文以爲裳飾兩章如字皆作而字解玉篇璊數也或亦本三家詩義

穀則異室死則同穴謂予不信有如皦日（傳）穀生皦白也生在於室則外內異死

則神合同爲一也〔疏〕凡穀皆訓善唯此穀字與下句死字作對文故又訓生也正義云穀生釋言文內則曰禮始於謹夫婦爲宮室辨外內男不入女不出案此即傳生在於室外內異之說也箋云穴謂冢壙中也秦黃鳥同正義云檀弓曰合葬非古也自周公以來未之有改然則周法始合葬也案此即傳死神合同爲一之說也後箋云漢書哀帝太后丁氏崩上曰朕聞夫婦一體詩云穀則異室死則同穴附葬之禮自周興焉此西京詔書將以太后合葬定陶恭王而引此詩足知詩所陳者必夫婦之正禮又晏子諫下篇景公成路寢之臺逢於何欲葬其母於臺下願請命合骨晏子言之景公許之引詩云穀則異室死則同穴此亦謂是夫婦之正禮也○釋文皦本又作皎列女梁寡高行傳引詩及文選潘岳寡婦賦注引韓詩皆作皎皦皎皆白也傳文皦白二字今本疑誤衍在穀生之下謂予不信有如皦日此盟誓之詞左傳有如白水有如上帝有如日有如河有若大川有如先君覲禮注盟神必云日月山川焉者尚箸明也○案末章言夫婦有別終身不敢改適之意禮記大學篇子曰聽訟吾猶人也必也使無訟乎無情者不得盡其辭大畏民志是其義也箋云此章言古之大夫聽訟之政非但不敢淫奔乃使夫婦之禮有別以解穀則異室死則同穴二句是矣又云今之大夫不能然反謂我言不信我言之信如白日也刺其闇於古禮鄭以末二句正刺今而非陳古恐非也列女傳貞順篇楚伐息破之虜其君使守門將妻其夫人而納之於宮楚王出遊夫人遂出見息君謂之曰人生要一死而已何至自苦妾無須臾而忘君也終不以身更貳醮生離於地上豈如死歸於地下哉乃作詩曰穀則異室死則同穴謂予不信有如皦日息君止之夫人不聽遂自殺息君亦自殺同日俱死楚王賢其夫人守節有義乃以諸侯之禮合而葬之君子謂夫人說於行善故序之於詩此雖三家義而末二句即承上二句直下毛義當同也

丘中有麻三章章四句

丘中有麻思賢也莊王不明賢人放逐國人思之而作是詩也〔疏〕莊王平王孫桓王子也魯莊公十一年周莊王之末年春秋不書崩葬穀梁傳以爲志失天下是年齊桓公始霸益君子於東遷之後平桓之世尚冀復興西周盛業至莊王而降無復瞻顧矣賢

人皆放逐一姓不再興詩云人之云亡邦國殄瘁

丘中有麻彼留子嗟【傳】留大夫氏子嗟字也丘中墝埆之處盡有麻麥草木乃彼子嗟之所治彼留子嗟將其來施施【傳】施施難進之意【疏】留即春秋劉子邑漢書地理志河南郡緱氏劉聚周大夫劉子邑水經洛水注云合水北與劉水合水出半石東山西北流注于劉聚三面臨澗在緱氏西南周畿內劉子國故謂之劉澗蓋其地也攷桓十一年公羊傳古者鄭國處于留鄭滅鄶在春秋前隱十一年左傳王取鄔劉蔿邘之田于鄭杜注云河南緱氏縣西北有劉亭劉與留通王桓王也春秋之前爲鄭邑至桓王時爲周邑定王時劉康公始食采於劉其後子孫世有其采地劉夏劉卷皆是矣詩言留子嗟留子國是在桓莊之際留乃子國子嗟之采邑傳云留大夫氏者是其爲周之大夫以邑爲氏猶劉夏劉卷之比也云子嗟字也者子男子之美稱子有冠於字之上者如此篇子嗟子國及株林箋夏徵舒字子南是也子有繫於字之下者如十月之交箋聚子字是也○丘中高而不平故傳云丘中墝埆之處韓詩外傳豐膏不獨樂磽确不獨苦磽确與墝埆同云盡有麻麥草木者合下二章作訓而又云乃彼子嗟之所治蓋此詩本爲子嗟而作也正義云子國是子嗟之父俱是賢人不應同時見逐若同時見逐當先思子國不應先思其子今首章先言子嗟二章乃言子國然則賢人放逐止謂子嗟耳但作者既思子嗟又美其奕世有德遂言及子國耳故首章傳曰麻麥草木乃彼子嗟之所治是言麥亦子嗟所治非子國之功也二章箋言子國使丘中有麥著其世賢言著其世賢則是引父以顯子其意非思子國也卒章言彼留之子亦謂子嗟耳○將其來施施舊本當作其將來施四字正義其將來之時施施然甚難進而易退是孔所據經文本作其將也家訓書證篇詩云將其來施施韓詩亦重爲施施河北毛詩皆云施施江南舊本悉單爲施俗遂是之恐爲少誤是顏所見江南舊本皆單作施經言施傳則重言之云施施難進之意此猶桑柔旟旐有翩翩翩在路不息也邶鄘鼓有斁斁斁然盛也萬舞有奕奕奕然閑也同其句例詩三章章四句每句四字不應此句獨五字來施不作來施施而顏之推反爲江南舊本誤則非也說文暆

日行𧍒𧍒也傳施施與𧍒𧍒同

丘中有麥彼留子國（傳）子國子嗟父彼留子國將其來食（傳）子國復來我乃得食（疏）子國子嗟父留氏之子父子其食采於留世爲周大夫千旄傳云古者臣有大功世其官邑○將其亦誤倒箋其將來食正義故言子國其將來我乃得有食耳是舊本作其將也子國復來我乃得食以釋經來食之義來字逗謂賢者之來食謂思賢者之得食所謂饑渴待之也

丘中有李彼留之子彼留之子貽我佩玖（傳）玖石次玉者言能遺我美寶（疏）貽當依釋文作詒詒遺也說文玖石之次玉黑色者从玉久聲詩曰詒我佩玖讀若芑或曰若人句脊之句案石之次玉本傳訓黑色則又申傳說也木瓜李玖爲韻此子玖爲韻故玖同芑爲正讀或玖讀若句者佩有琚瑀所以納閒謂玖與琚瑀同類故同聲讀木瓜傳瓊玖玉石亦是琚瑀同類也玖是佩玉之名以比況留大夫之賢傳云言能遺我美寶靜女傳能遺我以古人之法能遺我法則句義相同

卷六終

長洲陳奐學

鄭緇衣詁訓傳弟七　毛詩國風

鄭國二十一篇五十三章二百八十三句 疏 漢書地理志鄭國今河南之新鄭本高辛氏火正祝融之虛也及成皋滎陽潁川之崇高陽城皆鄭分也本周宣王母弟友爲周司徒食采於宗周畿內是爲鄭鄭桓公問於史伯曰王室多故何所可以逃死史伯曰其濟洛河潁之閒乎子男之國虢會爲大恃勢與險崇侈貪冒君若寄帑與賄周亂而敝必將背君君以成周之衆奉辭伐罪亡不克矣桓公從其言乃東寄帑與賄虢會受之後三年幽王敗桓公死其子武公與平王東遷卒定虢會之地右雒左泲食溱洧焉案桓公友字多父周厲王子宣王弟也初受封邑於鄭京兆尹漢縣今陝西同州府華州城北有故鄭城是也其子武公掘突徙封國於新鄭河南郡漢縣今河南開封府新鄭縣西有故鄭城是也

緇衣三章章四句

緇衣美武公也父子竝爲周司徒善於其職國人宜之故美其德以明有國善善之功焉 疏 鄭武公以父桓公死犬戎之難繼爲周司徒與晉文侯定平王於東都王城立功稱職故國人以爲宜賦緇衣焉禮記緇衣篇云好賢如緇衣箋云司徒之職掌十二教善善者治之有功也

緇衣之宜兮敝予又改爲兮 傳 緇黑色卿士聽朝之正服也改更也有德君子宜世居卿士之位焉適子之館兮還予授子之粲兮 傳 適之館舍粲餐也諸侯入爲

天子卿士受采祿（疏）周禮考工記鍾氏五入爲緅七入爲緇鄭注云緅今禮俗文
作爵言如爵頭色也又復再染以黑乃成緇矣是緇爲黑色
也司服凡甸冠弁服注云冠弁委貌其服緇布衣諸侯以爲視朝之服詩國風曰
緇衣之宜兮案委貌玄冠也玄冠朝服爲諸侯視朝之服朝服以緇布爲衣故謂
之緇衣詩言緇衣本諸侯朝服傳以武公入爲周卿士故云卿士聽朝之正服也
箋云緇衣者居私朝之服天子之朝服皮弁服謂私朝卽卿士聽政之朝此申傳
說也論語鄉黨注鄭羔裘檜羔裘箋並以緇衣羔裘爲諸侯之朝服玉藻云羔裘
緇衣以裼之是緇衣爲裼衣裼衣者對加上衣而言也若諸侯視朝卽以緇衣爲
聽朝正服故玉藻孔子曰朝服而朝卒朔然後服之曰國家未道則不充其服焉
言朝服不襲也士冠禮主人玄冠朝服緇帶素韠玄端玄裳黃裳襍裳可也緇帶
爵韠特牲記特牲饋食其服皆朝服玄冠緇帶爵韠唯尸祝佐食玄端玄裳黃裳
襍裳可也皆爵韠案玄冠朝服有韠無裳玄端則士裳有玄黃襍之異鄭司農注
司服云衣有襦裳者爲端故樂記之端冕司服之素端左傳國語之端委穀梁傳
之委端冠端儀禮之冠端玄論語之端皆不連裳之稱也朝服連衣裳則不與玄
端同矣朝服如深衣袍制唯朝服有韠深衣無韠爲異耳任大椿弁服釋例云漢
以後天子朝服皆本深衣制度通典載漢明帝永平中議輿服冠通天冠服衣深
衣制有袍隨五時色梁劉昭續漢志注今下至賤吏小史皆通制袍單衣皂緣領
袖中衣爲朝服袍制卽深衣之連衣裳者也後漢馬援傳故孝文皇帝綈袍革舄
明帝紀注續漢表三老五更皆服絺紵大袍單衣皂緣鍾離意傳賜尚以下帷被
皂袍則漢時已以袍爲朝服矣袍色以皂則猶襲古緇衣之制○改更雙聲大東
傳庚續也古庚更通用傳意於緇衣知居卿士之位於敝又改爲知世居其位而
又釋經宜字之義謂必有德君子宜如是也王制云大夫不世爵使以德爵以功
○傳訓適爲之爾雅之往也訓館爲舍公劉同說文云館客舍也箋卿士所之之
館在天子之宮如今之諸廬也正義云考工記說王宮之制內有九室九嬪居之
外有九室九卿朝焉注內路寢之裏外路寢之表九室如今朝堂諸曹治事之處
也六卿三孤爲九卿彼言諸曹治事處此言諸廬正謂天子宮內卿士各立曹司
有廬舍以治事也粲餐爾雅釋言文粲爲餐之假借字餐食也狡童不能餐猶言
不能食矣伐檀不素餐猶言不素食矣郭璞云今河北人呼食爲餐釋文據傳作

飧非是餐飧音義皆姝書大傳古者諸侯始受封則有采地百里諸侯以三十里七十里諸侯以二十里五十里諸侯以十里其後子孫雖有皋黜其采地不黜使其子孫賢者守之世世以祠其始受封之人韓詩外傳入亦有其文案此采地當即湯沐邑采地與采祿不同諸侯本有采地在王朝若諸侯入爲天子卿士則又受卿士之采祿采地世采祿不世白虎通義京師篇諸侯入爲公卿大夫得食兩家采此則兼采地采祿言也周禮小都任縣地去王城四百里大都任畺地去王城五百里鄭以鄉之采地在小都公之采地在大都攷新鄭距王城三百餘里本在小都縣地之內故穀梁傳謂寰內諸侯武公入爲卿士無司徒三公之職更受采地之祿當在大都畺地之內傳以授粲爲受采祿箋云自館還在采地之都

緇衣之好兮敝予又改造兮〔傳〕好猶宜也**適子之館兮還予授子之粲兮**〔疏〕宜一國之人盡以爲宜也好一國之人皆以爲好也故云好猶宜也箋云造爲也

緇衣之蓆兮敝予又改作兮〔傳〕蓆大也**適子之館兮還予授子之粲兮**〔疏〕蓆大釋詁文朝服後袂大者言衣之大稱其德之大與一章宜二章好不同義也正義謂服緇衣太得其宜失之釋文引韓詩蓆儲也儲訓具與毛異說文云蓆廣多兼毛韓說

將仲子三章章八句

將仲子刺莊公也不勝其母以害其弟弟叔失道而公弗制祭仲諫而公弗聽小不忍以致大亂焉〔疏〕隱元年左傳鄭武公娶于申曰武姜生莊公及共叔段莊公即位請京使居之謂之京城大叔祭仲曰都城過百雉國之害也先王之制大都不過參國之一中五之一小九之一今京不度非制也君將不堪公曰姜氏欲之焉辟害對曰姜氏何厭之有不如早爲之所無使滋蔓蔓難圖也蔓草猶不可除況君之寵弟乎公曰多行不義必自斃子姑待之案此即序所云祭仲諫公弗聽也詩人皆言公距諫之詞與左氏傳合

將仲子兮無踰我里無折我樹杞（傳）將請也仲子祭仲也踰越里居也二十五家爲里杞木名也折言傷害也**豈敢愛之畏我父母仲可懷也父母之言亦可畏也**

（疏）將請雙聲正月同爾雅請告也是請猶告也時祭仲諫除段而莊公弗能聽呼祭仲而告勿傷害我兄弟此莊公距諫之詞也序言祭仲故傳知仲子爲祭仲也左傳或稱祭足或稱祭仲足或稱祭封人仲足祭氏仲字足其名也春秋桓十一年宋人執鄭祭仲公羊傳云祭仲者何鄭相也何以不名賢也祭仲不名仲杜元凱以爲名仲字足誤矣杜注云祭鄭地陳留長垣縣東北有祭城水經濮水出河南密縣大騩山酈注云東還陘山北山上有鄭祭仲冢案長垣鄭東境密西境封邑於東而卒葬於西其爲公墓之地與○說文踰逾也越與逾通里居古作凥今皆作居地官遂人五家爲鄰五鄰爲里是里二十五家也又大司徒五家爲比五比爲閭是郊內稱閭而郊外則稱里也家授五畝宅一里積百二十五畝周制葢以一夫及餘夫之田數定邑居之里數也說文𣂚斷也从斤斷艸今字通作折孟子曰無寓人於我室毀傷其薪木傳云傷害猶毀傷也正義引義疏云杞柳屬也生水傍樹如柳葉粗而白色木理微赤故今人以爲車轂今共北淇水傍魯國泰山汶水邊純杞也易姤九五以杞包瓜馬融注云杞大木也虞鄭注竝云杞柳趙注孟子告子篇云杞柳柜柳也一曰杞木名也詩云北山有杞案此引詩北山疑是南山之誤南山有杞見南山有臺篇或因杕杜北山兩篇有陟彼北山言采其杞之文而記憶之誤也然趙邠卿以南山北山之杞爲木名則非也後箋云詩言杞者凡七惟此言木名及小雅四牡之集于苞杞四月之隰有杞桋傳皆以爲枸檵其他如小雅杕杜之言采其杞南山有臺之南山有杞湛露之在彼杞棘北山之言采其杞皆無傳毛意葢以將仲子之杞首見於經而爾雅無明文故特言木名以別四牡之枸檵至四牡訓以枸檵則其後杕杜南山有臺北山之單言杞者當皆冡此傳而爲枸檵四月又傳者以杞桋連文桋爲赤楝叢生與杞爲枸檵之叢生者相配湛露與棘連文而不傳者以棘之叢生爲人所共知由棘可以知杞故無庸傳歟然則自四牡以後言杞者六當皆爲枸檵惟將仲子爲別木○畏我父母畏我父母之言也畏我諸兄畏我諸兄之言也故下接句云父母之言諸

兄之言猶末章畏人之多言下掍句云人之多言是其句例

將仲子兮無踰我牆無折我樹桑（傳）牆垣也桑木之衆也豈敢愛之畏我諸兄（傳）諸兄公族仲可懷也諸兄之言亦可畏也（疏）牆垣同義錫羽苞桑傳苞稹也此云木之衆卽稹之意也載師注宅不毛者罰以一里二十五家之泉謂宅不樹桑者也七月傳云微行牆下徑也五畝之宅樹之以桑〇云諸兄公族者鄭至莊公得國僅三世同父昆武族也同祖昆柦族也葛藟傳昆兄也

將仲子兮無踰我園無折我樹檀（傳）園所以樹木也檀彊忍之木豈敢愛之畏人之多言仲可懷也人之多言亦可畏也（疏）傳文樹木正義本作種木說文園所以樹果也在木曰果義同檀彊忍之木正義本作彊韌忍韌古今字釋文忍本亦作刃同正義引義疏云檀木皮正靑滑澤與繫迷相似又似駁馬駁馬梓榆故里語曰斫檀不諦得繫迷繫迷尚可得駁馬繫迷一名挈檻故齊人諺曰上山斫檀挈檻先殫後箋云傳於木必兼言其形性者自以取興所在故箋申之云無折我樹杞喻言無傷害我兄弟也然則所謂桑與檀者蓋皆以喻段可知桑以喻段之得衆所謂厚將得衆也檀以喻段之恃彊所謂多行不義也

叔于田三章章五句

叔于田刺莊公也叔處于京繕甲治兵以出于田國人說而歸之（疏）繕甲治兵厚且得衆弟叔失敎實由莊公故以爲刺莊公詩下篇大叔于田同

叔于田巷無居人（傳）叔大叔段也田取禽也巷里塗也豈無居人不如叔也洵

美且仁（疏）傳云叔大叔段者叔字段名也封之京城謂之大叔段其後出奔於共又謂之共叔段云田取禽也者何注桓四年公羊傳云田者蒐狩之總名也古者肉食衣皮服捕禽獸故謂之田義與傳同云巷里塗也者二十五家為里塗道也字當作涂說文𨙨部䢽里中道篆文作巷門部閎巷門也閈閭也汝南平輿里門曰閈閭里門也周禮五家為比五比為閭閭侶也二十五家相羣侶也爾雅衖門謂之閎郭注云閎衖頭門昭二十年左傳公孟有事於蓋獲之門外使華齊御公孟宗魯驂乘及閎中杜注云蓋獲衛郭門閎曲門中蓋郭門外有離邑每邑必有巷巷頭有門公孟歸入巷及門則此閎即里中巷門也襄三十一年子產使盡壞其館之垣而納車馬焉士文伯曰完客所館高其閈閎厚其牆垣子產曰門不容車而不可踰越是閈里中閎為里門高其閈閎謂即高其巷門史記孫叔敖傳楚民俗好庳車王欲下令使高之相曰臣請敎閭里使高其梱居半歲民悉自高其車蓋閭里門之下有梱梱即檻車入里門檻高則門亦高客館在巷子產壞館之垣當壞其巷門以納車馬也此皆里巷之制有可攷者

叔于狩巷無飲酒（傳）冬獵曰狩**豈無飲酒不如叔也洵美且好**（疏）冬獵曰狩四驂同車攻傳云夏獵曰苗春蒐夏苗秋獮冬狩爾雅釋天周禮大司馬隱五年左傳並同傳所本也桓四年穀梁傳春曰田夏曰苗秋曰蒐冬曰狩其云春田秋蒐取名各異又公羊傳春曰苗秋曰蒐冬曰狩何注云不以夏田者春秋制也說苑修文篇夏不田何也曰天地陰陽盛長之時猛獸不攫鷙鳥不搏蝮蠆不螫鳥獸蟲蛇且知應天而況人乎哉王制天子諸侯無事則歲三田鄭注云三田者夏不田蓋夏時也案說雖有異聞而狩為冬獵諸家悉同夏小正十有一月王狩春秋桓四年春正月公狩周正月夏十一月也車攻箋云狩田獵搏獸也春秋疏引月令章句云獵者捷取之名也

叔適野巷無服馬豈無服馬不如叔也洵美且武（疏）箋云郊外曰野公羊傳注云禮諸侯田狩不過郊蓋諸侯苑囿當在近郊叔適野者大叔居京是以都城之郊為野也

大叔于田三章章十句

大叔于田刺莊公也叔多才而好勇不義而得衆也(疏)釋文云好衍字

叔于田乘乘馬(傳)叔之從公田也執轡如組兩驂如舞(傳)驂之與服和諧中節

叔在藪火烈具舉(傳)藪澤禽之府也烈列具俱也襢裼暴虎獻于公所(傳)襢裼肉袒也暴虎空手以搏之將叔無狃戒其傷女(傳)狃習也(疏)釋文云叔于田本或作大叔于田者誤是也序言大以別上篇後人或於首章誤加之耳上篇于田無傳此云叔之從公田也者正義云下云襢裼暴虎獻于公所明公亦與之俱田故知從公田也嵩高傳云乘馬四馬也箾兮正義大叔于田云執轡如組謂段之能御車以御車似織組說段之用轡之伎故知爲實御案此正義是也本篇正義謂執轡如組非叔親自御之下言又良御忌乃叔身善御正義固不出一手矣箋云如組者如織組之爲也在旁曰驂小戎箋驂兩騑也文選曹子建應詔詩注引韓君章句兩驂左右騑驂正義云此經止云兩驂不言兩服知驂與服和諧中節者以下二章於此二句皆說兩服兩驂則知此經所云亦總驂服但馬之中節亦由御善以其篇之首先云御者之良既言執轡如組不可更言兩服理則有之故知如舞之言兼言服亦中節也○釋文正義本傳澤下皆有也字風俗通義山澤篇藪者澤也傳既釋藪爲澤而又申之云禽之府也者言禽以該獸也正義云藪澤亦禽獸之所藏故云禽之府釋文及宋庠國語補音引韓詩禽獸居之曰藪慧苑華嚴經音義淨行品引韓詩傳云澤中可禽獸居之曰藪文義與毛傳同周禮職方氏河南豫州其澤藪曰圃田車攻箋鄭有圃田卽此地也圃田在大叔京城之西今河南開封府中牟縣西北七里有圃田澤傳讀烈與列同火列列火也列古迾字周禮作厲鄭司農注山虞典祀並訓厲爲遮列卽遮迾也詩假作烈孟子滕文公篇益烈山澤而焚之言遮迾山澤而以火焚之也字亦假作烈具舉俱舉也節南山正月傳並訓具爲俱楚茨箋具皆也說文

皆俱詞也俱皆義相近詩作具者古文以為俱字○禮裼肉袒爾雅釋訓文說文膻肉膻也引詩作膻玉篇同禮郎膻之異體今字通作袒李郭注爾雅云脫衣見體曰肉袒小旻傳徒搏曰暴虎徒搏即空手以搏之也孟子盡心篇晉人有馮婦者善搏虎穆天子傳七萃之士高奔戎請生捕虎必全之乃生捕虎而獻之暴搏捕一語之轉公謂莊公也暴虎獻公言叔之勇也漢書匡衡傳鄭伯好勇而國人暴虎匡學齊詩與毛詩異將願也傳訓狃為習箋狃復也習復義相近將叔無狃戒其傷女此衆戒叔之詞言叔之不義而得衆也顏師古漢書注狃忕也國人愛叔故請之曰勿忕為之恐傷女也案顏說是也孔仲達以為公謂叔之辭恐非詩恉

叔于田乘乘黃（傳）四馬皆黃**兩服上襄兩驂鴈行叔在藪火烈具揚**（傳）揚揚光也**叔善射忌又良御忌抑磬控忌抑縱送忌**（傳）忌辭也騁馬曰磬止馬曰控發矢曰縱從禽曰送（疏）傳以四釋乘以馬皆黃釋黃黃為馬色遂以馬色為馬名凡四驪四鐵四駱四騏四騵皆其義也禮記襍記篇陳乘黃大路於中庭北輈鄭注覲禮曰路下四亞之覲禮注路下四謂乘馬也亦謂乘黃為四馬矣渭陽傳云乘黃四馬也上猶前也襄除也除猶去也兩服在前故云上襄兩驂在後故云鴈行文義正相對傳云揚揚光正義云言舉火而揚其光耳非訓揚為光也據正義本傳文衍一揚字揚猶舉也上章舉謂舉火此章揚謂揚火光火光也管子輕重甲篇齊之北澤燒火光照堂下尹知章注云獵而行火曰燒○忌訓辭辭當為詞箋忌讀如彼己之子之己忌己讀聲相似故竝為語詞傳云騁馬曰磬者磬讀為罄蓼莪傳罄盡也節南山傳騁極也極者至也是騁馬為馬所至也云止馬曰控者載馳傳控引也說文引開弓也開弓不發謂之引止馬不奔謂之控控之為言扣也夏官田僕凡田王提馬而走諸侯晉大夫馳注提猶舉也晉猶抑也使人扣而舉之抑之皆止奔也馳放不扣控與晉義相近正義云縱謂放縱故知發矢送謂逐後故知從禽

叔于田乘乘鴇（傳）驪白襍毛曰鴇**兩服齊首**（傳）馬首齊也**兩驂如手**（傳）進止如御者之手**叔在藪火烈具阜**（傳）阜盛也**叔馬慢忌叔發罕忌抑釋掤忌抑鬯弓忌**（傳）慢遲罕希也掤所以覆矢鬯弓弢弓（疏）驪傳純黑曰驪驪白襍毛謂黑馬發白色而閒有襍毛者是曰鴇馬色如鴇故以鳥命馬也正義云驪白襍毛鴇釋畜文郭璞曰今呼之爲烏驄孔所據爾雅作鴇五經文字云鴇音保見爾雅則張參所見爾雅本從馬作鴇矣爾雅釋文引說文鴇黑馬驪白襍毛今說文馬部無鴇疑出字林傳以首爲馬首齊首爲馬首齊手爲御者之手如手爲進止如御者之手驂馬有內外轡最難調習今如執轡者之手進止皆齊文與首章執轡如組句相應四鐵傳阜大此云阜盛各隨文訓盛者謂持火者盛也○慢釋文作嫚古侮嫚作嫚惰慢作慢其義皆不訓遲慢嫚皆[走曼]之假借字說文[走曼]行遲也因之凡遲皆可謂之[走曼]希罕釋詁文掤所以覆矢釋文下有也字今傳奪說文亦云掤所以覆矢也引詩抑釋掤忌左傳作冰昭十三年飲冰以蒲伏焉杜注冰箭筩蓋可以取飲又二十五年公徒釋甲執冰而踞杜注冰櫝丸蓋或云櫝丸是箭筩傳以弢弓釋鬯弓者鬯讀爲韔此假借也小戎傳韔弓室也弓室謂之韔亦謂之弢又謂之韔左傳右屬櫜韔又謂之韣禮記帶以弓韣皆是物也蓋韔弢本藏弓之器因之受藏於韔曰韔猶受藏於弢曰弢弢與弨聲相近箋云田事且畢馬行遲發矢希射者蓋矢弢弓

清人三章章四句

清人刺文公也高克好利而不顧其君文公惡而欲遠之不能使高克將兵而禦狄于竟陳其師旅翱翔河上久而不召衆散而歸高克奔陳公子素惡高克進之不以禮文公退之不以道危國亡師之本故作是詩也（疏）春秋閔二年冬十有二月狄入

衛鄭棄其師左傳云鄭人惡高克使帥師次于河上久而弗召師潰而歸高克奔陳鄭人爲之賦清人案魯閔公二年鄭文公之十三年也鄭衛連境其時狄人入衛鄭能修方伯連率之職救患恤同此一役也鄭可以霸乃徒尋君臣之小忿外爲救衛之師內遂逐臣之怨春秋譏其棄師不啻自棄其國矣此詩爲公子素所作漢書古今人表有公孫素與鄭文公高克列下上當是一人

清人在彭駟介旁旁(傳)清邑也彭衛之河上鄭之郊也介甲也**二矛重英**(傳)重英矛有英飾也**河上乎翺翔**(疏)清邑清人清邑之人高克所將兵衆也酈注水經渠水篇清池水出清陽亭西南平地東北流逕清陽亭南東流即故清人城也詩所謂清人在彭彭爲高克邑也故杜預春秋釋地云中牟縣西有清陽亭是也案今中牟縣屬河南開封府春秋隱四年及哀十一年之清即漢東郡清縣地與此清爲鄭邑無涉彭河上地名昭二十年左傳衛侯與北宮喜盟于彭水之上又哀二十五年初衛人翦夏丁氏以其帑賜彭封彌子彌子瑕食采於彭爲彭封人疑此即詩之彭彭爲衛邑與鄭連境故傳云衛之河上鄭之郊也正義云衛在河北鄭在河南恐狄渡河侵鄭故使高克將兵於河上禦之箋云駟四馬也介甲也小戎箋同僖二十八年左傳駟介百乘服杜注竝云駟介四馬被甲也釋文旁補彭反王云彊也說文騯馬盛也詩曰四牡騯騯段注云鄭風清人駟介旁旁葢許偁此而駟介轉寫譌四牡耳許所據旁作騯毛傳本有騯騯盛皃之語後逸之二章曰麃麃武皃三章曰陶陶驅馳皃則知首章當有騯騯盛皃矣○二矛無傳箋云酋矛夷矛本盧人酋矛常有四尺夷矛三尋爲說正義又本盧人攻國之兵欲短守國之兵欲長謂此禦狄于境是守國之兵用長互有夷矛與魯頌閟宮箋二矛備折壞兵車之法不數夷矛以申鄭說案考工記酋矛常有四尺崇於戟四尺謂之六等鄭司農注酋發聲直謂矛考工記言兵車六等但有矛而并無酋夷之別與盧人言六建者用有不同然詩言高克將兵正將兵車不當數夷矛二矛者亦是備折壞之意此與閟宮皆有二矛之文傳意不應分守國攻國致生異解也此言英閟宮言朱英兩英字亦無異解傳云矛有英飾者即箋所謂縣毛羽其色朱

也重英英飾有重言二矛皆有重
飾也韔驅傳云翱翔猶彷徉也

清人在消駟介麃麃〔傳〕消河上地也麃麃武貌**二矛重喬**〔傳〕重喬累荷也**河上**
乎逍遙〔疏〕消河上地未聞酌傳蹻蹻武皃麃蹻聲轉義通○重喬累荷累當作
絫荷當作何玄鳥傳何任也絫何猶負何釋文云沈胡可反謂兩矛
之飾相負何也正義云如重絫相負何然故謂之絫何也案上章重英矛有英
飾但釋經英字之義不釋重字此重喬絫何但釋經重字之義不釋喬字蓋喬
亦飾也箋喬矛矜近上及室題所以縣毛羽釋文云喬鄭居橋反雉名韓詩作
鷮題頭也室劒削名也方言云劒削自河而北燕趙之間謂之室此言室謂矛
頭受刃處也然則毛詩作喬爲借字韓詩作鷮爲本字謂以鷮羽飾矛也箋言
縣毛羽從韓說以申補毛義非與毛或異也陸孔皆謂毛讀喬爲橋訓高非是
釋文逍本又作消遙本又作搖說文新附逍遙徐鉉等云詩只用消搖此二字
字林所加今字消搖通作逍遙檜羔裘白駒同文選南都賦注引韓詩逍遙遊
也廣雅逍遙儴徉也逍遙謂之儴徉猶翱
翔謂之彷徉檜羔裘箋翱翔猶逍遙也

清人在軸駟介陶陶〔傳〕軸河上地也陶陶驅馳之貌**左旋右抽中軍作好**〔傳〕左
旋講兵右抽抽矢以射居軍中爲容好〔疏〕軸河上地未聞彭消軸三地皆相近
陶卽騊之假借說文騊馬行皃馬行
謂之騊重言騊騊古聲匋舀同騊騊之爲陶陶猶江漢滔滔風俗通義作江漢
陶陶之例祭義陶陶遂遂鄭注云相隨行之貌與傳驅馳之訓合○禮記少儀
軍尚左卒尚右鄭注云左陽也陽主生將軍有廟勝之策左將軍爲上貴不敗
績右陰也陰主殺卒之行伍以右爲上示有死志少儀言左右與詩左右同軍
尚左故傳以左旋爲講習兵事卒尚右故傳以右抽爲抽矢以習射抽矢以射
卽是講兵中事也正義引少儀軍尚左爲詩左旋之義是已其解右抽爲右手
抽射恐未是釋文抽說文作搯云抽刃以習擊刺也案說文引周書曰師乃搯
又引詩曰左旋右搯搯引也或作抽古抽與搯聲同箋云抽刃鄭與許合與毛

詩云抽矢以射字義皆不同而其爲講習兵事則又大同也大國三軍次國二軍小國一軍鄭爲次國不當有中軍且高克出師非全師以出者比故傳釋經中軍爲軍中作倒句法容儀容也周禮保氏六儀五曰軍旅之容鄭司農注云軍旅之容闞闞仰仰玄謂軍旅之容暨暨詻詻爾雅作爲也傳釋經作好爲爲容好唯是講習兵事而已與上兩章翺翔消搖同意

羔裘三章章四句

羔裘刺朝也言古之君子以風其朝焉(疏)昭十六年左傳鄭六卿餞宣子於郊子產賦鄭之羔裘宣子曰起不堪也此詩皆言古君子立朝之義故韓起辭不堪陳古刺今也

羔裘如濡洵直且侯(傳)如濡潤澤也洵均侯君也**彼其之子舍命不渝**(傳)渝變也(疏)傳文如字當衍濡潤澤也無衣傳澤潤澤也句法正同定本無如字可證傳云如雲言盛如雨言多如水言衆如雪言鮮絜如絲言調忍皆假他物作比方之詞如猶若也與此如字不同義洵均爾雅釋言文皇皇者華傳均調也韓詩外傳洵作恂侯君釋詁文有君國長民之責皆得稱君左傳吾君在壑谷是大夫稱君之義也釋文引韓詩云侯美也義亦相近○韓詩外傳二新序節士義勇篇及襄二十七年左傳引此詩作彼己之子其己聲同韓詩外傳云崔杼弑莊公合士大夫盟所殺者十餘人次及晏子晏子曰直兵推之曲兵鉤之嬰不之革也崔杼曰舍晏子晏子起而出援綏而乘其僕馳晏子撫其手曰麋鹿在山林其命在庖廚命有所懸安在疾驅安行成節然後去之詩曰羔裘如濡恂直且侯彼己之子舍命不渝晏子之謂也晏子襍上新序義勇偷作渝箋云處命不變謂守死善道見危授命之等此鄭用韓以申毛也管子小問篇語曰澤命不渝信也澤者釋之假借字舍釋古字通用渝變釋言文隱六年鄭人來渝平杜注左傳云渝變也

羔裘豹飾孔武有力(傳)豹飾緣以豹皮也孔甚也彼其之子邦之司直(傳)司主也(疏)禮記玉藻羔裘豹飾緇衣以裼之鄭注云飾猶褎也唐羔裘羔裘豹袪羔裘豹褎傳袪袂末也褎猶袪也褎在位卿大夫之服也此傳云豹飾緣以豹皮也者謂袂末緣以豹皮爲飾也弁服釋例云大夫羔裘豹袖固以不純用羔下於諸侯而豹亦飾之最盛者管子大匡諸侯之禮令齊以豹皮往小侯以鹿皮報齊以馬往小侯以犬報注往重報輕蓋幣以鹿皮爲重而豹皮又重於鹿皮故揆度篇令諸侯之子將委質者皆以雙虎之皮卿大夫豹飾列大夫豹襜注卿大夫上大夫也列大夫中大夫也然則非上大夫及中大夫且不得以豹爲飾矣孔甚汝墳小戎同○司職疊韻職謂之主故司亦謂之主主直者猶論語云主忠信也

羔裘晏兮三英粲兮(傳)晏鮮盛貌三英三德也彼其之子邦之彥兮(傳)彥士之美稱(疏)晏鮮雙聲云鮮盛者謂飾也晏兮猶如濡也英猶美也三英謂有三美德者三德之義當卽具在本經荀子富國篇古人爲之不然使民夏不宛暍冬不凍寒急不傷力緩不後時事成功立上下俱富而百姓皆愛其上人歸之如流水親之歡如父母爲之出死斷亡而愉者無它故焉忠信調和均辨之至也故君國長民者欲趨時遂功則和調累解速乎急疾忠信均辨說乎賞慶矣必先脩正其在我者然後徐責其在人者威乎刑罰三德者誠乎上則下應之如景嚮雖欲無明達得乎哉楊倞注云三德謂調和解累忠信均辨正己而後責人也或曰三德卽忠信調和均辨也奐謂楊氏二說俱非忠信一德也調和均辨一德也先脩正己又一德也夫是之謂三德傳意詩言三德當卽是首章洵直且侯之義洵一德也直一德也且侯又一德也夫是之謂三德釋洵爲均卽調和均辨之謂也釋侯爲君卽脩正在我之恉也直之爲忠信易曉耳蓋大毛公曾親炙荀子詁訓多從師說其云三德當於本經求其義正與荀子言三德意略相同說文妶美也粲與妶同賈逵注國語云粲美貌○爾雅釋訓美士爲彥故傳釋經之彥云士之美稱也

遵大路二章章四句

遵大路思君子也莊公失道君子去之國人思望焉

遵大路兮摻執子之袪兮（傳）遵循路道摻擥袪袂也無我惡兮不寁故也（傳）寁速也（疏）遵循聲近故同訓洪範遵王之道又云遵王之路是路亦道也正義引說文有摻字參聲訓斂今本手部佚摻篆傳詁摻爲擥者說文擥下云撮持也从手監聲盧敢切文選宋玉賦因稱詩曰遵大路兮攬子袪攬俗擥字凡袂布一幅四尺四寸中屈之爲徑二尺二寸而屬於衣是謂之袂中肘以前尺漸殺之則爲之袪徑尺二寸是謂之袂末袂末詳唐羔裘篇深衣之袂末又續緣廣寸半也長衣中衣之袂玉藻注云繼袂揜一尺若今褎矣冕服衣侈袂司服注云士之衣袂皆二尺二寸而屬幅是廣袤等也其袪尺二寸大夫已上侈之侈之者蓋半而益一焉半而益一則其袂三尺三寸袪尺八寸袪袂異材袪爲袂之口傳云袪袂渾言不別也○寁速爾雅釋詁文說文寁尻之速也疌疾也寁疌同聲速疾同義速訓疾又訓召行露傳速召也此傳速義自當訓爲召不寁故故故舊也謂吾君不召故舊之人也不寁好好婁好也謂吾君不召而婁好之也唐羔裘維子之故維子之好彼箋故爲故舊好爲婁好其義當同此所以刺莊公失道不能用君子君子去之而不可留釋文云故也一本作故兮後好也亦爾

遵大路兮摻執子之手兮無我魗兮（傳）魗棄也不寁好也（疏）魗當作𢿘釋文本亦作𢿘說文攴部云𢿘棄也引詩作無我𣪘兮𣪘卽𢿘也𢿘訓棄棄讀如棄予如遺之棄箋讀𢿘爲醜與上章同訓魗俗字

女曰雞鳴三章章六句

女曰雞鳴刺不說德也陳古士義以刺今不說德而好色也（疏）正義本義上有士字陳古士義

爲句

女曰雞鳴士曰昧旦子興視夜明星有爛(傳)言小星已不見也將翺將翔弋鳧與鴈(傳)閒於政事則翺翔習射(疏)曰語詞女雞鳴而起士昧旦而興旦明也昧明未全明也昧旦後於雞鳴時箋云此夫婦相警覺以夙興言不𦊅色也子謂君子也士之美稱此承士曰昧旦而言明星大星也爛猶爛爛也大星爛爛故小星已不見矣箋云明星尚爛爛然早於別色時東門之楊箋以明星爲大星也○翺翔以弋鳧鴈言君子之翺翔習射也傳必補明經義云閒於政事者君子夙興先行政事政事之閒然後習射習射以爲燕賓客皆所謂說德也下章即本此意而申言之箋云弋繳射也言無事則往弋射鳧鴈以待賓客爲燕具

弋言加之與子宜之宜言飲酒與子偕老(傳)宜肴也琴瑟在御莫不靜好(傳)君子無故不徹琴瑟賓主和樂無不安好(疏)弋言加之弋字承上文弋鳧與鴈而言言曰也亦語詞加加豆也周禮醢人加豆之實菭菹鴈醢既醉傳加豆陸產也鳧鴈皆陸產故弋之以爲加豆之實宜肴爾雅釋言文宜之爲言嘉也古宜嘉同聲若鳧鷖來宜與既嘉爲韻此其例矣上句言加既爲加豆之加則下句言宜當讀爲嘉肴之嘉故雅傳直詁宜爲肴釋經義非釋字義也賓之初筵傳肴豆實也宜言飲酒宜字亦即承上文與子宜之而言正義引李巡注爾雅云宜飲酒之肴也凡言酒必兼言肴正月彼有旨酒又有嘉肴賓之初筵籩豆有楚肴核維旅酒既和旨飲酒孔偕傳鳧鷖爾酒既多爾肴既嘉皆肴酒竝舉矣加肴飲酒所以燕賓客故下傳云賓主和樂無不安好也子君子謂主人言與子者賓與主人也偕俱也老言久也案此篇詩意皆蟬聯直下首章之子與二章兩與子三章三知子皆女謂士之詞箋以子爲賓客則與首章之子不同義矣○禮記曲禮篇士無故不徹琴瑟傳引之以釋經琴瑟在御句也鄭注云故謂災患喪病儀禮既夕禮有燕樂器注云與賓客燕飲用樂之器是琴瑟者即燕飲之樂器也又既夕記有徹琴瑟之

文注云去樂是有故徹無故則不徹也賓主和樂無不安好以釋經莫不靜好句賓主和樂象燕飲而言之也莫不無不也抑傳亦云莫無也鄭柏舟傳亦云靜安也白虎通義禮樂篇引詩傳曰大夫士琴瑟御隱五年公羊傳注引魯詩傳曰天子食日舉樂諸侯不釋縣大夫士日琴瑟武進臧鏞堂云此當屬鄭風琴瑟在御之傳也

知子之來之雜佩以贈之（傳）雜佩者珩璜琚瑀衝牙之類**知子之順之雜佩以問之**（傳）問遺也**知子之好之雜佩以報之**（疏）知讀爲相知之知知子與君子相知者也詩述聞云來讀爲勞來之來爾雅曰勞來勤也大東篇東人之子職勞不來毛傳曰來勤也正義曰以不被勞來爲不見勤故采薇序云杕杜以勤歸即是勞來也是古者謂相恩勤爲來此言來之下言順之好之義相因也箋讀來爲往來之來疏矣○子衿傳佩佩玉也佩所繫之玉謂之佩玉集諸玉石以爲佩謂之雜佩雜之爲言集也合諸玉石傳所謂珩璜琚瑀衝牙之類是也珩者說文珩佩上玉也所以節行止也从玉行聲晉語白玉之珩六雙韋注云珩佩上飾也珩形似磬而小楚語楚之白珩韋注云珩佩上之横者大戴禮保傅篇上有雙衡盧注云衡平也顏師古注漢書五行志中杜佑通典王應麟玉海引月令章句李注文選思玄賦引大戴禮並作雙衡新書禮篇亦作雙衡初學記器物部引三禮舊圖云凡玉佩上有雙衡衡長五寸博三寸又引魚豢魏略有雙衡案衡與珩通珩爲佩玉最上之名上有環環三組旁兩組各繫一珩據舊圖珩五寸雙珩與下雙璜相準行步下則雙璜與衡牙成聲上則珩與珩成聲采芑篇有瑲蔥珩傳瑲珩聲謂即雙珩之聲也周禮玉府共王之佩玉鄭注引詩傳佩玉上有蔥珩韋注晉語引詩傳上有蔥珩則所謂詩傳者三家釋采芑之蔥珩後儒因改大戴雙字爲蔥字三命則蔥珩也天子白珩諸侯有之僭也大戴言天子之珩不得爲蔥珩明矣璜者說文璜半璧也大戴禮下有雙璜盧注云半璧曰璜周禮注及國語注引詩傳曰下有雙璜賈疏云謂以組縣於衡之兩頭兩組之末皆有半璧曰璜故曰雙璜三禮舊圖云下有雙璜璜徑三寸典瑞駔圭璋璧琮琥璜之渠

綃鄭注云璜在足是斂尸之璜在人足亦猶佩玉之璜在組末也正義引列女傳阿谷之女佩璜而澣下韓詩外傳亦有其文琚瑀者說文琚佩玉石也瑀石之次玉者木瓜報之以瓊琚傳琚佩玉石有女同車佩玉瓊琚傳佩有琚瑀所以納閒木瓜既言瓊琚又言瓊瑤瓊玖上中有麻詒我佩玖公劉何以舟之維玉及瑤渭陽又言瓊瑰琚瑀瑤玖瑰皆美石無言珠者蔡邕月令章句佩上有雙衡下有雙璜琚瑀以襍之衡牙蠙珠以納其閒顏注五行志云玉佩上有雙衡下有雙璜琚瑀以襍之衡牙玭珠以納其閒案此即大戴保傅篇文也唯字稍有異耳琚瑀襍於上衡下璜故言衡璜即言琚瑀衡牙居雙璜之中央蠙珠又在衡牙之上則衡牙蠙珠在中組故周禮注引詩傳三禮舊圖皆云衡牙蠙珠以納其閒每連而言之是矣毛詩傳但言琚瑀而不及蠙珠三家詩傳但言蠙珠而不及琚瑀唯大戴禮備有之今本大戴作衡牙玭珠以納其閒琚瑀以襍之一本又脫衡牙二字皆瞀亂不可讀玭或作蠙盧注云總曰玭珠而赤者曰琚白者曰瑀則以琚瑀爲蠙珠續漢志引纂要琚瑀所以納閒今白珠也舊圖亦以蒼珠爲瑀皆踵盧氏之誤荀子賦篇云琁玉瑤珠不知佩也瑤謂琚瑀珠爲蠙珠釋名亦云佩倍也言其非一物有倍貳也有珠有玉或珠亦玉類唯形之圓好者爾衡牙者禮記玉藻佩玉有衡牙鄭注云居中央以前後觸也孔疏云中央下端縣以衡牙動則衡牙前後觸璜而爲聲所觸之玉其形似牙故曰衡牙皇氏謂衡居中央牙是外畔兩邊之璜以衡牙爲二物案皇說與鄭注同意衡以居中之玉而名牙以兩旁之玉而名非謂衡牙二物也盧注大戴禮云衡在中牙在傍此皇侃所本也大戴禮月令章句五行志注周禮玉府注引詩傳三禮舊圖竝以衡牙爲納閒三禮舊圖又云璜中橫以衡牙穆天子傳天子夾佩郭璞注云左右兩佩玉藻古之君子必佩玉右徵角左宮羽注君子士已上是天子至士皆左右佩玉矣佩玉有珩有璜又有琚瑀衡牙傳云之類其外尚有蠙珠也全詩兩言琚瑤玖一言瑰或舉中以晐上下或解一佩以贈或繫一玉以佩此詩乃舉佩玉之全者故云襍佩以贈之也○箋云贈送也正義云曲禮凡以苞苴簞笥問人者哀二十六年左傳衛侯使以弓問子貢皆遺人物謂之問故云問遺也

有女同車二章章六句

有女同車刺忽也鄭人刺忽之不昏于齊大子忽嘗有功于齊齊侯請妻之齊女賢而不取卒以無大國之助至於見逐故國人刺之(疏)桓六年左傳公之未昏於齊也齊侯欲以文姜妻鄭大子忽大子忽辭及其敗戎師也齊侯又請妻之逐辭諸鄭伯又十一年傳鄭昭公之敗北戎也齊人將妻之昭公辭祭仲曰必取之君多內寵子無大援將不立三公子皆君也弗從夏鄭莊公卒祭仲與宋人盟以厲公歸而立之秋九月丁亥昭公奔衛己亥厲公立是忽之見逐在魯桓公十一年矣忽既爲莊公大子莊公殁立未踰年卽爲祭仲所逐故鄭人刺忽微弱由失援於大國之助前日不昏於齊致啓後日爭鬩作追刺之詞齊女非文姜鄭志若張逸問誤正義駁之是矣

有女同車顏如舜華(傳)親迎同車也舜木槿也將翺將翔佩玉瓊琚(傳)佩有琚瑀所以納閒彼美孟姜洵美且都(傳)孟姜齊之長女都閑也(疏)經言同車傳云親迎同車以申明經義士昏禮主人爵弁纁裳緇袘從者畢玄端乘墨車從車二乘執燭前馬婦車亦如之有裧亦如之者謂士禮從車二乘執燭前馬壻婦皆同也此卽親迎同車之禮也鵲巢篇一章之子于歸百兩御之御迎也二章之子于歸百兩將之將送也傳諸侯之子嫁於諸侯送御皆百乘案此詩乃設言鄭大子忽親迎齊女當是諸侯親迎之禮女從者之車與壻從者之車其送迎百兩儀從亦皆相同正義引壻御婦車授綏爲與婦同車直指同一車者說不知壻御婦車不過御輪三周壻卽先驅士婦乘壻家之從車若大夫以上婦自乘其母家之車不同一車也或據下句言女之顏謂壻同車同行時所見云然尤違詩恉內則云女子出門必擁蔽其面又儀禮婦車有裧裧卽裧詩之帷裳也○說文蕣木堇朝華莫落者詩曰顏如蕣華詩作蕣今隸變作舜而又奪去艸頭耳高注

淮南呂覽李注文選神女賦齊民要術十御覽百卉部六引詩皆作蕣堇俗作
槿淮南時則注云木堇朝榮莫落樹高五六尺其葉與安石榴相似也是月榮
華可用作蒸也襍家謂之朝生一名蕣正義引義疏云舜一名木堇一名櫬一
名椵齊魯之閒謂之王蒸今朝生暮落者是也五月始華故月令仲夏木堇榮
月令注云木堇王蒸也○木瓜傳瓊玉之美者琚佩玉名經言琚傳言琚瑀上
篇傳云襍佩者珩璜琚瑀衝牙之類琚瑀爲石珩璜爲玉大戴禮保傅篇上有
雙衡下有雙璜琚瑀以襍之衝牙玭珠以納其閒玭一作蠙案上篇舉珩璜琚
瑀衝牙以釋襍佩此以琚瑀爲佩玉之納閒大戴禮於琚瑀言襍於衝牙言納
閒而納閒又有蠙珠以石集合玉謂之襍以石納玉閒謂之納閒其義本同也
此冡上篇而義互相足上篇正義引此傳琚瑀作琚玖者非善本也爾雅釋器
佩衿謂之褑郭注佩玉之帶上屬衿當作紟方言廣雅皆云佩紟謂之裎說文
紟衣系也綎系綬也綎與裎同禮記經解行步則有環佩之聲又玉藻孔子去
魯佩象環五寸列女傳貞順篇鳴玉環佩曹大家注云玉環佩佩玉有環此皆
佩玉有環之證也釋器環謂之捐佩玉之有環如車軾之有環大東詩鞙鞙佩
璲捐卽鞙鞙繫佩之組也凡佩玉繫於革帶其繫於帶之組謂之褑褑之言瑗
也瑗猶環也繫褑之組則有環環下垂爲三組其中組之末曰衝牙其左右組
皆上珩下璜衝牙在前後兩璜之閒琚瑀在上珩下璜之閒蠙珠又在中組之
閒故衝牙琚瑀蠙珠皆爲納閒也雙璜之下有綬綬有玄朱純綦緼青之等差
綬組爲左右組當較大於中組以中組貫蠙珠故也此佩玉納閒之說也舊說
納閒之玉玉藻孔疏云凡佩玉必上繫於衡下垂三道穿以蠙珠下端前後以
縣於璜中央下端縣以衝牙玉府賈疏云毛詩傳衡璜之外別有琚瑀其琚瑀
所置當於縣衡牙組之中央又以二組穿於瑀琚之內角斜繫於衡牙之兩頭
於組末繫於璜云蠙珠以納其閒者組繩有五皆穿珠於其閒故云以納其閒
據孔但有蠙珠無琚瑀其說固不足信賈以琚瑀在中組之中央又用五組邪
繫衡璜皆有蠙珠陳祥道禮書亦從周禮疏以繪圖其說亦非是近儒或謂蠙
珠居中琚瑀又貫於蠙珠之上下或又謂琚瑀居中蠙珠又納於琚瑀之上下
則中組一組但末縣一衝牙衝牙之上更無納閒之玉所謂衝牙蠙珠納閒者
義不可通也大戴禮云衝牙蠙珠以納其閒者就中組言之也毛傳云琚瑀以

納問者就左右組言之也其誤總以雙珩為一珩遂滋異說○孟姜齊之長女姜齊姓孟長也美都德音謂其賢也正義云齊女未必實賢實長假言其賢長以美之不可執文以害意也傳訓都為閑閑當作閒古嫺字楚辭大招比德好閒習以都只司馬相如上林賦妖冶閑都又楚語使富都那豎贊焉而使長鬣之士相焉臣不知其美也富都即美都也韋注云都閑也義與傳同都乃奲之假借字說文奢部奲富奲奲皃从奢單奲合二字會意奢張也單大也富奲奲言容貌之美大也玉篇奲寬大也丁可昌者二切丁可奲之轉猶都轉音讀如多也昌者奲之正猶都正音讀如者也

有女同行顏如舜英（傳）行行道也英猶華也**將翱將翔佩玉將將**（傳）將將鳴玉而後行**彼美孟姜德音不忘**（疏）傳文行一行字行露北風載馳鹿鳴行葦傳皆云行道也道者讀如道路之道同道者謂同此道路以至焉爾莊二十四年穀梁傳云迎者行見諸舍見諸此即同行之義也○爾雅釋言華皇也釋草蕍蒡華荂也華荂榮也木謂之華草謂之榮不榮而實者謂之秀榮而不實者謂之英郭注云今俗呼草木華初生者為芛音豬豬江東呼華為荂音敷案芛蕍榮荂竝與華同義木為華草為榮木堇月令言榮而詩言華詩上章言華而下章言英傳云英猶華者草亦曰華渾言無別耳出其東門傳云荼英荼荼亦榮而不實者故得評為英說文英艸榮而不實者是英為艸不為木也○采芑傳瑲珩聲也說文瑲玉聲也凡言玉聲其字當作瑲瑲今詩作將將俗字也楚辭注引詩作鏘鏘俗字終南句同大戴禮云上車以和鸞為節下車以佩玉為度詩言親迎同車正謂下車而行鳴其佩玉將將然故傳云鳴玉而後行也竹竿佩玉之儺傳儺行有節度是婦人佩玉亦行有節度矣

山有扶蘇二章章四句

山有扶蘇刺忽也所美非美然（疏）美讀如彼美孟姜之美上篇言應取不取此言不應取而取皆所以追刺忽之失援也何

以言之隱七年左傳陳及鄭平十二月陳五父如鄭涖盟壬申及鄭伯盟歃如忘洩伯曰五父必不免不賴盟矣鄭良佐如陳涖盟辛巳及陳侯盟亦知陳之將亂也鄭公子忽在王所故陳侯請妻之鄭伯許之乃成昏八年四月甲辰鄭公子忽如陳逆婦嬀辛亥以嬀氏歸甲寅入于鄭桓五年春正月甲戌己丑陳侯鮑卒再赴也於是陳亂文公子佗殺大子免而代之公疾病而亂作國人分散故再赴六年秋八月蔡人殺陳佗傳云陳厲公蔡出也故蔡人殺五父而立之案忽妻陳嬀之時陳亂已萌至蔡人殺佗之歲即忽救齊之年鄭陳雖外親姻而陳不足恃昭昭共見而忽又辭昏於齊鄭之爭端實始於此山有扶蘇猶有女同車也

山有扶蘇隰有荷華（傳）與也扶蘇扶胥小木也荷華扶渠也其華菡萏言高下大小各得其宜也**不見子都乃見狂且**（傳）子都世之美好者也狂狂人也且辭也（疏）釋文本傳文木上無小字小箋云無小字爲長呂覽及漢書司馬相如劉向楊雄傳枚乘七發許氏說文皆謂扶疏爲大木許氏扶作枎古疏胥蘇通用傳云荷華扶渠者以扶渠釋荷字華則連經文而言之故訓中多有此例又恐人誤以扶渠當華故申釋之云其華菡萏也澤陂一章有蒲與荷傳荷夫渠也三章有蒲菡萏傳菡萏荷華也彼傳以夫渠爲荷義與此同夫與扶同俗作芙蕖爾雅釋草荷夫渠其莖茄其葉蕸其本蔤其華菡萏其實蓮其根藕其中的的中薏說文菡菡藺也藺菡藺扶渠華未發爲菡藺已發爲夫容蓮扶渠之實也茄扶渠莖荷扶渠葉蔤扶渠本蕅扶渠根段注云今爾雅曰其葉蕸音義云眾家無此句惟郭有就郭本中或復無此句亦竝闕讀按無者是也高注淮南云荷夫渠也其莖曰茄其本曰蔤其根曰藕其華曰夫容其秀曰菡萏其實蓮蓮之藏者菂菂之中心曰薏大致與爾雅同亦無其葉蕸三字蓋大葉駭人故謂之荷大葉扶搖而起渠央寬大故曰夫渠爾雅假葉名其通體故分別莖華實根各名而冠以荷夫渠三字則不必更言其葉也荷夫渠之華爲菡萏菡萏之葉爲荷夫渠省文互見之法也段注又云爾雅以其本蔤系於荷扶渠

其莖茄之下者謂此乃全荷之本今俗所謂藕者是也蔤之言滅沒於泥中也以其根藕系於其華菡萏其實蓮之下者謂此乃華實之根凡華實之莖必借葉一莖同出似有耦然故下近蔤上近華莖之根曰藕本言其全根言其偏本在下根上於本下文的薏仍冢華實言之此作爾雅之精意也叔重列字次弟未得其解矣傳云言高下大小各得其宜也者以總下章釋義扶蘇松宜於山荷華游龍宜於隰宜以言不宜與所美之人實非美人小箋云高下謂山隰大謂扶蘇松小謂荷龍○子都世之美好者也孫奭孟子疏據傳文無也字孟子告子篇惟目亦然至於子都天下莫不知其姣也不知子都之姣者無目者也趙注云子都古之姣好者也引詩曰不見子都姣與美義同荀子賦篇閭娵子奢莫之媒也子奢即子都都古讀如奢楊注云都誤爲奢非傳以狂人釋狂狂人謂狂行之人也且訓辭辭當爲詞不見子都乃見狂且言不見子都乃見狂人猶下章云不見子充乃見狡童也且爲語已之詞無實義此傳爲全詩且字發凡也單言曰且連言之曰只且亦曰也且只且也且皆以二字爲語已之詞箋於出其東門訓且爲徂韓奕訓且爲多北風君子陽陽騫裳訓且爲此俱非傳義且有在句首者爲發語詞山有樞且以喜樂且以永日之屬是也且猶云姑且也且有在句中者爲語助詞終風終風且暴終風且霾之屬是也且猶云而且也故卷耳傳以且詁姑君子偕老傳以而詁且也此傳統釋之云且詞也且與徂同聲故詩又以徂爲語詞

山有橋松隰有游龍(傳)松木也龍紅草也**不見子充乃見狡童**(傳)子充良人也狡童昭公也(疏)釋文據詩作橋王肅讀橋爲喬故云高也鄭易橋爲槁呂覽先己篇百仞之松本傷於下而末槁於上鄭與呂合松易識之木傳因下龍草而連釋之也龍紅草龍一名紅草名也此與莪蘿蒿也作三句讀一例箋言放縱以釋經游字之義也管子地員篇五位之土其山之淺有龍與卉爾雅亦作龍云蘢天蘥又云紅蘢古其大者蘬龍古亦作蘢鼓郭注俗呼紅草爲蘢鼓語轉耳正義引義疏云一名馬蓼葉大而赤白色生水澤中高丈餘名醫別錄葒草一名鴻䓊如馬蓼而大生水傍陶注云此類甚多今生下溼地極似馬蓼甚長大詩稱隰有游龍本草圖經云葒草即水紅也今所在下溼地

皆有之似蓼而葉大竝謂紅草狀似馬蓼非卽馬蓼也與陸說異○子充猶子都故傳云良人也汪龍詩異義云孫毓謂傳以狡童爲昭公於義雖通不若箋指小人爲長其言亦是然以傳義求之疑傳文有誤也傳以章首二句爲反興則下二句義當接成且屈伸理對言伸必有屈傳釋子都爲美好子充爲良人正指君子則狂且狡童當指小人用舍失當反正對言合敘所美非美之義無由以狂且狡童目昭公也傳如以目昭公亦必於釋狂且下箸之不應於下章始言又上章解狂且之義而狡童之義於狡童篇釋之似此傳狡童昭公也係彼傳之文後脫誤移於此耳彼敘刺忽不與賢人圖事爲賢人指昭公之言故曰狡童昭公也昭公有壯狡之志傳以狡童之義在後總釋此因略而不言不然於此言其人於彼言其義傳文何襍碎乃爾彼此參校知不如是也案汪起潛以此傳文狡童昭公也五字爲狡童篇之義誤移於此汪說極是但以子都子充爲君子狂且狡童爲小人尚是箋義非傳義此與上篇同意刺忽之不取齊姜旣失彊齊之援以結亂陳之親故一章云不見子都乃見狂且傳狂狂人也狂人當指陳矦鮑公羊傳曷爲以二日卒之悈也何注悈者狂也齊人語二章云不見子充乃見狡童毛無傳狡童猶狂人也狡童當指陳佗公羊傳陳佗者何陳君也陳君則曷爲謂之陳佗絕也曷爲絕之賤也其賤柰何外淫也惡乎淫淫乎蔡蔡人殺之蓋陳桓公旣爲病狂之人不能足恃陳佗弒立亦淫亂之輩不能援救而忽反辭昏於齊以失大國之助是爲刺爾

蘀兮二章章四句

蘀兮刺忽也君弱臣彊不倡而和也疏詩二章皆言君臣倡和而刺在言外故昭十六年左傳鄭六卿餞宣子子柳賦蘀兮也

蘀兮蘀兮風其吹女傳興也蘀槁也人臣待君倡而後和叔兮伯兮倡予和女傳叔伯言羣臣長幼也君倡臣和也疏七月鶴鳴傳竝詁蘀爲落此云槁者槁謂未落各隨文訓云人臣待君倡而後

和者所以明興義也箋云槁謂木葉也木葉槁待風乃落興者風喻號令也喻君有政教臣乃行之言此者刺今不然○叔伯爲羣臣長幼之稱經中倡字卽家上文吹字倡予予倡予我我君也故傳以君倡釋倡予和女女和女爾爾叔伯羣臣也故傳以臣和釋和女風吹蘀槁君令臣行之義也箋謂倡和俱屬叔伯指羣臣言與上下文義不通

蘀兮蘀兮風其漂女（傳）漂猶吹也叔兮伯兮倡予要女（傳）要成也（疏）標有梅傳標落也標謂巳落漂謂未落故云漂猶吹也要亦和也要讀如樂記要其節奏之要凡樂節一終謂之一成故要爲成也

狡童二章章四句

狡童刺忽也不能與賢人圖事權臣擅命也（疏）箋云權臣擅命祭仲專也

彼狡童兮不與我言兮（傳）昭公有壯狡之志維子之故使我不能餐兮（傳）憂懼不遑餐也（疏）詩異義以山有扶蘇傳狡童昭公也五字爲此篇文是也詳山有扶蘇篇蓋傳旣釋狡童爲昭公又申說其義乃云昭公有壯狡之志也隰有萇楚傳洑洑壯佼也彼壯佼謂少好此壯狡謂剛愎狡佼字通而義異禮記月令養壯佼呂覽仲夏紀佼作狡高注云壯狡多力之士又呂覽禁塞云壯佼老幼大戴禮千乘云老疾用財壯狡用力竝與此壯狡義相近孔仲達以爲幼壯狡好非也○維爲也維子之故言爲子之故也唐羔裘句同玉篇唯爲也它家詩作唯毛詩皆作維維與爲古聲相同故義得相通凡維與爲同義者放此餐猶食也遑暇也不能餐謂不暇能食也

彼狡童兮不與我食兮（傳）不與賢人共食祿維子之故使我不能息兮（傳）憂不能息也（疏）我我賢人也傳云不與賢人共食祿者孟子萬章篇弗與共天位也弗與治天職也弗與食天祿也趙注云位職祿皆天之所以授賢者

而平公不與亥唐共之卽其義也息止也傳於不能息曰憂上章不能餐曰憂懼皆述賢人憂患之詞

褰裳二章章五句

褰裳思見正也狂童恣行國人思大國之正己也疏箋云狂童恣行謂突與忽爭國更出更入而無大國正之

子惠思我褰裳涉溱傳惠愛也溱水名也子不我思豈無他人狂童之狂也且

傳狂行童昏所化也疏箋云子者斥大國之正卿惠愛北風同愛相親愛也釋文褰本或作騫騫者假借字溱說文水經皆作溍說文溍水出鄭國水經溍水出鄭縣西北平地東過其縣北又東南過其縣東又南入於洧水酈注云溍水出鄶城西北雞絡陽下東南流歷下田川逕鄶城西南注於洧世亦謂之爲鄶水也又云自鄶溍東南更無別瀆不得逕新鄭而會洧也鄭城東入洧者黃崖水也蓋經誤證耳案善長以溍水從新鄭西南入洧而狂鄭城東入洧者爲黃崖水故水經洧水篇東過鄭縣南溍水從西北來注之酈注亦云洧水東與黃水合經所謂溍水非也方輿紀要云溱水出密縣境一名鄶水東北流至新鄭縣界與洧水合孟子離婁稱子產以乘輿濟人溱洧者溱洧水淺處爲人可濟涉之一證〇不我思言不思我也箋云言他人者先鄉齊晉後之荆楚玉篇引經傳皆作僮古童僮通傳釋狂童爲狂行童昏化爲也所化所爲也箋狂童之人日爲狂行此箋申傳也晉語童昏不可使謀童昏嚚瘖僬僥官師之所不材也韋注云童無智昏闇亂鄭注周禮司刺云惷愚生而癡騃童昏者廣雅釋詁僮惛狂癡也釋訓僮昏入疾也是童昏二字連文得義傳狂行童昏又四字連文得義童卽狂也童昏卽狂行之狀故詩有單言狂者如衆穉且狂乃見狂且狂卽此詩狂童之狂單言狂參言狂童無二義也玉篇僮幼迷荒者此依說文僮未冠之稱故以僮爲幼僮解之者皆沿其誤

子惠思我褰裳涉洧(傳)洧水名也子不我思豈無他士(傳)士事也狂童之狂也

且(疏)地理志潁川郡陽城陽城山洧水所出東南至長平入潁說文及杜氏釋例皆謂洧水出陽城山入潁水經洧水出河南密縣西南馬領山酈注云陽城山馬領之統目惟郡國志陽城縣有嵩高山洧水出則異源矣方輿紀要云洧水出河南府登封縣北陽城山逕禹州密縣又東流至新鄭縣合溱水為雙泊河又經長葛洧川鄢陵扶溝西華縣境而入於潁成十七年左傳諸侯伐鄭至於曲洧曲洧今開封府洧川縣地○古士事聲同其字作士其意為事此謂假借也東山祈父北山敬之桓傳同昭十六年左傳云子大叔賦褰裳宣子曰起在此敢勤子至於他人乎此釋上章豈無他人也又云子大叔拜宣子曰善哉子之言是不有是事其能終乎此言終事晉國釋下章豈無他士也傳以事詁士正用左氏說呂覽求人篇云晉人欲攻鄭令叔嚮聘焉視其有人與無人子產為之詩曰子惠思我褰裳涉洧子不我思豈無他士叔嚮歸曰鄭有人子產在焉不可攻也秦荊近其詩有異心不可攻也引詩以為將適秦荊則他士亦當為他事與上章箋義相合

丰四章二章章三句二章章四句

丰刺亂也昏姻之道缺陽倡而陰不和男行而女不隨(疏)白虎通義嫁娶篇禮男娶女嫁何陰卑不得自專就陽而成之故傳曰陽倡陰和男行女隨

子之丰兮俟我乎巷兮(傳)丰豐滿也巷門外也悔予不送兮(傳)時有違而不至者(疏)傳丰豐滿也也當作皃箋云面貌丰丰然豐滿此謂形容其面貌也字或作妦方言好或曰妦玉篇妦容好皃子謂壻也我我嫁者也士昏禮壻棨其車先俟于門外鄭注云俟待也門外壻家大門外謂御者代壻壻自棨其車先至於己家大門外以俟女之至也案詩言俟巷卽俟於門外傳正本禮經為

訓正義以門外爲婦家之門外其誤與箸篇同檀弓下曾子與客立於門側其徒趨而出曾子曰爾將何之曰吾父死將出哭於巷此門外爲巷之證也說文䢼里中道篆文作巷段注云巷今作巷○雲漢傳悔恨也士昏禮婦至主人揖婦以入主人謂壻也禮記昏義作壻是壻親迎而婦卽隨至也今壻俟門外而女乃違禮不至故刺之坊記子云昏禮壻親迎見於舅姑舅姑承子以授壻恐事之違也以此坊民婦猶有不至者東門之楊序云昏姻失時男女多違親迎女猶有不至者竝與此傳同傳蓋兼下章發義不送不行皆所謂違而不至也送讀如送子涉淇之送

子之昌兮俟我乎堂兮（傳）昌盛壯貌悔予不將兮（傳）將行也（疏）還猗嗟傳昌盛也此云盛壯盛壯謂容體各隨文訓士昏禮及寢門揖入升自西階是壻入寢門以俟寢門卽閨門也俟堂則堂在閨門以內宣六年公羊傳勇士入其大門則無人焉門者入其閨則無人焉閨者上其堂則無人焉俯而闚其戶方食魚飧此堂在閨門內之證王肅云升於堂以俟○將訓行行讀如有女同行之行箋將亦送也與上章同訓

衣錦褧衣裳錦褧裳（傳）衣錦褧裳嫁者之服叔兮伯兮駕予與行（傳）叔伯迎己者（疏）正義云婦人之服不殊裳而經衣裳異文者以其衣裳別名詩須韻句故別言之耳其實婦人之服衣裳連俱用錦皆有褧下章倒其文蘊傳衣錦褧裳互言之案孔說是也傳衣錦褧裳乃總括詩辭如說文東方昌矣犬夷咽矣風雨湝湝并二句爲一句其倒正同碩人傳云夫人德盛而尊嫁則錦衣加褧襌錦褧爲夫人嫁服此云嫁者之服宜謂夫人尊服矣鹽鐵論散不足篇古者男女之際尚矣嫁娶之服未之以記及虞夏之後蓋表布內絲骨笄象珥封君夫人加錦尚褧而已與毛傳合說詳碩人篇蓋此篇之意言亂始於夫婦之不謹上二章所以刺今時違禮者多然下之違禮由於上之失道故下二章所以陳古人君昏姻之道焉○傳云叔伯迎己者謂壻之從者也迎己者當不止一人故或評叔評伯旄丘叔伯爲大夫蘀兮叔伯爲羣臣則此叔伯義與之同

裳錦褧裳衣錦褧衣叔兮伯兮駕予與歸

東門之墠二章章四句

東門之墠刺亂也男女有不待禮而相奔者也

東門之墠茹藘在阪〔傳〕東門城東門也墠除地町町者茹藘茅蒐也男女之際近而易則如東門之墠遠而難則如茹藘在阪其室則邇其人甚遠〔傳〕邇近也得禮則近不得禮則遠〔疏〕傳云東門城東門也者鄭城西南溱洧之所經流唯城東門無水耳故城東門皆民人所居有墠有栗下篇又云出其東門也墠釋文正義本作壇正義云除地者謂之墠壇墠字異而作此壇字讀音曰墠葢古字得通用也釋名州國篇鄭町也其地多平町町然也與此傳云町町者同華嚴經音義世界品引韓詩傳云墠猶坦也義同茹藘茅蒐爾雅釋草文郭注云今之蒨也可以染絳說文蒐茅蒐茹藘人血所生可以染絳茹茅蒐也正義引義疏云一名地血齊人謂之茜徐州人謂之牛蔓瞻彼洛矣正義引鄭駁異義韎草名齊魯之閒言韎韐聲如茅蒐字當作韎陳留人謂之蒨士冠禮注今齊人名蒨爲韎韐案韎下韐字衍葢韎即茅蒐之合聲也茜蒨同正義云阪云遠而難則壇當云近而易不言而易可知而易省文也孔所據傳文近下無而易二字又傳文如茹藘在阪如宋本作以誤傳言近遠即挨下二句作訓云近則如東門之壇其室則邇也云遠而難則如茹藘在阪其人甚遠也○邇訓近室人席女上句言室下句言人互詞傳云得禮則近不得禮則遠者所以釋經則邇甚遠之意得禮不得禮本序說以申明經義也

東門之栗有踐家室〔傳〕栗行上栗也踐淺也豈不爾思子不我即〔傳〕即就也〔疏〕東門之栗與上章東門之墠正是一處古者家室必有場圃春夏爲圃秋冬則爲場墠即場也周禮序官場人注云場築地爲墠季秋除圃中爲之葢秋冬乃

嫁娶之候故詩人及時而生感也場圃側樹以木周禮謂之園圃將仲子傳云園所以樹木也栗栗木也此民居近於城郭往來道路所通故傳云栗行上栗也行道也襄九年左傳諸侯伐鄭杞人郳人從趙武魏絳斬行栗郎謂此也栗者婦人之贄故以取興踐淺釋言文踐讀與淺同行栗易取比淺室易窺衡門傳衡門橫木爲門言淺陋也淺即淺陋之意有淺家室言淺矣家室也有者乃狀其淺之之詞承上文其室則邇而言御覽果部一引韓詩云東門之栗有靖家室栗木名靖善也言東門之外栗樹之下有善人可與成爲室家也藝文類聚果部下靖作靜韓字義皆異○即就傳爲全詩通訓眡東門之日版簋竝云即就也豈不爾思子不我即二句承上文其人甚遠而言我室人自我也不我即言不能成禮以迎我也東門之日篇在我室兮履我即兮傳履禮也言我必待禮而相就也句義相同以刺當時男女不待禮而相奔之亂

風雨三章章四句

風雨思君子也亂世則思君子不改其度焉

風雨淒淒雞鳴喈喈傳興也風且雨淒淒然雞猶守時而鳴喈喈然既見君子云胡不夷傳胡何夷說也疏淒淒寒涼之意說文喈鳥鳴聲也重言喈喈又云湝湝寒也引詩風雨湝湝許幷二句爲一句湝湝爲寒聲本三家詩說傳云風且雨淒淒然風雨與亂世也云雞猶守時而鳴喈喈然雞鳴興君子不改其度也⊙胡訓何已見日月矣此可不傳定本無胡何二字夷說郉同王逸注楚辭九懷云夷喜也或三家詩夷與末章喜同訓也昭十六年左傳子游賦風雨杜注云取其既見君子云胡不夷

風雨瀟瀟雞鳴膠膠傳瀟瀟暴疾也膠膠猶喈喈也既見君子云胡不瘳傳瘳愈也疏詩小學云考說文無瀟字廣韻屋蕭韻皆有瀟字無瀟字毛詩風雨瀟瀟入聲音肅平聲音修在弟三部轉入弟二部音宵俗誤爲瀟見明時

詩經舊本作潚潚爲是羽獵賦飛廉雲師吸鼻潚率西京賦飛罕潚箾流鏑揺
攈思玄賦迅猋潚其勝我舊注潚疾皃與毛傳潚潚暴疾也意正相合案段說
是也潚潚猶肅肅也小星傳肅肅疾皃暴亦疾也終風傳暴疾也玉篇颯先篤
切颯颯雨聲古颯聲肅聲相通颯颯即潚潚也詩小學云廣韻引詩雞鳴嘐嘐
玉篇亦日嘐雞鳴也案此三家詩有作嘐嘐者毛詩作膠膠假借字膠膠爲雞
鳴聲故云猶喈喈也○瘳愈瞻卬同瘉古瘉字說文云瘉病瘳也瘳疾瘉也

風雨如晦雞鳴不已(傳)晦昏也**既見君子云胡不喜**(疏)如猶而也僖千五年公羊傳晦晝冥也云昏者晝冥之意爾雅所謂霿也

子衿三章章四句

子衿刺學校廢也亂世則學校不脩焉(疏)定本作刺學廢無校字 **青青子衿悠悠我心**(傳)青衿青領也學子之所服**縱我不往子寧不嗣音**(傳)嗣習也古者教以詩樂誦之歌之絃之舞之(疏)衿古字當作裣漢石經作青青子裣爾雅衣眥謂之襟孫郭注竝云襟交領也襟亦裣之異體說文云裣交衽也衽掩裳際而亦日裣者蓋自領及衽皆統稱爲裣家訓書證篇古者斜領下連於衿故謂領爲衿與說文合但斜領與方領不同禮記深衣曲袷如矩以應方鄭注云袷交領也古者方領如今小兒衣領案上常服服深衣應用方領故此傳釋衿爲領就深衣曲袷之制言之不必如斜領連及於交衽者矣衿爲領青衿爲青領重言青青者非一詞也箋云禮父母在衣純以青此引深衣文深衣謂衣緣或領緣亦青耳云學子之所服者後漢書儒林傳建武五年迺脩起太學服方領習矩步者委它乎其中馬援傳注引前書音義云頸下施衿領正方學者之服也衿領連言正與傳訓合子爲學子則我者詩人自我也上不與學若州長黨正之官徒廳虛設責學子者風上之意也○嗣與事聲義相同故嗣訓爲習傳云古者教以詩樂誦之歌之絃之舞之者以釋經音字之義絃當作弦

音謂詩樂也周禮瞽矇諷誦詩禮記樂記弦歌詩頌是誦歌弦三者皆播之以詩也樂師掌國學之政以教國子小舞內則十三舞勺成童舞象二十舞大夏舞亦與歌詩相應矣墨子公孟篇云或以不喪之閒誦詩三百弦詩三百歌詩三百舞詩三百案百讀爲陌陌猶通也墨子言不居喪則禮樂不廢其誦弦歌舞皆爲詩樂並與傳同知毛義甚古也寧猶何也寧不何不也釋文引韓詩子寧不詒音云詒寄也曾不寄問也鄭箋用韓說

青青子佩悠悠我思(傳)佩佩玉也士佩瓀珉而青組綬**縱我不往子寧不來**(傳)不來者言不一來也(疏)凡佩有事佩德佩經言佩傳中之云佩玉知非佩觿佩韘也經言青青當爲組綬及紟之色故傳引禮記玉藻文士佩瓀珉而青組綬知非佩大夫水蒼玉也玉藻一命黝珩一命謂士也此引士佩瓀珉者不命之士就學子而言瓀當依釋文作瑌如兖反作瓀者依禮記改之也說文瑌石次玉者从石耎聲珉禮記作玫說文珉石之美者从玉民聲玫一曰石之美者从玉文聲珉玫字異義同也禮記縕組綬鄭注云縕赤黃傳引作青組綬者或士縕青皆可用依經言青青故云青組綬耳鄭注云綬者所以貫佩玉相承受者也爾雅璲瑞也璲綬也郭注云即佩玉之組所以連繫瑞玉者因通謂之璲佩衿謂之褑郭注云佩玉之帶上屬案衿當作紟方言廣雅皆云佩紟謂之裎說文紟衣系也綬韍維也組綬屬也縌綬維也縌系綬也綎與裎同蓋佩玉必有組其系帶之組曰褑亦曰裎貫玉石之組曰綬秦曰縌○經言不來傳言不一來正義云準上傳則毛意以爲責其不一來習業

挑兮達兮在城闕兮(傳)挑達往來相見貌乘城而見闕**一日不見如三月兮**(傳)言禮樂不可一日而廢(疏)胡承珙云上經方云不來此傳不當言相見觀正義云故知挑達爲往來皃可識傳本無相見二字釋文挑達往來皃皃無相字此必陸氏本作往來皃傳寫誤皃爲見淺人復於見下加皃字耳挑兮初學記引作佻大東佻佻公子傳訓獨行此挑達訓往來者亦謂獨往獨來與韓詩大東傳嬥嬥往來皃同案胡說是也挑達雙聲連緜字又作岦達說文岦滑也達行不相遇也滑與行不相遇兩義皆即正義所謂乍往

作來之意○爾雅觀謂之闕說文云闕門觀也春秋定二年雉門及兩觀災新作雉門及兩觀何注昭二十五年公羊傳禮天子諸侯臺門天子外闕兩觀諸侯內闕一觀是觀亦臺也天子於門設臺於應門設兩觀諸侯於雉門設門觀魯用天子制故亦設兩觀他國但設門觀門觀卽門臺於此縣象魏焉所謂闕也桓九年公羊注云周城千雉又定十二年注云天子周城諸侯軒城軒城者缺南面以受過也說文韋部𩏑缺也古者城缺其南方謂之𩏑案缺其南方所謂軒城也鄭司農注周禮小胥云宮縣四面縣軒縣去其一面四面象宮室四面有牆故謂之宮縣軒縣三面其形曲缺南面之城謂之軒城猶缺南面之縣謂之軒縣是諸侯之城缺南面也𩏑與闕不同義𩏑卽缺字以城缺南面故其字從韋作𩏑與詩之闕爲縣象魏者不同詩城闕二字不連讀傳以乘城釋在城以見闕釋闕鄭侯國三門庫雉路其宮南面卽以宮垣爲城牆不象天子宮室四面有牆之制庫門之內爲雉門雉門有闕庫門爲宮之外門亦卽以宮之外門爲南城門城外謂之鄉有鄉學在焉襄三十一年左傳鄭人游鄉校論執政之然否者以此也乘登也學子登宮外門之城上以內望見雉門之闕闕縣象魏治教佊闕亦學校中之事見闕猶見禮樂也城制詳緜篇○不見不見禮樂也不見禮樂一日如三月之久是禮樂不可一日而廢者矣傳言此卽是上兩章厚望學子來習之意

揚之水二章章六句

揚之水閔無臣也君子閔忽之無忠臣良士終以死亡而作是詩也

揚之水不流束楚（傳）揚激揚也激揚之水可謂不能流漂束楚乎**終鮮兄弟維予與女無信人之言人實迋女**（傳）迋誑也（疏）揚激揚王風揚之水傳同不爲語詞不流流也此不警警也不盈盈也之例正言之不爲語詞反言之則下加一乎字以足之其義實同也若此篇不流束楚傳云可謂不能流漂束楚乎候人不濡其翼鵜在梁可謂不濡其翼

乎文王不顯亦世不世顯德乎執競不顯成康不顯乎其成功而安之也傳皆
下加一乎字以足其義詁訓中又有此例此詩人以水之激揚流漂東楚喻忽
政之亂促㦰泯其忠良故下文嘆寡兄弟也下章喻意同○終猶旣也旣已也
終鮮兄弟維予與女言忽於兄弟之道已寡恩信同心者維我與女而已女謂
忽子作詩者自謂所以閔忽之無臣卒以糾亾十月之交傳云親暱之臣心不
能已是其義也迋讀與誑同左傳昭二十一年子無我迋言子無我誑也定十
年是我迋吾兄言我誑吾兄也亦以迋爲
誑詩左傳多古文假借字說文誑欺也

揚之水不流束薪終鮮兄弟維予二人(傳)二人同心也**無信人之言人實不信**

(疏)予二人猶云予女二人耳不言女文不備也傳云同
心以申明經義謂予女二人有同心也不信猶誑也

出其東門二章章六句

出其東門閔亂也公子五爭兵革不息男女相棄民人思保其室家焉(疏)箋云公子
五爭者謂突再也忽子亹子儀各一也正義云桓十一年左傳曰祭仲爲公娶
鄧曼生昭公故祭仲立之宋雍氏女于鄭莊公生厲公故宋人誘祭仲而執之
日不立突將死祭仲與宋人盟以厲公歸而立之秋九月昭公奔衛己亥厲公
立是一爭也十五年傳曰祭仲專鄭伯患之使其壻雍糾殺之雍姬知之以告
祭仲祭仲殺雍糾厲公出奔蔡六月乙亥鄭世子忽復歸于鄭是二爭也十七
年傳曰初鄭伯將以高渠彌爲卿昭公惡之固諫不聽昭公立懼其殺己也弒
昭公而立公子亹是三爭也十八年傳曰齊侯師于首止子亹會之高渠彌相
七月齊人殺子亹而轘高渠彌祭仲逆鄭子于陳而立之服虔云鄭子昭公弟
子儀也是四爭也莊十四年傳曰鄭厲公自櫟侵鄭及大陵獲傅瑕傅瑕曰苟
舍我吾請納君與之盟而舍之六月傅瑕殺鄭子而納厲公是五爭也忽亦再
爲鄭君前以大子嗣立不爲
爭篡故唯數後爲五爭也

出其東門有女如雲(傳)如雲衆多也**雖則如雲匪我思存**(傳)思不存乎相救急

縞衣綦巾聊樂我員(傳)縞衣白色男服也綦巾蒼艾色女服也願室家得相樂

也(疏)女未嫁者之稱傳云如雲衆多也者衆多上當奪言字此釋經義非釋字訓也君子偕老如雲言美長也敝笱如雲言盛也韓奕如雲言衆多也傳皆有言字可證女子遭亂而出則男子散棄之衆多可知矣匪不也我民人也匪我思不我思也存讀推亾固存之存云思不存乎相救急者男女遭亂世失時配耦自相棄遺無有人焉思固存之不能相救於急難爲是可閔爾○正義引廣雅云縞細繒也王制殷人縞衣而養老鄭注云殷尚白而縞衣裳是縞衣白色也縞衣謂上衣綦巾爲下衣故傳以縞衣爲男服而綦巾爲女服云蒼艾色者蒼青也青如艾色是曰綦女子所服綦色之巾是曰綦巾說文綥帛蒼艾色也詩曰縞衣綥巾未嫁女所服或字作綦段注云許用毛說而以未嫁二字申毛意與謂夏小正八月玄校傳玄也者黑也校也者若綠色然婦人未嫁者衣也玉藻注綅蒼黃之色則校即綅也說文與小正傳同許所據毛詩作綥今經典皆通作綦箋綦綦文鄭謂巾上之文迻遰爲蒼艾色也綦文見小戎尸鳩傳聊願也傳與泉水素冠訓竝同云願室家得相樂也者丈夫生願有室女子生願有家室家二字即冡縞衣綦巾句言我民人願室家相保得以相樂序所謂民人思保其室家也員讀爲云正義云云員古今字助語詞也玄鳥箋員古文云字釋文及文選舞鶴賦東武吟注引韓詩作聊樂我魂韓君章句魂神也韓詩義異

出其闉闍有女如荼(傳)闉曲城也闍城臺也荼英荼也言皆喪服也**雖則如荼**

匪我思且縞衣茹藘聊可與娛(傳)茹藘茅蒐之染女服也娛樂也(疏)闉曲城李注文選鮑昭行藥詩引毛詩傳闉城曲是唐初本作城曲正義引說文闉闍城曲重門城曲二字正用傳訓蓋曲之言隈也城之隈處謂之闉闍即城門也爾雅釋言闍

臺也又釋宮闍謂之臺傳云城臺謂城門之臺玉篇闍城門臺是也闉爲城曲其上有臺謂之闍連言之則曰闉闍宣十五年公羊傳於是使司馬子反乘堙而闚宋城宋華元亦乘堙而出見之何注堙距堙上城具案何解非也堙與闉同以門作闉以土作堙堙卽包城臺而言韓詩外傳云於是司馬子反乘闉而窺宋城宋使華元乘闉而應之說文闉樓上戶也段注云許書無闉闍卽今闉字西京賦說神明臺曰上飛闥而仰眺西都賦說井榦樓曰排飛闥而上出此二闥皆樓上戶在高處故名之曰飛然則闉在高處可以眺望乘闉與乘堙一也天子南城門有臺故新序襍事五云天子居闉闕之中是矣鄭爲侯國無南城門其三面皆有城城皆有臺出其闉闍猶云出其東門耳箋泥城臺不得言出轉闉爲都非是○荼英荼有女同車傳英猶華也鴟鴞傳荼萑苕也彼言其皮可用此則言其華可比也今驗荻華色白用以楮茵若蘆華色不如荻之白此詩之荼謂萑華非葦華矣箋荼茅秀秀亦華也考工記鮑人之事望而眡之欲其荼白也吳語皆白常白旗素甲白羽之矰望之如荼韋注與鄭箋同云言皆喪服也者皆字卽冢上章衆多之意衆多喪服以喻相棄者衆多也邶谷風篇凡民有喪匍匐救之此章傳言喪服與上章傳言救急實本民喪相救作訓雖則如荼匪我思且言雖則衆多喪服如英荼然而無有思相救急我民人也且爲語已之詞○茹藘一名茅蒐今之蒨草詳東門之墠篇茹藘染草因之以爲所染之服名猶韎爲茅蒐所染之韋矣傳云女服未詳箋茅蒐染巾也鄭意謂女子之巾猶如男子之韎韐歟

釋文娛本亦作虞娛虞皆樂也

野有蔓草二章章六句

野有蔓草思遇時也君之澤不下流民窮於兵革男女失時思不期而會焉（疏）曾釗詩異同辨云按詩譜此爲厲公時詩厲公爭國兵革不息故詩人思遇時遇者諸侯未及期而相見也攷春秋莊公四年夏齊侯陳侯鄭伯遇于垂穀梁傳范甯集解云傳例不期而會曰遇遇者志相得也然則子儀君鄭時嘗與大國會遇矣但不能藉其力以定亂厲公又自櫟入兵革紛起故思邂逅有美之

一人以慰安厭亂之願而相偕於善道詩所詠者是也序云君之澤不下流君卽所美之人菑席當時牧伯又云民窮於兵革男女失時則原所以思遇時之故也鄭乃以爲思得男女會合之時失之左傳襄公二十七年鄭伯享趙孟於垂隴子大叔賦野有蔓草昭公十六年夏鄭六卿餞宣子於郊子齹賦野有蔓草則是詩非言男女會合審矣案曾說是也春秋書遇淸遇垂遇穀遇魯濟遇粱丘皆是不期而會有務德安民之遺故春秋善之無譏辭厲公之復歸於鄭在魯莊公十四年連年被兵不解與革不休故國人怨刺而作是詩序云民窮於兵革男女失時與上章序所云兵革不息男女相棄民人思保室家同意息兵革所以保室家也左傳鄭伯之享趙孟也爲弭兵還享故子大叔賦此以美趙孟趙孟以爲惠鄭六卿之餞韓宣也在郊餞設餞故子齹賦此以美韓宣韓宣以爲善兩引此詩並與序相合韓詩外傳傳曰孔子遭齊程本子於郯之閒傾蓋而語顧子路取束帛以贈子路曰昔者由也聞之夫子士不中道相見女無媒而嫁者君子不行也孔子引此詩亦取不期而會之義又與序正同也序爲刺詩而篇中無刺意故享餞皆賦之非以刺詩賦於盟會也他賦詩放此

野有蔓草零露漙兮（傳）興也野四郊之外蔓延也漙漙然盛多也**有美一人淸揚婉兮**（傳）淸揚眉目之閒婉然美也**邂逅相遇適我願兮**（傳）邂逅不期而會適其時願（疏）野有死麕燕燕干旄駉傳並云郊外曰野此云野四郊之外者謂國竟之通道期遇之草交也蔓古作曼曼訓長延長義相近正義云靈作零字故爲落也嫌靈無落義故云然孔所據詩本作靈字箋訓靈爲落靈者古文假借字釋文漙本亦作團文選謝靈運初發都詩謝玄暉京路夜發詩陸士衡苦寒行謝惠連詠牛女詩古襍體詩注引詩作團御覽地部二十作團顏師古匡謬正俗漙呂氏字林作⿱雨專案疑古本毛詩作專專爲團之假借字周禮大司徒注專圜也說文團圜也露上草成圜如珠是曰團重言之曰團團故傳訓盛多也葢曼草與諸侯之相連屬旄丘傳諸侯以國相連屬憂患相及如葛之曼延相連及是其義也靈露喻澤也曼草之靈露喻諸侯有澤及於四郊猶蓼蕭之靈露喻天子有澤及於四海皆是興義○傳文淸揚下奪婉兮二字武

進臧琳經義襍記云此傳當云清揚婉兮眉目之閒婉然美也下八字作一句讀以清爲目之美以揚爲眉上之美以婉兮爲清揚之美婉婉然今傳中無婉字是嫌於清揚爲眉目之閒矣此以經台傳時所刪玉篇面部云䀢於遠切眉目之閒美皃韓詩云清揚䀢兮是韓詩傳亦當云清揚䀢兮眉目之閒美皃與毛傳倒同案臧說是也但解揚爲眉上未盡善眉之上爲額額之際則不得云眉目之閒也君子偕老之清揚傳視清明也猗嗟清揚婉兮傳好眉目也又美目揚兮傳好目揚眉後箋云毛傳苟於清揚之揚兼眉言之者說文盱張目也張載注魏都賦盱衡曰眉上曰衡盱舉眉大視也李善引漢書音義曰盱衡謂舉眉揚目也此即毛傳好目揚眉之義因揚眉見目之美故經以美目爲揚傳欲見揚爲舉目之美故統言眉目之閒與好眉目耳說苑尊賢篇引詩作清陽婉兮說文陽高明也禮記注明者曰陽○案傳文邂逅下奪相遇適我願兮六字邂逅相遇適我願兮此傳複經句也二句作一氣讀不期而會適其時願此傳釋經義也八字亦作一氣讀序云思遇時思不期而會隱八年穀梁傳云不期而會曰遇是不期而會謂之遇非不期而會謂之邂逅也邂逅有適願之義穀梁傳又云遇者志相得也志相得卽詩所謂適我願也綢繆傳云邂逅解說也解說猶說懌亦是適我願之意義箸於綢繆於此則不爲邂逅發傳矣此經轉寫者刪去複句未盡遂誤以傳文不期而會四字專釋邂逅二字沿譌至今直以邂逅爲塗遇之通稱學者失其義久矣邂逅當依綢繆釋文作解覯淮南子俶眞篇孰肎解構人閒之事高注云解構猶合會也構與覯通

野有蔓草零露瀼瀼（傳）瀼瀼盛皃**有美一人婉如清揚邂逅相遇與子偕臧**（傳）臧善也（疏）蓼蕭傳瀼瀼露蕃皃盛與蕃義相近執競烈祖作穰穰廣雅䨴䨴露也說文水雨二部無漙𩅸瀼䨴字○左傳韓宣子曰孺子善哉吾有望矣傳訓臧爲善正用左氏釋詩之義

溱洧二章章十二句

溱洧刺亂也兵革不息男女相棄淫風大行莫之能救焉（疏）箋云救猶止也

溱與洧方渙渙兮（傳）溱洧鄭兩水名渙渙春水盛也士與女方秉蕑兮（傳）蕑蘭也女曰觀乎士曰既且且往觀乎洧之外洵訏且樂（傳）訏大也維士與女伊其相謔贈之以勺藥（傳）勺藥香草（疏）溱說文引詩作潧蹇裳一章蹇裳涉溱傳溱水名也二章蹇裳涉洧傳洧水名也是溱洧爲鄭兩水名矣水經洧水東過鄭縣南潧水從西北來注之酈注云洧水東逕新鄭縣故城中左傳襄公元年晉韓厥荀偃帥諸侯伐鄭入其郛敗其徒兵於洧上是也又東爲洧淵水春秋傳曰龍鬬於時門之外洧淵則此潭也今洧水自鄭城西北入而東南流逕鄭城南又潧水注云潧水又南懸流奔壑崩注丈餘其下積水成潭廣四十許步淵深難測又南注于洧詩所謂潧與洧者也然則潧入洧逕鄭城之西城南爲溱洧合流今謂之雙泊河鄭城西南皆溱洧所經溱小洧大故下文但言洧之外舉洧以該溱也釋文渙渙韓詩作洹洹音丸說文作汎汎音父弓反說文潧篆注云汎益沇之說沇沇與洹洹同地理志作灌灌亦當讀沇沇皆水盛沄旋之皃傳云渙渙春水盛也者御覽時序部十五引韓詩章句云洹洹盛皃也謂三月桃華水下之時至盛也案此篇毛義可據韓詩以明之○衆經音義卷二引字書云蔆與蕑同蔆蘭也引說文云蔆香草也今本說文蔆草出吳林山草上奪香字說文有蔆無蕑則詩之蕑當即蔆之或字地理志引詩方秉菅兮疑魯詩作菅故郭璞注中山經云蕑亦菅字本漢志也傳云蘭者陸義疏云蕑即蘭香草也其莖葉似藥草澤蘭廣而長節節中赤高四五尺漢諸池苑及許昌宮中皆種之可著粉中藏衣著書中辟白魚本草綱目以爲卽今省頭草是也炮炙論云大澤蘭卽蘭草小澤蘭卽澤蘭案釋蘭有此兩種與今之山蘭不同物蘭生於澤畔澤陂云彼澤之陂有蒲與蕑傳訓蕑爲蘭此詩之蕑亦當生於溱洧之旁故兩傳訓同釋文引韓詩云蕑蓮也蘭之通作蓮如瀾漣一字之例韓不謂荷蓮也管子地員篇五粟之土五臭生之薜荔白芷蘪蕪椒蓮五沃之土五臭疇生蓮與蘪蕪藁本白芷此皆以蓮作

蘭之證可以識毛韓蘭蓮同物矣御覽引韓詩章句云秉執也蕑蘭也當此盛流之時士與女衆方執蘭拂除邪惡鄭國之俗三月上巳之辰於此兩水之上招魂續魄除拂不祥案此兩蘭字皆當作蓮御覽地二十四妖異二香三北堂書鈔歲時三初學記歲時下藝文類聚歲時中六帖四通典禮十五漢書溝洫志注後漢書袁紹傳注續漢書禮儀志注竝引韓詩而詳略微異周禮女巫掌歲時祓除釁浴鄭注云歲時祓除如今三月上巳如水上之類釁浴謂以香薰草藥沐浴鄭亦本韓詩義○既且之且與且往之且不同義士曰既且言士曰既觀也山有扶蘇傳且詞也且往觀乎言姑往觀也卷耳傳姑且也御覽引韓詩章句云故詩人願與所說者俱往觀之訏大爾雅釋詁文方言訏大也中齊西楚之閒曰訏生民抑韓奕竝同洵訏且樂言洧水之外其地信廣大且以喜樂衡門泌之洋洋可以樂飢傳云洋洋廣大也文義相近釋文引韓詩作恂盱且樂云恂盱樂皃也訓異而意同伊維也謔戲謔也○勺藥香草勺藥不載於爾雅釋文引韓詩云離草也言將離別贈此草也韓詩釋經義不言勺藥爲何草正義引義疏云今藥草勺藥無香氣非是也未審今何草御覽藥部七引義疏云司馬相如賦云勺藥之和揚雄賦曰甘甛之和勺藥之羹勺藥人人食之也廣雅攣夷芍藥也王念孫疏證云攣夷卽留夷留攣聲之轉也張揖注上林賦云留夷新夷也新與辛同王逸注楚辭九歌云辛夷香草也郭璞注西山經云芍藥一名辛夷亦香草屬然則鄭風之勺藥離騷之留夷九歌之辛夷一物耳西山經云繡山其草多芍藥中山經句檷之山條谷之山洞庭之山竝云其草多芍藥則芍藥山草名醫別錄云芍藥生中岳川谷及邱陵陶注云出白山蔣山茅山最好白而長大餘處多赤與山經合則古之芍藥卽醫家之藥草芍藥也今人畦種之離騷所謂畦留夷者矣其根莖及葉無香氣而花則香故毛詩謂之香草猶蘭爲香草亦是花香莖葉不香也至司馬相如子虛賦勺藥之和揚雄蜀都賦甘甛之和勺藥之羹皆是調和之名陸氏引以證勺藥之草誤也案王說是也唯上章之蘭爲澤蘭其香在莖葉不必在華耳

溱與洧瀏其清矣〔傳〕瀏深貌士與女殷其盈矣〔傳〕殷衆也女曰觀乎士曰既且

且往觀乎洧之外洵訏且樂維士與女伊其將謔贈之以勺藥（疏）傳瀏湙皃皃當作也瀏訓爲湙非形容之詞釋文瀏湙也不誤文選南都賦注引韓詩瀏清貌是韓緣詩言清故形容爲清貌瀏瀏聲同說文瀏湙清也兼毛韓兩義如緇衣之蓆訓廣多亦兼毛韓兩義之例夏小正傳亦云殷衆也吳語其民殷衆齊策殷衆富樂皆殷衆連文○箋云將大也

卷七終

齊雞鳴詁訓傳弟八　毛詩國風

長洲陳奐學

齊國十一篇三十四章百四十三句疏漢書地理志云齊郡臨淄師尚父所封又云少昊之世有爽鳩氏虞夏時有季萴湯時有逢公柏陵殷末有薄姑氏皆爲諸侯國此地至周成王時薄姑氏與四國共作亂成王滅之以封師尚父是爲大公詩風齊國是也是齊初都臨淄其後兼有薄姑爲大國臨淄在今山東青州府治薄姑在今府北博興縣僖四年左傳管仲曰昔召康公命我先君大公曰五侯九伯女實征之以夾輔周室賜我先君履東至于海西至于河南至于穆陵北至于無棣案東海萊夷之地齊語通齊國之魚鹽于東萊韋注云東萊齊東萊夷也齊有東海爲有海邦諸夷之國猶魯頌所謂遂荒大東至于海邦也晏子對景公曰姑尤以西姑尤在今登萊兩府之地地理志東有甾川東萊琅邪高密膠東此就春秋已後言之矣至大河故瀆春秋初未改禹迹晏子曰聊攝以東杜注云聊攝齊西界也平原聊城縣東北有攝城今聊城屬山東東昌府聊城之去大河故瀆幾四百里齊語桓公築五鹿中牟蓋與牡丘以衞諸夏之地攷四邑皆在大河左右築之以禦戎狄非齊西境有此四邑也蓋穆陵南接魯無棣北接燕齊與魯燕爲周三公其封國皆連壤故管仲於南北舉齊境言之而東有東夷西有戎狄但舉海與河言之非建國之初即至東海西河也又齊語桓公既反侵地正封疆地南至于䲙陰西至于濟北至于河東至于紀酅案杜預注春秋莊三十年濟水歷齊魯界此云西至濟則在濟西所謂大朝諸侯於陽穀是其西境云北至河者無棣之上下皆大河故瀆之所經也然則齊封域在周禮職方幽州之域而西南及於兗焉

雞鳴三章章四句

雞鳴思賢妃也哀公荒淫怠慢故陳賢妃貞女夙夜警戒相成之道焉疏史記齊世家大公五世至哀公紀侯譖之周亨哀公徐廣以爲周夷王時而鄭譜以爲周懿王時釋文云警本又作敬詩陳古賢妃敬戒之詞也御覽蟲豸部一引韓詩云雞鳴讒人也韓與毛異

雞既鳴矣朝既盈矣傳雞鳴而夫人作朝盈而君作匪雞則鳴蒼蠅之聲傳蒼蠅之聲有似遠雞之鳴疏書大傳云雞鳴大師奏雞鳴于階下夫人鳴佩玉于房中告去也李奇注漢書杜欽傳引魯詩后夫人雞鳴佩玉告去君所列女傳賢明篇雞鳴樂師擊鼓以告旦后夫人鳴佩而去亦此意也此傳所謂雞鳴而夫人作也書大傳云然後應門擊柝告辟也然後少師奏質明于階下鄭注應門朝門也辟啓也此傳所謂朝盈而君作也先夫人者思賢妃之意○蒼青也蒼蠅卽青蠅也非實雞鳴故云似蠅聲細小故云似遠雞鳴御覽引薛君章句雞遠鳴蠅聲相似也毛韓訓同後箋云蠅雖不夜飛或人起驚觸或火光所照宿蠅亦有時羣飛作聲北方多蠅夜起每逢此景

東方明矣朝既昌矣傳東方明則夫人纚笄而朝朝已昌盛則君聽朝匪東方則明月出之光傳見月出之光以爲東方明疏傳云夫人纚笄而朝朝夫人之朝也云君聽朝朝君之朝也此卽易家人男正位乎外女正位乎內之義也碩人傳君聽朝於路寢夫人聽內事於正寢君路寢君之內朝也夫人正寢夫人所以聽內事卽左傳內宮之朝是也君與夫人各自有朝文義與此正同正義引列女傳魯師氏之母齊姜戒其女云平旦纚笄而朝則有君臣之嚴何休注莊二十四年公羊傳雞鳴纚笄而朝君臣之禮也又白虎通義嫁娶篇雞初鳴咸盥漱櫛縰笄總而朝君臣之道也是以妻朝夫見於漢人傳注當時外戚彊盛扶陽抑陰故以夫婦比君臣然非古也古人首重夫婦有男先乎女之義不聞有以妻朝夫之禮書大傳云然後夫人入庭立君出朝案夫人正寢在君燕寢之內庭卽夫人正寢之庭夫

人入庭立此傳所謂東方明夫人纚笄而朝也君出朝此傳所謂朝已昌盛君聽朝也書傳與詩傳皆合又案特牲饋食禮主婦纚笄注纚笄首服士昏禮姆纚笄女從者纚笄注纚屰髮笄今時簪也纚亦廣充幅長六尺此鄭本士冠禮男子之纚說婦人之纚也內則子事父母櫛縱笄總婦事舅姑如事父母櫛縱笄總男女未冠笄者櫛縱縱與纚同纚所以屰髮而又飾之以笄是謂之纚笄婦人與男子其笄或異而其屰髮之纚制同士妻始嫁及助祭皆用纚笄追師注云王后之燕居亦纚笄總而已據毛傳則夫人日視朝之服亦纚笄凡后夫人常服纚笄其盛飾副笄副不用纚而以編髮爲之見君子偕老篇○匪東方則明月出之光承東方明矣句猶上章匪雞則鳴蒼蠅之聲承雞既鳴矣句皆就夫人言也傳云見月出之光以爲東方明見者夫人之所見此即序云賢妃貞女夙夜敬戒相成之道也夙早也早夜謂東方未明時

蟲飛薨薨甘與子同夢（傳）古之夫人配其君子亦不忘其敬**會且歸矣無庶予子憎**（傳）會會於朝也卿大夫朝會於君朝聽政夕歸治其家事無庶予子憎無見惡於夫人（疏）螽斯傳薨薨衆多也彼言螽之衆多此乃言蟲飛之衆多耳伯兮傳甘猒也猒猒足言將早起也子謂君子也傳以古之夫人配其君子釋與子同夢義亦不忘其敬釋甘義箋云我猶樂與子臥而同夢言親愛之無已箋訓甘爲樂非傳之恉○經言會傳云會於朝承上章朝盈朝昌而言也云卿大夫朝會於君朝聽政此申釋會於朝之義也云夕歸治其家事此正釋經歸字之義也正義云成十二年左傳曰世之治也百官承事朝而不夕是於夕而不治公事故歸治家事也案魯語云公父文伯之母曰自卿以下合官職於外朝合家事於內朝外朝子將業君之官職焉內朝子將庀季氏之政焉韋注外朝君之公朝也內朝家朝也又云卿大夫朝考其職晝講其庶政夕序其業夜庀其家事而後即安韋注職任公之官職也並與傳義同○經文予子連文辭句不順矣疑予乃于之誤定本作與子憎亦誤也古本當作無庶予于憎與比予于毒寘予于懷胡轉予于恤皆上一字作予下一字作于句法

正同此句予字與上句予字對文立言予我也我夫人自謂也庶衆也衆卿大
夫也言無使衆卿大夫見憎於我此夙夜敬戒之詞傳云無見惡於夫人者無
使卿大夫見惡於夫人也惡卽經之憎字於卽經之于字夫人卽經之予字是
傳本作予于憎其義甚明箋庶衆也無使衆臣以我故憎惡於子鄭箋上與子
同夢作說非所據經作予子憎也但解憎謂憎君而與傳謂憎夫人文義不同
釋文云於夫人音符或依字讀者非正義云夫人謂卿大夫憎惡君是見惡於
卿大夫也陸孔依箋申傳實非傳義傳上
文三言夫人不應於此言夫人音符異讀

還三章章四句

還刺荒也哀公好田獵從禽獸而無厭國人化之遂成風俗習於田獵謂之賢
閑於馳逐謂之好焉疏孟子梁惠王篇云從獸無厭
謂之荒閑當作閒閒亦習也

子之還兮遭我乎猺之閒兮傳還便捷之貌猺山名竝驅從兩肩兮揖我謂我
儇兮傳從逐也獸三歲曰肩儇利也疏傳還便捷之皃當作便捷也三字釋文
作便捷皃皃正也之誤便之言疾也軍
得曰捷便捷者疾得之謂也淮南子兵略篇虎豹便捷熊羆多力與此便捷同
釋文引韓詩作嫙嫙好皃說文玉篇廣雅竝云嫙好也本韓詩好謂容好也漢
書地理志引詩作營水經淄水注亦作營猺地理志作嶩字亦作獿御覽獸部
二十一作猱竝字異義同說文猺山在齊地本毛詩也方輿紀要云猺山在臨
淄縣南十五里顏師古注漢書云齊詩作營之往也言往適營丘而相逢於嶩
山也案唐初齊詩早亾班習魯詩以營爲營丘或是相傳魯詩舊說顏云齊詩
不足據也又攷齊世家周亨哀公立其弟靜是爲胡公胡公徙都薄姑是胡公
都薄姑而營丘舊都遂爲田獵之地依顏說則詩當作在胡公以後矣與毛詩
序言哀公不合崔靈恩集注并以下章茂昌爲地名疑皆出魯詩○竝卽拼幷
字爾雅拼使也桑柔傳荓使也從逐雙聲爲訓驅從爲驅逐二字連文猶序馳

逐連文也言子之習於田獵遭我於峱使我驅逐復揖我以譽我也凡田獵必卑者馳逐尊者乃發射說文豣三歲豕肩相及也詩曰竝驅從兩豣兮後漢書馬融傳注引韓詩章句與毛同而許所據作豣或出諸齊魯也七月獻豣于公傳豕三歲曰豣周禮注引詩亦作肩彼言豕此言獸豕田豕也田豕亦是獸鄭司農庖人注野豕爲六獸之一故爾雅廣雅皆入釋獸歟廣雅亦云獸三歲爲肩晏子諫下篇公孫接一搏猏而再搏乳虎呂覽知化篇猶攫虎而刺猏高注云獸三歲曰猏猏猏皆俗字傳訓儇爲利者利猶閑也閑於馳逐也釋文引韓詩作婘婘好皃廣雅婘好也本韓詩

子之茂兮遭我乎峱之道兮（傳）茂美也**竝驅從兩牡兮揖我謂我好兮**（疏）茂美生民同美者謂習於田獵也

子之昌兮遭我乎峱之陽兮（傳）昌盛也**竝驅從兩狼兮揖我謂我臧兮**（傳）狼獸名臧善也（疏）昌盛猗嗟同盛者田獵之盛也大叔于田叔在藪火烈具阜傳云阜盛也兩盛字義同箋昌佼好皃還儇茂好昌臧六句一律與韓詩同而與毛詩異○爾雅狼牡貛牝狼其子獥絕有力迅爾雅言狼之牝者獨得狼名傳但云獸名不言牝者略也管子兵法篇八曰舉狼章則行山是狼爲山獸與詩遭峱驅狼亦合說文狼似犬銳頭白頰高前廣後正義引義疏云其鳴能小能大善爲小兒啼聲以誘人去數十步止其猛捷者人不能制雖善用兵者不能及也臧訓善善亦好也

著三章章三句

著刺時也時不親迎也（疏）古者親迎天子以下達士皆行之大明親迎于渭天子親迎也韓奕韓侯迎止于蹶之里諸侯親迎也周自文王及宣王時其禮不廢春秋隱二年九月紀裂繻來逆女譏不親迎厥後桓八年祭公逆王后于紀襄十五年劉夏逆王后于齊天子不親迎矣桓三年

公子翬如齊逆女文四年逆婦姜于齊宣元年公子遂如齊逆女成十四年叔孫僑如如齊逆女諸侯不親迎矣春秋正夫婦之始天子諸侯皆在所譏正義以箸三詩皆刺哀公則春秋之前哀公之世親迎之禮已廢矣詩人陳古義以刺今時亦春秋之譏也

俟我於箸乎而（傳）俟待也門屏之閒曰箸**充耳以素乎而尚之以瓊華乎而**（傳）素象瑱瓊華美石士之服也（疏）俟待靜女相鼠同於當作于下二章同箸今俗作著爾雅作宁釋宮門屏之閒謂之宁傳所本也李注云正門內兩塾閒名宁正門應門也應門內之兩塾閒即路門外之兩塾閒荀子大略篇天子外屏諸侯內屏禮也外屏宁在路門外兩塾閒內屏宁在路門內兩塾閒天子諸侯兩塾在路門左右此即人君宁立之處也士有二門外門謂之大門寢門在大門以內士喪禮陳一鼎于寢門外當東塾寢門外有東塾則有西塾可知釋宮屏謂之樹郭注云小牆當門中士家於寢門之內設屏屏閒可以宁立故亦謂之宁東方之日韓詩傳云門屏之閒謂之闔蓋闔亦在寢門內也寢門一曰閨門說文閨特立之戶故毛詩之箸三家詩作戶也鄭風丰篇俟我乎巷兮傳巷門外門者大門也士昏禮壻棄其車先俟于門外此俟巷之說也婦至主人揖婦以入及寢門揖入此俟箸之說也箋云待我於箸謂從君子而出至於箸君子揖之時箋亦言壻出婦從至於箸壻揖婦以入則箸爲壻家之箸也下庭堂同正義誤又案繁露質文篇昏禮逆于庭逆于堂逆于戶隱二年公羊傳注夏后氏逆於庭殷人逆於堂周人逆於戶戶即箸此或齊魯韓詩義以三代親迎禮分屬三章毛傳以爲首章言士親迎二章言卿大夫親迎卒章言人君親迎于箸于庭于堂歷陳其卑尊之次〇素象瑱淇奧傳云充耳謂之瑱天子玉瑱諸侯以石然則士以象矣士親迎爵弁纁裳緇袘其瑱以象爲飾楚語子張驟諫靈王王病之曰子復語不穀雖不能用吾憖寘之於耳對曰賴君用之也故言不然巴浦之犀犛兕象其可盡乎其又以規爲瑱也韋注云瑱所以塞耳言四獸之牙角可以爲瑱案子張以牙角皆可爲瑱瑱以塞耳故泛言以爲拒人規諫之喻與旄丘箋如見塞耳無聞知同意或謂諸侯盛飾亦用牙角之瑱誤矣蕩傳上訓尚尚與上通廣雅尚加也傳以瓊華

爲美石瓊爲美華爲石周禮形方氏無有華離之地杜子春注云離當爲䕘書亦或爲䕘案華亦䕘也華石䕘色之石木瓜之瓊琚瓊瑤瓊玖有女同車之瓊琚渭陽之瓊瑰毛傳皆謂之佩玉則此詩之瓊華與瓊瑩瓊英亦爲佩玉傳云士之服也者禮記玉藻云士佩瓀玟而縕組綬瓀玟石也是士佩玉用石乎鄭箋以詩三章素青黃爲縣瑱之紞而以瓊華瓊瑩瓊英爲瑱與傳異王肅申傳造以美石飾象瑱之說正義駁之是也

俟我於庭乎而充耳以青乎而尚之以瓊瑩乎而(傳)青青玉瓊瑩石似玉卿大夫之服也(疏)庭讀爲廷內之廷○傳以青爲青玉謂卿大夫青玉爲瑱也瑩與淇奧不同淇奧充耳琇瑩謂以琇爲充耳琇下之瑩當作虛義解彼傳云琇瑩美石也美石謂琇不謂瑩此傳云瓊瑩石似玉石似玉謂瑩不謂瓊此其義例也說文瑩玉色也一曰石之次玉者許兩說正足以發明兩詩傳義矣玉藻云大夫佩水蒼玉

俟我於堂乎而充耳以黃乎而尚之以瓊英乎而(傳)黃黃玉瓊英美石似玉者人君之服也(疏)堂爲人君路寢之堂與丰篇異○傳以黃爲黃玉謂人君黃玉爲瑱也淇奧篇說諸侯以石爲瑱則此黃玉爲黃色之玉上章青爲青色之玉皆石之似玉者唯天子用白玉瑱英者瑛之假借字說文瑛玉光也瑛本爲玉光引申爲石之似玉猶瑩爲玉色引申爲石之次玉其義同也玉藻云公侯佩山玄玉

東方之日二章章五句

東方之日刺衰也君臣失道男女淫奔不能以禮化也東方之日兮(傳)興也日出東方人君明盛無不照察也彼姝者子在我室兮在我室兮履我卽兮(傳)姝

者初昏之貌履禮也（疏）經以日月爲興傳云日出東方人君明盛無不照察也者所以明經之興義日喻人君之明照而盛察二字又與下章傳盛察義通爲互詞總釋也序云君臣失道男女淫奔傳正本序言君臣有道則下之人自無淫奔之男女此陳古刺今也文選宋玉神女賦顏延之秋胡詩陸機日出東南隅行曹子建美女篇注引韓詩章句詩人言所說者顏色美盛若東方之日也韓以日月喻女子與毛詩義異○靜女傳姝美色也此云初昏之皃者傳揆下在我室兮句以立訓也子女子我室壻室也履者禮之叚借字長發傳文云履禮也東門之墠傳云即就也就猶成也禮我猶我禮言我以禮而姝者始能成就此昏禮刺今之不能以禮化見衰

東方之月兮（傳）月盛於東方君明於上若日也臣察於下若月也**彼姝者子在我闥兮在我闥兮履我發兮**（傳）闥門內也發行也（疏）傳云月盛於東方以釋東方之月兮句君明於上若日臣察於下若月又象上章日明於東方爲訓亦互詞總釋也全詩中有上章合下章發傳者又有下章合上章發傳者此其例也十月之交傳云日君道月臣道亦以日月喻君臣明察者謂能以禮化之也○闥古字當作達說文門部無闥字內則天子之閣左達五右達五公侯伯於其中五鄭注云達夾室也江永釋宮增注謂此爲燕寢之制案達即闥也天子燕寢有左右房有左右夾室是謂之闥士燕寢東房西室其正寢亦左右房無左右夾室士二門大門與寢門也寢門之左右有塾其內設簾帷之制簾帷亦屏也是亦謂之闥傳云闥門內也釋文引韓詩傳云門屏之閒謂之闥是毛意以寢門左右塾爲闥韓以寢門內屏爲闥毛韓自指一處闥者本非門內之名闥在門內故傳亦門內釋之谷風畿在門中之臬楚茨祊爲門旁之祭傳皆以門內釋之是其義矣發訓行者言姝者必待禮而行也匏有苦葉傳云以言室家之道非得所適貞女不行非得禮義昏禮不成

東方未明三章章四句

東方未明刺無節也朝廷興居無節號令不時挈壺氏不能掌其職焉（疏）周禮挈壺氏下士六人於諸侯未聞

東方未明顛倒衣裳（傳）上曰衣下曰裳顛之倒之自公召之（疏）綠衣綠衣黃裳傳云上曰衣下曰裳彼以箸綠黃之義此以明顛倒之義故再釋之也荀子大略篇諸侯召其臣臣不俟駕顛倒衣裳而走禮也詩曰顛之倒之自公召之說苑奉使篇魏文侯遣倉唐賜大子衣一襲勅倉唐以雞鳴時至大子迎拜受賜發篋視衣盡顛倒大子曰趣具駕君侯召擊也引詩曰東方未明顛倒衣裳顛之倒之自公召之案此兩引詩以爲君召臣之節斷章取義耳其實詩之本意以未明見召爲失之太早序所謂興居無節號令不時也○召古詔字

東方未晞顛倒裳衣（傳）晞明之始升倒之顛之自公令之（傳）令告也（疏）晞者昕之假借字明之始升日始出也天保如日之升傳云升出也未昕猶未明也○令告爾雅釋詁文告與誥通

折柳樊圃狂夫瞿瞿（傳）柳柔脃之木樊藩也圃菜園也折柳以爲藩園無益於禁矣瞿瞿無守之貌古者有挈壺氏以水火分日夜以告時於朝不能辰夜不夙則莫（傳）辰時夙早莫晚也（疏）說文柳少楊也段注云楊之細莖小葉者曰柳采薇箋云柔謂脃脕之時柔脃與脃脕義同樊藩爾雅釋言文青蠅同版藩屏也桑扈屏蔽也藩屏蔽爲一義之申傳釋圃爲菜園者園亦藩也周禮大宰園圃毓草木鄭注云樹果蓏曰圃園其樊也載師注云樊圃謂之園是也藩園爲禁以柔脃之木爲之是無益於禁也傳言此以爲無守之者喻○狂夫謂無守之人檀弓瞿瞿如有求而弗得玉藻視容瞿瞿鄭注云不審貌與詩瞿瞿同傳云無守之皃者序所謂不能掌其職也周禮挈壺氏凡軍事縣壺以序聚㯹凡喪縣壺以代哭者皆以水火守之分以日夜鄭

注云以水守壺者爲沃漏也以火守壺者夜則火視刻數也分以日夜者異晝夜漏也漏之箭晝夜共百刻冬夏之閒有長短焉大史立成法有四十八箭賈疏云馬氏云漏凡百刻春秋分晝夜各五十刻冬至晝四十刻夜六十刻夏至晝六十刻夜四十刻鄭注堯典云日中者日見之漏與不見者齊日長者日見之漏五十五刻於四時最長也夜中者日不見之漏與見者齊日短者日見之漏四十五刻於四時最短也此與馬義異云大史立成法有四十八箭者此據漢法而言則以器盛四十八箭箭各百刻以壺盛水縣於箭上節而下之水水淹一刻則爲一刻四十八箭者蓋取倍二十四氣也案馬稱古制鄭從東漢曆法與司馬彪續漢書律曆志所紀二十四氣刻漏合王肅則異鄭同馬從古制也周禮言軍喪縣壺詩言居朝廷之事故傳引古者挈壺氏所掌之職又申之云以告時於朝者以刺今朝廷之不然爾雅不辰不時也此與四轍小弁卓轝抑傳竝訓辰爲時不能時失時也夙早釆蘇生民同莫晚抑同不早則晚承夜字而言夜謂未明未晞也通章皆言太早章末始言晚蓋有失之早者卽有失之晚者所以窮其無節之獘

南山四章章六句

南山刺襄公也鳥獸之行淫乎其妹大夫遇是惡作詩而去之【疏】桓十八年左傳云公會齊侯于濼遂及文姜如齊齊侯通焉公謫之以告管子大匡篇亦云會濼文姜通於齊侯案此卽淫妹之事則詩作在會濼之後矣前二章刺襄後二章并刺魯桓刺魯桓亦所以刺襄也敝笱刺文姜猗嗟刺魯莊公序意皆同

南山崔崔雄狐綏綏【傳】興也南山齊南山也崔崔高大也國君尊嚴如南山崔崔然雄狐相隨綏綏然無別失陰陽之匹魯道有蕩齊子由歸【傳】蕩平易也齊子文姜也既曰歸止曷又懷止【傳】懷思也【疏】南山屬齊風故傳云齊南山也齊南山卽孟子之牛山晏子諫上篇

云楚巫曰請巡國郊以觀帝位至于牛山而不敢登曰五帝之位在于國南請齊而後登之又云景公遊於牛山北臨其國城皆其義證崔高大皃重言崔崔南山喻國君崔崔以喻尊嚴之體玉篇云文行遲皃思佳切引詩作雄狐文文案毛詩用假借作綏綏有狐篇有狐綏綏亦文文也彼傳云匹行皃此傳所云相隨之義隨與綏古聲相近綏綏然相隨之皃以喻襄公之隨文姜無別失陰陽之匹南山崔崔一興也雄狐綏綏一興也下三章各自爲興○魯道自齊適魯之道蕩訓平易蕩猶蕩蕩也小弁踧踧周道傳踧踧平易也蕩踧聲轉而義同文姜稱齊子者猶云齊侯之子爲魯侯之妻也歸謂嫁也嫁於魯侯也懷訓思者言襄公之思文姜也

葛屨五兩冠緌雙止（傳）葛屨服之賤者冠緌服之尊者**魯道有蕩齊子庸止既曰庸止曷又從止**（傳）庸用也（疏）兩古緉字說文緉絞也方言緉緉絞也關之東西或謂之緉或謂之緛絞通語也郭注云謂屨中絞也五疑讀爲午五兩猶午絞謂屨綦也魏風葛屨之糾糾是也五兩爲屨飾猶雙爲冠飾歟說苑修文篇言親迎禮諸侯以屨二兩加琮大夫庶人以屨二兩加束脩二曰某國寡小君使寡人奉不珍之琮不珍之屨禮夫人貞女夫人受琮取一兩屨以履女是古者親迎有納屨二兩以一兩履女之儀故詩人以葛屨爲喻五兩非十枚於親迎禮無聞冠緌尊飾內則冠緌纓鄭注云緌纓之飾也孔疏云結纓頷下以固冠結之餘者散而下垂謂之緌據此孔說則纓緌一物張惠言儀禮圖云疑緌者別爲絲組既結纓乃箸於纓之兩端玉藻疏云惟績緌爲異其青組纓與士同是孔亦以緌纓爲二物矣又玄冠紫緌注云緌當用繢諸侯玄冠丹組纓而緌當用繢則鄭亦以纓緌爲二矣案檀弓喪冠不緌玉藻大帛不緌注皆謂凶服去飾此亦纓緌異材之證昏禮主人玄端迎于門外鄭注云主人女父也文姜嫁時齊僖公尚在則僖公爲主人服玄端歟玄端玄冠冠有二組屬於冠卷結於頷下垂緌以爲飾詩言雙止雙之爲言絞也雙與緌同止語詞也此謂文姜始嫁時昏禮之備服飾之盛何等鄭重傳云服之賤者服之尊者亦但就葛屨冠緌賤與尊各有其耦以設喻爾○庸卽上

章之由由亦用也孟子盡心篇山徑之蹊閒介然用之而成路正與此傳用字義合從猶隨也

蓺麻如之何衡從其畝傳蓺樹也衡獵之從獵之種之然後得麻**取妻如之何必告父母**傳必告父母廟**既曰告止曷又鞫止**傳鞫窮也疏說文埶種也从坴丮持種之引詩我埶黍稷今通俗作蓺作藝傳訓蓺為樹又云種之然後得麻則蓺樹皆種也種當作種衡獵之從獵之以釋經衡從其畝句獵與躐通衡者橫之假借字禮記坊記引詩作橫衡從釋文引韓詩作橫由云東西耕曰橫南北耕曰由衆經音義卷三引韓詩作從橫其畝傳曰南北曰從東西曰橫又卷二十四作東西曰廣武進臧鏞堂云廣卽橫之譌此皆所見本異也毛韓意同小箋云賈思勰齊民要術曰凡種麻耕不厭熟縱橫七徧以上則麻無葉也此正合毛說案衡從其畝然後蓺麻以興告父母廟乃可取妻○經言告父母傳必云告父母廟者據下句既曰告止為取文姜而言之也春秋桓三年秋公子翬如齊逆女九月齊侯送姜氏于讙公會齊侯于讙夫人姜氏至自齊冬齊侯使其弟年來聘是魯桓取文姜父母既歿所告當是父母廟非告父母也正義引曲禮齊戒以告鬼神昭元年左傳圍布几筵告於莊共之廟而來以明取妻自有告廟之法又文王世子五廟之孫祖廟未毀雖為庶人冠娶妻必告此亦取妻告廟之義證與傳義相發明也鞫訓窮言夫道窮也

析薪如之何匪斧不克傳克能也**取妻如之何匪媒不得既曰得止曷又極止**傳極至也疏克能爾雅釋言文隱元年穀梁傳亦云克者何能也析薪待斧以興取妻待媒○伐柯傳云媒所以用禮也極訓至言至于窮也

甫田三章章四句

甫田大夫刺襄公也無禮義而求大功不脩德而求諸侯志大心勞所以求者

非其道也疏襄公於魯桓公十五年卽位會艾定許始有主盟之志於後叙鄭子亹納衛惠公遷紀圍郕見於春秋經傳者皆其求諸侯之事也

無田甫田維莠驕驕傳興也甫大也大田過度而無人功終不能獲無思遠人勞心忉忉傳忉忉憂勞也言無德而求諸侯徒勞其心忉忉耳疏上田字讀如甸信南山傳云甸治也甫大爾雅釋詁文車攻傳亦云甫大也大田傳莠似苗也說文莠禾粟下揚生莠也莠草挺出直上非若禾粟向根下垂故曰揚驕驕者揚之意法言脩身篇作維莠喬喬本三家詩傳云大田過度而無人功以釋田甫田句無發聲正義云周禮授民田上地家百畮中地家二百畮下地家三百畮謂其人力堪治故禮以此爲度過度謂過此數而廣治田是也云終不能獲以釋維莠驕驕句田大田而有莠以興無德而求諸侯終無得也鹽鐵論地廣篇今中國弊落不憂務在邊境意者地廣而不耕多種而不耨費力而無功詩云無田甫田維莠驕驕其斯之謂與三家詩與毛詩合○遠人謂諸侯也爾雅忉忉憂也詩言勞心故傳云憂勞防有鵲巢檜羔裘忉忉同說文無忉字傳云言無德而求諸侯徒勞其心忉忉耳求諸侯釋經思遠人之義則傳以無爲發聲宋本此十四字羼入箋語今據正義本訂正箋意不以無爲發聲

無田甫田維莠桀桀傳桀桀猶驕驕也無思遠人勞心怛怛傳怛怛猶忉忉也疏桀桀與驕驕同意故云猶驕驕也桀桀者卽揭揭之假借碩人傳揭揭長也怛怛亦憂勞之意故云猶忉忉也匪風傳怛傷也

婉兮孌兮總角丱兮未幾見兮突而弁兮傳婉孌少好貌總角聚兩髦也丱幼穉也弁冠也疏傳云婉孌少好兒者少好卽是幼穉也說文引詩婉兮嫡兮孌籀文嫡婉嫡竝訓爲順本三家詩云總角聚兩髦者總爲聚角爲兩髦與眡總角不同葢男子未冠拂髦女子未笄總角其制略相似此總角乃男子未冠之服故傳以爲聚兩髦親未沒又以兩髦爲飾也丱當依唐石經

作廾五經文字云廾古患反見詩風說文以爲古卵字昭十九年穀梁傳羈貫成童貫亦廾也與傳幼穉之訓合○突而正義作突若突而猶突然也突若猶突如也箋云突爾義竝同古弁冠通稱弁與總角對文言總角幼穉之人突而加冠所以刺襄公志大之意哀十三年穀梁傳黃池之會吳子欲因魯之禮因晉之權而請冠端而襲吳王夫差曰好冠來孔子曰大矣哉夫差未能言冠而欲冠也案吳子會晉魯不脩德而求諸侯故孔子謂其未能言冠而欲冠與詩言事相同傳於淇奧尸鳩弁爲皮弁此云冠者意本孔子語而釋之歟

盧令三章章二句

盧令刺荒也襄公好田獵畢弋而不脩民事百姓苦之故陳古以風焉（疏）齊語及管子小匡篇竝云襄公田獵畢弋不聽國政攷魯莊公之八年齊襄公之十二年也左傳稱田貝丘而亂作爲襄公因荒亾身之實據皆與序合

盧令令其人美且仁（傳）盧田犬令令纓環聲言人君能有美德盡其仁愛百姓欣而奉之愛而樂之順時遊田與百姓共其樂同其獲故百姓聞而說之其聲令令然（疏）盧爲田犬正義引戰國策云韓國盧天下之駿犬也秦策乂云譬若馳韓盧而逐蹇兔也是韓之田犬稱盧義實本於詩之盧也四驖傳獫歇驕田犬也皆異名也令令者鈴鈴之古文假借字正義云此言鈴鈴下言環鋂鈴鈴卽是環鋂聲之狀環拄犬之頷下如人之冠纓然故云纓環聲也廣雅云鈴鈴聲也字皆作鈴鈴說文盧獜獜健也本三家詩○其人謂古人君也云能有美德盡其仁愛以釋經美且仁言人君若美仁若此故百姓樂聞其令令之聲此傳總釋全章之情陳古義以風今時也孟子梁惠王篇今王田獵於此百姓聞王車馬之音見羽旄之美舉欣欣然有喜色而相告曰吾王庶幾無疾病與何以能田獵也此無他與民同樂也正義引孟子以申述傳義得其指矣

盧重環(傳)重環子母環也其人美且鬈(傳)鬈好貌(疏)正義云重環謂環相重子母環謂太環貫一小環也○鬈訓好皃好謂容好也箋鬈讀當爲權權勇壯也詩小學云張參五經文字權字注云從手作搼者古拳握字鄭箋權字从手非从木與捲勇拳勇字同案箋本三家勇壯與下章箋多材一律說文引詩作鬈而手部不錄權從毛不從三家也

盧重鋂(傳)鋂一環貫二也其人美且偲(傳)偲才也(疏)正義云重鋂與重環別一環貫二謂一大環貫二小環也說文亦云鋂環也一環貫二令本說文作鋂大環段注云玉篇廣韻皆云大環詩正義刪此大字奐案正義引說文亦以證鋂爲大環由轉寫者奪大字耳非刪大字也子母環爲重環一環貫二爲鋂故傳於環言重環而於鋂不言重鋂○偲才疉韻爲訓才讀如思馬斯才之才騶傳云才多才也釋文引說文偲彊也廣雅偲㑁也義竝相近案此篇詩辭與鄭風叔于田同一章其人美且仁猶言洵美且仁也二章其人美且鬈猶言洵美且好也三章其人美且偲猶言洵美且武也彼序云叔多才而好勇

敝笱三章章四句

敝笱刺文姜也齊人惡魯桓公微弱不能防閑文姜使至淫亂爲二國患焉

敝笱在梁其魚魴鰥(傳)興也鰥大魚齊子歸止其從如雲(傳)如雲言盛也(疏)邶谷風傳笱所以捕魚也敝笱興魯桓公微弱傳云鰥大魚王引之詩述聞云下章傳曰魴鱮大魚此亦當云魴鰥大魚寫者脫去魴字耳或曰傳當作鰥魚無大字按經云其魚魴鰥則鰥之爲魚已明何須又言鰥魚乎或說非魴也鰥也魚之形體差大者故曰大魚非必爲車之魚而後謂之大也案王說是也魴鰥魴鱮皆以喻文姜故傳言大以明經之興義也魴鯿之類鰥未審何魚述聞云鰥卽爾雅之鯇也陳藏器本草拾遺曰鯇魚似鯉生江湖閒今揚州人謂之鯶子

魚聲如混或如袞字又作鯤潘岳西征賦弛青鯤於綱鉅解頳鯉於黏徽鯤與鰥古正同音○南山載驅皆以齊子爲文姜婦人謂嫁曰歸出其東門韓奕傳竝云如雲言衆多也盛亦衆多下章如雨言多如水言衆皆盛也孫毓云齊爲大國初嫁寵妹庶姜庶士盛如雲雨故妹來自由桓公不能禁制正義引孫說申傳謂其從者多猶盛而難制唯文姜歸魯之日襄公未爲君言寵妹則非也攷桓三年春秋書齊侯送姜氏于讙齊侯僖公也桓以弒兄篡國求昏于齊而文姜又爲僖公寵女親送之讙嫁從之盛驕伉難制魯爲齊弱由來者漸及至桓十八年文姜如齊與襄公通桓卽斃於彭生之手序云不能防閑使至淫亂則詩乃作於十八年後而追刺其嫁時之盛爲淫亂之由實始於微弱陳啓源稽古編云笱之敝也不敝於彭生纍公之日而敝於子翬逆女之年詩人推見禍本故不於如齊刺之而於歸魯刺之恉深哉陳說得之矣

敝笱在梁其魚魴鱮（傳）魴鱮大魚 **齊子歸止其從如雨**（傳）如雨言多也（疏）魴鱮大魚韓奕魴鱮甫甫傳云甫甫然大亦謂魴鱮之大也箋云鱮似魴而弱鱗正義引義疏云鱮似魴厚而頭大魚之不美者故里語曰網魚得鱮不如啗茹其頭尤大而肥者徐州人謂之鰱或謂之鱅幽州人謂之鴞鴞或謂之胡鱅○雨訓多雨無正序云衆多如雨

敝笱在梁其魚唯唯（傳）唯唯出入不制 **齊子歸止其從如水**（傳）水喻衆也（疏）釋文云韓詩其魚遺遺言不能制也遺匹也不能制卽遺匹之意毛詩唯唯卽遺遺之假借玉篇遺遺魚行相隨箋唯唯行相隨順之皃與玉篇同此必齊魯義而於毛韓亦未有異也案詩三章皆言魚魚陰性淫傳云出入不制者與文姜之驕伉以總釋全章之恉淮南子兵略篇魚笱門高注云竹笱所以捕魚其門可入而不得出然則出入者傳亦就笱以設喻也○舊本北堂書鈔禮儀部五引傳如水言衆者也者行字此與如雲言盛也如雨言多也一例當據以訂正今陳禹謨作水喻衆改從誤本矣晉語坎水也衆也韋注云易以坤爲衆坎爲水水亦衆之類案文姜之歸也從之者有媵娣姪周語云人三爲衆

載驅四章章四句

載驅齊人刺襄公也無禮義故(句)**盛其車服疾驅於通道大都與文姜淫播其惡於萬民焉**

載驅薄薄簟茀朱鞹〔傳〕薄薄疾驅聲也簟方文席也車之蔽曰茀諸侯之路車有朱革之質而羽飾**魯道有蕩齊子發夕**〔傳〕發夕自夕發至旦〔疏〕薄之言迫也薄薄車箸地輕易之聲考工記凡察車之道欲其樸屬而微至鄭司農注云樸讀如子南僕之僕微至謂輪至地者少言其圜甚箸地者微耳箸地者微則易轉案薄樸聲相近傳云薄薄疾驅聲與迫義亦相近序所謂疾驅於通道大都也詩刺襄公故傳於下句簟茀朱鞹箸明爲諸侯之路車○簟爲方文席正義云簟字從竹用竹爲席其文必方故云方文席也斯干箋云竹葦曰簟爾雅釋器輿革前謂之䩬後謂之茀竹前謂之禦後謂之蔽䩬茀禦蔽皆前後闌車其用革用竹各有異名此析言之也渾言之則茀蔽不專稱輿後碩人翟茀傳云翟翟車也夫人以翟羽飾車茀蔽也茀卽笭翟羽卽覆笭之幦之飾當指輿前者言此簟茀傳云車之蔽曰茀無飾當指輿後者言說文云笭籯也籯笭也篚車笭也籠一曰笭也此異名同物闌車有蔽前後皆有而制不同耳云諸侯之路車有朱革之質而羽飾者傳雖釋經朱鞹而義可互見簟茀亦諸侯之路車采芑路車有奭簟茀魚服其義證也朱鞹亦茀也在輿前蔽李巡云輿前以革爲車飾是也傳以朱鞹爲朱革又言朱革爲質而飾之以羽爲諸侯路車之制如此藝文類聚舟車部引白虎通義云天子大路諸侯路車大夫軒車士飾車案說文軒曲輈藩車也軒車闕南方前面無蔽藏在車兩旁故又謂之藩車唯路車前後皆有蔽其後蔽以竹爲之無飾詩謂之簟茀其前蔽亦以竹爲之覆之以染朱革而又飾之以羽此卽路車覆笭之幦敷巾車王之喪車五乘皆有蔽覆飾蔽在後覆卽幦也在前飾卽幦之飾其制略相似也路車有覆笭之幦而無覆軾

之文皮玉藻云䙯路車不式是也覆式見韓奕傳○南山傳云蕩平易也傳於
下章齊子爲文姜則此齊子與南山同發夕夕發也東方之日傳發行也經言
夕不言旦傳云自夕發至旦以言終夕在道也釋文引韓詩發旦也發
訓明發夕爲旦夕易林屯蹇升中孚云齊子旦夕留連久處本韓詩也

四驪濟濟垂轡濔濔（傳）四驪言物色盛也濟濟美貌垂轡轡之垂者濔濔衆也

魯道有蕩齊子豈弟（傳）言文姜于是樂易然（疏）四驪四馬皆驪物色盛謂馬物之色盛也濟濟猶齊齊也車攻
我馬既同傳同齊也美與齊義亦相近蓼蕭傳鞗革轡首垂也沖沖垂飾皃此
傳云垂轡轡之垂者正謂鞗也釋文爾爾本亦作濔濔猶新臺濔濔今作瀰瀰
皆爲後人增益偏旁耳說文爾下云其孔叕叕爾爾猶叕叕衆之意干旄傳云
四馬六轡所謂衆也玉篇𩎑乃米切轡垂皃疑出三家詩○傳釋豈弟爲樂易
蓼蕭旱鹿泂酌同上章就文姜行會襄公而言此章就文姜與襄公會遇而言
下文翱翔游敖皆樂易也爾雅釋言豈弟發也正釋此章豈弟與上章同義郭
注云發發行也玉篇發駕車也發亦樂易之
意也箋豈弟讀爲闓圛圛明也與韓詩同義

汶水湯湯行人彭彭（傳）湯湯大貌彭彭多貌魯道有蕩齊子翱翔（傳）翱翔猶彷
徉也（疏）漢書地理志琅邪郡朱虛東泰山汶水所出東至安丘入維泰山郡萊
蕪原山禹貢汶水出西南入泲桑欽所言案泲即濟東泰山即沂山其
水今亦謂之東汶水班以出萊蕪者爲禹貢之汶水益即詩之汶水也水經汶
水注云汶水南逕鉅平縣故城東而西南流城東有魯道詩所謂魯道有蕩齊
子由歸者也今汶上夾水有文姜臺汶水又西南流詩云汶水滔滔矣故鉅平
在今山東兗州府寧陽縣東北春秋時魯之成邑此齊入魯境之處當時相傳
或有依據正義云魯在汶側齊在魯北水北曰陽僖元年左傳稱公賜季友汶
陽之田當齊襄公之時汶水之北尚是魯地又云襄公入於魯境往會文姜此
篇所陳蓋是莊公時事○堯典湯湯洪水洪亦大也彭讀如旁此彭彭麃麃分
章與清人旁旁儦儦分章同儦儦猶麃麃彭彭猶旁旁矣傳云多者君行師從

也翺翔雙聲彷徉疊韻哀十七年左傳橫流而方羊漢書司馬相如傳消搖乎襄羊禮樂志郊祀歌周流常羊思所并後漢書張衡思玄賦悵相佯而延佇文選宋玉風賦倘佯乎中庭竝與彷徉同廣雅云翺翔浮游也

汶水滔滔行人儦儦傳滔滔流貌儦儦衆貌**魯道有蕩齊子遊敖**疏湯湯言大傳互文也四月滔滔大水皃江漢滔滔廣大皃是滔滔亦大也說文儦儦行皃傳云衆者謂行人衆也遊敖猶敖遊也釋名云翺敖也言敖遊也翔佯也言彷徉也是遊敖與翺翔同義

猗嗟三章章六句

猗嗟刺魯莊公也齊人傷魯莊公有威儀技藝然而不能以禮防閑其母失子之道人以爲齊侯之子焉疏吳惠士奇春秋說云莊四年春二月夫人姜氏饗齊侯于祝丘其年冬公及齊人狩于禚齊有猗嗟之詩爲莊公狩而作也

猗嗟昌兮頎而長兮傳猗嗟歎辭昌盛也頎長貌**抑若揚兮**傳抑美色揚廣揚**美目揚兮**傳好目揚眉**巧趨蹌兮**傳蹌巧趨貌**射則臧兮**疏猗猗噫也單言猗那之猗與此猗嗟竝云歎辭也辭當爲詞昌訓盛謂容貌盛也頎長皃碩人同頎而正義本作頎若云若猶然也引史記孔子世家稱孔子頎然而長是之爲長皃也若者狀事之詞頎若頎然也抑若抑然也氓傳沃若猶沃沃然也是若與然同義矣玉篇抑美也烝民傳懿美也抑懿古同聲傳云抑美色色疑皃之誤釋文作美色皃色字衍也云揚廣揚者謂廣闊揚起顙額之際也蓋揚之爲言上也於目曰揚目於眉曰揚眉又引申之則眉以上皆得稱揚矣君子偕老

傳云揚眉上廣又云揚且之顏廣揚而顏角豐滿皆其義也君子偕老正義引此傳作揚揚廣誤案此三句皆歎美莊公之容貌下文言美目乃爲善射張本○後箋云方言盱揚雙也驢瞳子燕代朝鮮洌水之間曰盱或謂之揚郭注盱舉眼也揚詩曰美目揚兮是也毛傳云好目揚眉者揚眉猶言盱衡漢書王莽傳盱衡厲色李善注文選引漢書音義曰眉上曰衡謂舉眉揚目也然則毛傳正以揚眉形目美謂好目於揚眉見之故美目謂之揚揚厲目不厲眉負案玉篇睅美目疑出三家詩亦但屬目說說文蹌動也蹌猶蹌蹌楚茨傳蹌蹌言有容也經言巧趨故云蹌巧趨皃美目巧趨皆謂莊公出射時也○射鄉射也臧善也春秋狩禚公穀皆作郜范甯注云郜齊地是時魯莊公忘父之讎入齊之竟乃與齊侯狩故齊人得熟觀審悉如此其備儀禮鄉射記於竟則虎中龍旜鄭注云於竟謂與鄰國君射也此卽君與君行鄉射之義證狩而射者若小雅車攻先言狩而後言射之例但車攻篇射爲大射或者天子與諸侯行大射君與君行鄉射歟詩可以補禮之闕

猗嗟名兮美目清兮（傳）目上爲名目下爲清**儀既成兮終日射侯不出正兮**（傳）二尺曰正**展我甥兮**（傳）外孫曰甥（疏）爾雅釋訓猗嗟名兮目上爲名傳所本也上章傳云好目揚眉所謂目上也則名兮卽上文之揚兮矣爾雅但釋詩之名傳又增成其義云目下爲清案經中美目二字通上下句承上名兮又生下清兮名與清皆美目也下章云舞則選兮射則貫兮射字亦通上下句舞與貫皆射也詩辭中多有此例後箋云目上日下當讀爲視不上於袷之上不下於帶之下謂目之仰視俯視也爲名爲清郎所謂視容清明也下文儀既成兮終日射侯不出正兮故先言目之名兮清兮益形容其射時審固之狀名與明通檀弓子夏喪其子而喪其明注云明目精冀州從事郭君碑卜商號咷喪子失名何超晉書音義云名目也此固不誤又引玉篇云詩猗嗟顯兮顯眉目閒也本亦作名此則非是如云喪子失名豈得謂失其眉目閒乎西京賦眳藐流盻一顧傾城眳與名同眳藐雙聲卽方言驢瞳子謂之瞜郭注謂瞜藐者瞜藐猶眳藐也薛綜注西京賦云眳眉睫之閒藐好

視容也二字分釋誤矣至目下爲清卽清揚之清彼清與揚對楊爲舉目則清
爲似目此清與名對名爲上視則淸爲下視其義一也○儀容儀射五善之一
也韓詩外傳云景公以爲儀而射之穿七札是其義也傳云二尺曰正者周禮
射人王以六耦射三侯五正諸侯以四耦射二侯三正孤卿大夫以三耦射一
侯二正士以三耦射豻侯二正若王大射則以貍步張三侯鄭司農注云三侯
虎熊豹也正所射也詩云終日射侯不出正兮司裘王大射則共虎侯熊侯豹
侯設其鵠諸侯則共熊侯豹侯卿大夫則共麋侯皆設其鵠鄭司農注云鵠鵠
毛也方十尺曰侯四尺曰鵠二尺曰正四寸曰質案司農以射人之三侯謂卽
司裘虎熊豹設鵠之侯凡侯皆有鵠也考工記梓人爲侯廣與崇方參分其廣
而鵠居一焉張皮侯而棲鵠則春以功張五采之侯則遠國屬皮侯虎熊豹三
皮之侯也五采之侯五正之侯也大射張皮侯棲鵠不設正禮射設采侯皆棲
鵠又設正故司農以爲一侯之身設四尺之鵠二尺之正四寸之質是正鵠皆
在一侯也賓之初筵正義引馬融注周禮及王肅引小爾雅竝與司農同後鄭
據司裘言鵠射人言正遂以皮侯謂有鵠而無正五采之侯謂有正而無鵠其
射人注云畫五正之侯中朱次白次蒼次黃玄居外三正損玄黃二正去白蒼
而畫以朱綠其外之廣皆居侯中參分之一中二尺梓人注云正之方外如鵠
內二尺五采者內朱白次之蒼次之黃次之黑次之其侯之飾又以五采畫雲
氣焉後鄭謂正外如鵠正內二尺則正方不止二尺與毛傳二尺曰正之說不
同令細覈之司弓矢射椹質注質正也樹椹以爲射正弓人利射革與質注質
木椹也正方二尺二尺之邊當有木榦其中設布畫以五采三采二采不等車
攻傳云褱纏質以爲槸槸門橜也在門中央田車之輪六尺有三寸軹崇三尺
一寸有半其任正之與槸相去一尺一寸有半其廣亦然門槸高二尺又有褱
以纏之其高僅二尺餘田車之輪乃可過也若謂正大如鵠侯中丈八尺者鵠
方六尺侯中丈四尺者鵠方四尺六寸大半寸侯中一丈者鵠方三尺三寸少
半寸則高於田車之軹礙於任正豈能通行據彼傳云以質爲槸正爲二尺是
其古制儒家皆不能詳言之矣又賈逵注周禮云四尺曰正正五重鵠居其內
而方二尺以爲鵠賈謂正鵠俱在一侯與鄭司農同而云四尺曰正正大於鵠
與古說竝戾射人注今儒家云四尺曰正二尺曰鵠此說失之是也賈景伯鄭

仲師竝治毛詩而其說不同若此○正義云傳言外孫曰甥者王肅云據外祖
以言也謂不指襄公之身總舉齊國爲信若箋云姊妹之子爲甥則直指襄公
之身言之而其謂魯莊爲齊甥無二義也箋又云展誠也此誠我齊之甥言誠
者距時人言齊侯之子案春秋桓六年九月丁卯子同生穀梁傳疑故志之時
曰同乎人也范注云時人僉曰齊侯之子同於他人莊元年公羊傳夫人譖公
於齊侯公曰同非吾子齊侯之子也徐疏云夫人加誣此言然則齊侯之子一
語實始於文姜之譖於是人言藉藉播惡萬民此詩序亦云人以爲齊侯之子
者從時人之口爲刺譏之詞詩中皆齊人述敘莊公有展我甥兮之語惠士奇
云夫子刪詩存之
與書子同生一例

猗嗟變兮（傳）變壯好貌**清揚婉兮**（傳）婉好眉目也**舞則選兮射則貫兮**（傳）選齊
貫中也**四矢反兮以禦亂兮**（傳）四矢乘矢（疏）泉水侯人傳變好皃此云壯好皃
者莊公生於魯桓公六年即位四
年狩禚年十七歲矣身已逾冠故也經義襍記云傳本作清揚婉兮好眉目也
以婉爲好以清揚爲眉目之閒後箋云清揚婉兮乃總上二章揚兮清兮而言
婉者好也皆謂目之好毛云婉好眉目者渾言之其實揚眉即揚目耳正義云
眉毛揚起故名眉爲揚非毛意也案野有蔓草傳義同○舞亦射也周禮鄉大
夫之職以鄉射之禮五物詢衆庶一曰和二曰容三曰主皮四曰和容五曰興
舞五者皆是鄉射之禮古以此興民賢能詩歌此以覘魯莊技藝下句言貫即
主皮則此句言舞爲興舞也論語八佾篇射不主皮馬融注云射有五善焉一
曰和志體和二曰容有容儀三曰主皮能中質四曰和頌合雅頌五曰興武武
與舞同王引之周禮述聞云大司樂大射王出入令奏王夏及射令奏騶虞詔
諸侯以弓矢舞樂師燕射帥射夫以弓矢舞則射時有以弓矢舞之禮以大司
樂考之舞當在歌樂之時歌詠其聲舞動其容也鄉射歌騶虞以射與王大射
同則射夫亦當以弓矢舞故曰興舞據王說則興舞爲弓矢舞爲射五善之一
與詩義正合選者纂之假借字鄭注樂記云綴謂酇舞者之位也酇與纂通選
者正其舞位之謂齊者正也舞位正則與樂節相應文選陸機樂府傅毅舞賦

注引韓詩舞則纂兮薛君章句云言其舞應雅樂也毛韓義正相成也貫今串字古作毌作貫者假借字貫訓中中與得同義則中即獲也鄉射禮釋獲司射命曰不貫不釋言不中則不釋算即此詩貫字義也貫是主皮主皮亦爲射五善之一鄉射記云禮射不主皮者不貫革耳非不中革之謂也解者或失之○鄉射禮言乘矢者其十有一傳以四矢爲乘矢本鄉射禮文也鄭注云乘矢四矢也箋云反復也禮射三而止每射四矢皆得其故處此之謂復後箋云得其故處當即五射所謂參連也釋文引韓詩反作變云變易周禮保氏五射五曰井儀賈疏云四矢貫侯如井之儀此於韓詩變易之義爲近然此義上章不出正兮已足該之必如箋說乃爲更進一義耳與儀禮大射注及鄉射疏引詩作御御止也以御亂兮美莊公之善射可以止亂也

卷八終

長洲陳奐學

魏葛屨詁訓傳弟九　毛詩國風

魏國七篇十八章百二十八句〔疏〕漢書地理志河東郡河北詩魏國棸魏在商爲芮國地與虞爭田質成於文王至武王克商封姬姓之國改號曰魏春秋魯閔公二年周惠王之十七年也晉獻公滅魏今山西解州芮城縣是其地也

葛屨二章一章六句一章五句

葛屨刺褊也魏地陿隘其民機巧趨利其君儉嗇褊急而無德以將之

糾糾葛屨可以履霜〔傳〕糾糾猶繚繚也夏葛屨冬皮屨葛屨非所以履霜摻摻女手可以縫裳〔傳〕摻摻猶纖纖也婦人三月廟見然後執婦功要之襋之好人服之〔傳〕要褸也襋領也好人好女手之人〔疏〕糾糾繚繚古今語凡屨皆有綦經言糾糾傳言繚繚皆謂綦之狀也云夏葛屨冬皮屨者士冠禮屨夏用葛冬皮屨可也又士喪禮夏葛屨冬白屨周禮屨人掌王及后之服屨爲素屨葛屨素者白也白屨素屨皆即皮屨據此則婦人亦用皮屨葛屨耳云葛屨非所以履霜者今葛屨履霜是褊也○糾繚同義摻纖不同義糾糾猶繚繚以今語通古語摻摻猶纖纖則以今義通古義也文選古詩纖纖出素手李注引韓詩纖纖女手薛君云纖纖女手之貌說文玉篇引詩竝作攕攕疑纖纖皆即攕攕之譌女者未成婦之稱有狐傳在下曰裳所以配衣也今女手縫裳是亦褊也禮記曾子問篇孔子曰三月而廟見稱來婦也隱八年左傳鄭公子忽先配而後祖鍼子曰是不爲夫婦誣其祖矣孔

疏云賈逵以配爲成夫婦也禮齊而未配三月廟見然後配鄭衆以配爲同牢食也先食而後祭祖無敬神之心故曰誣其祖也禮記孔疏云賈服之義大夫以上無問舅姑在否皆三月見祖廟之後乃始成昏故譏鄭公子忽先爲配匹乃見祖廟列女傳宋恭伯姬三月廟見當行夫婦之道齊孝孟姬三月廟見而後行夫婦之道白虎通義嫁娶篇婦入三月然後祭行舅姑既沒亦婦入三月奠采于廟三月一時物有成者人之善惡可得知也然後可得事宗廟之禮何休注莊二十四年成九年公羊傳與通義同然則大夫以上三月廟見成昏與士當夕成昏禮異漢人傳注皆同唯鄭說不同鄭駁異義云昏禮之暮枕席相連曾子問疏云如鄭義則從天子以下至於士皆當夕成昏舅姑沒者三月廟見故鄭成九年注云致之使孝非是始致於夫婦也又鄭隱八年注云祖爲祖道之祭是皆當夕成昏也案毛傳雖無明文然草蟲未見君子憂心忡忡傳云婦人雖適人有歸宗之義謂未三月未成婦有歸宗義是大夫以上皆三月成婦也此傳云三月廟見然後執婦功亦謂未三月未成婦不執婦功也庶人㳂衣無裳而首章言縫裳下章佩其象揥亦是大夫攝盛之禮則此詩亦不指士庶以下也箋云未三月未成爲婦此鄭本古說○傳訓要爲褸小箋云褸當作要謂此要乃人衣帶下之要非人身要領之要古人傳注有此義劉案說文曰部與身中也古文作𡢁今隸變作要衣帶下掩裳上際帶下適當身中則裳上際爲身中矣詩之要謂裳也釋文正義據傳文領上有衣字說文襋衣領也詩曰要之襋之許說正本傳訓正義云上云女手此云好人故云好人女手之人令定本云好人好女手之人者義亦通小箋從正義本不從定本是也案此郎承上文之意要襋裳而申言之襋又因要而連言之服讀如服之無斁之服服之猶縫之也葛覃傳云大夫命婦成祭服士妻朝服庶士以下各衣其夫

好人提提宛然左辟佩其象揥（傳）提提安諦也宛辟貌婦至門夫揖而入不敢當尊宛然而左辟象揥所以爲飾

維是褊心是以爲刺（疏）爾雅媞媞安也說文媞諦也媞媞本字提提假借字安諦同義也淮南子說林篇提提者射高注云提提安也亦假提爲媞也爾雅邢疏楚辭東方朔七諫注引詩作媞媞○宛有委曲順從之義故云

辟見禮記昏義降出御婦車而壻授綏御輪三周先俟于門外婦至壻揖婦以入孔疏云婦至壻揖婦以入者謂婦至壻之寢門壻揖以婦入則稍西避之故魏詩云宛然左辟謂此時也士昏禮壻乘其車先俟于門外婦至主人揖婦以入及寢門揖入升自西階案門壻家大門此傳云婦至門夫揖而入者蓋自大門至寢門每門皆揖也云不敢當尊者辟不敢當夫之揖婦始至未成婦就客位居西升就西階則尚左手故宛然而左辟象揥與君子偕老象揥同象揥所以擿髮亦所以爲飾本爲夫人所服此或嫁時攝盛歟佩猶飾也

汾沮洳三章章六句

汾沮洳刺儉也其君子儉以能勤刺不得禮也〔疏〕釋文及崔集注君下有子字正義云王肅孫毓皆以爲大夫采菜則王孫據亦有子字也

彼汾沮洳言采其莫〔傳〕汾水也沮洳其漸洳者莫菜也彼其之子美無度美無度殊異乎公路〔傳〕路車也〔疏〕傳以汾爲水名地理志大原郡汾陽北山汾水所出西南至汾陰入河說文或說周禮職方氏注皆謂汾水出汾陽郭璞注山經高誘注淮南皆謂汾陰爲汾水入河處竝與志合汾陽今山西忻州靜樂縣汾陰漢屬河東郡今山西蒲州府榮河縣朱右曾詩地理徵云蒲坂爲魏地北接汾陰譜言魏境北涉汾水正義曰其境踰汾致本經注汾水西逕耿鄉城北古耿城在河津縣東南十二里自河津縣西南至榮河縣九十里河津爲耿地則魏境不得踰汾矣班固引詩但稱汾曲之句此最精於地理一曲者汾水入河之處稍折而西南自南望之爲汾曲也案朱說是也地理志云魏在晉之南河曲其詩曰彼汾一曲寘諸河之側蓋汾晉水也魏北汾西河汾逕西南以入於河則汾曲卽河曲矣西境言河北境則言汾耳魏都其蒲坂已爲魏之北境蒲州至榮河縣百二十里汾水尚在縣北舉汾言者水經河水南出龍門口汾水從東來注之其自龍門以至華陰皆汾水入河所

會流故詩舉晉水爲言其實魏無汾也云沮洳其漸洳者沮漸一語之轉列女傳仁智篇河潤九里漸洳三百步漢書東方朔傳塗者漸洳徑也廣雅釋詁漸洳溼也洳說文作澤桓三年左傳曲沃武公伐翼逐翼侯於汾隰杜注汾隰汾水邊史記晉世家作汾旁汾沮洳猶之汾隰汾旁矣莫爲菜名正義引義疏云莫莖大如箸赤節節一葉似柳葉厚而長有毛刺今人繅以取繭緒其味酢而滑始生可以爲羹又可生食五方通謂之酸迷冀州人謂之乾絳河汾之間謂之莫案彼汾采菜箸能勤也下文乃刺其儉不得禮○之子庶在位之君子蓋公路者也度讀予忖度之之度箋云美無有度言不可尺寸傳釋路爲車公路公車也周禮巾車掌公車之政令天子之路有車右諸侯亦然公車公之車右也天子戎右中大夫二人諸侯降於天子其戎右當下大夫爲之戎右即車右也坊記子曰君不與同姓同車與異姓同車不同服注僕右恆朝服孔疏云僕及車右身衣朝服其朝服之內則有虎裘狼裘玉藻君之右虎裘厥左狼裘是也然則君之車右必衣顯服詩言殊異乎公路殊亦異也乎猶於也謂異於將公之車者所以刺儉也下公行公族同韓詩外傳引詩殊異乎公行殊異乎公族殊異爲超尊似與刺儉不合矣箋據左傳晉有公族公行之官與此詩文同遂以首章公路謂若晉趙盾爲軞車之族今宣三年左傳作旄車毛傳不必據左傳晉官爲說

彼汾一方言采其桑彼其之子美如英（傳）萬人爲英美如英殊異乎公行（傳）公行從公之行也（疏）方猶旁也箋云采桑親蠶事也○正義引尹文子萬人爲英繁露爵國淮南泰俗說英竝與傳同禮記禮運疏及宣十五年左傳疏引辨名記千人曰英白虎通義別名記千人曰英辨名記即別名記古文記二百十四篇之一也此與傳異行讀如字云從公之行者典路凡會同軍旅弔于四方以路從

彼汾一曲言采其藚（傳）藚水舄也彼其之子美如玉美如玉殊異乎公族（傳）公

族公屬疏一曲猶一方也爾雅蕢牛脣郭注云毛詩傳曰水舄也如續斷寸寸有節拔之可復又蕍蕮注云今澤蕮郭引毛傳水舄如續斷草不謂澤蕮正義引義疏云今澤蕮也其葉如車前草大其味亦相似神農本草澤瀉一名水瀉本草圖經云春生苗多在淺水中葉似牛苦草獨莖而長秋時開白花作叢似穀精草爾雅謂之蕍是澤瀉與續斷異狀矣傳釋蕢不云牛脣而云水舄水舄或卽爾雅之蕮也說文蕢水舄許從毛也則是蕢也牛脣也蕍也蕮也水舄也澤瀉也六名一物也水舄草生沮洳澤中可作菜義疏云徐州廣陵人食之是也俗作蕮作瀉○傳云公族公屬屬謂屬車也

園有桃二章章十二句

園有桃刺時也大夫憂其君國小而迫而儉以嗇不能用其民而無德教日以侵削故作是詩也

園有桃其實之殽傳興也園有桃其實之食國有民得其力心之憂矣我歌且謠傳曲合樂曰歌徒歌曰謠不我知者謂我士也驕彼人是哉子曰何其傳夫人謂我欲何為乎心之憂矣其誰知之其誰知之蓋亦勿思疏殽古作肴賓之初筵箋云凡非穀而食之曰肴是也傳意合下章以明經之興義云園有桃其實之食國有民得其力者言桃不言棘言食不言肴皆互詞園之有桃棗以興國之有民桃棗實可為肴食以興下民之力得為國用所謂能用其民也所以刺不能用其民而無德教之意○曲合樂曰歌釋歌字周語瞽獻曲韋注云曲樂曲此曲之義也徒歌曰謠釋謠字爾雅釋樂徒歌謂之謠此傳所本也說文䚻徒歌䚻古謠字今字通作謠初學記樂部上引韓詩章句云有章曲曰歌無章曲曰謠章樂章也無章曲所謂徒歌也正義云此文歌謠相對謠既徒歌則歌不徒矣行葦傳曰歌者合於琴瑟也案行葦傳作比於琴瑟孔依此傳言合樂意改之耳廣

韻四宵繇喜也引詩我歌且繇或義本三家詩不我知不知我也驕驕慢也云夫人謂我欲何爲乎者夫人釋彼人經言子曰傳云謂我卽家上文兩我字說下何爲乎釋何其其語助也言夫人自爲是反謂我歌謠何爲也葢與盍同盍何也亦語助之詞葢亦勿思何勿思也言勿思侵削之由

園有棘其實之食傳棘棗也心之憂矣聊以行國不我知者謂我士也罔極傳極中也彼人是哉子曰何其心之憂矣其誰知之其誰知之葢亦勿思疏說文樲酸棗棘小棗叢生者傳以棗釋棘則小棗而非酸棗矣孟子告子篇養其樲棘趙注云樲棘小棘所謂酸棗也渾言無別爾○聊願也行猶去也願去其國與逝將去女適彼樂國同意罔士也罔極傳亦云極中也

陟岵三章章六句

陟岵孝子行役思念父母也國迫而數侵削役乎大國父母兄弟離散而作是詩也疏國迫而數侵削釋文正義本及御覽人事部五十二竝作國小而迫數見侵削園有桃及檜羔裘浮游皆云國小而迫

陟彼岵兮瞻望父兮傳山無草木曰岵父曰嗟予子行役夙夜無已上愼旃哉猶來無止傳旃之猶可也父尚義疏爾雅釋山多草木岵無草木峐傳與爾雅正相反正義以爲轉寫之誤說文釋名竝與爾雅同與毛傳異說文注云毛詩所據爲長岵之言瓠落也屺之言荄滋也岵有陽道故以言父無父何怙也屺有陰道故以言母無母何恃也毛父曰父尚義母尚恩則屬辭之意可見矣案唐語林施士丏說山無草木曰岵所以言陟彼岵兮言無可怙也以岵之無草木故以譬之此可爲毛傳之確證○父曰嗟予子母曰嗟予季兄曰嗟予弟皆五字句小箋云子與已止韻季與寐棄韻弟與偕死韻案崑山顧炎武句讀已如此夙夜早夜也無猶不也已止也北山

篇或不已于行箋云不已猶不止義與此同上讀爲尚毛詩作上洪适隸釋引魯詩石經殘碑作尚尚庶幾也愼誠也旃之聲相轉之卽至也尚愼旃哉言庶幾乎其誠至也猶可白華同爾雅猷可也猷與猶同說文可肎也可爲肎肎亦爲可則猶來卽肎來矣相鼠人而無止傳止所止息也此無止亦是無所止息有戒勉之意故傳釋經云父尚義也猶來思歸也無止勿止也思歸者篤於性也勿止者勸以義也

陟彼屺兮瞻望母兮（傳）山有草木曰屺**母曰嗟予季行役夙夜無寐**（傳）季少子也無寐無耆寐也**上愼旃哉猶來無棄**（傳）母尚恩也（疏）屺今爾雅作峐已聲亥聲同在之咍部三蒼字林聲類竝云峐猶屺字音起○季爲少子候人傳亦云季人之少子也周禮上地家七人可任也者家三人中地家六人可任也者二家五人下地家五人可任也者家二人凡起徒役毋過家一人以其餘爲羨此用民起役之數也韓詩說云年二十行役三十受兵六十還兵此用兵從役之制也然則行役之人乃季弟耳傳云無寐無耆寐也耆者與嗜通說文㝱部㝱孰寐也从㝱省水聲讀若悸耆寐卽孰寐㝱讀若悸則傳之耆卽說文之㝱也夙早也早夜天未明而早起故無孰寐言行役不能偃息在牀也早夜連文成義此言行役太早欲寐不得寐箋則謂早無寐夜無寐誤矣母尚恩以釋經之無棄言不棄母也

陟彼岡兮瞻望兄兮兄曰嗟予弟行役夙夜必偕（傳）偕俱也**上愼旃哉猶來無死**（傳）兄尚親也（疏）秦無衣云王于興師脩我矛戟與子偕作王于興師脩我甲兵與子偕行與此篇必偕義同偕訓俱死謂死事也無死者亦是親親戒勉之詞故云兄尚親也

十畝之閒二章章三句

十畝之閒刺時也言其國削小民無所居焉

十畝之閒兮桑者閑閑兮(傳)閑閑然男女無別往來之貌行與子還兮(傳)或行來者或來還者(疏)古者五畝之宅樹牆下以桑十畝之閒二宅之地也此在城邑不在田野解者皆以田野之畝說詩則下句言桑者有不可通矣桑者采桑者也閑閑當作閒閒釋文作閒閒穆天子傳注引作閒閒文選宋玉登徒子好色賦注引毛詩作閒閒後人因與上文閒字異義遂易閒閒爲閑閑也閒閒猶寬閒故傳云男女無別往來之皃也或行來者以釋經之行字或來還者以釋經之還字所謂往來也言其國削小民居而無所也男女無別爲削小之由園有桃序云不能用其民而無德敎是爲刺

十畝之外兮桑者泄泄兮(傳)泄泄多人之貌行與子逝兮(疏)泄猶呭詍也呭詍皆謂多言義相近論語子路篇子適衛冉有僕子曰庶矣哉冉有曰既庶矣又何加焉曰富之曰既富矣又何加焉曰敎之今魏國有泄泄之多人而無德敎以加之是爲刺也逝往也

伐檀三章章九句

伐檀刺貪也在位貪鄙無功而受祿君子不得進仕爾坎坎伐檀兮寘之河之干兮河水淸且漣猗(傳)坎坎伐檀聲寘置也干厓也風行水成文曰漣伐檀以俟世用若俟河水淸且漣不稼不穡胡取禾三百廛兮不狩不獵胡瞻爾庭有縣貆兮(傳)種之曰稼斂之曰穡一夫之居曰廛貆獸名彼君子兮不素餐兮(傳)素空也(疏)經言伐檀故傳云坎坎伐檀聲隸釋引石經殘碑欿欿伐輪兮則毛詩坎坎魯詩作欿欿廣雅欿欿聲也字異義同將仲子傳云檀彊刃

之木寘當作寘寘置說見卷耳篇寘之禮記中庸注又漢書地理志引下章俱
作諸之與諸通說文厂山石之厓巖人可居籀文从干作厈詩作干者當從籀
文厈假省厓謂厓岸也爾雅釋水河水清且瀾猗大波爲瀾釋文引說文作大
波爲灡或作漣是灡漣同字也漣與淪對文傳以淪爲小風水成文則此云風
行水成文曰漣者與爾雅大波義合也釋名云風吹水波成文曰瀾瀾連也波
體轉流相及連也猗石經綫碑作兮同語已詞也傳云伐檀以俟世用若俟河
水清且漣以喻君子當爲世用而不得故箋申之云是謂君子之人不得進仕
也正義云伐檀爲車之輪輻非待河水之清方始用之而經於河干之下即言
河水清故解其意此人不得進仕伐檀隱居以待可仕之世若待河水清且漣
猗然也河水性濁清則難待猶似闇主常多明君稀出既云置檀河厓因即以
河爲喻襄八年左傳云俟河之清人壽幾何易緯云王者大平嘉瑞之將出則
河水先清是河水稀清故以喻明君稀出也○桑柔箋云耕種曰稼收斂曰穡
與傳種稼斂穡訓同桑柔閟宮殷武稼穡皆渾言不別云一夫之居曰廛者廛
有市廛園廛兩義周禮廛人鄭司農說廛謂市中之地未有肆引孟子市廛而
不征法而不廛此市廛也載師以廛里任國中之地鄭康成不從司農說注云
廛里者若今云邑居里矣廛民居之區域也里居也以廛里任國中而遂人職
授民田夫一廛田百畮是廛里不謂民之邑居在都城者與遂人注云廛城邑
之居孟子所云五畮之宅樹之以桑麻者也案遂人夫一廛田百畮正與孟子
五畝宅百畝田合此廛爲園廛廛爲居園爲圃在城邑毛傳不言畝數而以七
月傳五畝之宅例之則廛宅義同一夫之居即五畝之宅也釋文云古者一夫
田百畝別受都邑五畝之地居之故孟子云五畝之宅是也陸說得傳恉矣三
百廛言三百夫耳箋冬獵曰狩宵田曰獵析言也渾言狩獵不別爾雅貆子貆
郭注云其雌者名貗今江東呼貆爲貐貗釋文引字林云貗雌貆貐謂之貗廣
雅云貗貐也說文貆似狐善睡獸貆貉之類段注云貉當作貈奐案貆爲貈子
許云貆類恐亦有誤字箋云貉子曰貆釋文云依字作貈鄭用爾雅貆爲貈子
則不以貆爲貉也傳但云獸名不言貆爲何獸意亦同爾雅耳草人鹹潟用貆
此貆乃豲之譌字故鄭注以貒釋之六書故引說文豲豕屬也豲从豕原聲讀
若桓逸周書豲有爪而不敢以撅廣雅豲亦豕屬豲貆聲近易淆鄭不言貆當

作貆或所據周禮不誤也淮南子齊俗篇貆貉得埵防弗去而緣高注云貆貆
豚也貆貉當依脩務篇作貛貉爾雅貒子貗郭注貒豚也一名貛然則貆貛貒
一也周禮疏云爾雅貔子貓或曰貆故以貆貓爲一是賈誤以草人之貆與貔
子之貆爲同物遂以已誤之周禮欲改不誤之爾雅而解詩者又或謂詩貆爲
野豕矣稼穡取禾狩獵得獸皆以喻有功受祿以刺今之不然箋云是謂在位
貪鄙無功而受祿也○羔羊傳素白也空以盛實與白可受采同意故素謂之
白又謂之空也今俗以徒食爲白餐餐猶食也趙岐注孟子盡心篇云無功而
食謂之素餐文選曹子建求自試表及潘岳關中詩傅咸贈何劭王濟詩注引
韓詩云素者質也人但有質樸而無治民之材名曰素餐又漢書王吉傳上疏
云今使吏得任子弟率多驕驁不通古今至於積功治人亾益於民此伐檀所
爲作也宜明選求賢除任子弟之令案王吉學韓詩說與毛詩序義合所
以刺在位不用君子也箋云彼君子者斥伐檀之人仕有功乃肎受祿

坎坎伐輻兮寘之河之側兮河水清且直猗(傳)輻檀輻也側猶厓也直直波也
不稼不穡胡取禾三百億兮不狩不獵胡瞻爾庭有縣特兮(傳)萬萬曰億獸三
歲曰特彼君子兮不素食兮(疏)傳云輻檀輻也者冡上章伐檀而言伐輻猶伐
檀也考工記輪人鄭注云今世輻以檀是輻用檀
檀古今皆然矣凡輻三十河側與上章河干下章河漘同義故云猶厓也說文
⿰土則過遮也側與⿰土則聲義略同爾雅直波爲徑郭注云言徑侹釋名水直波曰涇
涇徑也言如道徑也管子度地篇水之出於山而流入於海者命曰經水亦謂
水之直流者爲經也經涇經同傳本爾雅以直波釋直以見上章漣下章淪皆
是水波漣淪必言風因風而成其大小之波文若直波則不必風矣說文云波
水涌流也○楚茨我庾維億傳亦云萬萬曰億豐年傳云數萬至萬曰億正義
以爲此從今數鄭箋十萬曰億從古數說文云十萬曰意絫薏億古今字許與
鄭合然說文說秭數億至億與豐年傳同則說億不應與毛異疑十萬乃萬萬
之誤正義引九章筭術皆以萬萬爲億又韋昭注鄭語云賈唐說皆以萬萬爲
億則賈景伯亦用今數作萬萬不從古數作十萬毛賈許一家之學楚茨傳露

積曰庾禾三百億者露積之數也云獸三歲曰特者爾雅豕生三豵二師一特此家畜非田家傳於騶虞之豵不用爾雅則知此詩之特亦不用爾雅其上章言貆此章言特特亦獸名也獸三歲三當作四古積畫字四作亖故經傳中三三字往往致譌說見七月篇方言物無耦曰特獸無耦曰介特介皆大也

坎坎伐輪兮寘之河之漘兮河水清且淪猗傳檀可以為輪漘厓也小風水成文轉如輪也不稼不穡胡取禾三百囷兮不狩不獵胡瞻爾庭有縣鶉兮傳圓者為囷鶉鳥也彼君子兮不素飧兮傳孰食曰飧疏傳云檀可以為輪者亦承上章伐檀而言輪謂牙也輪人注云今世牙以檀說文檀枋也枋木可作車爾雅杻檍郭注似棣細葉材中車輞關西呼杻子一名土橿則中牙材者不獨檀矣鄭司農云牙讀如跛者訝跛者之訝謂輪輮也世閒或謂之罔書或作輮葛藟傳漘水隒也厓即水隒釋文漘亦作脣鄭注乾鑿度引詩作脣說文脣口耑也漘水厓也詩曰寘河之漘口耑謂之脣水厓謂之漘其義一也爾雅小波為淪郭注云言蘊淪釋名淪倫也水文相次有倫理也傳以轉如輪釋淪淪輪倫竝聲同釋文引韓詩順流而風曰淪淪文皃案順流則波之小者韓詩說初無二義○圓者為囷鄭注匠人韋注吳語說文竝與傳同三百囷謂三百圓倉也月令修囷倉圓倉也正義謂方者為倉失之矣傳以鶉為鳥名鶉字當從隹四月正義尚作雜知唐以前不誤也庸風鶉之奔奔今字亦作鶉爾雅鷯鶉鶕鶉猶鴽鶉故鄭注表記謂鶉為小鳥也墨子經說上篇化若鼃為鶉淮南子齊俗篇云蝦蟇為鶉○祈父傳孰食曰饔飧饔同義釋文引字林云飧水澆飯也水澆飯為飧飧飧聲之轉謂孰食也大東傳云飧孰食謂黍稷也案孰食不專指黍稷箋及聘禮注解詩飧為趙盾食魚飧之飧飧亦孰食也正義引鄭志荅張逸問禮飧饔大多非可素不得與不素餐[illegible]配故易之也誤解傳意謂飧為禮牢之飧故云然

碩鼠三章章八句

碩鼠刺重斂也國人刺其君重斂蠶食於民不脩其政貪而畏人若大鼠也（疏）鹽鐵論取下篇周末有履畝之稅碩鼠之詩作也潛夫論班祿篇亦云履畝稅而碩鼠作案三家義與毛序刺重斂合

碩鼠碩鼠無食我黍三歲貫女莫我肯顧（傳）貫事也逝將去女適彼樂土樂土樂土爰得我所（疏）碩鼠爾雅作鼫鼠易晉九四晉如鼫鼠鄭注即引此詩是碩鼫同也郊特牲云迎貓爲其食田鼠也逸周書時訓篇田鼠不化鴽國多貪殘與詩義合碩鼠當即田鼠矣釆芑傳云三歲曰畬貫事爾雅釋詁文毛詩作貫隸釋引石經殘碑作宦宦本字貫假借字女謂君也我謂民也三歲貫女莫我肯顧言三歲所耕穫以事君而君乃重斂不肯顧我也○逝逮也適之也首章樂土樂土韓詩外傳兩引作適彼樂土又二章樂國樂國作適彼樂國三章樂郊樂郊新序節士篇作適彼樂郊皆冢上重句與毛詩句異

碩鼠碩鼠無食我麥三歲貫女莫我肯德逝將去女適彼樂國樂國樂國爰得我直（傳）直得其直道（疏）傳文直上奪得我二字當依小箋補得其直道以釋經我直之義言樂國之人行直道是以往耳論語衞靈公篇云斯民也三代之所以直道而行也

碩鼠碩鼠無食我苗（傳）苗嘉穀也三歲貫女莫我肯勞逝將去女適彼樂郊樂郊樂郊誰之永號（傳）號呼也（疏）春秋莊七年秋大水無麥苗左傳云不害嘉穀也苗爲嘉穀毛傳正本左傳爲訓何注公羊傳云苗者禾也生曰苗秀曰禾倉頡篇云苗者禾之未秀者也禾未秀被水不爲災故左傳以爲不害二十八年冬大無麥禾則直謂之饑矣詩首章言黍二章言麥三章言禾○勞讀如勞來之勞箋云不肯勞來我是也之猶則也鶉之奔奔傳以則字訓之字古之則聲通也永長也爾雅號謼也呼謼通用誰則永號

猶言樂郊之地
民無長嘆耳

卷九終

長洲陳奐學

唐蟋蟀詁訓傳弟十　毛詩國風

唐國十二篇三十三章二百三句（疏）漢書地理志大原郡晉陽故詩唐國案大原晉陽故大夏地本爲堯舊都堯初稱亦曰唐侯後卽天子位遷都平陽因遷高辛氏之子實沈於此世歷夏商至周祿父之叛劉累之子孫與四國共亂成王滅之以封弟叔虞是爲唐侯叔虞子燮父改爲晉侯鄭譜云至曾孫成侯南徙居曲沃近平陽焉案晉陽今屬山西大原府平陽屬平陽府詩地理徵云成侯徙都當穆王共王之世周道始衰徐戎侵洛翟人侵畢幾輔近地猶有戎狄之轍況大原乎成侯之徙有由然也

蟋蟀三章章八句

蟋蟀刺晉僖公也儉不中禮故作是詩以閔之欲其及時以禮自虞樂也此晉也而謂之唐本其風俗憂深思遠儉而用禮乃有堯之遺風焉（疏）史記晉世家唐叔至靖侯五世靖侯十七年周厲王出奔于彘大臣行政故曰共和十八年靖侯卒子釐侯司徒立釐侯十四年周宣王初立十八年釐侯卒釐與僖同僖公卽釐侯是僖公在共和宣王世矣晉陽平陽皆堯舊都故詩雖作於南徙曲沃之後本堯之遺風仍其舊號謂之唐呂覽當賞篇晉文公曰若賞唐國之勞徒則陶狐將爲首矣是後世亦有謂晉爲唐者正義云季札見歌唐曰思深哉其有陶唐氏之遺風乎不然何其憂之遠也案此序之所本也今襄二十九年左傳作遺民誤

蟋蟀在堂歲聿其莫今我不樂日月其除（傳）蟋蟀蛬也九月在堂聿遂除去也無

已大康職思其居（傳）已甚康樂職主也好樂無荒良士瞿瞿（傳）荒大也瞿瞿然顧

禮義也（疏）蟋俗悉字說文作悉䗖率帥古聲同蟋蟀薮爾雅釋蟲文郭注云今促
織也亦名青䇟考工記注作精列方言蜻蛚楚謂之蟋蟀或謂之蛬郭

注云卽趨織也梁國呼蛬正義引義疏云蟋蟀似蝗而小正黑有光澤如漆有角
趨一名蛬一名蜻䇟楚人謂之王孫幽州人謂之趨織里語曰趨織鳴嬾婦驚是

也七月篇說蟋蟀九月在戶堂戶地相連近故知在堂亦爲九月毛挾下句歲聿
其莫爲訓聿者遂之詞爲全詩聿字通訓也聿與曰通其義皆可訓遂遂亦詞也

文選江賦注引薛君章句聿詞也又張協沈約陸機詩任昉序袁宏序贊注引詩
蟋蟀在堂歲聿其暮章句云暮晚也言君之年歲已晚也莫暮古今字韓解歲聿

其莫句緣下文爲訓○摽有梅傳今急詞也我我僖公也不樂言不自虞樂也除
與舍聲義相近泉水之寘牆有茨之襄楚茨之抽傳皆訓爲除除皆去也無字與

毋通須下句連讀已爲已止已然之已又爲已甚之已已者甚之詞也康樂釋詁
文臣工同職主亦釋詁文十月之交抑同思居猶云懷居言不習禮樂也公劉天

作傳竝訓荒爲大廣雅巟大也荒與巟通說文朙部朙左右視也讀若拘又若良
士瞿瞿如許讀瞿瞿卽朙朙也左右視與傳云顧禮義正合東方未明傳瞿瞿無

守之皃各
隨文訓

蟋蟀在堂歲聿其逝今我不樂日月其邁（傳）邁行也無已大康職思其外（傳）外禮

樂之外好樂無荒良士蹶蹶（傳）蹶蹶動而敏於事（疏）逝往也邁行猶除去也云外
禮樂之外者言思在於禮樂

之外是亦不習禮樂也縣版傳皆云蹶動也
爾雅釋訓云蹶蹶敏也大玄銳篇勤蹶蹶

蟋蟀在堂役車其休今我不樂日月其慆（傳）慆過也無已大康職思其憂（傳）憂可

憂也好樂無荒良士休休（傳）休休樂道之心（疏）休息也慆與滔聲義皆相近過猶
去也傳以可憂釋憂言不以禮樂

自虞樂是則可憂也箋憂者謂鄰國侵伐之憂與列女傳仁智篇引詩義合鄭或用魯詩也云休休樂道之心者道卽禮也書秦誓其心休休焉孔傳云休休樂善也與詩休休同爾雅瞿瞿休休儉也李注云皆良士顧禮義之儉也儉本美德詩言樂必以禮乃爲儉而不中禮者刺傳與雅本無兩意也

山有樞三章章八句

山有樞刺晉昭公也不能脩道以正其國有財不能用有鍾鼓不能以自樂有朝廷不能洒埽政荒民散將以危亡四鄰謀取其國家而不知國人作詩以刺之也疏昭公僖公之玄孫桓二年左傳惠之二十四年晉始亂故封桓叔于曲沃杜注云晉文侯卒子昭侯元年危不自安封成師爲曲沃伯案此序云四鄰謀取其國家當指昭公元年始有亂政之事在封桓叔前不得以桓叔爲四鄰也正義說非

山有樞隰有榆傳興也樞荎也國君有財貨而不能用如山隰不能自用其財

子有衣裳弗曳弗婁子有車馬弗馳弗驅傳婁亦曳也宛其死矣他人是愉傳宛死貌愉樂也疏樞荎爾雅釋木文釋文本或作蓲隸釋載魯詩石經殘碑亦作蓲管子地員篇云山之側其木乃區榆區者古文假借字今爾雅作櫙其俗字也郭注以爲今之刺榆邢疏引義疏云其針刺如柘其葉如榆瀹爲茹美滑於白榆榆之類有十種葉皆相似皮及木理異爾廣雅荎刺也荎與挃同榆易識之木管子五粟五沃五位皆有榆陳藏器本草拾遺云江東有刺榆無大榆是則詩之樞卽刺榆詩之榆卽大榆白榆謂之枌樞枌皆榆之種類耳傳云國君有財貨而不能用如山隰不能自用其財此總釋全章設興之意山之有樞栲漆隰之有榆杻栗有以言不有也〇釋文引馬融注云婁牽也曳與牽義相近婁者摟之假借字玉篇引詩正作弗曳弗摟傳依經作訓故云宛死貌淮南子俶眞篇形傷於寒暑燥溼之虐者形苑而神壯高注云苑

枯病也苑讀南陽宛之宛本經篇故閉四關則身無患百節莫苑注云苑病也苑讀南陽之宛也繁露五行順逆篇民病心腹宛黃又循天之道篇鶴之所以壽者無宛氣於中是故道者亦不宛氣竝與傳訓相近愉樂釋詁文方言愉悅也廣雅愉喜也箋改愉爲偸說文無偸字

山有栲隰有杻（傳）栲山樗杻檍也**子有廷內弗洒弗埽子有鍾鼓弗鼓弗考**（傳）洒灑也考擊也**宛其死矣他人是保**（傳）保安也（疏）栲山樗釋木文南山有臺同山樗與樗不同樗即今臭椿故七月我行其野傳竝以樗爲惡木山樗一名栲正義引郭注爾雅云栲似樗色小而白生山中因名云亦類漆樹俗語曰櫄樗栲漆相似如一義疏云今所云爲栲者葉如櫟木皮厚數寸可爲車輻或謂之栲櫟則栲亦中材用矣說文作㮆杻檍釋木文南山有臺同郭注云似棣細葉葉新生可飼牛材中車輞關西呼杻子一名土橿義疏云今官園種之正名曰萬歲旣取名於億萬其葉又好故種之共汲山下人或謂之牛筋或謂之檍材可爲弓弩幹也桼考工記弓人取榦之道有檍是檍其材用矣說文無杻字檍作櫃云櫃梓屬大者可爲棺椁小者可爲弓材奧謂檍爲梓屬其大者也小者郭所謂似棣材可中弓榦亦中車輞此言隰杻當是檍之小者南山有臺篇北山有杻是檍之大者歟○詩述聞云一章之衣裳車馬二章之廷內鍾鼓皆二字平列字各爲義廷與庭通廷內謂庭與堂室非謂庭之內也內則曰灑埽室堂及庭弟子職曰凡拚之道堂上則播灑室中握手是洒埽之事尤重堂室豈有言庭而不及堂室者乎大雅抑篇洒埽廷內義與此同洒灑傳同東山伐木箋竝以洒爲灑說文洒滌也古文以爲灑埽字是洒爲古文假借也古者以水灑地曰灑先灑地而埽除其穢是曰灑埽正義云今定本弗鼓弗考注考擊也無亦字義竝通也然則正義本經作弗擊弗考傳考亦擊也與上章傳婁亦曳也文義相同文選潘岳河陽縣作注引毛詩弗擊弗考傳考亦擊也與正義本合考讀爲攷廣雅攷擊也保安南山有臺楚茨思齊常武傳竝同上章樂此章安同義

山有漆隰有栗子有酒食何不日鼓瑟（傳）君子無故琴瑟不離於側且以喜樂

且以永日（傳）永引也宛其死矣他人入室（疏）傳云君子無故琴瑟不離於側定本少無故二字案此君子指國君傳意原不必與女曰雞鳴傳同也喜亦樂也傳於卷耳漢廣常棣文王永訓長唯此訓引者引曰猶引年引亦長也

揚之水三章二章章六句一章四句

揚之水刺晉昭公也昭公分國以封沃沃盛彊昭公微弱國人將叛而歸沃焉（疏）此與下篇椒聊刺昭公意略同攷左傳云惠之二十四年晉始亂故封桓叔于曲沃靖侯之孫欒賓傅之惠之三十年晉潘父弑昭侯而納桓叔不克晉人立孝侯案昭侯文侯子昭公也桓叔穆侯子文侯弟成師也魯惠公二十四年晉昭公之元年也元年封桓叔七年而昭公被弑潘父晉大夫也黨桓叔知時叛晉者衆

揚之水白石鑿鑿（傳）興也鑿鑿然鮮明貌素衣朱襮從子于沃（傳）襮領也諸侯繡黼丹朱中衣沃曲沃也既見君子云何不樂（疏）王鄭風揚之水傳竝云揚激揚也隸釋載魯詩作楊鑿讀爲鑿說文糳米一斛舂爲八斗曰糳爲米六斗大半斗曰粲故鮮明謂之粲亦鮮明謂之鑿重言之曰粲粲亦曰鑿鑿聲義皆相近興者揚水喻昭公王鄭風竝以激揚之水爲君政之煩急亂促則此文義正同上章序云刺昭公不能脩道以正其國卽其義也白石喻桓叔桓叔自分封於沃之後能脩其德日就盛彊其大都耦國之形已昭然不疑以白石之鮮明鑿鑿然爲喻白石之鑿鑿由於水之激揚桓叔之盛彊實由於昭公之不能脩道正國故詩首句言亂本之所由成耳解者皆揚水喻桓叔與序刺昭公意不甚關切失經之指矣下章皓皓絜白粼粼清澈與義同○素衣謂中衣也傳訓襮爲領玉篇襮領連也亦作襮是領名曰襮矣爾雅釋器黼領謂之襮此釋詩之襮也說文及鄭注禮記竝釋詩之襮爲黼領與爾雅同傳旣釋襮爲領而又引禮記郊特牲文以明中衣

領有繡黼其意亦用爾雅黼領之義也郊特牲繡黼丹朱中衣大夫之僭禮也鄭注云繡黼丹朱以爲中衣領緣也孔疏云中衣謂冕及爵弁之中衣以素爲之繡黼爲領丹朱爲緣案傳本郊特牲文而必明言諸侯者亦謂禮唯諸侯中衣則然大夫用之則爲僭桓叔未爲諸侯已服此諸侯中衣之制其僭孰甚焉左傳云唯器與名不可以假人若以假人與人政也政亡則國家從之是謂矣古者裘葛皆有裼衣裼衣又謂之中衣其上有上衣裼以見美爲敬裼衣者對免上衣而言也冕服皆上衣下裳其中衣以充美爲盛中衣者對不免上衣而言也金榜禮箋云掩合上衣謂之中衣袒而露見謂之裼衣是也蓋冕服用素中衣亦用素傳謂中衣則經之素衣卽中衣諸侯冕服其中衣之衣領緣以丹朱畫以繡黼諸侯皮弁服中衣用錦衣或用素衣說見終南篇○子席叛晉者也于往也沃左傳作曲沃故傳云沃曲沃也漢書地理志河東郡聞喜故曲沃晉成侯自晉陽徙此劉昭郡國志補注云曲沃在聞喜縣東北數里與晉相去六七百里案此謂去唐叔舊都耳曲沃晉南徙之故都至昭公都翼桓叔封於曲沃在翼之南今山西絳州聞喜縣東有左邑城春秋時之曲沃也君子席桓叔也

揚之水白石皓皓【傳】皓皓絜白也**素衣朱繡從子于鵠**【傳】繡黼也鵠曲沃邑也

既見君子云何其憂【傳】言無憂也【疏】楚辭大招天白顥顥廣雅皞皞白也並與此皓皓同絜白謂白石絜白也○傳訓繡爲黼者亦本爾雅禮記爲訓朱卽丹朱繡卽繡黼也繡與黼其爲刺文繡黼同義猶丹朱同義皆二字平列劉昭輿服志注云襮繡領也繡領卽黼領孫郭注爾雅以爲繡刺黼文者非也禮記注及儀禮士昏特牲饋食注並引魯詩云素衣朱綃綃繒名也案上章朱襮爲朱領下章朱綃爲朱繒謂領以繒爲之據特牲注此衣染之以黑詩有素衣記有玄宵衣宵與綃通玉藻玄綃衣爲裼衣詩素衣爲中衣是中衣卽裼衣可證此爲詩義也毛傳所見經文自作朱繡引禮記丹朱繡黼以爲中衣領緣之文解經義同而字異鄭箋改朱繡爲朱綃從魯詩也併改禮記繡黼爲綃黼文義有不可通○鵠曲沃邑謂鵠爲曲沃之下邑

也其地無聞詩述聞云易林否之師曰揚水潛鑿使石絜白衣素表朱遊戲皋
沃其交皆出唐風揚之水篇衣素表朱卽素衣朱襮襮之爲言表也易林訓襮
爲表與毛詩異殆本於三家與其遊戲皋沃卽從子于沃從子于鵠也鵠與皋
古同聲鵠之作皋蓋亦本三家也傳以無憂釋何憂云其皆語助云何其憂猶
云何不樂也國人以歸沃
爲無憂此述將叛者之詞

揚之水白石粼粼（傳）粼粼清澈也**我聞有命不敢以告人**（傳）聞曲沃有善政命

不敢以告人（疏）傳云粼粼清澈也者謂白石清澈粼粼然也說文巛部粼水生
厓石間粼粼也从巛粦聲其字从巛故粼粼爲水說稍異玉篇
潾水清皃潾與粼同○我詩人自我也聞曲沃有善政命者釋經聞有命三字
之義下篇序云君子見沃之盛彊能脩其政是卽曲沃之善政命也序又云知
其蕃衍盛大子孫將有晉國此卽不敢以告人之故蓋其人必身在桓叔而心
切昭公憂昭公之微弱畏桓叔之盛彊眞有向隅仰屋無所告語之嘆君子知
晉之必爲沃幷已情見乎辭矣定十年左傳侯犯以郈叛叔孫謂郈工師駟赤
日郈非叔孫氏之憂社稷之患也將若之何對曰臣之業在揚之水卒章之四
言矣案侯犯據郈叛魯與桓叔據沃叛晉其事相似駟赤畏侯犯特詠此詩以
明己意則知作詩之人斷非從叛之人上二章就叛晉者說末章卽承此意以
諷動昭公耳荀子臣道篇迫脅於亂時窮居於暴國而無所避之則崇其美揚
其善違其惡隱其敗言其所長不稱其所短以爲成俗詩曰國有大命不可以
告人妨其躬身荀子引詩與毛傳釋詩意正合詩小學云所引卽揚之
水之三章也前二章皆六句此章四句姝太短恐漢初傳之者有脫誤

椒聊二章章六句

椒聊刺晉昭公也君子見沃之盛彊能脩其政知其蕃衍盛大子孫將有晉國
焉

椒聊之實，蕃衍盈升。傳興也。椒聊，椒也。**彼其之子，碩大無朋。**傳朋，比也。**椒聊且，遠條且。**傳條，長也。疏阮元揅經室集云：椒聊聊字，舊訓為語助，謬矣。毛傳椒栭之緣傳已專訓，不必再為聊棣也之訓矣。爾雅椒樧醜莍，莍即梂也。又云朻者聊，朻亦即梂也。胡承珙後箋從阮說，云：今考本草經蔓椒一名家椒，名醫別錄陶注云俗呼為樛，樛即朻字，朻亦即梂字。鄭箋之梂，自是釋經之聊，亦必毛傳已作椒梂也，故但云今一梂之實。楚辭九歎懷椒聊之蔎蔎兮，王逸注云：椒聊，香草也。詩曰椒聊且，蔎蔎，香貌。據此益可見聊非語助。至王逸以為香草者，猶說文以茮入艸部，蓋草木散文得通耳。後箋又云：文選景福殿賦、曹子建求通親親表，李善注竝引詩作蔓延盈升，此所引疑三家詩。蔓延與蕃衍聲同字通。又李注兩引詩下皆有美其繁興四字，疑亦三家詩傳之語。奐案：三家釋詩與毛詩義合。詩以椒實之蕃衍，興桓叔子孫之蕃衍；又以椒氣之遠長，興桓叔之政教。此皆興，唯中二句非興。篇內皆陳沃事，而昭公不知，是以為刺。○之子，序桓叔也。碩亦大也。蕃衍、碩大，竝兩字同義。朋訓比者，比為比方之比。王肅、孫毓申毛必履反，是也。秦黃鳥百夫之防，傳：防，比也。亦比方字。朋、防一聲之轉。後箋云：無比者，即陳敬仲占辭莫之與京之意。○六月、韓奕傳竝訓脩為長。條與脩皆從攸聲，故二字同訓。下章傳云：言聲之遠聞也。案此六字當本在條長也之上，後人誤奪，乃增於篇末耳。言上當有遠字。遠言聲之遠聞也，與折言傷害也句、言陰灼也同一句法。今以全詩通例攷之，凡上下章同辭，則傳必總釋於上章，如殷其雷傳振振，信厚也；北風傳虛，虛也；亟，急也。殷其雷、北風皆末二句同辭，以及桑中末三句同辭，漢廣末四句同辭，黍離、園有桃、秦黃鳥末六句同辭，而其義皆總釋於上章，不分釋也。此詩遠條二字成義，同辭不應分屬上下章，可證矣。遠言聲之遠聞也，正釋經之遠字；條長也，正釋經之條字。箋云：椒之氣日益遠長，似桓叔之德彌廣博。鄭箋正申毛傳。蓋詩以椒香遠長，興桓叔德政有遠聞，子孫將有晉國也。左傳云：故能有其國家，令聞長世。

椒聊之實，蕃衍盈匊。傳兩手曰匊。**彼其之子，碩大且篤。**傳篤，厚也。**椒聊且，遠條**

且傳言聲之遠聞也疏兩手曰匊采綠同宣十二年左傳舟中之指可匊矣杜注亦云兩手曰匊說文勹部在手曰匊在疑兩字之誤
而手字不誤考工記陶人疏引小爾雅云匊二升二匊爲豆豆四升此別一義
匊俗作掬○篤厚爾雅釋詁文大明公劉維天之命同後箋云篤厚即鄭子封
謂叔段厚將得衆之意奚謂昭二十六年左傳晏子曰陳氏厚施焉民歸之矣
後世若少惰陳氏而不亡則國其國也已厚施與傳篤厚之訓亦合說苑立節
篇故夫士欲立義行道毋論難易而後能行之立身著名無顧利害而後能成
之詩曰彼其之子碩大且篤非良篤脩激之君子其誰能行之哉韓詩外傳亦
有其文此雖斷章而與毛
詩不同當出三家義也

綢繆三章章六句

綢繆刺晉亂也國亂則昏姻不得其時焉

綢繆束薪三星在天傳興也綢繆猶纏緜也三星參也在天謂始見東方也男
女待禮而成若薪芻待人事而後束也三星在天可以嫁娶矣今夕何夕見此
良人傳良人美室也子兮子兮如此良人何傳子兮者嗟茲也疏綢繆纏緜皆疊韻字古今
語也史記天官書參爲白虎三星直是也爲衡石漢書天文志同孟康注云參
三星者白虎宿中東西直似稱衡也傳釋三星爲參又撰下二章在隅在戶知
在天爲始見東方者此參星爲東西直之時王肅云謂十月也纏緜薪芻喻嫁
娶之必待禮以釋綢繆句參星昏始見於東方是可行嫁娶之候以釋三星句
昭元年左傳云后帝遷實沈于大夏主參唐人是因故參爲晉星蓋此詩人亦
因晉星而起興爾○良人猶美人男子椉三星在天之夕至女家來親迎覿見
美人以成其家室故傳云良人美室也與孟子將覸良人指男子者不同正義
云以三章見此粲者粲是三女故知良人爲美室良訓爲善故稱美也○王引

之詩述聞云傳嗟茲卽嗟嗞說文嗞嗟也廣韻嗞嗟憂聲也秦策曰嗟嗞乎司空馬管子小稱篇曰嗟茲乎聖人之言長乎哉說苑貴德篇曰嗟茲乎我窮必矣楊雄青州牧箴曰嗟茲天王附命下土皆歎辭也或作嗟子楚策曰嗟乎子乎楚國亾之日至矣儀禮經傳通解續引尚書大傳曰諸侯在廟中者愀然若復見文武之身然後曰嗟子乎此蓋吾先君文武之風也夫是嗟子與嗟茲同經言子兮猶曰嗟子乎嗟嗞乎也故傳以子兮爲嗟嗞箋謂子兮子兮席娶者始失其義案王說是也𦶜傳咨嗟也子與咨皆嗞之假俗字咨嗞雙聲子嗞疊韻彼以嗟釋咨此以嗟茲釋子其義一也易明夷六五箕子劉向說今作荄茲公羊負茲白虎通義作負子皆子茲聲通之證正義云如何猶柰何昭十二年公羊傳注云如猶柰也如此良人何言見良人而不得見柰此良人何親迎女猶有不至者也東門之楊昏以爲期明星煌煌傳云期而不至義正同

綢繆東芻三星在隅（傳）隅東南隅也**今夕何夕見此邂逅**（傳）邂逅解說之貌**子兮子兮如此邂逅何**（疏）參星在天則自東而南昏見於隅故傳以爲東南隅正義云在十月之後謂十一月十二月是也○說文無邂字邂逅當依釋文作解覯傳文解說之皃四字當依釋文作解說也三字韓詩云不固之皃固蔽也不固不蔽見也韓以解覯爲形容經之見字故云之皃毛直訓解覯爲解說不須云之皃今本從韓而誤解覯古語解說今語江有汜箋云歌者言其悔過以自解說也箋正用此傳訓草蟲傳覯遇也穀梁傳遇者志相得也志相得謂之遇遇謂之覯解說者志相得也靜女頻弁說懌鄭箋作說釋義竝相同

綢繆束楚三星在戶（傳）參星正月中直戶也**今夕何夕見此粲者**（傳）三女爲粲大夫一妻二妾**子兮子兮如此粲者何**（疏）三星在戶參星昏見當於戶月令孟春之月昏參中夏小正正月初昏參中斗柄縣在下傳言斗柄者所以著參之中也是參星昏中在正月矣戶詁直戶夏小正漢案戶傳案戶也者直戶也言正南北也蓋中星皆以南方之中過

中爲下正月參昏在南方詩不云在南而云在戶者古者爲戶於室東南隅參星皆見當戶則南北直而偏東也荀子大略篇云霜降逆女冰泮殺止冰泮在正月之節自霜降以至冰泮皆爲嫁娶之正時○廣韻二十八翰詩傳云三女爲㛑又美好皃玉篇女部同說文女部三女爲㛑㛑美也从女奴省聲古字作效又作㛑今通作粲周語恭王遊於涇上密康公從有三女奔之其母曰必致之於王夫獸三爲羣人三爲眾女三爲粲王田不取羣公行下眾王御不參一族夫粲美之物也眾以美物歸女而何德以堪之粲天子於后之外有媵姪娣三人又有二國來媵每國三人共一取九女諸侯亦然密康公有一族三女私奔故其母爲何德以堪也傳引此者以證粲字之義云大夫一妻二妾者又申明三女之義則此詩昏取亦卿大夫之禮也白虎通義嫁娶篇亦云卿大夫一妻二妾又云士一妻一妾下卿大夫禮也熊安生謂士有一妻二妾非是

杕杜二章章九句

杕杜刺時也君不能親其宗族骨肉離散獨居而無兄弟將爲沃所并爾

有杕之杜其葉湑湑（傳）興也杕特生皃杜赤棠也湑湑枝葉不相比也**獨行踽踽豈無他人不如我同父**（傳）踽踽無所親也**嗟行之人胡不比焉人無兄弟胡不佽焉**（傳）佽助也（疏）釋文據傳特下無生字有杕之杜箋云特生之杜彼箋依經生于道左言此不當有生字也六書故引傳作杕特皃與釋文同特當讀若有菀其特之特家訓書證篇江南本傳作杕獨皃緣下文獨行作訓恐非毛義當從釋文本作特皃爲長也杜赤棠爾雅釋木文說詳甘棠篇正義云裳裳者華亦云其葉湑兮則湑湑與菁菁皆茂盛之貌傳於此云湑湑枝葉不相比下章言菁菁葉盛互相明耳言葉雖茂盛而枝條稀疏以喻宗族雖彊不相親暱也案此興體也釋文據傳不相比下有次字比次即比佽亦當以[illegible]文本爲長○說文踽疏行皃詩曰獨行踽踽踽疏疊韻傳云無所親之意廣雅踽踽行也本三

家詩孟子盡心篇行何爲踽踽涼涼與詩踽踽義同爾雅父爲考父之考爲王父王父之考爲曾祖王父曾祖王父之考爲高祖王父是祖曾高皆父也今以旁殺言之曰昆弟我之同於父者也曰從父昆弟我之同父於祖者也曰從祖昆弟我之同父於曾祖者也曰族昆弟我之同父於高祖者也皆可謂之我同父伐木傳云天子謂同姓諸侯諸侯謂同姓大夫皆曰父豈無他人不如我同父言他人不如我同父之親也此起下文宗族與嗟之意○箋云比輔也傳訓佽爲助者助亦輔也廣雅比佽代也方言佽比代也昭十六年左傳云庸次比耦次比連言與詩比佽連文同義佽與次通嗟行之人胡不比焉人無兄弟胡不佽焉胡何也承上文獨行無所親而言獨行之人何不比輔之獨行之人無兄弟之親何不佽助之歎其無有輔助也

有杕之杜其葉菁菁(傳)菁菁葉盛也獨行睘睘豈無他人不如我同姓(傳)睘睘無所依也同姓同祖也嗟行之人胡不比焉人無兄弟胡不佽焉(疏)經言葉故傳云葉盛葉盛而枝弱與義與上章同也苕之華其葉青青傳華落葉青青然文義略同菁菁釋文本亦作青青○睘從袁聲睘睘之爲無所依猶版篇悹悹之爲無所依矣說文引詩作睘睘釋文云睘睘本亦作煢煢王逸九思注文選張衡思玄賦陸雲贈婦詩注作煢煢思玄賦舊注煢煢獨也本三家詩傳云同姓同祖也者程瑤田宗法小記云孫以祖之字爲姓故同祖昆弟謂之同姓是故自曾祖與族曾祖等而下之旁及族昆弟皆與我同姓於高祖者也其宗子所謂繼高祖之宗也自祖父與從祖祖父等而下之旁及於從祖昆弟皆與我同姓於曾祖者也其宗子所謂繼曾祖之宗也自父與世父叔父等而下之旁及於從父昆弟皆與我同姓於祖父者也其宗子所謂繼祖之宗也案此卽同姓爲同祖之義麟之止傳公姓公同姓公族公同祖姓族皆出於祖故姓族皆得謂之同祖

杕杜二章章四句

羔裘刺時也晉人刺其在位不恤其民也(疏)箋云恤憂也

羔裘豹袪自我人居居(傳)袪袂末也本末不同在位與民異心自用也居居懷惡不相親比之貌豈無他人維子之故(疏)釋文定本據傳袂下有末字僖五年唐羔裘傳云袪袂末唐風取本末為義故言袂末然正義不出一手故今唐風正義作袪袂也無末字案有末字是也今補正遵大路傳云袪袂也謂執袪猶執袂也此傳云袪袂末也袂屬衣幅二尺二寸為袂中袂口謂之袪徑尺二寸袂口之緣是為袂末深衣袂末續緣廣寸半長衣中衣袂末揜餘一尺裘制如長中袂末亦宜揜餘一尺此餘一尺乃用豹皮鄭傳謂袪為末與謂裘為本作對文非袪為袂之末也裘者本也袪者末也裘用羔袪用豹所謂本末不同也裘袪本末言在位與民羔豹不同言在位與民異心襄十四年左傳余不說初矣余狐裘而羔袖裘袖不同物言始終不同徵與此詩傳意略同箋云羔裘豹袪在位卿大夫之服也傳訓自為用與執競同與皇矣召旻訓自為從義異我人我民人也居居究究皆不恤其民之謂爾雅釋訓居居究究惡也傳云居居懷惡不相親比之皃者義取爾雅為訓箋其役使我之民人其意居居然有悖惡之心不恤我之困苦是也居居與上篇渻渻踽踽聲義相近晉語暇豫之吾吾不如鳥烏韋注吾讀如魚吾吾不敢自親之貌也御覽人事部一百十引國語舊注俉俉疏遠之貌淮南子覽冥篇臥倨倨高注倨倨臥無思慮也倨讀虛田之虛聲義竝相近○子

席在位者也故故舊也

羔裘豹褎自我人究究(傳)褎猶袪也究究猶居居也豈無他人維子之好(疏)說文褎袂也俗作袖是褎亦袂矣袂末謂之袪亦袂末謂之褎故云褎猶袪也古究宄聲同詩之究當讀為宄亦懷惡不相親之皃故云究究猶居居也

鴇羽三章章七句

鴇羽刺時也昭公之後大亂五世君子下從征役不得養其父母而作是詩也

(疏)五世謂孝侯鄂侯哀侯小子侯晉侯緡也俱在昭公之後

肅肅鴇羽集于苞栩(傳)興也肅肅鴇羽聲也集止苞稹栩杼也鴇之性不樹止王**事靡盬不能蓺稷黍父母何怙**(傳)盬不攻致也怙恃也**悠悠蒼天曷其有所**(疏)興者鴇之集栩棘桑以喻君子征役之勞苦經言鴇羽故云肅肅鴇羽聲集止爲全詩通訓集始見於葛覃集于灌木而無傳此因欲言鴇不樹止而訓釋之也苞稹爾雅釋言文孫注云物叢生曰苞齊人名曰稹郭注云今人呼物叢致者爲稹箋云稹者根相迫迮梱致也栩杼釋木文東門之枌同杼說文作柔木部云栩柔也其皁一曰樣樣栩實也栩實一名橡實艸部云草草斗櫟實也一曰象斗草古皁字象當作樣字之誤也亦名柞實周禮大司徒一曰山林宜皁物鄭司農注云皁物柞栗之屬今世間謂柞實爲皁斗栩實似栗故柞栗又名橡栗呂覽恃君篇冬日則食橡栗高注云橡皁斗也其狀似栗案橡與樣同栩一名柔其實謂之樣櫟實柞實皆以形近通俗耳正義引義疏云今柞櫟也徐州人謂櫟爲杼或謂之爲栩其子爲皁或言皁斗其殼爲汁可以染皁今京洛及河內多言栩汁謂櫟爲杼五方通語也云鴇之性不樹止者釋文鴇似鴈而大無後趾趾宋毛詩作指正義引義疏云鴇鳥連蹄性不樹止樹止則爲苦故以喻君子從征役爲危苦也並本傳爲說禮記內則有鴇○正義云昭元年左傳於文皿蟲爲蠱穀之飛亦爲蠱蟲害器敗穀皆謂之蠱盬與蠱字異義同奐謂周禮盬人共其苦盬杜子春讀苦爲盬典婦功辨其苦良鄭司農苦讀爲盬鄭注喪服云沽猶麤也檀弓云沽猶略也苦沽亦與盬字異義同四牡王事靡盬傳盬不堅固也采薇杕杜北山王事靡盬箋並云盬不堅固也不攻致即不堅固車攻傳攻堅也致即今之緻字余友邵陽魏源云晉自曲沃構難何暇更勤王事而鴇羽三言王事靡盬者何此與衞風伯兮之言王事皆作於桓王之世桓王二年曲沃莊伯以鄭邢之師伐翼王使尹氏武氏助之是秋曲沃叛王王命虢公伐曲沃而立哀侯十六年曲沃殺小子侯王命虢仲立晉侯緡虢仲芮伯梁伯荀侯賈伯伐曲沃王師屬臨於晉妨農失養而作是詩○齊南山傳云蓺樹也怙恃釋言文不能樹稷黍父母何恃者言何所恃而

得會何所恃而得嘗正義云下言何會何嘗與此相接成是也殷其雷隰有萇楚篇例皆同

肅肅鴇翼集于苞棘王事靡盬不能蓺黍稷父母何食悠悠蒼天曷其有極（疏）苞棘猶叢棘

肅肅鴇行集于苞桑（傳）行翮也王事靡盬不能蓺稻粱父母何嘗悠悠蒼天曷其有常（疏）傳以翮詁行鴇翮猶鴇羽鴇翼也義未易否六五繫于苞桑鄭注云苞稹也

無衣二章章三句

無衣美晉武公也武公始并晉國其大夫爲之請命乎天子之使而作是詩也

（疏）莊十六年左傳云王使虢公命曲沃伯以一軍爲晉侯史記晉世家云晉哀侯二年曲沃莊伯卒子曲沃武公稱立哀侯九年虜小子侯四年誘殺晉侯緡二十六年曲沃武公伐晉侯緡滅之盡以其寶器賂獻于周釐王釐王命曲沃武公爲晉君列爲諸侯於是盡并晉地而有之武公已即位三十七年矣凡三十九年而卒攷緡二十六年六誤作八舊本史記不誤也哀侯以魯隱五年立七年莊伯卒武公踰年即位自在魯隱八年至魯莊十六年王命爲侯武公即位已三十八年則并晉國當在前一年史記敘命侯於并國之先正義據以爲并國命侯俱三十七年內誤矣箋云天子之使是時使來者正義謂其使名號書傳無文奐案禮爲人臣者無外交雖容或有周使適晉晉大夫不得與天子之使交通且命出自天子又不得私相干請蓋序中使字必吏字之誤天子之吏謂三公也列國大夫入天子之國稱士士不得上通天子故屬於天子之吏若成二年左傳晉侯使鞏朔獻齊捷于周王使委於三吏禮之如侯伯克敵使大夫告慶之禮杜注云委屬也三吏三公也此其義證矣晉武公克曲沃以寶器賂僖王必有大夫至周其大夫亦但能屬乎天子之吏爲君請命僖王

得賂遂以武公爲晉侯是請命在周斷不在晉由轉寫者吏誤作使遂多謬說此詩卽其大夫所作故爲美而不爲刺至武公幷晉天子不正篡國之罪而反許受命之請編詩者隱喩刺意爾

豈曰無衣七兮【傳】侯伯之禮七命冕服七章**不如子之衣安且吉兮**【傳】諸侯不命於天子則不成爲君【疏】傳釋經之七爲七命七命故冕服七章周禮典命云侯伯七命其國家宮室車旗衣服禮儀皆以七爲節大行人云諸侯之禮冕服七章是謂侯伯之禮也○子斥武公也武公旣得命服故云安且吉安且奧傳云諸侯不命於天子則不成爲君者總釋詩義以見武公之服命於天子爲足美也若春秋邾儀父郳黎來蕭叔介葛盧皆微國之君未爵命故不書爵是則不命之諸侯春秋不書爵此不成爲君之義也

豈曰無衣六兮【傳】天子之卿六命車旗衣服以六爲節**不如子之衣安且燠兮**【傳】燠煖也【疏】傳釋經之六爲六命六命故車旗衣服以六爲節周禮典命云王之卿六命及其出封加一等其國家宮室車旗衣服禮儀亦如之是謂天子之卿之禮也天子之卿卽侯伯也天子之卿六命出封侯伯加一等則七命七命以七爲節六命以六爲節晉爲侯伯之國實七命其在王朝則亦就六命之數蓋詩人以七六分章實一意爾○燠當從釋文作奧小明日月方奧傳亦云奧煖也爾雅釋言燠煖也字亦當作奧

有杕之杜二章章六句

有杕之杜刺晉武公也武公寡特兼其宗族而不求賢以自輔焉

有杕之杜生于道左【傳】興也道左之陽人所宜休息也**彼君子兮噬肯適我**【傳】噬逮也**中心好之曷飲食之**【疏】杕特皃杜赤棠也義見上杕杜篇道以右爲陰左爲陽杕然之杜其枝葉足以庇陰人生於道

左之陽衆人得休息之興者喻人君有國賢者宜歸往之刺今之不然也通章言武公初得晉國寡特無助宜求賢以自輔不作反興之詞上篇有杕之杜其葉湑湑有杕之杜其葉菁菁以葉盛不與枝相比依爲喻小雅有杕之杜有睆其實有杕之杜其葉萋萋以實葉之蕃盛爲喻皆取下句爲興不以有杕爲興此亦同也管子輕重丁篇云途旁之樹未沐之時五衢之民男女相好往來之市者罷市相睹樹下談語終日不歸男女當壯扶輦推輿相睹樹下戲笑超距終日不歸父兄相睹樹下論議玄語終日不歸是古者道旁皆種樹可作休息之義證○君子謂賢者也方言云北燕曰噬逮通語也爾雅作遾日月篇作逝噬假借字釋文引韓詩正作逝云逝及也噬逝同聲逮及同意中心心中也爾雅曷盍也郭注云盍何不也廣雅曷盍何也曷盍聲同故何謂之曷又何不謂之曷猶何謂之盍亦何不謂之盍義並同釋詞云曷何不也說者訓爲何失之

有杕之杜生于道周(傳)周曲也**彼君子兮噬肯來遊**(傳)遊觀也**中心好之曷飲食之**(疏)傳周讀如漢盩厔縣之厔與曲同聲義通道曲猶道左卷阿篇有卷者阿右也韓以上章道左則此當訓道右然道樹宜在左毛義優也○來遊卷阿作來游游遊古今字云觀者孟子梁惠王篇齊景公曰吾何脩而可以比於先王觀也晏子引夏諺曰吾王不遊吾何以休是遊觀義同也觀讀如易觀我之觀來觀猶上章之云適我矣

葛生五章章四句

葛生刺晉獻公也好攻戰則國人多喪矣(疏)正義云獻公以魯莊十八年立僖九年卒左傳伐驪戎滅耿滅霍滅魏伐東山皋落氏滅下陽圍上陽滅虢執虞公敗狄于采桑是其好攻戰也

葛生蒙楚蘞蔓于野(傳)興也葛生延而蒙楚蘞生蔓於野喻婦人外成於他家

予美亡此誰與獨處(疏)葛絺綌草也蒙覆也楚木也蔓延也正義引義疏云蘞似
栝樓葉盛而細其子正黑如燕薁不可食也幽州人謂之
烏服毛晉廣要云本草蘞有赤白黑三種疑此是黑蘞也說文蘞白蘞或作蘝則
蘞有白蘞矣萗葛蘞皆蔓延野草故以喻婦人之外成於他家也白虎通義嫁娶
篇云嫁娶者何謂也嫁者家也婦人外成以出適人爲家○婦人稱夫謂美猶稱
夫謂良東鄰傳云亡喪棄也誰與即獨處與不遠伊邇莫怨具慶云徂何往孔淑
不逆句
法相同
葛生蒙棘蘞蔓于域(傳)域塋域也予美亡此誰與獨息(傳)息止也(疏)蒙棘猶蒙楚
傳釋域爲塋
域者爾雅域兆也廣雅宅垗塋域葬地也古者葬地皆在外野蘞草蔓延於塋域
亦是婦人外成之義若謂葬夫之處則失之○獨息猶獨處也息訓止處亦止也
角枕粲兮錦衾爛兮(傳)齊則角枕錦衾禮夫不在斂枕篋衾席韣而藏之予美亡
此誰與獨旦(疏)經言角枕錦衾傳則申明經義以爲齊時之物凡齊必居於正寢
故爲之別設此角枕錦衾也傳又云禮夫不在斂枕篋衾席韣而
藏之者此引古禮文以言夫從征役既缺時祭婦人斂藏枕衾乃特假夫在齊物
以起興爾枕篋枕匣也少儀茵席枕几穎杖王引之禮記述聞穎字當在枕下枕
穎相連釋文穎作穎玉篇廣韻竝曰穎篋也是枕篋又謂之枕穎矣席韣席韜也
鄭注內則云韣韜也韣與韣同枕貯於篋謂之枕篋席納於韣謂之席韣枕篋也
衾也席韣也夫不在則斂此三者藏之詩但言枕衾耳席韣乃連而及之正義引
內則夫不在斂枕篋簟席韣而藏之此傳引彼變簟爲衾順經衾文案孔所見內
則文當有奪誤內則云御者舉几斂席與簟縣衾篋枕斂簟而襡之又云父母舅
姑之衣衾簟席枕几不傳凡言席者必兼簟言簟席者必兼衣衾矣毛傳但舉衾
席以該衣簟耳今本內則韣作襡襡下又誤衍一器字當從詩正義所引無器字
爲善本○旦讀如昧旦之旦祭昧旦而興質明而行事夫不在故自傷其獨旦也
獨旦猶獨
處獨息也

夏之日冬之夜(傳)言長也百歲之後歸于其居(疏)夏日長冬夜長故云言長也傳統下章爲訓○後箋據章懷注後漢書蔡邕傳引箋居墳墓也四字作傳文奐竊以爲不然也凡全詩上下章同義上章無傳下章卽承上章之字作傳者如羔羊革猶皮也緇衣好猶宜也有女同車英猶華也蘀兮漂猶吹也九罭宿猶處也白駒夕猶朝也小明息猶處也鼓鐘悲猶傷也此通例也居訓墳墓此箋申補經傳之義非傳文有此四字也舊本北堂書鈔禮儀十三死三十亦引作鄭箋不作毛傳

冬之夜夏之日百歲之後歸於其室(傳)室猶居也(疏)此詩居字室字與同穴之穴字同義大車死則同穴傳死則神合同爲一也此卽所謂歸於居室也大車及秦黃鳥箋云穴謂冢壙中也此箋云室猶冢壙皆以申明傳文荀子禮論篇壙壟其貌象室屋也

采苓三章章八句

采苓刺晉獻公也獻公好聽讒焉(疏)晉獻公嬖驪姬殺大子申生重耳夷吾皆出奔此其好聽讒也

采苓采苓首陽之巔(傳)興也苓大苦也首陽山名也采苓細事也首陽幽辟也細事喻小行也幽辟喻無徵也人之爲言苟亦無信舍旃舍旃苟亦無然(傳)苟誠也人之爲言胡得焉(疏)苓大苦簡兮同說詳簡兮篇舊說首陽在河東蒲阪或謂首陽卽雷首在今山西蒲州府北余友臨海金鶚求古錄云曾子制言中篇云夷齊居河濟之間莊子讓王篇云夷齊北至於首陽之山遂餓而死言北至於首陽則首陽當在蒲阪之北雷首南枕大河不得言北也況論語言首陽之下是首陽二字名山非言首山之陽也蒲阪雷首山一名首山不名首陽則謂首陽在蒲阪者非也唐國卽晉國晉始封在晉陽卽夏禹都至穆侯遷于翼在今平陽獻公居絳亦屬平陽詩所詠首陽卽夷齊所隱之首陽也平陽爲堯都又黃帝所葬二子所願居其地近河濟又在蒲阪之北與曾子莊子所言皆合但

非在河濟之閒意二子先居於河濟後乃隱於首陽史記云武王東伐紂夷齊叩馬而諫葢在孟津之地孟津正當河濟閒是夷齊去周尚未隱首陽而居於河濟之閒也又云武王已平殷亂天下宗周夷齊恥之隱於首陽山采薇而食遂餓死是武王克商之後乃隱於首陽山也故曾子言居河濟之閒而不言隱首陽莊子言北至於首陽明自河濟閒而北去也首陽之在平陽可無疑矣案金說明辨毛傳亦謂山名首陽非首山之陽矣晉都平陽故詩人遂以晉山爲興云采苓細事首陽幽辟又云細事喻小行幽辟喻無徵所以明經取興之義小行無徵皆指讒說行道也小行小道也無徵無徵不信也首二句是興體下正言讒之無足信與人不聽讒而讒自止也三章篇義同巔俗顚字○正義云王肅諸本作爲言定本作僞言定本與釋文或作本同沔水正月民之訛言箋訛僞也說文作譌言無訛字古爲僞譌三字同毛詩本作爲讀作僞也爲言即讒言所謂小行無徵之言也苟誠者苟與果一聲之轉故苟謂之誠猶果謂之誠也苟亦無信誠無信也亦爲語助陟岵傳云旃之也無然無是也皇矣無然畔援無然歆羨傳無是畔道無是援取無是貪羨無是釋無然或在句首或在句末其義一也無是者無一是者也焉猶然也

采苦采苦首陽之下（傳）苦苦菜也人之爲言苟亦無與（傳）無與勿用也舍旃舍旃苟亦無然人之爲言胡得焉（疏）苦苦菜禮記內則濡豚包苦儀禮公食大夫士虞特牲饋食記鉶芼用苦苦皆苦菜也邶谷風及大雅緜謂之荼傳云荼苦菜是苦與荼同物故鄭注禮以爲苦荼矣○傳釋無與爲勿用無讀爲毋與讀爲以詁訓毋勿同義毋謂之勿無亦謂之勿矣以與同義以謂之用與亦謂之用矣易師上六大君有命開國承家小人勿用象傳云小人勿用必亂邦也與傳勿用義同

采葑采葑首陽之東（傳）葑菜名也人之爲言苟亦無從舍旃舍旃苟亦無然人之爲言胡得焉（疏）邶谷風采葑采菲無以下體傳葑須從也下體根莖也葑之根莖不可食其葉有可食故此傳又云菜名也

卷十終

長洲陳奐學

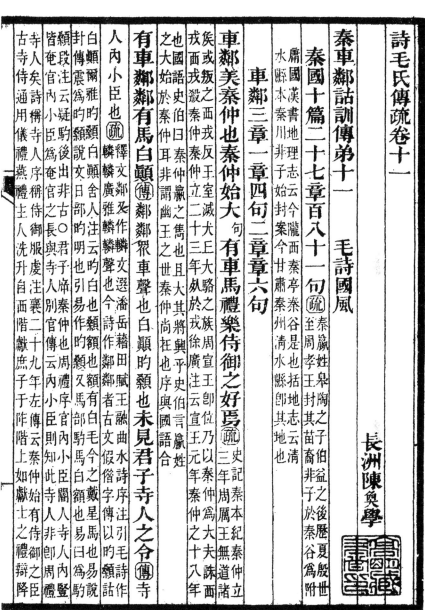

秦車鄰詁訓傳弟十一　毛詩國風

秦國十篇二十七章百八十一句（疏）秦嬴姓皋陶之子伯益之後歷夏殷世至周孝王封其苗裔非子於秦谷爲附庸國漢書地理志云今隴西秦亭秦谷是也括地志云清水縣本秦川非子始封案今甘肅秦州清水縣即其地也

車鄰三章一章四句二章章六句

車鄰美秦仲也秦仲始大句有車馬禮樂侍御之好焉（疏）史記秦本紀秦仲立三年周厲王無道諸侯或叛之西戎反王室滅犬丘大駱之族周宣王即位乃以秦仲爲大夫誅西戎西戎殺秦仲秦仲立二十三年死於戎徐廣注云宣王元年秦仲之十八年也國語史伯曰秦仲嬴之雋也且大其將興乎史伯言嬴姓之大始於秦仲耳非謂幽王之世秦仲尚在也序與國語合

有車鄰鄰有馬白顛（傳）鄰鄰衆車聲也白顛的顙也未見君子寺人之令（傳）寺人內小臣也（疏）釋文鄰又作轔文選潘岳藉田賦王融曲水詩序注引毛詩作轔轔廣雅轔轔聲也今詩作鄰鄰者古文假借字傳以的顙詁白顛爾雅的顙白顛舍人注云的白也顙額也額有白毛今之戴星馬也易說卦傳震爲的顙說文日部的明也引易作的顙又馬部馰馬白額也易曰爲馰顙段注云疑馰後出非古○君子謂秦仲也周禮序官內小臣閽人寺人內豎皆奄官內小臣爲奄官之長與寺人別官傳云內小臣則知此寺人非即周禮寺人矣詩稱寺人序稱侍御服虔注襄二十九年左傳云秦仲始有侍御之臣古寺侍通用儀禮燕禮主人洗升自西階獻庶子于阼階上如獻士之禮辯降

洗遂獻左右正與內小臣皆于阼階上如獻庶子之禮案諸侯亦有內小臣公倉大夫禮謂之內官之士此詩下章鼓瑟鼓簧正行君燕臣禮傳以內小臣釋寺人實本燕禮爲說秦仲爲宣王大夫與外諸侯同體故亦得設內小臣之官令釋文引韓詩作伶云使伶箋云欲見國君者必先令寺人使傳告之鄭用韓義也

阪有漆隰有栗(傳)興也陂者曰阪下溼曰隰**既見君子竝坐鼓瑟**(傳)又見其禮樂焉**今者不樂逝者其耋**(傳)耋老也八十曰耋(疏)阪有漆桑隰有栗楊與終南之有條梅與義略同言與者合下章發傳而又明首章之非與此與南有嘉魚有駜傳例又不同也陂者曰阪爾雅釋地文阪與側同意遍爲側猶陂爲阪東門之墠傳遠而難則如茹藘在阪蒹葭箋升者言其難至如升阪是也下溼曰隰亦釋地文釋地又云下者曰隰爾雅隰有兩解下溼謂平地之隰下者對陂者言則謂不平之隰傳不云下者曰隰而必云下溼曰隰者於阪見其不平而於隰著其高下經義始備也簡兮皇皇者華傳竝云下溼曰隰〇爾雅釋言竝併也郭注引詩竝坐鼓瑟燕禮公以賓及卿大夫皆坐乃安此竝坐之義也竝坐與鼓瑟不連讀燕禮鼓瑟在堂上有工坐之文或據之以解詩竝坐爲樂工竝坐然鼓簧在堂下詩亦言竝坐將作何解乎傳中又字冢上章不冢上句燕禮小臣坐授瑟乃降工歌鹿鳴四牡皇皇者華此升歌三終也笙入立于縣中奏南陔白華華黍此笙入三終也詩上章寺人之令言見其侍御之好鼓瑟則又見其升歌矣鼓簧則又見其笙入矣傳云又見其禮樂焉者乃承上合下以釋之〇樂樂禮樂也逝讀如日月逝矣之逝逝往也今者不樂逝者其耋言今者不樂禮樂往者其老矣悉蟀篇今我不樂日月其除今我不樂日月其邁今我不樂日月其慆彼序云欲其及時以禮自虞樂也詩義正同耋老釋言文傳八十曰耋當作七十曰耋易離九三釋文引馬注云七十曰耋鄭注謂年踰七十經言大耋卽爲過耋之年踰七十爲大耋則鄭亦以七十爲耋與馬注同杜注僖九年左傳云七十曰耋與服注同何注宣十二年公羊傳七十稱老徐彥疏云七十稱老曲禮文也按

今曲禮云七十曰耋與此異也徐彥見曲禮作七十曰耋禮記射義疏亦云六
十之耆七十之耋與公羊疏同耋卽耋之省今本曲禮作七十曰老疑老卽耋
之誤奪去下至耳曲禮七十曰耋正爲毛傳所本是七十謂之耋非八十謂之
耋也又版傳云八十曰耄卽曲禮八十九十曰耄也是八十謂之耄則七十謂
之耋也此皆足訂毛傳七誤爲八之證說文年八十曰耋年九十曰耄許以耄
耋年近統稱其言耄與版傳不同則其言耋亦與此傳不同而劉熙釋名王肅
注易郭璞注爾雅皆主八十曰耋之說後人遂以改易此傳七十爲八十與禮
記曲禮馬鄭服杜注不合且與版傳耋耄同稱八十尤不可通正義謂耋有七
十八十無正文不能釐正傳
文之誤而作此游移之說

阪有桑隰有楊旣見君子竝坐鼓簧(傳)簧笙也今者不樂逝者其亾(傳)亾喪棄
也(疏)詩之簧卽儀禮之笙也故傳以簧爲笙君子陽陽同○傳云亾喪棄也者
亾喪互訓言無禮樂則國政將喪棄矣是時秦始大而不忘喪棄故國胙
長久易繫辭傳云子曰危者安其位者也亾者保其存者也亂者有其治者也
是故君子安而不忘危存而不忘亾治而不忘亂是以身安而國家可保也易
曰其亾其亾
繫于苞桑

駟驖三章章四句

駟驖美襄公也始命句有田狩之事園囿之樂焉(疏)襄公秦仲之孫也秦本紀
云周避犬戎難東徙雒邑
襄公以兵送周平王平王封襄公爲諸
侯箋云始命命爲諸侯也秦始附庸也

駟驖孔阜六轡在手(傳)驖驪阜大也公之媚子從公于狩(傳)能以道媚於上下
者冬獵曰狩(疏)駟當作四四馬曰駟若下一字爲馬名則上一字作四不作駟
四驖孔阜猶云四牡孔阜耳凡碩人小戎四牡采薇杕杜六月

車攻吉日節南山北山車牽桑柔崧高烝民韓奕皆曰四牡此詩曰四驖載驅六月曰四驪四牡裳裳者華曰四駱采芑曰四騏車攻曰四黃大明曰四騵皆謂四馬也說文引詩作四驖漢書地理志作四載載乃戴之誤而其字皆作四可證驖訓驪駟傳云純黑曰驪周禮廋人以阜馬鄭注云阜盛壯也大亦盛壯之意箋云四馬六轡六轡在手言馬之良也○傳云能以道媚於上下者以釋經之媚子思齊傳媚愛也卷阿七章云藹藹王多吉士維君子使媚于天子此言媚於上者也入章云藹藹王多吉人維君子命媚于庶人此言媚於下者也傳正本卷阿詩義上下謂君民昭七年左傳子產曰不媚不信不信民弗從也媚民卽媚下箋申傳以上下為君臣正義謂不是己身能上媚下媚言能和合他人使之相愛皆失傳恉王肅云卿大夫稱子冬獵曰狩叔于田同

奉時辰牡辰牡孔碩(傳)時是辰時也冬獻狼夏獻麋春秋獻鹿豕羣獸公曰左之舍拔則獲(傳)拔矢末也(疏)時是爾雅釋詁文十月之交文王韓奕訪落傳並訓時為是時是同聲古文以時為是字也辰訓時時牡謂冬獵之獸也上章傳云冬獵曰狩而此則又引周禮獸人文以廣證時牡之義實因冬獵連類稱之耳傳中多有此例且傳釋經之辰牡不釋經之奉故箋云奉是時牡者謂虞人也騶虞傳虞人翼五豝以待公之發卽此義也碩大孔碩猶孔阜也○箋云左之者從禽之左射之也此卽鄭司農周禮保氏注所云五馭逐禽左也賈疏云逐禽左者謂御驅逆之車逆驅禽獸使左當人君以射之人君自左射故毛傳云自左膘而射之達於右腢為上殺是也箋云拔栝也釋名云矢末曰栝栝會也與弦會也二篇木部栝矢末也豈希馮所據詩傳作栝歟獲言中禽也

遊于北園四馬既閑(傳)閑習也輶車鸞鑣載獫歇驕(傳)輶輕也獫歇驕田犬也長喙曰獫短喙曰歇驕(疏)有杕之杜傳遊觀也書無逸篇云于觀于逸于遊于田渾言之遊亦田也古者田在園囿中北園當卽所田之地首章言狩此章言北園與車攻篇上言狩言苗而下言于敖文義正相同也北園未聞秦有具囿見左傳四馬卽四驖也還序云習於田獵謂之賢閑

於馳逐謂之奸是閑習同義禮記仲尼燕居篇以之田獵有禮故戎事閑也書大傳戰鬭不可不習故于搜狩以閑之也閑之者貫之也貫之者習之也案閑古字皆當作閒箋以序田狩園囿分屬二事遂謂公遊北園爲田獲以前并讀閑爲邦國六閑四馬爲四種之馬恐非詩傳之恉〇輶輕釋言文文選張衡西京賦屬車之蓋載獫獥獢薛綜注云蓋副也案張以屬車之蓋解詩之輶車此輶車爲倍乘也當卽從公媚子之所乘車攻傳諸侯發則大夫士發上言公射此乃及大夫以下推廣言之耳鸞當作鑾說文輶輕車也詩曰輶車鑾鑣在鑾故曰鑾鑣詳蓼蕭篇載載於車也傳釋獫歇驕爲田犬而又引爾雅釋畜文以分釋之爾雅長喙獫短喙猲獢說文獫長喙犬也猲短喙犬也詩曰載獫猲獢爾雅曰短喙犬謂之猲獢獢猲獢也是許所據詩爾雅作猲獢郭注爾雅李注文選引詩皆同

小戎三章章十句

小戎美襄公也備其兵甲以討西戎西戎方彊而征伐不休國人則矜其車甲婦人能閔其君子焉（疏）秦本紀襄公二年戎圍犬丘世父擊之爲戎人所虜七年西戎與申侯伐周殺幽王而襄公將兵救周戰甚力有功十二年伐戎而至岐卒

小戎俴收五楘梁輈（傳）小戎兵車也俴淺收軫也五五束也楘歷錄也梁輈輈上句衡也一輈五束束有歷錄游環脅驅陰靷鋈續（傳）游環靳環也游在背上所以禦出也脅驅愼駕具所以止入也陰揜軌也靷所以引也鋈白金也續續靷也文茵暢轂駕我騏馵（傳）文茵虎皮也暢轂長轂也騏騏文也左足白曰馵

言念君子溫其如玉在其板屋亂我心曲（傳）西戎板屋（疏）小戎兵車兩無正傳戎兵也凡兵車建五兵故謂之兵車亦謂之戎車采薇六月采芑泮水篇皆曰戎車是也箋云此羣臣之兵車故曰小戎俴淺爾雅釋言文傳詁收爲軫者軫後軫也考工記言車軫四尺以明軫崇之度於輿人記軫圍以明軫厚之度於輪人記庇軫於輈人記軫間以明軫廣之度記皆不及後軫車廣六尺六寸輿深四尺四寸其四面束輿之木謂之軫詩則謂之收收聚也謂聚衆材而收束之也凡築車之體不方箱故軫方非正方也軫圍尺有一寸其徑二寸七分半其度準於牙圍牙與軫任同故庨同也升車皆從車後故軫圍雖四面材兩旁爲輢前爲軓其三面上有揜輿之版納於輿下者不可得而見輿後一面無揜輿之版所可見者唯此後軫而已鄭注云軫輿後横木說文亦云軫車後横木也皆指可見之軫而言後軫無揜版爲人上車之處故毛傳謂之俴軫者即此也昭二十一年左傳張匄擊之折軫後軫故可擊可折又襄二十四年傳張骼輔躒皆踞轉而鼓琴轉即軫也後軫故可踞可鼓琴此亦兵車淺軫之義證與○經言五傳云五束束約也五束五約也五束之文是曰楘釋文楘本亦作鞪說文楘車歷錄束文也與傳訓同梁輈謂曲轅五楘謂輈束傳既以輈上句衡釋梁輈之義句與軥同又嫌五楘爲衡束故申釋五楘之義云一輈五束束有歷錄謂一輈其五束束文有歷歷錄錄然也輈在輿下者謂之任正任正如隧深在輿下四尺四寸合之軓前十尺輈長丈四尺四寸鄭司農云四馬之轅率尺所一縛然則五束爲五尺當在近衡之前五尺不在近軓之後五尺矣○游猶流也設環流於服馬背上是謂之游環傳靳環各本作靷環今依釋文訂正定九年左傳吾從子如驂之有靳說文靳當膺也驂馬之首當服馬之胸當胸之革爲靳靳上有環謂之靳環游環就服馬得其義而靳環兼驂馬得其義也云游在背上所以禦出也者箋云游環在背上無常處貫驂之外轡以禁其出禁即禦也蓋環游於服馬之背上而驂馬之外轡貫之則驂馬不得外出故曰禁其出也云脅驅愼駕具所以止入也者箋云脅驅者著服馬之外脅以止驂之入是驂馬首與服馬脅適相埒服馬之脅爲駕具吃緊之處驂馬之內轡倚著於服馬之外脅則服馬駕具亦得愼重而驂馬亦不得退入於後故曰所以止驂之入也○陰揜

軓陰揜雙聲軓軾前也軾前之版揜於軓上是謂之揜軓程瑤田通藝錄說輈軫下輈矦起處牙錯相嵌而甬之範圍此輈故謂此處爲軓箋云揜軓在軾前
垂輈上是也傳以引釋靷說文玉篇並云靷引軸案軸在輿下者謂之橫任靷引軸則當繫於橫任在陰版之後橫任兩頭有靷故左傳稱兩靷正義謂靷繫
於陰版之上非也爾雅白金爲之銀其美者謂之鐐小篆以爲古毛詩本皆作渋渋即鐐字之假借也續猶系也續靷者系於靷之環白金爲環之飾也箋云
鋈續白金飾續靷之環釋名續續靷端也蓋靷以皮爲之靷環所以系靷是曰續設於輈上不設於軓前也○傳釋文爲虎皮各本文下衍茵字當刪文者覆
軾之皮即韓奕所謂淺幭也茵薦軾中或用席爲之字從艸或用革爲之故字文從革即韓奕所謂鞹鞃也急就篇鞇䩬靯韉鞍鑣鍚史記酷吏傳同車未嘗
敢均茵伏徐廣音義云伏軾也漢書霍光傳加畫繡絪馮列女傳作細鞇馮即伏也文茵鞇䩬皆二事釋名釋詩文茵用虎文爲鞇䩬者皆從劉說恐未是史
記禮書寢兕持虎索隱云寢兕以兕牛皮爲席持虎以猛獸皮文飾倚較及伏軾故云持虎徐廣音義引續漢書輿服志文虎伏軾案此文即伏之證也玉篇
暢亦作暘廣雅暘長也考工記輪人五分其轂之長去一以爲賢去三以爲軹參分其轂長二在外一在內以置其輻凡轂長三尺二寸五分其長一爲賢當
得六寸四分即一在內也內在輿下者也三爲軹當得尺九寸二分即二在外也外在輿外者也於內外閒西其一當得六寸四分所以置輻也轂之在於輿
外者較長於輿下者長轂指在輿外可見者言也其用革輓於長轂是曰軝采芑傳軝長轂之軝也昭五年左傳長轂九百又文十四年穀梁傳長轂五百乘
杜范注長轂爲戎車○傳騏文正義本作綦文文選顏延之赭白馬賦注引傳騏綦文尸鳩傳同出其東門箋作綦文正本傳訓說文騏馬青驪文如博綦也
段注依七發注玄應書所引說文作青驪文如綦謂白馬而有青黑紋路相交如綦者是已尸鳩正義云馬之青黑者謂之騏又駉正義云騏黑色之名顧命
四人騏弁注青黑曰騏引詩云我馬維騏是騏爲青黑色不知鄭注言青黑爲弁文不謂青黑弁猶說文言青驪爲馬文不謂青驪馬仲達誤會騏馬爲青黑
馬豈騏弁亦青黑弁乎孔說非是此及皇皇者華采芑駉騏凡四見爾雅釋畜馬後左足白馵傳所本也易說卦傳震爲馵足虞翻注馬白後左足爲馵說文

馬馬後左足白也讀若注竝同爾雅雅毛傳不言後者省文耳○言念一章云我念故箋云言我也君子謂衆小戎者也野有死麕傳云如玉德如玉也板古作版下章傳在邑爲在敵邑則知板屋爲西戎板屋矣漢書地理志天水隴西山多林木民以板爲室屋故秦詩曰在其板屋又酈注水經渭水篇秦武公十年伐邽漢武帝改爲天水郡其鄉居悉以板蓋屋詩所謂西戎板屋也箋云心曲心之委曲也憂則心亂也此上四句者婦人所用閔其君子

四牡孔阜六轡在手騏駵是中騧驪是驂傳黃馬黑喙曰騧龍盾之合鋈以觼軜傳龍盾畫龍其盾也合合而載之軜驂內轡也言念君子溫其在邑傳在敵邑也方何爲期胡然我念之疏赤身黑鬣曰駵疑傳文有此六字今羼入箋語傳凡言馬色必詳騐義已見上章騏義雖著於駟篇而此駵實爲入經始見之馬騧首見四牡駰首見皇皇者華而騧與駰又見於駉駉傳之例皆兩釋之則知小戎駉之駵亦或兩釋之矣解見駉篇爾雅白馬黑脣駩黑喙騧白馬當作黃馬釋文駩孫本作犉云與牛同稱也孫炎所據爾雅作黃馬黑脣犉與無羊良耜傳黃牛黑脣曰犉合此謂馬牛同矣黃馬而黑脣者謂之犉黃馬而黑喙者謂之騧爲此傳所本騧郎家上犉言郭注云今以淺黃色爲騧馬疑郭景純所見爾雅本不誤上章傳云驖驪也驪易識之馬側不傳箋云中中服也驂兩騑也○傳云龍盾畫龍其盾也者其當作於正義不誤畫刻畫也畫龍於盾刻畫龍文於盾也齊語輕罪贖以韇盾一戟韇當讀畫績之績與詩龍盾同盾狀如蓋故曰合云合而載之者謂覆合而載於車也大東傳載載乎車也與此傳載字同義王肅云合而載之以爲車蔽○傳釋軜爲驂內轡觼者所以貫驂內轡之環也箋云鋈以觼軜之觼以白金爲飾也軜繫於軾前說文云觼環之有舌者或作鐍軜驂馬內轡繫軾前者詩曰漢以觼軜案鄭許皆足以申明傳義爾雅釋器環謂之捐捐卽觼之假借字又釋器載轡謂之轙說文轙車衡載轡者或作钀然則四馬八轡兩驂馬各有內外轡皆先貫於服馬之游環其兩驂外轡從游環復入車軶大環是謂之轙其兩驂內轡從游環復貫軾前之大環是謂之觼軜軜之言納也謂納於觼也內轡

納於轙故狂手者止有六轡耳浂驂以白金飾驂也荀子正論篇三公持納持
納謂軾前也楊注云納與軜同○經言在邑傳云在敵邑敵謂西戎也鵲巢傳
訓方爲有此方亦爲有也何爲胡然皆疑問之詞言有歸期而不歸使我念之
不已也小雅杕杜篇期逝不至而多爲恤傳云遠行不必如期室家之情以期
望之意與此同

俴駟孔羣厹矛鋈錞蒙伐有苑（傳）俴駟四介馬也孔甚也厹矛三隅矛也錞鐏
也蒙討羽也伐中干也苑文貌**虎韔鏤膺交韔二弓竹閉緄縢**（傳）虎虎皮也韔
弓室也膺馬帶也交韔交二弓於韔中也閉紲緄繩縢約也**言念君子載寢載**
興厭厭良人秩秩德音（傳）厭厭安靜也秩秩有知也（疏）傳以四馬釋駟介釋俴
爲介之札介甲也此箋申傳也釋文引韓詩駟馬不箸甲曰俴駟案駟馬之駟
當作四不字衍韓亦以四馬解駟箸甲解俴韓詩六月傳云馬被甲則戎車之
馬皆箸甲矣清人駟介旁旁傳云介甲也箋云駟四馬也俴駟猶言駟介孔訓
甚甚羣者旁旁之意也○說文口部厹高气也亙鳩切段注云詩厹矛是此厹
字案說文金部引詩正作厹傳文厹下奪矛字正義云厹矛三隅矛刃有三角
今據正義補正鄭注顧命云戣瞿蓋今之三鋒矛厹與戣瞿一聲之轉錞以
疊韻爲訓禮記曲禮進戈者前其鐏後其刃進矛戟者前其鐓鄭注云銳底曰
鐏平底曰鐓此析言之也說文錞矛戟柲下銅鐏也詩曰厹矛浂錞段注據玄
應書說文作鐓案御覽兵部八十四引詩亦作鐓玉篇鐓鐏也字皆作鐓淮南
子原道篇云猶鐓之與刃刃犯難而鐓無患者何也以其託於後位也高誘注
鐓讀曰頓是鐓狀固平底矣白金爲厹矛下飾詩謂之浂鐓漢人則謂之銅鐏
○傳云蒙討羽者蒙覆也討治也謂治羽而覆於中干之上是曰蒙伐鄭司農
周禮舞師注翌舞蒙羽舞又樂師注翌舞者以羽冒覆頭上案仲師所云蒙羽
即本此傳蒙討羽之義箋云蒙厖也討襍也畫襍羽之文於伐故曰厖伐鄭說

不同玉篇引三家詩作瞂毛詩用假借作伐傳云伐中干玉篇誤爲箋語非也說文瞂盾也干與瞂同中瞂卽中盾也大盾曰櫓苑訓文皃者謂羽飾也禮稱朱干舞大武或舞干以染朱羽爲飾與○虎韔以虎皮爲弓韔故傳云虎皮韔弓室也弓室猶弓衣也膺匈也傳以馬帶釋膺馬帶非馬大帶馬大帶在腹下馬帶在匈前也馬帶以革爲之箸於匈前故曰膺革有金飾故曰鏤膺箋云鏤膺有刻金飾也鏤膺與鉤膺不同鉤膺下坙而鏤膺不下坙此戎車與路車制異也鉤膺詳采芑篇○傳文交韔下當有二弓二字正義云交二弓於韔中謂顚倒安置之是也二弓閟宮謂之重弓韔卽虎韔之韔竹閉以竹爲閉也閉亦作柲既夕記有柲注柲弓檠弛則縛之於弓裏備損傷以竹爲之詩云竹柲緄縢古文柲作柴閉亦爲紲考工記譬如終紲引如終紲注紲弓𩎟弓有𩎟者爲發弦時備損傷詩云竹柲緄縢說文云檠榜也榜所以輔弓弩也紲檠也案檠檠曰紲因之詩檠曰紲毛意蓋讀詩之閉爲既夕記有柲之柲而卽以考工記終紲之紲𩎟之實一物也詩既言交弓於韔中又用竹檠約之以繩所以虞其翩反也角弓傳不善紲檠巧用則翩然而反是其義矣傳文緄繩縢約疑有互譌宋箋束組三百緄此緄有約義少儀甲不組縢周書有金縢此縢有繩義閟宮緣縢傳亦訓縢爲繩緄縢謂約之必以繩也緣縢者其繩色緣也然賈公彥疏已作緄繩縢約矣○湛露傳厭厭安也此云安靜各隨文訓也厭古懕字懕懕三家詩作愔愔愔卽懕之異體秩秩有知巧言同爾雅秩秩智也古知智通用列女傳賢明篇君子謂於陵妻謂有德行詩云愔愔良人秩秩德音此之謂也案此三家釋詩良人指婦人與綢繆毛傳良人美室同義未審毛於此詩良人然不也

蒹葭三章章八句

蒹葭刺襄公也未能用周禮將無以固其國焉

蒹葭蒼蒼白露爲霜傳興也蒹薕葭蘆也蒼蒼盛也白露凝戾爲霜然後歲事

成國家待禮然後興所謂伊人在水一方【傳】伊維也一方難至矣遡洄從之道阻且長【傳】逆流而上曰遡洄逆禮則莫能以至也遡游從之宛在水中央【傳】順流而涉曰遡游順禮求濟道來迎之【疏】蒹薕爾雅釋草文郭注云似萑而細高數尺江東呼爲薕說文云蒹萑之未秀者薕蒹也碩人正義引義疏亦云薍或謂之荻至秋堅成則謂之萑其初生三月中其心挺出其下本大如箸上銳而細楊州人謂之馬尾葭蘆騶虞碩人同夏小正七月秀萑葦蒹葭即萑葦之未秀者七月始秀而成爲荼也廣雅蒼蒼茂也盛茂義同蒹葭蒼蒼在七月之前而白露爲霜乃在九月已後故傳又申之云白露凝戾爲霜然後歲事成也案此詩多用興體也先言蒹葭之盛喻國家之興此一興也又言霜至物成喻禮得國興此一興也下皆以水爲喻遡洄猶逆禮遡游猶順禮此又一興也首章爲霜喻已得禮下章未晞未已就未爲霜言喻未得禮餘義三章盡同○伊維一聲之轉伊其即維其伊何即維何伊人即維人此篇及伐木白駒曰伊人烈文及雝曰維人維是也猶言是人也箋云伊當作繄繄猶是也所謂是知周禮之賢人此箋申傳也廣雅釋詁隩厓厲方也邊厓旁隩方也又釋邱隩厓也疏證云方猶旁也秦風傳湄水隩也涘厓也即經所云水一方也故蘇武詩云各在天一方古詩云各在天一涯涯與厓通與謂常武傳濆厓也汝墳傳墳大防也方與防義亦相通隄防與厓岸一也箋云在大水之一邊假喻以言遠箋正申成傳義一方爲曲隈蔽隱之處故云難至傳合在湄在涘而言此亦其人甚遠之意東門之墠傳云得禮則近不得禮則遠○爾雅釋水逆流而上曰泝洄傳所本也釋文云泝詩作遡說文水部泝逆流而上曰泝洄泝向也水欲下違之而上也字或作遡洄泝洄也公劉桑柔傳遡鄉也遡泝同字鄉向同字云逆禮則莫能以至也者此兼釋道阻且長句雄雉谷風傳竝云阻難也爾雅順流而下曰泝游下字疑亦當作上字逆流爲洄順流爲游逆流而上爲泝洄順流而上爲泝游是以逆順分洄游渡水皆是鄉上也說文汓浮行水上也游與汓同傳就濟渡言故云順流而涉其實逆流而上亦是涉也不作下字云順禮求濟道來迎之者此兼釋宛在水中央句

央亦中也中坻中沚就首章而中言之

蒹葭淒淒白露未晞(傳)淒淒猶蒼蒼也晞乾也所謂伊人在水之湄(傳)湄水隒也遡洄從之道阻且躋(傳)躋升也遡游從之宛在水中坻(傳)坻小渚也(疏)淒淒讀為萋萋故傳與上章蒼蒼同訓為盛若本作萋萋訓盛已見於葛覃傳不當云猶蒼蒼矣宋本作淒淒不誤也釋文淒淒本亦作萋萋今釋文亦倒誤湛露匪陽不晞傳亦云晞乾也箋云未晞未為霜言未嶷戾為霜也○葛藟傳滑水隒也湄與滑皆有垒濄之義故傳訓相同躋升釋詁文釋文躋本又作隮正義本當作隮字與蝃蝀同而與候人斯干長發異故不云釋詁文也爾雅小州曰渚小渚曰沚小沚曰坻傳於沚用爾雅而於坻乃易之云小渚者沚坻皆是絕小之稱不復區別也說文坻小渚也从土氐聲詩曰宛在水中坻許同傳訓甫田箋云坻水中之高地也

蒹葭采采白露未已(傳)采采猶淒淒也未已猶未止也所謂伊人在水之涘(傳)涘厓也遡洄從之道阻且右(傳)右出其右也遡游從之宛在水中沚(傳)小渚曰沚(疏)芣苢傳采采非一詞也浮游傳采采衆多也是采采亦為盛故云猶淒淒也蒹葭淒淒采采一語之轉已為止未已為未止綠衣傳同已止之已與已然之已不同已然之已詩或言既或言已已止之已詩或言止或言已此其義別○涘厓詳見葛藟篇爾雅釋丘水出其前渻丘水出其後沮丘水出其右正丘水出其左營丘釋名水出其右曰沚丘沚止也西方義氣有所制止也據劉熙所見爾雅正乃止之誤傳云出其右者謂水出道右也正本爾雅出其右之義上章傳云躋升也升猶前也即本爾雅出其前之義小渚曰沚釋水文文選潘岳河陽縣作注引韓詩宛在水中沚薛君章句大渚曰沚案大字誤說文亦云小渚曰沚爾雅釋文本或作洔郭注穆天子傳云洔小渚也

終南二章章六句

終南戒襄公也能取周地始爲諸侯受顯服大夫美之故作是詩以戒勸之(疏)

周地岐以西之地鄭語云平王之末秦取周土

終南何有有條有梅(傳)興也終南周之名山中南也條稻梅枏也宜以戒不宜也君子至止錦衣狐裘(傳)錦衣采色也狐裘朝廷之服顏如渥丹其君也哉(疏)

漢書地理志右扶風武功大一山古文以爲終南垂山古文以爲敦物皆在縣東案禹貢終南惇物皆在雍州渭南惇物漢扶風武功縣之南山而終南爲漢京兆長安縣之南山今陝西西安府南五十里終南山即此鄠在長安西鎬在長安東則終南爲周鄠鎬之南山矣古文尚書終南惇物皆在武功界內而以大一當終南未是也史記秦本紀言平王封襄公爲諸侯賜之岐以西之地其子文公遂收周餘民有之地至岐岐以東獻之周漢書匈奴傳亦云秦襄公伐戎至郊始列爲諸侯據此知襄公賜封僅有岐西尚無岐東至豐鎬之南山必非秦履傳云終南周之名山中南也者昭四年左傳司馬侯曰中南九州之險終南即中南中與終通終南爲周之名山毛傳既有明文序云能取周地者亦謂取周岐西地耳非以周山爲周地也地理志襄公將兵救周有功賜受邦鄷之地列爲諸侯此班孟堅括史記襄公至德公以後而言下文故秦地於禹貢時跨雍梁二州詩風兼秦豳兩國亦統穆孝以後而言自鄭康成誤讀班志詩譜云襄公遂橫有周西都畿內八百里之地高誘注呂覽疑似篇亦云受周故地鄷鎬其誤與詩譜同而說者因以西起秦隴東徹藍田橫亙八百里皆屬之終南則謬之謬者也然則詩何以詠終南也終南爲周西都地其時故宗廟宮室盡爲禾黍而襄公來朝受命東都終南道所由徑故秦大夫偶以終南起興秦無終南而終南名篇魏無汾而汾沮洳名篇正是一例○爾雅釋木梢山榎孫炎注引詩有條有梅云條稻也孫用毛義謂條即稻之假借字也正義引義

疏云槄今山楸也郭璞注同梅枏釋木文惎門同衆經音義引樊光注云荊州
曰梅楊州曰枏益州曰赤楩葉似豫樟無子也義疏云梅樹皮葉似豫樟豫樟
葉大如牛耳一頭尖赤心華赤黃子青不可食枏葉大可三四葉一藂木理細
緻於豫樟子赤者材堅子白者材脆江南及新城上庸蜀皆多樟枏終南山與
上庸新城通故亦有枏也傳云宜以戒不宜也者此合下章而總釋大義終南
之有條梅又有基堂皆山之所宜有也以興襄公始爲諸侯宜乎長受此顯服
小箋云宜謂言山所宜以戒不宜此說起興戒勸之意○傳以采色詁錦衣大疑
色乃衣之誤正義云錦者襍采爲文故云采衣是孔據傳作采衣也逸周書大
匡篇及期日質明王麻衣以朝朝中無采衣案麻衣朝服也天子皮弁日視朝
此因荒變故服諸侯朝服視朝以示貶諸侯朝服無采衣唯天子皮弁服有采
衣采衣卽錦衣矣傳云狐裘朝廷之服者狐裘狐白裘也玉藻君衣狐白裘錦
衣以裼之錦衣狐裘諸侯之服也鄭注云君衣狐白毛之裘則以素錦爲衣覆
之使可裼也袒而有衣曰裼必覆之者裘褻也詩云衣錦絅衣裳錦絅裳然則
錦衣復有上衣明矣天子狐白之上衣皮弁服與凡裼衣象裘色也非諸侯則
不用錦衣爲裼案鄭言裼衣象裘色裼衣當作上衣字之誤天子皮弁服上衣
以白布爲之是象狐白裘色也若諸侯之皮弁服論語所謂素衣麑裘也聘禮
注云皮弁時或素衣其裘同可知是也聘禮賓皮弁聘至于朝公皮弁迎賓于
大門內及廟門公揖入公裼降立賓裼奉束帛加璧享是侯國朝聘于朝于廟
皆皮弁服有裼衣若王朝于朝則皮弁服而于廟則冕服天子諸侯君臣同服
覲禮至于郊王使人皮弁用璧勞侯氏亦皮弁迎于帷門之外再拜注云皮弁
者天子之朝朝服也此侯氏初來皮弁服也侯氏裨冕釋幣于禰注云裨冕者
衣裨衣而冠冕也此侯氏入廟冕服也秦襄公入覲以錦衣爲狐裘之裼此正
同天子皮弁服之制明在朝廷不在廟中也皮弁服爲諸侯視朔與天子日視
朝之正服故諸侯在己國行廟受之禮皮弁服裼衣者素衣也其裘則麑青也
諸侯在天子朝廷皮弁服裼衣者錦衣也其裘則狐白也裼衣卽中衣也是錦
衣狐裘雖諸侯在天子朝廷君臣同服之衣書大傳云命於其君得命衣文騂
錦衣有命者不得衣是錦衣爲貴顯之服矣夏小正九月王始裘亦與秋覲禮
合○渥丹丹字疑誤當同簡兮作渥赭釋文引韓詩作沰云沰赭也赭沰聲通

若作丹則聲不通矣今韓詩外傳引詩顏如渥赭或後人依毛詩改之也簡兮傳云渥厚也箋云渥厚漬也顏色如厚漬之丹言赤而澤也其君也哉儀貌尊嚴也

終南何有有紀有堂（傳）紀基也堂畢道平如堂也**君子至止黻衣繡裳**（傳）黑與青謂之黻五色備謂之繡**佩玉將將壽考不忘**（疏）紀讀與基同古已其聲通也傳釋堂謂畢道平如堂平字當衍小箋云定本作平如堂非也此自兩厓壁立言之平如堂則自道言之矣案段說是也爾雅釋厓岸畢堂牆此傳所本畢者道名謂終南山之道有厓岸如堂牆者也傳釋紀爲基基爲山厓之下堂爲山厓之邊箋云基也堂也亦高大之山所宜有也畢終南山之道名邊如堂之牆然此鄭申傳說今本箋基也誤作畢也二字孔仲達所據已不能諟正矣詩述聞云考白帖終南山類引詩作有杞有棠所引蓋韓詩柳宗元終南山祠堂碑曰其物產之厚器用之出則璆琳琅玕夏書載焉紀堂條梅秦風詠焉宗元以紀堂爲終南之物產則是讀紀爲杞讀堂爲棠蓋亦本韓詩也○黑與青謂之黻考工記畫繢之事文宣十六年左傳晉侯請于王以黻冕命士會將中軍且爲大傅此公之孤四命有黻也禮器云諸侯黼大夫黻天子大夫與列國大夫同黻如赤韍蔥珩之例天子卿六命出封爲侯伯七命天子大夫四命出封爲子男五命曲禮云其在東夷北狄西戎南蠻雖大曰子則是襄公始封諸侯當始就子男之命應用黼不應用黻而詩詠黻衣仍從天子大夫四命之節者何也此與唐無衣篇晉武公始封侯伯二章仍就天子之卿六命言之其例正同又曾子問孔子曰天子賜諸侯大夫冕弁服於大廟歸設奠服賜服案冕裨冕也弁爵弁即玄冕也天子所賜冕弁必歸奠而後服在天子朝廷不得服所賜之服此亦詩詠黻之義與考工記五采備謂之繡五色即五采也古者黹刺與畫繢皆有五色山龍青華蟲黃作繪黑宗彝白璪火赤畫繢之五色也黺絲黼黻亦備五色黹刺之五色也子男自毳冕以下不得備畫繢五色子男未出封四命又不得備黹刺五色傳云五色備者所以釋經繡字之訓蓋唯冕服之裳有繡文也故終南之繡裳與

九罭之繡裳畫刺自有等差將將猶瑲瑲也

黃鳥三章章十二句

黃鳥哀三良也國人刺穆公以人從死而作是詩也（疏）文六年左傳秦伯任好卒以子車氏之三子奄息仲行鍼虎爲殉皆秦之良也國人哀之爲之賦黃鳥君子謂穆公收良以死詩序與左傳合漢書匡衡傳云秦穆貴信而士多從死匡學齊詩說異

交交黃鳥止于棘（傳）興也交交小貌黃鳥以時往來得其所人以壽命終亦得其所**誰從穆公子車奄息**（傳）子車氏奄息名**維此奄息百夫之特**（傳）乃特百夫之德**臨其穴惴惴其慄**（傳）惴惴懼也**彼蒼者天殲我良人**（傳）殲盡良善也**如可贖兮人百其身**（疏）黃鳥小鳥故交交爲小皃小宛交交桑扈傳亦云交交小皃黃鳥得所止喻人得死所以見三良不得壽命終小鳥之不如所以明經興義總釋全章也詩本賦三良耳而因黃鳥生興故左傳爲之賦毛傳爲之興此因興以賦猶葛藟因興以比興該賦比矣○從從死也子車左傳云子車氏傳所本也子車爲氏奄息其名鄘柏舟傳特匹也云乃特百夫之德者言奄息之德乃足以匹百夫耳穴讀如則同穴之穴惴惴懼爾雅釋訓文慄當作栗孟子公孫丑注引詩作惴惴其栗淮南說山注從讀詩惴惴其栗之惴也皆作栗可證爾雅慄懼也慄誤俗字殲盡釋詁文春秋莊十七年齊人殲于遂穀梁傳殲者盡也公羊傳殲者何殲積也何注云殲者死文殲之爲死積死非一之辭故曰殲積衆多也案殲與殲通積死非一盡之意也良訓善良人善人也左傳君子曰秦穆之不爲盟主也宜哉死而棄民先王違世猶詒之法而況奪之善人乎詩曰人之云亡邦國殄瘁無善人之謂若之何奪之此傳訓良爲善之義也人百其身言百人身也

交交黃鳥止于桑誰從穆公子車仲行維此仲行百夫之防〔傳〕防比也臨其穴惴惴其慄彼蒼者天殲我良人如可贖兮人百其身〔疏〕仲左傳釋文作中仲字也行名也子車仲行若鄭之祭仲足祭氏仲字足名矣傳以奄息爲名則仲行鍼虎皆名仲行爲子車氏之弟二子單名行故詩人以此分章不當兩稱名而一稱字箋謂仲行字恐非是傳讀防爲比方之方徐邈云毛音方是也箋防猶當也防如字義亦通

交交黃鳥止于楚誰從穆公子車鍼虎維此鍼虎百夫之禦〔傳〕禦當也臨其穴惴惴其慄彼蒼者天殲我良人如可贖兮人百其身〔疏〕禦當者禦亂當亂禦敵當敵是禦有當義百夫之當言可當百夫耳

晨風三章章六句

晨風刺康公也忘穆公之業始棄其賢臣焉〔疏〕與權輿刺意同

鴥彼晨風鬱彼北林〔傳〕興也鴥疾飛貌晨風鸇也鬱積也北林林名也先君招賢人賢人往之駛疾如晨風之飛入北林未見君子憂心欽欽〔傳〕思望之心中欽欽然如何如何忘我實多〔傳〕今則忘之矣〔疏〕鴥疾飛兒者疾與鴥疊韻也韓詩外傳入作鷸晨風鸇爾雅釋鳥文說文鸇鷐風而於鴥下引詩作晨風晨古文假借字正義引義疏云鸇似鷂青黃色燕頷句喙嚮風搖翅乃因風飛急疾擊鳩鴿燕雀食之孟子離婁篇爲叢敺爵者鸇也趙注云鸇土鸇也鬱正月小弁菀柳桑柔皆作菀訓茂鬱菀一語之轉傳訓鬱爲積者與棫樸訓槱爲積以薪之積喻賢人之衆多者同意

北林林名其地未詳晨風飛入北林猶賢人之歸先君傳合二句爲興也下二
章以山隰所有興國家有賢人○君子謂賢人也傳云思望之釋未見君子句
云心中欽欽然釋憂心欽欽句爾雅欽欽憂也如猶柰也我我君子也云今則
忘之矣者今與先君相應先君謂穆公今謂康公也文十三年左傳繞朝贈晉
士會以策曰子無謂秦無人吾謀適不用也此即康公忘棄舊臣之事矣後箋
云傳文兩之字相承明指賢者而言思謂穆公思之忘謂康公忘之箋以憂心
爲思賢與傳同至忘我實多則謂假穆公之意責康公之忘己此泥於序文忘
字之故其實序言忘穆公之業乃作詩大旨非即指詩中忘字也箋釋經忘字
本與傳異正義强以鄭說述毛失毛旨韓詩外傳云魏文侯封大子擊於中
山三年莫往來趙倉唐爲大子使於文侯文侯曰中山之君亦何好乎對曰好
詩文侯曰於詩何好倉唐曰好黍離與晨風文侯曰晨風謂何對曰鴥彼晨風
云云至忘我實多此自以忘我者也於是文侯大悅據此必此詩爲君忘其臣
故倉唐引以爲諷若如箋說以爲子之忘父而乃誦
之以諷文侯之忘其子雖曰斷章亦言之不順矣

山有苞櫟隰有六駮（傳）櫟木也駮如馬倨牙食虎豹**未見君子憂心靡樂如何**

如何忘我實多（疏）正義云釋木櫟其實梂孫炎云櫟實橡也有梂彙自裹也陸
機疏云秦人謂柞櫟爲櫟河內人謂木蓼爲櫟椒樧之屬也
其子房生爲梂木蓼子亦房生故說者或曰柞櫟或曰木蓼機以爲此秦詩也
宜從其方土之言柞櫟是也說文櫟櫟木也梂櫟實段注云陸謂秦詩當是柞
櫟觀許櫟梂二篆連屬與陸云木蓼子房生爲梂者合許意謂木蓼也艸部云
草斗櫟實也一曰樣斗木部栩下云柔也其草一曰樣草下櫟實字是名柞櫟
非子梂生之櫟也奐案說文草下櫟實亦是偁櫟實爲梂不爲樣此詩之櫟
與鴇羽東門之枌栩不同爾雅注引詩作枹櫟○駮如馬倨牙食虎豹爾雅釋
畜文郭注引山海經云駮如白馬黑尾倨牙音如鼓食虎豹蓋兼海外北經而
爲說也管子小問篇桓公乘馬虎望見之而伏管仲對桓公曰此駮象也駮食
虎豹故虎疑焉說苑辯物篇言晉平公出畋之事同駮一名茲白見王會篇正
義引陸機義疏以駮爲梓榆與下章山有苞棣隰有樹檖皆木相配不宜云獸

而與傳不合駮言六者王肅說據所見而言胡承珙後箋云六字當爲犖之聲借六駮卽犖駮據吳都賦驀六駮劉注卽引此詩衆經音義九魏黃初三年六駮再見於野亦引此詩爲證據胡說則傳駮上當奪六字

山有苞棣隰有樹檖（傳）棣唐棣也檖赤羅也**未見君子憂心如醉如何如何忘我實多**（疏）正義云釋木有唐棣常棣傳必以爲唐棣未詳聞也案正義非也爾雅舊本當作唐棣棣常棣栘爲傳所本棣謂之唐棣則唐棣謂之棣召南唐棣之華傳唐棣棣是也唐棣謂之棣則常棣謂之栘小雅常棣之華傳常棣栘是也今本爾雅及召南小雅二傳皆互訛可據此傳文以訂正〇釋文云檖或作遂說文㯟羅也引詩隰有樹㯟是許所據詩爾雅皆作㯟爾雅作檖蘿蘿加艹頭俗字詩正義引作檖赤羅者疑依毛傳增赤字耳郭注云今楊檖也實似梨而小酢可食御覽果部九引義疏云檖一名赤蘿一名山梨今人謂之楊檖樹及實如梨但實甘小異一名鹿梨一名鼠梨

無衣三章章五句

無衣刺用兵也秦人刺其君好攻戰亟用兵而不與民同欲焉（疏）此亦刺康公詩也正義云康公以文七年立十八年卒春秋文七年晉人秦人戰于令狐十年秦伯伐晉十二年晉人秦人戰于河曲十六年楚人秦人滅庸是其好攻戰也定四年左傳申包胥如秦乞師秦哀公爲之賦無衣

豈曰無衣與子同袍（傳）興也袍襺也上與百姓同欲則百姓樂致其死**王于興師脩我戈矛與子同仇**（傳）戈長六尺六寸矛長二丈天下有道則禮樂征伐自天子出仇匹也（疏）袍襺爾雅釋言文字亦作䌳禮記玉藻纊爲繭縕爲袍鄭注云衣有著之異名也纊謂今之新綿也縕謂今纊及舊絮也

衆箸與褚同傳不以袍爲縕而以袍爲襺義本爾雅襺則可該縕也同襺卽同纊宣十二年左傳王巡三軍拊而勉之三軍之士皆如挾纊杜注云纊緜也言說以忘寒與詩義正合傳云上與百姓同欲則百姓樂致其死者所以明鄭起興以總釋全章也六子字指百姓六同字謂同欲詩中但言上與百姓同欲至百姓之樂致其死是傳申說經義以爲今用兵者刺○考工記及廬人戈柲六尺有六寸鄭注云柲猶柄也傳云戈長者謂戈柄之長也考工記酋矛常有四尺注此兵車也八尺曰尋倍尋曰常鄭司農云酋發聲直謂矛廬人酋矛常有四尺夷矛三尋注酋夷長短名酋之言遒也酋近夷長矣案考工記言兵車六等戈軫人殳戟酋矛也廬人六建既備注六建五兵與人也五兵者戈殳戟酋矛夷矛也夷矛不常用故凡矛皆酋矛說文矛酋矛也建於兵車長二丈然則叔重亦但指酋矛矣傳云矛長二丈謂酋矛也清人閟宮之二矛二酋矛也不數夷矛○天下有道則禮樂征伐自天子出論語季氏篇文傳引之者亦以總釋全章旨也征伐出自天子則下國之兵禍自息秦本周地故詩人追念古明王用師之道以慨今之不然此猶匪風之思周道也仇與讎通匹者匹讀泰晉匹也之匹

豈曰無衣與子同澤（傳）澤潤澤也**王于興師脩我矛戟與子偕作**（傳）作起也（疏）傳以潤澤釋澤雙字釋單字之例潤澤古語與子同澤謂與百姓同此潤澤之衣也此章泛言衣箋澤褻衣近汙垢釋文云說文作襗是鄭或本三家詩讀澤爲襗故云褻衣與上下章袍裳同爲衣名傳箋義別或謂毛鄭同義非也正義以甘雨潤物申毛亦非○考工記兵車有戟廬人云車戟常謂戟長丈有六尺也作訓起者起讀以起軍旅之起

豈曰無衣與子同裳王于興師脩我甲兵與子偕行（傳）行往也（疏）行往同義偕往者言奉王命而偕往征之也漢書趙充國傳贊引詩作與子皆行

渭陽二章章四句

渭陽康公念母也康公之母晉獻公之女文公遭麗姬之難未反而秦姬卒穆公納文公康公時爲大子贈送文公于渭之陽念母之不見也我見舅氏如母存焉及其卽位思而作是詩也【疏】列女傳賢明篇穆姬姊穆姬之弟重耳入秦秦送之晉是爲晉文公大子罃思母之恩而送其舅氏也遂作此詩此三家詩與毛詩同晉文公卽位在魯僖公二十四年

我送舅氏曰至渭陽【傳】母之昆弟曰舅何以贈之路車乘黃【傳】贈送也乘黃四馬也【疏】爾雅釋親母之晜弟爲舅傳所本也晜俗𦊆字今通假作昆舅氏謂晉文公也渭水名水北曰陽渭陽在渭水北送舅氏至渭陽不渡渭也箋云秦是時都雍至渭陽者蓋東行送舅氏於咸陽之地故咸陽在今陝西西安府長安縣雍在今鳳翔府鳳翔縣西北正義謂雍在渭南晉在秦東行必渡渭者誤也○贈訓送雞鳴溱洧不傳者義不限於首見也說文贈玩好相送也凡平人以物相與曰贈其義爲送自上與下曰畀曰貺曰賚其義爲賜爲予大叔于田乘乘黃傳云乘黃四馬皆黃此直謂乘爲四黃爲馬者路車乘馬爲諸侯之車馬也嵩高王遣申伯路車乘馬彼傳云乘馬四馬也案康公作詩時穆公尚在坊記父母在饋獻不及車馬此贈車馬何也逸周書大子晉篇師曠請歸王子賜之乘車四馬孔注云禮爲人子三賜不及車馬此賜則白玉然後行可知也然則康公亦自穆公而行歟

我送舅氏悠悠我思何以贈之瓊瑰玉佩【傳】瓊瑰石而次玉【疏】悠悠思也思念母也○竹竿有女同車終南篇及芄蘭木瓜子衿傳皆云佩玉此玉佩猶佩玉瓊瑰玉佩猶佩玉瓊琚耳有女同車傳佩有琚瑀所以納閒則瑰亦納閒之玉也納閒有琚瑀

詩十一　十二

又有蠙珠說文玫火齊珠一曰石之美者瑰玫瑰也一曰圜好璣珠不圜者琅玕似珠者許以瑰列珠類傳云石而次玉或瑰爲圜好之石似珠者歟成十七年左傳聲伯夢涉洹或與已瓊瑰食之泣而爲瓊瑰盈其懷杜注云瓊玉瑰珠也食珠玉含象案杜說誤瓊非玉名瑰亦非珠名大夫不得含珠大夫含玉亦非白玉聲伯夢食瑰則瑰爲石之次玉者瓊瑰美石也古玉石通稱也左傳贈我以瓊瑰郭注穆天子傳引作贈我以璿瑰璿與瓊通

權輿二章章五句

權輿刺康公也忘先君之舊臣與賢者有始而無終也於我乎夏屋渠渠傳夏大也今也每食無餘于嗟乎不承權輿傳承繼也權輿始也疏夏大爾雅釋詁文皇矣時邁同禮記樂記篇夏大也襄二十九年左傳此之謂夏聲夫能夏則大大之至也方言自關而西秦晉之閒凡物之壯大者而愛偉之謂之夏是夏爲大也夏屋大屋也檀弓見若覆夏屋者矣鄭注云夏屋今之門廡也士冠禮注周制卿大夫以下其室爲夏屋齊陽張爾岐句讀云夏屋兩下爲之有東西翼天子諸侯則四阿渠渠無傳詁夏爲大則渠渠爲大皃文選王延壽魯靈光殿賦揭蘧蘧而騰湊李注引崔駰七依曰夏屋蘧蘧高也音渠案蘧蘧與渠渠通廣雅渠渠盛也義益本三家詩○傳訓承爲繼文選盧諶贈劉琨詩注引韓詩章句云承受也謂受恩疑是此詩章句說文手部承奉也受也奉與毛詩繼相近受本韓詩也權輿始釋詁文大戴禮誥志篇百草權輿逸周書周月篇日月權輿皆謂始也不承權輿爾雅注引詩作胡不承權輿郭以乎胡同聲偶爾憶誤于嗟乎是悲歎之詞不必更爲胡字也漢書楚元王傳初元王敬禮申公等穆生不耆酒元王每置酒常爲穆生設醴及王戊即位常設後忘設焉穆生退曰可以逝矣醴酒不設王之意怠稱疾臥申公白生強起之曰獨不念先王之德與今王一旦失小禮何足至此穆生曰先王之所以禮吾三人者爲道之存故也今而忽之是忘道也遂謝病去此與詩不承權輿之意合

於我乎每食四簋（傳）四簋黍稷稻粱今也每食不飽于嗟乎不承權輿（疏）公食大夫禮宰夫設黍稷六簋宰夫授公飯粱膳稻于粱西賓北面自閒坐左擁簠粱此諸侯食大夫正饌設黍稷加饌設稻粱黍稷盛於簋稻粱盛於簠簋異用也散文則簠簋可通稱耳每食減於食禮大夫以上食粱四簋有粱可知玉藻諸侯朔月四簋鄭注云朔月四簋則日食粱稻各一簋而已然則諸侯食每食粱稻二簋朔月加黍稷共四簋秦先君以諸侯朔月之禮待賢者每食之食也四簋有稻粱鄭注與毛訓同

卷十一終

長洲陳奐學

陳宛丘詁訓傳弟十二　毛詩國風

陳國十篇二十六章百一十四句 疏 左傳子產曰昔虞閼父爲周陶正以服事我先王我先王賴其利器用也與其神明之後也庸以元女大姬配胡公而封諸陳以備三恪案恪說文作愙樂記武王克殷封黃帝之後於薊封帝堯之後於祝封帝舜之後於陳古春秋左氏說以此爲三恪矣漢書地理志淮陽國陳故國今河南陳州府治附郭淮寧縣陳故都也

宛丘三章章四句

宛丘刺幽公也淫荒昏亂游蕩無度焉 疏 史記陳世家幽公十二年周厲王奔于彘

子之湯兮宛丘之上兮 傳 子大夫也湯蕩也四方高中央下曰宛丘 洵有情兮而無望兮 傳 洵信也 疏 序刺幽公傳以子爲大夫者以下篇子仲爲陳大夫與此相類風化之所行由於幽公之淫荒昏亂席大夫郎以刺幽公兩詩一意也地理志云婦人尊貴好祭祀用巫故其俗好巫鬼陳詩曰坎其擊鼓宛丘之下亾冬亾夏值其鷺羽又曰東門之枌宛丘之栩子仲之子婆娑其下此其風也案班引兩詩以證陳之風俗如此與毛詩序傳意同也又韓詩外傳云子路與巫馬期薪於緼丘之下陳之富人有處師氏者脂車百乘觴於緼丘之上此緼丘即宛丘陳有宛丘猶之鄭有洧淵皆是國人游觀之所處師氏脂車觴此則陳大夫之游蕩無度習成風俗由來久矣湯讀與蕩同湯古文假借字傳云蕩者即游蕩也楚辭離騷注六帖六御覽地部十八引詩皆作蕩○爾雅釋丘陳有宛丘餘姚邵晉涵正義云水經渠水注宛丘在陳城

南道東王隱云漸欲平今不知所在矣元和郡縣志宛丘在陳州宛丘縣南三里太平寰宇記在宛丘縣南三里高二丈宛丘在元魏時酈道元已云不知所在而李吉甫能按其道里樂史且計其崇卑疑後人別指一丘以當之非王隱所云漸欲平者矣案邵說是也爾雅又云宛中宛丘丘上有丘曰宛丘釋名云中央下曰宛丘有丘宛宛如偃器也李巡孫炎竝云中央下竝與毛傳同惟郭璞謂中央隆高爲異說○洵讀爲恂說文恂信心也是恂爲信也爾雅詢信也古恂詢洵通用釋洵爲信者信作虛義解不作實義解洵有情兮而無望兮言信有淫情而無德望也傳爲全詩洵字通訓靜女叔于田有女同車溱洧箋竝云洵信也

坎其擊鼓宛丘之下傳坎坎擊鼓聲無冬無夏值其鷺羽傳值持也鷺鳥之羽可以爲翿疏坎之爲言考也山有樞傳考亦擊也坎與考一語之轉擊鼓謂之考擊鼓聲謂之坎坎亦擊缶聲謂之坎坎皆考擊之義也值持疊韻持執持也小宛負持也攜持也抑捫持也止持也訓同義別○翿兮右手秉翟傳翟翟羽也舞用翟羽亦用鷺羽故云鷺鳥之羽可以爲翳顏師古漢書注云值立也鷺鳥之羽以爲翿立之而舞以事神也其釋下篇詩云婆娑舞貌也亦言於枌栩之下歌舞以娛神也案顏說或本三家義擊鼓值羽自其風俗至無冬夏則游蕩而無度矣振鷺有駜傳竝云鷺白鳥也爾雅鷺舂鉏郭注云頭翅背上皆有長翰毛今江東人取以爲睫攡名之曰白鷺縗正義引義疏云鷺水鳥也好而潔白故謂之白鳥齊魯之間謂之舂鉏遼東樂浪吳揚人皆謂之白鷺青腳高尺七八寸尾如鷹尾喙長三寸頭上有毛十數枚長尺餘毿毿然與眾毛異好

坎其擊缶宛丘之道傳盎謂之缶無冬無夏值其鷺翿傳翿翳也疏盎謂之缶爾雅釋器文郭注云盆也孫注云瓦器說文缶瓦器所以盛酒漿秦人鼓之以節謌案史記藺相如傳請奉盆缻秦王以相娛樂又李斯傳擊甕叩缻眞秦之聲也缻俗

缶字呂覽古樂篇帝堯命質爲樂置缶而鼓之高注云鼓擊也呂不韋秦人此正秦擊缶之説也然詩言擊缶在陳風易離卦九三不鼓缶而歌則又不專説秦人矣○御覽時序部十一引傳作翿亦翳也與今本不同周禮樂師凡舞有帗舞有羽舞有皇舞故書帗作翇皇作翌鄭司農注云翇舞者全羽羽舞者析羽翌舞者以羽冒覆頭上衣飾翡翠之羽社稷以翇宗廟以羽四方以翌又舞師注云翌舞蒙羽舞書或爲皇或爲義盎翇羽翌三舞皆用羽而翌則專用諸四方與舞師言翌舞舞旱暵者不同翌舞用於四方而旱暵舞亦用之樂師舞師所掌各異不得合爲一説也案此詩言陳大夫持翿於宛丘之上下則於四方而不於社稷宗廟矣翿古字作翳說文云翳翳也所以舞也翌樂舞以羽翿自翳其首以祀星辰也从羽王聲讀若皇叔重言翌舞爲自翳其首與仲師蒙覆頭上義同仲師言四方而叔重則言祀星辰詩譜言陳大姬無子好巫覡禱祈鬼神歌舞之樂民俗化而爲之其祀星辰於宛丘上下持翳以舞亦或有然耳然則詩之翿卽周禮樂師之翌舞其仲師叔重之説皆足申明此傳翿訓爲翳之義傳已見於君子陽陽矣此又承上章而申言之宋本誤併此三字於釋文

東門之枌三章章四句

東門之枌疾亂也幽公淫荒風化之所行男女棄其舊業亟會於道路歌舞於市井爾

東門之枌宛丘之栩(傳)枌白榆也栩杼也國之交會男女之所聚子仲之子婆娑其下(傳)子仲陳大夫氏婆娑舞也(疏)枌者榆之一種其皮色白故云白榆爾雅榆白枌郭注云枌榆先生葉卻著莢皮色白孫注爾雅及鄭注內則竝云榆白者枌漢有枌榆社枌榆卽白榆玉篇亦云枌白榆也栩杼鴇羽同說詳鴇羽篇宛丘疑地近東門枌栩人所竝休息

者故傳云國之交會釋首二句云男女之所聚以總釋全章也○子仲陳大夫子仲氏猶秦黃鳥子車氏矣箋云之子男子也婆娑舞爾雅釋訓文李巡注云媻娑盤辟舞也李所據爾雅作媻娑說文女部引詩市也媻娑徐鍇云今俗作婆非是然則婆字古本作媻字矣盤辟而舞是曰媻娑上篇云值其鷺羽值其鷺翿是其舞也其下即宛丘之下也

穀旦于差南方之原(傳)穀善也原大夫氏不績其麻市也婆娑(疏)穀善爾雅釋詁文小雅黃鳥甫田同善旦猶言詰朝耳差無傳于差釋文引韓詩作于嗟王肅音嗟用韓詩并改經旦爲且實非毛意也吉日傳差擇也擇讀擇不處仁之擇箋訓差爲擇毛意當然也春秋莊二十七年公子友如陳葬原仲公羊傳原仲者何陳大夫也何注云稱字者葬從主人左杜注穀梁范注皆云原仲陳大夫原氏仲字丘中有麻傳畱大夫氏是原氏畱氏皆以邑爲氏者也箋云以南方原氏之女可以爲上處上處即舞位之前頭此申明經傳義也○潛夫論浮侈篇云詩刺不績其麻女也婆娑今多不修中饋休其蠶織而起學巫祝鼓舞事神以欺誣細民熒惑百姓案此三家詩婆娑爲鼓舞事神與地理志合則兩詩一意也市潛夫論作女字之誤後漢書王符傳作市

穀旦于逝越以鬷邁(傳)逝往鬷數邁行也視爾如荍貽我握椒(傳)荍芘芣也椒芳香也(疏)逝往二子乘舟小雅杕杜同越讀同粵爾雅粵于也采蘇采蘋[illegible]鼓皆云于以此云越以皆合二字爲發語之詞鬷讀爲總羔羊傳云總數也邁行泉水黍離悉蟀時邁同數有急聚之義數行者言急數行會也序云亟會亟急也急亦數也玉篇彳部𢔭數也引詩越以𢔭邁三家詩字異義同○爾雅荍蚍衃說文荍蚍衃也並與芘芣同正義引義疏云芘芣一名荊葵似蕪菁華紫綠色可食微苦毛晉廣要云爾雅翼荍荊葵也比戎葵葉俱小花似五銖錢大色粉紅有紫紋縷之崔豹古今注以荊葵芘芣與戎葵蜀葵四者爲一物異名者非貽當作詒詒遺也傳云椒芳香也定本作椒芳物小箋從定本內

則佩容臭鄭注云容臭香物芳物其即容臭之類與箋云遺我一握之椒交情好也案此與鄭風贈之以勺藥同意彼傳云勺藥香草

衡門三章章四句

衡門誘僖公也愿而無立志故作是詩以誘掖其君也(疏)箋云誘進也掖扶持也

衡門之下可以棲遲(傳)衡門橫木爲門言淺陋也棲遲遊息也泌之洋洋可以樂飢(傳)泌泉水也洋洋廣大也樂飢可以樂道忘飢(疏)閟宮楅衡衡爲木則知此衡亦爲橫木衡者橫之假借傳云衡門橫木爲門漢書韋玄成傳宜優畜玄成勿枉其志使得自安衡門之下顏師古注云衡門謂橫一木於門上御覽居處十引劉楨毛詩義問云橫一木作門而上無屋竝與傳訓合橫木爲門無阿塾之制故傳又申之云言淺陋也爾雅釋詁棲遲息也傳本爾雅而必益其義云遊息也者遊字與下樂字關通淺陋喻小邦遊息喻政教下文泌水樂飢即是遊息之意下二章食魚不必魴鯉取妻不必齊姜宋子亦是不必大邦施政教之喻傳云淺陋遊息雖釋首二句亦與通章相關通也箋云賢者不以衡門之淺陋則不遊息於其下以喻人君不可以國小則不興治致政化案鄭說眞足以申明經傳之恉唯下文樂飢作㾋飢喻用賢治國下二章亦謂用人不必賢聖然與序誘掖其君之說稍疏恐此尚非傳恉也○泌泉水泉水傳云泉水始出毖然流也毖與泌通廣雅釋邱邱上有邱爲祕邱王念孫疏證云蔡邕郭林宗碑棲遲泌邱周巨勝碑洋洋泌邱于以逍遙束皙玄居釋云學旣積而身困夫何爲乎祕邱泌祕通竝以爲邱名說與毛異蓋本於三家也洋洋廣大碩人傳洋洋盛大盛大言流翁廣大言水寬云樂飢可以樂道忘飢者即是遊息也王肅云洋洋泌水可以樂道忘飢巍巍南面可以樂治忘亂此申傳說也韓詩外傳云雖居蓬戶之中彈琴以詠先王之風有人亦樂之無人亦樂之亦可發憤忘食矣詩曰衡門之下可以棲遲泌之洋洋可以㾋飢案韓義與毛詩同其字當亦作樂飢今外傳誤作㾋列女傳賢明篇君子謂老萊妻果於從善從善即樂道之意引詩

亦當作樂列女傳往往與韓詩同也今字誤作療箋作藥文選王元長策秀才文注引箋作藥說文藥治也或作療鄭與毛韓異或從齊魯說

豈其食魚必河之魴豈其取妻必齊之姜（疏）箋云姜齊姓

豈其食魚必河之鯉豈其取妻必宋之子（疏）箋云子宋姓

東門之池三章章四句

東門之池刺時也疾其君之淫昏而思賢女以配君子也

東門之池可以漚麻（傳）興也池城池也漚柔也彼美叔姬可與晤歌（傳）晤遇也

（疏）興者麻紵菅皆女功之所事故詩人以起興焉池爲城池則東門爲城東門東門之壇傳東門城東門也城池謂城下溝文王有聲傳減城溝也虞翻易注云城下溝無水稱隍有水稱池漚柔疊韻爲訓考工記㡛氏湅絲以涚水漚其絲鄭注云漚漸也楚人曰漚齊人曰涹案漚涹雙聲之轉治麻與治絲皆用漚傳云柔者言與蹂揉同也麻有兩種程瑤田通藝錄九穀考云牡麻俗評花麻夏至開花所謂榮而不實謂之英者花落即拔而漚之剝取其皮是爲夏麻夏麻之色白詩言八月載績夏刈之則八月可績也苴麻俗評子麻夏至不作花而放勃勃即麻實所謂不榮而實謂之秀者八九月間子熟則落搖而拾取之詩言九月叔苴叔拾也拾取子盡乃刈漚其皮而剝之是爲秋麻色青而黯不絜白○叔姬各本作淑姬全詩淑字關雎君子偕老韓奕傳燕燕中谷有蓷尸鳩鼓鐘桑柔泮水箋竝訓淑爲善唯此篇無注解則經本作叔字矣小箋從釋文作叔姬今據以訂正叔姬與淑女不同叔字姬姓彼美叔姬猶云彼美孟姜耳爾雅遇遌也說文遌相遇驚也晤者遌之假借字案草蟲亦既覯止覯遇也傳於晤覯竝訓遇遇與偶通可與遇者言叔姬可與君子配偶序所謂思賢女配君子是也歌者謂有琴瑟鐘鼓之樂

東門之池可以漚紵彼美叔姬可與晤語 疏 正義引義疏云紵亦麻也科生數十莖宿根在地中至春自生不歲種也荊揚之間一歲三收今官園種之歲再刈刈便生剝之以鐵若竹挾之表厚皮自脫但得其裏韌如筋者謂之徽紵今南越紵布皆用此麻說文云紵檾屬今見山東人呼麻稱之䕯作繩索用者曰蕡麻即檾也紵爲檾屬檾不作布紵作布故周禮典枲注云白而細疏曰紵疏猶麤也○楚辭九懷假寐兮愍斯誰可與兮寤語此必三家詩義

東門之池可以漚菅彼美叔姬可與晤言 傳 言道也 疏 哀八年左傳拘鄫人之漚菅者漚菅帨氏注引作渥菅釋文云渥烏豆反與漚同案渥猶洪也隰桑傳洪柔也洪之爲柔猶漚之爲柔皆一聲之轉正義引義疏云菅似茅而滑澤無毛根五寸中有白粉者柔韌宜爲索漚乃尤善矣通藝錄釋萑葦云菅茅亦萑葦醜然菅柔忍而茅脃菅有二種小者五月秀初色紫後漸白每莖末其秀疏散多者數十條取其莖爲埽彗呼若帚歙人謂之荻茲江北人謂之巴茲其心之包莖者只一葉未秀時拔之亦可爲繩作屨大者八月始秀每莖末十餘節每節爲小莖數十參差旋繞而至於末綮生小莖上其白如雪其密不可以數計也綮落則莖末禿然無疏散長出數十條者故不可爲埽彗但可用流星桿耳歙人謂之蘆茲江北人謂之家茲亦呼八月茲其心之包莖者拔之剝之有三重未秀皆可取爲繩作屨也詩言白華菅兮豈謂蘆茲與若荻茲其初華乃紫色也據程說此詩之菅其即小雅之白華彼傳云白華野菅也已漚爲菅漚字即本此詩○公劉傳直言曰言言易曉耳云道者道讀爲性道之道列女傳賢明篇君子謂齊姜絜而不瀆能育君子於善又君子謂黔婁妻爲樂貧行道引詩曰可與寤言皆可以申明此傳道字之義

東門之楊二章章四句

東門之楊刺時也昏姻失時男女多違親迎女猶有不至者也 疏 失時失年盛之時與有狐

序同違離也離猶悉棄也

東門之楊其葉牂牂(傳)興也牂牂然盛貌言男女失時不逮秋冬昏以爲期明

星煌煌(傳)期而不至也(疏)詩以楊興男女失年盛之時與易枯楊生稊生華設喻正同楊葉盛在春夏交牂牂肺肺又以興歲月晚

也易林萃云南山之楊其葉將將本三家詩內則取豚若將注將當爲牂此卽牂將聲通之證○傳云言男女失時不逮秋冬者此冢上生下之詞男女失時所以申明取興之義時謂年時男踰三十女踰二十皆是也宜以有室家不逮秋冬而行嫁娶以起下文刺親迎而不至之事標有梅傳三十之男二十之女禮未備則不待禮會而行之者所以蕃育民人也又野有死麕傳春不暇待秋也召南言凶荒嫁娶此言踰年嫁娶周禮媒氏中春之月令會男女於是時也奔者不禁會男女在中春其實年盡之男女雖過仲春奔亦不禁故亦不逮秋冬義各有當然而嫁娶正時必以秋冬也正義引荀子大略篇云霜降逆女冰泮殺止又引春秋繁露循天之道篇云聖人以男女陰陽其道同類天道嚮秋冬而陰氣來嚮春夏而陰氣去故古人霜降始逆女冰泮而殺止與陰俱近而陽遠也媒氏疏載王肅論引韓詩傳亦云古人霜降逆女冰泮殺止荀董韓皆大儒其言男女之昏時與毛合家語雖出自王肅亦本古禮不易也奐又案管子幼官篇春十二清明發禁十二始卯合男女秋十二白露下收聚十二始卯合男女惠士奇禮說云丣俗作卯始丣合男女者清明後出耕之日始丣之辰媒氏職所謂中春之月令會男女是也今文酉古文丣俗誤爲卯白露下收聚之初始丣之辰荀子所謂霜降而婦功成嫁娶者行焉是也然則嫁娶之候秋冬爲正時仲春爲盡期此常禮也坊記男女無媒不交無幣不相見此唯秋冬嫁娶爲得禮之正時通媒妁之言備五兩之禮至二月則無媒不禁矣其失時則不逮秋冬矣此外尚有凶荒多昏之政無限時月但不備禮耳既立常期以定禮又權變時以便俗聖人至精至密之制也今試卽全詩以統論之哏將子無怒秋以爲期霜降逆女也匏有苦葉士如歸妻迨冰未泮冰泮殺止也草蟲行露秋月也鵲巢綢繆葛屨冬月也采蘋猶在嫁女之前桃夭乃在于歸之後

摽有梅野有死麕皆為凶荒殺禮不待秋冬所以蕃育民人東山得殺禮之制故序亦樂其及時有狐不能行殺禮之制故序又刺其失時此又因時制宜非昏姻之正其昏姻之正則秋冬為不可易矣自鄭氏以仲春為正期變前儒之說故箋與傳往往不同白虎通義嫁娶篇嫁娶必以春何春者天地交通萬物始生陰陽交接之時也夏小正二月綏多女士某氏傳綏安也冠子娶婦之時也此鄭說所本○士昏禮從車二乘執燭前馬昏以為期也明星煌煌則過昏矣云期而不至者期字即冢上句不至以申明經義序所謂親迎女猶有不至者也大明傳煌煌明也煌煌與下章晳晳同訓故此不傳箋云至大星煌煌然女曰雞鳴篇子興視夜明星有爛箋云明星尚爛爛然早於別色時

東門之楊其葉肺肺（傳）肺肺猶牂牂也昏以為期明星晳晳（傳）晳晳猶煌煌也

（疏）肺肺即朮朮小弁萑葦淠淠謂之淠淠生民荏叔長謂之旆旆淠淠旆旆亦即朮朮也說文云艸木盛朮朮然讀若輩庭燎傳云晣晣明也晳晣一字

墓門二章章六句

墓門刺陳佗也陳佗無良師傅以至於不義惡加於萬民焉（疏）陳佗文公子桓公卒佗殺大子免而代立為君事見春秋魯桓公五年是其不義也不義由於無良師傅此蓋國人遺亂而作詩中但責其師傅之不良作推本之論其實詩之作當在陳佗自立為君之歲矣凡云刺者多刺君陳佗陳君也其謂陳佗者何春秋魯桓公六年蔡人殺陳佗序從春秋志也鄭昭公未踰年出奔衛春秋書鄭忽忽世子當立故鄭風序但云刺忽不從春秋書鄭忽內之也佗不當立故云刺陳佗從春秋書陳佗之例外之也穀梁傳所謂匹夫行故匹夫稱之是也詩春秋相表裏於序見之矣佗釋文作它它佗古今字

墓門有棘斧以斯之（傳）興也墓門墓道之門斯析也幽閒希行用生此棘薪維

斧可以開析之夫也不良國人知之〔傳〕夫傅相也知而不已誰昔然矣〔傳〕昔久
也〔疏〕墓塋域之地墓有門門有道故傳云墓門墓道之門說文云斯析也本傳訓也爾雅方言斯離也廣雅斯分也義竝與析相近墓門爲幽閒之地故
云幽閒希行襄二十五年左傳鄭伐陳陳侯扶其大子偃師奔墓遇賈獲與其妻扶其母以奔墓亦免此陳墓可以辟兵其爲隱辟可知墨子明鬼下莊子庚
桑楚荀子王制議兵呂覽謹聽觀世淮南覽冥脩務新書耳痺以及列女傳韓詩外傳皆以幽閒爲隱辟也希者罕也幽閒之地人所罕行故云用生此棘薪
孟子盡心篇山徑之蹊閒介然用之而成路爲閒不用則茅塞之矣是其義也斧以析薪故云維斧可以開析之也案棘梅喻佗斧與鴞以喻師傅一章言墓
道之門有棘維斧可以開析之以興陳佗之不義維良師傅乃有以訓教之二章言墓道之門有梅又有鴞以集止之以興陳佗之不義維師傅之不良又有
以交引之一反喻一正喻也○傳釋夫爲傅相傅相卽師傅良善也已止也言傅相之不善國人皆知之知之而不能救止也隱六年左傳往歲鄭伯請成于
陳陳侯不許五父諫曰親仁善鄰國之寶也君其許鄭案五父佗之字其時佗年當幼觀其辭氣初未嘗不善則後日之不義皆由失教故國人深責其傅相
也爾雅曩久也東山其舊如之何言久長之道也繇古言久也昔與曩舊古四字同義故竝訓爲久誰誰陳佗也然猶是也言陳佗信任不良傅相久已如是
雖躬陷誅絕之罪惡而不自知也易文言傳云臣弒其君子弒其父非一朝一夕之故其所由來者漸矣
墓門有梅有鴞萃止〔傳〕梅枏也鴞惡聲之鳥也萃集也夫也不良歌以訊止〔傳〕
訊告也訊予不顧顛倒思予〔疏〕梅枏終南同詳終南篇楚辭天問何繁鳥萃棘負子肆情王逸注載解居父事婦人引詩墓門
有棘有鴞萃止三家詩與上章皆作棘列女傳續篇作梅是譌字也毛詩作梅奐竊疑繁鳥萃棘負子肆情不出於詩三家或附會之而張揖郭璞皆以繁鳥
爲鴞矣鴞惡聲之鳥泮水翩彼飛鴞集于泮林傳亦云鴞惡聲之鳥也晏子襍下篇景公曰有鴞昔者鳴聲無不爲也吾惡之甚與傳訓正同史記賈誼傳云

楚人命鴞曰服正義引義疏云鴞大如班鳩綠色惡聲之鳥也入人家凶賈誼所賦鵩鳥是也其肉甚美可為羹臛又可為炙案陸說本史記綠當作黑索隱引吳錄云服黑色也史記之鴞文選作鵩鳥乃賈誼賦云鵩似鴞不祥鳥也似鴞則鴞類於鵩而非即鵩諸家說鵩似雞鴞似鳩或因形相似而方俗評之同名者敟鴞與鷦卬梟鴟異鳥易彖傳云萃聚也集聚義相近鴞羽傳云集止也○訊當為誶止作之誤今正休寧戴氏震聲韻考云歌以訊之與萃為韻小雅莫肎用訊與退遂瘁為韻而釋文以音信為正不知皆誶字之譌也廣韻六至誶字引詩歌以誶止然則此句止字與上句止字相應為語詞凡古人之詩韻在句中者韻下用字不得或異三百篇惟不可休思思譌作息與此處止譌作之失詩句用韻之通例案釋文訊本又作誶徐息悴反是徐仙民所據尚作誶不誤爾雅釋詁誶告也傳所本也爾無正箋誶告也今字亦譌作訊訊與誶音義皆殊韓詩誶諫也說文誶讓也義竝相近訊予之訊亦當作誶王逸注楚辭誶諫也引詩誶予不顧予不顧不顧予也顛倒言亂也

防有鵲巢二章章四句

防有鵲巢憂讒賊也宣公多信讒君子憂懼焉疏後箋云王氏總聞據史記宣公嬖姬生子欸欲立之而殺其大子禦寇禦寇素愛公子完完懼及禍乃奔齊以此為宣公信讒之證

防有鵲巢邛有旨苕傳興也防邑也邛丘也苕草也誰侜予美傳侜張誑也心焉忉忉疏興者防之有鵲巢中唐之有甓邛之有苕鷊皆信而有徵無可誑者以喻讒賊之人無徵宣公信之是為刺防邑邛丘陳邑丘之名續漢書郡國志陳國陳縣劉昭注引博物記曰邛地在縣北防亭在焉然於古未聞也爾雅苕陵苕黃華蔈白華茇小雅苕之華傳既云苕陵苕矣此云苕草者以爾雅苕入釋草故直謂苕為草與苕為陵苕詳略可互見也說文苕艸也蔈苕之黃華也艸之白華為茇此許合爾雅毛傳而為之說也正義引義疏云苕苕

饒也幽州人謂之翹饒蔓生莖如勞豆而細葉似蒺藜而青其莖葉綠色可生
食如小豆藿也苕之華正義引義疏云一名鼠尾生下溼水中七八月中華紫
似今紫草華可染皁孔仲達據陸說陵苕生下溼苕草生高卬爲二物然陸說
陵苕卽爾雅蘍鼠尾苕草爲苕饒與蘇頌圖經所說陵苕不合恐不然矣○箋
云誰誰譸人也傳侜張之上小篆補侜字侜張釋侜此疊字釋單字之例而又
釋侜張之義爲誑也爾雅釋訓侜張誑也傳所本也郭注引書無或侜張爲幻
說文引作譸張馬融本作輈張揚雄國三老箴作侏張論語微子篇作朱張並
字異而義同說文云侜有廱蔽也誑謂欺誑與廱蔽義相近予美釋文引韓詩
作予娓云娓美也毛韓字異而義同箋謂予美爲我
所美之人所美謂宣公也齊甫田傳云忉忉憂勞也

中唐有甓邛有旨鷊（傳）中中庭也唐庭塗也甓令適也鷊綬草也**誰侜予美心焉惕惕**（傳）惕惕猶忉忉也（疏）傳云中中庭也者中庭庭中此猶中林林中之倒說文廷朝中也廷皆不屋字皆當作廷今通作庭

傳唐庭塗庭各本作堂字之誤也塗古作涂爾雅釋宮廟中路謂之唐堂涂謂
之陳何人斯胡逝我陳傳陳堂涂也何人斯傳旣本雅訓此不應唐陳同名與
雅訓乖戾且中爲中庭則唐爲庭涂必矣蓋堂階之涂謂之堂涂詩謂之陳中
庭之涂謂之庭涂詩謂之唐陳之言敶也唐之言大也堂涂在東西庭涂則在
中也釋宮中庭謂之走言庭之中皆有道可走者也詩中唐爾雅廟中路其義
一也文選東京賦注引如淳漢書注唐庭也毛詩曰中唐有甓漢書郊祀志作
商中庭史記孝武紀索隱作唐堂庭各本互譌而如注庭字實本毛傳逸周書
作雒篇隄唐孔晁注云唐中庭道亦與毛傳同皆其義證釋宮令適謂之甓傳
所本也今字作瓴甋郭注云甗甎也今江東呼瓴甓周禮考工記注及禮記禮
運注皆云令甓說文瓦部甓令適也大徐本作令甓案適甓聲同故或謂之甓
亦謂之適或謂之令適亦謂之令甓甓又作墼說文土部墼令適甓墼古今異
名也周禮賈疏云令甓令之塼也塼與甎通古字祇作專專者所以甃涂也凡
涂必以專甃之故爾雅言宮中衖廟中路堂涂繫於甓下知不徒施諸庭涂矣
詩之甓則甃諸中庭道者也○爾雅釋草虉綬釋文虉又作鷊郭注云小草有

褷色似綬說文虉綬艸也引詩作虉玉篇引詩作虉依說文虉正字鷊俗字詩爾雅作鷊假借字義疏云鷊五色作綬文故曰綬草○惕惕亦憂勞之意故云猶忉忉也楚辭九章怊來者之愁愁說文惕愁同字爾雅惕惕憂也郭注云詩云心焉惕惕韓詩以爲說人故言憂也案憂者謂憂君君受讒賊所誑故君子憂勞之心惕惕然爾雅釋經義毛傳釋字義也說人即是憂君鄭以所美爲宣公用韓申毛無有異也

月出三章章四句

月出刺好色也在位不好德而說美色焉

月出皎兮(傳)皦也皎月光也佼人僚兮舒窈糾兮(傳)僚好貌舒遲也窈糾舒之姿也勞心悄兮(傳)悄憂也(疏)月出喻美色三章與義同皎月光則二章皓三章照皆月光也文選宋玉神女賦云其少進也皎若明月舒其光謝莊月賦注引詩月出皦兮○釋文佼字又作姣引方言云自關而東河濟之閒凡好謂之姣後箋云毛詩佼爲姣之俗字說文姣好也小徐引史記長姣美人是也荀子非相篇古者桀紂長巨姣美作姣成相篇君子由之佼以好又作佼是二字本多通俗說文云僚好皃从人尞聲本傳訓也傳於野有死麕常武舒訓徐此舒訓遲者舒遲以雙聲得義云窈糾舒之姿者說文姿態也謂舒遲之姿態則窈糾然也後箋云史記司馬相如傳青虬蚴蟉於東箱正義云蚴蟉行動之貌也又驂赤螭青虬之蚴蟉蜿蜒蚴蟉幽蟉皆與窈糾同即洛神賦所謂矯若游龍者也奐案窈糾疊韻也二章懮受疊韻也三章夭紹疊韻也窈糾本與二章懮受同聲今詩首章用與皎僚悄爲韻則又與三章夭紹同聲矣此九幽與蕭豪部近合音也○悄訓憂邶柏舟出車篇皆云憂心悄悄重言曰悄悄單言之則曰悄也箋云思而不見則憂

月出皓兮佼人懰兮舒懮受兮勞心慅兮(疏)皓當依唐石經作晧○釋文懰本又作劉力久反好皃埤倉作嬼嬼

妖也案說文無懰劉字是陸所據詩作劉也釋文懮於久反舒皃後箋云玉篇心部云懮受舒遲之皃廣韻同集韻類篇亦同竝引詩舒懮受兮凡此疊字形容卽梁冀傳所謂愁眉啼裝折腰齲齒以善爲妖態者也○巷伯勞人草草爾雅作慅慅重言曰慅慅單言之則曰慅也慅亦憂也

月出照兮佼人燎兮舒夭紹兮勞心慘兮 疏 燎當爲嫽說文嫽女字也方言廣雅云嫽好也嫽與僚同史記司馬相如傳索隱眾經音義卷九皆引詩姣人嫽兮疑當出此章之文上章僚兮釋文云本亦作嫽則僚嫽分章之義相混矣後箋云文選西京賦要紹脩態麗服颺菁注要紹謂嬋娟作姿容也又南都賦致飾程蠱要紹便娟又靈光殿賦曲枅要紹而環句注要紹曲貌此諸言要紹者皆與夭紹同○戴氏震毛鄭詩考正云勞心慘兮慘七感切方言云殺也說文云毒也音義皆於詩不協蓋懆字轉寫譌爲慘耳懆千到切故與照燎紹韻說文懆愁不安也引詩念子懆懆今詩中正月篇憂心慘慘北山篇或慘慘劬勞抑篇我心慘慘皆懆懆之譌釋文於北山篇云字亦作懆於白華篇念子懆懆云亦作慘慘未能決定二字音義矣詩小學云張參五經文字懆千到反見詩慘七敢反懷也據此可見詩皆作懆之證案懆勞心之皃重言之曰懆懆單言之則曰懆也

株林二章章四句

株林刺靈公也淫乎夏姬驅馳而往朝夕不休息焉 疏 夏姬陳大夫御叔之妻也夏徵舒之母以子氏稱故曰夏姬陳靈公於春秋魯宣公十年被弒詩作在弒前矣鄭譜云孔子錄懿王夷王時詩訖於陳靈公淫亂之事謂之變風變雅

胡爲乎株林從夏南兮 傳 株林夏氏邑也夏南夏徵舒也 **匪適株林從夏南兮**

疏 夏南會采於株林故知株林爲夏氏邑其地未詳後箋云寰宇記夏亭城在陳州西華縣西南三十里陳詩株林刺靈公也胡爲乎株林從夏南注云夏南夏徵舒也今此城北五里有株林卽夏氏邑一名華亭考陳州本古陳國西華縣在州西八十里夏亭在縣西南三十里是夏氏之邑去陳國本遠若元和

郡縣志宋州柘城縣本陳之株邑詩株林是也故柘城在寧陵縣南七十里此
又在陳之東北前漢志淮陽國有柘縣續志同然劉昭補注但於陳縣下云陳有
株邑蓋朱襄之地於柘下不言即株寔字訛以柘城縣爲春秋時陳之株對而
於下邑縣又云或以爲陳之株林此雖傳疑不定要可見株野株林必非一處
〇夏氏南字徵舒名正義云徵舒祖字子夏故爲夏氏徵舒字子南以氏配字
謂之夏南楚殺夏徵舒左傳謂之戮夏南是知夏南即夏徵舒也昭二十三年
左傳疏引世本云宣公生子夏子夏生御叔御叔生徵舒詩言從夏南序言淫
夏姬序則據事詩有隱辭也禮運云諸侯非問疾弔喪而入諸臣之家是謂君
臣爲謔鄭注即援引陳靈公數如夏氏爲說矣案正義本從夏南下有兮字定
本無兮字今各本皆從定本刪去兩兮字者非也胡何也匪彼也適之也言何
爲乎株林從夏南兮彼靈公之之株林者從夏南兮也上二句疑詞下二句決
詞上章言國之人見靈公往株林下章言靈公命駕往株林詩人分章之意如
此箋訓匪爲非爲觝拒之詞
與駕我乘我之文不相承接

駕我乘馬說于株野乘我乘駒（傳）大夫乘駒**朝食于株**（疏）我我靈公也乘馬四
馬也駒當依釋文作
驕說詳漢廣皇皇者華篇乘驕四馬皆驕也大夫乘驕漢廣傳云五尺以上曰
驕是五尺以上爲大夫之所乘也株即株林也後箋云株林即株乃夏氏邑在
株野之外魯頌傳郊外曰野野外曰林說文同是由國中至株林必先經株野
然則駕我乘馬者謂靈公本以諸侯車騎出至株野託言他適乃舍之而乘大
夫所乘之驕以至于株林則已永夕永朝淫蕩忘返國語云南冠以如夏氏是
靈公當日實有易服微行之事故箋云變易車乘者實得經傳微旨王肅見傳
云大夫乘驕遂以爲乘驕者謂孔儀從君適株不如序但云刺靈公並未嘗及
孔儀也與謂經言我傳言大夫即以變易車乘申明經傳固是精確正義用王
肅語述傳亦未見爲非何也宣十年左傳云陳靈公與孔寧儀行父飲酒於夏
氏此雖爲靈公被弒發傳然其君臣共往夏氏已非一日序故謂驅馳而往朝
夕不休息也九年傳云陳靈公與孔寧儀行父通於夏姬皆衷其衵服以戲于
朝在朝既君臣同衷衵服如夏氏則君臣共乘驕傳云大夫亦未嘗不關通孔

儀矣

澤陂三章章六句

澤陂刺時也言靈公君臣淫於其國男女相說憂思感傷焉（疏）女謂夏姬也

彼澤之陂有蒲與荷（傳）興也陂澤障也荷夫渠也有美一人傷如之何（傳）傷無禮也寤寐無爲涕泗滂沱（傳）自目曰涕自鼻曰泗（疏）大叔于田藪訓澤則澤亦藪也車鄰傳陂者曰阪陂與阪同義傳云澤障障防也陂與障又同義也王風揚之水傳蒲草也箋云蒲柔滑之物亦指蒲草而言爾雅釋草荷夫渠傳所本也山有扶蘇作扶渠從艸者俗字荷一名夫渠此莖本華實之總名也箋云夫渠之莖曰荷案古荷與茄同部鄭蓋讀荷爲茄釋草其莖茄夫渠之莖爲茄不爲荷也正義云樊光注爾雅引詩有蒲與茄是鄭本三家詩之證詳山有扶蘇篇彼彼無禮也蒲喻性之柔荷喻形體菡萏喻美色蕑以喻有遠聞○有美一人謂有禮者也傷即序憂思感傷之傷傳云傷無禮也者言有美一人見陳君臣淫說無禮之甚而爲之感傷也爾雅陽予也郭注云今巴濮之人自呼阿陽引魯詩陽如之何毛魯字異而意同涕泗易萃上六禮記檀弓皆作涕洟鄭注云自目曰涕自鼻曰洟泗者洟之假借字

彼澤之陂有蒲與蕑（傳）蕑蘭也有美一人碩大且卷（傳）卷好貌寤寐無爲中心悁悁（傳）悁悁猶悒悒也（疏）蕑蘭溱洧同傳不必與上下章一例箋云蕑當作蓮夫渠實也釋文正義據箋蘭當作蓮箋改傳文非易經字古蓮蘭聲通故韓詩溱洧篇以蘭爲蓮蓮即蘭非謂荷蓮之蓮也鄭乃本韓詩破此傳文蘭爲蓮以與上下章同例○釋文卷本又作婘齊風釋文云韓詩婘好皃好謂有好德也楚辭九歎勞心悁悁涕滂沲兮又悲余心之悁悁兮哀故邦之逢殃繁露精華篇此吾所悁悁而悲者也並與詩悁悁同大戴禮曾

子竝事篇君子終身守此悒悒制言中篇君子無悒悒於貧知我吾無訢訢不知我吾無悒悒竝與傳悒悒同鄭司農周禮廬人注云絹讀爲悁邑之悁邑古悒字

彼澤之陂有蒲菡萏（傳）菡萏荷華也有美一人碩大且儼（傳）儼矜莊貌寤寐無爲輾轉伏枕（疏）山有扶蘇傳其華菡萏本釋草文也正義引郭注爾雅云今江東人呼荷華爲夫容說文菡藺夫容華未發爲菡藺已發爲夫容萏卽藺之省高注淮南本經亦云其華曰夫容其秀曰菡萏是荷華有此二名而析之則爲已發未發也易林訟云菡萏未華御覽百卉部六引義疏云扶渠華未發爲菡萏已發爲扶渠爾雅翼引義疏同不知扶渠爲荷之異名非華已發之異名也陸說誤○儼御覽人事部九引韓詩作嬙薛君章句云嬙重頤也廣雅嬙美也說文引詩作碩大且嬙皆本韓詩說文又云儼好皃此與上章之卷同義矜莊亦好皃也輾當作展關雎云展轉反側

卷十二終

言 一 二

ナ

長洲陳奐學

檜羔裘詁訓傳弟十三　毛詩國風

檜國四篇十二章四十五句〔疏〕釋文云檜本又作鄶水經注溍水出鄶城西北雞絡隖下洧水東南逕鄶城南大戴禮帝繫篇云陸終弟四子曰萊言是爲云鄶人云鄶人者鄭氏也水經注引世本作求言案云古妘字妘鄶人檜國之上祖鄶人者鄭鄶鄭同地故也其實鄶鄭同地而不同城鄭譜正義云僖三十三年左傳稱文夫人葬公子瑕於鄶城之下服注鄶城故鄶國之墟杜注鄶國在滎陽密縣東北新鄭在滎陽宛陵縣西南是別有鄶城也今河南開封府密縣東北有鄶城是其地朱右曾詩地理徵云左傳言先君桓公與商人皆出自周庸次比耦以艾殺此地斬之蓬蒿藜藋而共處之此與外傳所云寄孥虢鄶之事正合商人與桓公之孥俱出自周故推本桓公言之非桓公時已滅虢鄶也桓公寄孥則武公當桓公之世已居鄶矣寄孥在幽王九年越二年而幽王滅公羊傳云先鄭伯有通於鄶夫人者外傳言鄶由叔妘此鄭伯正指武公通乎鄶夫人蓋在此二年中幽王既滅武公乃與晉文侯共立平王卒滅虢鄶世家言桓公之時虢鄶獻十邑夫十邑者通虢鄶言之爲十國非虢鄶之國有是十邑也水經洧水篇稱竹書紀年晉文侯二年王子多父伐鄶克之乃居鄭父之邱是曰桓公然攷文侯二年爲周幽王三年時桓公未爲司徒未謀於史伯又何遽滅鄶而居之也

羔裘三章章四句

羔裘大夫以道去其君也國小而迫君不用道好絜其衣服逍遙遊燕而不能

自強於政治故作是詩也（疏）箋云以道去其君者三諫不從待放於郊得玦乃去桊待放見宣元年公羊傳及白虎通義諫諍篇

羔裘逍遙狐裘以朝（傳）羔裘以遊燕狐裘以適朝豈不爾思勞心忉忉（傳）國無政令使我心勞（疏）逍遙當作消搖說見清人篇遊當作游燕者安也傳以游燕釋消搖序云消搖游燕此四字同義諸侯朝服燕居燕飲皆用羔裘今游燕而羔裘是其好絜衣服也諸侯在天子朝衣狐裘青皆禮裘也七月傳云狐貉之厚以居此狐取厚者所謂褻裘也今以褻裘適朝是其不能自強於政治也○經言朝傳云適朝緇衣傳適之也視朝在路門外治朝之宁聽朝則在路門內燕朝之堂碩人傳云君聽朝於路寢是也首章適朝二章在堂其實一也天子諸侯皆二朝解之者誤以爲皆三朝矣今試明之周禮宰夫掌治朝小司寇朝士掌外朝其言朝位同此外朝卽治朝也司士正朝儀之位大僕前王入內朝皆退大僕王眡燕朝則正位此內朝卽燕朝也槁人云掌共外內朝冗食者之食然則天子朝唯有外內二而已諸侯與天子同禮記文王世子其朝於公內朝則東面北上臣有貴者以齒其在外朝則以官司士爲之公族朝於內朝內親也雖有貴者以齒明父子也外朝以官體異姓也魯語天子及諸侯合民事於外朝合神事於內朝交王世子之外朝司士所掌與周官司士正朝儀位爲治朝者同魯語之外朝合民事與周官宰夫掌諸臣萬民復逆爲治朝者同又宣六年公羊傳靈公爲無道使諸大夫皆內朝趙盾已朝而出與諸大夫立於朝何注云從內朝出立於外朝蓋外朝有諸大夫位焉從內朝出立外朝卽從燕朝而出侯治朝也然則諸侯朝亦唯外內二而已鄭司農朝士注云王有五門外曰皋門二曰雉門三曰庫門四曰應門五曰路門路門一曰畢門外朝在路門外內朝在路門內與桊仲師說門朝之制確不可易緜傳王之郭門曰皋門王之正門曰應門天子五門其一曰皋門爲郭門亦爲外城門二曰雉門爲內城門皋雉二門出入不禁其無朝可知庫應路三門皆宮門庫門爲大門應門爲中門路門爲內門庫門以內亦出入不禁其無朝又可知應門宮之正門在庫路之中故亦爲中門朝君入應門則應門以內始有朝朝有外有內以在路門之外內而名之也天子外朝在應門內

路門外內朝在路門內諸侯庫雉路三門亦皆宮門庫門為大門雉門為中門路門為內門諸侯外朝在雉門內路門外其內朝亦在路門內仲師言天子二朝而諸侯之二朝可據理推也後鄭宰夫注云治朝在路門之外文王世子注云外朝路寢門之外庭亦既以治外為一朝矣乃小司寇注外朝朝在雉門之外朝士注外朝在庫門之外臯門之內盩易先鄭五門臯雉庫應路為臯庫雉應路故一說外朝在雉門外一說外朝在庫門外鄭氏本無定解朝士注又云周天子諸侯皆有三朝外朝一內朝二內朝之在路門內者或謂之燕朝然內朝即燕朝古無二內朝之名玉藻朝服以日視朝於內朝疑內乃外之誤或因下文聽政路寢言之要不得援一端以該羣經謂此內朝即治朝而遂以為有二內朝之說也書大傳諸侯之宮三門三朝其外曰臯門次曰應門又次曰路門其臯門內曰外朝應門內曰內朝路門內曰路寢之朝大傳言諸侯門制與禮記不合而與緜箋同言三朝與先鄭不合而與朝士注玉藻注同此鄭氏所據斯大傳張生歐陽生多所增益門制詳緜篇○羔裘尊服也狐裘褻服也尊服以消搖褻服以適朝故傳云國無政令也云使我心勞者我大夫自我也勞心心勞也齊甫田傳忉忉憂勞也勞亦憂也箋云爾女也三諫不從待放而去思君如是心忉忉然

羔裘翺翔狐裘在堂（傳）堂公堂也**豈不爾思我心憂傷**（疏）箋云翺翔猶消搖也是翺翔亦游燕之義

○堂在路門內燕朝路寢庭也堂路寢堂也公堂者以公所聽政之堂而名之也逸周書大匡篇朝于大庭孔晁注云大庭公堂之庭與此傳公堂同凡朝君臣咸立於庭說文廷朝中也今通作庭皆有門而不屋路門左右塾謂之門側之堂不當中門其當中門者自庫門以至路門唯路寢乃有堂耳曾子問諸侯旅見天子雨霑服失容則廢此路門外外朝無堂可證也春官樂師車亦如之注王如有車出之事登車於大寢西階之前反降於阼階之前大僕注大寢路寢也登車於路寢階前此路門內內朝無堂可證也玉藻朝辨色始入君日出而視之退適路寢聽政使人視大夫大夫退然後適小寢釋服注小寢燕寢也考工記外有九室九卿朝焉注外路門之表也九室如今朝堂諸曹治事處玫諸侯外朝亦有官府治處大夫治事當在外朝之室君聽政則在內朝之堂視

大夫朝罷而後從路寢反燕寢也論語鄉黨記孔子入公門過位攝齊升堂出
降一等沒階復其位曲禮下鄉位注鄉位鄉之朝位也孔疏云鄉位路門之外
門東北面位引鄭注鄉黨過位謂入門右北面君揖之位案此位卽外朝之位
爲大夫治事之處堂爲君聽政之處諸臣復逆必由外朝入內朝升堂君與圖
事而臣復退俟於外朝之位也升堂在
過位之後此唯路寢有堂又可證也
羔裘如膏日出有曜傳日出照曜然後見其如膏豈不爾思中心是悼傳悼動
也疏末章但言羔裘承上兩章羔裘逍遙羔裘翱翔而言是其好絜衣服可見
不能自強於政治亦可見羔裘如膏日出有曜傳云日出照曜然後見其
如膏此倒句也雞鳴篇匪雞則鳴蒼蠅之聲傳蒼蠅之聲有似遠雞之鳴匪東
方則明月出之光傳見月出之光以爲東方明皆其句例○箋云悼猶哀傷也
㫘傳云悼傷也動與傷義相近鼓鐘之妯菀柳之蹈傳皆訓爲動悼與妯
蹈亦聲近而訓同動古慟字說文無慟周禮九𢷾振動杜子春讀動爲慟

素冠三章章三句

素冠刺不能三年也疏論語宰我問三年之喪孔子曰予生三年然後母之懷免於父夫三年之喪天下之通喪也
庶見素冠兮棘人欒欒兮傳庶幸也素冠練冠也棘急也欒欒瘠貌勞心慱慱
兮傳慱慱憂勞也疏庶幸爾雅釋言文傳爲全詩通訓也釋言又云庶幾尚也單言庶絫言庶幾故雨無正巧言生民抑江漢箋並以庶
爲庶幾論語回也其庶乎易傳云顏氏之子其殆庶幾乎此庶與庶幾同訓之
理而皆爲幸之詞云素冠練冠也者素冠白布冠也十三月爲練已練之冠謂
之練冠襍記喪冠條屬以別吉凶三年之練冠亦條屬右縫鄭注云別吉凶者
吉冠不條屬也條屬者通屈一條繩若布爲武垂下爲纓屬之冠象大古喪事
略也吉冠則纓武異材焉右縫者右辟而縫之案練冠非純凶亦非純吉時人
以練除首絰春秋遂有已練弁冕之說而不能行三年之練冠矣三年之喪初

喪喪冠小祥練冠是練冠為三年小祥之冠故亦得謂三年練冠也大祥縞冠中
月而禫綅冠踰月吉祭乃玄冠復平常傳就小祥說箋以素冠為縞冠就大祥說
然傳雖言小祥其實小祥之後大祥之前皆練冠○北風傳亟急也棘者假借字
采薇出車兩無正文王有聲抑桑柔江漢之棘竝同傳為全詩棘字通訓也正義
云棘急釋言文彼棘作戒音義同案今本釋言作悈欒讀為臠亦假借字也說文
臠臞也引詩正作臠臠爾雅臠病也臠俗臠字呂覽任地篇棘者欲肥肥者欲棘
高注云棘羸瘠也詩云棘人之欒欒言羸瘠也義與傳同爾雅傳傳憂也詩言勞
心故傳訓憂勞案詩首章三句一意傳於欒欒訓瘠於傳傳訓憂勞皆所以形容
棘人哀痛未盡思慕未忘之狀下二章首句與首章同而下皆變其辭以我心與
子作對言我刺詩者自我也子即首章之棘人也乃從不可得見而幸見之傷悲
菀結是為刺也此篇義也則欒欒傳傳自不得分作兩
橛解矣傳字不見說文文選思玄賦注引毛詩作摶摶

庶見素衣兮〔傳〕素冠故素衣也我心傷悲兮聊與子同歸兮〔傳〕願見有禮之人與
之同歸〔疏〕傳云素冠故素衣也者昭三十一年左傳季孫練冠麻衣檀弓將軍文子之喪既除喪而後越人來弔主人深衣練冠待于廟襍記如筮則筮
史練冠長衣以筮又聘禮遭喪將命于大夫主人長衣練冠以受案練冠所配之
衣或麻衣或深衣或長衣鄭注麻衣即深衣喪服記公子為其母練冠麻衣縓
緣注云此麻衣者如小功布深衣為不制衰裳變也縓淺絳也一染謂之縓練冠
而麻衣縓緣三年練之受飾也引檀弓曰練練衣黃裏縓緣閒傳期而小祥練冠
縓緣又期而大祥素縞麻衣注云喪服小記曰除成喪者其祭也朝服縞冠此素
縞者玉藻所云縞冠素紕既祥之冠麻衣十五升布亦深衣也謂之麻者純用布
無采飾也然則小祥大祥皆用麻衣大祥之麻衣配縞冠小祥之麻衣配練冠傳
意以此章素衣與上章素冠同時之服素冠為練冠則素衣即檀弓之練衣練衣
即麻衣衣冠皆為三年練之受服也箋就既祥祭而言素衣謂朝服緇衣素裳但
朝服麻衣色緇三年麻衣色白素者白也不得以緇為素明矣又朝服無裳鄭以
素衣為素裳亦非是○傳悲同義鼓鐘傳云傷猶悲也傳釋聊為願與泉水出其
東門同願見有禮之人欲見能行三年喪者也與之同歸同歸於禮也列女傳貞

順篇君子謂杞梁之妻貞而知禮引詩云我心傷悲聊與子同歸案列女傳出魯詩此雖斷章亦謂與知禮之人同歸與毛詩義合也

庶見素韠兮我心蘊結兮聊與子如一兮傳子夏三年之喪畢見於夫子援琴而弦衎衎而樂作而曰先王制禮不敢不及夫子曰君子也閔子騫三年之喪畢見於夫子援琴而弦切切而哀作而曰先王制禮不敢過也夫子曰君子也子路曰敢問何謂也夫子曰子夏哀已盡能引而致之於禮故曰君子也閔子騫哀未盡能自割以禮故曰君子也夫三年之喪賢者之所輕不肖者之所勉疏正義云喪服始終無韠禮大祥祭朝服素韠毛意亦以卒章思大祥之人矣案傳章末據三年之喪畢說則孔說是也喪服小記及襍記言祥祭服朝服朝服素韠故詩人言素韠為能終三年喪者作者幸見之詞候人傳云芾韠也韠與芾通稱韠象裳色天子山火龍諸侯火龍卿大夫山此畫繪之韠以配袞鷩毳希之裳也玄冕之服天子朱韠配朱裳諸侯卿大夫赤韠配赤裳士爵弁韎韐配纁裳也玄端不與裳相應故士玄端爵韠裳則有玄黃襍之異朝服如深衣有韠而無裳○蘊當作薀校勘記據唐石經初刻作薀以後改蘊為俗字說文云薀積也子夏三年之喪畢以下傳當有成文正義引檀弓說子夏除喪之行與此正反而說苑修文篇亦與此傳大略相似又以子路為子貢皆所聞異也聊與子如一兮者言願與有禮之人用心如一也尸鳩篇淑人君子其義一兮其義一兮心如結兮傳云善人君子其執義當如一也執義一則用心固與此如一義同一謂專壹不敢不及不敢過皆謂專壹於禮傳以釋經與子如一之義也

隰有萇楚三章章四句

隰有萇楚疾恣也國人疾其君之淫恣而思無情慾者也

隰有萇楚猗儺其枝（傳）與也萇楚銚弋也猗儺柔順也夭之沃沃樂子之無知

（傳）夭少也沃沃壯佼也（疏）萇楚銚弋爾雅釋草文郭注云今羊桃也或曰鬼桃葉似桃華白子如小麥亦似桃正義引義疏云今羊桃是也葉長而狹華紫赤色案萇楚華色白或紫亦不一種本草圖經云生平澤中葉花似桃子細如棗核苗長弱即蔓生不能為樹今處處有多生溪澗今人呼為細子根據蘇說則郭注麥字疑棗字之誤下經曰隰萇楚生於下溼地也傳猗儺柔順也當依釋文本無順字傳柔箋柔順與東門之池同蓋詩以萇楚之枝柔與人之年少也猗儺者枝柔之狀二章云猗儺其華三章云猗儺其實猗儺皆謂枝之柔而其華其實因首章而申言之王注楚辭九辯九歎引詩旖旎其華云旖旎盛貌此三家詩義猗儺旖旎一語之轉○傳訓夭為少謂人之年少時也沃當作𣸧廣雅媉媉容也𣸧𣸧與媉媉聲同壯佼者正義云少壯而佼好是也無知無猶不也知讀不識不知之知二章云無家不知家也三章云無室不知室也亦因首章而申言之此句例也序所謂思無情慾者也箋云知匹也於人年少沃沃之時樂其無妃匹之意與傳義實通

隰有萇楚猗儺其華夭之沃沃樂子之無家

隰有萇楚猗儺其實夭之沃沃樂子之無室

匪風三章章四句

匪風思周道也國小政亂憂及禍難而思周道焉

匪風發兮匪車偈兮（傳）發發飄風非有道之風偈偈疾驅非有道之車顧瞻周道中心怛兮（傳）怛傷也下國之亂周道滅也（疏）發猶發發也蓼莪飄風發發傳云發發疾皃下章傳云迴風為

飄偈猶偈偈偈也韓詩伯兮傳云偈疾驅皃漢書王吉傳韓詩外傳皆作揭揭傳釋匪風爲非有道之風匪車爲非有道之車匪爲非有道郎䘗下周道而言王吉傳吉引詩說曰是非古之風也發發者是非古之車也揭揭者葢傷之也案王治韓詩與毛義同古謂古之道也○周道岐西之道顧瞻周道猶晚念古昔之意序所謂思周道也中心心中也說文怛憯也傷與憯義相近王吉傳引詩作制顏注云制古怛字云下國之亂周道滅也者以申明傷之之義此思古以慨今之不然韓詩外傳云傳曰國無道則飄風厲疾暴雨折木陰陽錯氛夏寒冬溫春熱秋榮日月無光星辰錯行民多疾病國多不祥羣生不壽而五穀不登當成周之時陰陽調寒暑平羣生遂萬物寧故曰其風治其樂連其驅馬舒其民依依其行遲遲其意好好詩曰匪風發兮匪車揭兮顧瞻周道中心怛兮韓意以周道當成周之時亦與毛義同

匪風飄兮匪車嘌兮(傳)迴風爲飄嘌嘌無節度也**顧瞻周道中心弔兮**(傳)弔傷也(疏)飄猶飄飄也飄飄猶發發也迴風爲飄爾雅釋天文鄭注月令云迴風爲猋爾雅扶搖謂之猋猋亦迴風非鄭所見爾雅本異也說文飄回風也今字通作迴嘌猶嘌嘌也嘌嘌猶偈偈也疾驅謂之偈偈亦謂之嘌嘌云無節度者是亦疾驅之意說文嘌疾也詩曰匪車嘌兮今字隸變作嘌○弔猶怛也故傳竝釋之爲傷今吳郡人有弔心之語弔心卽傷心也

誰能亨魚溉之釜鬵(傳)溉滌也鬵釜屬亨魚煩則碎治民煩則散知亨魚則知治民矣**誰將西歸懷之好音**(傳)周道在乎西懷歸也(疏)溉當爲摡釋文本又作摡說文摡滌也从手既聲詩曰摡之釜鬵許據詩作摡釜通作釜洞酌傳摡清也滌清義相近說文云鬵大鬴也鬴鍑屬或作釜鍑如釜而大口者案大釜曰鬵與鍑相似故傳云釜屬采蘋傳無足曰釜則鬵無足矣爾雅䰝謂之鬵鬵鉹也說鼎與此異傳云亨魚煩則碎治民煩則散以釋經亨魚爲治民之喩又申之云知亨魚則知治民

者治民之道在不煩而已下國政亂因而思古之治也韓子解老篇云亨小鮮而數撓之則賊其澤治大國而數變法則民苦之是以有道之君貴靜不重變法故曰治大國若亨小鮮○傳承上章兩周道故云周道在乎西以釋經之西也懷歸疊韻爲訓皇矣同之猶是也歸是好音卽冡上句西歸而言周之道在西有歸之者當歸之以善政令也亦是思周道之意

卷十三終

長洲陳奐學

曹蜉蝣詁訓傳弟十四　毛詩國風

曹國四篇十五章六十八句（疏）漢書地理志濟陰郡禹貢荷澤在定陶東屬兗州定陶故曹國周武王弟叔振鐸所封禹貢陶丘在西南陶丘亭水經濟水過定陶縣故城南酈注云縣故三朡國也湯追桀伐三朡卽此是周之曹夏之三朡也今山東曹州府定陶縣東有三朡亭

蜉蝣三章章四句

蜉蝣刺奢也昭公國小而迫無法以自守好奢而任小人將無所依焉（疏）正義云曹世家自叔振鐸至昭公凡十五君昭公以魯閔公元年卽位僖七年卒周惠王以莊十八年卽位僖八年崩是當周惠王時也

蜉蝣之羽衣裳楚楚（傳）興也蜉蝣渠略也朝生夕死猶有羽翼以自修飾楚楚鮮明貌心之憂矣於我歸處（疏）蜉蝣渠略爾雅釋蟲文古字作浮游夏小正五月浮游有殷傳殷者衆也浮游殷之時也浮游者渠略也朝生而莫死說文作蟁蜉則渠略爲假借字正義引義疏云似甲蟲有角大如指長三四寸甲下有翅能飛夏月陰雨時地中出今人燒炙噉之美如蟬也樊光謂之糞中蝎蟲隨陰雨時爲之朝生而夕死案淮南子說林篇浮游不飮不食三日而終又詮言篇浮游不過三日言三日死說稍異浮游有羽翼以喻在位所任之小人雖有此尊盛之服飾而不能終也傳云朝生夕死猶有羽翼以自修飾合下章而總釋其義○釋文楚楚說文作髗髗云會五綵鮮

色也綵俗采字黼楚同聲黼黼本字楚楚假偺字會五采鮮色與傳鮮明義正申成盩許取三家詩之本字以明毛詩之偺字也凡冕服上衣下裳會五采皆於裳黼黼指繡裳而言故說文入黹部黹繡義同也於我二字讀逗於我歸處言於我乎何歸處序所謂將無所依也

蜉蝣之翼采采衣服（傳）采采衆多也心之憂矣於我歸息（傳）息止也（疏）采采衆多謂文采之衆多也文選禰衡鸚鵡賦注引韓詩采采衣服薛君章句云采采盛貌盛亦衆多也息訓止歸息猶歸處也處亦止也

蜉蝣掘閱麻衣如雪（傳）掘閱容閱也如雪言鮮絜也心之憂矣於我歸說（疏）說文堀突也引詩作堀小箋云各本作掘非突謂地突猶土堀也釋堀不釋閱傳云容閱釋閱不釋堀堀乃連而及之詁訓中有此例也谷風我躬不閱傳閱容也連言曰容閱容閱猶容躬言浮游居土堀中能自容躬是謂之堀閱以喩小人在位偷合苟容也孟子盡心篇有事君人者事是君則爲容悅者也容閱與容悅同此章與上二章羽翼與衣服辭義有別〇麻衣朝服也凡布幅廣二尺二寸八十縷爲升朝服用十五升緦則去朝服之半二者精麤不同而其用麻則一也故朝服與緦服皆得謂之麻衣緦麻其色白朝麻其色染緇鄭風緇衣卽麻衣矣禮記閒傳又期而大祥素縞麻衣喪服小記除成喪者其祭也朝服縞冠素縞卽縞冠則麻衣卽朝服此一證逸周書大匡篇及期日質明王麻衣以朝日視朝之服天子皮弁諸侯朝服王服朝服爲降等則麻衣爲朝服此又一證論語子罕篇子曰麻冕禮也今也純麻亦麻衣也古冕弁得通稱麻冕麻衣而冕與祭服玄冕玄衣而冕同祭服用絲朝服用麻玉藻云朝服之以縞也自季康子始也楚策令尹子文緇帛之衣以朝是朝服用絲春秋初楚已用之魯至康子時亦用之孔子曰儉儉恭儉也是古者朝服麻衣矣朝服如淡衣衣裳不殊諸侯朔視朝用皮弁服君臣同服亦謂之朝服皆以麻爲之傳云如雪言鮮絜絜下也字今補凡衣皆連下裳言朝服無衰而有素韠素韠白韋爲之故以雪比白鮮絜謂其色鮮絜也

候人四章章四句

候人刺近小人也共公遠君子而好近小人焉（疏）共公昭公子

彼候人兮何戈與祋（傳）候人道路送迎賓客者何揭祋殳也言賢者之官不過

候人彼其之子三百赤芾（傳）彼彼曹朝也芾韠也一命縕芾黝珩再命赤芾黝珩三命赤芾葱珩大夫以上赤芾乘軒（疏）宋本送下奪迎字正義有迎字羣書治要御覽兵八十二四兩引與正義同迎當作逆周禮候人若有方治則帥而致于朝及歸送之于竟此主送賓客也周語敵國賓至關尹以告行理以節逆之候人爲導此主逆賓客也宣十二年左傳隨季對楚使曰豈敢辱候人是侯國有候人矣無羊傳亦云何揭也玄鳥傳何任也各隨文訓也說文殳部祋殳也本毛詩又或說城郭市里高縣羊皮有不當入而欲入者暫下以驚牛馬曰祋樂記注引詩祋作綴疏以爲齊魯韓詩綴表也高縣羊皮亦揭表之義揭戈殳者乃爲候人之事云言賢者之官不過候人者序官候人上士六人下士十有二人彼王朝之官候人是上士下士則侯國之官候人當在中士以下候人爲賤官也賢者不在曹朝而任以道路送逆之官是共公之遠君子也○傳以彼彼爲彼曹朝對上彼字不在曹朝者而言之子庳小人也芾古作市說文云市韠也篆文作韍韠韍也此及采芑車攻斯干采叔皆作芾雅素冠作韠采叔箋㬎服謂之芾其他服謂之韠析言之也渾言芾韠同故傳云芾韠也一命縕芾黝珩再命赤芾黝珩三命赤芾葱珩禮記玉藻文玉藻作韍作幽衡芾韍同字幽衡即黝珩之假借也珩詳鄭風一篇鄭注云縕赤黃之閒色所謂韎也周禮公侯伯之卿三命其大夫再命其士一命子男之卿再命其大夫一命其士不命案曹爲伯甸其一命爲上再命爲大夫三命爲卿縕芾即韎韐士之服赤芾爲卿與大夫之服經言赤芾則縕芾乃類及之耳故傳申之云大夫以上赤芾乘軒大夫以上統再命三命言也三百三百人也箋云佩赤芾者三百人是謂共公之好近小人也閔二年左傳衞懿

公好鶴鶴有乘軒者定十三年唯邴意茲乘軒哀十五年衞大子謂渾良夫曰苟使我入獲國服冕乘軒杜注云軒大夫車是乘軒亦大夫之飾僖二十八年左傳晉侯入曹執曹伯數之以其不用僖負羈而乘軒者三百人也且曰獻狀杜注謂責其無德居位者多之功狀案詩言三百赤芾左傳言乘軒三百人皆是共公好近小人之實據必云乘軒者傳本左傳以補詩義之未及下二章皆就近小人說末章又說近小人爲國弱民窮之張本荀子富國篇云士大夫衆則國貧

維鵜在梁不濡其翼【傳】鵜洿澤鳥也梁水中之梁鵜在梁可謂不濡其翼乎彼其之子不稱其服【疏】爾雅鵜鴮鸅釋文云鴮鸅毛詩傳作洿澤同說文鵜鶘胡污澤也或作鵜郭注爾雅及鄭注禮記表記皆作污澤淮南子齊俗篇鵜胡飲水數斗而不足高注亦云污澤鳥正義引義疏云鵜水鳥形如鴞而極大喙長尺餘直而廣口中正赤頷下胡大如數升囊若小澤中有魚便羣共抒水滿其胡而棄之令水竭盡魚在陸地乃共食之故曰淘河云梁水中之梁者即邶谷風傳所謂魚梁也不語詞不濡翼濡翼也不濡咮濡咮也傳於不下加乎意以不爲語詞也濡有潤澤之義鵜在梁而濡其翼喻小人之好絜衣服○傳二十四年左傳鄭子臧好聚鷸冠鄭伯殺之君子曰服之不衷身之災也詩曰彼己之子不稱其服子臧之及不稱也夫然則此詩之流誦不獨楚成王矣左傳作己禮記引作記其己記同

維鵜在梁不濡其咮【傳】咮喙也彼其之子不遂其媾【傳】媾厚也【疏】玉篇引詩咮作噣古咮噣聲同喙者口也哀二十六年左傳得夢已爲鳥咮加於南門釋文云咮鳥口濡其口者喻小人得食君祿○媾厚疊韻晉語晉公子如楚成王以周禮享之九獻庭實旅百令尹子玉請殺晉公子王曰不可請止狐偃王曰不可曹詩曰彼己之子不遂其媾鄭之也夫鄭而效之鄭又甚焉效鄭非禮也韋注云媾厚也遂終也鄭過也案詩言不終其厚所以爲過成王引之謂當厚待晉公子必善始以善終故下文即云楚子厚幣以送公子于秦所謂終其厚也傳以媾爲厚

正本國語作訓又案曹共公與楚成王同時人曹詩已爲成王成誦則詩自作於晉公子返國之前共公任用小人至三百乘軒之多國人作刺遂以流誦列國人君之口與日晉公子亦即以爲獻功狀良有以也

薈兮蔚兮南山朝隮傳薈蔚雲興貌南山曹南山也隮升雲也婉兮變兮季女斯飢傳婉少貌變好貌季人之少子也女民之弱者疏薈蔚雙聲說文薈艸多皃文選西都賦注引倉頡篇蔚木盛皃是薈蔚本爲草木盛多因之爲凡盛多之稱說文艸部引詩薈兮蔚兮又女部嬒女黑色也引詩嬒兮蔚兮此或本三家詩南山屬曹風故云曹南山御覽地部七引十道志云曹南山有汜水出焉隮當作躋正義云隮升釋詁文誤躋爲隮也今爾雅不作躋說文無隮可證正義本所據傳升下無雲釋文集注定本及御覽天部八引傳皆有雲案有雲字是也南山喻在尊位者雲有盛多之義南山之朝升雲薈蔚然言居尊位者之盛多〇婉孌疊韻齊甫田傳婉孌少好皃此云婉少皃變好皃渾言析言義各有當也傳解經季女各本依定本正義云采蘋有齊季女車舝思孌季女逝兮皆不得有男在其閒故以季女爲少女此言斯飢當謂幼者竝飢非獨少女而已故以季女爲人之少子女子皆觀經爲訓故不同也案正義本傳文當作季人之少子女女子七字此季女與采蘋車舝不同季爲人之少子女爲女子分釋其義故婉孌亦分釋其義與甫田不同定本云季人之少子女民之弱者是定本以季女爲少弱之稱義無分別則傳亦不必分釋其義且經言女不言民也古毛傳當從正義本今正義本從定本而誤斯猶其也季女其飢言室家之窮乏也

鳲鳩四章章六句

鳲鳩刺不壹也在位無君子用心之不壹也

鳲鳩在桑其子七兮傳興也鳲鳩秸鞠也鳲鳩之養其子朝從上下莫從下上

平均如一**淑人君子其儀一兮其儀一兮心如結兮**(傳)言執義一則用心固(疏)釋文鳲本又作尸尸鳲古今字鳲鳩秸鞠詳鶻巢篇方言鳲鳩自關而東謂之戴鵀東齊海岱之間謂之戴南南猶鵀也或謂之鶝鶔或謂之戴鳻或謂之戴勝郭璞注云鳲音尸按爾雅郎布穀非戴勝也昭十七年左傳疏云孫炎云方言鳲鳩自關而東謂之戴勝毛詩義疏云今梁宋之間謂布穀爲鴶鵴則布穀是鳲鳩明矣而楊雄云鳲鳩是戴勝也今戴勝自生穴中不巢生雄言非也案高誘淮南呂覽注及張揖廣雅竝以尸鳩戴勝爲一鳥其義皆出楊雄方言然爾雅鵖鴔戴鵀鳲鳩鴶鵴判然二鳥毛傳用爾雅決不以鳲鳩爲戴勝矣傳以鳲鳩之養子平均與君子用心之壹鵲巢箋鳲鳩有均壹之德樊光爾雅注春秋云鳲鳩氏司空心平均故爲司空與傳義同○箋云淑善儀義也善人君子其執義當如一也案此當是傳文傳上言尸鳩養子平均如一此言君子執義當如尸鳩之一也執義一則用心固亦謂在位君子其用心當一與序說正同今各本割截經傳而又以淑善儀義也下十六字攙入箋語使傳文上下語意不通唯楊倞注荀子引此皆爲傳文可得其證矣荀子勸學篇是故無冥冥之志者無昭昭之明無惛惛之事者無赫赫之功行衢道者不至事兩君者不容目不能兩視而明耳不能兩聽而聰螣蛇無足而飛鼫鼠五技而窮詩曰尸鳩在桑其子七兮淑人君子其儀一兮其儀一兮心如結兮故君子結於一也又成相篇治復一脩之吉君子執之心如結毛傳正用其師說列女傳魏芒慈母有三子前妻之子有五人五子親附慈母雍雍若一慈母以禮義之漸率導八子咸爲魏大夫卿士各成於禮義君子謂慈母一心詩云尸鳩在桑其子七兮淑人君子其儀一兮其儀一兮心如結兮言心之均一也尸鳩以一心養七子君子以一儀養萬物一心可以事百君百心不可以事一君此之謂也說苑反質篇尸鳩在桑其子七兮淑人君子其儀一兮傳曰尸鳩之所以養七子者一心也君子所以理萬物者一儀也淮南子詮言篇有智而無術雖鑽之不通有百技而無一道雖得之弗能守故詩曰淑人君子其儀一也其儀一也心如結也君子其結於一乎韓詩外傳君子務結心乎一亦引此詩竝與毛義同小箋云經傳一字疏內皆作壹爲長

鳲鳩在桑其子在梅傳飛在梅也淑人君子其帶伊絲其帶伊絲其弁伊騏傳
騏騏文也弁皮弁也疏傳云飛在梅也者言鳲鳩之子飛在梅也正義云首章
言生子之數下章云在梅在棘在榛言其所在之樹見
鳲鳩均壹養之得長大而處他木也○箋云其帶伊絲謂大帶也大帶用素絲
有襍色飾焉正義云玉藻說大帶之制云天子素帶朱裏終辟諸侯素帶終辟
大夫素帶辟垂士練帶率下辟是大夫以上大帶用素絲故言絲也玉藻又云
襍帶君朱綠大夫玄華士緇辟是其襍色飾焉案玉藻注辟讀如裨冕之裨裨
謂以繒采飾其側襍猶飾也即上之裨也又縞冠素紕注紕緣邊也紕讀如埤
益之埤于旄素絲紕之傳云紕所以織組也帶以素絲緣邊所謂其帶伊絲也
此帶爲素帶下文弁爲皮弁是皮弁配素帶天子諸侯大夫同通冕弁服皆用
之士悉用緇帶傳騏文之騏釋文作綦小戎傳騏綦文謂白馬而有蒼色文也
此傳騏綦文謂白鹿皮而有蒼色組以飾弁也顧命四人騏弁鄭注云青黑曰
騏鄭謂青黑爲弁飾之色非與毛訓有異也書之騏與詩之騏皆謂弁縫飾色
如綦文騏皆綦之假借字書校本作綦周禮弁師注引詩正作綦此其證正義
云皮弁是諸侯視朝之常服又朝天子亦服之作者美其德能養民舉其常服
知是皮弁與案諸侯視朝玄冠朔視朝皮弁在朝君臣同
服則朔視朝大夫亦服皮弁序云在位君子統君臣言也
鳲鳩在桑其子在棘淑人君子其儀不忒傳忒疑也其儀不忒正是四國傳正
長也疏正義云忒疑釋言文言當作詁爾雅釋詁貳疑也詩述聞謂貳乃貳之
誤古忒貳通用也禮記緇衣篇子曰爲上可望而知也爲下可述而志
也則君不疑於其臣而臣不惑於其君矣尹吉曰惟尹躬及湯咸有壹德詩云
淑人君子其儀不忒鄭注云君臣皆有壹德不貳則無疑惑也釋文忒本或作
貳貳亦貳之誤案傳以不忒爲不疑與禮記釋詩正同不疑猶壹也又荀子議
兵篇陳囂問孫卿子曰先生議兵常以仁義爲本孫卿子曰堯伐驩兜舜伐有
苗禹伐共工湯伐有夏文王伐崇武王伐紂此四帝兩王皆以仁義之兵行於
天下也故近者親其善遠方慕其德兵不血刃遠邇來服德盛於此施及四極

詩曰淑人君子其儀不忒此之謂也荀引詩言先王行仁義儀即義也是又毛傳本荀子之一證管子內業篇萬物中義守不忒亦與毛訓同○小箋據傳文長當作是訓正爲是則是爲此正是四國言是此四國也大學引詩釋之云其爲父子兄弟足法而后民法之也民法即經正字之義

鳲鳩在桑其子在榛淑人君子正是國人正是國人胡不萬年疏鳲兮傳榛木名

下泉四章章四句

下泉思治也曹人疾其公侵刻下民不得其所憂而思明王賢伯也疏案共公即位在魯僖公八年春秋經于洮于葵丘于鹹于牡丘于淮齊桓公作方伯共公幾盟會無不至自晉文公入國修觀狀之怨侵曹入曹執曹伯畀宋人取濟西田終共公之世不得儕於盟會者晉爲之也左傳曹伯之豎侯獳曰齊桓公爲會封異姓今君爲會滅同姓是曹人明明言晉文之不如齊桓矣此詩與候人先後皆刺其公而作候人刺招致晉禍之所由下泉乃疾其既遭晉亂而不能修德以進於自治疾其公并以惡晉侯故疾其侵刻而因念周之賢伯也明王賢伯連言與鳧鷖序神祇祖考連言同例明王神祇皆推廣之非經義之所有

洌彼下泉浸彼苞稂傳與也洌寒也下泉泉下流也苞本也稂童梁非溉草得水而病也**愾我寤嘆念彼周京**疏洌當作冽正義云字從冰大東正義云說文冽寒貌故字從冰廣韻集韻十七薛冽寒也皆不誤爾雅沃泉縣出縣出下出也李注云水泉從上溜下出傳釋下泉爲泉下流者七月傳流下也則下亦流也是即爾雅下出之義苞本雙聲苞稂爲稂本與下泉爲泉下皆倒句以明義斯干生民常武傳皆云苞本也稂童梁爾雅釋草文大田同郭注稂莠類也詩爾雅釋文兩引說文禾粟之莠生而不成者謂之童蓈案蓈即稂童蓈即童梁則童梁爲莠之不成者二章蕭蓍三章蓍亦蒿屬若月令藜莠蓬蒿竝興相類而言也義疏云禾莠爲穗而不成則嶷然謂

之童梁陸言禾莠猶說文言禾粟之莠禾穗下垂莠穗不下垂童梁雖不成莠而其𩑶嶷然者正與莠同正義引義疏莠誤作秀說文莠誤作采因以童梁爲禾穗不成之名非是今從段氏說訂正傳又云非溉草得水而病也者此明經取興之義以統釋下二章蕭蓍而言箋云興者喻共公之施政教徒困病其民○箋云愾嘆息之意禮記祭義出戶而聽愾然必有聞乎其嘆息之聲說文愾大息也从心氣聲詩曰愾我寤嘆玉篇口部引作嘅楚辭九歎注引作慨周京猶京周也

洌彼下泉浸彼苞蕭（傳）蕭蒿也**愾我寤嘆念彼京周**（疏）蓼蕭蓼彼蕭斯傳亦云蕭蒿也爾雅蕭萩義疏云今人所謂萩蒿也或云牛尾蒿𦽖蕭與藾蕭不同詩之蕭皆萩也傳不用爾雅以萩釋蕭意謂萩亦蒿也京周大周也

洌彼下泉浸彼苞蓍（傳）蓍草也**愾我寤嘆念彼京師**（疏）蓍草名著也說文云蓍蒿屬淮南子說山篇上有叢蓍下有伏龜是蓍爲叢生之草矣易說卦釋文引義疏云蓍似藾蕭青色科生鹿鳴正義引義疏苹葉青白色莖似箸而輕脆爾雅苹藾蕭郭注云今藾蒿也是藾蕭亦蒿之類蓍之爲言箸也蓍似藾蕭則蓍莖亦如苹莖之似箸矣京師大衆之所居也

芃芃黍苗陰雨膏之（傳）芃芃美貌**四國有王郇伯勞之**（傳）郇伯郇侯也諸侯有事二伯述職（疏）黍苗對稂蕭蓍陰雨對下泉陰雨膏之則芃芃然美對三浸字以喻恩及下民此愾我而念彼也小雅黍苗篇芃芃黍苗陰雨膏之傳云芃芃長大皃文義皆同○王王事也勞讀勞于野之勞鴻雁序云能勞來還定安集之至于矜寡無不得其所焉卽此勞字之義也傳云郇伯郇侯也者桓九年左傳荀侯伐曲沃荀卽郇是荀本侯爵也水經涑水注涑水西逕郇城郇伯故國也杜元凱春秋釋地曰今解縣西北有郇城服虔曰郇國在解縣東郇瑕氏之墟也今解故城東北二十四里有故城在猗氏故城西北鄉俗名之爲郇城服說與俗符賢於杜氏矣是酈注以郇國在解縣東北杜說西

北爲誤也今山西蒲州府臨晉縣東北有郇城云諸侯有事者釋四國有王旬云二伯述職者釋郇伯勞之句又以申明伯爲二伯勞來亦述職中事也王制千里之外設方伯州有伯八州八伯八伯各以其屬屬於天子之老二人分天下以爲左右曰二伯周制方伯二伯皆九命方伯屬於二伯外統於內也郇侯爲二伯傳無明文未審何時人一說易林蠱卦下泉苞根十年無王荀伯遇時憂念周京魏源據焦說十年無王謂郇伯勞來當在厲王流汾共伯攝政之世奐竊謂傳不言郇伯爲文王子序又不言古明王賢伯小雅黍苗刺幽王但近述召穆公已不必遠追召康公則此値晉文修怨之年似不必更追述文王子之郇矣焦說本三家詩魏默深攷厲王末年當之說似有據

卷十四終

長洲陳奐學

豳七月詁訓傳弟十五　毛詩國風

豳國七篇二十七章二百三句疏豳公劉國周公旣遭管蔡之變東征三年後歸朝廷致大平爲成王營雒彷彿公劉治豳故託始於豳而大師編詩遂以爲豳國之風焉漢書地理志云右扶風栒邑有豳鄉今陝西邠州卽其地

七月八章章十一句

七月陳王業也周公遭變故陳后稷先公風化之所由致王業之艱難也疏先公豳公也公劉居豳故謂之豳公豳公之業由於后稷故陳王業者必本后稷也此周公遭管蔡之變而作

七月流火九月授衣傳火大火也流下也九月霜始降婦功成可以授冬衣矣一之日觱發二之日栗烈無衣無褐何以卒歲傳一之日十之餘也一之日周正月也觱發風寒也二之日殷正月也栗烈寒氣也三之日于耜四之日舉趾同我婦子饁彼南畝田畯至喜傳三之日夏正月也豳土晚寒于耜始修耒耜也四之日周四月也民無不舉足而耕矣饁饋也田畯田大夫也疏火東方心星亦曰大火四月篇六月徂暑傳云六月火星中暑盛而往矣本月令及昭三年左傳文爲說攷堯典日永星火以正仲夏夏小正五月初昏大火中與詩月令左傳皆

不合蓋大火在唐虞夏以五月昏中六月西流周以六月昏中七月西流其候逐歲漸差詩雖作於周初然公劉在夏末或已七月西流也春秋哀十二年冬十二月螽左傳火伏而後蟄者畢今火猶西流司曆過也杜注云火伏在今十月猶西流言未盡沒知是九月曆官失一閏案火伏在九月春秋之季火伏在十月九月猶西流其候又差矣此卽後世歲差之法流火火下也火向西而下暑退將寒之候也傳云婦功成者卽下章傳所謂絲事畢也婦功成於八月至九月霜降授衣云授冬衣者謂禦寒之衣揆下文衣褐卒歲而言○傳云一之日十之餘也者十十月也數起於一終於十復從十月而數其餘月一之日十有一月之日二之日十有二月之日皆以紀夏正也傳又云一之日二之日三之日爲周殷夏正月也者春秋春三月皆書王春正月周正春二月殷正春三月夏正夏殷周各統一正而三正實兼行之不敢怠棄是其義也觱卽觱之俗觱發疊韻發風發發也觱爲風寒之皃觱當讀爲滭說文滭風寒也栗烈下泉大東兩正義引詩文選古詩注引毛詩傳竝作栗冽栗當讀爲溧說文溧寒也玉篇冽寒氣也十一月待風而寒故觱發爲風寒十二月不風而寒故栗冽爲寒氣也箋云褐毛布孟子滕文公篇許子衣褐趙注云以毳織之若今馬衣也或曰褐枲衣也一曰粗布衣也趙前一說與箋同馬衣卽左傳馬褐廣雅毼罽也罽者織毛爲之蓋以褐爲毼也說文褐編枲韤一曰粗衣與趙或兩說同漢書貨殖傳裋褐不完顏注亦爲編枲衣○說文枱耒耑也或作鈶耜與枱鈶同考工記耜廣五寸謂耒耑之金廣五寸也經言耜傳云耒耜凡耜必兼耒言也耒以木爲之月令修耒耜在十二月詩則正月始修耒耜者爲豳土晚寒故也豳土晚寒傳又爲全章通釋也四之日四月之日也周四月夏二月也一之日爲周正月則四之日爲周四月矣此變言二月爲周四月之日據周正爲說篇中若改歲春酒始播百穀皆言周正而所紀時月皆用夏正蓋行事仍從夏時尊本朝法前王也周公作豳風與孔子作春秋同意御覽資產部兩引韓詩三月之時可豫取耒耜繕修之至于四月始可舉足而耕也韓從周正爲說又初學記地部下引韓詩二之日夏之十二月三之日夏之正月是韓亦兼夏正矣漢書食貨志引詩四之日舉止止趾古今字傳訓爲足躪之止同○饁饋爾雅釋詁文說文饁餉田也周人謂餉曰饟餉饋也饋餉也饁餉饟饋四字同義儕

三十三年左傳曰季見冀缺耨其妻饁之此婦饁也孟子滕文公篇有童子以黍肉餉此子饋也南畝詳信南山篇周禮籥章以樂田畯鄭司農注云田畯古之先教田者爾雅曰畯農夫也月令孟春命田舍東郊鄭注云田謂田畯主農之官也高注呂覽以田爲農大夫傳云田大夫猶之農大夫也鄭箋詩及郭注爾雅皆以田畯爲嗇夫覲禮注嗇夫蓋司空之屬釋文嘉王申毛如字甫田大田同

七月流火九月授衣春日載陽有鳴倉庚女執懿筐遵彼微行爰求柔桑(傳)倉庚離黃也懿筐深筐也微行牆下徑也五畝之宅樹之以桑**春日遲遲采蘩祁祁女心傷悲殆及公子同歸**(傳)遲遲舒緩也蘩白蒿也所以生蠶祁祁衆多也傷悲感事苦也春女悲秋士悲感其物化也殆始及與也豳公子躬率其民同時出同時歸也(疏)箋云陽溫也爾雅四時春爲青陽郭注云氣青而溫陽爾雅離黃與毛傳同又鵹黃也一曰楚雀也其色黎黑而黃方言作驪黃案離與黧鶩黎鵹驪並同箋云溫而倉庚又鳴可蠶之候也說文亦云鳴則蠶生小正月令並記仲春鳴也倉庚非黃鳥辨見葛覃篇○小爾雅云懿深也故懿筐爲深筐也行道也微行小道傳乃掞下句故云牆下徑也孟子梁惠王篇兩言五畝之宅樹之以桑又盡心篇言五畝之宅樹牆下以桑匹婦蠶之是桑樹於牆下矣荀子大略篇家五畝宅百畝田與孟子同古者近郊有門謂之郭門近郊之內卽城郭之內亦謂之國中亦謂之邑中其餘鄉遂之地公有公邑家有家邑縣都有縣邑都邑邑皆民居略放今之離落村堡與田鄰處不甚相遠宅居也五畝之宅城郭都鄙之居也周禮載師宅不毛者有里布鄭司農注宅不毛者謂不樹桑麻也引孟子五畝之宅樹之以桑又遂人上地夫一廛田百畝鄭注廛城邑之居孟子所云五畝之宅樹之以桑麻者也先後鄭並以五畝宅爲邑居矣此詩言豳女求桑正是匹婦蠶桑乃居室之事傳引孟子爲訓則不以

五畝宅爲田中廬舍明矣趙岐孟子注云廬井邑居各二畝半以爲宅冬入保城二畝半故爲五畝也案邠鄉因古說廬井二畝半又創說邑居二畝半以徙就五畝宅之數而不知理不可通食貨志言田制用司馬法建步立晦六尺爲步步百爲晦古之百畝爲今四十一畝一百六十步則古之五畝當今二畝零二十步古之二畝半當今一畝零十步一夫一婦以養父母妻子五口爲率內有門堂外有場圃又有桑麻雞豚豈一畝零十步中之所能容者太原閻若璩四書釋地三續駁趙說是也采薇傳柔始生也柔桑始生之桑箋云柔桑穉桑也○廣雅遲遲長也傳云舒緩舒亦緩也采叔傳紓緩也舒與紓通舒緩者春晝舒長也正義謂人遇春暄四體舒泰非也蘩醜不一種蘩可生蠶蠶惡溼宜燥則蘩爲陸地之蘩傳云白蒿釋文及定本皆作皤蒿與采蘩傳同孫郭爾雅注許說文陸義疏竝即以爲白蒿皤白義同也正義云白蒿所以生蠶今人猶用之夏小正云二月榮蘩祁祁衆多也玄鳥箋同傳云傷悲感事苦也者謂感蠶事之勞苦經但言春女傷悲傳因述古語則秋士以類相及御覽時序部四引淮南繆稱訓春女悲秋士哀知物化矣是古有此語也案此章因授衣而言女功始蠶之事末句承上章之意言耕者出而歸耳始讀與始同及與釋詁文公子猶公孫狼跋傳公孫豳公之孫則公子豳公之子謂成王也經言民與公子傳言公子率民又補經義同歸必同出以著君民勤於農事如此也

七月流火八月萑葦（傳）薍爲萑葭爲葦豫畜萑葦可以爲曲也**蠶月條桑取彼斧斨以伐遠揚猗彼女桑**（傳）斨方銎也遠枝遠也揚條揚也角而束之曰猗女桑荑桑也**七月鳴鵙八月載績載玄載黃我朱孔陽爲公子裳**（傳）鵙伯勞也載績絲事畢而麻事起矣玄黑而有赤也朱深纁也陽明也祭服玄衣纁裳（疏）中篇皆敘人事而人事必因天時故詩前三章以七月流火發端也萑當作雚雚一名薍葦一名葭判然二物碩人葭薍也大車菼騅也雚之初生者也蒹葭蒹薕

也皆萑也騶虞傳人兼葭云葭蘆也皆葦也傳義悉本爾雅菼薍蒹薕爲未成之萑葭蘆爲未成之葦夏小正七月秀萑葦傳未秀則不爲萑葦秀然後爲萑
葦故先言秀萑荼傳荼萑葦之秀爲蔣楮之也萑未秀爲菼葦未秀爲蘆然則萑葦春生苗至秋乃成小正七月齒土則八月也云豫蓄萑葦可以爲曲也者
月令季春具曲植籧筐鄭注云時所以養蠶器也曲薄也植槌也方言宋魏陳楚江淮之間謂之苗自關而西謂之薄宋魏陳楚江淮之間謂之植自關而西
謂之槌郭注云槌縣蠶薄柱也案曲苗古今字萑葦可以爲曲豫畜之以供來春養蠶傳撓下文釋經義也○箋云條桑枝落之采其葉也玉篇引詩作挑桑
斨方銎釋文引說文云銎斧空也空郎孔字斧孔曰銎方孔者則曰斨也遠揚謂桑之枝條遠揚者故傳釋遠爲枝遠揚爲條揚枝亦條也汝濆傳枝曰條說
文條小枝也猗當作椅說文椅偏引也廣雅捔掎也傳云角而束之角即捔字爾雅釋木女桑桋桑釋文桋或作荑毛傳作荑荑者初生之稱集注定本皆云
女桑柔桑者或以荑字難明故易柔字箋云女桑少枝長條不枝落者束而采之○鶪夏小正作鴂鶪伯勞爾雅釋鳥文郭注云似鶷鶡而大小正傳作百鷯
昭十七年左傳作伯趙聲並通小正月令皆五月鳴月令章句云應時而鳴爲陰候也高注呂覽云是月陰作於下陽發於上伯勞夏至後應陰而殺蛇磔之
於棘而鳴其上御覽羽族部十引陳思王惡鳥論詩云七月鳴鶪七月夏五月伯勞以五月鳴應陰氣之動其聲鶪鶪故以音名也是子建以鶪五月鳴詩七月
猶鳴遂以七月爲周正而不知豳風言某月者皆夏正也崔集注及王述毛竟改經之七月爲五月未免臆解總不若箋晚寒從氣爲說○傳云絲事畢者承
上蠶桑撓下玄黃謂至八月始畢絲事也云麻事起者以釋經載績之義絲曰紡麻曰績絲所成曰帛麻所成曰布詩重絲事也故下文即言染絲之事士冠
禮注凡染黑五入爲緅七入爲緇玄則六入與又注爵弁者其色赤而微黑如爵頭然或謂之緅考工記注染纁者三入而成又再染以黑則爲緅緅今禮俗
文作爵言如爵頭色也又復再染以黑乃成緇矣凡玄色者在緅緇之閒其六入與夏小正傳玄也者黑也說文云黑而有赤色者爲玄許說玄正本毛氏傳
訓黃色近纁玄黃猶之玄纁也考工記鍾氏染羽三入爲纁五入爲緅七入爲緇釋器一染謂之縓再染謂之赬三染謂之纁士冠禮注云凡染絳一入謂之

纁再入謂之赬三入謂之纁朱則四入與案周禮爾雅皆有三入爲纁之文周
禮言纁緅緇染黑法爾雅言縓赬纁染絳法六入四入經無明文鄭以玄爲六
入而朱爲四入皆足補經文所未備說文絑純赤也纁淺絳也纁三入則絑淺
於纁爲四入矣傳云淺纁卽是純赤絑今通作朱詁陽爲明者色鮮明也天子
五冕之衣皆玄衣裳有袞鷩毳希之異天子玄冕玄衣而冕也玄衣配以朱裳
方相氏玄衣朱裳此卽天子玄冕也士玄衣則配以纁裳禮器士玄衣纁裳是
也傳意承載玄載黃句故云祭服玄衣纁裳就士而言以見豳人亦自作服經
言我朱孔陽爲公子裳又以見豳公子朱裳亦是祭服也絲衣傳絲衣祭服也

四月秀葽五月鳴蜩八月其穫十月隕蘀（傳）不榮而實曰秀葽葽草也蜩螗也
穫禾可穫也隕墜蘀落也**一之日于貉取彼狐貍爲公子裘**（傳）于貉謂取狐貍
皮也狐貉之厚以居孟冬天子始裘**二之日其同載纘武功言私其豵獻豜于
公**（傳）纘繼功事也豕一歲曰豵三歲曰豜大獸公之小獸私之（疏）不榮而實曰秀爾雅釋草
文傳文重葽字初學記歲時部御覽時序部六引傳葽草也不誤葽草未詳說
文葽艸也詩曰四月秀葽劉向說此味苦苦葽也案劉子政說葽爲苦葽鄭箋
疑卽王萯不從劉說穆天子傳珠澤之藪爰有萑葽郭璞注葽莠屬引詩四月
秀葽廣雅葽莠也通藝錄辨之云莠秀於六月非秀於四月葽非莠明矣苦葽
亦未審何草○爾雅蜩唐蜩俗作螗夏小正云五月唐蜩鳴傳唐蜩者匽也又
云匽之興五日翕望乃伏傳其不言生而稱興何也不知其生之時故曰興以
其興也故言之興五日翕也望也者月之望也而伏云者不知其從也故謂之
伏五日也者十五日也翕也者合也伏也者入而不見也案詩言蜩凡三見傳
於小弁蕩皆釋蜩爲蟬唯此蜩爲唐蕩又釋唐爲匽其意以七月之蜩卽小正
之唐匽小正詳匽伏在五月而詩則五月始鳴皆以紀候也○豳地八月其禾
始穫故傳云穫禾可穫也大東傳穫刈也隕隊小弁縣同隊俗作墜蘀落鵲鳴
同隕蘀謂草木隊落也說文云艸木凡皮葉落陊地爲蘀引詩十月隕蘀周語

先王之敎曰草木節解而備藏隕霜而冬裘具故下文卽言取皮作裘之事○傳文于貉謂取狐貍皮也八字誤當作取彼狐貍謂取狐貍皮也十字傳言狐貍爲狐貍皮則貉爲貉皮可互見故不更爲于貉作解箋乃云于貉往搏貉以自爲裘也凡傳未備箋乃申補之以完經義此其通例今本刪去複經句取彼狐貍四字而又因箋中于貉二字羼入傳中致不可讀當據全詩通例訂正狐貉之厚以居論語鄉黨篇文傳冢上文于貉引論語爲證說文貈似狐善睡獸引論語作貈今字通假作貉貉皮毛厚以爲私居裘宜也狐皮不獨爲私居之裘其狐皮之厚者以私居也江永圖考謂狐貉之裘爲褻裘論語子罕篇衣敝縕袍與衣狐貉者立繁露服制篇百工商賈不敢服狐貉孔子爲大夫狐貉以居是大夫得服狐貉也正義引定九年左傳稱齊大夫東郭書衣貍製服注云貍裘是貍亦大夫裘也竊謂褻裘與禮裘異貉狐貍或上下通裘爾小正九月王始裘月令孟冬之月天子始裘傳云孟冬豳地晚寒也經言公子豳公之子成王也故傳卽以天子釋之正義云孟冬已裘而仲冬始搏獸者爲來年用之天官掌皮秋斂皮冬斂革春獻之注皮革踰歲乾久乃可用獻之以入司裘是其事也○同讀如我馬旣同之同車攻傳云同齊也田獵一齊足正義云纘繼功事皆釋詁文今爾雅纘作纂功作公武功田獵之事也豜一歲曰豵騶虞傳同豜田豜也還竝驅從兩肩兮傳獸三歲曰肩鄭司農注周禮大司馬職云詩云言私其豵獻肩于公一歲爲豵二歲爲豝三歲爲特四歲爲肩五歲爲愼案仲師傳毛詩其所據豳詩作肩與齊風同其云三歲特四歲肩肩特二字互譌毛傳於肩兩言三歲說文及韓詩章句竝同豵豝肩皆豜特愼非豜愼卽麎也豜一生一歲爲小三歲爲大他獸三歲以上皆尚小則必自四歲五歲始也廣雅獸一歲爲豵二歲爲豝三歲爲肩四歲爲特稚讓作三歲肩四歲特是其證正義云大獸公之小獸私之大司馬職文禽獸得通大司馬仲冬敎大閱遂以狩田此言二之日是季冬不用仲冬者豳地晚寒故習兵晚也四時皆習兵而獨說冬獵者以取皮在冬且大閱禮備故也

五月斯螽動股六月莎雞振羽傳斯螽蚣蝑也莎雞羽成而振訊之七月在野

八月在宇九月在戶十月蟋蟀入我牀下穹窒熏鼠塞向墐戶（傳）穹窮窒塞也
向北出牖也墐塗也庶人篳戶嗟我婦子曰爲改歲入此室處（疏）爾雅釋蟲蜇螽蚣蝑傳所
本也蜇當作析說文蚣或作蜙郭注云俗呼春黍詩之斯螽即爾雅之析螽墓
門傳斯斯析也斯與析皆象其動股作聲蜙蝑春黍並於斯析聲義相近也周南
正義引義疏云幽州人謂之舂箕舂箕即舂黍蝗類也長而青長角長股股鳴
者也或謂似蝗而小斑黑其股似瑇瑁又五月中以兩股相切作聲聞數十步
○釋文沈重云舊多作沙今作莎音素何反爾雅釋蟲翰天雞樊光注一名莎
雞釋鳥翰天雞說文云赤羽是蟲鳥同名則莎雞亦赤羽也正義引義疏云莎
雞似蝗而斑色毛翅數重其翅正赤或謂之天雞六月中飛而振羽索索作聲
幽州人謂之蒲錯李巡云酸雞郭璞云樗雞御覽引廣志云莎雞似蠶蛾而五
色亦曰犨雞皆異名也傳以振訊釋振訊亦振也爾雅振訊也廣雅振訊動也
○蟋當作悉蟋箋云自七月在野至十月入我牀下皆謂蟋蟀也蓋古者在野有
廬在邑有室春夏居廬秋冬居室故豳人歷敘其由外而內由遠而近於蟋蟀
以紀候焉爾月令季夏蟋蟀居壁呂覽季夏居宇淮南孟秋居奧而詩則七月
在野者首章出耕既後於月令則入處亦必後於月令皆因豳地晚寒也八月
以往悉入於邑矣釋文引韓詩云宇屋霤也○穹窮雙聲室塞亦雙聲爾雅釋
言文雲漢傳熏灼也韓詩外傳晏子曰社鼠出竊於外入託於社灌之恐壞牆
熏之恐燒木此鼠之患又云稷蜂不攻而社鼠不熏然則古有熏鼠之事穹窒
熏者言窮盡鼠穴而塞之灼之也明堂位注鄉牖屬士虞記注鄉牖一名也鄉
者向之假借字釋文引韓詩向北向窗也窗亦牖之屬凡屋前有堂後有房有
室房在東有南戶室在西有南牖房之北有北堂北堂之下有北階房室之間
亦有戶以相通室之北有北牖此燕寢制也北風驟緊交冬閉藏故毛韓皆謂
塞向爲塞在北之向也說文墐涂也涂塗古今字角弓傳涂泥也墐與㨷同說
文㨷拭也涂讀同敷說文敷閉也讀若杜丹部引周書惟其敷丹雘今梓材作
涂涂敷聲通傳云庶人篳戶者儒行注篳門荊竹織門也襄十年左傳注篳門
柴門則篳戶當以柴竹爲戶泥之使不通風矣月令孟冬天地不通閉塞而成

冬鄭注云門戶可閉閉之窗牖可塞塞之案此卽塞向墐戶之事塞向者塡塞西室之北牖也墐戶者塗拭房室相通之戶也曰語詞漢書食貨志作聿爲改歲古曰與聿通緇衣傳改更也改歲更一歲也周建子以十一月爲歲始入室處者將避寒氣月令命有司曰寒氣總至民力不堪其皆入室是其義也

六月食鬱及薁七月亨葵及菽八月剝棗十月穫稻爲此春酒以介眉壽（傳）鬱棣屬薁蘡薁也剝擊也春酒凍醪也眉壽豪眉也**七月食瓜八月斷壺九月叔苴采荼薪樗食我農夫**（傳）壺瓠也叔拾也苴麻子也樗惡木也（疏）正義云鬱棣屬者是唐棣之類屬也劉稹毛詩義問云其樹高五六尺其實大如李正赤食之甛本草云鬱一名雀李一名車下李一名棣生高山川谷或平田中五月時實言一名棣則與棣相類故云棣屬齊民要術引陸機義疏與義問同正義又云蘡薁者亦是鬱類而小別耳晉宮閣銘云華林園中有車下李三百一十四株薁李一株車下李卽鬱薁李卽薁二者相類而同時熟據孔說蘡薁鬱類則薁爲木案說文薁嬰薁也入艸部俗字作蘡廣雅釋草燕薁蘡舌也疏證云卽蘡薁也薁李樹不名蘡薁蘡薁自是葡萄之屬齊民要術引陸機詩義疏云櫻薁實大如龍眼黑色今車鞅藤實是又引疏云櫐似燕薁連蔓生御覽引毛詩題綱云蘡一名燕薁藤宋開寶本草注云蘡薁是山葡萄亦堪作酒毛公釋詩正謂此草也案說文引詩食鬱及雚爾雅釋草疏以爲韓詩○士虞記鉶芼夏用葵豆實葵菹周禮醢人饋食之豆其實葵菹齊民要術引崔寔四民月令云六月六日可種葵中伏後可種冬葵九月可作葵菹乾葵案此作菹在九月矣詩言七月亨葵與儀禮夏用葵合亨葵以供鉶羹之滑鄭注云夏秋用生葵是也說文尗豆也今字作菽釋文本亦作叔爲假俗字小宛傳菽藿也藿爲尗之少者七月尗時尚少蓋亨其少者耳夏小正八月剝棗傳剝也者取也毛傳云擊言擊而取焉爾今山東人於棗孰時男女持竿擊棗謂之扑棗小箋云剝卽攴之假俗今字作扑○春酒爲凍醪義未聞說文醪汁滓酒也凍醪楚辭謂之凍飲疑卽今作白酒釀酒之有汁滓者周禮酒正注醴猶體也成而汁滓相將如今甛酒矣

鬯以醴爲汁滓酒說文醴酒一宿孰也醴醪連文當是一酒於醴下言一宿孰
於醪下言汁滓義互相成漢書楚元王傳穆生不耆酒元王每置酒常爲穆生
設醴顏注云醴甘酒也少麴多米一宿而孰不齊之是也月令仲冬乃命大酋
秫稻必齊蓋稻有稉秫稉者釀酒秫稻稉稻也仲冬周之春正月十月作酒而
十一月用之酒即末章行鄉飲酒禮也是春酒爲易孰矣南山有臺傳云眉壽
秀眉也秀豪同義介大也酒所以養老也○信南山疆場有瓜是剝是菹傳云
剝瓜爲菹莊八年左傳瓜時而往曰及瓜而代服注云瓜時七月及瓜謂後年
瓜時是食瓜在七月也壺讀與瓠同爾雅釋器康瓠瓠即壺釋木壺棗壺即瓠
此皆壺瓠聲通之證瓠亦作菹匏有苦葉傳瓠葉苦不可食也箋云瓠葉苦至
八月之時然則未至八月兼食瓠葉至八月葉苦不可作菜則斷瓠以爲菹瓜
瓠又作瓜華郊特牲天子樹瓜華不斂藏之種也管子山權數篇云民之能樹
瓜瓠說文云叔拾也汝南名收芋爲叔正本傳訓爾雅芓麻母說文作芓麻母
曰芓麻子則曰苴禮經籩實之蕡豆實之糝熬麻子爲之也邶谷風豳傳竝云
茶苦菜也月令孟夏苦菜秀爾雅釋文引易通卦驗玄圖云苦菜生於寒秋歷
冬歷春得夏乃成呂覽任地篇曰至苦菜死而資生案日至在仲夏苦菜已死
所謂資生者其實落復生者也故緯書謂苦菜生於寒秋詩言九月采茶是采
其復生之茶歟樗今俗之臭椿此及我行其野傳皆謂惡木本草圖經云椿木
樗木形榦大抵相類但椿木實而葉香可噉樗木疎而氣臭膳夫亦能熬去其
氣北人呼樗爲山椿江東人呼爲鬼目葉脫處有痕如樗蒲子又如眼目故得
此名其木最爲無用莊子所謂吾有大木人謂之樗其本擁腫不中繩墨小枝
曲拳不中規矩立於途匠者不顧是也此言瓜瓠苴茶
可作菹樗可作薪豳土疏材之蓄聚足以給食農夫也

九月築場圃(傳)春夏爲圃秋冬爲場**十月納禾稼黍稷重穋禾麻菽麥嗟我農夫我稼既同上入執宮功**(傳)後孰曰重先孰曰穋入爲上出爲下**晝爾于茅宵爾索綯亟其乘屋其始播百穀**(傳)宵夜綯絞也乘升也(疏)說文場治穀田也東方未明傳圃菜園也

場圃連言傳乃先釋圃後釋場春夏之圃至秋冬作場以治穀是謂之築場圃
傳依經義言也箋云場圃同地自物生之時耕治之以種菜茹至物盡成孰築
以爲場序官場人注云場築地爲墠季秋除圃中爲之竝與傳義合○箋云納
內也治於場而內之囷倉也禾者今之小米說文禾之秀實爲稼莖節爲禾則
案評之曰禾稼也重穋說文引詩作種稑閟宮黍稷重穋呂覽注作重稑周禮
內宰舍人司稼皆作種稑鄭司農注云先種後孰謂之種後種先孰謂之稑呂
覽任地篇種稑禾不爲稑種重禾不爲重高注云晚種早孰爲稑早種晚孰爲
重說文云種先種後孰也稑疾孰也或作穋重者種之假借穋稑一字也古種
稑作種直容反穜藝作種之用反今種穜二字互用禾麻菽麥判然四物正義
謂於麻麥之上更言禾以總諸禾因以禾稼爲諸穀苗幹之大名非是生民詩
亦菽禾麻麥竝稱可證我稼之稼亦謂禾以該黍稷麻麥也箋云既同言已聚
也爾雅宮謂之室功事也正義本作宮公定本作宮功傳云入爲上者承上章
入此室處之意而言又云出爲下者蓋揆下文出治野屋爲訓也箋云上入都
邑之宅治宮中之事宮中猶室中也○說文茅菅也是菅亦稱茅也宵夜小星
同綯絞爾雅釋言文詩述聞云索者糾繩之名綯卽繩也索綯猶言糾繩趙岐
注孟子曰晝取茅草夜索以爲綯是也方言車紂自關而東周洛韓鄭汝潁之
閒或謂之曲綯郭璞注曰綯亦繩名引詩宵爾索綯是綯爲繩也絞亦繩也急
就篇纍繘繩索絞紡纑哀二年左傳絞縊以戮杜注曰絞所以縊人物墨子辭
過篇曰古之民衣皮帶茭茭與絞同說文筊竹索也義與絞亦相近奐案顏師
古匡謬正俗或問曰蒲州盛酒堈謂蒲綯何也荅曰此堈旣從遠來運致非易
恐其破損故以蒲索纏之按爾雅云綯絞也詩云宵爾索綯卽是其義此堈爲
加蒲索故謂之蒲綯爾顏以綯爲索索卽繩索可見唐人解經有不誤爾雅登
升也古椉登升三字同聲考工記匠人葺屋參分瓦屋三分古者野屋或用葺
屋歟箋云亟當治野廬之屋趙注孟子滕文公篇云及爾閒暇亟而椉蓋爾野
廬之屋此承上十月治場既畢而言于茅索綯待修治野屋之用以來歲播穀
爲亟周語其時儆曰收而場功待而畚梮營室之中土功其始是其義也始歲
始也周十一月歲始故於十月中豫籌之文選
東都賦注引韓詩章句云穀類非一故言百也

二之日鑿冰沖沖三之日納于凌陰四之日其蚤獻羔祭韭〔傳〕冰盛水腹則命
取冰於山林沖沖鑿冰之意凌陰冰室也九月肅霜十月滌場朋酒斯饗曰殺
羔羊〔傳〕肅縮也霜降而收縮萬物滌埽也場功畢入也兩樽曰朋饗者鄉人飲
酒也鄉人以狗大夫加以羔羊躋彼公堂稱彼兕觥萬壽無疆〔傳〕公堂學校也
觥所以誓衆也疆竟也〔疏〕月令季冬冰方盛水澤腹堅命取冰鄭注云腹厚也
此月日在北陸冰堅厚之時也今月令無堅釋文腹
本又作複毛傳無堅與今月令同昭四年左傳深山窮谷於是乎取之初學記
地部下引韓詩冰者窮谷陰氣所聚不洩則結而爲伏陰是取冰於山谷也山
林猶言山谷傳云沖沖鑿冰之意韓詩云沖沖聲也訓異而意同周禮凌人掌
冰正歲十有二月令斬冰三其凌鄭注云凌冰室也說文𦫵仌出也詩曰納于
𦫵陰或作凌出疑室字之譌玉篇凌冰室也𦫵同韓詩云凌陰冰室也與毛傳
同冰者固陰沍寒之物故凌謂之冰室與凌陰謂之冰室一也正義謂凌爲冰
體誤矣蚤早古今字獻羔祭韭言出冰之事也左傳亦云獻羔而啓之月令仲
春天子乃鮮羔開冰先薦寢廟注鮮當爲獻左傳月令皆不及祭韭者文略也
高注呂覽云開冰室取冰治鑒以祭廟春薦韭卵案周禮禮記左傳取冰藏冰
皆在十二月詩十二月取冰正月藏冰二月開冰正義引鄭志荅孫皓云豳土
晚寒故可夏正月納冰夏二月仲春大蔟用事陽氣出地始溫故禮應開冰先
薦寢廟又引服注左傳西陸朝覿而出之謂二月日在婁四度春分之中奎始
晨見東方蟄蟲出矣故以是時出之給賓客喪祭之用鄭意本爾雅西陸爲昴
故依周禮孟夏頒冰爲說箋云此章備寒暑○古肅縮聲同正義引月令仲春行
冬令草木皆肅注肅謂枝葉縮束是縮束爲肅猶收縮爲肅也首章傳云九月
霜始降蒹葭傳云白露凝戾爲霜然後歲事成此所謂霜降而收縮萬物也說
文滌洒也埽洒同義築場在九月埽場則在十月也周語云場協入○鄉飲酒
禮尊兩壺于房戶閒斯禁禮記鄉飲酒義篇鄉人士君子尊於房戶之閒賓主

共之也詩言朋傳以兩尊釋之此卽兩壺賓主所共之尊也鄉射禮兩壺斯禁射亦飲酒也又燕禮司宮尊于東楹之西兩方壺尊士旅食于門西兩圜壺注尊方壺爲卿大夫士也尊士旅食者用圜壺變於鄉大夫也據此則鄉人有大夫尊兩壺爲兩方壺矣兩方壺有玄酒兩圜壺無玄酒也樽俗字傳文饗者下各本奪鄉人飲酒也五字說文饗鄉人飲酒也本傳訓正義本有五字今訂正鄉飲酒禮及鄉射記皆云其牲狗也亨于堂東北鄉飲酒義云亨狗于東方祖陽氣之發于東方也是鄉人飲酒牲以狗矣詩不亨狗而殺羔羊傳云大夫加以羔羊鄉人飲酒有大夫在焉則加以羔羊也鄉大夫卿州長中大夫黨正下大夫書大傳云大夫士七十致仕退老歸其鄉里大夫爲父師士爲少師新穀已入稷鉏已藏祈樂已入歲事既畢餘子皆入學距冬至四十五日始出學傳農事○公堂爲學校此鄉學也王制命鄉簡不帥教者以告耆老皆朝于庠元日習射上功習鄉上齒大司徒帥國之俊士與執事焉不變命國之右鄉簡不帥教者移之左命國之左鄉簡不帥教者移之右如初禮不變移之郊如初禮不變移之遂如初禮鄭注云此庠謂鄉學也鄉謂飲酒也習禮於鄉學使之觀焉郊鄉界之外者也又爲之習禮於郊學遠郊之外曰遂又爲之習禮於遂學王制周人養國老於東膠養庶老於虞庠虞庠在國之四郊鄭注云東膠大學在國中王宮之東虞庠小學也周立小學於四郊庠之言養也周之小學爲有虞氏之庠制是以名庠云其立鄉學亦如之案成周之制中爲王宮之學謂之四門大學距國百里爲六鄉六鄉之中有州序黨庠謂之鄉學六鄉之境有郊學謂之四郊小學又其外距國二百里爲六遂有遂學遂學在縣鄙亦如鄉學之在於州黨也此學制之大槩也天子六鄉以東西言則謂之左鄉右鄉每鄉萬二千五百家一鄉五州每州二千五百家一州五黨每黨五百家州長春秋以禮會民而射于州序黨正以禮屬民而飲酒于序注序州黨之學學記黨有序注黨屬於鄉鄉飲酒義主人拜迎賓於庠門之外注庠鄉學也州黨曰序鄉射禮注周以有虞氏之庠爲鄉學庠之制有堂有室也然則鄉學亦得名序周官飲酒之禮箸於黨正一職黨學卽鄉學可舉黨以該鄉也飲酒本鄉人會飲於州黨其飲酒也有大夫與飲之禮飲酒卽以養老周公陳后稷公劉之業適虞夏殷之際而飲酒養老四代皆如是也庠有堂庠爲公家所設以教民者故

曰公堂鄭箋及月令注以公堂爲大學饗羣臣非傳義卷耳傳兕觥角爵也此云觥所以誓衆者誓猶戒也飲酒將終戒衆設觥衆人遂稱觥致祝萬壽無疆衆人所以致祝於尊客之辭也鄉飲酒禮有大夫則大夫爲尊客也昭元年穀梁傳疆之爲言猶竟也疆訓竟傳爲全詩通訓

鴟鴞四章章五句

鴟鴞周公救亂也成王未知周公之志公乃爲詩以遺王名之曰鴟鴞焉（疏）書金縢篇云周公居東二年則罪人斯得于後公乃爲詩以詒王名之曰鴟鴞然則鴟鴞之詩蓋作於東征二年之後周公未歸時也故次在東山前

鴟鴞鴟鴞既取我子無毁我室（傳）興也鴟鴞鸋鴂也無能毁我室者攻堅之故也寧亾二子不可以毁我周室恩斯勤斯鬻子之閔斯（傳）恩愛鬻稚閔病也稚子成王也（疏）全章皆託鴟鴞起興周公以自喻也鴟鴞鸋鴂爾雅釋鳥文說文作寧鴂方言云桑飛自關而東謂之工爵或謂之過鸁或謂之女匠自關而東謂之鸋鴂自關而西謂之桑飛或謂之懱爵正義引義疏云鴟鴞似黃雀而小其喙尖如錐取茅莠爲巢以麻紩之如刺襪然縣著樹枝或一房或二房幽州人謂之鸋鴂韓詩鴟鴞鸋鴂鳥名也敫之葦蔄風至蔄折依韓詩說此即大戴禮之蠓鳩荀子之蒙鳩也荀子勸學篇楊倞注云蒙鳩鷦鷯小忠箋鷦或曰鴟鴞矣趙岐注孟子鴟鴞爲小鳥三章傳手病口病故能免乎大鳥之難則毛亦謂鴟鴞爲小鳥矣唯郭注爾雅方言王注楚辭不同古說○傳云無能毁我室者攻堅之故也者室猶巢也以喻周室之堅固此釋經之喻義云寧亾二子不可以毁我周室者此釋經之正義也說文寧願詞也甯所願也寧與甯音義皆同傳以不可釋無漢廣傳又以無釋不可無猶勿㞢無猶毋也無勿毋三字竝與不可同義二子謂管蔡也春秋莊九年九月齊人取子糾殺之穀梁傳言取病內也此即經取字之義僖十九年冬梁亾左傳梁亾自取之也此即傳亾字之義曰取曰亾明明既誅管蔡矣當時武庚啓釁遂株連奄東諸

國意將興復殷商而管叔習見殷商弟及己乃叔旦之兄武王崩成王幼次當及己爲天子祭祀同監故黨管作難一朝變起天下殷周不知誰何后稷以來攻堅之室則幾乎毀壞周公誅二子不得已也毛氏可謂善逆公志矣○說文恩惠也惠亦愛也恩斯勤斯言我周室當恩愛保護勤勞勉作承無毀我室句王肅謂愛惜此二子非傳意也正義引爾雅釋言鬻稚也郭璞曰鞠一作毓郷谷風正義引作育稚今本作鞠稺石經稺作稚釋文作稺閔病邶柏舟閔予小子同傳既釋字義而又釋經義云稺子成王也文選陳琳檄吳將校部曲注引韓詩云鴟鴞所以愛養其子者適以病之愛憐養其子者謂堅固其窠巢病之者謂不知託於大樹茂枝反敷之葦蔨風至蔨折巢覆有子則死有卵則破是其病也毛韓大指相同

迨天之未陰雨徹彼桑土綢繆牖戶傳迨及徹剝也桑土桑根也今女下民或敢侮予疏迨及匏有苦葉同說文引詩作隸迨見爾雅而不見說文蓋迨卽隸之異體迨從台聲隸從柰聲一也徹者撤之假借故傳云剝孟子注云取也桑土訓桑根方言杜根也東齊曰杜郭注引詩徹彼桑杜釋文引韓詩正作杜毛詩作土爲杜之假借字綢繆傳云綢繆言纏綿也○今女下民孟子公孫丑篇引詩女作此孔子曰爲此詩者其知道乎能治其國家誰敢侮之趙注云言此鴟鴞小鳥尚知及天未陰雨而取桑根之皮以纏綿牖戶人君能治其國家誰敢侮之刺邠君曾不如此鳥案邠君蓋亦指成王也侮猶毀也

予手拮据予所捋荼予所蓄租予口卒瘏傳拮据撠挶也荼萑苕也租爲瘏病也手病口病故能免乎大鳥之難曰予未有室家傳謂我未有室家疏釋文引韓詩口足爲事曰拮据韓蓋以鳥之手卽鳥之足其撠下予口卒瘏爲訓故必兼言口也說文拮手口共有所作也据戟挶也案許於据下用毛而於拮下用韓以見毛韓訓異意同非分釋拮据兩義也玉篇云拮据手病也戟挶者卽手病之謂挌作撠○荼萑傳云捋取也荼萑苕萑當作雚爾雅葦芀荼菼薍芀郭注皆芀

荼之別名葦醜芀注其類皆有芀秀說文芀葦華也韓詩傳作葦萬案苕萬皆芀之假借方言錐謂之鍣鍣與苕同蓋變鍣狀錐則知荼之脫穎秀出者如錐然矣凡茅一莖秀只一條旋郎作華傳云䓵苕出其東門箋茅秀廣雅蔛茅穗蔛即荼淮南子說林篇蔐苗類絮而不可爲絮高注云蔐苖萑秀楚人謂之蔐蔐讀敵戰之敵幽冀謂之萑苕也皆散文可通之例○校勘記云釋文租子胡反本又作祖如字爲也正義祖訓始也物之初始必有爲之故云祖爲也今釋文正義祖皆譌租當正奐案蓄釋文作稸蓼莪箋蓄起也祖訓爲爲者作也蓄亦當訓起此毛義也釋文租下引韓詩云積也疑韓詩作蓄租今本從韓改毛耳瘏病卷耳同此言口病傳必連言手病者上三句皆謂手病也正義云鴟鴞小鳥爲巢以自防故知求免大鳥之難也○傳以謂字代曰字與正月同未有室家言未營成周也桓二年左傳武王克商遷九鼎于雒邑史記周本紀武王曰我維顯服及德方明自雒汭延于伊汭居易毋固其有夏之居我南望三塗北望嶽鄙顧詹有河粵詹雒伊毋遠天室營周居于雒邑而後去事見逸周書度邑篇然則欲營成周公之志武王之志也書大傳云五年營成周

予羽譙譙予尾翛翛(傳)譙譙殺也翛翛敝也**予室翹翹風雨所漂搖予維音嘵**

嘵(傳)翹翹危也嘵嘵懼也(疏)禮記樂記篇其哀心感者其聲噍以殺又云志微噍殺之音作而民思憂譙與噍同重言之曰譙譙云殺者考工記矢人羽豐則遲羽殺則趮殺與豐正相反小箋云唐定本宋監本越本蜀本皆作修修唐石經宋集韻先堯石經皆作翛翛蓋毛詩本用合韻淺人改爲消又或改爲翛今本釋文亦是淺人所改集韻所據釋文未誤案中谷有蓷傳脩且乾也脩與修通修修謂鳥尾勞敝修修然無潤澤之色亦且乾之義也說文鱐乾魚尾鱐鱐也應劭風俗通義說夏馬掉尾肅肅馬尾肅肅魚尾鱐鱐鳥尾修修聲義竝同也羽殺尾敝喻勞苦也○翹翹危爾雅釋訓文釋名云危阢阢不固之言也蘀兮風其漂女傳云漂猶吹也玉篇引詩予維音之嘵嘵說文作唯予音之嘵嘵音下皆有之字與今本異說文作唯予依毛詩字例當作維予維發聲也詩凡言維予與女維予二人維予侯興維予胥忌維予小子皆作維予是其證嘵嘵懼亦釋訓文今爾雅作憢憢誤懼者懼室爲風雨

所危也

東山四章章十二句

東山周公東征也周公東征三年而歸勞歸士大夫美之故作是詩也一章言其完也二章言其思也三章言其室家之望女也四章樂男女之得及時也君子之於人序其情而閔其勞所以說也說以使民民忘其勞其唯東山乎(疏)此美周公東征告成之詩書大誥篇肆朕誕以爾東征東征之一年也金縢篇居東二年東征之二年也孟子滕文公篇伐奄三年討其君東征之三年也書大傳云周公攝政一年救亂二年克殷三年踐奄是其謂矣奧竊謂東征與居東非有二時武王既喪成王踰年即位其夏六月葬武王而武庚遂作亂武庚叛即東征東征作大誥故書大傳大誥廁金縢前有以也武庚之叛周公之征總在成王元年中流言譽起東國欲以蠢動西土人衆而尚未知出自管蔡書云武王既喪管叔及其羣弟乃流言于國曰公將不利于孺子周公乃告二公曰我之弗辟我無以告我先王周公居東二年則罪人斯得索弗辟說文作不嬖嬖訓治治者治武庚非治管蔡也治武庚叛亂非治管蔡流言也不然外侮不禦禍生蕭牆公之聖初不出此道聽浮說輒動干戈公之聖亦斷不出此茲金縢一篇文字極簡略記流言不及叛亂論管蔡不及武庚此史臣載筆之辭若當初周公意中但欲出師治武庚亂以告厥功於先王爾絕不疑啓商始禍乃出於骨肉懿親天倫遭變實生意表罪人斯得以爲至是而得罪人前此則未得也直至雷風動威乃於三年之秋迎公即於三年之冬公歸朝廷書序云唐叔得禾異畝同穎獻諸天子王命唐叔歸周公于東作歸禾此東征顚末心迹其灼然者也自僞孔傳辟爲刑辟居東爲東征管蔡鄭氏乃疑於罪人未得不便一聞流言遂即東征故辟爲辟嫌居東爲辟居東都不明辟字的解以滋曲說故具論之

我徂東山慆慆不歸我來自東零雨其濛〔傳〕慆慆言久也濛雨貌我東曰歸我心西悲〔傳〕公族有辟公親素服不舉樂爲之變如其倫之喪制彼裳衣勿士行枚〔傳〕士事枚微也蜎蜎者蠋烝在桑野〔傳〕蜎蜎蠋貌蠋桑蟲也烝寘也敦彼獨宿亦在車下〔疏〕東山魯東蒙山在今山東沂州府蒙陰縣南周公所誅之奄國在魯境內魯初封曲阜其後益封始得奄之故地左傳祝鮀稱因商奄之民封魯於少皞之虛服虔注云商奄魯也周公之征管蔡之罪未著勸祿父以畔者奄君薄姑也故出師必先征奄國奄國強大故踐奄又在克殷之後詩以徂東山發端者謂此也孟子盡心篇孔子登東山而小魯與詩東山同悉蟀日月其慆重言之曰慆慆三年故云言久也零當爲霝說文引詩作霝雨其濛濛微雨與傳訓同案此紀往來東土之勞苦尋於章首先著明之○公族有辟以下禮記文王世子文傳引之者以釋經西悲之義閔管蔡之既誅也制古製字製彼裳衣言成王以上公之服迎周公也九罭我覯之子袞衣繡裳傳所以見周公卽其事也傳於士讀爲事於枚讀爲微皆尋聲得義勿猶勉也如韓詩傳密勿寵勉之義勿事行微言周公密勿從事行微不怠也烝民維仲山甫舉之愛莫助之傳愛隱也隱猶微也謂仲山甫能積微也彼訓愛爲隱義本荀子則此訓行枚爲行微義亦本荀子荀子堯問篇云堯問於舜曰我欲致天下爲之柰何對曰執一無失行微無怠忠信無勸而天下自來執一如天地行微如日月忠誠盛於內賁於外形於四海天下其在一隅邪夫有何足致也毛公親受業於荀門故傳義常用師說又大戴禮曾子立事篇君子不絕小不紾微也行自微也不微人人知之則願也人不知苟吾自知也君子終身守此勿勿也盧注云勿勿猶勉勉也開元占經雷占引京房云霆或正直而長光明者此人君行微人不知曲直並與此行微義同案篇皆敘軍士此先述周公悲傷兄弟勤勞王家傳可謂善逆詩志者矣○鄭注考工記廬人云蜎掉也重言之曰蜎蜎蠋者蜀之俗玉篇蜎蜀皃又蜀桑蟲也說文蜀葵中蠶也引詩正作蜀爾雅釋文所引說文葵作桑韓子內儲說上篇蠶似蠋又淮南子說林篇蠶

之與蠋狀相類而爲愊異然則蜀狀如蠶矣莊子庚桑楚篇奔蜂不能化藿蠋司馬彪注云蠋豆藿中大青蟲是在豆藿中者亦曰蜀也烝寘當依釋文作寘

常棣傳烝訓塡箋云古者聲寘塡塵同三章傳云敦猶專專也亦在車下以驗軍士之生還序云一章言完是其義也

我徂東山慆慆不歸我來自東零雨其濛果臝之實亦施于宇伊威在室蠨蛸在戶町畽鹿場熠燿宵行（傳）果臝栝樓也伊威委黍也蠨蛸長踦也町畽鹿迹也熠燿燐也燐螢火也不可畏也伊可懷也（疏）爾雅釋草果臝之實括樓此釋詩也果括臝樓皆一聲之轉傳直以括樓釋果臝矣正義引李巡注云括樓子名也孫炎云齊人謂之天瓜本草云括樓葉如瓜葉形兩兩相值蔓延青黑色六月華七月實如瓜瓣是也案孔引本草蓋唐本草注也果臝蔓生草之類括俗從木作栝括樓說文作菩蔞其字又作瓠瓤高注呂覽孟夏紀及淮南時則訓謂與王瓜一物然唐本草注王瓜葉似栝樓陶隱居注栝樓狀如王瓜又謂同類不謂同物矣葛覃傳云施移也○伊威委黍釋蟲文爾雅作蛜釋蟲蟠鼠負說文蟠鼠婦也蛜蛜威委黍委黍鼠婦也此郭景純所謂舊說鼠婦爲蛜威別名也婦與負通正義引義疏云在壁根下甕底土中生似白魚案白魚狀似今之地鼈蟲陸佃埤雅亦云伊威形似白魚而大寇宗奭本草衍義云多足其色如蚓背有橫紋蹙蹙起大者長三四分在處有之塼甃及下溼處多○蠨蛸長踦釋蟲文郭注云小蠨蛸長腳者俗呼爲喜子義疏云蠨蛸長踦一名長腳荊州河內人謂之喜母此蟲來著人衣當有親客至有喜也幽州人謂之親客亦如蜘蛛爲羅網居之是也近人歙臧庚云惟此種蠨蛸後兩股頗長結網極速偶有驚觸便分開後兩股如排八字以候飛蟲而擒之此郎詩之蠨蛸也俗呼喜母或稱喜子今人又以壁上結白膜如錢大者爲喜子以其白膜窠中抱子者當之奐案說文作蟰云蟰蛸長股者蠨蛸後兩足於前六足較長故爾雅毛傳謂之長踦長腳長股亦皆指後兩足言也此鼅鼄中能作网者壁錢亦鼅鼄類其足長短若齊不能作网二者俗通呼之爲喜子或謂喜母而鼅鼄其大名也說文鼅鼄鼄蟊也蠿蟊作网

网䵹蟊也鼅蟊即爾雅之犮蟊許云作网鼄蟊爲鼅蟊以別凡爲鼄蟊之不能
作网者不得渾稱也蠨蛸長踦斷非作白膜之壁錢則其爲能作网之鼅鼄而
與壁錢爲不能作网之鼅鼄亦同類別物矣陸元恪謂蠨蛸喜母而以今之壁
錢當之乃與長踦古訓不侔失之○釋文町他典反或他頂反字又作圢疃本
又作疃他短反字又作墥說文田踐處曰町疃禽獸所踐處也詩曰町疃鹿場
从田童聲其字作疃段注云町下踐字疑淺人所增廣韻青韻注曰田處田處
者謂人所田之處獸足蹂地曰厹其所蹂之處曰疃楚辭九思鹿蹊兮𪖙𪖙
與疃蓋一字案段解町疃爲平坦所踐處則町爲平坦傳云鹿迹者祇釋經疃
字之義釋獸鹿其迹速釋文速作䴦云素卜反本又作速引字林云鹿迹說文
鹿部云䴦鹿迹也从鹿速聲速即䴦之省辵部迹步處也籀文作速速乃迹之
籀文資昔切速非速字也爾雅言鹿迹謂之䴦則䴦爲鹿迹之專稱故說文於
䴦下云鹿迹本爾雅而於疃下云禽獸所踐處即不專謂鹿迹毛傳依經作訓
故釋町疃爲鹿迹蓋鹿迹者鹿所步處也○釋文熠以執反燿以照反說文熠
盛光也詩曰熠熠宵行段注云宋本葉鈔本作熠熠王伯厚詩攷舉說文熠熠
宵行文選張華勵志詩涼風振落熠熠宵流注引毛傳熠熠燐也疑皆熠燿之
誤當依詩音義爲正案此章熠燿傳謂燐之光當是相傳古說下章言倉庚于
飛熠燿其羽則熠燿又謂鳥羽之光明矣釋文燐字又作𧍾螢爾雅釋文本又
作熒詩正義引爾雅本作螢火又按諸文皆不言螢火爲燐引陳思王螢火論
詩云熠燿宵行章句以爲鬼火或謂之燐仲達以韓詩章句未爲得并謂毛以
螢火爲燐爲非然則傳釋熠燿爲燐毛與韓同毛又釋燐爲螢火亦與韓釋燐
爲鬼火同自不當依爾雅之熒火夜飛有火蟲釋之矣燐說文作粦炎部粦兵
死及牛馬之血爲粦粦鬼火也从炎舛段注云列子天瑞篇曰馬血之爲轉鄰
也人血之爲野火也張注此皆一形之內自變化也淮南氾論訓曰老槐生火
久血爲燐許注兵死之士血爲鬼火見詩正義高注血精在地暴露百日則爲
燐遙望炯炯若然火也又說林訓曰抽簪招燐有何爲驚高注燐血似野火招
之應聲而至血灑汙人以簪招則不至博物志戰鬥死亡之處有人馬血積年
化爲粦粦著地入草木皆如霜露不可見有觸者著人體便有光拂拭便散無
數又有吒聲如煼豆詩傳曰燐熒火熒火謂其火熒熒閃睗猶言鬼火也毛詩

字本作熒或乃以釋蟲之熒火即熠當之且或改熒爲螢改粦爲燐大非詩義古者鬼火與即熠皆謂之熒火絕無螢字也粦者鬼火故从炎舛奧案說文於熠下引詩熠燿宵行於粦下言鬼火許宗毛知毛傳之熒火斷非爾雅之熒火故即以鬼火釋之至魏晉閒人誤合爾雅毛傳熒火爲一物熒改作螢粦作燐又改作燐廣雅遂有螢火燐之說而唐本草更有螢火一名熠燿之說其誤始則誣傳繼且誣經矣段說原許申毛確不可易○箋懷思也序云二章言其思也

我徂東山慆慆不歸我來自東零雨其濛鸛鳴于垤婦歎于室（傳）垤螘冢也將陰雨則穴處先知之矣鸛好水長鳴而喜也**洒埽穹窒我征聿至有敦瓜苦烝在栗薪**（傳）敦猶專專也烝眾也言我心苦事又苦也**自我不見于今三年**（疏）釋文鸛本又作雚說文引詩正作雚與鳥部之鸛異物正義引義疏云鸛鸛雀也似鴻而大長頸赤喙白身黑尾翅樹上作巢大如車輪卵如三升桮望見人按其子令伏經舍去一名負釜一名黑尻一名背竈一名阜裙又泥其巢一旁爲池含水滿之取魚置池中稍稍以食其雛若殺其子則一村致旱災垤螘冢說文云螘封趙注孟子公孫丑高注呂覽愼小並云蟻封封冢聲相近封者聚土之義冢其墳然者也俗作塚方言云楚郢以南蟻土謂之封箋云鸛水鳥也將陰雨則鳴文選張華情詩注引韓詩鸛水鳥也巢處知風穴處知雨天將雨而蟻出壅土鸛鳥見之長鳴而喜案毛韓義同蟻知雨鸛好水鸛見垤而喜鳴正義謂鸛鳥鳴於垤上則失其義矣長鳴猶長聲也○洒灑埽拚也穹窮窒塞也廷內則洒埽之向戶則窮塞之我征聿至言室家之人望我征夫之將至也行葦傳敦聚兒專專者聚之意專古團字釋文徒端反是也烝眾爾雅釋詁文烝民同經言瓜苦傳因言心苦事又苦以明經義瓜栗猶云瓜果皆室家之所樹鄭風東門之栗有踐家室是也栗木爲薪故曰栗薪釋文引韓詩作蓼薪云聚薪也鄭箋析薪與韓義近○日三年者東征之三年即周公攝政之三年亦即成

王即位之三年也軍士在外歷時既久於其歸也喜幸見之序云三章言其室家之望女也

我徂東山慆慆不歸我來自東零雨其濛倉庚于飛熠燿其羽之子于歸皇駁其馬傳黃白曰皇騂白曰駁親結其縭九十其儀傳縭婦人之禕也母戒女施衿結帨九十其儀言多儀也其新孔嘉其舊如之何傳言久長之道也疏王肅云倉庚羽翼鮮明以喻嫁者之盛飾箋云熠燿其羽羽鮮明也桃夭傳之子嫁子也于往也婦人謂嫁曰歸皇駁其馬其馬或皇或駁也漢廣之子于歸言秣其馬馬皆壻家之馬士昏禮注云士妻之車夫家共之大夫以上嫁女則自以車送之黃白曰皇此及騂傳俱依爾雅爲訓釋畜黃白皇正義引舍人云黃白色名曰皇騂正義所引舍人注於黃白色下有騂字者非也爾雅黃白皇騂白駁與青驪騢同一文法皆謂全身一色之馬黃與皇疊韻謂黃馬而發白色者是曰皇非黃白二色相襍也孔謂馬色有黃處有白處其說自誤說文騜黃馬發白色段注騜即皇則皋驃例皇可以明黃白之義矣釋畜騂白駁孫注騂赤色也騂傳赤身黑鬣曰騂騂爲赤馬以騂馬而發白色者是謂之駁淡赤非深赤故說文云駁馬色不純謂非正赤色耳月令夏駕赤騂中央駕黃騂赤騂即赤馬黃騂較淺於赤騂黃騂即騂白色也所謂駁馬也駁亦有赤義廣雅釋畜馬屬有朱駮駮與駁同○爾雅釋器婦人之禕謂之縭此傳所本也孫炎注云禕帨巾也說文禕蔽厀方言蔽厀江淮之間謂之禕或謂之祓魏宋南楚之間謂之大巾自關東西謂之蔽厀齊魯之郊謂之袡是叔然說爲有據矣禕又謂之縭釋器縭緌也緌下垂縭亦取下垂遮蔽之義郭注以爲即今之香纓正義廗之是也蓋傳旣引爾雅之文下文又引儀禮結帨以證經之結縭士昏禮記母施衿結帨曰勉之敬之夙夜無違宮事又列女齊孝孟姬傳母醮房之中結其衿縭此結縭即結帨之確證矣野有死麕傳帨佩巾也內則婦事舅姑左佩紛帨注紛帨拭物之巾也今齊人有言紛者釋文紛或作帉說文楚謂大巾曰帉帉帉同又內則女子設帨於門右注帨事人之佩巾也帨爲女子初生時所設及

嫁則結之以爲事舅姑拭物之所需父母及庶母皆有戒辭傳但引母戒者母
至親也箋言親結縭傳言母施衿結帨正是一事又案鄭風子衿傳以衿爲領
領衣交領也此衿謂非衣之交領其字當作紟說文紟衣系也玉藻紳韠結三
齊結或作衿宋本作紟內則衿纓注衿猶結也字亦當作紟佩巾系於革帶革
帶又有繫之其所繫之組謂之紟文選思玄賦注引韓詩章句縭帶也傳文儀
上當奪威字正義云斯干傳婦人質無威儀此言多威儀者婦人無男子之禮
揖讓周還之儀耳其舉動威儀則多也是正義本所據傳作多威儀矣文王傳
濟濟多威儀也句意亦正同○新新昏也昏禮屬嘉周禮以嘉禮親成男女舊
故也傳云言久長之道也者謂今新昏既甚嘉矣其久長之道又如之何欲將
共成家室樂此大平易序卦傳夫婦之道不可以不久也故受之以恆恆者久
也鄭注云夫婦當有終身之義是也擊鼓正義引韓詩說二十從役三十受兵
六十還兵今東征歸士中有壯而欲室者故詩歌之以敘其情序云四章樂男
女之得及時也及時者謂及男女年盛之時

破斧三章章六句

破斧美周公也周大夫以惡四國焉（疏）此亦東征之詩

既破我斧又缺我斨（傳）隋銎曰斧斧斨民之用也禮義國家之用也周公東征
四國是皇（傳）四國管蔡商奄也皇匡也哀我人斯亦孔之將（傳）將大也（疏）七月正義
據此傳隋銎曰斧下當有方銎曰斨四字斨方銎已見七月此重釋之者欲偺
斧斨以設喻傳固有此例耳銎者斧柄之孔釋文云隋孔形狹而長也伐柯傳
柯斧柄也斧柄廣三寸厚一寸有半斧首隋圜故斧柄亦爲狹長之形考工記
廬人注齊人謂柯斧柄爲椑則椑隋圜也斧隋孔斨方孔說文斨方銎斧也詩
曰又缺我斨許正本傳訓於斧言破於斨言缺互詞傳以斧斨喻禮義破缺之
以喻四國壞周公禮義篇首先聲著其罪惡之也下二章同○傳釋四國爲管

蔡商奄管者地理志河南郡中牟有管叔邑在今河南開封府鄭州是管叔所封國也武王時又居三監之一在殷東之鄘蔡者地理志汝南郡上蔡故蔡國周武王弟叔度所封度放成王封其子胡十八世徙新蔡今河南汝寧府上蔡縣縣西南十里有故蔡城是蔡叔所封國也武王又命為三監之一在朝歌紂都商者謂祿父也武王封祿父於邶稱商者仍舊號也孟子周公使管叔監殷管叔以殷畔殷商一也奄者商諸侯嬴姓奄君蒲姑之國郡國志魯國魯縣有故奄國說文周公所誅鄣國在魯鄣與奄同案當時叛者不止此四國書序成王伐淮夷遂踐奄逸周書作雒篇二叔及殷東徐奄及熊盈以略凡所征熊盈族十有七國俘維九邑史記晉世家武王崩成王立唐有亂周公誅滅唐地理志周成王時薄姑氏與四國共作亂成王滅之呂覽察微篇猶尚有管叔蔡叔之事與東夷八國不聽之謀韓子說林上篇周公攻九夷而商蓋服商蓋即商奄墨子耕柱篇亦作商蓋然則武庚之叛東隅之侯咸從羣起言四國者舉其重者耳書大傳云周公身居位聽天下為政管叔蔡叔疑周公流言于國曰公將不利于王奄君蒲姑謂祿父曰武王既死矣今王尚幼矣周公見疑矣此百世之時也請舉事然後祿父及三監叛也周公以成王之命殺祿父三監當作二監說見王引之尚書述聞大傳釋東征亦以管蔡商奄言之與毛傳正合也僖四年公羊傳古者周公東征則西國怨西征則東國怨荀子王制篇周公南征而北國怨曰何獨不來也東征而西國怨曰何獨後我也案此即東征四國之事白虎通義巡守篇引傳曰周公入為三公出為二伯中分天下出黜陟詩曰周公東征四國是皇言東征述職周公黜陟而天下皆正也何休公羊注亦云此道黜陟之時也亦引此詩蓋周公為東伯主東方諸侯東諸侯畔周出師東討若方叔征荊蠻召虎平淮夷亦冢宰述職中事耳據三家詩說正足以申成毛義皇讀與匡同晉語是之不果奉而暇晉是皇言不暇匡晉也亦假皇為匡匡讀如一匡天下之匡爾雅皇匡正也故白虎通義釋皇為正義同○哀我人斯亦孔之將承破缺句亦孔之將承東征句言哀我民人遭此破缺之害則征匡之德甚大也將大義已見樛木傳詩述聞云大與美義相近廣雅曰將美也首章言將二章言嘉三章言休將嘉休皆美也將臧聲相近亦孔之將猶言亦孔之臧耳

既破我斧又缺我錡傳鑿屬曰錡周公東征四國是吪傳吪化也哀我人斯亦孔之嘉疏鑿屬曰錡說文鑿穿木也錡鉏鋤也穿木之器其耑鉏鋤然鉏鋤猶齟齬也釋文錡字或作奇引韓詩云錡木屬與毛詩異○吪讀與化同正義云吪化釋言文今爾雅釋言作訛郭注引詩作四國是訛釋文訛又作吪節南山箋訛化也說文無訛字云化者書大誥篇肆予大化誘我友邦君天棐忱辭其考我民化變化也猶云黎民於變也逸周書小明武篇上有軒冕斧鉞在下勝國若化故曰明武又柔武篇勝國若化不動金鼓善戰不鬭故曰柔武武寤篇商庶若化竝與傳云化訓同大明傳云嘉美也

既破我斧又缺我銶傳木屬曰銶周公東征四國是遒傳遒固也哀我人斯亦孔之休傳休美也疏木屬曰銶釋文引韓詩銶鑿屬也一解云今之獨頭斧玉篇銶鑿屬本韓詩與毛詩異說文無銶字鬵或古鑴字考工記車人一宣有半謂之欘鄭注云欘斲斤柄長二尺說文欘一曰斤柄性自曲者○廣雅揫固也古遒揫聲通若長發百祿是遒三家詩作揫之例也固者讀周禮掌固之固魯語帝嚳能序星辰以固民韋注云固安也休美釋詁文民勞以為王休傳亦云休美也廣雅休善也美與善同意故休謂之美亦謂之善猶嘉謂之美亦謂之善矣

伐柯二章章四句

伐柯美周公也周大夫刺朝廷之不知也疏狠跋序云近則王不知此不直斥王而言朝廷者以刺者周大夫也

九罭同

伐柯如何匪斧不克傳柯斧柄也禮義者亦治國之柄取妻如何匪媒不得傳

媒所以用禮也治國不能用禮則不安（疏）傳云柯斧柄也者考工記車人之事
一欘有半謂之柯又車人為車柯長
三尺博三寸厚一寸有半五分其長以其一為之首鄭注云首六寸謂今剛關
頭斧柯其柄也鄭司農云柯長三尺謂斧柯說文柯斧柄也柄柯也或作棅案
柯者斧柄之名伐斧柄必待斧而後成猶治國之柄必待禮義而後成與上篇
斧斨喻禮義意同上篇傳云禮義國家之用也此傳云禮義者亦治國之柄玩
亦字卽冡上篇而言○取妻必用禮媒者用禮之人故傳云媒所以用禮也又
申之云治國不能用禮則不安者卽承所以用禮之故禮卽禮義也傳中兩云
治國皆明經義斧喻禮義媒喻用禮義雖兩喻實一意也
媒以喻周公也周公能執禮義而王不知是不能用禮也

伐柯伐柯其則不遠（傳）以其所願乎上交乎下以其所願乎下事乎上不遠求
也**我覯之子籩豆有踐**（傳）踐行列貌（疏）則法也禮記中庸篇子曰道不遠人人
之為道而遠人不可以為道詩云伐柯
伐柯其則不遠執柯以伐柯睨而視之猶以為遠故君子以人治人改而止忠
恕違道不遠施諸己而不願亦勿施於人案詩言伐斧柄之法以喻治人之法
不在遠求傳卽本中庸為訓也韓詩外傳云原天命治心術理好惡適情性而
治道畢矣四者不求於外不假於人反諸己而存矣夫人者說人者也形而為
仁義動而為法則詩曰伐柯伐柯其則不遠韓詩義同○踐行列皃說文後迹
也中庸注踐或為纘纘同纂纂義相近行列卽陳列周大夫欲周公之歸而望
朝廷設籩豆陳列以饗燕之正義用王肅義謂周公以禮治國籩豆有踐謂見
其行禮以申述傳意竊恐傳意不然當如箋以籩豆之饌迎周公也案此篇先
言成王不用周公末乃望其用周公下篇始言欲見周公後
言周公不歸以為心悲皆是往復其辭以刺王之不知爾

九罭四章一章四句三章章三句

九罭美周公也周大夫刺朝廷之不知也

九罭之魚鱒魴〔傳〕興也九罭緵罟小魚之網也鱒魴大魚也我覯之子袞衣繡裳〔傳〕所以見周公也袞衣卷龍也〔疏〕釋文罭本亦作域說文無罭字爾雅釋器緵罟謂之九罭九罭魚罔也傳所本也郭注云今之百囊罟是亦謂之䍡今江東謂之緵緵罟即數罟故傳又申之云小魚之網也魚麗傳庶人不數罟罟必四寸然後入澤梁四寸之目網至小者也御覽資產部十四引韓詩云九罭取鰕笓也文選王襃講德論鰷䱇並逃九罭不以爲虐又西京賦布九罭摷鯤鮞皆謂小魚之網鱒魴雖非極大之魚傳云大魚者對九罭爲緵罟而言九罭但能取鰕與摷鯤鮞不嘗網鱒魴故言大以明其義鱒魴之大魚不安居小魚之網猶下文云鴻大鳥不安循渚陸鱒魴與鴻皆以喩周公也王肅云以與下土小國不安久畱聖人是其義矣爾雅鮅鱒郭注云似鯶子赤眼陸義疏云鱒似鯶魚而鱗細於鯶赤眼多細文說文玉篇皆云鱒赤目魚也○覯見也之子庶周公也袞衣繡裳上公之禮服故云所以見周公也傳袞衣卷龍但釋經之袞字采叔傳玄袞卷龍亦但釋經之袞字袞衣玄袞傳乃依經連言非解玄字與衣字也袞與卷古同聲卷者曲也象龍曲形曰卷龍畫龍作服曰龍卷加袞之服曰袞衣玄衣而加袞曰玄袞戴冕而加袞曰袞冕天子上公皆有之覲禮注上公袞無升龍賈疏案白虎通引傳曰天子升龍諸侯降龍唯此爲異爾雅釋言云袞黻也此言袞衣繡裳終南言黻衣繡裳是袞衣猶黻衣矣終南傳云五采備謂之繡唐風揚之水傳云繡黼也荀子哀公問篇黼衣黻裳者不茹葷是黼衣猶繡衣黻裳猶袞裳矣古者袞繡黼黻義得通稱也凡上爲衣下爲裳然有殊衣裳者亦有連衣裳者單言裳連上衣也若鶩裳爲摳衣也單言衣連下裳也若絲衣褧衣毳衣緇衣素衣錦衣麻衣衣皆兼裳也白虎通義衣裳篇云凡言衣者上兼下是也然則袞繡同文衣裳同制袞衣卽繡裳故下章是以有袞衣兮但舉袞衣以該繡裳言也鄭康成於采叔箋及禮記玉藻注周禮司服注儀禮覲禮注皆謂畫卷龍於衣儒者悉從鄭無異說說文解字衣部云袞天子享先王卷龍繡於下幅一龍蟠阿上鄉說文繫傳於下之下有裳字裳古作常通作裳許叔重說卷龍繡於裳與鄭不同今細覈之惟許合古也周禮司服王之吉服祀昊天上帝服大裘而冕祀五

帝亦如之享先王袞冕享先公饗射鷩冕祀四望山川毳冕祭社稷五祀希冕
祭羣小祀玄冕又弁師掌王之五冕皆玄冕玄玄衣也玄衣絲衣也弁師云王
之五冕卽司服之裘冕袞冕鷩冕毳冕希冕也云王之五冕皆玄冕則裘袞鷩
毳希玄五冕同玄衣而冕也鄭司農注大裘羔裘也天子冬日圜丘大禘大裘之
冕仍用袞郊特牲祭之日王被袞以象天戴冕璪十有二旒則天數也故裘冕
亦在五冕中也玉藻大裘不裼是天子祀天裘冕衣玄衣而不裼其餘冕入廟
則皆裼可知玄衣爲上衣其內有中衣中衣又謂之裼衣繡黼丹朱中衣諸侯
冕服之裼也天子當以錦衣爲裼聘禮注云裼者免上衣見裼衣若畫龍於上
衣衣已見美又何爲免上見裼之禮此亦畫在裳不在衣之證也五冕皆玄衣
玄袞玄衣袞裳也玄鷩玄衣鷩裳也玄毳玄衣毳裳也玄希玄衣希裳也其玄
衣同也而裳有袞鷩毳希之等級禮器天子龍袞諸侯黼大夫黻士玄衣纁裳
亦玄衣同也而惟士纁裳天子諸侯大夫加冕服則裳有龍袞黼黻之尊服士
冠禮爵弁服纁裳純衣純衣亦絲衣純讀爲黗說文黗黑也純衣猶玄衣也爵
弁與玄冕本同制天子玄冕朱裳諸侯卿大夫玄冕赤裳士變冕爲爵弁則纁
裳其玄冕同而裳有朱赤纁之殊士冠禮特牲饋食禮記玄端玄裳黃裳襍裳
鄭司農司服注云衣有襍裳者爲端玄端端衣玄也猶爵弁服之純衣五冕之
玄衣也士有上中下三等玄端同而裳有玄黃襍之異玉藻云衣正色裳間色
正色者不貳采也間色者襍合五采也希冕以上裳皆襍采玄冕以下裳不盡
皆襍采而其於上衣色皆玄從正色不從間色固已章章可考者尚書皐陶謨
篇予欲觀古人之象日月星辰山龍華蟲作繪宗彝璪火粉米黼黻希繡以五
采章施于五色作服大傳云天子衣服其文華蟲作繢宗彝璪火山龍諸侯作
繢宗彝璪火山龍子男宗彝璪火山龍大夫璪火山龍士山龍故書曰天命有
德五服五章哉山龍青也華蟲黃也作繢黑也宗彝白也璪火赤也天子服五
諸侯服四次國服三大夫服二士服一案虞書觀象當讀如易象之象易繫傳
黃帝堯舜垂衣裳而天下治蓋取諸乾坤九家說卦云乾爲衣坤爲裳也有虞
法黃帝象乾坤製爲衣裳古人衣裳連而不殊乾坤各六合之爲十有二深衣
制十有二幅以引易曰坤六二之動直以方也此取諸乾坤之義也王制有虞
氏皇而祭深衣而養老注皇冕屬畫於祭言皇於養老言深衣互詞也則虞冕

服淡衣也大傳以作繪爲黑色而次諸山龍華蟲宗彝璪火之閒繪讀爲畫繢之繢禮器云白受采以白畫黑故作繪列於五采之一也說文云繪會五采繡也虞書曰山龍華蟲作繪許謂繪繡同事有繪而後畫繢之五采備猶有繡而後黹刺之五采備其解虞書說雖與大傳異而意實大同說文又云璪玉飾如水藻之文虞書曰璪火粉米粉畫粉也絲繡文如聚細米也黼白與黑相次文黻黑與青相次文黹箴縷所紩衣繡五采備也粉米作粉絲粉下云畫粉粉卽細米絲下云繡文繡文卽畫二者本一物特絲字從糸乃入糸部耳黹與希同其解黼黻繡本考工記畫繢之事白黑綫相次成章是曰黼黑青綫相次成章是曰黻又黹細米文幷所畫繢之五采而分布之總曰繡者黹刺亦襍合五采也故曰以五采章施於五色也大傳不數粉米以下者古者但稱畫衣也不數日月星辰者或三辰自古在旌旗也有虞冕服若周袞衣然畫繢黹刺皆爲衣飾天子備青黃黑白赤其服五諸侯去黃而四子男去黑而三大夫去白而二士服青而已此有虞氏之服物采章也夏殷之冕無旒夏有黻冕殷有黼冔黼黻爲裳然其服不可得而詳冕服至周文始大備蓋周以虞之祭服連衣裳者爲朝服燕居服而祭用冕服則衣與裳殊作繪黑也上衣玄象天之玄也其山龍以下爲冕服九章皆裳飾司服公之服自袞冕而下侯伯之服自鷩冕而下子男之服自毳冕而下孤之服自希冕而下卿大夫之服自玄冕而下大行人上公冕服九章侯伯冕服七章子男冕服五章鄭注云古天子冕服十二章周以日月星辰畫於旌旗登龍於山登火於宗彝鷩畫雉謂華蟲也毳畫虎蜼謂宗彝也希刺粉米無畫也又云九章者自山龍以下七章者自華蟲以下五章者自宗彝以下據鄭注以推則所謂九章者一曰龍二曰山三曰華蟲四曰火五曰宗彝六曰璪七曰粉米八曰黼九曰黻龍山華蟲火宗彝璪六章爲畫繢粉米黼黻三章爲黹刺天子袞升龍備九章也上公袞亦九章畫六章刺三章九命以九爲節也九罭釆叔韓奕烝民言袞皆上公也侯伯鷩去龍山而七章畫四章刺三章七命以七爲節也唐風豈曰無衣七兮此侯伯也子男毳去華蟲火而五章畫二章刺三章五命以五爲節也大車毳衣如菼畫白也毳衣如璊畫赤也此子男也惟希冕以下不依命次公之孤四命止刺二章宣十六年左傳命晉士會以黻冕爲大傳所謂大夫黻是已此公之孤希冕裳無畫又去

黼也諸侯之卿大夫玄冕纁裳則又無刺矣上士玄端玄裳荀子哀公問云端衣玄裳者謂士也中士玄端黃裳下士玄端襍裳王之三公八命去山畫五刺三衮同於上公也荀子大略篇天子山冕蓋對公無山而言也王之卿六命去火畫三刺三鷩同於侯伯也火取其明故王之卿或無火也王之大夫四命畫二刺二毳如子男而去黼故終南詠黻衣爲秦始受子男之服而同於大夫四命也王之上士三命刺二希同於公之孤也中士再命玄冕無刺同於諸侯之卿大夫也下士一命玄裳同於諸侯之上士也其黃裳襍裳謂之不命之士此周冕服之大凡也王者受天命爲天子改正朔易服色夏殷不相沿虞周不相襲迺後儒援周禮測虞書遂創六者繪衣六者繡裳之說而不知虞之服若深衣畫刺皆在衣也既誤以虞爲上衣下裳因又卽虞之五服五章並同於周之九章七章五章亦以畫刺分屬於衣裳而不知周之冕服上皆以玄衣爲正色畫刺皆在裳爲閒色也昭二十五年左傳云爲九文六采五章以奉五色九文九章也六采五采合玄也五章卽五色也禮運云五色六章十二衣六章猶六采也學記云水無當於五色五色弗得不章水屬黑謂玄也此卽五色六章之義也解經者並謂畫衮在衣而不在裳故詳證言之如此

鴻飛遵渚（傳）鴻不宜循渚也**公歸無所於女信處**（傳）周公未得禮也再宿曰信

（疏）傳詁遵爲循與汝墳遵大路同遵渚循渚也遵陸循陸也鴻以喻周公也小箋云說文曰鴻者鴻鵠也鴻鵠卽黃鵠也黃鵠一舉知山川之紆曲再舉知天地之圜方最爲大鳥故箋云大鳥傳云鴻不宜循渚陸非鴻所宜止非謂大鴈也小雅傳云大曰鴻小曰鴈此因下言鴈決上言大鴈乃鴻字假借之用而今人遂失鴻本義○女猶爾也爾此也此此居東也衮衣所以禮周公周公未得禮是公歸而尚無所於此東而信處也再宿曰信有客傳同

鴻飛遵陸（傳）陸非鴻所宜止**公歸不復於女信宿**（傳）宿猶處也（疏）我行其野傳復反也王肅云未得所以反之道是不復爲不反也有客傳一宿曰宿此不同者信宿不平列此信宿猶上章信處處止也說文宿止也

是以有衮衣兮無以我公歸兮(傳)無與公歸之道也無使我心悲兮(疏)傳無以爲無與古以與通也言朝廷有衮衣當爲見公之服今成王不持衣逆公是無與公歸之道也此周公未得成王命故不得歸不得歸而終望朝廷之歸公故云無使我心悲也

狼跋二章章四句

狼跋美周公也周公攝政遠則四國流言近則王不知周大夫美其不失其聖也(疏)此詩既歸朝廷而作在攝政四年後事

狼跋其胡載疐其尾(傳)興也跋躐疐跲也老狼有胡進則躐其胡退則跲其尾進退有難然而不失其猛公孫碩膚赤舄几几(傳)公孫成王也豳公之孫也碩大膚美也赤舄人君之盛屨也几几絇貌(疏)跋躐疐跲皆爾雅釋言文說文頣步行獵跋也頣即今詩跋字跋郭音貝是也說文蹪跲也詩曰載蹪其尾三家詩作蹪毛詩作疐故段注說文於疐礙不行也下增補詩曰載疐其尾六字蓋許用毛不廢三家如漢廣作永又作羕江有汜作汜又作洍擊鼓作鏜又作鼞君子偕老作絏又作褻碩人丰作褧又作檾子衿作挑又作叏候人作薈又作嬒四牡作嘽嘽又作痑痑正月作蹐又作趚蓼莪作罄又作窒青蠅作營營又作謍謍賓之初筵作傞傞又作娑娑皆其例老狼躐胡跲尾進退有難興周公四國流言成王不知遠近皆有難傳申之云然而不失其猛者喻周公不失其聖蓋探下文義而言也○公謂豳公孫謂成王傳以公孫爲成王而又自申其說云豳公之孫也碩大釋詁文方言齊宋之閒曰巨曰碩簡兮同膚美文王同正義引小爾雅廣訓云膚美也此美周公歸周成王年既長大德又盛美於以見公之輔相成王聖德昭著舄美

成王即是美周公也荀子儒效篇云周公歸周反籍於成王而天下不輟事周○舄服稱舄常服稱屨此析言之也屨其大名也故傳以赤舄爲人君之盛屨赤舄其色以金爲飾則謂之金舄車攻傳金舄達屨箋云金舄黃朱色也此詩以赤舄美周公韓奕以赤舄賜韓侯是赤舄爲諸侯盛飾矣云几几絇皃者屨人注云絇謂之拘著舄屨之頭以爲行戒士冠禮注云絇之言拘也以爲行戒狀如刀衣鼻在屨頭漢書王莽傳莽再拜受衮冕句屨孟康注云今齊祀屨句頭飾也出屨三寸士冠禮記玄端黑屨青絇繶純素積白屨緇絇繶純考工記黑與青謂之黻白與黑謂之黼此玄端皮弁屨飾取黼黻相次之文也爵弁纁屨黑絇繶純士爵弁大夫以上爲冕此冕服屨飾取同色之義也屨人掌王及后之服屨爲赤舄黑舄赤繶黃繶青句素句與絇同黑舄配青絇爲玄端服赤舄配赤繶爲冕服黃繶所施未聞於赤言繶於絇言青互詞衮冕赤舄之絇以金爲飾其狀則几几然也胡承珙云說文己部引詩作赤舄己己手部㕚引詩作掔掔呂氏讀詩記引董氏云崔靈恩集注几几作掔掔考己象萬物辟藏詘形絇在屨頭如刀衣鼻自有詘形故曰己己至掔說文訓堅掔掔當幷取金絇著屨堅固之貌是三家詩義疑以金舄加金爲飾也

狼疐其尾載跋其胡公孫碩膚德音不瑕（傳）瑕過也（疏）傳詁瑕爲過不過言無有過失也禮記明堂位云六年朝諸侯於明堂制禮作樂頒度量而天下大服又樂記云天下大定然後正六律和五聲弦歌詩頌此之謂德音德音之謂樂

卷十五終

詩毛氏傳疏卷十六

長洲陳奐學

鹿鳴之什詁訓傳弟十六　毛詩小雅

鹿鳴之什十篇五十五章三百一十五句【疏】小雅皆錄殷紂尚存文武未大平成王誅管蔡以及賓燕諸侯宣王初年征伐作牧考室幽王諸詩皆刺朝政以至滅亾乃下變爲風之漸實自幽王始也關雎序云政有小雅焉

鹿鳴三章章八句

鹿鳴燕羣臣嘉賓也既飲食之又實幣帛筐篚以將其厚意然後忠臣嘉賓得盡其心矣【疏】此燕羣臣之詩也史記十二諸侯年表潛夫論班祿篇文選琴賦注引蔡邕琴操皆以鹿鳴爲刺詩三家說

呦呦鹿鳴食野之苹【傳】興也苹蓱也鹿得蓱呦呦然鳴而相呼懇誠發乎中以興嘉樂賓客當有懇誠相招呼以成禮也我有嘉賓鼓瑟吹笙吹笙鼓簧承筐是將【傳】簧笙也吹笙而鼓簧矣筐篚屬所以行幣帛也人之好我示我周行【傳】周至行道也【疏】說文呦鹿鳴聲也或作欲玉篇引詩作欲欲卽欲之省廣雅云呦呦鳴也曾釗詩異同辨云爾雅苹蓱其大者蘋則蓱是水草此詩云野之苹不得以水之蓱解之疑蓱本當作荓爾雅荓馬帚毛蓋以馬帚之荓釋此經之苹後人轉寫加水耳案曾說是也夏小正七月苹秀傳苹也者馬帚也小正作苹爾雅作荓此卽苹荓通用之證說文荓馬帚也廣雅馬帚屈馬第也通藝錄謂北方埽帚菜爲蓬荓蓬音相近馬帚埽帚名復相同見埽帚

菜立秋節無不秀者與七月苹秀合又案管子地員篇云其草宜苹蓨尹注苹蓨草名也不以苹爲荓管子又云蔞下於荓荓下於蕭是荓爲蔞類荓以食鹿猶蔞以秣馬歟箋苹藾蕭亦用釋草文郭注云今藾蒿也毛鄭皆本爾雅此章之苹與下章之蒿異名同類其用意則一也鹿鳴食野草以興君燕羣臣正義云鹿呼同類猶君呼臣子或以爲兩鹿相呼喻兩臣相招爲羣臣相呼以成君禮斯不然矣引鄭駁異義云君有酒食欲與羣臣嘉賓燕樂之如鹿得苹草以爲美食呦呦然鳴相呼以款誠之意盡於此耳案鄭駁正本毛義儀禮燕禮小臣戒與者膳宰具官饌于寢東樂人縣此卽傳所謂懇誠相招呼以成禮也陸賈新語道基篇云鹿鳴以仁求其羣淮南子泰族篇云鹿鳴興於獸君子大之取其見食而相呼也鹽鐵論刺復篇云鹿鳴之樂賢此皆與毛義同○嘉賓謂羣臣也燕禮射人請賓公曰命某爲賓鄭注云某大夫也此卽禮記燕義篇不以公卿爲賓而以大夫爲賓明嫌之義也燕禮工四人二瑟小臣左何瑟面鼓執越內弦右手相入升自西階北面東上坐小臣坐授瑟乃降工歌鹿鳴四牡皇皇者華此升歌三終也笙入立于縣中奏南陔白華華黍閒歌魚麗笙由庚歌南有嘉魚笙崇丘歌南山有臺笙由儀此笙入三終閒歌三終也案詩言鼓瑟卽升歌吹笙卽笙閒歌在堂上笙在堂下閒乃堂上堂下代作升歌以瑟爲主故儀禮有瑟無琴與此詩首章言鼓瑟不言鼓琴合然非堂上無琴也末章言鼓瑟琴不及吹笙當指合樂燕禮升歌笙閒畢遂歌鄉樂周南關雎葛覃卷耳召南鵲巢采蘩采蘋大師告于樂正曰正歌備此合樂三終也合樂堂上歌詩以琴瑟弦之堂下則衆音并作詩但就其堂上琴瑟爲說亦非堂下衆音不作也鹿鳴雎是文王燕羣臣之樂而雅頌之作實皆在成王之世周公制禮以鹿鳴列於升歌之詩下篇傳云周公作樂以歌文王之道爲後世法然則鹿鳴四牡皇皇者華三章皆周公本文王之道以爲樂歌傳有明文也君子陽陽執簧車鄰鼓簧簧卽笙故傳兩云簧笙也此笙簧連言與單言簧者不同傳簧笙也小箋本於笙下增一簧字吹笙而鼓簧矣君子陽陽正義引鹿鳴云吹笙鼓簧言吹笙則鼓簧是今本傳文而字乃則字之誤宋書樂志引吹笙則簧鼓矣簧鼓文倒而則字不誤小箋本依王風正義訂正○筐與筐筥不同詩之筐猶書之篚故傳云篚屬所以行幣帛也將行也箋云承猶奉也書曰篚厥玄黃正

義以爲書脩征文孟子滕文公篇篚厥玄黃賓玄黃于篚趙注以爲尚書逸篇之文說文引逸周書實玄黃于匪案玄黃卽所行之幣帛匪今通作篚後箋云周語言先王之燕體解節折而共飲食之于是乎折俎加豆酬幣宴貨以示容合好則燕亦未嘗不用酬幣也○周行訓至道與卷耳周行不同義王肅云謂羣臣嘉賓也夫飲食以饗之琴瑟以樂之幣帛以將之則能好愛我好愛我則示我以至美之道矣禮記緇衣篇子曰私惠不歸德君子不自留焉詩云人之好我示我周行鄭注云行道也言示我以忠信之道此與毛義同禮注與詩箋異

呦呦鹿鳴食野之蒿（傳）蒿菣也**我有嘉賓德音孔昭視民不恌君子是則是傚**（傳）恌愉也是則是傚言可法傚也**我有旨酒嘉賓式燕以敖**（傳）敖遊也（疏）蒿菣爾雅釋草文說文蒿菣也菣香蒿也或作𦺇正義引義疏云蒿青蒿也荊豫之間汝南汝陰皆云菣也神農本草草蒿一名青蒿一名方潰陶注云處處有之卽今青蒿人亦取雜香菜食之蜀本圖經云葉似茵蔯蒿而背不白高四尺許四月五月採苗日乾江東人呼爲犼蒿爲其臭似犼北人呼爲青蒿○箋云視古示字也恌當爲佻昭十年左傳及說文玉篇人部引詩皆作佻佻愉釋言文今爾雅愉作偷愉偷古今字古澆薄字作愉不作偷說文佻愉也愉薄也服注左傳云示民不愉薄鄭注鄉飲酒禮燕禮云嘉賓既來示我以善道又樂嘉賓有孔昭之明德可則傚也禮注以德音爲嘉賓之明德箋又以德音爲先王之德教當從禮注爲長則法也則傚二字連文成義是則是傚是則傚也言君子可爲人法傚箋謂君子所法傚非傳義昭七年左傳仲尼曰能補過者君子也詩曰君子是則是效孟僖子可則效已矣此引詩亦謂君子可爲人則效傳義所本也傚與效同說文敖游也游古文作遊今字通作遊卽古文遊之字變敖謂之遊連言之曰敖遊邶柏舟云微我無酒以敖以遊是有酒可以敖遊矣

呦呦鹿鳴食野之芩（傳）芩草也**我有嘉賓鼓瑟鼓琴鼓瑟鼓琴和樂且湛**（傳）湛樂

之久我有旨酒以燕樂嘉賓之心(傳)燕安也夫不能致其樂則不能得其志不能得其志則嘉賓不能竭其力(疏)陸機義疏云苓草莖如釵股葉如竹蔓生澤中下地鹹處爲草貞實牛馬亦喜食之說文苓艸也詩曰食野之苓釋文引作蒿也說文注云恐是一本作蒿屬也字或屬字之誤集韻類篇苓蘢苓三字同魚音切菜名似蒜生水中攷字林齊民要術皆云苓似蒜生水中此則別是一物案釋文苓又其炎反正切蘢字之音與陸許不同許意苓與上章之蒿爲同類○湛讀爲媅此假借字也說文媅樂也今字皆作湛通作耽釋文湛本又作耽眠正義引此詩作耽耽湛行而媅廢矣後箋云燕以示慈惠湛露有厭厭夜飲不醉無歸之語故傳云樂之久是也燕訓安湛露傳云厭厭安也兩安字訓同皆卽燕禮司正命安賓之義又經言燕樂賓心而傳必推至賓能竭力此卽序所謂忠臣盡心之義傳實本禮記燕義爲訓也燕義篇云君舉旅於賓及君所賜爵皆降再拜稽首升成拜明臣禮也君荅拜之禮無不荅明君上之禮也臣下竭力盡能以立功於國君必報之以爵祿故臣下皆務竭力盡能以立功是以國安而君寧禮無不荅言上之不虛取於下也上必明正道以道民民道之而有功然後取其什一故上用足而下不匱也是以上下和親而不相怨也和寧禮之用也此君臣上下之大義也

四牡五章章五句

四牡勞使臣之來也有功而見知則說矣(疏)詩中皆言使臣有功見知而於其來也以勞之四牡勞使臣襄四年左傳文也

四牡騑騑周道倭遲(傳)騑騑行不止之貌周道岐周之道也倭遲歷遠之貌文王率諸侯撫叛國而朝聘乎紂故周公作樂以歌文王之道爲後世法豈不懷歸王

事靡盬我心傷悲（傳）盬不堅固也思歸者私恩也靡盬者公義也傷悲者情思也
無私恩非孝子也無公義非忠臣也君子不以私害公不以家事辭王事（疏）玉篇騑騑
行不止也左傳注使臣乘四牡騑騑然行不止勤勞也竝與傳訓同文王都於
岐周故云周道岐周之道也釋文倭本又作委說文委隨也倭順皃詩曰周道
倭遲倭與委俱有順隨之義遲有遠義故傳以歷遠釋倭遲也傳文歷遠之皃
文選江淹別賦顏延年秋胡詩注引皆無之字釋文引韓詩作倭夷倭字疑誤
文選潘岳西征賦注作威夷幷引薛君章句云威夷險也玉篇云隇夷險阻也
隇俗字顏注漢書地理志引韓詩作郁夷言使臣乘馬行於此道此或出魯詩
顏乃誤爲韓詩三家不同訓而於經各通歷遠者荆梁於岐周爲近徐揚於岐
周爲遠使臣朝聘從岐周而行故傳又申歷遠之義云文王率諸侯撫叛國而
朝聘乎紂也文王受殷天子命入爲三公出爲西伯西伯但能率西方諸侯厥
後東諸侯叛殷從周文王於是鎮撫叛國使通朝聘故東諸侯亦率從文王焉
襄四年左傳云文王帥殷之叛國以事紂逸周書程典篇云文王合六州之侯
奉勤于商論語泰伯篇云三分天下有其二以服事殷後漢書西羌傳亦云文
王率西戎征殷之叛國以事紂此事葢在受命五年乘黎之後紂囚羑里諸侯
不娛逆諸文王是其時也案詩所歌皆文王之道而樂乃周公所作如鄉飲酒
禮燕禮皆有鹿鳴四牡皇皇者華歌文王以爲後世法也傳云故周公作樂以
歌文王之道爲後世法此言爲一部諸文王詩之總義矣○懷思也王殷王紂
也盬固皆古聲故以不堅固詁盬固亦堅也天保傳固堅也襄二十九年左傳
葬靈王鄭子展使印段往曰詩云王事靡盬不遑啟處東西南北誰敢寧處堅
事晉楚以蕃王室也王事無曠何常之有案堅事晉楚以蕃王室卽是文王一令
諸侯從己事紂之意毛傳正本左傳爲訓四牡采薇杕杜三言王事靡盬實一
事也鴇羽傳又云盬不攻致也不攻致又從不堅固而引申之毛傳之精密如
是也無私恩以下皆係傳文集注及定本皆無箋云二字今據以訂正思歸爲
私恩又申之云無私恩非孝子也者撰下文將父母而言也靡盬爲公義又申
之云無公義非忠臣也者正說使臣有功於王事推文王之忠以爲忠鹿鳴序

忠臣盡心皇皇者華傳忠臣奉使能光君命三言忠臣其指一也君子不以私害公不以家事辭王事以釋經我心傷悲句言思歸而不歸有此情思也序所謂有功而見知也此釋全章之總義韓詩外傳云吾聞君子不以私害公哀三年公羊傳云不以家事辭王事以王事辭家事是上之行乎下也

四牡騑騑嘽嘽駱馬〔傳〕嘽嘽喘息之貌馬勞則喘息白馬黑鬣曰駱**豈不懷歸王事靡盬不遑啟處**〔傳〕遑暇啟跪處居也臣受命舍幣于禰乃行〔疏〕嘽嘽喘息之皃之字疑衍釋文作喘息也也乃皃之誤六書故嘽下引傳喘息皃說文嘽喘息也詩曰嘽嘽駱馬本毛詩又瘏馬病也玉篇瘏力怯也俱引詩曰瘏瘏駱馬本三家詩單聲多聲相近傳既釋嘽嘽為喘息而又申之云馬勞則喘息者知馬勞即知使臣勞也白馬黑鬣曰駱爾雅釋畜文騟同禮記月令仲秋駕白駱明堂位夏后氏駱馬黑鬣駱色白故謂之白駱駱馬黑鬣即白馬黑鬣也駱馬全身白色唯鬣黑耳爾雅釋文鬣毛也舍人作鬣眾家並作毛騟正義云毛即是鬣皆謂馬之騣也定本集注毛字皆作鬣高注淮南子時則篇云白馬黑毛曰駱毛與鬣同也詩釋文引樊光孫炎所據爾雅作白馬黑毛鬣尾也毛鬣同義寫者誤併耳說文駱馬白色黑鬣尾也與樊孫本合爾雅釋文所引說文鬣作毛又引廣雅白馬朱鬣曰駱段注云駱當為駁○遑暇般其靁同遑當作皇下同不皇不暇也啟跪釋言文郭注云小跽啟與跽一聲之轉處訓居居當作凥古謂之啟今謂之跪凥廣雅啟跽也說文注云跽俗字今蹲踞古作蹲居今居處古作凥處說文凥處也从尸得几而止跽几而坐曰跪凥傳云臣受命舍幣于禰乃行者此言使臣自周道出使朝聘亦釋全章總義也正義云聘禮命使者使者再拜君不許乃退厥明賓朝服釋幣于禰注云告為君使也又曰釋幣于行遂受命乃行注引曲禮曰凡為君使已受命君言不宿於家是臣出使舍幣乃行之事也引此者證不遑啟處言臣受命即行是不遑啟處也

翩翩者鵻載飛載下集于苞栩〔傳〕鵻夫不也**王事靡盬不遑將父**〔傳〕將養也〔疏〕廣雅

云翩翩飛也雖夫不釋鳥文爾雅本雛下有其字衍也方言鳩自關而東周鄭
之郊韓魏之都謂之鵖鷎其鴓鳩謂之鸊鷎自關而西秦漢之間謂之鵴鳩其
大者謂之鳻鳩其小者謂之鷑鳩或謂之䳕鳩或謂之鶌鳩或謂之鶻鳩梁宋
之間謂之鷦案或謂之鶻鳩五字舊本當在其大者謂之鳻鳩之下廣雅云鶌
鳩鳩也鶻鵃鷑鳩也鵖鳩鷄鳩鷎鳩鶌鳩鵴鳩也鷦與鳩同鵖鶌爲鳩之總名
鶻鳩卽鵃鳩謂鳩之大者鳻鳩鵴鳩鸊鷎鶭鳩䳕鳩鶌鳩謂鳩之小者稚讓正本子
雲也左傳爾雅疏引郭璞注云鶻鵃舊說及廣雅云班鳩此其明證然則子雲
不以雛爲鶻鳩也釋文雛本又作隹南有嘉魚釋文同方言作鵻同郭注鵻音
浮浮卽夫不合聲或其鳥聲近之故說雛者每以鵻鳩當之矣說文雛祝鳩昭
十七年左傳祝鳩氏司徒也杜注云祝鳩鵻鳩鵻鳩孝故爲司徒主教民樊光
亦云孝故爲司徒案詩言雛集栩杞與養父母故樊杜以雛鳩爲孝或本三家
說栩杼詳鴇羽篇○將讀與養同將父養父也將母養母也桑柔天不我將箋
云將猶養也鄭以將養不同義故云猶此東
漢人訓例也廣雅釋詁云將養也本此傳訓

翩翩者雛載飛載止集于苞杞（傳）杞枸檵也**王事靡盬不遑將母**（疏）杞枸檵釋木文四月
同郭注云今枸杞也廣雅樹乳苦杞也地筋枸杞也樹與枸同本草注掌禹錫
引義疏云一名苦杞一名地骨春生作羹茹微苦其莖似莓子秋熟正赤莖葉
及子服之輕身益氣耳

駕彼四駱載驟駸駸（傳）駸駸驟貌**豈不懷歸是用作歌將母來諗**（傳）諗念也父
兼尊親之道母至親而尊不至（疏）四駱四馬皆駱也載詞也載驟猶載馳說文驟馬疾步也駸馬行疾也詩曰載驟駸駸諗
念釋言文諗讀與念同諗從念聲念從今聲古聲同也來語詞是用作歌將母
來諗言使臣念母乃作歌以勞之與首章我心傷悲同意歌念母者孝子於母
情尤篤也故傳又申之云父兼尊親之道母
至親而尊不至陟岵傳云父尚義母尚恩

皇皇者華五章章四句

皇皇者華君遣使臣也送之以禮樂言遠而有光華也（疏）此遣使臣之詩臣之功本君之敎也冡上篇而歸美於其君

皇皇者華于彼原隰（傳）皇皇猶煌煌也高平曰原下溼曰隰忠臣奉使能光君命無遠無近如華不以高下易其色駪駪征夫每懷靡及（傳）駪駪衆多之皃征夫行人也每雖懷和也（疏）皇古煌字故傳云皇皇猶煌煌也煌煌華色明也說文邍廣平之野韻會本作高平曰邍周禮大司徒五曰邍隰邍今通作原爾雅大野曰平廣平曰原高平曰陸傳於天保云高平曰陸用爾雅文此云高平曰原者隰下溼則原高平爲對舉之稱也昭元年公羊傳上平曰原下平曰隰上平亦對下平而言下溼曰隰詳車鄰篇傳意言華不以高下易其色喻臣不以遠近失其名此君遣之之詞勉使臣不辱命也在君謂之明在臣則謂之忠光者遠而自他有耀者也○楚辭招魂注玉篇廣韻引詩皆作侁侁云行聲也此三家義國語引詩作莘莘韋注莘莘衆多也說文燊盛皃讀若詩曰莘莘征夫李注文選東都賦魏都賦皆引傳莘莘衆多也然則毛詩作莘莘矣今作駪駪者疑係後人所改云衆多之皃也者言從使臣者衆多所謂鄉行旅從也征行也征夫爲行人是一時奉使之人非專官也春秋經有鄭行人良霄衞行人石買陳行人干徵師我行人叔孫婼宋行人樂祁犂衞行人北宮結左傳云書曰行人言使人也哀十五年傳上介芋尹蓋對曰無祿使人逢天之慼今君命逆使人曰無以尸造于門此使人指公孫貞子聘禮君與卿圖事遂命使者鄭注云聘使卿案聘使卿一人唯此一人稱使其餘上介衆介不稱使也傳云行人卽序之使臣當是一人下文每雖懷和自爲無及亦謂使臣一人非謂衆行人也每雖爾雅釋訓文今本爾雅作每有雖也衍一有字莊子庚桑楚篇每發而不當釋文引爾雅每雖也不誤玉篇廣韻皆云每雖也常棣篇每有良朋又云雖有兄弟是每有卽雖有也彼

箋云每有雖也有亦衍字懷和雙聲得義國語魯語叔孫穆子引此詩而釋之云懷和爲每懷國語以懷和釋懷毛傳以和釋懷毛傳實本國語也鄭箋改和爲私將仲子及丞民箋皆同蓋鄭誤也版詩懷德維寧傳亦云懷和也改和爲私豈和德亦作私德乎且雖和若作雖私理尤不可通孔仲達疑每雖後人所加曲爲鄭諱又據晉語姜氏引此詩以證懷私不知姜語義取征夫無及不可懷安故復取西方書及鄭詩之言懷以戒重耳與詩每懷本不干涉首章傳言和末章傳言中和王肅云雖有中和者卽上每雖懷和也孫毓云毛傳上下說自相申成雖有中和當自謂無所及卽是每懷靡及每雖懷和之義案王孫申毛得其指矣中謂禮和謂樂必達夫禮樂之原乃能通中和之德傳云中和與序言禮樂意正相合言使臣雖有中和之德猶自謂靡及必將周咨之公羊傳云及猶汲汲也

我馬維駒六轡如濡載馳載驅周爰咨諏（傳）忠信爲周訪問於善爲咨咨事爲諏（疏）我我使臣也釋文駒本作驕林林桑我桑駒釋文作桑驕引沈重云或作駒字後人改之皇皇者華篇內同是沈所據此篇作驕也說文馬高六尺爲驕从馬喬聲詩曰我馬維驕許引詩可證箋云如濡言鮮澤也○國語忠信爲周襄四年左傳皇皇者華君敎使臣曰必咨於周臣聞之訪問於善爲咨內外傳義互明內傳之所謂善卽外傳之所謂忠信也訪問於善此卽必咨於周之義內傳以咨列五善數咨卽數周也故外傳六德不數咨內外傳皆出左氏非有異也此毛氏兼用內外傳說周咨竝舉其實諏謀度詢皆連咨言皆是訪問於善咨字一義領下四事意亦數周不數咨也斯爲善承左氏之學矣說文謀事曰咨沉謀曰訪諮俗字咨事爲諏左傳文國語作咨才爲諏案才卽事之假借字韋注云才當爲事依內傳改外傳非也晉語文王諏於蔡原而訪於辛尹韋注云諏訪皆謀也爾雅諏謀也說文諏聚謀也

我馬維騏六轡如絲（傳）言調忍也**載馳載驅周爰咨謀**（傳）咨事之難易爲謀（疏）

小戎傳騏綦文也駉傳蒼綦曰騏云言謂忍也者以釋如絲之義忍爲彊忍謂既調且忍也高注淮南云如絲言調勻也與下章既均同義說或本三家○傳云咨事之難易爲謀者疑易字當衍左傳咨難爲謀國語咨事爲謀韋注云事當爲難依內傳改也說文云慮難曰謀桓六年左傳會于成紀來諮謀齊難也諮謀即咨謀皆無易字可證淮南子脩務篇云是故田者不強囷倉不盈官御不厲心意不精將相不強功烈不成侯王懈惰後世無名詩云我馬維騏六轡如絲載馳載驅周爰諮謨以言人之有所務也墨子尚同中篇云夫唯能使人之耳目助己視聽使人之吻助己言談使人之心助己思慮使人之股肱助己動作助之視聽者衆則其所聞見者遠矣助之言談者衆則其德音之所撫循者博矣助之思慮者衆則其謀度速得矣助之動作者衆即舉其事速成矣其下引詩曰我馬維駱六轡沃若載馳載驅周爰咨度又曰我馬維騏六轡若絲載馳載驅周爰咨謀即此語古者國君諸侯之聞見善與不善也皆馳驅以告天子案謂以馳驅之獲告天子也故與傳自謂無所及成於六德之義合

我馬維駱六轡沃若載馳載驅周爰咨度（傳）咨禮義所宜爲度（疏）白馬黑鬣曰駱傳見上篇若猶然也氓傳云沃若猶沃沃然○傳云咨禮義所宜爲度者左傳咨禮爲度國語咨義爲度兼內外傳作訓也爾雅度謀也晉語云度於閎夭

我馬維駰六轡既均（傳）陰白襍毛曰駰均調也**載馳載驅周爰咨詢**（傳）親戚之謀爲詢兼此五者雖有中和當自謂無所及成於六德也（疏）陰白襍毛曰駰爾雅釋畜文駰同駰正義云舍人曰今之泥驄也樊光曰駰者目下白也孫炎曰陰淺黑也郭璞曰陰淺黑今之泥驄或云目下白或云白陰皆非也璞以陰白之文與驪白黃白蒼白形白相類故知陰是色名非目下白與白陰也說文駰馬陰白襍毛也宋本也作黑段注云許葢襍毛之下釋云陰淺黑也如虦下虎竊毛謂之虦苗竊淺也正是一例今本漏奪不可讀奐案陰之爲言幽也隰桑傳幽黑色也陰白襍毛謂黑馬發白色而閒有襍毛是曰駰也陰幽雙聲陰駰亦雙聲均讀爲勻

故傳云均調也○傳云親戚之謀爲詢者左傳國語竝云咨親爲詢爾雅詢謀也晉語云詢於八虞諏謀度詢四事析言之各有專義渾言之則皆爲謀也云兼此五者雖有中和當自謂無所及成於六德也者此冡上文每懷靡及句而總釋之也陳啟源稽古編云春秋內外傳說此詩有五善六德咨諏謀度詢爲五善內傳本文自明外傳六德章昭注於五善之外取周以備數與毛傳不合外傳云懷和爲每懷咨才爲諏咨事爲謀咨義爲度咨親爲詢忠信爲周君況使臣以大禮重之以六德據此文義則所謂六德卽上六語是矣忠信爲周言咨於忠信之人卽內傳之訪問於善爲咨周咨一義章分兩德誤也懷和爲每懷在五善之外雖有中和自謂無及以備六德之一與外傳正相符穆叔以懷和爲一德而康成破和爲私懷私可謂德乎又謂傳中和是釋周義而指爲六德之一誤又與章等案陳說是也傳列周咨諏謀度詢凡六事而云兼此五者則合周咨爲一矣周咨合一諏謀度詢各一爲五善從內傳說以五善而加懷和則謂之六德從外傳說

常棣八章章四句

常棣燕兄弟也閔管蔡之失道故作常棣焉【疏】此詩在周公既誅管蔡而作以爲合九族之樂歌東山我心傷悲之意也

常棣之華鄂不韡韡【傳】興也常棣棣也鄂猶鄂鄂然華外發也韡韡光明也凡今之人莫如兄弟【傳】聞常棣之言爲今也【疏】釋文常棣棣也本或作常棣栘桉爾雅云唐棣栘常棣棣作栘者非案釋文所據傳本或作常棣栘者是也爾雅當作常棣栘正爲傳所本毛詩常棣之華藝文類聚木部引三家詩作夫栘之華詩考引韓詩序夫栘燕兄弟也閔管蔡之失道也據此則毛詩常棣韓詩作夫栘是常棣爲栘之確證說文栘棠棣也棠乃常字之誤許治毛詩則毛傳之作常棣栘亦其明證矣詩有唐棣

常棣二種爾雅釋木唐棣棣常棣移此釋詩也晨風山有苞棣棣唐棣也何彼襛矣唐棣之華唐棣棣也采薇維常之華常常棣也此篇常棣之華常棣移也毛傳皆本爾雅以釋詩然則唐棣得專稱棣而常棣一名移乃棣之屬七月傳鬱棣屬其卽移歟唐棣白棣也常棣赤棣也詳見何彼襛矣篇○文選束晳補亾詩注引毛詩作萼說文引詩亦作萼段注云字當作咢萼俗字也今詩作鄂亦非咢取咢布之意傳云鄂猶鄂鄂然華外發也者華字各本作言字誤正義謂華聚而發於外也又以華之外發取衆多爲義釋文華外發鄂鄂然也是其證說文咢部韡盛也玉篇韡盛皃隸變作韡傳訓韡韡爲光明藝文類聚引三家詩作煒煒不語詞正義引王肅云不韡韡言韡韡也以興兄弟能內睦外禦則彊盛而有光耀若常棣之華發也杜預左傳注云鄂鄂然華外發不韡韡言韡韡以喻兄弟和睦則彊盛而有光輝韡韡然王杜皆足以申明傳義王云華發杜云華外發尤足以訂今本傳文之誤○傳云聞常棣之言爲今也者以釋經之今字常棣之言卽常棣之詩也周公弔二叔之不咸以作此詩則二叔不咸爲古而周公作詩爲今也召穆公思周德之不類以歌此詩則周公作詩爲古而召公歌詩爲今也所謂作樂爲後世法也

死喪之威兄弟孔懷(傳)威畏懷思也原隰裒矣兄弟求矣(傳)裒聚也求矣言求兄弟也(疏)威畏巧言同列女傳續篇君子謂聶政姊仁而有勇不怯死以滅名詩云死喪之威兄弟孔懷言死可畏之事唯兄弟甚相懷劉子政亦釋威爲畏也褱訓思箋云死喪可畏怖之事維兄弟之親甚相思念鄭用三家義以申傳訓○裒聚般般武同說文繫傳及玉篇引詩原隰捊矣云捊聚也大雅釋文引釋詁捊聚也裒卽捊之俗案此興也原隰相聚高下得其宜以喻兄弟其處長幼得其序傳文求矣上奪兄弟二字當補經言兄弟求傳云求兄弟謂思求兄弟以相救於急難也

脊令在原兄弟急難(傳)脊令雝渠也飛則鳴行則搖不能自舍耳急難言兄弟

之相救於急難每有良朋況也永嘆（傳）況茲永長也（疏）釋文脊亦作即即令雝
渠爾雅釋鳥文俗作鶺
鴒說文雝石鳥一名雝渠一曰精列精列即脊令之轉一物而四名正義引義
疏云脊令大如鷃雀長腳長尾尖喙背上青灰色腹下白頸下黑如連錢故杜
陽人謂之連錢是也小宛篇題彼脊令載飛載鳴傳脊令不能自舍君子有取
節爾案兩傳竝以不能自舍爲喻飛鳴行搖即其不能自舍也脊令喻兄弟脊
令言飛行不舍兄弟急難言兄弟之相救於急難皆是申明經義傳文急難上
奪兄弟二字當補昭七年左傳晉大夫言於范獻子曰衛事晉爲睦晉不禮焉
庇其賊人而取其地故諸侯貳詩曰即令在原兄弟急難又曰死喪之威兄弟
孔懷兄弟之不睦於是乎不弔況遠人誰敢歸之左引詩以明急難即上章之
死喪兄弟急難即上章死喪而懷思兄弟毛義亦然也○皇皇者華傳每雖也
況釋文本或作兄與桑柔召旻同兄況古今字古作兄今通作況晉語衆況厚
之又況固其謀也字皆作況韋注云況益也書無逸則皇自敬德漢石經殘碑
作則兄自敬德王肅本作況注云況滋益用敬德訓況爲益與詩傳訓兄爲茲
其義一也茲滋亦古今字古作茲今通作滋說文茲艸木多益也滋益也詩傳
訓兄爲茲茲與滋同言雖有良朋徒滋其永歎而已永訓長歎釋文作歎長歎
朋友之不如兄弟相救於急難與下章烝也無戎同義蓋兄弟之情親而朋友
之道疏義不存乎相救急孟子曰越人關弓而射之則己談笑而道之無它疏
之也其兄關弓而射之則己垂涕
泣而道之無它戚之也語意相同

兄弟鬩于牆外御其務（傳）鬩很也御禦務侮也兄弟雖內鬩而外禦侮也每有
良朋烝也無戎（傳）烝塡戎相也（疏）爾雅鬩恨也孫炎本作很韋注國語鬩很也
孟子離婁篇好勇鬩很以危父母此鬩很同
義之證說文鬩恆訟也詩曰兄弟鬩于牆从鬥从兒兒善訟者也訟爭也杜注左
傳鬩訟爭貌竝與很義近御禦以下十五字各本作箋小箋云作正義時未誤
今訂正正義云定本經御作禦訓爲禁集注亦然俗本以傳禦爲御案正義禦
御二字互誤俗本經作御傳作禦當是古本傳文如是御禦邶谷風同詩作御

內外傳引詩皆作禦故以禦釋御也韋昭杜預注禦禁也後人因改此經傳作
禦禁耳務侮爾雅釋言文詩作務內外傳引詩皆作侮侮爲本字務爲假借字
故傳以侮釋務也周語富辰曰古人有言曰兄弟讒鬩侮人百里周文公之詩
曰兄弟鬩于牆外禦其侮若是則鬩乃內侮而雖鬩不敗親也僖二十四年左
傳引詩曰兄弟鬩于牆外禦其侮如是則兄弟雖有小忿不廢懿親鬩牆爲小
忿外禦侮爲不廢親此傳所本也又昭元年傳子皮賦野有死麕之卒章趙孟
賦常棣且曰吾兄弟比以安尨也可使無吠亦義取外禦侮之意大雅緜亦作
禦侮○烝訓塡桑柔瞻卬傳塡久也爾雅烝塵也塵久也古塡塵聲同烝謂之
塡塡謂之久烝謂之塵塵謂之久
其義相因也戎相釋言文相助也

喪亂既平既安且寧雖有兄弟不如友生（傳）兄弟尚恩熙熙然朋友以義切切
節節然（疏）正義云兄弟之多則尚恩其聚集則熙熙然朋友之交則以義其聚
集切切節節然切切節節者相切磋勉勵之貌論語云朋友切切偲
偲兄弟怡怡注云切切勸競貌怡怡謙順貌此熙熙當彼怡怡節節當彼偲偲
也定本熙熙作怡怡節節作偲偲依論語則俗本誤然則正義本當作兄弟尚
恩熙熙然朋友以義切切節節然十六字伐本正義亦云朋友切切節節釋文
云切切然一本作切切偲偲然今各本依定本作怡怡然不作熙熙然依釋文
本作切切然不作切切節節然皆是後人改竄大戴禮立事篇兄弟憘憘朋友
切切文义不同○案上三章曰死喪曰急難曰外務朋友不如兄弟此章言喪
亂既平之後兄弟不如朋友者愈以見兄弟之當親喪亂既平既安且寧
卽行燕兄弟內相親之禮以下三章皆是也弟五章爲承上起下之詞

儐爾籩豆飲酒之飫（傳）儐陳飫私也不脫屨升堂謂之飫**兄弟既具和樂且孺**
（傳）九族會曰和孺屬也王與親戚燕則尚毛（疏）儐陳疊韻爲訓陳讀如禮皆南
陳之陳陳古敶字飫私爾雅釋
言文湛露厭厭夜飲傳夜飲燕私也宗子將有事則族人皆侍楚茨諸父兄弟
備言燕私傳燕而盡其私恩此卽私字之義不脫屨升堂謂之飫傳既本爾雅

釋飫爲私而又申明其爲燕私也傳不字必下字之誤燕禮賓北面取俎以出
膳宰徹公俎降自阼階以東卿大夫皆降東面北上賓反入及卿大夫皆說屨
升就席公以賓及卿大夫皆坐乃安此卽禮記鄉飲酒義篇降說屨升坐之義
也鄭注云凡燕坐必說屨屨賤不在堂也少儀凡祭於室中堂上無跣燕則有
之注云祭不跣者主敬也燕則有跣爲歡也將燕降說屨乃升堂毛傳下脫屨
升堂卽降說屨升坐草蟲傳降下也然則傳文作下脫屨甚顯白矣毛詩作飫
張載注魏都賦引韓詩作醧徐堅初學記器物部韓詩說夫飲之酒不脫屨而
卽席者謂之禮跣而上坐者謂之宴能飲者飲之不能飲者已謂之醧齊顏色
均衆寡謂之沈閉門不出客謂之湎君子可以宴可以醧不可以沈不可以湎
御覽飲食部三引同又李善注東都賦引薛君章句飲酒之禮下跣而上坐者
謂之宴李所據跣上有下字韓詩云下跣而上坐卽毛詩之下脫屨升堂也衆
經音義卷一及文選南都賦注引賈逵國語注下脫屨升堂謂之宴賈正合毛
韓爲一義今下亦誤作不耳是誤爲燕兄弟之樂歌則所謂飲酒者燕禮也同
姓在焉異姓則否坐而飲夜而飲不醉無歸燕私之禮也說文食部䬴燕食也
詩曰飲酒之䬴本毛詩也今字通作飫酉部醧宴私之飲也本韓詩也宴私卽
燕私飫醧雙聲字異而義同國語魯語繹不盡飫則退舊說云飫宴安私飲也
魯語亦作飫與毛詩字義正合鄭箋不用魯語之飫以申飫私之訓而用周語
立成之飫爲說誤解經之飫字幷誤解爾雅毛傳釋飫爲私之義正義從鄭申
毛是不可以不辨○具俱也兄弟既具言已俱在也和樂與下章和樂不同義
此和讀民大和會之和傳以九族會爲和卽本左傳召穆公合九族於成周而
作詩以爲說也箋云九族從己上至高祖下至玄孫之親也鄭言九族葛藟行
葦序箋同禮記喪服小記篇親親以三爲五以五爲九上殺下殺旁殺而親畢
矣鄭注云己上親父下親子三也以父親祖以子親孫五也以祖親高祖以孫
親玄孫九也殺謂親益疏者服之則輕案殺之爲言猶治也上殺五則爲己父
祖曾高下殺五則爲己子孫曾玄二五一己合之則成九族也九族者旁殺之
義也旁殺之義詳於釋親矣其曰父之昆弟爲世父叔父者祖之子也由己而
父而旁殺之也曰父之從父昆弟爲從祖父者曾祖之孫也由己而父而祖而
旁殺之也曰父之從祖昆弟爲族父者高祖之曾孫也由己而父而祖而曾祖

而旁殺之所謂四世而緦也曰族父之子相謂爲族昆弟與己同出於高祖由父之從祖昆弟而下殺之而旁殺之所謂五世祖免也曰族昆弟之子相謂爲親同姓與己同出於高祖之父由父之從祖昆弟之子而下殺之而旁殺之所謂六世親屬竭也然則父之昆弟父之從父昆弟有殺義而無族名族之名成於四世矣九族之義成於五世矣五世而外絕族而稱姓所謂姓別於上而戚單於下也古者立宗收族數世以降子姓衆庶于是君有合族之道與燕飲于宗室已而上有父之昆弟焉有祖之昆弟焉有曾高之昆弟焉已而下有子之昆弟焉有孫之昆弟焉有曾玄之昆弟焉所謂旁治昆弟合族以食也所謂序之以昭穆而人道竭也所謂羣居和壹之理盡也九族會曰和此其義也孺屬釋言文管子形勢解和子孫屬親戚即其義也傳既釋孺爲屬而又明屬之義云王與親戚燕則尚毛者親戚謂兄弟也禮記中庸云燕毛所以序齒也周禮司儀云王燕則諸侯毛又齊語云班次顚毛以爲民紀統

妻子好合如鼓瑟琴兄弟既翕和樂且湛〔傳〕翕合也〔疏〕翕合釋詁文大東般同夏小正傳亦云翕也者合也方言翕聚也合與聚義相近釋文湛又作耽引韓詩云耽樂之甚也

宜爾家室樂爾妻帑〔傳〕帑子也**是究是圖亶其然乎**〔傳〕究深圖謀亶信也〔疏〕家室唐石經作室家帑者奴之假借鄭注中庸云古者謂子孫曰帑正義云上云妻子好合子即帑也左傳曰秦伯歸其帑書曰予則帑戮汝皆是子也然則此章宜爾室家樂爾妻帑即上章妻子好合如鼓瑟琴之意爾爾兄弟也由燕兄弟而推及兄弟之室家妻子至於室家宜妻子樂則合族之道盡矣思齊云刑于寡妻至于兄弟以御于家邦文王之詩也四牡傳周公作樂以歌文王之道爲後世法○鴻雁傳究窮也深與窮義相近圖謀亶信皆釋詁文然猶是也於是而深謀之古人於兄弟之道信如是乎

伐木三章章十二句〔疏〕今訂正辨見下

伐木燕朋友故舊也自天子至于庶人未有不須友以成者親親以睦友賢不
棄不遺故舊則民德歸厚矣（疏）李賢注後漢書朱穆傳引蔡邕正交論周德始衰伐木有鳥鳴之刺風俗通義窮通篇同是魯
詩說以伐木爲刺詩也李善注文選謝混遊西池詩引韓詩伐木廢朋友之道缺勞者歌其事詩人伐木自苦其事故以爲文又注潘岳閒居賦以勞者歌其
事爲韓詩序初學記樂上及御覽樂十一引韓詩飢者歌食勞者歌事其詳略不同而韓與毛義相近

伐木丁丁（傳）興也丁丁伐木聲也鳥鳴嚶嚶出自幽谷遷于喬木嚶其鳴矣求
其友聲（傳）嚶嚶驚懼也幽深喬高也君子雖遷於高位不可以忘其朋友相彼
鳥矣猶求友聲矧伊人矣不求友生（傳）矧況也神之聽之終和且平（疏）伐木丁丁一興
也鳥鳴嚶嚶以下又一興也鳥遷喬木而不忘幽谷之鳥以興君子居高位而不忘下位之朋友伐木者取須友以成之義故二章三章亦以伐木爲興廣韻
朾伐木聲丁同朾○嚶嚶驚懼傳言鳥驚懼而作其聲嚶嚶然嚶實鳥鳴之聲故下文嚶其鳴矣不謂驚懼也箋云丁丁相切直也嚶嚶兩鳥聲也爾雅釋訓
丁丁相切直也釋詁嚶嚶音聲和也文選東京賦笙賦注作嚶嚶今本爾雅誤作𪃟𪃟丁丁下又誤衍嚶嚶二字鄭箋非原本轉寫者依誤本爾雅改之也毛
以鳥鳴嚶嚶連下讀鄭以丁丁嚶嚶連言非毛義幽深釋言文孟子滕文公篇吾聞出于幽谷遷于喬木者未聞下喬木而入于幽谷者趙注以幽谷爲深谷
喬高釋詁文時邁同傳云君子雖遷於高位釋遷于喬木句不可以忘其朋友釋求其友聲句經言喻義傳則言其正義也文選張華詩屬耳聽鸎鳴李注引
詩鸎其鳴矣玉篇鸎黃鳥也引詩亦作鸎唐人用鸎出谷命題蓋本諸此桐城徐璈以爲三家舊義文選禰衡鸚鵡賦顏延之讌曲水詩注引韓詩章句云鳥
微物也○矧況釋言文賓之初筵抑箋竝云矧況也況即常棣召旻桑柔之兄字兄茲也說文矤況詞也段注云況當作兄兄詞者增益之詞其意爲益其言

爲祅俗作烑伊猶是也伊人是人也終猶既也言求友情切懇誠發乎中則神明聽之既和且平也與神之聽之式穀以女神之聽之介爾景福辭意略同此詩日終和且平郉日既和且平是終與既同也

伐木許許釃酒有藇(傳)許許柿貌以筐曰釃以藪曰湑藇美貌既有肥羜以速諸父(傳)羜未成羊也天子謂同姓諸侯諸侯謂同姓大夫皆曰父異姓則稱舅國君友其賢臣大夫士友其宗族之仁者寧適不來微我弗顧(傳)微無也於粲洒埽陳饋八簋(傳)粲鮮明貌圓曰簋天子八簋既有肥牡以速諸舅寧適不來微我有咎(傳)咎過也(疏)許許後漢書朱穆傳及家訓書證篇初學記器物部作滸滸說文作所所云伐木聲所本字許滸皆假借字傳云柿皃柿卽桃之隸變廣韻云桃斫木札也衆經音義卷十八云江南名桃中國曰札山東名朴豆引說文桃削木朴也朴木皮也木皮謂之朴削木皮謂之札又謂之桃今江蘇人謂所斫木皮曰木桃讀如肺肝之肺卽玄應所云江南名桃也桃蒲貝反○六書故湑下灑下兩引傳以匡曰釃匡與筐通說文釃下酒也凡作酒者以筐漉酒是謂之釃下猶漉也又說文籭竹器也可以取麤去細釃籭聲義皆同經言釃傳必兼云以藪曰湑者蓋挨下章有酒湑我作訓也下章傳湑茜之也茜之之謂以藪漉之是謂之湑也藪者籔之誤詩異義云段氏說文注曰筐者盛飯之器較細籔者漉淅之器較麤籔今人謂之淺箕皆可以漉酒籔誤作藪正義云草甚謬未聞草可名藪藪草可漉酒也縮酒用茅其事非漉酒也初學記器物部引傳藇美也與疑今本作皃乃也字之誤釋文亦作也字藇音敘謂亥敘之美也玉篇藇酒之美也引詩作藇亦作醆說文無藇醆字○爾雅釋畜未成羊羜傳所本也說文羜五月生羔也云天子謂諸侯同姓稱父異姓稱舅者覲禮同姓大國則曰伯父其異姓則曰伯舅同姓小邦則曰叔父其異姓則曰叔舅此大邦稱伯小邦稱叔曲禮五官之長曰伯天子同姓謂

之伯父異姓謂之伯舅九州之長天子同姓謂之叔父異姓謂之叔舅此二伯
較大於方伯故二伯稱伯方伯稱叔毛傳不言伯叔則渾言稱父稱舅耳其云
諸侯謂大夫同姓稱父異姓稱舅者正義引莊十四年左傳鄭厲公稱原繁伯
父又隱五年傳隱公稱臧僖伯叔父服杜注云諸侯稱同姓大夫長曰伯父少
曰叔父禮記祭統衛孔悝鼎銘公曰叔舅其稱伯舅未聞也案此傳釋諸父兼
釋諸舅國君統天子諸侯言詩詠天子燕耳諸侯已連而及之而并下及大夫
士者此即序所云自天子至庶人皆須友以成之義也寧猶胡也胡何也適之
也何之不來言必來也式微傳微無也式微之微訓無無與有對文微我之微
訓無無與勿同義二傳訓同意別無我弗顧者勿弗顧我也無我有咎者勿有
咎我也皆幸其來之之詞我王自謂我也通章七我字同○釋文云於如字箋
疏竝同音烏作歎詞者非也桑中傳爰於也於與爰皆發聲傳云粲鮮明皃皃
當作也此言洒埽之鮮明非形容洒埽也釋文作鮮明也不誤鮮明猶言清埽
也說文簋黍稷方器也簠黍稷圜器也周禮舍人注云方曰簠圜曰簋所傳聞
異也傳云圓曰簋與鄭合而與許不同或疑傳依周禮注增入釋文正義皆無
此三字天子八簋據詩爲天子之燕而言也聘禮堂上八簋公食大夫禮上大
夫八簋是諸侯燕羣臣及他國之使臣皆八簋天子之燕與侯國同也明堂位
云周之八簋簋盛黍稷八數者周之制膳八凡王之饋
鄭注云進物於尊者曰饋爾雅咎病也過與病義相近

伐木于阪釃酒有衍（傳）衍美貌**籩豆有踐兄弟無遠民之失德乾餱以愆**（傳）餱
食也**有酒湑我無酒酤我**（傳）湑莤之也酤一宿酒也**坎坎鼓我蹲蹲舞我**（傳）蹲
蹲舞貌**迨我暇矣飲此湑矣**（疏）車鄰傳云陂者曰阪衍美皃衍謂多溢之美也
皃亦當作也字之誤○伐柯傳踐陳列皃箋因
上章速諸父諸舅故兄弟兼異姓言案鄭說非也周禮周之宗盟異姓爲後故
詩言燕飲召族人飲酒之禮諸舅乃兼及之耳下文云有酒湑我無酒酤我箋
族人陳王之恩鄭亦以酒爲族人設矣同姓之臣親爲兄弟則誼爲朋友上章
傳國君友其賢臣大夫士友其宗族之仁者是宗族亦有朋友也沔水傳兄弟

同姓臣也葛藟刺桓王棄九族其詩曰終遠兄弟頍弁刺幽王不親九族其詩曰兄弟匪他兄弟具來角弓刺幽王不親九族其詩曰此令兄弟不令兄弟行葦內睦九族其詩曰戚戚兄弟莫遠具爾皆謂兄弟爲九族之親不爲異姓矣餱食爾雅釋言文說文餱乾食也依乾餱言故云乾食爲餱其實餱卽食耳愆過也漢書宣帝紀詔曰夫婚姻之禮人倫之大者也酒食之會所以行禮樂也今郡國二千石或擅爲苛禁禁民嫁娶不得具酒食相賀召由是廢鄉黨之禮令民亾所樂非所以導民也詩不云乎民之失德乾餱以愆又薛宣傳鄉黨闕於嘉賓之懽九族忘其親親之恩飲食周急之厚彌衰送往勞來之禮不行夫人道不通則陰陽否鬲和氣不興未必不由此也其下亦引此詩顏注云言無恩德不相飲食則闕乾餱之事爲過惡也○傳云湑莤之也者釋文莤所六反天官甸師祭祀共蕭茅鄭大夫注云蕭字或爲莤莤讀爲縮束茅立之祭前沃酒其上酒滲下去若神歆之故謂之縮縮浚也故齊桓公責楚不貢包茅王祭不共無以縮酒說文莤下引春秋傳作無以莤酒古莤縮聲同莤酒者自泲酒於茅上非謂莤爲茅也毛傳訓湑爲莤與鄭大夫訓縮爲浚意同箋王有酒則泲莤之皃箋湑酒之泲者也甸師注縮酒泲酒也鄭不誤釋文正義竝以莤爲蕭茅大誤云酤一宿酒也者說文酤一宿酒也醴酒一宿孰也此詩以湑酤對文猶行葦篇以酒醴對文韓詩謂醴爲有汁滓者酤與醴一酒也然則有汁滓者謂之酤滲去其汁滓者謂之湑一宿言易孰耳徐鍇以今之雞鳴酒當之非也有酒湑我無酒酤我此倒句也我有酒則湑之我無酒則酤之言有酒用其滲去汁滓之酒無酒則用有汁滓者也汁滓之酒禮非常設故下文但云飲此湑矣不更及酤也箋酤買也說文一曰酤買酒也漢書食貨志魯匡釋詩有酒酤我亦訓爲買酒俱本三家詩義○坎坎者竷竷之假借釋文引說文作竷云舞曲也今本說文作竷繇也舞也樂有章从章从夅从夊詩曰竷竷舞我許合下句而言猶東方昌矣犬夷呬矣之倒黃公紹韻會引繫傳本作竷竷鼓我或後人據今本改之也蹲當作壿釋文本或作壿說文士部壿舞也詩曰壿壿舞我爾雅坎坎壿壿喜也其字皆作壿可證案上句言鼓下句言舞舞與鼓相應也故許以舞詁壿壿亦詁竷竷其意實同坎坎鼓我壿壿舞我言我爲之擊鼓則坎坎然我爲之興舞則壿壿然亦倒句也○案此詩分章各本皆誤正義

標起止亦誤胡承珙後箋云凡傳箋下疏語統釋一章者例置每章之末今總十二句爲一疏作三次申述又序下疏指伐木許許爲二章上二句伐木于阪爲卒章上二句又指諸父諸舅爲二章兄弟無遠爲卒章是正義本自作三章章十二句各本作六章章六句者阮氏校勘記以爲其誤始於唐石經合併經注正義時又誤改標起止耳今據以訂正凡毛鄭分章異同關雎思齊行葦閟宮故言舊說必著明之此不言異同毛鄭分章皆如是也

天保六章章六句

天保下報上也君能下下以成其政臣能歸美以報其上焉（疏）此臣下報君上之詩所以荅前篇伐木之意也

天保定爾亦孔之固（傳）固堅也俾爾單厚何福不除（傳）俾使單信也或曰單厚也除開也俾爾多益以莫不庶（傳）庶衆也（疏）保安也定止也爾爾君上也爾雅堅固也堅爲固固亦爲堅轉相訓也此皆臣下歸美君上以推本於天之所命則通篇十爾字皆指君上也韓詩外傳云言天之所以仁義禮智保定人之甚固也韓詩泛言人與毛異○俾使緜衣蕩同古祇作卑下同單有信厚兩訓皆亶之假借也桑柔正義及潛夫論愼微篇引詩作亶爾雅亶信也亶厚也傳據爾雅亶作兩訓信厚者言信乎有厚也單厚者單亦厚也單厚與下文多益皆合二字成義謂受福之厚益除訓開爾雅開闢也闢與除亦轉相訓庶衆爾雅釋詁文傳爲全詩通訓也以發聲以莫不庶莫不庶也以莫不興莫不興也以莫不增莫不增也凡全詩多用以字爲發聲例此

天保定爾俾爾戩穀罄無不宜受天百祿（傳）戩福穀祿罄盡也降爾遐福維日不足（疏）戩福釋詁文戩古讀如晉易晉九三晉如愁如貞吉受茲介福于其王母是晉有進福之義今　國朝稱王妻曰福晉位在夫人之上此古遺語與穀祿

釋言文穀祿疊韻罄盡釋詁文罄之爲言竟也與㝅莪訓同義別

天保定爾以莫不興如山如阜如岡如陵（傳）言廣厚也高平曰陸大陸曰阜大阜曰陵如川之方至以莫不增（疏）興讀中庸寶藏興焉之興山阜岡陵喻福祿之廣厚山岡一類也阜陵一類也高平曰陸大陸曰阜大阜曰陵皆爾雅釋地文傳釋阜陵而必兼引高平曰陸者以明阜陵亦地之高平者也李巡注云高平謂土地豐正名爲陸土地獨高大名曰阜最大名爲陵說文陸高平地𠂤大陸山無石者今通作阜北堂書鈔地部一引韓詩云積土高大曰阜說文陵大𠂤也文選長楊賦注引韓詩云四平曰陵廣雅四隤曰陵隤平隤也四隤卽四平皆所謂大阜也箋云川之方至謂其水縱長之時也鄭讀方與旁同增益也

吉蠲爲饎是用孝享禴祠烝嘗于公先王（傳）吉善蠲絜也饎酒食也享獻也春曰祠夏曰禴秋曰嘗冬曰烝公事也君曰卜爾萬壽無疆（傳）君先君也尸所以象神卜予也（疏）吉善標有梅同釋文蠲舊音圭周禮蜡氏注蠲讀爲吉圭惟饎之圭圭絜也士虞禮注引詩作吉圭爲饎或鄭用韓詩作圭也古圭蠲聲同饎酒食爾雅釋訓文說文饎或作䭃或作糦天保泂酌作饎玄鳥作糦七月甫田大田箋喜讀爲饎凡黍稷爲酒爲食是曰饎也享獻釋詁文我將載見同說文亯部亯獻也从高省曰象進孰物形篆文作亨今作享者隸寫之變爾雅享孝也是孝亦享也爾雅釋天春祭曰祠夏祭曰礿秋祭曰嘗冬祭曰烝此釋四時之祭傳所本也繁露四祭篇云古者歲四祭四祭者因四時所生孰而祭其先祖父母也故春曰祠夏曰礿秋曰嘗冬曰烝此言不失其時以奉祭先祖也過時不祭則失爲人子之道也祠者以正月始食韭也礿者以四月食麥也嘗者以七月嘗黍稷也烝者以十月進初稻也此天之經也地之義也祭義篇云春上豆實夏上尊實秋上机實冬上敦實豆實韭也春之所始生也尊實麷也夏之所受初也机實黍也秋之所先成也敦實稻也冬之所畢孰也始生故曰祠善其司也夏約故曰礿貴

所受初也先成故曰嘗嘗言甘也畢孰故曰烝烝言衆也奉四時所受於天者而
上之爲上祭貴天賜且尊宗廟也案此皆本周禮爲說礿與禴同王制天子諸侯
宗廟之祭春曰礿夏曰禘秋曰嘗冬曰烝鄭注云此蓋夏殷之祭名周則改之春
曰祠夏曰礿以禘爲殷祭詩小雅曰礿祠烝嘗于公先王此周四時祭宗廟之名
祭統注亦謂春礿夏禘秋嘗冬烝夏殷時禮然則夏殷之禘卽爲四時祭之一而
周則四時祭之外更有禘又有祫與夏殷不同說詳閟宮篇蓋禮制出自周公故
大宗伯之職以祠春享先王以禴夏享先王以嘗秋享先王以烝冬享先王詩義
與周禮合公讀爲功崧高傳功事也靈臺江漢酌公皆訓爲事○經言君傳云先
君先君卽先王也祭統云尸在廟中則全於君又郊特牲云尸神象也皆傳所本
也周禮守祧若將祭祀則各以其服授尸鄭注云尸當服卒者之上服以象生時
卜予釋詁文楚茨篇神嗜飲食卜爾百福箋卜予也文義與此同吉蠲爲饎是用
孝享以爲酒食以享也禴祠烝嘗于公先王以祀也君曰卜爾萬壽無疆以介景
福也文義與楚茨首章亦合爾爾
主人也箋云尸嘏主人傳神辭也

神之弔矣詒爾多福（傳）弔至詒遺也民之質矣日用飲食（傳）質成也羣黎百姓徧
爲爾德（傳）百姓百官族姓也（疏）弔至與節南山訓同義別至謂神靈之降至也詒
訓遺北門傳云遺加也質成釋詁文緜抑同成當
讀先成民而後致力於神之成用以也日以飲食此民成之實也飲食者民之大
欲所存○傳云百姓百官族姓也者楚語民之徹官百王公之子弟之質能言能
聽徹其官者而物賜之姓以監其官是爲百姓韋注云百姓百官受氏姓也古者
功臣也官則受之以姓其支子爲庶姓則分之以族百官族姓謂百官各有其族
亦各有其姓也左傳襄三十一年公孫揮能辨於其大夫之族姓昭三十年我盍
姑億吾鬼神而寧吾族姓書呂刑云官伯族姓族姓猶氏姓也偏爲爾德言能廣
徧君上之德是
質成之驗也

如月之恆如日之升（傳）恆弦升出也言俱進也如南山之壽不騫不崩（傳）騫虧也

如松柏之茂無不爾或承（疏）釋文恆本又作縆定本經字作恆經卽縆之省涇古文假借也傳訓恆爲弦恆者月上弦之貌考工記弓人恆角而短鄭司農讀恆爲裻縆之縆恆讀爲縆與此同傳訓升爲出者鮑有苦葉傳旭日始出謂大昕之時始出卽始升也箋云月上弦而就盈日始出而就明此鄭申傳言俱進之義也不騫不崩閟宮不虧不崩是騫爲虧也爾雅虧毀也生民傳茂美也權輿傳承繼也

采薇六章章八句

采薇遣戍役也文王之時西有昆夷之患北有玁狁之難以天子之命命將率遣戍役以守衛中國故歌采薇以遣之出車以勞還杕杜以勤歸也（疏）後漢書西羌傳文王爲西伯西有昆夷之患北有玁狁之難遂攘戎狄而戍之莫不賓服乃率西戎征殷之畔國以事紂逸周書敘文王立西距昆夷北備獫狁謀武以昭威懷作武稱與詩序同

采薇采薇薇亦作止（傳）薇菜作生也曰歸曰歸歲亦莫止靡室靡家玁狁之故不遑啓居玁狁之故（傳）玁狁北狄也（疏）薇菜草蟲同詳草蟲篇作生天作同無衣傳作起也駉傳作始也訓別而義同蕰同者其字義則一別者所因之文不同也○說文無玁狁釋文本或作獫允是也獫允北狄箋云北狄今匈奴也史記匈奴傳唐虞以上有山戎獫狁葷粥居于北蠻晉灼注云堯時曰葷粥周曰獫狁秦曰匈奴案大王事葷粥則殷亦稱葷粥殷周又爲獫允秦漢皆爲匈奴隋唐爲突厥古雍州地其北皆狄總謂之北狄春秋時白狄亦其類也史記周本紀懿王之時王室遂衰詩人作刺漢書匈奴傳穆王之孫懿王時王室遂衰戎狄交侵暴虐中國中國被其苦詩人始作疾而歌之曰靡室靡家獫允之故豈不日戒獫允孔棘此三家舊說以采薇爲懿王時詩

采薇采薇薇亦柔止傳柔始生也曰歸曰歸心亦憂止憂心烈烈載飢載渴我戍未定靡使歸聘傳聘問也疏箋云柔謂脃脕之時此申傳始生之義箋烈烈憂貌廣雅烈烈憂也烈與烈同王揚之水傳云戍守也聘問爾雅釋言文隱九年穀梁傳荀子大略篇皆云聘問也

采薇采薇薇亦剛止傳剛少而剛也曰歸曰歸歲亦陽止傳陽歷陽月也王事靡盬不遑啟處憂心孔疚我行不來傳疚病來至也疏傳少而剛也上奪一剛字今依小箋補箋云剛謂少堅忍時陽爲陽月漢書五行志引左氏說正月謂周六月夏四月正陽純乾之月也是自四月以至十月皆爲陽月詩末章云昔我往矣楊柳依依今我來思雨雪霏霏是歷敘戍役所經之月故傳云歷陽月也杕杜云王事靡盬繼嗣我日日月陽止是其義也此箋及杕杜箋皆主爾雅十月爲陽之說與毛訓實同○箋云處猶居也啟處即啟居承上章以釋下章也九罭二章於女信處三章於女信宿宿猶處也小明四章無恆安處五章無恆安息息猶處也傳皆依上下同義爲訓四牡不皇啟處傳云處居也疚病釋詁文召旻閔予小子同來至釋詁文我我戍役也杕杜云匪載匪來憂心孔疚期逝不至而多爲恤詩義正同爾雅釋訓不𥠻不來也說文來部亦引詩曰不𥠻不來也疑不來古本詩有作不𥠻者與姑備記於此

彼爾維何維常之華傳爾華盛貌常常棣也彼路斯何君子之車戎車既駕四牡業業豈敢定居一月三捷傳業業然壯也捷勝也疏爾讀爲薾假借字也說文薾華盛詩曰彼薾唯何或許所據毛詩作薾也載驅瀰瀰衆也新臺瀰瀰盛皃凡從爾聲之字並有衆盛之義常棣一名常又名栘詳常棣篇箋云此言彼爾者乃常棣之華以興將率車馬服飾之盛○汾沮洳傳路車也路謂乘車下文乃言兵車耳或者天子命軍帥自乘戎車餘師旅乘戎車采芑方叔受命而爲將詩云方叔率止乘

其四騏四騏翼翼路車有奭簟茀魚服鉤膺攸革方叔率路車不率戎車此其義箋云君子謂將率也烝民四牡業業傳業業言高大也壯卽高大之意捷勝釋詁文三捷未聞文十三年左傳季文子賦采薇之四章

駕彼四牡四牡騤騤君子所依小人所腓(傳)騤騤彊也腓辟也**四牡翼翼象弭魚服**(傳)翼翼閑也象弭弓反末也所以解紒也魚服魚皮也**豈不日戒玁狁孔棘**(疏)傳云騤騤彊者彊馬彊盛也六月四牡騤騤無傳義同也腓讀與辟同其字作腓其意爲辟此謂假借也生民牛羊腓字之傳腓辟也亦假腓爲辟君子所依謂依於車中者也依猶倚也小人謂徒兵辟於車下者也王肅述毛所以辟患亦此意也云翼翼閑者閑當作閒車鄰傳閒習也廣雅翼翼和也閒和義相近采芑四騏翼翼義當同○爾雅釋器弓有緣者謂之弓無緣者謂之弭孫注云緣謂繁束而漆之弭不以繁束骨飾兩頭者也爾雅釋弭但言無緣不言弓末實則無緣之弓其末必飾象骨用則或張或弛僖二十三年左傳左執鞭弭杜注弭弓末無緣者旣夕禮記弓矢之新沽功有弭飾焉亦張可也鄭注弓無緣者謂之弭弭以骨角爲飾亦使可張案左傳旣夕之弭皆是弛弓詩謂之象弭弭謂無緣弓象弭謂有象骨飾弓末故傳云弓末末謂兩頭也詩之弭亦是弛弓故傳云弓反末反讀如翩其反矣之反反猶弛也弭弛則其末之象骨可以任解紒之用故傳云弓反末所以解紒弓釋弭末釋象反所以解紒總釋象弭之用則傳文弓反末所以解紒也八字當作一氣讀各本弓反末下衍一也字失其理矣箋云弭弓反末彆者以象骨爲之以助御者解轡紒宜滑也說文云弭弓無緣可以解轡紛者鄭許皆足以申成傳義釋文解紒本又作紛芳云反毛傳古本當作解紛箋申傳作解轡紒紒字不見於說文經典中惟士冠禮采衣紒主人紒作紒古文本作結鄭於周禮追師弁師注禮記襍記注儀禮士冠士喪少牢饋食注皆有紒字今本毛傳必是涉箋致誤傳云魚服魚皮疑服字當衍傳不解經服字故箋申之云服矢服也閔二年左傳歸夫人魚軒服注魚獸名義疏云魚獸似豬東海有之其皮背上班文腹下純靑今人

以爲弓鞬步叉者也其皮雖乾燥爲弓鞬矢服經年海水將潮及天將雨其毛皆起水潮還及天晴則毛復如故雖在數千里外可以知海水之潮氣自相感也○釋文曰音越又人栗反案人栗反是也箋云豈不日相警戒乎誠日相警戒也日爲日月之日作子曰之曰非棘急也

昔我往矣楊柳依依今我來思雨雪霏霏傳楊柳蒲柳也霏霏甚也**行道遲遲載渴載飢**傳遲遲長遠也**我心傷悲莫知我哀**傳君子能盡人之情故人忘其死疏釋文引韓詩云昔始也楊柳蒲柳合二字爲一木若杞柳之爲柜柳也楊柳一名楊爾雅楊蒲柳是也蒲柳一名蒲楊之水箋蒲蒲柳宣十二年左傳注蒲楊柳是也王風正義引義疏云蒲柳有兩種皮正青者曰小楊其一種皮紅者曰大楊其葉皆長廣似柳葉皆可以爲箭幹故春秋傳曰董澤之蒲可勝既乎今又以爲箕鑵之楊也車舝依彼平林傳依茂木兒茂木謂之依重言曰依依文選潘岳金谷集作詩注引韓詩章句云依依盛貌來思與往矣對文思猶矣也漢廣傳云思詞也出車篇同霏霏甚也也當作兒北風雨雪其霏傳霏甚兒重言之曰霏霏廣雅云霏霏雪也始見楊柳而往及雨雪而來此遣戍北狄之詞也白虎通義三軍篇古者師出不踰時者爲怨思也天道一時生一時養人者天之貴物也踰時則內有怨女外有曠夫即引此詩○遲遲長遠言歷道之長遠也渴飢二章云飢渴皆言其戍役之情苦我戍者自我也我心傷悲莫知我哀此道人之情也杕杜傳云室家踰時則思又云遠行不必如期室家之情以期望之此皆能盡人之情也君子如此故人忘其死東山序云君子之於人序其情而閔其勞所以說也說以使民民忘其死彼序與此傳同鹽鐵論備胡篇作莫之我哀或本三家異字

出車六章章八句

出車勞還率也疏采薇序云出車以勞還勞還將率也

我出我車于彼牧矣〈傳〉出車就馬於牧地自天子所謂我來矣召彼僕夫謂之
載矣〈傳〉僕夫御夫也王事多難維其棘矣〈疏〉我我將率也我出我車我出車也與我將我享句法相同傳云出車
就馬於牧地者荀子大略篇天子召諸侯諸侯輦輿就馬禮也詩曰我出我輿
于彼牧矣自天子所謂我來矣傳義正用師說鹽鐵論散不足篇亦云古者天
子有命以車就牧牧地者放牧之地也駉篇駉駉牡馬在坰之野傳坰遠野也
邑外曰郊郊外曰野野外曰林林外曰坰牧之坰野則駉駉然是牧地自在遠
郊外天子遠郊百里百里內六鄉百里外六遂而六遂餘地直達於畿其閒皆
有閒隙可以放牧故駉詩以遠野爲牧地此篇上章言牧下章言郊則牧卽在
郊外是又不必在遠野也天子六軍出於六鄉亦出於六遂粊誓魯人三郊三
遂峙乃楨榦魯人三郊三遂峙乃芻茭成國三軍亦出郊遂之中與王畿同制
齊語云卒伍整于里軍旅整于郊亦其義也自從也自天子所謂我來矣謂我
之來從天子所奉天子命出爲將率也○周禮戎僕掌馭戎車注師出王乘以
自將也馭夫掌馭從車注從車戎路之副校人掌王馬之政三皁爲轂轂一馭
夫六轂爲廄廄一僕夫案天子僕夫當卽是戎僕與馭夫別官天子自將乘戎
車其僕夫爲戎僕又有馭夫之副若天子命將率乘戎車其僕夫卽馭夫更無
戎僕之官故傳以僕夫爲御夫也御與馭通成十八年左傳程鄭爲乘馬御六
騶屬焉使訓羣騶知禮襄十六年傳虞丘書爲乘馬御杜注乘馬御乘車之僕
是諸侯僕夫或名乘馬御矣國語謂之贊僕○維發聲凡言維其其也維以以
也維此此也維彼彼也維何何也維皆發聲有維其用在句中者緜衣曰曷維
其已十月之交曰則維其常是也有一句中維其分用者烈文曰維皇其崇之
我將曰維天其右之是也有連句中上言維而下言其者無羊曰誰謂爾無羊
三百維羣誰謂爾無牛九十其犉是也維其連文它皆放此棘急也玁允急也
我出我車于彼郊矣設此旐矣建彼旄矣彼旟旐斯胡不旆旆〈傳〉龜蛇曰旐旄
于旄鳥隼曰旟旆旆旒垂貌憂心悄悄僕夫況瘁〈疏〉邑外曰郊郊卽牧也周語國有郊牧韋注云國外曰

郊牧放牧之地箋云牧地枉遠郊○鼉蛇曰旐周禮司常文桑柔同云旐干旄者干旄傳注旄於干首凡旗之干皆有旄則旐與旟同也鳥隼爲旟亦司常文干旄桑柔同案此乃師旅之所建也若天子諸侯之旟有鍇革鳥旐則有繼旆說詳六月篇胡何也采叔其旂淠淠傳動也泮水其旂茷茷傳言有法度也竝與旆旆同楊雄甘泉賦云騰清霄而軼浮景兮夫何旟旐郅偈之旖旎也郅偈卽指干旄旖旎卽指旐埀正與傳合旐古作流○鄘柏舟傳云悄悄憂皃況古作兄兄茲也北山或盡瘁事國彼傳云盡力勞瘁以從國事況瘁盡瘁皆二字平列義同楚辭九歎云顧僕夫之憔悴又云僕夫慌悴竝與詩況瘁同

王命南仲往城于方出車彭彭旂旐央央（傳）王殷王也南仲文王之屬方朔方近玁狁之國也彭彭四馬貌交龍爲旂央央鮮明也**天子命我城彼朔方赫赫南仲玁狁于襄**（傳）朔方北方也赫赫盛貌襄除也（疏）王爲殷王文王爲西伯時殷王紂也王制州有伯八州八伯八伯各以其屬屬於天子之老二人分天下以爲左右曰二伯州伯屬於二伯文王西伯南仲州伯故傳云南仲文王之屬也漢書古今人表作南中與召虎方叔同列而文王時無南仲班以此南仲與常武南仲爲一人從魯詩說也匈奴傳及鹽鐵論繇役篇出車與六月皆以爲宣王時詩當亦從魯義而史記又以靡入褒王者恐司馬遷記憶之誤耳後漢書馬融疏亦云玁狁侵周周宣王立中興之功是以赫赫南仲載在周詩馬治毛詩而亦兼取三家○傳云方朔方而又申之云近玁狁之國者欲知朔方當先求玁狁之國矣殷周之際玁狁迫近中夏大王辟狄去邠邠之北爲狄所竄處文王都岐山之南而岐山之北有密須國涇北有阮國共國阮共二國之北亦必狄所荐居然則南仲往城之方其去涇北不遠也六月侵鎬及方箋鎬也方也皆北方地名鄭意謂六月之方卽出車之方六月之鎬方當在今甘肅平涼府固原涇州鎮原閒宣王北伐至大原卽文王時所城朔方之地故漢書匈奴傳衞青傳必連引兩詩云薄伐玁狁至于大原出車彭彭城彼朔方矣鹽鐵論繇役篇引詩同又地理志朔方郡武帝元朔三年開郡國志同不云卽詩之朔方也唯水經河水注東

南遷朔方縣故城東北詩所謂城彼朔方也元和郡縣志夏州朔方縣什賁故
城在縣治北即漢朔方縣之故城詩所謂城彼朔方是也魏唐人言朔方其說
始混然不知朔方本無定向堯典宅朔方與嵎夷南交西爲四表不謂書之朔
方即詩之朔方而謂殷周之朔方即漢郡之朔方必不然矣漢朔方城在今薩
哈賚喀河之南延安慶陽殷周已屬荒服焉得北濱河套而築城以禦狄又不
然矣三代西北疆域地不廣大自趙武靈王攘北地西至雲中九原秦始皇使
蒙恬席逐匈奴築長城漢武帝遣衛青等度西河歷高闕收河南築朔方城後
立朔方郡皆非三代時疆域所有也○傳以出車就馬故彭彭爲四馬皃北山
烝民皆云四牡彭彭交龍爲旂司常文韓奕同鄭注周禮云諸侯畫交龍一象
其升朝一象其下復也爾雅素錦綢杠纁帛縿素升龍于縿練旒九飾以組維
以縷郭注云纁帛絳也畫白龍於縿令上向又有鈴曰旂郭注云畫交龍於旒
此皆釋交龍爲旂也上公之旂有升龍降龍爾雅不言降龍者略也覲禮天子
載大旂象日月升龍降龍鄭注云大旂大常也王建大常縿首畫日月其下及
旒交畫升龍降龍朝事儀曰天子建大常十有二旒鄭解大常縿首畫日月縿
下及十二旒畫交龍郭釋旂縿畫升龍九旒畫交龍唯不畫日月爲異此郭與
鄭同也何注宣十二年公羊傳云加文章曰旂畫升龍於正幅之縿與他旂之
畫交在旒者其制殊異故謂之加文章是謂之交龍旂或謂之龍旂考工記龍
旂九斿以象大火樂記龍旂九旒以贈諸侯覲禮侯氏載龍旂弧韣是也又謂
之大旂巾車金路建大旂左傳魯公分大旂是也詩於載見閟宮玄鳥曰龍旂
出車及采芑韓奕曰旂旂爲交龍旂交龍旂有鈴載見傳云鈴在旂上央央釋
文作英英也當作皃六月帛茷央央傳云央央鮮明皃央央猶英英也采芑句
同○方爲朔方傳又申釋之云朔方爲北方爾雅釋訓朔北方也赫赫盛常武
同爾雅赫赫迅也郭注云盛疾之貌舍人本作奭奭古赫奭聲通襄除牆
有茨同玁狁于除言玁狁之難于以除也釋文襄本或作攘襄與攘通
昔我往矣黍稷方華今我來思雨雪載塗(傳)塗凍釋也王事多難不遑啟居豈
不懷歸畏此簡書(傳)簡書戒命也鄰國有急以簡書相告則奔命救之(疏)黍稷不榮

而實不爲華華猶秀也塗當作涂今字通作塗傳云凍釋謂雪凍開釋也夏小正正月凍塗傳凍塗者凍下而澤上多也莊子庚桑楚篇是乃所謂冰解凍釋者管子五行篇冰水解而凍釋臣乘馬篇日至六十日而陽凍釋七十日而陰凍釋陰凍釋而秇稷百日不秇稷尹注云陽凍地上也陰凍地下也案黍稷方華箸城方之始雨雪載塗箸伐戎之始○爾雅簡謂之畢說文云簡牒也凡鄰國有急難之事則書之於簡謂之簡書使臣奉命以戒敕相救是謂之戒命簡戒雙聲也其時文王有昆夷之患故云然也閔元年左傳狄人伐邢管敬仲言於齊侯曰戎狄豺狼不可厭也諸夏親暱不可弃也宴安酖毒不可懷也詩云豈不懷歸畏此簡書簡書同惡相恤之謂也請救邢以從簡書齊人救邢毛傳正本左傳奔命救之義亦見左傳成七年吳始伐楚伐巢伐徐子重奔命馬陵之會吳入州來子重自鄭奔命子重子反於是乎一歲七奔命昭二十三年吳人伐州來楚薳越帥師及諸侯之師奔命救州來三十二年魏獻子使伯音對曰天子有命敢不奉承以奔告於諸侯

喓喓草蟲趯趯阜螽未見君子憂心忡忡既見君子我心則降赫赫南仲薄伐西戎

（疏）喓喓聲也趯趯躍也忡忡猶衝衝也降下也俱見草蟲篇箋云草蟲鳴阜螽躍而從之天性也喻近西戎之諸侯聞南仲既征玁狁將伐西戎之命則跳躍而鄉望之如阜螽之聞草蟲鳴焉草蟲鳴晚秋之時也此以其時所見而興之君子斥南仲也案聞伐西戎之命在秋月也○玁狁在涇陽之北而涇陽以西卽爲西戎所居赫赫南仲薄伐西戎言伐玁狁遂伐西戎耳采薇序文王之時西有昆夷之患箋云文王爲西伯服事殷之時也昆夷西戎也書大傳文王四年伐犬夷犬夷卽西戎鄭注云四年伐之南仲一行幷平二寇然則出車諸詩自在文王爲西伯四年中事蓋西戎之患岐周先罹其害北狄之禍涇洛以東皆得恣逞其凶威故但稱文王伐犬夷不及玁狁者就岐周而言之也詩篇中於伐玁狁至再至三而於西戎止有薄伐一語者陳王事也伐西戎在玁狁後

春日遲遲卉木萋萋倉庚喈喈采蘩祁祁執訊獲醜薄言還歸傳卉草也訊辭也赫赫南仲玁狁于夷傳夷平也疏七月傳云遲遲舒緩也卉草爾雅釋草文四月同方言東越楊州之間名草爲卉也說文卉艸之總名也艸草古今字卉木萋萋言草木皆萋萋然也葛覃萋萋茂盛皃是草盛爲萋萋矣卷阿萋萋梧桐盛也是木盛爲萋萋矣喈喈鳴也祁祁衆多也倉庚采蘩二月時也爾雅訊言也正月傳訊問也此釋訊爲辭者謂所生得敵人而聽斷其辭也周禮小司寇附于刑用情訊之求民情一曰辭聽辭聽者聽其辭以斃其罪此傳義也皇矣執訊連連無傳義與此同此篇訊獲字無傳荅義見皇矣也皇矣傳云馘獲也不服者殺而獻其左耳曰馘彼傳釋馘爲獲則此詩獲字卽爲馘之假借字生者訊之殺者馘之醜衆也執訊獲醜言執訊馘者衆此箋及采芑箋竝以獲爲得失之此正言伐西戎之事自正月東釋而來至二月而還歸也還歸與上文懷歸兩歸字相應○逸周書大明武篇既克和服使衆咸宜竟其金革是謂大夷孔注云夷平也義與傳同

杕杜四章章七句

杕杜勞還役也疏采薇序云杕杜以勤歸勤亦勞也勞歸戍役也

有杕之杜有睆其實傳興也睆實皃杕杜猶得其時蕃滋役夫勞苦不得盡其天性王事靡盬繼嗣我日日月陽止女心傷止征夫遑止疏唐風杕杜傳云杕特皃杜赤棠也睆釋文作晥云字從白或從目邊非睆訓實皃其義未聞說文云牝曰杜是杜有實也杕杜蕃滋以反興役夫勞苦傳合下章而總釋之有睆其實喻子孫多也其葉萋萋喻室家盛也皆天性之事今役夫枉矣不得盡天性是杕杜之不如矣三章云陟彼北山言采其杞正以喻役夫之勞苦也○采薇傳云陽歷陽月也征夫遑止遑暇也王事休息則征夫閒暇也此言伐玁狁之事

有杕之杜其葉萋萋王事靡盬我心傷悲卉木萋止女心悲止征夫歸止〔傳〕室家踰時則思〔疏〕萋猶萋萋也上章謂冬此章謂春詩人歷道其所經所謂踰時也出車篇云春日遲遲卉木萋萋薄言還歸文義與此同此兼言伐西戎之事傳云室家踰時則思者蓋室家之情有如是也鹽鐵論繇役篇古者無過年之繇無踰時之役今近者數千里遠者過萬里歷二期長子不還父母愁憂妻子詠歎憤懣之恨發動於心慕思之積痛於骨髓此杕杜采薇之所爲作也案詩中皆敘踰時期歸之語故三家詩以二詩刺時而作毛詩則以爲盡人之情極道其勞役之苦室家之意不泥於文辭此毛氏之所以獨勝三家也

陟彼北山言采其杞王事靡盬憂我父母檀車幝幝四牡痯痯〔傳〕檀車役車也幝幝敝貌痯痯罷貌征夫不遠〔疏〕檀可以爲輪察車自輪始故凡車皆得稱檀車大明檀車戎車也此檀車棧車也傳云役車與何草不黃棧車同解矣說文幝車敝皃引詩檀車幝幝本傳訓也後漢書劉陶傳注引詩作嘽嘽釋文引韓詩作緂緂廣雅緂緂緩也本韓詩聲義相近痯痯罷兒罷病罷也說文無痯字云悹憂也疑痯即悹之異體說文又云綰惡絳也聲義亦相近

匪載匪來憂心孔疚期逝不至而多爲恤〔傳〕逝往恤憂也遠行不必如期室家之情以期望之卜筮偕止會言近止征夫邇止〔傳〕卜之筮之會人占之邇近也〔疏〕匪不疚病也匪載匪來憂心孔疚言不載來憂心甚病也逝往二子乘舟東門之枌同恤憂爾雅釋詁文祈父同云遠行不必如期室家之情以期望之以釋經中期字與上章傳室家踰時則思相應皆總釋全章以盡室家之情也傳云卜之筮之者卜筮不相襲也云會人占之者家上卜筮偕止句以釋經中會字會言近止與會且歸矣句法相同言與且皆語詞邇訓近近者不遠也征夫近與上章征夫不遠皆所謂室家之情以期望之也

魚麗六章三章章四句三章章二句

魚麗美萬物盛多能備禮也文武以天保以上治內采薇以下治外始於憂勤終於逸樂故美萬物盛多可以告於神明矣（疏）文武道同

魚麗于罶鱨鯊（傳）麗歷也罶曲梁也寡婦之笱也鱨楊也鯊鮀也太平而後微物眾多取之有時用之有道則物莫不多矣古者不風不暴不行火草木不折不操斧斤不入山林豺祭獸然後殺獺祭魚然後漁鷹隼擊然後罻羅設是以天子不合圍諸侯不掩羣大夫不麛不卵士不隱塞庶人不數罟罟必四寸然後入澤梁故山不童澤不竭鳥獸魚鼈皆得其所然君子有酒旨且多（疏）傳云麗歷歷上奪麗字釋文麗力馳反麗歷也正義時捕魚者施笱於水中則魚麗歷於罶者陸孔皆以麗歷連文其所見傳當不誤麗歷猶適歷周禮遂師抱磿鄭注云磿者適歷執綍者名也賈疏云稀疏得所名為適歷說文秝稀疏適歷也秝與歷同亦作歷錄小戎傳楘歷錄也麗與錄一聲之轉魚麗歷在罶言魚在罶錄錄歷歷然也正義云釋訓曰凡曲者為罶是罶曲梁也釋器曰嫠婦之笱謂之罶是寡婦之笱也釋訓注郭璞引詩傳曰罶曲梁也凡以薄取魚者名為罶也釋器注孫炎曰罶曲梁其功易故謂之寡婦之笱然則曲薄也以薄為魚笱其功易故號之寡婦笱耳非寡婦所作也案傳與苕之華傳同邶谷風傳梁魚梁笱所以捕魚也說文罶曲梁寡婦之笱魚所留也段注云蓋曲梁別於凡梁寡婦之笱別於凡笱曲梁者僅以薄為之寡婦之笱笱之敝者也魚麗美萬物盛多能備禮也故言此曲梁寡婦之笱而魚之多如是苕之華大夫閔時也師旅並起因之以飢饉言三星在罶則無魚可知也梁與笱相為用故詩云敝笱

枉梁言逝梁必言發笱○鱨揚爾雅釋魚無文正義引義疏云鱨一名黃頰魚
是也似燕頭魚身形厚而長大頰骨正黃魚之大而有力解飛者徐州人謂之
楊黃頰通語也又釋文引義疏云今江東呼黃鱨魚尾微黃大者長尺七八寸
許說文鱨揚也本毛詩說段注云揚各本从木者誤鯊鮀釋魚文郭注云今吹
沙小魚體圓而有黑點文舍人注云鯊石鮀也正義引義疏云魚狹而小常張
口吹沙故曰吹沙說文魦出樂浪潘國此別一種非詩之鯊鮀也段注云毛詩
鯊本作沙○傳云大平而後微物眾多者魚微物魚眾多則萬物盛多可知此
乃大平之所致無羊篇眾維魚矣實維豐年傳陰陽和則魚眾多矣意與此同
云取之有時用之有道所以推明眾多之故六月序所謂法度是也古者不風
不暴不行火以下當有成文傳引庶人用罟四寸入澤梁以證魚麗于罶之義
而又推廣言之以美萬物盛多也草木不折不操正義操作芟士不隱塞釋文
隱本又作偃偃即堰字庶人不數罟正義作總罟集注總作緵緵亦數也此與
禮記王制篇較詳逸周書文傳淮南子主術賈子禮等篇及荀子王制篇文義
俱與此略同○旨且多旨美也言君子之酒既美物且多也多且旨旨且有同
旨多旨皆謂酒且多且旨且有皆謂物也故下三章
即承多旨有三字而廣言萬物耳胡承珙後箋說

魚麗于罶魴鱧（傳）鱧鯇也**君子有酒多且旨**（疏）魴易識之魚不傳正義云釋魚鱧鯇舍人曰鱧名鯇郭璞曰鱧
鮦偏檢諸本或作鱧鯶或作鱧鯇或有本作鱧鰈者定本鱧鮦鮦與鯶音同案
今傳文作鱧鮦依定本改也爾雅以鱧釋鯉以鮎釋鰋以鯇釋鱧傳於鱧鰋皆
從爾雅則鱧下必作鯇不作鮦明矣鮦即今之烏魚頭有七星者說文鮦蠡也
蠡鮦也鮦名蠡不名鱧爾雅釋文云鱧字或作鱺本草作蠡今神農本草作蠡
蠡即蠡之省爾雅之鱧或誤作蠡郭景純不從舊讀遂據誤本之爾雅以鮦釋
鱧御覽鱗介部九引義疏云爾雅曰鱧鮦也陸與郭同而定本因改此傳文鯇
作鮦其紕繆甚矣又說文云鰈鱧也正義引或本作鱧鰈疑出三家義與爾雅
毛傳異也郭注爾雅云鯇今鯶魚似鱒而大鱒下注云似鯶子赤眼是鯶子之
赤眼者曰鱒不赤眼者曰鯇也陳藏
器本草拾遺云鯇魚似鯉生江湖間

魚麗于罶鰋鯉（鰋）鰋鮎也君子有酒旨且有（疏）鰋鮎釋魚文孫炎注云鰋一名鮎說文鮎鰋也鰋鮀也或作鰋段注云鮀也乃鮎也之誤案許與爾雅毛傳義同也鮎一名鯷一名鮧爾雅釋文引字林云青州人呼鮎鯷謂鮎即鯷也引說文云鮧大鮎也謂鮎之大者別曰鮧也今說文鮧作鮷同陶宏景名醫別錄注云鮧即鯷也今人皆呼慈音即是鮎魚作臛食之鯉亦易識之魚

物其多矣維其嘉矣（疏）物萬物也嘉善也

物其旨矣維其偕矣（疏）荀子大略篇聘禮志曰幣厚則傷德財侈則殄禮禮云禮云玉帛云乎哉詩曰物其指矣唯其偕矣不時宜不敬交不驩欣雖指非禮也楊倞注云指與旨同此明聘好輕財重禮之義也荀子引詩與序云美萬物盛多能備禮合豐年傳云皆偏也詩述聞云廣雅曰皆嘉也皆與偕古字通荀子以時宜敬交驩欣為偕是偕與嘉同義

物其有矣維其時矣（疏）後箋云時亦與偕嘉同義頍弁爾酒既旨爾殽既嘉爾酒既旨爾殽既時傳云時善也此時與嘉同義之證也且此詩嘉偕時皆謂政之善卽首章傳所云取之有時用之有道也故六月序云魚麗廢則法度缺矣經文維其二字確是推本萬物盛多之由猶言維其如是所以如是裳裳者華維其有章矣是以有慶矣維其有之是以似之凡言維其者如此此詩文法倒裝耳說苑辨物篇曰天子南面視四星之中知民之緩急急則不賦藉不舉力役書曰敬授民時詩曰物其有矣維其時矣物之所以有而不絕者以其動之時也此解有為常有時為用之以時最合經旨左傳襄二十年季武子如宋歸復命公享之賦魚麗之卒章正義曰物其有矣者謂言魚有鱨鯊魴鯉并有旨酒也維其時矣者注云大平而後微物眾多取之有時用之有道則萬物莫不多也此可以補詩疏所未及而物不專指魚時謂取之有時皆較詩疏為勝

南陔孝子相戒以養也

白華孝子之絜白也

華黍時和歲豐宜黍稷也有其義而亡其辭(疏)箋云此三篇者鄉飲酒燕禮用焉曰笙入立于縣中奏南陔白華華黍是也孔子論詩雅頌各得其所時俱在耳篇弟當在於此遭戰國及秦之世而亡之其義則與衆篇之義合編故存至毛公爲詁訓傳乃分衆篇之義各置於其篇端云又闕其亡者以見在爲數故推改什首遂通耳而下非孔子之舊又由庚崇丘由儀箋云此三篇者鄉飲酒燕禮亦用焉曰乃間歌魚麗笙由庚歌南有嘉魚笙崇丘歌南山有臺笙由儀亦遭世亂而亡之燕禮又有升歌鹿鳴下管新宮新宮亦詩篇名也辭義皆亡無以知其篇弟之處後箋云箋云孔子時南陔等篇弟當在於此是謂南陔三篇在魚麗後足見魚麗殿鹿鳴之什非毛公所移而六月序魚麗一句在南陔之上亦必非鄭氏所移可知且六月序列於小雅二十二篇自鹿鳴至華黍皆言缺自由庚以下則變其文孔疏以此爲別謂華黍以上爲文武之詩由庚以下爲周公成王之詩言缺者爲剛君父之義不言缺者爲柔臣子之義雖近穿鑿然亦可見序文原本如此非由鄭氏移魚麗一句於南陔上也又六月序南陔白華華黍三詩本相連正義云毛公爲詁訓傳分別衆篇之義各置篇端此三篇之序無詩可屬故連聚置於此此由不知三詩本當在此非毛所連聚也惟所云據六月序由庚本弟在華黍下而與崇丘同處者以其是成王之詩故下從其類此則不誤由庚三篇連聚一處當由毛公所置然孔說尙不如陸氏釋文云以其俱亡使相從者爲當耳又箋云闕其亡者以見在爲數故推改什首遂通耳而下非孔子之舊正義謂毛公不數亡詩推改什篇之首遂通盡小雅云耳言以下非則止鹿鳴一什是也據此是孔子時鹿鳴至魚麗爲一什南陔至湛露爲一什以下凡小雅八什什各十篇毛傳則闕六笙詩不入什數以南有嘉魚至吉日爲次什以下每相差者六篇凡小雅七什末什爲十四篇奇零之數歸於末什大雅及頌皆然稽古編謂毛公置六詩於什外此本正義之說翁氏附記謂當從蘇呂所定收入什中殊不知分什者止因篇數既多簡札煩重不得不分六詩既亡自無庸分篇數而入什目必以南陔居什之終白華領什之始取彼虛名當其實數

亦可以不必矣後箋又云笙詩乃不歌而笙之詩卽鄭注儀禮所云以笙吹此詩以爲樂也惟其專以笙吹故其辭易亡不然他詩具在而獨亡此六篇亦屬可疑得此乃更無疑義矣

卷十六終

長洲陳奐學

南有嘉魚之什詁訓傳弟十七　毛詩小雅

南有嘉魚之什十篇四十六章二百七十二句

南有嘉魚四章章四句

南有嘉魚樂與賢也大平之君子至誠樂與賢者共之也

南有嘉魚烝然罩罩（傳）江漢之閒魚所產也罩罩籗也君子有酒嘉賓式燕以樂（疏）傳云江漢之閒魚所產也者釋南有嘉魚句漢廣序文王之道被于南國美化行乎江漢之域是則南者周之南國弟三章云南有樛木見於周南樛木篇弟四章云翩翩者鵻見於小雅四牡篇皆紀文王之詩而此篇亦偕樛木翩鵻設興故傳知經之南謂在江漢閒也周以文王官人爲法○王肅云烝衆也云罩罩籗也者正義云釋器籗謂之罩李巡曰籗編細竹以爲罩捕魚也孫炎曰今楚籗也郭璞曰今魚罩然則罩以竹爲之無竹則以荆故謂之楚籗重云罩罩者非一也釋文引郭注云籗捕魚籠也說文云罩捕魚器也籱罩魚者或省作篧竹角切今作籗者疑非也淮南子說林篇云罩者抑之案抑者按也罩魚爲籗按而取之器也今見太湖人尚有以罩取魚者言南方之魚既旨且多有捕魚之人以罩罩取之喻賢人散處天下亦既善且衆有大平君子以禮禮賓之也次章興義同○君子大平君子也嘉賓謂賢者也

南有嘉魚烝然汕汕（傳）汕汕樔也君子有酒嘉賓式燕以衎（傳）衎樂也（疏）傳云汕汕

橾也者正義云釋器橾謂之汕李巡曰汕以薄汕魚孫炎曰今之撩罟孫與鄭箋郭注皆同釋文橾字或作罺與今本爾雅同說文网部無罺字木部橾澤中守艸樓𨚵晉涵爾雅正義云𤀢艸澤畔蓄魚其中名爲罺此與李說以薄汕魚合淮南子云罾者舉之罾疑卽橾罾橾猶橧巢也說文水部汕魚游水皃詩曰烝然汕汕義本三家又魚部引詩烝然鯙鯙鯙與罩同廣雅淖淖滻滻衆也王念孫疏證云淖淖與罩罩同滻滻與汕汕同廣韻汕滻二字竝所簡切淖淖滻滻之訓爲衆蓋亦本三家也○衎樂者與上章同義衎亦樂也說文衎行喜皃

南有樛木甘瓠纍之(傳)興也纍蔓也君子有酒嘉賓式燕綏之(疏)樛木傳木下曲曰樛樛木下𠂢甘瓠得而纍蔓之喻君子禮下賢者賢者因而歸附之燕禮歌南有嘉魚鄭注云此采其能以禮下賢者賢者纍蔓而歸之與之宴樂是也鄉飲酒禮注同正義云傳文略三章傳云興也舉中明此上下足知魚雝皆興也傳訓纍爲蔓者蔓長也延也樛木箋纍而蔓之是纍爲蔓也古字作曼綏安也

翩翩者鵻烝然來思(傳)鵻壹宿之鳥君子有酒嘉賓式燕又思(疏)釋文鵻本亦作隹四牡翩翩者鵻傳鵻夫不也箋云夫不鳥之愨謹者此傳云鵻壹宿之鳥箋壹宿者壹意於其所宿之木也讀壹爲專壹之壹愨謹專壹鵻之性也詳四牡篇案上章言下曲之木喻君子與賢之誠此章言壹宿之鳥喻賢者之一心乎君子所以然者本由君子至誠也○烝然來思言衆然來也思猶之也上章以纍綏爲韻而韻下用兩之字此章以來又爲韻而韻下用兩思字古之思聲同故之思二字皆爲語巳之詞又讀爲右彤弓傳右勸也

南山有臺五章章六句

南山有臺樂得賢也得賢則能爲邦家立大平之基矣(疏)襄二十年左傳季武子如宋歸復命公享之公賦南山有臺武子去所曰臣不堪也穆天子傳祭公飲天子酒天子命歌南山有蘴蘴古臺字此皆謂得賢之樂與序義同

南山有臺北山有萊（傳）興也臺夫須也萊草也樂只君子邦家之基（傳）基本也

樂只君子萬壽無期（疏）箋云興者山之有草木以自覆蓋成其高大喻人君有賢臣以自尊顯五章興義皆同○臺夫須爾雅釋草文正義引義疏云舊說夫須莎草也可爲蓑笠案夫須莎一語之轉爾雅舊說可爲蓑蓑下笠字疑當衍都人士傳臺所以禦雨又無羊傳蓑所以備雨臺卽蓑是則臺皮可以爲蓑矣爾雅翼云臺者沙草可爲衣以禦雨今人謂之蓑衣此羅端良本爾雅舊說也都人士箋以臺皮爲笠與舊說異傳云萊草草名萊也正義誤以爲草之總名爾雅釐蔓華釐說文作萊繫傳以爲釐與萊同齊民要術卷十引義疏云萊藜也莖葉皆似菉王芻今兗州人蒸以爲茹謂之萊蒸譙沛人謂雞蘇爲萊故三倉云萊茱萸此二草異而名同毛晉廣要云藜草似蓬一名洛帚藜疑與萊異種據景純漁仲注釐一名蒙華未詳其狀何似○昊天有成命傳基始也本與始義相近襄二十四年左傳子產曰夫令名德之輿也德國家之基也有基無壞毋亦是務乎有德則樂樂則能久詩云樂旨君子邦家之基有令德也夫又昭十三年傳同盟于平丘子產爭承自日中以至于昏晉人許之仲尼謂子產於是行也足以爲國基矣詩曰樂旨君子邦家之基子產君子之求樂者也案兩引詩皆作旨旨與只皆語詞樂謂德樂指君子言而與序樂得賢樂字不同義君子席賢者也

南山有桑北山有楊樂只君子邦家之光樂只君子萬壽無疆（疏）箋云光明也政教明有榮曜

南山有杞北山有李樂只君子民之父母樂只君子德音不已（疏）南山有杞杕杜北山篇竝云北山采杞解之者以杕杜北山之杞爲山木恐非是本草注謂枸杞有高一二丈者疑卽此也釋文引義疏云杞其樹如樗一名狗骨○禮記大學篇詩云樂只君子民之父母民之所好好之民之所惡惡之此之謂民之父母案引詩以明樂字之義所謂有德則樂也泂酌豈弟

君子民之父母傳樂以強教之易以說安之民皆有父之尊母之親傳用
表記文以釋豈弟之義言各有常也已止也不已猶不怠也說文怠止也
南山有栲北山有杻【傳】栲山樗杻檍也樂只君子遐不眉壽【傳】眉壽秀眉也樂
只君子德音是茂【疏】栲山樗杻檍山有樞同詳山有樞篇○傳於棫樸之遐不作人下武之不遐有佐訓遐為遠兩不字皆為助詞無意
義唯此篇遐不眉壽遐不黃耇與隰桑之遐不謂矣毛無傳者意不與棫樸下
武同也釋詞云遐何也遐不何不也案眉壽黃耇皆古者老壽之稱烈祖篇亦
云綏我眉壽黃耇無疆經於眉不言秀而黃不言髮此乃行文之例傳嫌但解
眉為秀眉而壽未見故必連壽言之云眉壽秀眉也下章黃耇不著明黃髮而
黃字之義未見故又必分釋之黃為黃髮耇為壽此傳義也七月傳眉壽豪眉
也義與此同方言眉老也東齊曰眉或三家詩有謂眉為老者矣還傳云茂美
也
南山有枸北山有楰【傳】枸枳枸楰鼠梓樂只君子遐不黃耇【傳】黃黃髮也耇老
也樂只君子保艾爾後【傳】艾養保安也【疏】正義云枸釋木無文宋玉賦曰枳枸來巢則枸木多枝而曲所以來巢也
引義疏云枸樹高大似白楊有子著枝端大如指長數寸噉之甘美如飴八月
熟今官園種之謂之木蜜案今文選宋玉風賦作枳句句同枸莊子山木篇言
騰猿得柟梓豫章攬蔓其枝而王長其閒得柘棘枳枸之閒危行側視振動悼
慄其字亦作枳枸枳枸與柘棘為類是枸木為叢生之木可知枸禮記曲禮內
則皆作椇說文作欘說文欘積欘也一曰木名崔豹古今注云枳椇子一名樹
蜜一名木餳實形拳曲核在實外味甜美如餳蜜崔說與義疏合楰鼠梓釋木
文正義引義疏云其樹葉木理如楸山楸之異者今人謂之苦楸郭注爾雅云
楸屬也今江東有虎梓郝懿行爾雅義疏云今一種楸大葉如桐葉而黑山中
人謂之檟楸即郭所云虎梓○傳知黃為黃髮者行葦黃耇台背閟宮黃髮台
背又閟宮四章言黃髮眉壽七章言眉壽黃髮此黃即黃髮之義也今本耇老

下尊也字釋亦作耇耇壽也疑陸所據傳不誤耇訓壽傳意以上章之壽釋此章之耇也爾雅云黃髮耇壽也又云耇壽也行葦序箋云黃黃髮也耇凍黎也說文耇老人面凍黎若垢孫炎云耇面凍黎色如浮垢老人壽徵也耇垢聲類故取以爲訓艾養釋詁文鴛鴦福祿艾之傳亦云艾養也保安山有樞楚茨思齊常武同小箋云依傳似經文當作艾保

由庚萬物得由其道也

崇丘萬物得極其高大也

由儀萬物之生各得其宜也有其義而亡其辭 疏 說見上末七字毛公作傳時所益也

蓼蕭四章章六句

蓼蕭澤及四海也 疏 禮記祭義篇推而放諸東海而準推而放諸西海而準推而放諸南海而準推而放諸北海而準詩云自西自東自南自北無思不服此之謂也

蓼彼蕭斯零露湑兮 傳 興也蓼長大貌蕭蒿也湑湑然蕭上露貌既見君子我心寫兮 傳 輸寫其心也 燕笑語兮是以有譽處兮 疏 蓼猶蓼蓼也蓼莪傳蓼蓼長大皃義與此同蕭蒿下泉同零當作霝下同裳裳者華傳湑盛皃盛曰湑重言曰湑湑傳云蕭上露皃也者謂蕭上露盛多湑湑然也蕭以共祭祀諸侯有與助祭祀之禮故詩以蓼蕭起興○既見君子謂諸侯之見天子也我諸侯自我也經言寫傳云輸寫此以雙字釋單字輸亦寫也廣雅釋言輸寫也輸寫蓋古語泉水傳寫除也輸寫與除義亦相近燕安也與下章孔燕同詩述聞云集傳引蘇氏曰譽豫通凡詩之譽皆樂也蘇氏之說是也爾雅曰豫樂也豫安也則譽處安處也蓼蕭之譽

處承燕笑語兮而言之裳裳者華之譽處承我心寫兮而言之呂氏春秋孝行
篇注曰譽樂也南有嘉魚曰嘉賓式燕以樂車舝曰式燕且喜又曰式燕且譽
六月曰吉甫燕喜韓奕曰韓姞燕譽射義引詩則燕則譽而
釋之曰則安則譽皆安樂之意也箋悉訓爲名譽之譽疏矣

蓼彼蕭斯零露瀼瀼傳瀼瀼露蕃貌既見君子爲龍爲光其德不爽壽考不忘

傳龍寵也爽差也疏野有曼草傳瀼瀼盛皃蕃與盛義同○龍古寵字古文以
龍爲寵也昭十二年左傳宋華定來聘公賦蓼蕭昭子曰
宴語之不懷寵光之不宣令德之不知同福之不受案昭子四言正釋詩四章
之義詩龍光左傳作寵光龍讀爲寵毛傳正本左傳爲寵爲光爲寵光也寵亦
光也酌我龍受之長發何天之龍箋竝以龍爲寵本
此傳訓而傳於酌長發龍字不訓寵矣爽差呢同

蓼彼蕭斯零露泥泥傳泥泥霑濡也既見君子孔燕豈弟傳豈樂弟易也宜兄
宜弟傳爲兄亦宜爲弟亦宜令德壽豈疏廣雅泥泥露也傳云霑濡卽行露傳
所云厭浥溼意也○豈樂弟易載驅
旱鹿泂酌傳竝同經言宜兄宜弟傳乃逆辭釋經謂兄宜弟宜故云爲兄亦宜
爲弟亦宜也兄弟指來朝諸侯言同姓諸侯盡以爲宜也沔水傳兄弟同姓臣
也是其義正義云宜爲人兄宜爲人弟則指
天子爲諸侯之兄弟順經作解失傳之恉

蓼彼蕭斯零露濃濃傳濃濃厚貌既見君子鞗革沖沖和鸞雝雝萬福攸同傳

鞗轡也革轡首也沖沖垂飾貌在軾曰和在鑣曰鸞疏說文濃露多也厚與多
義同○鞗爲轡首之飾
非轡也今傳文鞗轡二字理不可通正義云釋器轡首謂之革郭璞曰轡靶也
然則馬轡所靶之外有餘而垂者謂之革鞗皮爲之故云鞗革轡首垂也鞗革
卽言沖沖故知垂飾貌案傳文鞗轡也革轡首也七字據仲達所見當作鞗革
轡首垂也六字轡首詁革垂詁鞗益轡首以垂爲飾故又解沖沖爲垂飾皃韓

奕箋鞗革謂轡也載見箋鞗革謂轡首也皆渾言之采芑箋云鞗革轡首垂也此箋正用蓼蕭傳語鞗當作鋚革古文勒說文云鋚轡首銅也勒馬頭絡銜也銜馬勒口中也是轡之絡馬首者謂之勒勒關馬口者謂之銜勒以革爲之故字從革勒絡馬首所垂之轡其上飾謂之鋚鋚以金爲之說文曰銅鋚卽金也正義謂鋚爲皮茲因字誤從革耳又謂勒爲靶外有餘而垂者亦誤春官巾車革路龍勒注龍駹也以白黑飾韋襍色爲勒厭翟勒面注勒面謂以如王龍勒之韋爲當面飾也翟車貝面注貝面貝飾勒之當面也又既夕記纓轡貝勒縣于衡注貝勒貝飾勒負謂勒當馬面所謂轡首也天子以下轡首皆有飾考工記玉人上公用龍說文龍作駹四玉一石龍勒以玉爲飾是天子以玉諸侯以金大夫士以貝與載驅垂轡爾爾傳垂轡轡之垂者此傳云沖沖垂飾皃垂飾謂轡首之垂飾垂飾以金爲飾載見鶬金飾皃金所謂鋚也沖與鶬一聲之轉○和鈴也傳云在軾曰和軾前也載見傳亦云和在軾前桓二年左傳錫鸞和鈴昭其聲也杜注云鸞在鑣和在衡史記禮書集解引服注同說苑說叢篇亦云鸞設於鑣和設於衡然則云鸞在鑣與毛同而云和在衡與毛異和繫軾前軾前卽馬尾其繫鈴之處未聞也一說驂馬內轡繫於軾前其環謂之觼車行有聲故又謂之和若此則和爲環轡之聲而非鈴矣鸞亦鈴也鸞繫於鑣傳云在鑣曰鸞說文鑣馬銜也馬銜之出於兩旁者爲鑣兩旁故兩鑣繫鈴於鑣爲鸞大戴禮保傅篇升車則聞和鸞之聲在衡爲鸞在軾爲和馬動而鸞鳴鸞鳴而和應聲曰和和則敬此御之節也經解升車則有鸞和之音鄭注云鸞和皆鈴也所以爲車行節也引韓詩內傳鸞在衡和在軾前升車則馬動馬動則鸞鳴鸞鳴則和應輿服志劉昭補注引魯訓和設軾者也鸞設衡者也白虎通義鸞者在衡和者在軾然則云和在軾與毛同而云鸞在衡又與毛異鄭於大馭注玉藻注並云鸞在衡和在軾四鐵箋置鸞于鑣異於乘車是乘車之鸞在衡田車之鸞在鑣亦主鸞在衡之說烈祖箋鸞在鑣四馬則八鸞則又主鸞在鑣之說鄭本無定解左傳疏云考工記輈崇車廣衡長參如一則衡之所容唯兩服馬耳詩辭每言八鸞當謂馬有二鸞鸞若在衡衡唯兩馬安得置八鸞乎以此知鸞必在鑣案孔疏是也說文鑾人君乘車四馬鑣八鑾鈴象鸞鳥之聲和則敬也从金鸞省輿服志注引許愼曰詩云八鸞鎗鎗則一馬二鸞也又

日輈車鸞鑣知非衡也許說當出五經異義四馬八鑣八鑾采芑烝民韓奕烈祖皆云八鸞鸞者鑾之假借字月令章句云以金爲鸞鳥縣鈴其中施於衡爲遲速之節高注呂覽云鸞鳥在衡輿服志亦云鸞雀立衡此皆本鸞在衡之說而更誤作鳥形矣爾雅雝雝聲也禮記少儀篇鸞和之美肅肅雝雝新書容經篇和鸞雝雝萬福攸同言動有紀度則萬福之所聚也

湛露四章章四句

湛露天子燕諸侯也

湛湛露斯匪陽不晞(傳)興也湛湛露茂盛貌陽日也晞乾也露雖湛湛然見陽則乾厭厭夜飲不醉無歸(傳)厭厭安也夜飲私燕也宗子將有事則族人皆侍不醉而出是不親也醉而不出是渫宗也(疏)湛從甚聲古音讀如沈沒字茂盛與甚義相近陽讀爲陽祭義殷人祭其陽注陽讀爲曰雨曰陽之陽此陽暘古通矣說文云暘日出也晞乾蒹葭同文四年左傳衛甯武子來聘公與之宴爲賦湛露不荅對曰昔諸侯朝正於王王宴樂之於是乎賦湛露則天子當陽諸侯用命也杜注云言露見日而乾猶諸侯稟天子命而行案杜正用毛傳詩凡四章上二句是興陽喻天子露喻諸侯豐草杞棘桐梓喻諸侯所在之國首章不言露之所在二章三章不言陽末章并不言露皆互見其義○厭讀爲懕此假借也小戎傳厭厭安靜也亦當作懕懕爾雅懕懕安也說文懕安也从心厭聲引詩作懕懕夜飲釋文及文選魏都賦琴賦注引韓詩作愔愔夜飲薛君章句愔愔和悅之貌與毛詩異燕禮云司正命卿大夫君曰以我安卿大夫皆對曰諾敢不安賓反入及卿大夫皆說屨升就席公以賓及卿大夫皆坐乃安此即傳訓厭厭爲安之義也正義云楚茨備言燕私傳曰燕而盡其私恩明夜飲者亦君留而盡私恩之義故言燕私也是孔所據傳文私燕作燕私矣傳既釋夜飲爲燕私而又援宗子族侍之

禮釋經不醉無歸句書大傳酒誥篇宗室有事族人皆侍終日大宗已侍于賓奠然後燕私燕私者何也祭已而與族人飲也不醉而出是不親也醉而不出是渫宗也出而不止是不忠也親而甚敬忠而不倦若是則兄弟之道備備者成也成者成于宗室也故曰飲而醉者宗室之意也德將無醉族人之志也是故祀禮有讓德施有復義之至也案此與傳義同燕禮云司正升受命皆命君曰無不醉賓及卿大夫皆興對曰諾敢不醉皆反坐此謂不醉無歸也又記云賓則庶子執燭於阼階上司宮執燭於西階上甸人執大燭於庭閽人爲大燭於門外賓醉北面坐取其薦脯以降奏陔此謂夜飲不醉無歸也但儀禮不言同姓傳乃撥下章在宗載考句故傳主族燕爲說此詩可以補禮之闕而傳又足以申補經之義也

湛湛露斯在彼豐草(傳)豐茂也**厭厭夜飲在宗載考**(傳)夜飲必於宗室(疏)豐草小弁云茂草是豐爲茂也爾雅茂豐也二字互訓○傳云夜飲必於宗室以釋經在宗之義在與於同上章不醉無歸傳援宗子族侍之禮言之此言宗室正是宗子之室考成也夜飲必成於宗子之室也王者爲天下之大宗卽爲天下諸侯之宗室矣燕諸侯兼同異姓周之宗盟異姓爲後故詩特舉同姓之親親以該異姓耳六月序云湛露廢則萬國離矣可見此詩本不專謂燕同姓諸侯

湛湛露斯在彼杞棘顯允君子莫不令德(疏)四月隰有杞桋傳杞枸檵也桋赤棘也杞棘猶杞桋矣○君子謂諸侯也

其桐其椅其實離離(傳)離離垂也**豈弟君子莫不令儀**(疏)定之方中傳云椅梓屬離離猶歷歷也初學記果木部引韓詩云離離長皃垂與長義相近

彤弓三章章六句

彤弓天子錫有功諸侯也

彤弓弨兮受言藏之(傳)彤弓朱弓也以講德習射弨弛貌言我也我有嘉賓中心貺之(傳)貺賜也鍾鼓既設一朝饗之(疏)說文彤丹飾也以丹飾弓曰彤弓故傳云彤弓朱弓也荀子大略篇及何注定四年公羊傳皆云諸侯彤弓夏官司弓矢掌六弓王弓弧弓以授射甲革椹質者夾弓庾弓以授射豻侯鳥獸者唐弓大弓以授學射者使者勞者服虔注左傳旅弓以射甲革椹質服以旅弓當周禮之弧弓必有師據此傳言彤弓以講德習射則當周禮之大弓鄭注云學射者弓用中後習强弱則易也使者勞者弓亦用中遠近可也勞者勤勞王事若晉文侯文公受王弓矢之賜者鄭與毛同也考工記弓人往體來體若一謂之唐弓之屬利射深注云射深用直唐弓合七而成規大弓亦然春秋傳曰盜竊寶玉大弓案定八年穀梁傳云大弓者武王之戎弓也周公受賜藏之魯是大弓爲我魯受諸先王所藏之弓則彤弓之卽大弓此確證也公羊傳云弓繡質繡卽丹飾歟說文弨弓反也弛反義相近傳訓言爲我者與葛覃泉水文王同受言我受猶永言我永也願言我願也同其句例我我諸侯也我諸侯受彤弓於天子守而藏諸祖廟也襄八年左傳季武子賦彤弓宣子曰我先君文公獻功于衡雍受彤弓于襄王以爲子孫藏又昭十五年傳彤弓虎賁文公受之皆其義也王肅云我藏之以示子孫是矣受言載之受言櫜之同○嘉賓謂諸侯也貺賜爾雅釋詁文說文貝部無貺當是況字之誤文四年左傳衛甯武子來聘公與之宴爲賦湛露及彤弓武子對曰諸侯敵王所愾而獻其功王於是乎賜之彤弓一彤矢百旅弓矢千以覺報宴今陪臣來繼舊好君辱貺之其敢干大禮以自取戾案傳以賜詁貺正用左傳又僖二十八年傳晉侯獻楚俘于王賜之彤弓一彤矢百旅弓矢千此卽諸侯敵愾獻功而賜之之禮也○天子饗諸侯有金奏此鍾鼓卽金奏之樂樂之始也仲尼燕居言大饗禮兩君相見揖讓而入門入門而縣興又云入門而金作示情也郊特牲言饗禘有樂又云賓入大門而奏肆夏示易以敬也此賓卽大賓入大門奏肆夏卽兩君相見入門縣興左傳穆叔曰肆夏天子所以

享元侯也春官鍾師凡樂事以鍾鼓奏九夏鄭注云先擊鍾次擊鼓又燕禮記
若以樂納賓則賓及庭奏肆夏注云肆夏以鍾鎛播之鼓磬應之所謂金奏也
金鶚求古錄云燕聘賓及庭而奏肆夏兩君相見則入大門即奏肆夏此其異
也且樂章亦殊燕禮謂燕他國大夫奏肆夏而左傳穆叔如晉金奏肆夏之三
不拜以爲使臣不敢與聞蓋諸侯燕聘賓惟用肆夏一章而兩君相見及天子
享諸侯乃得備三章故左傳不言肆夏而言三夏也外傳謂金奏肆夏繁遏渠
肆夏其一繁遏其二渠其三以肆夏統之故曰肆夏之三猶文王大明緜三篇
稱文王之三鹿鳴四牡皇皇者華稱鹿鳴之三也又樂闋亦有異燕禮記云賓
拜酒主人荅拜而樂闋是賓未卒爵也郊特牲言卒爵而樂闋當兼賓主言蓋
諸侯爲賓其禮宏隆故樂闋必待卒爵也又燕聘賓金奏止二節與兩君奏三
節異焉魚案凡諸侯賜弓矢專征伐是九命作伯天子乃以饗禮當之周語公
當饗是也一朝猶終朝也正義云以燕如至夜饗則如其獻數禮成而罷故以
朝言
之

彤弓弨兮受言載之傳載以歸也**我有嘉賓中心喜之**傳喜樂也**鍾鼓既設一**
朝右之傳右勸也疏傳云載以歸以釋經載之之義與上章藏之同意也喜樂
釋詁文菁菁者莪我心則喜傳亦云喜樂也○楚茨傳侑
勸也周禮大祝以享右祭祀注右讀爲侑此右侑聲通之證侑本字假借作右
又作宥後箋云上言鍾鼓既設則右醻明是饗時之事不當泛以勸報有功釋
之右之醻之當主侑幣酬幣爲義左傳莊十八年虢公晉侯朝王王饗醴命之
宥皆賜玉五瑴馬三匹僖二十五年晉侯朝王王饗醴命之宥僖二十八年晉
侯獻楚俘于王王饗醴命晉侯宥是則
饗禮本有侑幣王禮或更有玉與馬

彤弓弨兮受言櫜之傳櫜韜也**我有嘉賓中心好之**傳好說也**鍾鼓既設一朝**
醻之傳醻報也疏時邁載櫜弓矢傳亦云櫜韜也齊語垂櫜而入韋注云櫜囊
也韜與囊義近好猶喜也傳訓好爲說與訓喜爲樂義亦相

近○醻或酬字酬訓報楚茨瓠葉酢亦訓報酬酢義同後箋云春秋時秦后子享晉侯歸取酬幣終事八反魯侯享范獻子展莊叔執幣皆饗有酬幣之證郊特牲大饗君三重席而酢三獻之介君專席而酢有酢必有酬此所以用酬幣也覲禮饗禮乃歸注云禮謂食燕也王或不親以其禮幣致之略言饗禮互文也疏云以此文爲互則饗食燕皆有酬幣侑幣是以掌客職三饗三食三燕云云即云若弗酌則以幣致之此節注疏最爲明晰饗禮既有侑酬則此詩右之醻之即饗時之侑幣酬幣不必牽及於食燕矣

菁菁者莪四章章四句

菁菁者莪樂育材也君子能長育人材則天下喜樂之矣

菁菁者莪在彼中阿（傳）興也菁菁盛貌莪蘿蒿也中阿阿中也大陵曰阿君子能長育人材如阿之長莪菁菁然**既見君子樂且有儀**（疏）文選西都賦注引韓詩蓁蓁者莪薛君章句蓁蓁盛皃也集韻十四清引詩菁菁者莪茂皃並與菁菁同莪蘿爾雅釋草文傳本爾雅莪釋蘿而又申之云蒿也莪蘿蒿也四字作三句讀舍人云莪一名蘿莪蘿爲蒿蒿類不一故說文以爲蒿屬也正義引義疏云莪蒿也一名蘿蒿生澤田漸洳之處葉似邪蒿而細科生三月中莖可生食又可蒸食香美味頗似蔞蒿廣雅云莪蒿蘪蒿也陳藏器本草拾遺云蘪蒿生高岡宿根先於百草一名莪蒿並謂莪蒿即蘪蒿說文菻蒿屬菻與蘪同大陵曰阿爾雅釋地文傳既釋中阿爲阿中又本爾雅申明阿字之義大陵謂之阿則中阿與中陵同也案上三章言君子之長育人材沚之長莪陵之長莪猶阿之長莪也末章又以舟之載物與君子之用人材○儀無傳文三年左傳公如晉晉侯饗公賦菁菁者莪莊叔以公降拜曰小國受命於大國敢不慎儀君貺之以大禮何樂如之抑小國之樂大國之惠也莊叔釋詩樂即經之樂慎儀即經之有儀貺之以大禮所謂錫我百朋也左傳釋詩意樂且有儀句就見君子者一遍說儀當作

義禮義作義不作儀說見相鼠篇六月序云菁菁者莪廢則無禮義矣今字亦作儀

菁菁者莪在彼中沚（傳）中沚沚中也**既見君子我心則喜**（傳）喜樂也（疏）采蘩傳沚渚也蒹葭傳小渚曰沚○喜樂彤弓同上言樂此言喜序云君子能長育人材則天下喜樂之矣是喜亦樂也

菁菁者莪在彼中陵（傳）中陵陵中也**既見君子錫我百朋**（疏）天保傳大阜曰陵中阿阿中中沚沚中中陵陵中皆倒句以就韻○箋古者貨貝五貝爲朋淮南子道應篇散宜生傳大貝百朋以獻紂高注亦云五貝爲一朋也一朋五貝百朋五百貝說文貝海介蟲也古者貨貝而寶龜周而有泉至秦廢貝行錢是古用貝爲貨周兼用泉布而貝不廢漢書食貨志大貝四寸八分以上壯貝三寸六分以上幺貝二寸四分以上小貝寸二分以上二枚爲一朋不盈寸二分漏度不得爲朋是爲貝貨五品貝不盈六分不得爲貨此王莽制

汎汎楊舟載沈載浮（傳）楊木爲舟載沈亦浮載浮亦浮**既見君子我心則休**（疏）汎汎流皃楊木爲舟謂之楊舟猶柏木爲舟謂之柏舟松木爲舟謂之松舟矣傳上句亦浮各本作亦沈今據正義訂正沈浮猶重輕重者舟亦浮輕者舟亦浮以言物不論重輕舟無不載喻才不論大小朝無不用也箋云舟者沈物亦載申解載沈亦浮句浮物亦載申解載浮亦浮句○破斧傳云休美也

六月六章章八句

六月宣王北伐也鹿鳴廢則和樂缺矣四牡廢則君臣缺矣皇皇者華廢則忠信缺矣常棣廢則兄弟缺矣伐木廢則朋友缺矣天保廢則福祿缺矣采薇廢則征伐缺矣出車廢則功力缺矣杕杜廢則師衆缺矣魚麗廢則法度缺矣南

陔廢則孝友缺矣白華廢則廉恥缺矣華黍廢則蓄積缺矣由庚廢則陰陽失其道理矣南有嘉魚廢則賢者不安下不得其所矣崇丘廢則萬物不遂矣南山有臺廢則爲國之基隊矣由儀廢則萬物失其道理矣蓼蕭廢則恩澤乖矣湛露廢則萬國離矣彤弓廢則諸夏衰矣菁菁者莪廢則無禮儀矣小雅盡廢則四夷交侵中國微矣（疏）周至厲王天下大壞無綱紀文章宣王雖是中興而六月以下十四篇皆已列於變雅時爲之也北伐伐玁狁也宣王之六月其彷彿文王之采薇乎

六月棲棲戎車既飭四牡騤騤載是常服（傳）棲棲簡閱貌飭正也日月爲常服戎服也玁狁孔熾我是用急（傳）熾盛也王于出征以匡王國（疏）棲通作栖論語憲問篇邢疏云栖栖猶皇皇也傳簡閱兒釋文作簡閱之兒春秋桓六年秋八月壬午大閱何休注公羊傳云大簡閱兵車使可任用而習之孔子曰以不教民戰是謂棄之故比年簡徒謂之蒐三年簡車謂之大閱五年大簡車徒謂之大蒐案五年一大簡閱常禮也詩言六月簡閱棲棲然此猶莊八年春秋經治兵于廟爲用兵敎戰之事而與常蒐不同戎車兵車也飭讀爲敕說文敕誡也正與誡義相近正同整常武篇整我六師以修我戎是其義也采薇傳云騤騤彊也○日月爲常周禮司常文司常云王載大常大司馬云仲秋教治兵王載大常及致建大常凡軍衆詩言簡閱載常傳正本大司馬爲訓中車建大常十有二斿注大常九旗之畫日月者正幅爲縿斿則屬焉節服氏六人維王之大常注王旌十二旒兩兩以縷綴連旁三人持之禮天子旌曳地案游或作斿或又作流旒卽流之俗游分屬於縿縿爲正幅張於杠持游者有縷以維之其張縿有弧弧有衣日韣凡旌旗之縿游皆如是天子大常十二游則兩旁各屬六游也覲禮天子

載大旜象日月升龍降龍注大旂大常也縿首畫日月其下及旒交畫升龍降龍鄭於他注言畫縿而於覲禮注并言畫旒宜以此爲定說傳常爲大常服爲戎服川服凡兵事韋弁服此及采芑箋竝依周禮說也正義引鄭注孝經用獵戰伐冠皮弁此本白虎通義三軍篇也與周禮異○采薇傳玁狁北狄也熾盛爾雅釋言文亟字之誤全詩字皆作棘又作亟北風亟急也傳爲七月靈臺通訓也素冠棘急也傳爲采薇出車雨無正文王有聲抑桑柔江漢通訓也其字皆不作急急古音在緝葉帖而國古音在職德二字不同部故急國不入韻棘與國古音同部閔有桃尸鳩青蠅抑以棘國爲韻則此詩急字當爲棘矣常武以戒國爲韻戒與國古音亦同部素冠正義引釋言戒急也今爾雅作悈急也釋文本或作悈又作亟鹽鐵論繇役篇引此詩作戒毛詩作棘其音皆讀如極其義則皆訓爲急詩小學云謝靈運撰征賦曰宣王用棘於獫狁是六朝時詩本有作我是用棘者今本作急後人用其義改其字耳于語詞匡正也雖則將率出征亦出自王事故一章王于出征二章王于出征易離上六爻辭云王用出征以正邦也文義正相向必言王者尊王命也秦無衣王于興師傳云天下有道則禮樂征伐自天子出

比物四驪閑之維則（傳）物毛物也則法也言先教戰然後用師維此六月既成我服我服既成于三十里（傳）師行三十里王于出征以佐天子（傳）出征以佐其爲天子也（疏）夏官校人凡大祭祀朝覲會同毛馬而頒之凡軍事物馬而頒之鄭注云毛馬齊其色物馬齊其力正義引此以爲傳直言物難解故連言毛物以曉人比物者比同力之物戎事齊力尚強不取同色而言四驪者雖以齊力爲主亦不厭其同色是也四驪傳閑習也則法釋詁文烝民同案比物四驪閑之維則二句承上起下傳云先教戰是承上之詞云然後用師是起下之詞○六月治兵即六月出師故重言之云維此六月也服即戎服漢書律厤志云癸巳武王始發丙午還師戊午度于孟津孟津去周九百里師行三十里故三十一日而度賈捐之陳湯王吉傳及白虎通義喪服篇竝云師行三

十里與傳同天子謂宣王也傳云出征以佐其爲天子謂吉甫之佐宣王也下章薄伐玁狁至于大原文武吉甫萬邦爲憲傳吉甫尹吉甫也有文有武是伐
玁狁者吉甫也又侯誰在矣張仲孝友傳使文武之臣征伐孝友之臣處內是宣王使吉甫征伐而與張仲在國也皆尹吉甫征伐以佐天子之事僖二十三
年左傳公賦六月趙衰曰君稱所以佐天子者命重耳杜注云道尹吉甫佐宣王征伐喩公子還晉必能匡王國襄十九年傳季武子賦六月杜注云六月尹
吉甫佐天子征伐之詩以晉侯比吉甫出征以匡王國晉語秦伯賦六月子餘曰君稱所以佐天子匡王國者以命重耳韋注云六月道尹吉甫佐宣王征伐
復文武之業案內外傳與毛義同正義從王肅孔晁之徒謂毛氏爲王自親征誤矣

四牡脩廣其大有顒（傳）脩長廣大也顒大貌**薄伐玁狁以奏膚公**（傳）奏爲膚大
公功也**有嚴有翼共武之服**（傳）嚴威嚴也翼敬也**共武之服以定王國**（疏）脩長韓奕
同廣大雖同說文顒大頭也是顒有大義其大有顒猶云有顒其大也與有蕡其實有睆其實句法同特倒辭以就韻耳○鴟鴞傳祖爲也奏與祖聲轉其義
並訓爲爲又訓作祖作疊韻奏作雙聲膚與臚同聲故爲大公讀與功同傳各本威下衍嚴字訓嚴爲威不訓嚴爲威嚴也常武有嚴天子傳嚴而威也亦訓
嚴爲威威傳威箋威嚴猶傳敬箋恭敬今各本依箋增入嚴字釋文嚴威也正義其嚴嚴者威敵厲衆是陸孔所見毛傳不重嚴字華嚴音義下引傳嚴威也不誤
翼敬釋詁文文王有聲行葦卷阿同翼古𨗬字論語趨進翼如也說文作𨗬凡全詩翼訓恭敬者皆𨗬也共王肅音恭

玁狁匪茹整居焦穫侵鎬及方至于涇陽（傳）焦穫周地接于玁狁者**織文鳥章**
白旆央央（傳）鳥章錯革鳥爲章也白旆繼旐者也央央鮮明貌**元戎十乘以先**
啟行（傳）元大也夏后氏曰鉤車先正也殷曰寅車先疾也周曰元戎先良也（疏）

匪不也茹度也並見邶柏舟篇玁狁匪茹猶左傳云息不度德耳整整旅也爾
雅釋地周有焦穫郭注云今扶風池陽縣瓠中是也酈注水經瀘水篇瀘水東
注鄭渠渠首上承涇水於中山西邸瓠口所謂瓠中也爾雅以爲周焦穫矣古
穫瓠聲相通古曰焦穫漢曰瓠口亦曰瓠中池陽漢縣在馮翊晉屬扶風郡今
陝西西安府三原涇陽二縣之閒有焦穫澤即此焦穫澤名傳云周地者澤亦
地也焦穫在渭北涇東本周都畿內之地名而傳又云接于玁狁者宣王時狁
侵中國迫近王都漢書西域傳所謂自周衰戎狄錯居涇渭之北也史記匈奴
傳犬戎殺幽王遂取周之焦穫而居于涇渭之閒侵暴中國蓋至幽王已後竟
入爲戎地矣淮南子墬形篇九藪有陽紆高誘以爲池陽一名具圃周禮作楊
紆爾雅作楊陓呂覽有始篇秦之陽華並同地而異稱高注呂覽云陽華或曰
在華陰西案華陰近河西之地故職方以爲冀藪後入於秦故釋地以爲秦藪
淮南子脩務篇禹之爲水以身解於陽盱之河又穆天子傳至于陽紆之山河
伯無夷之所都居此皆在華陰西之證也高注陽紆誤與焦穫同處因辨及之
箋云鎬也方也皆北方地名正義云鎬方雖在焦穫之下不必先焦穫乃侵鎬
方王肅以爲鎬京王基駁曰據下章云來歸自鎬我行永久言吉甫自鎬來歸
也故劉向曰千里之鎬猶以爲遠案王駁之是也劉向說見漢書陳湯傳方卽
南仲所築之方出車篇王命南仲往城于方傳方朔方近玁狁之國也朔方北
方也鎬地未聞涇陽涇水之陽也傳二十八年穀梁傳水北爲陽箋云來侵在
涇水之北是也今甘肅平涼府府西南有漢涇陽故城卽此地然則當時玁狁
交侵之患近在焦穫居心腹之內遠在鎬方居肘腋之閒涇東涇北皆是北狄
蹂躪之處而實未嘗踰涇也○織當作識周禮司常疏引詩作識爾雅釋天錯
革鳥曰旟孫注云錯置也革急也畫急疾之鳥於旒周官所謂鳥隼爲旟者矣
詩正義引鄭志荅張逸云畫急疾之鳥隼是孫本鄭也李注云以革爲之置於
旒端是李以革爲皮也郭注與李同魚謂讀革鳥爲急鳥是蓋錯之爲言涂也
錯亦畫也章正幅詩之綏章爾雅之因章禮記之龍章皆正幅也正幅爲縿傳
云錯革鳥爲章則畫革鳥於縿上傳有明文矣爾雅之旟與周禮之旟本不同
司常鳥隼爲旟又州里建旟大司馬百官載旟此旟爲州里百官建載自與尊
者建載不同制傳本爾雅之義以爲畫急疾之鳥於縿上則周禮之旟其不畫

於縿上可知孫炎誤合爾雅周禮兩旗爲一物雖知鳥隼之畫於旐而不知錯
革鳥之乃畫於縿上與常畫日月旂畫交龍縿旐竝有畫文者同其寵異也考
工記龍旂九游鳥旟七游熊旗五游與大行人上公九游侯伯七游子男五游
合考工記鳥旟爲侯伯旟明矣其非州里百官旟又明矣說文云旟錯革畫鳥
其上所以進士衆旟旟衆也周禮曰州里建旟許旣引爾雅更引周禮以爲別
義與旟下旐下注一例然旟下旐下先引考工旟下先引爾雅不引考工者意
以爾雅之錯革鳥與考工之鳥旟七游同旟而與司常大司馬別旟故也毛傳
於此詩言吉甫北伐說旟引爾雅其於干旄出車桑柔三篇皆引周禮其用意
甚明管子兵法篇五曰舉鳥章則行陂與詩鳥章異○白旆正義本作帛茷傳
云帛茷繼旐者也者疑傳帛字衍繼之帛謂旐也繼旐者謂之茷傳本爾雅釋
茷不釋帛也茷者旆之假借字爾雅繼廣充幅長尋曰旐繼旐曰旆郭注云帛
全幅長八尺帛續旐末爲燕尾義見詩是郭所據詩作旆詩釋文引爾雅作茷
茷旆二字古通用何注宣十二年公羊傳繼旐如燕尾曰旆郭云燕尾正本何
義詩正義引孫炎注爾雅云繼黑繒也蓋旌旗之幅爲縿帛卽縿也以黑色之
繒爲之則旐乃通帛黑也旐大黑旗大白物半白半赤無物則半黑半赤其餘
旗皆赤也爾雅釋旐旣箸其色繼文明其長尋其餘旗之長無明文也公羊疏
引孫炎云帛續旐末亦長尋孫更釋旆之長亦八尺不識所據何書也出車桑
柔傳皆云龜蛇曰旐周禮龜蛇爲旐縣鄙建旐郊野載旐鄭注云龜蛇象其扞
難辟害也縣鄙鄉遂之官郊謂鄉遂之州長縣正以下也野謂公邑大夫載旐
者以其將羨卒也考工記龜蛇四游以象營室也奐案公之孤四命其游如命
數或四游之旐爲公之孤所建載與縣鄙郊野建載之旐其游數當有不同而
縣鄙郊野之旐其止畫龜蛇於游者與天子諸侯之旐其體製亦復不同其不
同者特有繼旐之旆以爲尊飾也說文云旆繼旐之旗也沛然而垂此唯天子
諸侯之旐有旆非凡旐皆有旆也左傳謂之大旆周禮謂之大麾韓奕傳謂之
大綏皆繼旐者也若左傳綪茷旐茷同旆儀禮縿末注今文末爲旆其下幅之
續於上幅者亦得爲旆旆與游皆以下垂爲義故杜預左傳注云旆游也此皆
旆之引申義也知繼旐之別於凡旐則錯革鳥之別於凡旟更無疑矣央央訓
鮮明出車同公羊疏引詩帛旆英英古英央聲同○元大釆芑同夏后氏曰鉤

車以下御覽兵部六十五引古司馬兵法同古司馬法兵車一乘甲士十人然則甲士二五爲一乘十乘百人卽甲士百人諸侯有大功賜以虎賁百人得專征伐者謂此也吉甫帥師元戎十乘非謂宣王自將也昭十三年左傳劉獻公曰天子之老請帥王賦元戎十乘以先啓行正本此詩其明證矣史記三王世家裴駰集解引韓詩章句元戎大戎謂兵車也車有大戎十乘謂車縵輪馬被甲衡扼之上盡有劒戟名曰陷軍之車所以冒突先啓敵家之行伍也箋云先前啓突敵陳之前行鄭從韓詩義

戎車既安如輊如軒四牡既佶既佶且閑（傳）輊摯佶正也**薄伐玁狁至于大原**（傳）言逐出之而已**文武吉甫萬邦爲憲**（傳）吉甫尹吉甫也有文有武憲法也（疏）考工記輈人大車平地既節軒摯之任輕與摯聲義相近故傳以摯詁輊也箋戎車之安從後視之如摯從前視之如軒玉篇前頓曰䡊後頓曰軒淮南子人閒篇道者置之前而不䡊錯之後而不軒案䡊與摯通車攻我馬既同傳同齊也戎事齊力尚强也齊亦正也於車攻言齊於此言正義互相足也箋佶壯健之皃與傳訓本無不合正義謂箋義異誤矣說文佶正也卽引此詩○胡渭禹貢錐指云日知錄曰薄伐玁狁至于大原毛鄭皆不詳其地其以爲今太原陽曲縣者始於朱子而愚未敢信也古之言大原者多矣若此詩則必先求涇陽所在而後大原可得而明也漢書地理志安定郡有涇陽縣幵頭山在西禹貢涇水所出後漢書靈帝紀段熲破先零羌於涇陽注涇陽屬安定郡在原州郡縣志原州平涼縣本漢涇陽縣地今縣西四十里涇陽故城是也然則大原當卽今之平涼而後魏立爲原州亦是取古大原之名爾計周人之禦玁狁必在涇原之閒若晉陽之大原在大河之東距周京千五百里豈有寇從西來兵乃東出者乎故曰天子命我城彼朔方而國語宣王料民于大原亦以其近邊而爲禦戎之備必不料之於晉國也渭按漢安定郡治高平縣後廢元魏改置曰平高唐爲原州治廣德元年沒吐蕃節度使馬璘表置行原州於靈臺縣之百里城貞元十九年徙治平涼縣而去故州一百六十里故州卽元開城縣今固

原州也小爾雅云高平謂之大原則大原當在州界非平涼縣縣乃古涇陽在固原之東玁狁侵及涇陽而薄伐之以至於大原蓋自平涼逐之出塞至固原
而止不窮逐也與案方輿紀要陝西平涼府鎮原縣在府北百三十里縣西二里有漢高平故城固原州在府西北百十里鎮原爲舊之原州治固原屬原州
界西之中疑古大原當在鎮原平涼即涇陽地從涇陽直北追至鎮原不更向西北矣史記匈奴傳武王伐紂放逐戎夷涇洛之北當亦不甚相遠也後漢書
西羌傳穆王西征犬戎獲其五王遂遷戎于大原夷王命虢公率六師伐大原之戎至于俞泉汲郡紀年宣王二十七年遣兵伐大原戎不克皆即詩之大原
也楊雄幷州箴云周穆遐征犬戎不享爰貊伊德侵玩上國宣王命將攘之涇北是古大原即在涇水之北矣或謂漢五邊郡本秦九邊郡即此詩之大原史
記趙武靈王築長城至高闕爲塞漢書衛青渡西河至高闕遠在大河之北去鎬京幾二千里而又以漢武帝所築朔方城即出車詩之朔方因滋曲說斷不
可從傳云逐出之而已者漢書匈奴傳嚴尤諫王莽曰當周宣王時獫允內侵至于涇陽命將征之盡境而還其視戎狄之侵譬猶蟁蝱之螫毆之而已此與
傳義合○宣王時吉甫即尹吉甫故傳特明之嵩高同箋云吉甫此時大將也有文有武猶言允文允武耳憲法釋詁文桑扈百辟爲憲傳亦云憲法也

吉甫燕喜既多受祉（傳）祉福也 **來歸自鎬我行永久飲御諸友炰鱉膾鯉**（傳）御

進也 **侯誰在矣張仲孝友**（傳）侯維也張仲賢臣也善父母爲孝善兄弟爲友使

文武之臣征伐與孝友之臣處內（疏）喜樂也燕喜燕樂之也祉福爾雅釋詁文巧言同箋云吉甫既伐玁狁而歸天子以
燕禮樂之則歡喜矣又多受賞賜也漢書陳湯傳劉向曰吉甫之歸周厚賜之即引此詩來歸自鎬自鎬來歸也我我吉甫也蔡邕獨斷云御者進也義與傳
同諸友處內諸臣也韓奕箋炰鱉以火孰之也正義云字書炰毛燒肉也炰烝也服虔通俗文曰燥煑曰炰炮與炰別而此及六月云炰鱉者音皆作炰案正
義已謬亂今正之如是字書即說文蓋說文本有炰篆而佚之也炰鱉猶內則之濡鱉招魂之胹鱉其俗字誤作炮鱉無毛不可炮也鱉者燕飲庶羞之饌儀

禮大射儀著魚羞注或有炰鼈膾鯉賈疏云詩燕飲吉甫有炰鼈故知有此也又魯語公父文伯之母曰祭養尸饗養上賓鼈於何有此謂正加之饌皆無鼈也今大射儀注作炮宋本作炰炰鼈魚之異體膾鯉魚牲亦庶羞也周禮大司馬饗食羞牲魚鄭司農注云大司馬主進魚牲○爾雅維侯也維謂之侯侯亦謂之維維與侯一聲之轉十月之交文王下武同而用意差別張仲古今人表作張中中古仲字善父母爲孝善兄弟爲友爾雅釋訓文云文武之臣征伐者謂吉甫也吉甫有文有武也云孝友之臣處內者謂張仲也荀子大略篇使仁居守是其義也李巡注爾雅張姓仲字其人孝故稱孝友據李說則經文以張仲孝爲逗友爲句而不以孝友連文箋張仲吉甫之友其性孝友疑箋無下友字與李同本三家詩

采芑四章章十二句

采芑宣王南征也

薄言采芑于彼新田于此菑畝(傳)興也芑菜也田一歲曰菑二歲曰新田三歲曰畬宣王能新美天下之士然後用之方叔涖止其車三千師干之試(傳)方叔卿士也受命而爲將也涖臨師衆干扞試用也方叔率止乘其四騏四騏翼翼路車有奭簟茀魚服鉤膺鞗革(傳)奭赤貌鉤膺樊纓也(疏)芑菜正義引義疏云芑菜似苦菜莖青白色摘其葉白汁出脆可生食亦可蒸爲茹然則生民言禾苗之白者爲芑則芑莖帶白色故得異物而同名與田一歲曰菑二歲曰新田三歲曰畬爾雅釋地文傳引爾雅以釋經新菑之義三歲曰畬亦連而相及耳新下田字當衍說詳臣工篇案新菑爲休耕之田畝至畬而出耕新田菑畝中得有芑菜之可采以喻國家人材養蓄之以待足用凡軍士起於田畝故詩人假以爲興下章同○方叔卿士謂天子三公中執政者也受命而爲將謂受天子命而出爲將率也魯語云天子作師公帥之以征不德

說文隸臨也猶隸聲近俗作莅其車三千無傳箋據司馬法一乘七十五人正義
因謂天子六軍千乘三千乘十八軍金鶚求古錄云夫天子六軍七萬五千人耳
今用一十八軍二十二萬五千人古者用兵未有加此之多也司馬法本有二說
鄭詩箋及論語注引司馬法兵車一乘甲士三人步卒七十二人而小司徒注又
引司馬法革車一乘士十人徒二十人鄭不詳其所以異賈疏及春秋孔疏皆以
七十五人爲畿內采地法不知王者軍制自畿內達之天下安得有異且士卒出
於鄉遂非出於采地也江慎修謂七十五人者邱甸之本法三十人者調發之通
制此說得之然其解周官亦謂戰車七十五人則亦誤也車乘士卒經典有明文
周官五伍爲兩兩者車一乘也是明言二十五人爲一乘矣益兵車一乘甲士十
人步卒十五人甲士二伍步卒三伍士卒不相襍也凡用兵選其強壯有勇者爲
甲士又選其尤者使居車上左人持弓矢主射右人持矛主擊刺中人主御是謂
甲首左傳言獲其甲首三百甲首者甲士之首也三百人則車百乘也餘甲士七
人益在車之左右步卒十五人益在車之後也調發之制一乘三十人而戰止用
二十五人益以步卒五人將重車也杜牧注孫子云炊家子十人固守衣裝五人
廄養五人樵汲五人此將重車二十五人也每一乘兵車所出之卒除五人將重
車是兵車五乘重車一乘也五乘凡一百五十人馬二十匹其糗糧芻茭必以一
大車載之矣重車在兵車之後將重車者大抵老弱之人皆步卒而非甲士故不
用以戰行則將重車止則爲炊爨樵汲等事也江氏謂四兩爲卒以一兩之人將
重車抑又誤矣伍兩卒旅皆戰士將重車者非戰士也以一兩之人將重車則無
以成卒又何以成旅師與軍乎惟以二十五人爲一乘按之諸書皆合方叔南征
車三千乘每乘二十五人三千乘得七萬五千人是王六軍之制也案金誠齋之
說確不可易誠齋又歷引左傳師車三百乘甲士三千人孟子革車三百兩虎賁
三千人與管子一乘四馬白徒三十人奉車兩並與司馬法一乘三十人合可謂
信而有證矣師眾爾雅釋詁文干扞試用釋言文師干之試言軍士之眾足爲扞
禦之用也○率古師字采薇傳云翼翼閑也奭讀爲赫簡兮傳赫赤兒是赫爲赤
也載驅簟茀朱鞹傳鞹革也諸侯之路車有朱革之質而羽飾是路車有赤飾也
載驅傳又云簟方文席也車之蔽曰茀夏官繕人凡乘車充其籠箙說文籠笭也
笭車笭也車笭卽茀矣服繫於笭故曰籠箙是卽詩之魚服也采薇傳魚魚皮也

服古箙字傳云鉤膺樊纓嵩高同本周禮說周禮巾車五路皆有樊纓唯金路鉤
樊纓鄭注云鉤婁頷之鉤也賈疏云鉤連言膺明鉤在膺前以今驗古明鉤是馬
婁頷也案此及嵩高韓奕曰鉤膺或皆指金路言也鉤卽金飾孟子告子篇一鉤
金趙注以爲一帶鉤之金是人帶有金爲飾馬纓之革其上亦有金曲鏤之小戎
謂之鏤膺戎車鏤膺路車則鉤膺也樊者纓之飾周禮鄭司農注纓謂當胷引禮
家說纓當胷以削革爲之賈疏引賈馬亦云樊纓馬飾在膺前十有二匝以毛牛
尾金塗十二重說文緐馬髦飾也毛髦同緐今俗作繁樊爲假借字漢之羽葆幢
以犛牛尾爲之如斗在乘輿左騑馬頭上馬纓飾其狀相似是謂之緐纓亦與旌
竿析羽注旄首相似故哀二十三年左傳言薦大人馬稱旌緐蔡邕獨斷云緐纓
在馬膺前如索帬方言帬陳魏之閒謂之帔自關而東或謂之襬蔡以漢索帬比
況緐纓皆謂下垂緐多之狀既夕禮薦馬纓三就記纓轡貝勒縣于衡又晉語亾
人之所懷挾纓纕韋注纓馬纓也既夕士禮夷吾出亾未立爲君故馬皆有纓而
無緐成二年左傳衛仲叔于奚請緐纓以朝新書審微篇云緐纓者君之駕飾
也是緐纓爲尊者之馬飾馬有緐纓猶人有緌纓緌與纓異材賤者止有冠纓
尊者以緌爲飾人之纓結頷下馬之纓結胷前小戎傳膺馬帶也纓卽馬帶以
革爲之緐下垂其上有鉤金以爲飾先鄭賈馬蔡許說樊纓大略相同唯鄭康
成讀樊如鞶帶之鞶謂今馬大帶也纓今馬鞅與古
說絕異箋云鞶革轡首垂也鞶當作鋚詳蓼蕭篇

薄言采芑于彼新田于此中鄉（傳）鄉所也 **方叔涖止其車三千旂旐央央方叔率止約軝錯衡八鸞瑲瑲**（傳）軝長轂之軝也朱而約之錯衡文衡也瑲瑲聲也 **服其命服朱芾斯皇有瑲蔥珩**（傳）朱芾黃朱芾也皇猶煌煌也瑲珩聲也蔥蒼也三命蔥珩言周室之强車服之美也言其强美斯劣矣（疏）鄉所所猶處也中所者謂此菑畝中處也傳嫌鄉爲六鄉之鄉故明之殷武傳亦云鄉所也○旂旐央央詳出車篇傳釋軝爲長轂之軝長轂戎車也小戎謂之暢轂朱而約之以釋經約字朱其

飾也考工記輪人說置轂之制五分其轂之長去一以為賢去三以為軹容轂必直陳篆必正施膠必厚施筋必數幬必負幹既摩革色青白謂之轂之善鄭注云篆轂約也說文軝下本傳訓引詩作軝或作軧段注云大車轂長尺五寸兵車田車乘車轂長三尺二寸五分三尺二寸之長一為賢得六寸四分三為軹得尺九寸二分虛其一者甾以置輻也考工記軹字即毛詩之軝字軹者同音假借取此尺九寸二分者以革約之而朱其革詩所謂約軝也容如製甲必先為容之容先為容轂之笵盛轂於中以治之飾之陳篆者刻畫其文而以革後若絲嵌約之而後施膠施筋而後幬之以渾革而丸桼之而摩之革色青白而後朱畫之容轂以下渾轂所同也幬而朱之軝所獨也本是幬而朱之毛云朱而約之許云以朱約之者既朱則似先朱其革其意一也案段說約軝之制既明晰矣烈祖箋云約軝轂飾也錯衡文衡韓奕同錯詁文者謂衡上東文也說文轙車衡三束也曲轅轙縛直轅暈縛从革爨聲讀如論語鑽燧之鑽或作讚案曲轅即曲輈曲轅車衡其約束之革是曰轙錯轙聲相近三束者衡之文也或謂以金飾衡者則誤以錯衡為金戹耳輿人注云衡之長容兩服釋文瑲本作鎗五經文字云詩或作鎗云聲者鶬聲也○命服上公之服朱芾蔥珩皆是也天子朱芾諸侯赤芾此嫌方叔用天子服故傳云朱芾黃朱芾則是淺於赤而淺於朱矣斯干箋云天子純朱諸侯黃朱斯干箋亦云皇猶煌煌也經言珩故云瑲珩聲蔥蒼聲轉義同三命蔥珩禮記玉藻篇文傳引此以證經蔥珩之義又以明天子之上大夫九命與諸侯之上大夫三命者皆用蔥珩故此及候人傳並有三命蔥珩之訓說文卿大夫蔥珩亦統天子諸侯之卿大夫而言之矣又玉藻天子佩白玉公侯佩山玄玉大夫佩水蒼玉玄玉即黝珩蒼玉即蔥珩外諸侯用黝珩而不與三命同蔥珩者明嫌之義也唯天子白玉珩也周禮玉府注引詩傳曰佩玉上有蔥衡下有雙璜衝牙蠙珠以納其間賈疏謂是韓詩又晉語注詩傳曰上有蔥珩下有雙璜王應麟以為此詩傳案傳文言其强美斯劣矣七字當作其强美者斯劣弱矣八字今各本皆誤此蓋總釋全章之義正義云其車三千言周室之强路車朱芾言車服之美必言其强美者斯劣弱矣老子曰國家昏亂有忠臣六親不和有孝慈明名生於不足詩人所以盛矜於强美者斯為宣王承亂劣弱美而言之也美字今正義誤作矣後箋依

鴥彼飛隼其飛戾天亦集爰止〔傳〕戾至也**方叔涖止其車三千師干之試方叔率止鉦人伐鼓陳師鞫旅**〔傳〕伐擊也鉦以靜之鼓以動之鞫告也**顯允方叔伐鼓淵淵振旅闐闐**〔傳〕淵淵鼓聲也入曰振旅復長幼也〔疏〕晨風傳鴥疾飛皃戾至爾雅釋詁文小宛采叔同箋云隼急疾之鳥也飛乃至天喻士卒勁勇能深攻入敵也爰於也亦集於其所止喻士卒須命乃行也常武王旅嘽嘽如飛如翰傳疾如飛摯如翰交義相同○伐擊甘棠訓同義別周禮鼓人以金錞和鼓以金鐲節鼓以金鐃止鼓以金鐸通鼓此錞鐲鐃鐸四金皆與鼓相應者也而大司馬言習戰辨鐸鐲鐃三金之用者錞即錞于唯戰則用之晉語戰以錞于丁寧淮南子兵略篇兩軍相當鼓錞相望皆是也詩言誓師則鉦即大司馬之鐸鐲鐃矣說文云鐲鉦也鐃小鉦也鐸大鈴也鈴令丁也國語作丁寧韋注云丁寧謂鉦也鄭司農注周禮亦以鐸鐲鐃謂鉦之屬然則鉦其大名也傳云靜動所以明習戰之節非進鼓退金之謂也鞫讀與告同十月之交告凶漢書告作鞫此古鞫告聲通之證告讀誓誥之誥周禮誓用之于軍旅文選東京賦注引尹文子云將戰有司讀誥誓三令五申之既畢然後即敵○顯允方叔言有顯德者方叔也允語詞淵淵讀鼘鼘故云鼓聲也伐鼓振旅句承陳師鞫旅之下猶是未戰時爾雅釋天振旅闐闐出為治兵尚威武也入為振旅反尊卑也傳云復長幼即是反尊卑本爾雅文爾雅釋詩兼及治兵則振旅為習戰毛傳但依經言振旅作訓而不及治兵者文從略也葢周制春秋二時敎民三年數軍實皆有治兵振旅習戰之事春秋莊八年春王正月師次于郎以俟陳人蔡人甲午治兵公羊傳云出曰祠兵入曰振旅其禮一也皆習戰也祠者治之假借字穀梁傳云出曰治兵習戰也入曰振旅習戰也又晉語云治兵振旅鳴鍾鼓以至下宋此行師習戰亦皆有治兵振旅並與詩言振旅同箋謂戰止將歸寔失經傳之恉矣說文嗔盛气也玉篇嗔嗔盛聲也皆引詩作嗔嗔與闐闐同

蠢爾荆蠻大邦爲讎(傳)蠢動也荆蠻荆州之蠻也**方叔元老克壯其猶**(傳)元大也五官之長出於諸侯曰天子之老壯大猶道也**方叔率止執訊獲醜戎車嘽嘽嘽嘽焞焞如霆如雷**(傳)嘽嘽衆也焞焞盛也**顯允方叔征伐玁狁荆蠻來威**

(疏)蠢動爾雅釋詁文又釋訓蠢不遜也郭注云蠢動爲惡不謙遜也書大誥篇西土人亦不靜越茲蠢又反鄙我周邦今蠢與詩蠢動義同荆蠻作蠻荆者誤文選左思吳都賦注及通典邊防三引詩作蠢爾荆蠻又通典及御覽兵五十八載漢書賈捐之傳引詩亦作荆蠻顏注云荆蠻荆州之蠻又劉峻注世說新語排調篇引傳與顏注同各本經傳皆誤今據以訂正殷武傳荆楚荆州之楚國與此傳句法正同角弓傳蠻南蠻也荆蠻即荆楚漢書地理志周成王時封文武先師鬻熊之曾孫熊繹於荆蠻爲楚子居丹楊今湖北宜昌府歸州東南有丹楊城即漢丹楊郡丹楊縣地宣王時之楚國尚居於此大邦謂諸夏也賈捐之傳引詩釋之云言聖人起則後服中國衰則先畔動爲國家難自古而患之久矣後漢書南蠻傳亦云明言黨衆繁多是以抗敵諸夏竝謂荆蠻爲荆楚也○傳訓元爲大元老爲大老又引禮記曲禮文以釋大老之義曲禮五官之長曰伯自稱於諸侯曰天子之老鄭注云九命作伯伯分主東西者又王制八伯各以其屬屬於天子之老二人分天下以爲左右曰二伯注云老謂上公昭十三年左傳晉侯使叔向告劉獻公對曰天子之老請帥王賦元戎十乘以先啟行杜注云獻公王卿士劉子案劉子爲王卿士故自稱於諸侯爲天子之老與詩禮正合傳訓壯猶爲大道者言方叔爲天子之大老克任其大道也鹽鐵論未通篇五十以上血脈溢剛曰艾壯引詩方叔元老克壯其猶或本三家說與毛詩絕異方叔率止執訊獲醜正言伐荆蠻之事常武王旅嘽嘽傳嘽嘽然盛也此焞焞爲盛則嘽嘽爲衆矣廣雅嘽嘽衆也嘽嘽焞焞謂聲氣衆盛也僖五年左傳天策焞焞火中成軍亦謂光明之盛也漢書韋玄成傳引詩嘽嘽推推廣韻輴輴車盛皃竝與焞焞同○案詩章末正言方叔率師南征荆蠻而因及征伐玁狁者六月伐玁狁其時方叔爲上公折衝禦侮雖遣賢臣尹吉甫而

帷幄主謀總在方叔運籌之內故守衛中國功必歸焉易林離小過並云六月采芑征伐無道張仲方叔克勝飲酒據焦說方叔與張仲類列則六月所云飲御諸友中有方叔矣方叔未嘗北伐此爲得其實又漢書陳湯傳劉向疏曰昔周大夫方叔吉甫爲宣王誅獫狁而百蠻從箋云方叔先與吉甫征伐獫狁鄭用劉子政說後漢書李膺傳言馮緄前討荊蠻均吉甫之功其說又稍異荊蠻來威據漢書韋玄成傳引詩訂正威猶畏也攷史記楚世家熊嚴生子四人伯霜仲雪叔堪季徇熊霜元年周宣王初立熊霜六年卒三弟爭立仲雪死叔堪亡避難於濮而少弟季徇立熊徇二十二年卒子熊咢立九年卒子熊儀立是爲若敖十二諸侯年表宣王元年楚熊霜元年七年熊徇元年二十九年熊咢元年三十八年楚若敖元年宣王四十六年崩卽若敖之九年也與世家合蓋楚當夷厲之際其國漸大侵犯中國故宣王中興既命方叔南征又徙封申伯於謝邑以禦南方其事皆在初年汲郡古文以爲宣王五年伐荊蠻爲熊霜之世其說或有依據若宣王之末適當若敖之初左傳稱若敖啟辟山林其蠻南國之師已載見於國語幽王荒廢荊叛不至作漸漸之石以刺之平王東遷楚患尤甚戍申戍甫勞動京師漢陽諸姬蠶食始盡迨至齊桓公師召陵晉文公戰城濮齊晉迭霸而楚稍縮衰然則南征荊蠻亦見夷夏盛衰之一轉棙也

車攻八章章四句

車攻宣王復古也宣王能內脩政事外攘夷狄復文武之竟土脩車馬備器械復會諸侯於東都因田獵而選車徒焉

我車既攻我馬既同（傳）攻堅同齊也宗廟齊豪尚純也戎事齊力尚強也田獵齊足尚疾也四牡龐龐駕言徂東（傳）龐龐充實也東雒邑也（疏）車田車也瞻卬傳鞏固也攻鞏聲義相近同訓齊宗廟齊豪戎事齊力田獵齊足爾雅釋畜文傳引之而又申明齊之義爲尚純尚強尚疾也詩因田獵而修車馬則齊足尚疾正訓經之同

字宗廟戎事連言及之也舍人爾雅注云田獵取牲於苑囿之中追飛逐走取其疾而已○龐充疊韻充實者彊盛之意玉篇驡驡充實皃疑出三家字異東東都東都在鎬京之東故經言徂東序箋云東都王城也成王作邑土中會諸侯於王城宣王中興復會於此駕言徂東言命駕而往會諸侯耳會有大射射有中禽又宣王實有大蒐之禮故詩中連言田獵其會諸侯本在王城傳以雒邑釋東用意顯然矣雒邑即王城羣書治要作雒今作洛非

田車既好四牡孔阜東有甫草駕言行狩（傳）甫大也田者大艾草以爲防或舍其中褐纏旃以爲門裘纏質以爲槸閒容握驅而入擊則不得入左者之左右者之右然後焚而射焉天子發然後諸侯發諸侯發然後大夫士發天子發抗大綏諸侯發抗小綏獻禽於其下故戰不出頃田不出防不逐奔走古之道也

（疏）甫楚辭九歎注作圃文選班固東都賦後漢書班固傳馬融傳注引韓詩東有圃草薛君章句圃博也有博大之茂草也毛韓義同而皆不言地名鄭箋以甫草爲甫田之草水經渭水注中牟縣圃田澤多麻黃草述征記曰踐縣境便覩斯卉窮則知踰界詩所謂東有圃草也案此本鄭說攷圃田在今河南開封府中牟縣西北與敖山相去僅百餘里靈臺傳囿所以域養禽獸也天子百里諸侯四十里是圃田敖山俱在天子囿內鄭說足申傳義矣墨子明鬼篇周宣王合諸侯而田於圃田車數百乘其事尚在宣王末年而亦可見圃田之常獵也成周在王城之東而圃田敖山又在成周之東宣王當日之蒐在成周斷不在王城故成周有宣王之謝謝以講軍實者始因此也此章言狩下章言苗苗爲夏獵則狩非冬獵爾雅火田爲狩郭注云放火燒草獵亦爲狩○傳云田者以下皆所以明甫草行狩之事云大艾草以爲防者昭八年穀梁傳艾蘭以爲防蘭亦草也云或舍其中者正義云此屬夏苗之田也周禮仲夏教茇舍鄭注云茇舍草止也軍有草止之法也云褐纏旃以爲門者正義云以織毛褐布纏通帛旃之竿以爲門之兩旁其門蓋南開並爲二門用四旃四褐也案大司

馬遂以狩田以旌爲左右和之門鄭注云軍門曰和今謂之壘門立兩旌以爲
之以旃爲門猶以旌爲門矣穀梁傳置旃以爲轅門言立旃爲門如設轅在兩
旁非謂更以轅表門如范甯說也云褱纏質以爲槸者槸讀爲闑闑爲門之中
央所豎短木穀梁傳以葛覆質以爲槷范注云葛或爲褐槷毛傳言褱者所傳
聞異質槸質侯中的也猗嗟傳二尺曰正質即正也方二尺四邊以木爲榦是
謂之椹質今以椹質爲門中闑則闑高當二尺而復以褱纏其上也云閒容握
者閒門中也門中置槸車入門去兩旁旃竿各容一握也穀梁傳流旁握流行
也謂車輪行也旁門旁也車行至門兩輪之軹去門旁一握毛傳閒容二字即
穀梁旁字之義下毛傳驅而入三字即穀梁流字之義其詳略義可互明正義
云兩軸頭去旃竿之間各容一握握入四指爲四寸是門廣於軸八寸也擊正
義本作擊釋文本作轚音計劉兆注穀梁云絓也其字亦作轚與疑擊轚皆輦
字之誤傳冢門槸而言門中之槸以質爲之質高二尺田車之軹離地崇三尺
三寸故車可以過槸輦之離地庳不得過槸史記孫叔敖傳楚民俗好庳車王
欲下令使高之相曰臣請敎閭里使高其梱王許之居半歲民悉自高車梱即
槸車入里門槸高則車亦高乃可過也此車過槸之說也呂覽本生篇出則以
車入則以輦務以自佚命之曰招蹷之機機亦門中槸也輦則至機而止爲務
以自佚之喻此輦不得過槸之說也傳云驅而入者謂車也不得入者謂輦也
穀梁傳御輦者不得入車軌塵馬候蹶揜禽旅御者不失其馳穀梁亦謂車入
門而御輦者不入門也御輦者謂徒也凡田獵有車有徒下文之子于苗選徒
嶲嶲傳維數車徒者爲有聲也徒御不警傳徒輦者御御馬者此皆言車徒之
事車天子諸侯大夫士所乘之車也徒甸徒也徒爲御輦之人輦爲徒所御之
車名毛傳嫌言御輦者不得入則并其入而言故直云輦則不得入謂徒所乘
之輦不得入門而徒仍入門也不得入者謂輦非謂徒也周禮言陳表之中車
驟徒趨車馳徒走車入表故曰驟曰馳徒則步入表故曰趨曰走是其明證矣
說者俱依誤本作周禮舟車轚互之轚以爲車入門當驅而驅車又不可與門
旁轚互門旁轚互便不令車入門以此敎戰試其能否田獵之儀恐不若是總
由不明門槸又不明輦不得入門槸之制誤輦爲轚轚又誤爲擊僻古制遂不
可攷矣云左右者左右和之門也焚火田也發發矢也抗舉也大綏大麾也巾

車大麾以田王制謂殺禽已訖田止而弊文不同也下綏下也大禽公之謂獻禽也御覽資產部十一引韓詩內傳天子抗大綏諸侯抗小綏羣小獻禽其下天子親射之於旌門亦其義也穀梁傳過防弗逐不從奔之道也又說苑修文篇百姓皆出不失其馳不抵禽不詭遇逐不出防廣雅釋天刈草爲防敺而射之不題禽不垝遇不捷草越防不追竝與毛傳略同

之子于苗選徒囂囂【傳】之子有司也夏獵曰苗囂囂聲也維數車徒者爲有聲也建旐設旄搏獸于敖【傳】敖地名【疏】經言選徒是有司之事故傳云之子有司也于往于苗言往苗也爾雅釋天夏獵爲苗傳所本也古曰與爲通周禮左傳穀梁傳竝云夏苗唯公羊傳以爲無夏田說異詳叔于田篇說文囂聲也重言之曰囂囂徐邈讀曰嗷選讀爲算說文算數也大司徒撰車徒鄭注撰讀曰算算車徒爲數擇之也撰與選同故撰亦爲算維數車徒者爲有聲此有司豫備田獵之事至天子出田獵無讙譁之聲傳意固以有聲對章末無聲言作相應法也○薄狩作搏獸誤文選東京賦水經濟水注後漢書安帝紀注引詩皆作薄狩于敖初學記武部作搏狩搏亦薄之誤初學記云獵亦曰狩狩獸也鄭箋言田獵搏獸也此經文作薄狩之確證今薄作搏者音近而誤狩作獸者因箋而誤釋文搏獸音博舊音傳乃釋鄭箋非釋經文也說詳段氏詩經小學薄狩于敖狩于敖也薄爲語詞敖本山名傳云地名者以所狩之地言也泰敖倉在山北春秋時晉士季帥七覆於敖前在山南今開封府滎澤縣西北有敖山即此

駕彼四牡四牡奕奕【傳】言諸侯來會也赤芾金舄會同有繹【傳】諸侯赤芾金舄舄達屨也時見曰會殷見曰同繹陳也【疏】四牡諸侯所乘傳探下文會同故云言諸侯來會也四牡奕奕與韓奕句同文選謝惠連詩注引韓詩章句云奕奕盛貌也案弟四章五章正言宣王會諸侯於東都而又因會習射也○諸侯赤芾候人傳再命三命皆赤芾再命大

夫三命卿是諸侯與其卿大夫同服赤芾矣然服同而制有異公侯前後方大夫前方後挫角形不同也諸侯會以火山卿大夫會以山文不同也唯色同赤耳此傳云諸侯赤芾金舃與采叔傳諸侯赤芾邪幅句例相同而下又申釋邪幅金舃之義今本傳文奪邪字金字當補正達履釋金舃不徒釋舃據正義舃上有金字不誤也正義云言金舃達履者達履履之最上達者也小爾雅云履尊者曰達履謂之金舃而金鉤也與傳達履同後箋云達猶孟子達尊之義自當以疏說爲是豳風傳亦舃人君之盛履盛履猶達履也或疑約在履頭如刀衣鼻似難飾之以金致晏子春秋諫篇曰景公爲履黃金之綦飾以銀連以珠良玉之約其長尺是古人本有以金飾履之制又晏子對曰古者人君大帶重半鈞舃履倍重不欲輕也趙注孟子一鈞金謂一帶鉤之金則此所謂大帶之重者亦是帶鉤鄭注周禮云今東萊稱或以大半兩爲鈞則此云大帶重半鈞者當是一帶鉤之金重三分兩之一舃履倍重者當是兩舃之金重一鈞爲大半兩此古人金舃之制可爲明證者也○時見曰會殷見曰同周禮大宗伯文詩言會而同則連及之耳繹陳爾雅釋詁文常武賚同覲禮諸侯覲於天子爲宮方三百步四門壇十有二尋深四尺上介皆奉其君之旂置于宮尚左公侯伯子男皆就其旂而立案凡大會同於宮壇之上皆有陳列之位正義云有陳於會同之位言各以爵之尊卑陳列於其位次者是也晉語昔成王盟諸侯於岐陽置茅蕝設望表說文云朝會束茅表位曰蕝繹與蕝義亦相近

決拾既佽弓矢既調（傳）決鉤弦也拾遂也佽利也**射夫既同助我舉柴**（傳）柴積也（疏）決釋文作夬本又作決或作抉周禮繕人掌王之用抉拾鄭司農云抉者所以縱弦也拾者所以引弦也詩云抉拾既次詩家說或謂抉謂引弦彄也拾謂韝扞也玄謂抉挾矢時所以持弦飾也箸右手巨指士喪禮曰抉用正王棘若擇棘則天子用象骨與韝扞箸左臂裏以韋爲之儀禮士喪禮決用正王棘若擇棘組繫纊極二鄭注云決猶闓也挾弓以橫執弦詩云決拾既次正善也王棘與擇棘善理堅刃者皆可以爲決極猶放弦也以沓指放弦令不挈指也生者以朱韋爲之而三以用纊又二明不用也然則先鄭周禮注抉者所以縱弦是抉與極同物後鄭以禮經之極卽衛風之韘與決異物抉者所以持

弦從先鄭引詩家說其詩家說卽毛詩說也大射儀右巨指鉤弦注云右巨指右手大擘以鉤弦弦在旁挾由便也毛傳以鉤弦釋決正本大射儀其以遂釋
拾者亦本禮經爲訓鄉射言說決拾凡四見袒決遂凡十五見大射言說決拾凡十三見袒決遂凡十一見於袒則曰遂鄉射注遂所以遂弦者也於說則曰
拾鄉射注其非射時則謂之拾拾斂也所以蔽膚斂衣也大射於正射時笥中取出亦謂之決拾詩言決拾既佽正謂此也大射儀小射正奉決拾以笥坐奠
笥于物南遂拂以巾取決興贊設決朱極三小臣正贊袒小射正又坐取拾興贊設拾以笥退奠于坫上復位大射正執弓以袂順左右隈上再下壹左執弣
右執簫以授公公親揉之小臣師以巾內拂矢而授矢于公稍屬公卒射小射正以笥受決拾退奠于坫上復位小臣正贊襲公卽席司正以命升賓賓升復
筵而后卿大夫繼射案此諸侯之大射也天子大射意與諸侯同傳云佽利說文佽便利利讀如利弓矢之利利猶調也箋佽謂手指相次比也芄蘭正義申
此箋云手指相比次亦謂巨指既箸決左臂加拾右手指又箸沓而相比次也大射決極拾三者竝陳士喪又決極竝舉詩言決不言極文不備也故正義申
箋兼箸沓而言箋與杕杜傳佽訓助略同而與此傳佽訓利實異調和也決拾既佽取決取拾也弓矢既調順弓拂矢也下文云射夫既同卽卿大夫繼射也
○射夫謂會同之諸侯也同猶合也既同言已合耦也周禮大司馬之職若大射則合諸侯之六耦注云大射王將祭射于射宮以選賢也王射三侯以諸侯
爲六耦又大射儀自阼階前曰爲政請射遂告曰大夫與大夫士御於大夫注云御由侍也大夫與大夫爲耦不足則士侍於大夫與爲耦也案下章傳云其
餘以與大夫士以習射於澤宮卽其事也說文𢱭積也引詩作助我舉𢱭玉篇廣韻引詩皆作𢱭疑今本柴乃𢱭之誤積謂積禽也張衡西京賦收禽舉胔薛
綜注云胔死禽獸將腐之名也舉胔本三家詩與毛詩字義不同大射之禮天子先射而后卿大夫射故云助我舉積禽也下章傳云田雖得禽射不中不得
取禽田雖不得禽射中則得取禽是其事也

四黃既駕兩驂不猗（傳）言御者之良也不失其馳舍矢如破（傳）言習於射御法

也(疏)四黃猶四牡也猗當作倚倚釋文猗倚二字音義迴別節南山有實其猗猗於宜反箋猗倚也倚於綺反淇奧綠竹猗猗於宜反猗重較兮於綺反此篇倚於奇反則釋文本作倚字可證不倚無偏倚也大叔于田兩驂如手傳進止如御者之手所謂御者之良也○孟子滕文公篇王良曰吾爲之範我馳驅終日不獲一爲之詭遇一朝而獲十詩云不失其馳舍矢如破所謂習於射御法也四驖傳閑習也閑訓習則習亦訓閑矣釋詞云如破而破也舍矢如破與舍拔則獲同意皆言其中之速也箋曰如椎破物趙注孟子曰應矢而趴者如破皆誤解如字案第六章七章承五章助舉積禽而追敘田獵獲禽之事

蕭蕭馬鳴悠悠旆旌(傳)言不讙譁也徒御不警大庖不盈(傳)徒輦者御御馬者不警警也不盈盈也一曰乾豆二曰賓客三曰充君之庖故自左膘而射之達于右腢爲上殺射右耳本次之射左髀達于右䯚爲下殺面傷不獻踐毛不獻不成禽不獻禽雖多擇取三十焉其餘以與大夫士以習射於澤宮田雖得禽射不中不得取禽田雖不得禽射中則得取禽古者以辭讓取不以勇力取(疏)

傳釋蕭蕭馬鳴悠悠旆旌爲不讙譁卽下章無聲之義於田獵見軍旅之整也說文讙譁也譁讙也讙譁也譁讙二字雙聲○徒輦者御御馬者二者字各本作也字依正義訂正正義云諸徒皆爲步行此獨以爲輦者釋訓云徒御不警徒輦者也爾雅特釋此文故依而爲說徒旣爲輦者故御爲御馬者也案正義謂詁徒皆爲徒行黍苗嵩高傳皆云徒徒行者是也徒行爲舍車而徒輦以人輓行車爲異其實輦以人輓而不用馬駕故輦亦徒也說文輦輓車也輓引之也釋名輦車人所輦黍苗嵩高傳皆云御御車者義與此同警各本作驚正義作警不誤徒御不警徒御警也大庖不盈大庖盈也傳以不爲助句之詞也一字不成詞則用一助字以足之此其句例桑扈不戢戢也不難難也不多多也文王不顯顯也不時時也生民不寧寧也不康康也卷阿不多多也玉篇云不詞也凡

古人作詞多由方語語有急緩則詞有短長初以語言之發聲後爲文辭之助句皆出自然非有矯爾毛公淺明乎古人屬辭之意故特發明之○經言庖盈傳因推廣乾豆賓客此禮記王制及春秋桓四年公羊穀梁傳田狩之事皆有其文何休注云一者弟一之殺也自左膘射之達於右髃中心死疾鮮絜故乾而豆之中薦於宗廟二者弟二之殺也自左膘射之達於右脾遠心死難故以爲賓客三者弟三之殺也自左膘射之達於右髃中腸胃污泡死遲故以充君之庖廚案何注毛傳詳略相同左膘釋文引三蒼云小腹兩邊肉也說文云脅後髀前肉也今說文膘牛脅後髀前合革肉也右髃本或作髃公羊釋文引字林云肩前兩乳骨也說文髃肩前也箋射右耳本射當爲達正義云亦自左射之達右耳本而死者爲次殺不言自左者蒙上文可知公羊注作達於右脾范注穀梁云次殺射髀骼死傳云射左髀達於右髃釋文作左髀云本又作髀謂股外公羊注作左膘右髃公羊釋文云一本作肱音賢說文肱牛百葉也从肉弦省聲髃卽肱之異字汙泡謂芻劣也踐毛正義作翦毛澤宮爲習射之宮在國中者也穀梁傳面傷不獻不成禽不獻禽雖多天子取三十焉其餘與士眾以習射於射宮射而中田不得禽則得禽田得禽而射不中則不得禽是以知古之貴仁義而賤勇力也又書大傳凡祭取所餘獲陳于澤然後卿大夫相與射也中者雖中不取也命不中者雖中不取何以也所以貴揖讓之取而賤勇力之取也鄉之取也于囿中勇力之取也今之取也于澤宮揖讓之取也澤習禮之處非所以行禮其射又主中鄭注云澤射宮也案此皆成文與毛傳略同

之子于征有聞無聲（傳）有善聞而無讙譁之聲**允矣君子展也大成**（疏）之子卽于苗之有司也征行也猶歸也言田獵而歸也東都賦所謂先驅後路屬車按節是也傳以有善聞釋經有聞而以無讙譁之聲釋經無聲讙或作諠釋文作讙譁上章傳言不讙譁也家訓文章篇引毛傳作諠譁諠卽讙之異體說文有讙無諠知毛傳作讙不作諠矣○爾雅允展信也又展允誠也允謂之信展亦謂之信展謂之誠允亦謂之誠允展同義也析言之則展訓誠允訓信允矣君子展也大成言信矣君子誠能成其大功也君子謂宣王也

吉日四章章六句

吉日美宣王田也能慎微接下無不自盡以奉其上焉〔疏〕昭三年左傳鄭伯如楚子產相楚子享之賦吉日既享子產乃具田備案此吉日爲出田之證車攻會諸侯而遂田獵吉日則專美宣王田也一在東都一在西周

吉日維戊既伯既禱〔傳〕維戊順類椉牡也伯馬祖也重物慎微將用馬力必先爲之禱其祖禱禱獲也田車既好四牡孔阜升彼大阜從其羣醜〔疏〕傳云維戊順類椉牡也者箋戊剛日也故椉牡爲順類也下文言田車既好四牡孔阜此即謂椉牡之事爾雅釋天既伯既禱馬祭也郭注云伯祭馬祖也周禮校人春祭馬祖夏祭先牧秋祭馬社冬祭馬步廋人掌祭馬祖祭閑之先牧鄭注云馬祖天駟也孝經說房爲龍馬釋天天駟房也郭注云龍爲天馬故房四星謂之天駟詩之伯即周禮之馬祖故傳以馬祖釋伯也禱者祭馬祖而禱也甸祝禂牲禂馬皆掌其祝號杜子春注禂禱也爲馬禱無疾爲田禱多獲禽牲詩云既伯既禱爾雅曰既伯既禱馬祭也杜以禂牲謂禱所獲禽牲禂牲禂馬自爲一祭說文禂禱牲馬祭也許以禂爲禱牲即以禂牲爲馬祭正本杜說詩之禱即周禮之禂馬禂馬即祭馬祖也傳云重物慎微即序慎微之義既言將用馬力必禱於馬祖而因又申釋之云禱禱獲也者獲亦所獲禽牲此即周禮禂牲之謂是杜許皆足以申成傳意矣說文禂或作騆繫傳引詩既禡既禂此既禡乃既伯之誤詩爾雅釋文云禱說文作禂陸所據說文禂下引詩作既禂今詩作既禱者疑當從或字作既騆傳以禱獲釋騆與杜許以禱釋禂同意說文獲獵所獲也○從逐也下章傳云獸三日羣

吉日庚午既差我馬〔傳〕外事以剛日差擇也獸之所同麀鹿麌麌漆沮之從天子之所〔傳〕鹿牝曰麀麌麌衆多也漆沮之水麀鹿所生也從漆沮驅禽而致天

子之所〔疏〕外事以剛日禮記曲禮表記皆有其文庚午剛日也出車傳出車就馬於牧地牧地在郊外是差馬爲外事也上章言桼牲是外事宜用剛日此章言差馬亦是順剛之類傳文互明耳漢書翼奉傳南方之情惡也惡行廉貞寅午主之西方之情喜也喜行寬大己酉主之二陽竝行是以王者吉午酉也詩曰吉日庚午案翼治齊詩此當是齊詩說差擇釋詁文差者參差不齊馬亦有良惡之不齊訓差爲擇與車攻傳訓同爲齊一意擇讀如擇有車馬之擇○爾雅釋獸鹿牝麀此傳所本也靈臺傳麀牝也說文麀牝鹿也字或作麀麌麌韓奕作噳噳傳噳噳然衆也義與此同說文引詩作噳云麌鹿羣口相聚皃麌疑虞之誤轉寫者涉上文麀鹿遂誤虍頭爲鹿頭耳虞卽噳之古文假借字如全詩用字之例任又作壬儀又作義僤又作單仕又作士之比韓奕作噳噳吉日作虞虞皆其理也說文無麌字潛傳漆沮岐周之二水也漆沮之水其旁地亦麀鹿之所生正義云驅之於漆沮之旁從彼以至天子之所上言桼車升大阜下言獸在中原此云驅之漆沮皆見獸之所在驅逐之事以相發明也案孔所據傳致作至騶虞正義引亦作至後箋云車攻疏述傳義以田法芟草爲防未田之前誓士戒衆教示戰法教戰既畢士卒出和乃分地爲屯既陳車驅卒斉驅禽納之於防然後焚燒此防草在其中而射之天子先發然後諸侯大夫士發然則此言漆沮之從天子之所者謂驅禽而納諸防中也言悉率左右以燕天子者謂焚燒防草復驅之以待天子之射也

瞻彼中原其祁孔有儦儦俟俟或羣或友〔傳〕祁大也趨則儦儦行則俟俟獸三曰羣二曰友**悉率左右以燕天子**〔傳〕驅禽之左右以安待天子〔疏〕中原原中祁與頎同故訓大大謂原野廣大也孔甚也原田之中其地廣大物又甚有箋改祁爲麎正義據爾雅某氏注引詩作麎本三家詩後漢書馬融傳注騃音俟引韓詩駓駓騃騃文選西京賦注引薛君章句趨曰駓駓行曰騃騃說文俟大也引詩作伾伾俟俟許宗毛則所引是毛詩與韓詩字異聲同今詩作儦儦而與伾伾聲部絕異未知審也獸三曰羣國語周語文韋注云自三以上爲羣二曰友其義無聞說文同志爲友从二又相交友也其卽獸二爲友之義歟○燕訓安云驅禽之左右以安待天子文選張

衡東京賦注引毛詩傳驅禽獸於王之左右與今本異箋云率循也悉驅禽循其左右之宜以安待王之射也此鄭申毛也騶虞傳虞人翼五豝以待公之發翼亦驅也案上章傳言驅禽至天子之所此言之左右以安待天子皆卽序奉上之義

既張我弓既挾我矢發彼小豝殪此大兕〔傳〕殪壹發而殪言能中微以制大也**以御賓客且以酌醴**〔傳〕饗醴天子之飲酒也〔疏〕爾雅殪死也發殪矢發卽死小豝言發大兕言殪互詞故傳以壹發而死釋經殪字必兼上句發字以明意耳小豝微禽也大兕大禽也微者中大者制此射者之能事也荀子儒效篇弓調矢直矣而不能以射遠中微則非羿也王霸篇人主欲得射遠中微則莫若羿蠭門矣君道篇人主欲得善射射遠中微者縣貴爵重賞以招致之議兵篇弓矢不調則羿不能以中微傳云中微殆用其師說豝詳騶虞篇○六月傳御進也田禽以饗賓客賓客謂諸矦也傳文饗醴上疑奪醴字醴卽酒也醴爲饗醴又申釋饗之義爲天子之飲酒說文饗鄉人飲酒也廱天子饗飲辟廱也案天子四郊之學亦曰辟廱其郊射之宮曰郊宮亦曰射宮天子射畢而飲酒卽用鄉人飲酒之禮是亦曰饗也左傳莊十八年僖二十五年二十八年王饗醴周語王乃淳濯饗醴王薦鬯饗醴與此傳饗醴不同此卽序接下之事奉上由於接下故美天子田獵而於章末推本言之

卷十七終

長洲陳奐學

鴻鴈之什詁訓傳弟十八　毛詩小雅

鴻鴈之什十篇三十二章二百三十句

鴻鴈三章章六句

鴻鴈美宣王也萬民離散不安其居而能勞來還定安集之至于矜寡無不得其所焉

鴻鴈于飛肅肅其羽傳興也大曰鴻小曰鴈肅肅羽聲也鴻鴈知辟陰陽寒暑之子于征劬勞于野傳之子侯伯卿士也劬勞病苦也爰及矜人哀此鰥寡傳矜憐也老無妻曰鰥偏喪曰寡疏鴻鴈二鳥名也孟子稱梁惠王顧鴻鴈麋鹿飛者之有鴻鴈猶走者之有麋鹿耳杜注左傳亦云大曰鴻小曰鴈說文隹部雁雁鳥也隼鳥肥大唯唯也或作鳿鳥部鴻鴻鵠也鴈鵝也詩九罭之鴻謂鴻鵠匏有苦葉之鴈謂鵝其正字作鴻作鴈此鴻鴈乃野鳥其正字當作鳿雁說文曰雁鳥卽今之野鵝鳿其大者也經言羽故云肅肅羽聲也傳文鴻鴈知辟陰陽寒暑此八字各本攙入箋語後箋從正義述傳今據以訂正鴻鴈以喻萬民陰寒陽暑皆知所辟是猶辟離散而歸安集也首章言離散二章就已安集言三章就未安集言○傳云之子侯伯卿士也者侯伯外諸侯之長卿士內諸侯之長外諸侯有救患分災之任內諸侯有僉事考績之職宣王時侯伯申侯也卿士召公方叔也皆有劬勞于野之事焉

劬勞病苦豈風同劬勞二字平列鄭注內則云劬勞也是也釋文引韓詩劬數
也韓讀不平列○矜憐疊韻尚書多士予惟率肆矜爾論衡雷虛篇作予惟率
夷憐爾又論語哀矜作哀憐此矜憐通訓之證爾雅矜苦也傳不用爾雅緣下
句哀字立訓說文憐哀也是矜哀皆憐也憐人即是哀鰥寡及猶沒沒也爰語
詞言沒沒哀矜此鰥寡之人也漢書蕭望之傳詩云爰及矜人哀此鰥寡上惠
下也蕭習齊詩與毛詩意同老無妻曰鰥王制鰥作矜襄二十七年左傳齊崔
杼生成及彊而寡鰥亦稱寡書大傳舜年三十不娶稱鰥則不老而無妻亦稱
鰥此通言無別也傳云偏喪曰寡偏喪猶偏亾承上句老字連下王制所謂老
而無夫者謂之寡也高注淮南子原道篇云雖有偏
喪不復更醮與此偏喪同不言孤獨者文不備故爾

鴻鴈于飛集于中澤(傳)中澤澤中也**之子于垣百堵皆作**(傳)一丈爲板五板爲

堵雖則劬勞其究安宅(傳)究窮也(疏)集得所安集也中澤澤中此倒句凡傳云
皋澤雖澤陂澤障皆謂澤爲有水之稱無
水者曰藪○箋云春秋傳曰五板爲堵五堵爲雉雉長三丈則板六尺正義云
韓詩說八尺爲板五板爲堵五堵爲雉何休注公羊取韓詩傳云堵四十尺雉
二百尺二說不同故鄭駁異義辨之云左氏傳說鄭莊公弟段居京城祭仲曰
都城過百雉國之害也先王之制大都不過三國之一中五之一小九之一今
京不度非制也古之雉制書傳各不得其詳今以左氏說鄭伯之城方五里積
千五百步也大都三國之一則五百步也五百步爲百雉則知雉五步五步於
度長三丈則雉長三丈也雉之度量於是定可知矣鄭衆傳云一丈爲板板者此
橫言之也云五板爲堵者此豎言之也板廣二尺累高五板爲一堵橫長三堵
爲一雉隱元年左疏引異義古周禮及左氏說一丈爲板板廣二尺五板爲堵
一堵之牆長丈高丈三堵爲雉一雉之牆長三丈高一丈以度其長者用其長
以度其高者用其高也說與毛義同定十二年公羊傳雉者何五板而堵五堵
而雉百雉而城箋據公羊傳五堵爲雉謂按五堵成一雉雉長三丈則板當六
尺以破毛義其說板六尺與毛板一丈之說不同而謂雉長三丈與古周禮左
氏說又未嘗不同至公羊注作八尺曰板堵凡四十尺與左疏引戴禮及韓詩

說雖長四丈合而於古說皆不可通板當作版版傳云垣牆也無衣傳云作起也宣王承厲之變萬民離散遷徙無常十月之交所謂徹我牆屋田卒汙萊也矦伯卿士爲之坏垣牆補城郭此正是勞來安集之事箋謂於壞滅之國徵民起屋舍築牆壁如箋說則是勞民役非安民居矣○究窮釋言文凡詁訓窮有二義窮極謂之窮窮困亦謂之窮蕩靡屆靡究傳究窮也彼窮爲窮極此窮爲窮困二傳訓同意別高誘注淮南時則云鰥寡孤獨曰窮也皇矣閟宮傳竝云宅居也雖則劬勞其究安宅言上之人雖是病苦而其下窮困之人皆能安集康居之此承上章末二句而言其得所也篇中三劬勞皆謂矦伯卿士勞來病苦之情

鴻鴈于飛哀鳴嗸嗸(傳)未得所安集則嗸嗸然**維此哲人謂我劬勞維彼愚人謂我宣驕**(傳)宣示也(疏)釋文嗸本又作嗷說文嗷衆口愁也詩曰哀鳴嗷嗷文十三年左傳鄭伯與公宴于棐子家賦鴻鴈季文子曰寡君未免於此襄十六年傳穆叔見范宣子賦鴻鴈之卒章宣子曰匄在此敢使魯無鳩乎杜注鳩集也傳云未得所安集者即本左傳無鳩爲訓○我我矦伯卿士也宣訓示宣猶明也示古視字驕者慢也呂覽期賢篇吾安敢驕之秦策王兵勝而驕高誘注竝訓驕爲慢芄蘭傳云以驕慢人是驕有慢義劬勞與驕作對文維此哲人謂我劬勞維彼愚人謂我宣驕言智者謂我病苦而愚者猶謂我視民以慢也慢猶不急也左傳云穆叔如晉聘且言齊故晉人曰以寡君之未禘祀與民之未息不然不敢忘穆叔曰以齊人之朝夕釋憾於敝邑之地是以大請敝邑之急朝不及夕引領西望曰庶幾乎比執事之閒恐無及也穆叔遂賦詩以譏晉不急魯難亦是驕慢之意

庭燎三章章五句

庭燎美宣王也因以箴之(疏)列女傳賢明篇宣王嘗夜臥宴起姜后待罪於永巷使其傳母通言於王王曰寡人不德實自生過

非夫人之罪也遂復姜后而勤於政事早朝晏退卒成中興之君案此與詩義合箴猶戒也與常武序同

夜如何其夜未央庭燎之光傳央旦也庭燎大燭也君子至止鸞聲將將傳君子謂諸侯也將將鸞鑣聲也疏央旦釋文本旦作且正義從王肅本作旦案且久也已也王逸注楚辭云央盡也韓奕箋且訓多載芟傳且訓此多者猶言久也此者猶言已也盡也夜未且正與夜未久同意王子雝不明且字之義遂改且爲旦而以未旦爲夜半正義從其說誤庭燎大燭大燭別於凡燭謂之燎燎設於庭謂之庭燎箋云於庭設大燭燕禮甸人執大燭於庭是也周禮司烜氏凡邦之大事共墳燭庭燎故書墳爲蕡鄭司農注蕡燭麻燭也賈疏云古者未有麻燭庭燎所作依慕容所爲以葦爲中心以布纏之飴蜜灌之若今蠟燭案賈說非也巷伯傳使執燭放乎旦而蒸盡是薪蒸與麻蒸皆爲燭庭燎爲大燭亦猶是爾禮記郊特牲庭燎之百由齊桓公始也鄭注僭天子也庭燎之差公益五十侯伯子男皆三十孔疏云此數出大戴禮也百者皇氏云作百炬列於庭也或云百炬共一束也○君子爲來朝之君子故傳云謂諸侯也鸞古作鑾文選曹子建應詔詩注引此詩正作鑾鸞在鑣故將將爲鸞鑣聲鸞者鈴也巾車大祭祀鳴鈴以應雞人鄭注云雞人主呼旦鳴鈴以和之聲且警衆必使鳴鈴者車有和鸞相應和之象

夜如何其夜未艾庭燎晣晣傳艾久也晣晣明也君子至止鸞聲噦噦傳噦噦徐行有節也疏正義云艾取名於耆艾艾者是年之久從幼至艾爲年久似從昏至旦爲夜久昏似幼旦似艾言夜未於久亦是未至於旦未艾與未央其意同也案正義謂未央未艾同意是也爾雅艾長小爾雅艾止杜預注襄九年左傳艾息並與傳艾久義近箋芟末日艾以言夜先雞鳴時箋與傳同正義謂易傳非釋文晣本又作哲張衡東京賦作庭燎哲哲書洪範云明作哲哲是哲哲爲明也○噦噦徐行有節此與上章傳義互明將將亦徐行有節

而噦噦亦鸞鑣聲也泮水噦噦言其聲也是噦噦亦聲也噦噦當作鉞鉞說詳泮水篇

夜如何其夜鄉晨庭燎有煇（傳）煇光也君子至止言觀其旂（疏）鄉者今之向字箋晨明也說文晨早昧爽也庭燎有煇猶云庭燎之光耳故傳訓煇爲光也○箋云上二章聞鸞聲爾今夜鄉明我見其旂是朝之時也朝禮別色始入言語詞箋訓我失之

沔水三章章八句一章六句

沔水規宣王也（疏）箋云春秋傳曰近臣盡規

沔彼流水朝宗于海（傳）興也沔水流滿也水猶有所朝宗鴥彼飛隼載飛載止

嗟我兄弟邦人諸友莫肯念亂誰無父母（傳）邦人諸友謂諸侯也兄弟同姓臣也京師者諸侯之父母也（疏）傳以水流滿詁沔匏有苦葉傳瀰瀰水也沔瀰聲義相近說文淖水朝宗于海也从水朝省淖古潮字段注云說文無濤篆濤卽淖之異體論衡書虛篇辨子胥驅水爲濤事曰天地之性上古有之經江漢朝宗于海唐虞之前也又曰濤之起也隨月盛衰小大滿損不齊同虞翻注易習坎有孚曰水行往來朝宗于海不失其時如月行天注行險而不失其信曰水性有常消息與月相應皆與許說合朝宗于海者謂彼此相迎受洚水之時江漢不順軌不與海通海淖不上至禹治之江漢始與海通於揚州曰三江既入謂江漢之入海也於荆州曰江漢朝宗于海謂海淖上達直至荆州也江漢之水下赴海淖上迎呼吸相通恩禮相受二州之文相爲表裏古說如是朝宗于海謂海水來朝見尊禮也案許解朝宗于海以爲海淖之來若朝宗然段氏因發明尚書朝宗于海其義明晰詩言朝宗于海傳乃釋之云水猶有所朝宗者水喻衆諸侯水有朝宗喻諸侯有朝宗于王海水外至猶諸侯之外來玄鳥篇四海來假來假祁祁卽其義也許宗毛者也當據之以爲解鄭詩箋書注竝謂納水遡海若周禮春朝夏宗丼古說也海之朝宗

隼之飛止兩喻皆興諸侯朝天子首章言朝次章言不朝○傳先釋邦人諸友後釋兄弟或言諸侯或言臣是互詞邦人諸友爲異姓臣而兄弟則爲同姓諸侯也莫不肯可也誰誰諸侯也同異姓皆諸侯來朝京師故傳釋父母爲京師民勞箋京師者諸夏之根本亦其義也言諸侯不可念亂應供王職也潛夫論釋難篇且夫一國盡亂無有安身詩云莫肯念亂誰無父母言將皆爲害然有親者憂將深也不以父母爲京師本三家詩

沔彼流水其流湯湯（傳）言放縱無所入也**鴥彼飛隼載飛載揚**（傳）言無所定止也**念彼不蹟載起載行心之憂矣不可弭忘**（傳）不蹟不循道也弭止也（疏）湯湯即蕩蕩之假借苑丘傳湯蕩也司馬相如上林賦蕩蕩乎八川分流相背而異態與傳言放縱無所入義合高注淮南子精神篇云飛揚不從軌度也與傳言無所定止義合水之放縱鳥無定止興者以喻諸侯無道不來朝於京師○彼彼諸侯也傳文循字當衍傳不蹟不道也箋云諸侯不循法度日月傳遹道也箋不道不循禮也十月之交傳徹道也箋不道者言王不循天之政教三箋皆以不循申傳不道之義後人遂依箋改傳誤增循字耳爾雅釋訓不蹟不道也傳義正本雅訓今爾雅於不蹟下衍一也字說見十月之交篇說文蹟迹之或字迹道也則起則行言諸侯之跋扈所謂不道也弭者所以解紛亦所以止亂說文惆止也讀若沔弭與惆通周語至于今未弭賈逵注云弭忘也是忘亦弭也

鴥彼飛隼率彼中陵民之訛言寧莫之懲（傳）懲止也**我友敬矣讒言其興**（傳）疾王不能察讒也（疏）率循也中陵陵中也隼之飛循陵中而至止箋云喻諸侯之守職順法度漢書賈誼傳云諸侯軌道○民之訛言說文引詩作譌言無訛字懲艾也艾亦止也懲艾同義寧猶胡也寧莫之懲言民造作僞言胡無有禁止也十月之交云胡憯莫懲句法正同我友敬矣讒言其興興起也我友我諸侯也讒言起由於王不能察故傳云疾王不能察讒也文選范曄宦者傳論注引韓詩讒言緣間而起王應麟詩考以爲此詩內傳文讒言其

起我諸侯敬共爾位仍循守朝正述職之事疾宣王以規諸侯亦以規宣王宣王之世改封申伯於謝作崧高命召公平淮夷作江漢申南國在江漢之間江漢禹貢荊州域也二詩皆作於宣王盛年國語三十二年春宣王伐魯立孝公諸侯從是不睦又云宣王既喪南國之師乃料民于大原夫南國喪師經無足徵此詩言諸侯放縱不念京師篇首直以江漢朝宗于海發端起興當時大夫或亦因喪師以爲規諫歟沔水而下諸詩皆當在宣王三十二年以後之作

鶴鳴二章章九句

鶴鳴誨宣王也（疏）箋云誨教也教宣王求賢人之未仕者

鶴鳴于九皋聲聞于野（傳）興也皋澤也言身隱而名著也**魚潛在淵或在于渚**（傳）良魚在淵小魚在渚**樂彼之園爰有樹檀其下維蘀**（傳）何樂於彼園之觀乎蘀落也尚有樹檀而下其蘀**它山之石可以爲錯**（傳）錯石也可以琢玉舉賢用滯則可以治國（疏）小箋云古書引皆無于字凡十四見唐石經有于字誤昭二十八年左傳御以如皋酈注水經汾水篇謂鄔爾雅昭餘祁幷州藪是皋爲澤也傳但釋皋爲澤不釋九字釋文引韓詩九皋九折之澤箋皋澤中水溢出所爲坎自外數至九鄭本韓申毛也云言身隱而名著也者傳合下章總釋其義荀子儒效篇君子務修其內而讓之於外務積德於身而處之以遵道如是則貴名起之如日月天下應之如雷霆故曰君子隱而顯微而明辭讓而勝詩曰鶴鳴于九皋聲聞于天此之謂也毛正用其師說又漢書東方朔傳苟能修身何患不榮論衡藝增篇言鶴鳴九折之澤聲猶聞於天以喻君子修德窮僻名猶達朝廷也韓詩外傳云故君子務學脩身端行而須其時者也皆引此詩竝與傳同詩全篇皆興也鶴魚檀石皆以喻賢人○傳以在渚者爲小魚在淵者爲良魚則良魚乃大魚也四月傳云大魚能逃處淵正義云潛淵喻隱者不云大魚而云良魚者以其喻善人故變文稱良是也案魚潛淵

與鶴鳴皐一意就賢者一邊說以下就用賢者一邊說○何樂於彼園之觀乎以釋樂彼之園句之觀往觀也爰語詞七月篇十月隕蘀傳隕隊蘀落也下蘀猶隕蘀爾雅下落也是下亦落也落謂枝葉萎枝也下章穀惡木則此下蘀卽下惡木之蘀云尚有樹檀而下其蘀者所以申明樂觀之意也尚庶幾也樹檀下蘀喻用賢者而退小人○說文厝厲石也詩曰它山之石可以爲厝高注淮南子脩務篇礛諸治玉之石引詩亦作厝今詩作錯爲厝之假借厝爲攻玉之石因之攻玉亦曰厝故傳旣訓錯爲石而又申之云可以琢玉也石可琢玉喻賢可治國故又云舉賢用滯則可以治國也滯猶隱也用滯與上文傳言身隱相應文六年左傳出滯淹杜注云拔賢能是也孟子梁惠王篇今有璞玉於此雖萬鎰必使玉人彫琢之至於治國家則曰姑舍女所學而從我則何以異於教玉人雕琢玉哉漢書董仲舒傳夫不素養士而欲求賢譬猶不琢玉而求文采也琢玉以比治國義與傳同

鶴鳴于九皐聲聞于天魚在于渚或潛在淵樂彼之園爰有樹檀其下維穀傳穀惡木也它山之石可以攻玉傳攻錯也疏穀與黃鳥之穀同書序桑穀共生于朝管子地員篇五位之土其柞其穀竝與詩穀同說文廣雅竝云穀楮也正義引義疏云荆揚人謂之穀中州人謂之楮西山經鳥危之山其陰多檀楮檀楮卽詩之檀穀也傳云惡木喻小人○攻訓錯者傳蒙上章立訓它山之石可以攻卽它山之石可以錯耳上章傳云可以琢玉亦卽擬此章玉字爲訓

祈父三章章四句

祈父刺宣王也

祈父予王之爪牙傳祈父司馬也職掌封圻之兵甲胡轉予于恤靡所止居傳恤憂也宣王之末司馬職廢羌戎爲敗疏祈父司馬箋云此司馬也時人以其職號之故曰祈父書曰若疇祈父謂

司馬也釋文疇古嚋字本或作壽馬鄭音受正義引鄭注云順書萬民之圻父
是鄭作壽也傳云職掌封圻之兵甲者封圻釋祈謂祈即圻之假借封圻即邦
畿周禮小司徒五人爲伍五伍爲兩四兩爲卒五卒爲旅五旅爲師五師爲軍
葢六鄉不詳田制鄭注以爲與六遂同六遂不詳軍制亦當與六鄉同六鄉六
遂皆在邦畿二百里內三百里至五百里爲王子弟公卿大夫采邑不出兵甲
其馬牛車輦亦半出焉司馬掌兵甲故爲王之爪牙序司馬所以刺宣王也子
我也我王之爪牙序祈父也成十二年左傳略其武夫以爲己腹心股肱爪牙
漢書陳湯傳戰克之將國之爪牙不可不重辛慶忌傳右將軍慶忌宏在爪牙
官以備不虞馮奉世傳奉世居爪牙官前後十年爲折衝宿將後漢書度尚傳
備位方伯爲國爪牙竝與詩言爪牙正同又襄十六年左傳穆叔見中行獻子
賦圻父獻子曰偃知罪矣敢不從執事以同恤社稷而使魯及此杜注云詩人
責圻父爲王爪牙不脩其職案杜說是也玉篇牙部引祈父維王之爪牙此三
家詩予作維維爲也與毛字異義同鄭箋以爪牙爲軍士易林謙小過云爪牙
之士怨毒祈父此與箋合蓋亦本三家詩○恤憂小雅杕杜同傳云羌戎爲敗
以申明憂字之義云宣王之末司馬職廢者所以明其致敗之由此總釋全章
之大恉爲補明序刺之義也羌當作姜字之誤正義所據傳作姜不作羌也周
語宣王不藉千畝虢文公諫而不聽三十九年戰于千畝王師敗績于姜氏之
戎孔晁注云宣王不耕藉田神怒民困爲戎所敗戰于近郊史記周本紀亦作
姜氏之戎桓二年左傳晉穆侯夫人姜氏以千畝之戰生命子桓叔爲成師
杜預注云西河界休縣南有地名千畝正義從孔晁不從杜預是矣正義云常
武美宣王命程伯休父爲大司馬則休父賢者也言
職廢者蓋休父卒後他人代之其人不賢故廢職也

祈父予王之爪士（傳）士事也**胡轉予于恤靡所厎止**（傳）厎至也（疏）士讀與事同
假借字也上
言爪牙此言爪事謂祈父職掌我王爪牙之事也○說文厂部厎柔石也从厂
氐聲或作砥段注云訓至者厎之引申義此字从氐聲五經文字石刻譌作厎
少一畫不可從厎與底音義均別案底都禮切厎職雉切此篇之厎與
小旻之伊于胡厎同作底者誤也爾雅厎止也郭注云厎義見詩傳

祈父亶不聰(傳)亶誠也胡轉予于恤有母之尸饔(傳)尸陳也孰食曰饔(疏)亶誠爾雅釋詁文版不實于亶傳亦云亶誠也二傳訓同而意別版之亶訓誠誠作實義解此亶訓誠誠作虛義解兔爰傳聰聞也亶不聰者誠不聞也責祈父之詞也洪範五行傳聽之不聰是謂不謀昭九年左傳女弗聞而樂是不聰也並與詩不聰同○尸陳釋詁文郊特牲亦云尸陳也伐檀大東傳並謂飧爲孰食饔與飧同說文饔孰食也隸變作饔正義云許氏異義引此詩曰有母之尸饔謂陳饔以祭志養不及親韓詩外傳曾子曰往而不可還者親也至而不可加者年也是故孝子欲養而親不待也木欲直而時不待也是故椎牛而祭墓不如雞豚之逮親存也其下即引詩曰有母之尸雍雍古饔字外傳與異義合案此古義也有母之尸饔有母二字當逗讀之猶則也言我從軍以出有母不得終養歸則惟陳饔以祭是可憂也蓼莪出則銜恤入則靡至彼序云民人勞苦孝子不得終養爾亦此意也所謂養不及親也鄭箋順經作釋嫌母陳祭不辭故云母爲父陳餟然經言陳饔不言陳父饔恐非經恉

白駒四章章六句

白駒大夫刺宣王也

皎皎白駒食我場苗縶之維之以永今朝(傳)宣王之末不能用賢賢者有乘白駒而去者縶絆維繫也所謂伊人於焉逍遙(疏)皎皎白駒兒白駒賢者之所乘也經言白駒來食場中之苗傳云乘白駒而去因願望其來故追思其去也云宣王之末不能用賢此總釋全章之恉以補明序刺之義也縶訓絆者說文馬馽絆馬也春秋傳曰韓厥執馽前讀若輒或作縶士喪禮注綦讀如馬絆綦之綦昭二十年穀梁傳兩足不能相過齊謂之綦楚謂之踂衛謂之輒釋文輒本亦作縶是縶馽同字縶輒同聲皆爲絆也縶維即絆綦也繫與係同○伊維也維猶是也玉篇焉是也言於是消搖也今字作逍遙

皎皎白駒食我場藿縶之維之以永今夕(傳)藿猶苗也夕猶朝也所謂伊人於焉嘉客(疏)藿猶苗承上章言也禾初生曰苗因之穀蔬初生皆曰苗場圃同地場即圃也場圃蔬草木場有苗非禾也未之少者曰藿因之凡草木之幼少者皆曰藿傳不謂藿爲未猶不謂苗爲禾也夕猶朝亦承上章言也○賢者棄白駒而去故曰嘉客

皎皎白駒賁然來思(傳)賁飾也爾公爾侯逸豫無期(傳)爾公邪爾侯邪何爲逸樂無期以反也慎爾優游勉爾遁思(傳)慎誠也(疏)賁飾易序卦傳文飾然來者言賢者之來有車服之盛飾傳意侯下公侯爲訓也箋云願其來而得見之易卦曰山下有火賁賁黃白色也說苑反質篇孔子卦得賁曰賁非正色也是賁有雜色之文盛飾不一色故箋引易賁卦以況之正義以爲思賢者當以車服表之得其義矣廣雅賁美也飾與美義相近○小箋云依正義當爾公下增一邪字胡承珙後箋云李氏集解引毛傳正作爾公邪爾侯邪與段說合顏氏家訓音辭篇曰邪北人呼爲也據此知毛傳邪亦與也同謂爾安爲公也爾安爲侯也何爲逸樂無期以反也如此於斐賢留賢之意乃合案胡說是也爾雅豫樂也故傳以逸樂釋逸豫也慎誠釋詁文巧言同燕燕陟岵不傳者例不限於首見也大學慎獨必本誠意中庸慎獨即是誠身禮器言慎獨鄭注云少其性物致誠慤荀子不苟篇云不誠則不獨是慎皆誠也優游猶逸豫也遁思與下章遐心同義釋文遁又作遯慎爾優游勉爾遁思賢者誠優游而勉以遠遁之思言有遐心也思與期韻

皎皎白駒在彼空谷(傳)空大也生芻一束其人如玉毋金玉爾音而有遐心(疏)文選班固西都賦陸機苦寒行注引韓詩作穹谷薛君章句云穹谷深谷也爾雅穹大也古空穹通用故穹謂之大空亦謂之大矣漢書司馬相如傳巖巖深山之谾谾兮晉灼注云谾古巃字說文巃大長谷也空谷字可作巃作谾在彼空谷承上章遁思句○芻所以萎白駒託言禮所以養賢人一束者不以微薄

廢禮也野有死麕傳云如玉德如玉也言德如玉之人宜生芻一束以要之也釋文毋本亦作無毛詩例作無不作毋文選謝莊月賦張華思玄賦司馬相如長門賦顏延年秋胡詩王粲贈士孫文始詩趙至與嵇茂齊書注引毛詩俱作無可證音德音也遐遠也言賢者德音如金如玉爾無以金玉之音而有遠遁之心此留賢

以刺不留也

黃鳥三章章七句

黃鳥刺宣王也

黃鳥黃鳥無集于穀無啄我粟【傳】興也黃鳥宜集木啄粟者喻天下室家不以其道而相去是失其性**此邦之人不我肯穀**【傳】穀善也**言旋言歸復我邦族**【傳】宣王之末天下室家離散妃匹相去有不以禮者【疏】案傳疑有鵠誤云天下室家不以其道而相去既與上文黃鳥宜集木啄粟文不承接又與下文宣王之末天下室家離散妃匹相去有不以禮者義更重複此當是箋語今各本者上奪興字而以喻下十六字誤箋作傳耳傳云興也黃鳥宜集木啄粟言宜以言今之不宜也不集木不啄粟是不宜也此傳之反言興義也箋云興者喻天下室家不以其道而相去是失其性此箋乃正言興義也所以申成傳說也凡全詩通例傳興箋則明言喻傳興也箋言興者喻若桃夭麟之止江有汜雄雉中谷有蓷風雨甫田鴇羽車鄰墓門月出浮游尸鳩下泉狼跋斯干節南山角弓皆一例可證鶴鳴傳穀惡木也穀木叢生下二章集桑集栩同○穀善東門之枌甫田同不我肯穀言不可善我也傳所謂有不以禮者也言旋言歸言我旋曰歸也上言字訓我下言字與曰同義猶葛覃言告言歸我告曰歸也亦上言字訓我下言字與曰同義句法相同又傳於泉水還車言邁之言訓我旋與還通歸歸宗也復反也族父兄也室家離散妃匹相去傳乃總釋全章之恉

黃鳥黃鳥無集于桑無啄我粱此邦之人不可與明(傳)不可與明夫婦之道言旋言歸復我諸兄(傳)婦人有歸宗之義(疏)經言不可與明傳乃申說之云不可與明夫婦之道明猶曉也婦人歸宗皆爲被出歸宗草蟲傳亦云婦人雖適人有歸宗之義歸宗故婦人於母氏之黨不絕族儀禮喪服斬衰節子嫁反在父之室爲父三年鄭注云謂遭喪後而出者始服齊衰期出而虞則受以三年之喪受既虞而出則小祥亦如之既除喪而出則已案此謂女子子既嫁而歸宗遭父喪則爲父三年與女子子在室爲父三年同又不杖期節女子子適人者爲昆弟之爲父後者傳爲昆弟之爲父後者何以亦期也婦人雖在外必有歸宗曰小宗故服期也注云歸宗者父雖卒猶自歸宗其爲父後服重者不自絕於其族類也曰小宗者言是乃小宗也小宗明非一也小宗有四案此謂婦人雖外成他家有歸小宗之義故爲昆弟之爲父後者服期也又齊衰節婦人爲宗子宗子之母妻傳何以服齊衰三月也尊祖也尊祖故敬宗敬宗者尊祖之義也注云婦人女子子在室及嫁歸宗者也宗子繼別之後百世不遷所謂大宗也案此謂婦人適人有出必歸宗不自絕於宗子故爲大宗之子服齊衰也爾雅釋親宗族節男子謂女子先生爲姊後生爲妹父之姊妹爲姑王父之姊妹爲王姑曾祖王父之姊妹爲曾祖王姑高祖王父之姊妹爲高祖王姑父之從父姊妹爲從祖姑王父之從祖姊妹爲族祖姑案此謂女子適人而姑姊不絕九族之親明有歸宗也其姊妹與宗同父同父宗者也與宗同王父同祖宗者也與宗同曾祖王父同曾祖宗者也與宗同高祖王父同高祖宗者也婦人歸宗父母在則歸父室父母既殁則歸於諸父昆弟謂之小宗小宗既絕則或歸於大宗之家猶之將嫁之女祖廟既毀則必敎於大宗之室

黃鳥黃鳥無集於栩無啄我黍此邦之人不可與處(傳)處居也言旋言歸復我諸父(傳)諸父猶諸兄也(疏)殷其靁四牡傳竝訓處爲居居居室也小宗四大宗一五宗之昆諸兄也五宗之父諸父也故傳云諸父

猶諸兄也鄭駁五經異義云婦人歸宗女子雖適人字猶繫姓明不與父兄為異族

我行其野三章章六句

我行其野刺宣王也

我行其野蔽芾其樗傳樗惡木也昏姻之故言就爾居爾不我畜復我邦家傳畜養也宣王之末男女失道以求外昏棄其舊姻而相怨疏行讀如女子有行之行甘棠傳蔽芾小兒樗惡木七月同王肅云行遇惡木言已適人遇惡人也案下二章傳爾言惡菜同○上篇傳云處居也則居亦處也畜訓養爾不我畜言爾不養我也今各本宣王之末以下十九字攙入箋語者非男女失道以求外昏棄其舊姻而相怨傳合下末章不思舊姻求爾新特而總釋其義如此此傳例也祈父白駒黃鳥傳皆云宣王之末彼三詩與此詩之序皆謂刺宣王而作傳乃總釋全詩大恉以申補序意也篇義皆同今據傳通例訂正

我行其野言采其蓫傳蓫惡菜也昏姻之故言就爾宿爾不我畜言歸斯復傳復反也疏曾釗詩異同辨云說文無蓫釋文蓫本又作蓄竊疑蓄當為苗之譌說文艸部苗蓨也从艸由聲竹部笛从竹由聲周禮作篴則從由從逐之字古文可相通許君艸部采苗而不采蓫猶竹部采笛而不采篴之例耳釋草苗蓨郭注未詳齊民要術引詩義疏云今之羊蹄似蘆菔莖赤煑為茹滑而不美多噉令人下痢楊州謂之羊蹄幽州謂之蓫一名蓨據此則此之蓫即爾雅之苗不可謂釋草無文矣滑而不美故毛以為惡菜箋云蓫牛蘈似誤今本爾雅藬牛蘈無蓫牛蘈之文即謂鄭據爾雅本作蓫牛蘈而孫炎云車前一名牛蘈孫炎為鄭君弟子則鄭解爾雅當同孫說車前是藥而非菜與下章采葍不類矣毛義為長案曾說是也神農本草羊蹄一名蓄陶隱居注引詩言采其蓄易林巽卦黃鳥采蓄既嫁不答念吾父兄思復邦國是焦所見詩亦作蓄

苗之爲菑其謀已久○九戢傳偭猶處也歸歸宗也爾雅復返也上章之復我邦家與上篇之復我邦族復我諸兄復皆返也反與返通

我行其野言采其葍(傳)葍惡菜也**不思舊姻求爾新特成不以富亦祇以異**(傳)新特外昏也祇適也(疏)爾雅葍䔰葍藑茅郭注謂葍華白藑茅華赤爲異名說文藑茅葍也一名蕣䔰葍也葍䔰也蕣艸也楚謂之葍秦謂之藑藑地生而連華齊民要術卷十一引義疏云河東關內謂之葍幽兗謂之燕葍一名爵弁一名藑根正白著熱灰中溫噉之飢荒可蒸以禦飢漢祭甘泉或用之其華有兩種一種莖葉細而香一種莖赤有臭氣案一種莖赤即郭注所謂藑茅華赤歟赤者有臭氣則毛釋詩之葍爲惡菜殆指藑茅而言箋不謂惡菜故本爾雅葍爲說○特讀如實維我特之特庸柏舟傳云特匹也新特與舊姻對文舊姻謂舊家室則新特謂新昏姻故傳釋之云外昏也夫不能養婦是則男之求外昏而棄舊姻矣女既反而求適人此女之棄舊姻而求外昏也故傳兼男女相怨爲說不思舊姻求爾新特此承上文爾復字而言其語氣爲婦人自述其既歸求適之詞下二句更自敘其去之之故耳上篇傳妃匹相去有不以禮者亦此意也白虎通義嫁娶篇云姻者婦人因夫而成故曰姻詩云不惟舊因謂夫也三家詩亦以舊姻指夫毛意亦然也論語顏淵篇引詩作誠毛詩作成成即誠之假借字祇五經文字從衣作衹詩三祇字唐石經皆作衹說文衣部無衹疑唐以前本無從衣之衹字易坎釋文云祇辭也馬同馬習毛詩訓祇爲詞與傳訓祇爲適其義相通伯兮傳適主也誠不以富亦祇以異富猶賄也即氓詩之以我賄遷也異猶貳也即氓詩之士貳其行也言誠不以外昏之有財賄亦主以舊姻之有貳行爲可惡也論語引此以證愛惡之惑與詩義略同

我行其野三章章六句

斯干九章四章章七句五章章五句

斯干宣王考室也(疏)考成也厲王奔彘周室大壞宣王即位復承文武之業故云考室焉

秩秩斯干幽幽南山【傳】與也秩秩流行也干澗也幽幽深遠也如竹苞矣如松茂矣【傳】苞本也兄及弟矣式相好矣無相猶矣【傳】猶道也【疏】秩讀若禹貢洪爲焚之洪說文洪水所蕩洪也傳云流行也也釋文作兒干讀與澗同聘禮記皮馬相間古文間作干是古文禮假干爲間詩則假干爲澗也考槃澗韓詩作干此亦干澗聲通之理采蘇考槃傳皆云山夾水曰澗伐木傳幽深也重其言曰幽幽重其義則彐深遠與者喻宣王上承姜嫄后稷而來如澗之流如山之深以言周家之室流長縣遠也生民行葦箋苞茂也苞與茂同義傳云苞本者竹本以喻本根深固也生民傳茂美也松美以喻枝葉美盛也○兄弟九族之親猶道采芑小旻抑版訪落同道當讀如有道之道傳言兄與弟相俲好相有道也無爲助詞無意義文王傳無念念也抑執競傳無競競也無皆爲發聲之助

似續妣祖【傳】似嗣也築室百堵西南其戶【傳】西鄉戶南鄉戶也爰居爰處爰笑爰語【疏】似讀與嗣同其字作似其意爲嗣此謂假借也裒裒者華卷阿江漢艮耜傳皆讀似爲嗣箋云妣先妣姜嫄也祖先祖也西南其戶傳釋之云西鄉戶南鄉戶也者此謂路寢明堂也大戴禮盛德篇明堂九室室有四戶八牖三十六戶七十二牖明堂九室卽五室室各有戶有牖四面洞達禮所謂外戶而不閉也江都焦循宮室圖云路寢其大室之西則西鄉戶大室之南則南鄉戶也不言東北者文不具也詩固不謂燕寢矣奐謂新君卽位必有脩治路寢閟宮殷武皆是也不必如三家說宣王改小寢廟以滋後人宣王遷都張本爰於是也爰居爰處爰笑爰語公劉于時處處于時廬旅于時言言于時語語爰卽于時也于時卽於是也○案此章爲總括全章之意嗣續妣祖遠承先妣近接先祖君子將營宮室宗廟爲先也築室百堵上承宗廟下該路寢燕寢也西南其戶指路寢也爰居爰處爰笑爰語指燕寢也下章君子攸芋君子攸躋承路寢言也君子攸寧承燕寢言也以下皆從燕寢極稱室家聚盛之好子孫蕃衍之美故西南其戶句不專上接百堵亦不兼下接居處笑語文有連讀得義之例亦有離讀得義之例此離讀之乃得其意恉矣

約之閣閣椓之橐橐【傳】約束也閣閣猶歷歷也橐橐用力也**風雨攸除鳥鼠攸去君子攸芋**【傳】芋大也【疏】傳詁約爲束者箋約謂縮版也縣箋以索縮其築版之繩歷歷然也說文䩐生革可以爲縷束也束曰䩐束之亦曰䩐重言之曰䩐䩐毛詩作閣閣考工記匠人注引詩作格格爾雅格格舉也閣格皆卽䩐也說文椓擊也橐者橐之假借字廣雅橐𣂏也葢三家詩有作橐橐矣釋文本或作柝柝說文橐下引易重門擊橐而柝下引易作擊柝此橐柝通用之理也傳云用力緜築之登登傳亦云用力也橐登聲轉而義同故皆謂以力擊之之聲○除亦去也蟋蟀傳除去也爾雅宇大也芋與宇通大司徒媺宮室鄭注云媺善也謂約椓攻堅風雨攸除各有攸宇案三家詩或作宇訓居毛詩作芋訓大大當讀如君子六居正之大晉語云今君之德宇何不寬裕也

如跂斯翼【傳】如人之跂竦翼爾**如矢斯棘如鳥斯革**【傳】棘稜廉也革翼也**如翬斯飛君子攸躋**【傳】躋升也【疏】傳文如人之跂竦翼爾七字疑此箋語凡傳例下翼也革卽翼上下同義爲下句訓則上句易明不訓如南有嘉魚篇嘉賓式燕以樂嘉賓式燕以衎傳衎樂也菁菁者莪篇樂且有儀我心則喜傳喜樂也皆其例矣且傳爲斯棘斯革皆卽字作訓而於斯翼斯飛可依類明義幷不釋如跂如矢如鳥如翬也箋乃云如人之跂竦翼爾如人挾弓矢戟其肘如鳥夏暑希革張其翼時伊洛而南素質五色皆備成章曰翬此章四如者皆謂廉隅之正形貌之顯也是箋爲四如字作解人跂竦翼人挾弓矢未免於經外增義轉寫者誤以箋語入傳文傳毛鄭兩家錯亂莫辨矣跂當爲翄字之誤也如翄斯翼翄卽言翼之狀猶下句如翬斯飛翬卽言飛之狀文意一律玉篇引詩如企斯翼作企字者三家詩義鄭箋本此○棘稜廉謂稜角廉隅也釋文引韓詩作如矢斯朸云朸隅也玉篇木部引韓詩亦作朸抑傳隅廉隅也箋如宮室之制內有繩直則外有廉隅棘朸同字也稜廉廉隅同義也文選西都賦設璧門之鳳闕上觚稜而棲金爵李注引應劭曰觚八觚有隅者也說文曰稜柧也柧與

觚同革古文鞹古文假借革爲鞹也釋文引韓詩正作鞹云翄也說文鞹翄也
本韓詩革鞹同字翼翄同義也方言翬飛也說文翬大飛也詩曰有翬斯飛許
作有與今本異九經字樣如亦作有○傳
訓躋爲升者升升堂也室唯路寢有堂

殖殖其庭有覺其楹（傳）殖殖言平正也有覺言高大也噲噲其正噦噦其冥（傳）
正長也冥幼也君子攸寧（疏）庭庭涂謂庭涂平正殖殖然也小弁傳踧踧平易
也殖踧一聲之轉有覺爲形容其楹之高大箋於
抑訓覺爲大而此訓覺爲直與毛訓互易而實通○正長爾雅釋詁文冥幼釋
言文崔靈恩集注孫炎爾雅注作窈而王肅述傳及郭璞注皆作幼幼古窈字
長讀平聲長者廣大幼者深遠皆言宮室之廣大深遠非謂人之長幼也郭王
不明六書假借之例幼爲長幼之幼陸孔皆因其說而於經義無當孫崔作窈
經義雖當而於爾雅毛傳之古字其眞已沒今讀幼爲窈存其假借之幼字而
讀以本義之窈字斯兩得之矣說文冥幽也大戴禮誥志篇幽幼也幼與幽亦
通噲噲噦噦義未聞箋云噲噲猶快快也正晝也噦噦猶煟煟也冥夜也言居
之晝日則快快然夜則煟煟然皆寬明之皃箋用三家義淮南子精神篇噲然
得臥則親戚兄弟歡然而喜夫脩夜之寧非直一噲之樂也與箋義略同○寧
安也安卽起下章乃安斯寢之意漢書楚元王傳劉向說斯干之詩上章道宮
室之如制下章言子孫之衆多上章謂前
五章下章謂後四章此三家說與毛詩同

下莞上簟乃安斯寢乃寢乃興乃占我夢（傳）言善之應人也吉夢維何維熊維
羆維虺維蛇（疏）儀禮公食大夫記萑席今文萑皆爲莞莞萑古通用葦之屬載
驅傳方文席曰簟說文簟竹席也莞簟皆安寢之席非行燕鋪
陳之席箋乃云鋪席與羣臣安燕正義云此下莞上簟雖是與羣臣燕樂之席
其室內寢臥袵席亦當然士喪禮下莞上簟袵如初則平常皆莞簟也其寢臥
之席自天子以下宜莞簟同又禮器疏亦以此下莞上簟爲臥席是孔疏亦不
盡從鄭箋也內則斂枕簟注簟席之親身也又御者斂席與簟疏斂此所臥衽

下大席與上襯身之簟又父母舅姑之衣衾簟席夫不在斂枕篋簟席皆簟席連言猶莞簟連言是簟爲寢席之證○傳云言善之應人也者蓋探下吉夢爲訓吉善也言善之應人故有此吉夢也吳語爲虺弗摧爲蛇將若何此虺蛇同物猶熊羆同類也爾雅蝮虺博三寸首大如擘爲別一種正義引之誤也

大人占之維熊維羆男子之祥維虺維蛇女子之祥（疏）箋云熊羆在山陽之祥也故爲生男虺蛇穴處陰之祥也故爲生女

乃生男子載寢之牀載衣之裳載弄之璋（傳）半珪曰璋裳下之飾也璋臣之職也**其泣喤喤朱芾斯皇室家君王**（疏）箋云男子初生而臥於牀尊之也半珪曰璋棫樸傳作圭不誤周禮典瑞璋邸射鄭司農注云射剡也爾雅曰邸本也是璋本剡出也說文剡上爲圭半圭爲璋案上者末也剡末爲圭則璋末不剡可知傳例先釋字義再釋經義故先璋而後裳裳下之飾昭十二年左傳文有狐傳在下曰裳所以配衣也說文弄玩也正義云裳爲下飾以璋配裳故知爲臣之職也宣王子孫當爲君而言臣下者王肅云言無生而貴之也明欲爲君父當先知爲臣子也璋而得爲臣職者王肅云蕐臣之從王行禮者奉璋又棫樸曰奉璋峨峨髦士攸宜是也○說文喤小兒聲詩曰其泣喤喤天子朱芾皇猶煌煌也傳意以宣王之適子世爲君王服其朱芾煌煌然假樂篇穆穆皇皇宜君宜王傳宜君王天下也此其義箋云芾者天子純朱諸侯黃朱宣王所生之子或且爲諸侯或且爲天子假樂箋亦云或爲諸侯或爲天子鄭不與毛同玉藻疏誤引此箋以爲傳文

乃生女子載寢之地載衣之裼載弄之瓦（傳）裼褓也瓦紡塼也**無非無儀唯酒食是議無父母詒罹**（傳）無儀婦人質無威儀也罹憂也（疏）箋云臥於地卑之也後漢書曹世叔妻傳女誡云臥之牀下明其卑弱主下人也裼讀爲禘假借字釋文引韓詩作禘禘即禘說文禘緥也引詩作禘許用三家詩字而說解仍用毛傳說文緥小兒衣

也俗作褫正義引侯苞韓詩翼要云示之方也明緜制方令女子方正事人之義傳以紡塼釋瓦紡即絲紡塼所以持絲以瓦爲之與䘵車所以收絲以竹爲之者二物也說文寸部作紡專案古祇作專今俗作塼又作甎廣韻二十霰鏄紡錘集韻䥳一曰紡甎是紡專又名䥳也說苑襍言篇子獨不聞和氏之璧乎價重千金然以之閒紡曾不如瓦塼女誡云弄之瓦塼明其習勞主執勤也○非猶過失也傳文婦人質無威儀也上奪無儀二字今依小箋補經言儀傳云威儀與東山經傳同唯當爲維毛詩作維魯詩作唯此其例維猶乃也無非無儀維酒食是議言婦人不與外事故無過失尚質無威儀乃酒食之是議也大戴禮本命篇婦人不出閨門事在饋食之閒而已矣盧辯注即引此詩罹憂兔爰同釋文罹本又作離無父母詒憂者即葛覃歸安父母之意也

無羊四章章八句

無羊宣王考牧也【疏】斯干營室無羊畜牧皆是宣王遭亂中興國家殷富也

誰謂爾無羊三百維羣誰謂爾無牛九十其犉【傳】黃牛黑脣曰犉爾羊來思其角濈濈爾牛來思其耳溼溼【傳】聚其角而息濈濈然呞而動其耳溼溼然【疏】黃牛黑脣曰犉良耜殺時犉牡傳同爾雅黑脣犉舍人注云黃牛黑脣曰犉說文犉黃牛黑脣也詩曰九十其犉段注云爾雅不言黃牛者牛以黃爲正色凡不言何色皆謂黃牛也爾雅牛七尺爲犉邢疏引尸子說大牛爲犉七尺此別義○釋文濈本亦作戢疑古本毛詩作戢戢後人涉下溼溼因誤加水旁耳御覽獸十四引詩正作戢戢桑扈時邁傳戢聚也鴛鴦傳戢其左翼言休息也是戢戢有聚息義玉篇䚗牛多角又角堅皃或作戢案䚗亦戢之俗角堅或本三家詩義溼溼耳動之皃爾雅㩐擂擑擂擑爲搖動溼溼與擑擑聲義皆相近傳云呞而動其耳釋文呞本亦作齝爾雅牛曰齝詩釋文引郭注云食已復出嚼之也

或降于阿或飲于池或寢或訛【傳】訛動也爾牧來思何蓑何笠或負其餱【傳】何

揭也蓑所以備雨笠所以禦暑三十維物爾牲則具〔傳〕異毛色者三十也〔疏〕訛當
爲吪兔爰尚寐無吪傳亦云吪動也玉篇口部引詩或寢或吪吪動也其所據
正作吪釋文引韓詩作譌云譌覺也譌同寤寤覺也毛韓字異而意同○何揭
候人同蓑卽衰之俗說文衣部衰艸雨衣秦謂之萆艸部萆雨衣一曰衰衣是
衰所以備雨也笠所以禦暑都人士同御覽器物十資產十三引傳作御御禦
古今字越語譬如衰笠時雨既至必求之亦衰笠連言也小宛傳負持也伐木
傳餱食也傳云異毛色者三十毛色釋物鄭司農注犬人云物色也穆天子傳
收皮效物郭注云物
謂毛色也卽引此詩

爾牧來思以薪以蒸以雌以雄爾羊來思矜矜兢兢不騫不崩〔傳〕矜矜兢兢以
言堅彊也騫虧也崩羣疾也麾之以肱畢來既升〔傳〕肱臂也升升入牢也〔疏〕矜兢
雙聲說文兄部兢競也讀若矜隸變作兢宣十六年左傳引詩戰戰兢兢本亦
作矜矜是矜矜與兢兢同桑柔烈文傳兢彊也說文兢彊語也兢兢雙聲傳云
以言堅彊者卽下句不騫不崩之謂騫虧崔集注虧作曜小箋從集注作曜曜
同燿考工記梓人大胷燿後玉篇口部及後漢書馬融傳作大匈哨後鄭注云
燿讀爲哨哨小也下哨兮作頃誤後漢書注不誤玉篇同周禮典同注甄讀爲
甄燿之甄甄猶掉也鍾微薄則聲掉是燿爲小也梓人又云小體騫腹騫亦小
也不騫者左傳所謂碩大蕃滋也崩羣疾小箋云羣疾謂病者衆也案不崩者
左傳所謂不疾瘯蠡也齊民要術云羊有疥者間別之不別相染污或能合羣
致死此與傳羣疾之訓合○說文厷臂上也或从肉作肱臂手上也手以上臂
以上皆謂之肱傳訓肱爲臂者渾言也以手曰招用臂曰麾升猶登也古登升
通用云升入牢者君子于役云日之夕矣
羊牛下來日之夕矣羊牛下括是其義也

牧人乃夢衆維魚矣旐維旟矣大人占之衆維魚矣實維豐年〔傳〕陰陽和則魚

衆多矣旐維旟矣室家溱溱傳溱溱衆也旐旟所以聚衆也疏衆維魚矣旐維旟矣上維字訓其下維字訓與言衆其魚旐與旟也衆其魚言魚之多云陰陽和則魚衆多者魚衆多爲豐年實維豐年實當作寔寔是也維爲也言是爲豐年也漢書食貨志宣帝卽位御史大夫蕭望之奏言故御史屬徐宮家在東萊言往年加海租魚不出長老皆言武帝時縣官嘗自漁海魚不出後復予民魚迺出夫陰陽之感物類相應萬事盡然案此與詩義合詩以魚之衆多卜年之豐稔今浙東人歲終魚多卜來歲之豐魚少卜來歲之歉古遺意也○閟宮烝徒增增傳增增衆也溱增聲轉而義同若溱洧或作潧洧矣故傳云溱溱衆也潛夫論夢列篇作蓁蓁蓁與溱通案此與上篇大人占之維熊維羆男子之祥維虺維蛇女子之祥異義上篇占子孫之衆多此篇占室家之會聚故傳又申占旐旟之夢云旐旟所以聚衆也

卷十八終

詩毛氏傳疏卷十九

長洲陳奐學

節南山之什詁訓傳弟十九　毛詩小雅

節南山之什十篇七十九章五百五十二句

節南山十章六章章八句四章章四句

節南山家父刺幽王也（疏）十月之交箋節刺師尹不平昭二年左傳季武子賦節之卒章盧辯注大戴禮衞將軍文子篇云小雅節之四章節下皆無南山二字

節彼南山維石巖巖（傳）興也節高峻貌巖巖積石貌赫赫師尹民具爾瞻憂心如惔不敢戲談（傳）赫赫顯盛貌師大師周之三公也尹尹氏爲大師具俱瞻視惔燔也國既卒斬何用不監（傳）卒盡斬斷監視也（疏）禮記釋文云節徐音截玉篇巀山高陵也陵乃峻之誤節讀與巀同釋文引韓詩節視也韓挨下文民具爾瞻立訓釋文巖本或作嚴箋言尊嚴禮記大學注言高嚴是鄭據詩作嚴嚴賈昌朝羣經音辨叩部引詩維石嚴嚴嚴古礹字南山高峻其石嚴嚴然興者喻師尹尊貴其位赫赫然○傳於赫有言顯者生民是也有言盛者出車常武那是也單字曰赫重其字曰赫赫單義曰盛亦曰顯重其義曰顯盛義竝同也師大師大明同版箋云大師三公也傳云尹尹氏爲大師者言當幽王時有尹氏者爲大師之官也尹氏本官名武王時尹佚爲之有功後子孫因以官族故亦稱尹氏周公以冢宰兼大師大公以司馬兼大師皇父以司徒兼大師是大師爲三公之兼官矣案此

尹氏當以司空兼大師並司徒主教司馬主兵恆出任二伯之職司空主土公羊傳所謂一相處乎內者是也漢書董仲舒傳周室之衰其卿大夫緩於誼而急於利亡推讓之風而有爭田之訟故詩人疾而刺之曰節彼南山惟石巖巖赫赫師尹民具爾瞻爾好誼則民鄉仁而俗善爾好利則民好邪而俗敗由此觀之天子大夫者下民之所視效遠方之所四面而內望也近者視而放之遠者望而效之豈可以居賢人之位而爲庶人行哉董言有爭田之訟本三家詩其時尹氏爲司空掌主土田故疾詩之此尹氏爲司空之證歟五章鞫訩毛傳訓盈訟與董說合具訓俱瞻訓視義亦同○段氏詩小學云釋文正義皆引說文作憂心如羙羙讀如餤毛詩如羙韓詩作如炎毛傳羙燔也瓠葉傳加火曰燔說文曰燔爇也羙小爇也爇加火也正本毛詩而今毛詩譌炎改惔矣案段說是也詩以嚴瞻談斬監五句成韻山尹羙三句不入韻憂心如羙與雲漢憂心如熏句義相同詩述聞云戲談猶戲譴也卒盡爾雅釋詁文說文斬截也斷截也監視釋詁文爾雅釋文監又作監說文監視也監古監字既已也用以也言國祚已盡滅斷絕彼尹氏者何以不起而視政也釋文引韓詩監領也領者理也意亦同

節彼南山有實其猗（傳）實滿猗長也赫赫師尹不平謂何天方薦瘥喪亂弘多（傳）薦重瘥病弘大也民言無嘉憯莫懲嗟（傳）憯曾也（疏）傳云實滿猗長箋以滿爲草木平滿王肅又以長爲草木之長茂言山之平均喻師尹之不平傳意或然也○薦重雲漢同爾雅荐再也薦與荐通瘥病釋詁文集韻八戈說文[illegible]殘薉田也引詩作薦[illegible]與爭田之訟說合蓋義本三家也弘大釋詁文憯曾釋言文憯當作朁民勞憯不畏明說文引作朁云曾也曾者詞之舒也朁曾皆從曰曾意釋詞云朁莫懲嗟朁莫懲也言天降喪亂如此而在位者曾莫知所懲也嗟句末語助耳若訓爲歎詞則與上三字義不相屬矣十月之交曰胡朁莫懲下無嗟字可證案民言無嘉憯莫懲嗟與沔水民之訛言寧莫之懲文義亦相同

尹氏大師維周之氐秉國之均四方是維（傳）氐本均平也天子是毗俾民不迷（傳）毗厚也不弔昊天不宜空我師（傳）弔至空窮也（疏）爾雅柢本也鄭司農周禮典瑞注引爾雅作邸詩作氐古文省維爲也維周之氐言尹氏爲周之幹臣也文王維周之楨崧高維周之翰傳於楨翰皆訓爲幹文選魏都賦注及盧諶贈詩注引說文榦本也句義正同此言尹氏位尊任重而與天子有共治斯民之責潛夫論志氏姓篇尹吉甫相宣王著大功績詩云尹氏大師維周之底也疑三家詩以此尹氏爲尹吉甫論其世族溯其祖考歟均漢書律曆志引詩作鈞均鈞同六章誰秉國成義與此同故傳竝訓爲平也平下也字今補維繫也○毗乃𣬉之隸變釆叔之膍卽肶之或字從肉與此毗從囟二字而其義皆爲厚荀子引作庳釋文引王肅本作埤竝字異而義同厚者厚尹氏以爵祿也俾釋文及荀子引作卑古祇假卑爲俾今字皆作俾矣下同卑使也卑與不宜相應傳訓弔爲至者古至致通不至猶不致有不攻致不堅固之義故箋云至猶善也不弔昊天猶鄭司農大祝注引春秋傳云閔天不淑耳弔淑義同昊天屬王也七月傳穹窮也古空穹通用師謂衆民也不宜空我師言不宜困窮我衆民也荀子宥坐篇云今之世則不然亂其教繁其刑其民迷惑而墮焉則從而制之是以刑彌繁而邪不勝卽所謂困窮我民也

弗躬弗親庶民弗信弗問弗仕勿罔君子（傳）庶民之言不可信勿罔上而行也式夷式已無小人殆（傳）式用夷平也用平則已無以小人之言至於危殆也瑣瑣姻亞則無膴仕（傳）瑣瑣小貌兩壻相謂曰亞膴厚也（疏）爾雅躬身也身親也是親與躬同義傳云庶民之言不可信者弗不同言不可信四字連讀得義君子不言而信今君子不能躬率庶民則庶民於上之言不肎信從矣楚語周詩有之曰弗躬弗親庶民弗信臣懼民之不信君也故不敢不言不然何急以其言取罪也傳意正同箋云仕察也是仕與問同義注龍詩異義云勿禁止辭王雖不問察而小人勿

得罔上而行也經言君子傳言上皆指王是也傳訓式夷爲用平平均也已止也始危也詩異義又云王當用平正之人則小人欺罔之事用自消止無任小人受其欺罔以至於危殆正義以勿罔君子謂禁民欺罔式已爲下民欺罔之心消止恐非負案大戴禮衛將軍文子篇孔子曰詩云式夷式已無小人殆而商也其可爲不險也孔子引詩以不險釋無殆毛傳云危殆確不可易鄭箋盧注訓殆爲近失之○爾雅釋訓佌佌瑣瑣小也此釋佌佌彼有屋瑣瑣姻亞也舍人注云瑣瑣計謀褊淺之貌傳訓小義本爾雅易旅瑣瑣鄭注亦云小也兩壻相謂曰亞釋親文昭二十五年左傳昏媾姻亞杜注同釋言亞次也詩異義云都人士箋尹氏姑氏周室昏姻之舊姓也彼疏引此尹氏以證雖彼箋所言非經義而尹氏爲周室昏姻要必有徵此篇刺幽王而經言尹氏爲政不平欲王躬親則所謂姻亞或當卽指尹氏案周禮腊人注膴又詁曰大厚與大同意仕事也管子形執解毀訾賢者之謂訾推譽不肖之謂讆訾讆之人得用則人主之明蔽而毀譽之言起任之大事則事不成而禍患至故曰訾讆之人勿與任大義與詩意合

昊天不傭降此鞫訩昊天不惠降此大戾（傳）傭均鞫盈訩訟也**君子如屆俾民心闋君子如夷惡怒是違**（傳）屆極闋息夷易違去也（疏）傭均爾雅釋言文周禮典同鄭司農注之正傭梓人鄭注之鴻傭及荀子正名篇色不及傭聲不及傭傭皆均也昊天不均猶云昊天不平耳上章傳均平也釋文引韓詩作庸庸易也毛韓字異意同傳訓鞫訩爲盈訟義本爾雅鞫盈釋詁文訩訟釋言文釋詁鞫盜盈也郭注引詩作證今本爾雅鞫下衍訩疑因注中訩字誤增之耳阮元爾雅校勘記已有此說說文詾訟也或省作訩小旻箋謀事者衆訩訩滿庭卽此義也燕燕傳云惠順也箋云戾罪也○屆極釋言文與蕩傳訓同意別釋詁𢿌息也闋與𢿌聲相近夷易釋詁文天作有客同易和易也惡怒卽和易之反違訓去與息同意惡怒是違言民心之惡怒是去也詩異義云傳訓屆爲極當謂建極君子皆當指王上言尹氏爲政不均不順致民多獄訟並爭此則欲王建中立極行平易之政以化民俗卽上章欲王躬親爲政也箋於兩章君子通指在位之人恐非經傳

之旨槩汪說君子斥王其義自確唯昊天斥尹氏仍沿九章箋而誤篇中三言君子五言昊天皆斥王桑柔倬彼昊天寧不我矜瞻卬瞻卬昊天則不我惠孔塡不寧降此大厲並與此篇詩義同彼兩昊天傳皆云斥王此其明證矣

不弔昊天亂靡有定式月斯生俾民不寧憂心如酲誰秉國成（傳）病酒曰酲成平也不自爲政卒勞百姓（疏）王引之述聞通說云襄十三年左傳楚共王卒吳侵楚養由基奔命子庚以師繼之戰于庸浦大敗吳師君子以吳爲不弔詩曰不弔昊天亂靡有定不弔亦不祥言伐人之喪不祥所以敗也越語曰助天爲虐者不祥是也又成七年傳中國不振旅蠻夷入伐而莫之或恤無弔者也夫詩曰不弔昊天亂靡有定其此之謂乎有上不弔其誰不受亂此言蠻夷入伐而莫之或恤皆由中國之無善君也善君謂霸主也昭十六年傳曰齊君之無道也興師而伐遠方會之有成而還莫之亢也無伯也夫語意與此相似下文有上不弔其誰不受亂亦謂中國無善君則諸侯皆受其亂也案此皆不弔卽不善之義式月斯生俾民不寧生生亂也所謂不弔也此斥王○晏子諫上篇景公飲酒酲三日而後發晏子見曰君病酒乎公曰然此卽病酒爲酲之證說文亦云酲病酒也成平緜同秉國成猶云秉國均也誰言誰爲大師者指尹氏也禮記緇衣篇詩云昔吾有先正其言明且清國家以寧都邑以成庶民以生誰能秉國成不自爲正卒勞百姓案雲漢傳先正百辟卿士也禮記引逸詩正指大臣說鄭注云成邦之八成也本三家而毛意亦同不自爲政卒勞百姓自從也勞猶病也言大臣不從政百姓受其病卽首章國既卒斬何用不監也此指大臣下二章皆從此章下四句生義王肅謂政不由王出恐非傳恉

駕彼四牡四牡項領（傳）項大也**我瞻四方蹙蹙靡所騁**（傳）騁極也（疏）凡從工聲字多訓大如空仜堆之例故傳訓項爲大也桑扈傳云領頸也潛夫論三式篇且人情莫不以己爲賢而效其能者周公之戒不使大臣怨乎不以詩云駕我四牡四牡

項領蕭山汪繼培箋注云此引詩以明大臣怨乎不以則以四牡項領而靡所騁喻賢者有才而不得試蓋本三家詩說中論爵祿篇云君子不患道德之不建而患時世之不遇詩曰駕彼四牡四牡項領我瞻四方蹙蹙靡所騁傷道之不遇也新序襍事五云處勢不便豈可以量功校能哉詩不云乎駕彼四牡四牡項領夫久駕而長不得行項領不亦宜乎隸釋堂邑令費鳳碑云遲己進弟不營榮祿棲遲歷稔項領滯畜易林履之剝否之屯噬嗑之歸妹未濟之明夷竝云名成德就項領不試抱朴子嘉遁篇云空谷有項領之駿者孫陽之恥也勖學篇云項領之駿騁迹於千里博喻篇云兩絆而項領則騏騄與蹇驢同矣該竝與此同案此非獨三家詩義則然毛傳質略當亦謂賢者懷材莫用靡所馳騁也箋云四牡者人君所乘駕今但養大其領不肎為用喻大臣自恣王不能使此箋義非傳意○蹙古祇作戚戚戚猶蹴蹴也騁訓極極者至也靡所極無所至也文選王粲登樓賦注引韓詩章句騁馳也又潘岳射雉賦注左思詠史詩注引馳作施疑誤

方茂爾惡相爾矛矣（傳）茂勉也**既夷既懌如相醻矣**（傳）懌服也（疏）說文懋勉也茂與懋通相視也爾爾尹氏也此章兩爾字與首章民具爾瞻爾字同意言勉爾之惡則下民之視爾如矛矣懌服釋詁文邢亦不夷懌傳夷說也彼訓夷為說此訓懌為服義互見也如讀為而彤弓傳醻報也言雖已說服而相報復無常德也

昊天不平我王不寧不懲其心覆怨其正（傳）正長也（疏）昊天與我王互詞猶三章五章或稱天子或稱君子或稱昊天一也不平不寧此席王○沔水傳懲止也此懲字與二章民言無嘉憯莫懲嗟兩懲字同義正訓長長讀上聲與斯干玄鳥傳正長也長讀平聲者訓同而義別王肅云覆猶背也師尹不定其心邪僻妄行故下民皆怨其長傳意或然也上章茂惡卽所謂邪僻妄行也此指尹氏

家父作誦（傳）家父大夫也**以究王訩式訛爾心以畜萬邦**（疏）家父大夫周大夫食采於家以邑為

氏者也十月之交篇有家伯或是家父之族春秋周桓王時有家父或卽家父之後歟何注公羊傳云家采地父字是也說文誦諷也此章王訩與五章昊天不傭降此鞫訩兩訩字同義凡民之爭訟皆由於王之競心也究窮治之也訛當作吪破斧傳吪化也陸賈新語術事篇引此詩而釋之云言一心化天下而國治此之謂也是西京舊訓亦以吪爲化畜養也上句言化下句言養互詞欲尹氏以一心化養萬邦也○案篇中一章二章及三章之上四句刺尹三章之下四句四章五章及六章之上四句刺王六章之下四句七章八章刺尹九章上二句刺王下二句刺尹末章自明作誦究王訩吪爾心諷王亦諷尹序謂刺王者責重在王耳

正月十三章八章章八句五章章六句

正月大夫刺幽王也

正月繁霜我心憂傷（傳）正月夏之四月繁多也**民之訛言亦孔之將**（傳）將大也

念我獨兮憂心京京哀我小心癙憂以痒（傳）京京憂不去也癙痒皆病也（疏）春秋莊二十五年夏六月辛未朔日有食之左傳唯正月之朔慝未作昭十七年夏六月甲戌朔日有食之傳平子曰唯正月朔慝未作日有食之於是乎有伐鼓用幣禮也其餘則否大史曰在此月也當夏四月謂之孟夏漢書五行志引古左氏說正月謂周六月夏四月正陽純乾之月也毛傳正本左傳余友錢塘汪遠孫說淮南子泰族篇冬雷夏霜卽引此詩與傳同繁者緐之俗公劉雝箋云緐多也訛說文作譌沔水同漢書楚元王傳劉向上封事諫曰霜降失節不以其時其詩曰正月繁霜我心憂傷民之訛言亦孔之將言民以是爲非甚衆大也義亦與傳同○我大夫自我也獨惸獨也爾雅釋訓京京憂也憂不去者十月之交傳所謂親屬之臣心不能已也癙痒病皆釋詁文爾雅釋文云詩作鼠案作鼠是也雨無正鼠思泣血字作鼠說文無癙字桑柔箋亦云痒病也

父母生我胡俾我瘉不自我先不自我後傳父母謂文武也我我天下瘉病也
好言自口莠言自口憂心愈愈是以有侮傳莠醜也愈愈憂懼也疏小宛我心憂傷念昔
先人傳先人文武也雲漢父母先祖傳先祖文武爲民父母也文義與此同我
我天下者謂我天下之民也瘉病釋詁文角弓同言文武天下至幽王之世而我
遭此病○莠醜疊韻十月之交傳醜惡也莠爲醜醜又爲惡故箋謂好言爲善
言莠言爲惡言此疾吡言之人愈卽瘉之假借字爾雅瘐瘐病也本又作庾庾
卽詩愈愈之異文唐固國語注十六斗曰庾聘禮記今文作十六斗曰逾此臾
俞聲通之理郭璞注云賢人失志懷憂病也傳云憂懼愈愈懼聲相近侮爲吡言
者侵侮也
箋義如是
憂心惸惸念我無祿傳惸惸憂意也民之無辜幷其臣僕傳古者有罪不入於
刑則役之圜土以爲臣僕哀我人斯于何從祿瞻烏爰止于誰之屋傳富人之
屋烏所集也疏惸當作懯形之誤也說文兮部粵或从心作懯爾雅懯懯憂也
古甸營通如江漢箋甸當作營之例箋云無祿者言不得天祿自傷值今生也
○幷古拼字爾雅拼使也從也經言念天下無罪之人爲臣僕傳言古者有罪
以爲臣僕明今之非古也周禮司圜掌收教罷民凡害人者弗使冠飾而加明
刑焉任之以事而收教之能改者上罪三年而舍中罪二年而舍下罪一年而
舍其不能改而出圜土者殺雖出三年不齒凡圜土之刑人也不虧體其罰人
也不虧財鄭司農注云以此知其爲民所苦而未入刑者也故大司寇職曰見
萬民之有罪過而未麗於灋而害於州里者桎梏而坐諸嘉石役諸司空案毛
傳本周禮而仲師又據毛傳爲說此古者有罪之人不入於刑者則寘諸圜土
以爲役也臣僕卽罪人爲役者也書微子篇商其淪喪我罔爲臣僕逸周書作
雒篇凡工賈胥市臣僕州里管子小匡篇大國之君事如臣僕是臣僕賤者之

稱故罪人役圜土亦爲臣僕晏子襍上篇越石父曰吾爲人臣僕於中牟史記則云在縲紲中此罪人爲臣僕之確證矣箋解幷其臣僕句讀如秦法一人有罪幷其室家之幷云王既刑殺無罪幷及其家之賤者不止於所罪而已如鄭解則於經義當增設刑殺一層而以臣僕爲世家臣僕又於經民字爲不可通鄭說非是○爰於也止集也誰誰富人也傳云富人之屋富人指在位之小人據末章富人爲訓烏以喩附和小人者也晉語暇豫之吾吾不如烏烏人皆集於苑己獨集於枯言烏集富人之屋與國語集苑之喻略相近後漢書郭大傳郭大字林宗建寧元年陳蕃竇武爲閹人所害林宗哭之既而歎曰人之云亡邦國殄瘁瞻烏爰止不知于誰之屋耳李注云言不知王業當何所歸案此三家詩以烏自况箋既本三家而又解屋爲富人之屋仍用毛義亦恐失傳之恉也

瞻彼中林侯薪侯蒸傳中林林中也薪蒸言似而非民今方殆視天夢夢傳王者爲亂夢夢然既克有定靡人弗勝有皇上帝伊誰云憎傳勝乘也皇君也疏中林林中兔罝同侯維也侯薪侯蒸與無羊以薪以蒸句法正同侯以皆語詞薪蒸喩小人薪蒸不能爲大木故傳云言似而非箋林中大木之處而維有薪蒸爾喩朝廷宜有賢者而但聚小人詩異義云傳之所謂似卽箋之所謂宜言既曰中林矣則似有大木今維有薪蒸而非大木猶既在朝廷則當爲賢者今維是小人傳言似而非一語統釋經文二句其言簡質故箋申明之曰林中大木之處而維有薪蒸爾疏申傳言薪蒸似大木而非誤解傳意矣案汪說是也韓詩外傳釋詩亦云言朝廷皆小人也○殆危也此以天爲王者末章又以天爲君一也抑傳亦云夢夢亂也釋文引韓詩夢夢惡皃訓異意同勝讀如騰與乘疉韻既猶終也克能也定定亂也人在位者也此承上爲亂夢夢而言終能有定亂之日乃今在位之人無不乘陵助王爲亂如是上下蒙昧其危殆無休已時襄十三年左傳云及其亂也君子稱其功以加小人小人伐其技以馮君子是以上下無禮亂虐並生由爭善也謂之昏德國家之敝恆必由之是其義

也皇君釋詁文上帝亦君也版蕩傳上帝庰
君王伊語詞云助詞誰憯言憯王之潑也

謂山蓋卑爲岡爲陵（傳）在位非君子乃小人也民之訛言寧莫之懲召彼故老訊之占夢（傳）故老元老訊問也具曰予聖誰知烏之雌雄（傳）君臣俱自謂聖也

（疏）傳意山喻位卑喻小人小人而處高位如爲岡與爲陵耳天保傳大阜曰陵陵亦最高大者也蓋讀同盇鄭注檀弓盇皆當爲盇羣經音辨蓋音盇是也爾雅曷盇也廣雅曷盇何也謂山蓋卑言山何卑也謂天蓋高謂地蓋厚言天何高地何厚也三蓋字竝與何字同義○懲止也故老猶之言孤卿謂皇父卿士也傳云元老詳采芑篇周禮占夢季冬聘王夢鄭注云聘問也訊聘義同晏子襍下篇景公夜夢與二日鬬不勝晏子朝請召占夢者又景公夢見彗星明日召晏子而問焉寡人夢見彗星吾欲召占夢者使占之案古者有問夢之事召元老問之占夢洪範所謂謀及卿士也周禮有占夢之官具俱予我也曰與謂同義傳云君臣俱自謂聖十月之交傳皇父甚自謂聖則知臣指皇父而君刺幽王不知烏之雌雄庰王幷庰執政也

謂天蓋高不敢不局謂地蓋厚不敢不蹐（傳）局曲也蹐累足也維號斯言有倫有脊（傳）倫道脊理也哀今之人胡爲虺蜴（傳）蜴螈也

（疏）局曲疊韻釋文本又作跼李善注文選顏延之詩引毛詩傳跼曲也薛綜注東京賦引毛詩不敢不跼跼傴僂也蓋薛以傴僂代曲字非傳有異本也陸孔及王肅本皆作局曲跼卽局之俗字累當作絫蹐絫疊韻說文足部蹐小步也引詩作蹐走部趚側行也引詩作趚許錄毛詩兼錄三家詩字異而義實同說苑敬慎篇孔子論詩至於正月之六章懼然曰不逢時之君子豈不殆哉從上依世則廢道違上離俗則危身世不與善己獨由之則曰非妖則孽也是以桀殺關龍逢紂殺王子比干故賢者不遇時常恐不終焉卽引此詩○碩鼠傳號呼也說文人部倫道也侖部侖理也侖與倫同論語言中倫包咸注云倫道也理也脊讀爲蹟沔水傳不蹟不道也繁露淡察名

號篇引詩作迹說文迹蹟一字是倫謂之道又謂之理脊謂之理又謂之道矣此言君子之言皆有道理宜號呼而告之今畏怖如虺蜥然是疾遁而無所自容之意○說文虺以注鳴者段注云注者咮之段借虺爲蜥易屬釋文蜴又作蜥說文引詩正作蜥鹽鐵論周秦篇亦作蜥爾雅蠑螈蜥蜴蜥蜴蝘蜓蝘蜓守宮也李孫郭注並云別四名方言秦晉西夏謂之守宮或謂之蠦蝘或謂之蜥易其在澤中者謂之易蜴南楚謂之蛇醫或謂之蠑螈東齊海岱謂之螔蝾北燕謂之祝蜓戴氏震補注云易蜴當爲蜥易是已與謂守宮或謂之蜥易疑此蜥易二字或蝘蜓之譌爾雅一物四名渾言不別方言則以守宮蝘蜓一類蜥易蠑螈一類說文在壁曰蝘蜓在艸曰蜥易在艸即楊雄所謂在澤中者毛傳以螈釋蜥亦非在壁者也陸義疏云虺蜴一名蠑螈水蜴也或謂之號雌或謂之蛇醫如蜥蜴青綠色大如指形狀可惡元恪謂蠑螈如蜥蜴與楊許說不合又虺別物虺蜴連舉亦非是箋虺蜴之性見人則走後漢書左雄傳云言人畏吏如虺蜴也蜴皆蜥之誤字

瞻彼阪田有菀其特（傳）言朝廷曾無傑臣**天之扤我如不我克彼求我則如不我得執我仇仇亦不我力**（傳）扤動也仇仇猶謷謷也（疏）傳意阪田喻對朝廷特喻傑臣阪田有菀特則朝廷無傑臣矣箋云阪田崎嶇墝埆之處而有菀然茂特之苗喻賢者在閒辟隱居之時載芟傳有厭其傑言苗厭然特美也箋特爲苗中成傳義○考工記則是以大扤注扤搖動貌方言橋謂之扤謂船動也是扤有動義爾雅仇仇敖敖傲也郭注云皆傲慢賢者釋文敖本又作謷又作囂版傳囂囂猶謷謷也聲義並同天旂王我我傑臣也如猶而也克勝也彼彼朝廷也言王動搖我而不勝任我朝廷求我而不得以禮進我雖欲執留我謷謷然甚傲慢而亦不力挽我此我傑臣所以不安朝廷而退處也禮記緇衣篇子曰大人不親其所賢而信其所賤民是以親失而教是以煩詩云彼求我則如不我得執我仇仇亦不我力文中子魏相篇竇威進曰聞朝廷有召子議矣文中子亦引此詩喟然遂歌正月終焉既而曰不可爲矣是其義也仇仇或作执执廣雅执执緩也集韻

执执緩持也緇衣注仇仇然不堅固卽是緩持之意

案三家與毛訓異意同緩持傲慢一也玉篇执緩也

心之憂矣如或結之今茲之正胡然厲矣（傳）厲惡也燎之方揚寧或滅之（傳）滅之以水也赫赫宗周褒姒威之（傳）宗周鎬京也褒國也姒姓也威滅也有褒國之女幽王惑焉而以爲后詩人知其必滅周也（疏）正長也謂褒姒私黨升在位者若皇父七子之屬胡何也然猶是也厲者癘之假借字厲爲惡傳本左傳立訓桑柔疏引傳箋云厲惡也說文燎放火也寧或猶云胡有也傳文奪滅之二字當補滅之以水也五字作一句讀言燎火熾盛滅必以水今於何有也隱六年左傳君子曰商書曰惡之易也如火之燎于原不可鄉邇其猶可撲滅莊十四年傳君子曰商書所謂惡之易也如火之燎于原不可鄉邇其猶可撲滅者其如蔡哀侯乎言不可撲滅也惡萌易滋而以燎火難滅爲喻○節南山傳赫赫顯盛皃周幽王在鎬故鎬京爲宗周酈注水經沔水篇褒水南逕褒縣故城東褒中縣也本褒國矣南流入于漢案漢褒中縣屬漢中郡古褒國在今陝西漢中府褒城縣括地志云褒國故城在縣東二百步是也漢中在禹貢梁州之域周幷梁於雍則褒國當在職方雍州之南境史記夏本紀論云禹爲姒姓其後分封用國爲姓故有褒氏潛夫論五德志同是褒國姒姓也釋文威呼說反齊人語也案威古滅字傳威爲滅猶御爲禦奚爲溪皆以今字釋古字之例謂之古文假借可也昭元年左傳引詩正作滅褒姒滅周莫詳於史伯告鄭桓公語國語鄭語云褒人褒姁有獄而以爲入於王王遂置之而嬖是女也使至於爲后而生伯服是褒女爲后之事也又云王欲殺大子以成伯服必求之申申人弗畀必伐之若伐申而繒與西戎會以伐周周不守矣幽王八年而桓公爲司徒九年而王室始騷十一年而斃韋注云騷謂適庶交爭亂虐滋甚是卽滅周之事也攷史記周本紀言幽王三年王之後宮見褒姒而愛之生子伯服是立后當在四五年間六年而遭日食之變大夫作十月之交以刺之至王欲放殺大子而其傳作小弁之詩自在九年中事此傳但云幽王惑於褒姒立以爲后不及放殺大子則此篇與

十月之交篇先後同作總在史伯告桓公八年之前據傳證史可以得其歲矣然而發褒滅周其兆既成賢者爲之憂傷而作是詩其卽伯陽父流亞與

終其永懷又窘陰雨（傳）窘困也**其車既載乃棄爾輔**（傳）大車重載又棄其輔**載輸爾載將伯助予**（傳）將請伯長也（疏）終猶既也齊南山破斧篇皆上言既而下言又此上言終而下言又是終既同義也永長懷傷也鄭箋窘仍也韓詩窘迫也玉篇窘困也急也義竝相近言既其長爲之憂傷又困之以陰雨陰雨以喻所遭多難○傳以車爲大車載爲重載輔者撩輿之版大東傳箱大車之箱也方言箱謂之輫爾雅棐輔也棐與輫通箱取輔相之義則輔卽箱矣大車撩版置諸兩旁可以任載今大車既重載矣而又棄其兩旁之版則所載必墮此其顯喻也僖五年左傳宮之奇設輔車相依脣亡齒寒兩喻呂覽權勳篇虞之與虢也若車之有輔也車依輔輔亦依車虞虢之勢是也先人有言曰脣竭而齒寒韓子十過篇淮南子人閒篇竝有此文然則車之有輔猶齒之有脣最相切近人之兩頰曰口輔亦曰牙車其命名卽取車輔之義也自來解者皆不識輔爲何物正義謂輔是可解脫之物以今人縛杖於輻爲比況之詞若是則棄輔未卽墮載恐與經義無當也車之有輔與國之有輔臣箋云棄輔喻遠賢也載輸輸也箋輸墮也將請將仲子同請猶告也伯長釋詁文長謂賢者也予我也助我卽下文無棄輔而益輻之事

無棄爾輔員于爾輻（傳）員益也**屢顧爾僕不輸爾載終踰絕險曾是不意**（疏）荀子法行篇詩曰涓涓源水不雝不塞轂已破碎乃大其輻事已敗矣乃重大息其云益乎楊倞注云大其輻謂壯大其輻也案荀引逸詩言事敗之後此詩言事未敗之先文異而意同也傳訓員爲益正本荀子員與云通故有益義易大壯九四壯于大輿之輹釋文本又作輻大輿大車也壯者大也益與大義相近屢釋文作婁婁數也終亦既也曾猶乃也言既踰絕險矣乃不爲意也以喻用賢者之不堅固

魚在于沼亦匪克樂潛雖伏矣亦孔之炤（傳）沼池也**憂心慘慘念國之爲虐**（傳）

慘慘猶慼慼也（疏）靈臺王在靈沼於牣魚躍傳亦云沼池也池以畜魚喻國以養賢君子不能居朝廷猶魚在池中而不能以自樂也潛淚也伏伏於淵也禮記中庸篇詩云潛雖伏矣亦孔之昭故君子內省不疚無惡於志釋文昭本又作炤鄭注云孔甚也昭明也言聖人雖隱遯其德亦甚明矣疚病也君子自省身無慾病雖不遇世亦無損害於己志鄭釋詩與箋不同當從禮記注爲優裴度諸葛武侯碑云公是時也躬耕南陽自比管樂我未從虎時稱臥龍亦引此詩○慘當作懆詳月出篇傳以慼慼訓懆懆慼聲近也抑懆懆憂不樂也小明慼憂也憂謂之懆重言之曰懆懆憂謂之慼重言之曰慼慼

彼有旨酒又有嘉殽（傳）言禮物備也洽比其鄰昏姻孔云（傳）洽合鄰近云旋也是言王者不能親親以及遠念我獨兮憂心慇慇（傳）慇慇然痛也（疏）都人士傳彼彼明王也旨嘉皆美也殽釋文作肴鳧鷖爾酒既多爾肴既嘉傳言酒品齊多而肴備美也義與此同洽合版同左傳作協鄰近雙聲爲訓近猶親親也昏姻異姓之臣也說文云象回轉之形旋者回轉之意旋即還也此陳古燕享之禮禮物既備同異姓具在王者有親親及遠之道焉此經義也本詩人之意乃以刺今不如古傳云是言王者不能親親以及遠與經義相反而意實相成也僖二十二年左傳引詩協比其鄰昏姻孔云富辰釋之云吾兄弟之不協焉能怨諸侯之不睦兄弟謂鄰諸侯謂昏姻襄二十九年傳引詩協比其鄰昏姻孔云子大叔釋之云晉不鄰矣其誰云之言晉不親近諸姬則諸侯其誰旋歸之乎毛傳與左傳辭意正合王肅云言王但以和比其鄰近左右與昏姻其親友而已不能親親以及遠王說未審經傳之恉○念念今也爾雅慇慇憂也痛與憂義相近桑柔句同

佌佌彼有屋蔌蔌方穀（傳）佌佌小也蔌蔌陋也民今之無祿天夭是椓（傳）君大

之在位椓之哿矣富人哀此惸獨（傳）哿可也獨單也（疏）仳仳小爾雅釋訓文仳當作佌說文佌小皃引詩作佌佌玉篇同管子輕重乙篇仳諸侯度百里猶謂小諸侯耳仳亦當作佌佌佌猶瑣瑣也蔌當爲遬說文遬籀文作遬故毛詩遬遬三家詩作速速古文速又作警玉篇蔌小言皃疑三家有依警字作訓也釋文方穀云本或作方有穀非也案方穀與上有屋對文方亦有也鵲巢傳方有之也方訓爲有不應方下更增有字今從釋文訂正李注後漢書蔡邕傳引詩作速速方穀云韓詩亦同爾雅釋訓速速惟迷鞫也迷本亦作求釋詁求終也釋言鞫窮也迷鞫猶言終窮小人專祿國道終窮也傳云速遬陋也箋云穀祿也此小人富而窶陋將貴也窶陋有穀是國道終窮矣傳義與雅訓相因也○釋文云夭災也夭椓二字連文並有殘害侵削之義召旻傳椓夭椓是也夭以席王者則經言君之夭椓未及顯指在位者之大椓於下民此經義也傳乃以夭屬君而椓屬在位作分釋之詞蓋詩本兼刺姻黨羣小在位從上下文言富人之有屋穀立訓以補明經義之未備此傳意也正義椓爲訴失之○哿可爾無正同詩述聞云哿與哀相對爲文哀者憂悲哿者歡樂也言樂矣彼有屋之富人悲哉此無祿之惸獨也哿嘉俱以加爲聲而其義相近禮運以嘉䰟魄鄭注曰嘉樂也是嘉與樂同義哿之爲言猶嘉耳故昭八年左傳引詩哿矣能言杜注曰哿嘉也毛傳訓哿爲可可亦快意愜心之稱故箋曰富人已可惸獨將困正義曰可矣富人猶有財貨以供之失傳箋之意矣案惸者惸之俗字傳以單詁獨單古禪字禮記閒傳注單獨也惸亦獨也閔予小子箋嬛嬛然孤特孟子梁惠王篇引詩作煢惸嬛煢同

十月之交八章章八句

十月之交大夫刺幽王也（疏）正義言韓詩篇次與毛不異

十月之交朔月辛卯日有食之亦孔之醜（傳）之交日月之交會醜惡也彼月而

微此日而微（傳）月臣道日君道今此下民亦孔之哀（疏）周十月夏八月交謂朔也傳云之交日月之交
會者昭七年左傳日月之會是謂辰故以配日杜注云一歲日月十二會所會
謂之辰是謂日月之會也朔在日月之會今新法測日食者先求食限食限在
兩交日中交日正交黃白二道相交之度亦日交行去交近則食遠則否是謂
日月之交會也朔月月朔也朔月辛卯辛卯朔也此詩爲周幽王時十月辛卯
朔日有食之鄭箋用緯說改爲周厲王時日食儀徵阮元云大衍術日蝕議曰
小雅十月之交梁虞劆以術推之在幽王六年開元術定交分四萬三千四百
二十九入食限授時術議曰幽王六年十月辛卯朔泛交十四日五千七百九
分入食限蓋自來推步家未有不與緯說異者　本朝時憲書密合天行爲往
古所無今遵後編法推幽王六年十月朔正得入交如謂厲王時事者漸難執
以爭矣阮說詳揅經室集○傳訓醜爲惡者謂當受其凶惡也左傳晉侯問於
士文伯曰誰將當日食對曰魯衞惡之正爲毛傳所本管子四時篇日食則失
德之國惡之亦與傳訓同云月臣道日君道者東方之日傳日出東方人君明
盛無不照察也月盛于東方君明于上若日也臣察于下若月也彼日月同盛
以喻君臣有道此日月共微以喻君臣之失道也箋微謂不明也鄭柏舟日居
月諸胡迭而微箋日君象也月臣象也微謂虧傷也漢書劉向傳云日月薄蝕而無光
日月告凶不用其行四國無政不用其良彼月而食則維其常此日而食于何
不臧（疏）日月告凶承上章日月共微而言劉向傳引詩作鞫凶古鞫告通行道也箋行道度也不用之者謂相干犯也不用其良良善也言不用其善
政也箋云不用善人韓詩外傳不用其良臣而不以者未之有也是箋用韓義
後漢書左雄傳上疏言幽厲昏亂不自爲政褒豔用權七子黨進賢愚錯緒深
谷爲陵故其詩云四國無政不用其良亦與箋合○左傳晉侯問於士文伯曰
詩所謂彼日而食于何不臧者何也對曰不善政之謂也國無政不用善則自
取謫于日月之災故政不可不愼也案彼當作此詩正義及漢書五行志引不
誤彼月此日卽承上章彼月而微此日而微以申說也天文志引此詩詩傳曰

月食非常也比之日食猶常也日食則不臧矣徐璈以爲魯詩傳

爗爗震電不寧不令（傳）爗爗震電貌震雷也**百川沸騰山冢崒崩**（傳）沸出騰乘也山頂曰冢崒者崔嵬**高岸爲谷深谷爲陵**（傳）言易位也**哀今之人胡憯莫懲**（疏）經言震電故傳云爗爗震電皃震電陰陽薄激而生震者電之聲電者震之光說文爗盛也謂聲光之盛也震爲雷言雷以該電也春秋隱九年大雨震電穀梁傳震雷也電霆也穀梁解電爲霆則電亦雷矣爾雅疾雷謂之霆疾雷卽震電之義郭注云雷之急激者謂霹靂今本爾雅霆下有霓字涉上文霓爲挈貳而誤衍○釆叔傳觱沸泉出皃是沸爲出也沸與渟聲義相近今音甫味反以沸爲灊非也騰讀爲滕假借字也玉篇滕水上涌也引詩正作滕騰乘閟宮同文選楊雄甘泉賦顏延之侍遊蒜山詩注引韓詩章句亦云騰乘也乘與陵義相近漢書李尋傳水爲準平王道公正脩明則百川理落脈通偏黨失綱則踊溢爲敗今汝潁畎澮皆川水漂踊與雨水並爲民害此詩所謂爗爗震電不寧不令百川沸騰者也其咎在於皇甫卿士之屬案三家詩沸騰爲踊溢與毛詩踊出乘陵訓同爾雅釋山山頂冢此傳所本也釋文崒本亦作卒漢書劉向傳及後漢書董卓傳贊注引詩作卒卒卽崒之假借字崒者崔嵬四字各本誤入箋箋云百川沸出相乘陵者由貴小人也山頂崔嵬者崩君道壞也箋正承傳文用三家說以申成毛義楊倞注荀子引毛傳有此四字今據以訂正漸漸之石箋卒者崔嵬鄭正用此傳文則崒古必作卒矣釋山崒者厜㕒此亦傳所本也小雅谷風傳崔嵬山顛也說文厜㕒山顛也字異義同周語幽王二年西周三川皆震伯陽父曰周將亡矣是歲也三川竭岐山崩韋注云三川涇渭洛也案川竭山崩在幽王二年與史記周本紀合非卽此詩百川沸騰山冢卒崩也本紀言見納褒姒在三年其立后尚在三年之後至六年週日食之變而作此詩劉向傳云天變見於上地變動於下水泉沸騰山谷易處劉子政以此詩上二章爲天變此章爲地變則陰陽不和天地易位之徵皆當在幽王六年中而子政以爲幽厲之際連類相及耳孔仲達亦知沸騰非震而卽以爲非幽王時未知審也漢書翼奉傳臣奉竊學齊詩聞五際之要十月之交

篇知日蝕地震之效似齊詩沸騰指地震說○傳文言易位也上荀子注引有高
岸爲谷深谷爲陵八字今各本皆奪足徵鄭氏箋詩於毛傳中皆有經文複句經
後寫者删之耳昭三十二年左傳史墨曰社稷無常奉君臣無常位自古以然故
詩曰高岸爲谷深谷爲陵三后之姓于今爲庶君所知也此蓋以谷陵之變徙喻
天命之靡常傳云易位正本左傳爲訓荀子君子篇以族論罪以世舉賢雖欲無
亂得乎哉其下卽引此詩亂卽易位荀毛義同也箋謂易位者君子居下小人處
上左雄說詩合鄭或本三家與毛不同憯當作
朁朁曾也懲止也胡朁莫懲言無有止亂也

皇父卿士番維司徒家伯維宰仲允膳夫聚子內史蹶維趣馬楀維師氏豔妻煽

方處（傳）豔妻褒姒美色曰豔煽熾也（疏）士事也主掌六卿之事謂之卿士卿士三
公中執朝政者幽王時則皇父也宣王之
時皇父爲大師與此皇父必是二人鄭語史伯曰夫虢石父讒諂巧從之人也而
立以爲卿士與剸同也棄聘后而立內妾好窮固也侏儒戚施寔御在側近頑童
也周法不昭而婦言是行用讒慝也不建立卿士而妖試幸措行暗昧也案史伯
說幽王時事與此詩正同疑皇父卽虢石父或皇父徂向更以虢石父代之世遠
年湮迄無攷證○鄭語幽王八年鄭桓公友爲司徒詩作於幽王六年爲司徒者
是番也漢書古今人表作司徒皮釋文引韓詩作繁如鄉射記皮樹今文繁豎之
側番與皮亦聲近史記河渠書河東守番係索隱引詩云番氏也○周禮宰夫下
大夫四人鄭司農注宰夫主諸臣萬民之復逆故詩人重之曰家伯維宰案仲師
以此宰爲宰夫毛無傳仲師治毛詩當是毛詩古說春秋宰咺服虔注咺天子宰
夫此亦宰夫稱宰之證也古今人表大宰家伯鄭箋宰爲家宰從魯詩說但家宰
是執政之官皇父爲卿士不當復有家伯爲大宰似誤○周禮膳夫上士二人鄭
司農以詩說之曰仲允膳夫雲漢傳云膳夫徹膳幽王以仲允爲膳夫也古今人
表作膳夫中術○周禮內史中大夫一人掌王八枋之灋凡命諸侯及孤卿大夫
則策命之鄭司農說以春秋傳曰王命內史興父策命晉侯爲侯伯策謂以簡策
書王命案幽王時聚子爲內史也古今人表作掫子○周禮趣馬下士皁一人徒
四人鄭司農說以詩曰蹶維趣馬雲漢傳云趣馬不秣是趣馬主養馬之官也書

立政篇有趣馬○周禮師氏中大夫一人鄭司農注詩云楀維師氏書牧誓亞旅師氏立政綴衣虎賁顧命師氏虎臣某氏傳云師氏大夫官虎臣虎賁氏案牧誓有師氏而無虎賁立政有虎賁而無師氏葢周公未定禮前師氏虎賁氏同官也至成王顧命二氏不同官故有師氏又有虎賁氏與周禮同雲漢傳云師氏弛其兵楀集韻引詩作楀古今人表師氏萬顏注萬讀曰楀潛夫論本政篇作踽○豔妻傳以爲卽正月褒姒褒姒爲幽王后而云妻者天子之妻曰后也漢書谷永傳云昔褒姒用國宗周以喪閻妻驕扇日以不臧又云絕驕嫚之端抑褒閻之亂外戚班倢伃傳亦云哀褒閻之爲郵案漢書多用魯詩褒閻卽渾括兩篇詩義先褒後閻其次序與毛同閻與豔聲相近褒姒閻妻爲二人三家詩初無明文正義引中候擿雒貳刻者配姬以放賢山崩水潰納小人叉昌受符厲倡嬖期十之世權在相自康成信緯候謂豔妻爲厲王后而解者遂沿鄭說矣桓元年文十六年左傳竝有美而豔之文方言豔美也宋衛晉鄭之閒曰豔美色爲豔竝與傳訓同說文偏𥳑盛也引詩作偏本毛詩訓也顏注谷永傳引魯詩閻妻扇方處扇者偏之假借今作煽俗字處居也

抑此皇父豈曰不時（傳）時是也**胡爲我作不卽我謀徹我牆屋田卒汙萊**（傳）下則汙高則萊**曰予不戕禮則然矣**（疏）抑讀爲懿假借字也古抑懿聲近義通抑此皇父與懿厥哲婦句意相同傳訓時爲是豈曰不是豈不是也曰語詞言皇父之自是也釋文引韓詩抑意也箋抑之言噫鄭用韓詩○胡爲何以也我我民也作耕作卽就也徹讀爲撤撤牆屋謂撤城邑民居也說文洿窊下也小池爲污古污洿通用故孟子污池一作洿池楚茨序田萊多荒箋茨棘不除也遂人注萊謂休不耕者案休不耕任其草生來歲反耕亦卽草萊之義也卒盡也此謂田盡不治則下者積水而高者薉草矣書湯誓篇我后不恤我衆舍我穡事而割正傳云我后桀也正政也言奪民農功而爲割剝之政文義與此正同也予皇父自予也箋云戕殘也我不殘敗女田業禮下供上役其道當然言文過也王肅改戕爲臧字

皇父孔聖（傳）皇父甚自謂聖**作都于向擇三有事亶侯多藏**（傳）向邑也擇三有事

有司國之三卿信維貪淫多藏之人也**不憖遺一老俾守我王擇有車馬以居徂**

向〔疏〕孔甚也經言甚聖傳云甚自謂聖卽承上章抑此皇父豈曰不時而重言之也○向邑未聞正義據杜注左傳河內軹縣西有地名向上軹縣向上周初蘇子邑未審何時爲皇父邑也王制大國三卿皆命於天子次國三卿二卿命於天子小國二卿皆命於其君鄭注云小國亦三卿此文似誤脫耳案白虎通義封公矦篇引王度記曰子男三卿周禮大宰乃施典于邦國設其參注參謂卿三人此皆列國三卿之證作都向邑則皇父本是列國傳釋三事爲三卿與常武同詩蓋刺貪不刺僭也亶訓信矦訓維維猶是也多藏爲貪淫多藏言皇父所擇立己國之三卿信是貪淫多藏之人也○憖無傳釋文引小爾雅憖願也方言願欲思也說文寧願詞也甯所願也憖寧甯聲轉相通俾使也不憖遺一老俾守我王言皇父不願遺一老使守衞我王也哀十六年左傳哀公誄孔子曰旻天不弔不憖遺一老俾屏余一人以在位句法正同韓詩憖闇也鄭箋憖者心不欲自强之辭也杜預注憖且也方言憖傷也郭注引詩云亦傷恨之言也諸家訓釋似不若願義爲長吉日傳差擇也差爲擇則擇亦爲差徂往也墨子明鬼下武王以擇車百兩與此擇字同釋詞云居語助言擇有車馬以往向也蓋皇父嘗日內附姻黨之族親外擯賢勞之故舊以居高位爲握重權雖張改封邑亦唯知私厚己國而身實仍在王朝

黽勉從事不敢告勞無罪無辜讒口囂囂下民之孽匪降自天噂沓背憎職競由人〔傳〕噂猶噂噂沓猶沓沓職主也〔疏〕劉向傳及後漢書傅毅傳注引詩作密勿黽勉密勿一聲之轉版傳云囂囂猶謷謷也釋文引韓詩作謷謷劉向傳作磝磝潛夫論賢難篇作敖敖字竝通劉向傳云君子獨處守正不橈衆枉勉彊以從王事則反見憎毒讒愬○噂猶噂噂沓猶沓沓此疊字釋單字之例釋文噂說文作僔今說文引詩人部作僔口部作噂僖十五年左傳引詩亦作僔玉篇人部同僔噂古今字說文僔聚也廣雅僔僔衆也聚衆義相近版傳泄泄猶沓沓也蕩箋其笑語沓沓如湯之沸羹之方孰說文沓語多沓沓也荀子正名篇愚者之言誻誻然而沸楊注誻誻多言也誻俗沓字然則傳沓

猶聚語也箋云傳傳沓沓相對談語職訓主由從也由人與自天對文職競由人言不從天降而主從人之競爲惡也

悠悠我里亦孔之痗（傳）悠悠憂也里病也痗病也四方有羨我獨居憂（傳）羨餘也民莫不逸我獨不敢休天命不徹我不敢傚我友自逸（傳）徹道也親屬之臣心不能已（疏）爾雅悠悠思也思與憂義近爾雅悝憂也瘇病也郭注引詩作悝玉篇引詩作瘇瘇悝同里者古文假借字傳病字宋本誤作居釋文不誤痗病伯兮同小司徒職以其餘爲羨鄭司農注云羨餘也羨與下文逸作對文餘者有餘於財即上章傳所謂貪淫多藏也我獨居憂言我獨憂也居爲語助我獨何害我獨于罹句法相同○箋云逸逸豫也爾雅釋訓不遹不蹟不徹不道也不遹者卽日月篇之報我不述也毛詩當作遹遹古述字不蹟者卽沔水篇之念彼不蹟也不徹者卽此篇之天命不徹也不遹不蹟不徹竝見於詩故爾雅統釋之云不道也傳釋徹爲道正本爾雅今爾雅不遹不蹟下衍一也字爲不可通矣天命不道言天之命不循道而行遂有日食震電之變所謂昊天疾威天篤降喪也我不敢傚我友自逸我親屬之臣自我也親屬之臣心不能已故不敢傚友之逸豫所謂敬天之怒無敢戲豫也

雨無正七章二章章十句二章章八句三章章六句

雨無正大夫刺幽王也雨自上下者也衆多如雨而非所以爲政也（疏）此詩爲賢者離居親屬之臣義不得去而作國政多門用是離居也古正政通用

浩浩昊天不駿其德降喪饑饉斬伐四國（傳）駿長也穀不熟曰饑蔬不熟曰饉

昊天疾威弗慮弗圖舍彼有罪既伏其辜若此無罪淪胥以鋪（傳）舍除淪率也

（疏）昊天斥王也駿長爾雅釋詁文清廟同方言亦云駿長也駿同峻長猶常也不
長其德猶云不恒其德耳穀不孰曰饑蔬不孰曰饉釋天文襄二十四年穀梁
傳五穀不升爲大饑一穀不升謂之嗛二穀不升謂之饑三穀不升謂之饉四穀
不升謂之康五穀不升謂之大侵韓詩外傳嗛作鎌康作荒又墨子七患篇一穀
不收謂之饉二穀不收謂之旱三穀不收謂之凶四穀不收謂之餽五穀不收謂
之饑邵晉涵云餽與匱通案此皆相承古義以穀晐蔬也魯語能殖百穀百蔬韋
注云草實曰蔬此穀蔬別言也蔬古作疏○昊天當依定本作昊天此篇三言皆
作昊天作旻者因小旻召旻致誤逸周書祭公篇亦云昊天疾威可證昊天疾威
猶云疾威上帝也蕩傳云疾病人矣威罪人矣弗慮弗圖弗箋作不顧注漢書敘
傳引詩作不弗不同也節南山傳以不字訓弗字舍與羔裘之舍命不渝瞻卬之
舍爾介狄不同義舍命舍爾皆捨也此傳讀舍爲除謂舍卽除之假借除猶治也
淪率釋言文抑同漢書敘傳嗚呼史遷薰胥以刑晉灼注云齊韓魯詩作薰薰帥
也從人得罪相坐之刑也後漢書蔡邕傳下獲勳胥之辜李賢注云詩小雅曰若
此無罪勳胥以痛勳帥也胥相也痛病也言此無罪之人而使有罪者相帥而病
之是爲大甚見韓詩案薰勳古字通韓詩作薰訓帥毛詩作淪訓率韓詩作痡毛
詩作鋪竝字異而義同江漢傳鋪病也釋文引王肅訓鋪爲病義本江漢傳與韓
詩合鋪者痡之假借字言有罪者旣除伏其辜幷此無罪者
亦率相以病也正月云民之無辜幷其臣僕文義與此同

周宗既滅靡所止戾（傳）戾定也正大夫離居莫知我勩（傳）勩勞也三事大夫莫肎

夙夜邦君諸侯莫肎朝夕庶曰式臧覆出爲惡（傳）覆反也（疏）周宗當作宗周正月
傳宗周鎬京也此及
黍離箋皆同則鄭所據經本作宗周矣昭十六年左傳引詩作宗周北堂書鈔政
術部十六作宗周唐初尚不誤也正義引王肅述毛云其道已滅將無所止定案
王說是也既滅者卽承上章降喪饑饉斬伐四國而言桑柔民之未戾傳亦訓戾
爲定義同○正長也書般庚下篇今我民用蕩析離居罔有定極文十六年左傳
百濮離居將各走其邑竝與詩離居同勩勞釋詁文正大夫離居莫知我勩言長
官大夫皆已離羣索居而不知我之賢勞也廣雅勩苦也勞與苦義相近左傳引

詩作肄四章曾我暬御憯憯日瘁末章皆爾出居誰從作爾室皆此意也十月之交及常武所云三事諸侯三卿也此云三事天子三公也箋以三事為三公正義云鄭言三公者以經三事大夫為三公也王肅以三事為三公大夫謂其屬案王說非也三事大夫卽上文之正大夫也三事大夫言內也邦君諸侯言外也夙早也早夜夜未盡而早起以從事也夙夜朝夕皆二字連文成義夙夜謂早朝夕謂晚莫肎夙夜莫肎朝夕冢上文離居而言臧善也覆反桑柔同庶曰式臧覆出為惡蓋以原離居之故實出於王之不聽正言而反以善為惡也下章辟言不信卽承此意而申言之

如何昊天辟言不信（傳）辟法也 **如彼行邁則靡所臻凡百君子各敬爾身胡不相畏不畏于天**（疏）辟法釋詁文版同說文亦云辟法也彼與辟言對文邁亦行也臻至也至猶善也如彼行邁則靡所臻言如彼道聽途說則無所為善也小昊云如匪行邁謀是用不得于道文義相同○凡百君子統指三事大夫言胡何也不畏畏也胡不相畏不畏于天言何不各相敬畏畏于天也文十五年左傳引詩釋之云君子之不虐幼賤畏于天也左以不為語詞

戎成不退飢成不遂曾我暬御憯憯日瘁（傳）戎兵遂安也暬御待御也瘁病也

凡百君子莫肎用訊聽言則荅譖言則退（傳）以言進退人也（疏）說文戈部戎兵也从戈甲甲古文甲字今隸變作戎兵不退者幽王之末用兵不息也遂有成就之義故訓為安安讀安民之安飢不安者天降饑饉民無所安定也成當讀為誠我行其野成不以富論語顏淵篇作誠不以富此其證凡全詩句例莫不詞也而民莫不穀民莫不逸莫不為句中之詞維其詞也而曷維其已則維其常維其為句中之詞是用詞也而亂是用長亂是用暴是用為句中之詞于時詞也而肆于時夏陳常于時夏于時為句中之詞猶成不詞也而此篇戎成不退飢成不遂成不為句中之詞皆其例也箋云兵成而不退飢成而不安成連上讀失之○曾猶則也暬當從唐石經作暬從埶聲楚語居寢有暬御之箴韋注云暬近也後

箋云此詩自是暬御之臣所作而序云大夫刺幽王則暬御未必是小臣之稱嵩高王命傅御傳云御治事之官也然則此暬御當是近臣之治事者毛以侍御訓暬御則當爲左右親近之臣故末章傳云遭亂世義不得去其非小臣可知箋泥於暬字之解以爲左右小臣恐非毛旨矣案後漢書蔡邕傳夫世臣門子暬御之族天隆其祐主豐其祿抱膺從容爵位自從此與詩暬御同箋意以對大臣言故爲侍御左右小臣非謂內豎小臣之屬也韓子解老篇苦痛襍於腸胃之閒則傷人也憯憯則退而自咎與詩憯憯同憯卬邦國殄瘁傳瘁病也北山或盡瘁事國傳盡力勞病以從國事傳皆訓瘁爲病爾雅顇病也釋文或作悴說文悴憂也頞顲顇也疒部無瘁字○訊當作誶箋誶告也墓門歌以誶止傳誶告也今本作訊誤與此同後箋云傳以進釋荅字荅本當作對大雅桑柔聽言則對與此正同蕩流言以對傳云對遂也遂之義爲進易大壯不能退不能遂虞注遂進也此詩傳意蓋謂聽言則對譖言則退者有時聽淺近之言則進用其人有時受讒譖之言則排退其人季布所謂以一人譽召臣以一人毀去臣及王尊傳云一尊之身三期之閒乍賢乍佞皆其類也此二語所以申上文凡百君子莫肎用誶言由其輕信好讒故衆在位者無肎用危亡之事相告語者下章能言不能言亦卽承此章而反復明之惟聽言之不善故拙者病而巧者安也漢書賈山傳言秦退誹謗之人殺直諫之士是以道諛媮合苟容天下已潰而莫之告也其下引詩曰聽言則對譖言則退新序襍事篇齊宣王謂閭邱卬曰子有善言何見寡人之晚也卬對曰夫雞豚讙噭則奪鐘鼓之音雲霞充咽則奪日月之明讒人在側是以見晚也詩曰聽言則對譖言則退庸得進乎二條皆與傳義相近

哀哉不能言匪舌是出維躬是瘁〔傳〕哀賢人不得言不得出是舌也哿矣能言巧言如流俾躬處休〔傳〕哿可也可矣世所謂能言也巧言從俗如水轉流〔疏〕經言不能言傳云不得言得能聲轉而義相近以不字代匪字與邶柏舟出其東門常武傳同不得出是舌釋匪舌是出句所謂不能言也哿可正月同云可矣世

所謂能言也者八字作一句讀以釋哿矣能言句巧言從俗如水轉流釋巧言如流句所謂能言也不能言屬賢人能言則屬讒巧之人矣昭八年左傳叔向曰君子之言信而有徵故怨遠於其身小人之言僭而無徵故怨咎及之卽引此詩亦以君子之言屬不能言小人之言屬能言順經爲說潛夫論本政篇詩傷巧言如流俾躬處休言佞彌巧者官彌尊也亦與毛傳合俾左傳釋文作卑

維曰于仕孔棘且殆（傳）于往也云不可使得罪于天子亦云可使怨及朋友（疏）于往桃夭同何人斯傳云言也使讀官盛任使之使不可使不肎仕也可使肎仕也怨及朋友謂爲朋友所怨憎也朋友指賢者

謂爾遷于王都曰予未有室家（傳）賢者不肎遷于王都也**鼠思泣血無言不疾**（傳）無聲曰泣血無所言而不見疾也**昔爾出居誰從作爾室**（傳）遭亂世義不得去思其友而不肎反者也（疏）爾爾賢者也遷徙也處者欲招賢者其居王都而賢者離居終不來徙盖王都爲卿大夫之采邑曰予未有室家者言不得其祿位此代賢者自述其不肎遷從王都之意也正月傳鼠病也思語詞說文無聲出涕者曰泣是無聲爲泣也說苑權謀篇下蔡威公閉門而哭三日三夜泣盡而繼以血是涕多則血出爲泣血也奐妻顧琴芝執親喪淚下皆成血此目驗矣云無所言而不見疾也者釋無言不疾句二句家上曰予未有室家而言○出居卽離居言自王都出居也自昔賢者出居之後又誰與我共作室家謂無人相助治理也傳云不肎反卽不肎遷之意後箋云上篇末章我不敢傚我友自逸傳親屬之臣心不能已此篇末章傳思其友而不肎反可見二篇實一時之事此不肎遷于王都之賢者卽上篇之我友亦卽此篇之朋友也幽王之時亂形孔亟羣臣離散鄭桓公尙寄孥虢鄶爲逃死之計其不去者必實有義不得去之故此等傳義毛公當有師承斷非望文衍說也

小旻六章三章章八句三章章七句

小旻大夫刺幽王也（疏）旻天席幽王小旻猶小明也小明箋云言幽王日小其明損其政事以至於亂

旻天疾威敷于下土（傳）敷布也謀猶回遹何日斯沮（傳）回邪遹辟沮壞也謀臧不從不臧覆用我視謀猶亦孔之邛（傳）邛病也（疏）疾威二字平列義見上篇箋云旻天之德疾王者以刑罰威恐萬民與列女續篇嶲不疑傳釋詩義合此三家說也說文尃布也敷從尃聲敷俗字猶亦謀也常武傳云猶謀也單言謀箋言謀猶下兩言謀猶同三章不我告猶傳云猶道也以別上文之謀猶也四章匪大猶是經傳猶道也以別上文之爲猶也傳意可尋者也說文䆮裹也裹䆮也回邪即䆮裹之假借鼓鐘同傳訓遹爲辟者辟古僻字抑桑柔召旻皆云回遹釋文引韓詩回䮂文選幽通賦注作回穴西征賦注作回泬竝與回遹同回遹邪辟皆合二字成義箋以回爲回辟而遹用釋詁遹循之訓西征賦注引薛君章句云回邪僻也章句但釋回爲邪僻或鄭本韓詩沮訓壞壞毀也何日斯沮言不用天下毀壞也○爾雅邛勞也病與勞義相近巧言維王之邛箋亦云邛病也

潝潝訿訿亦孔之哀（傳）潝潝然患其上訿訿然不思稱乎上謀之其臧則具是違謀之不臧則具是依我視謀猶伊于胡底（疏）潝潝說文作翕翕爾雅翕翕詩正義釋文皆作潝潝漢書劉向傳作歙歙訿訿說文作呰呰傳不思稱乎上不思各本作思不正義不誤說文呰呰不思稱意也爾雅釋文引字林訿訿不思稱乎上之意皆用毛傳楊倞注荀子脩身篇引毛傳訿訿然不思稱乎上是其證爾雅潝潝訿訿莫供職也雅傳辭異而義同潝潝有強禦之義潝讀爲是謂脅君之脅傳云患其上者言與上爲患也訿訿有病弱之義史記貨殖傳呰窳偸生晉灼注呰病也應劭注漢書地理志呰呰弱也呰與訿同傳云不思稱乎上者言不思報稱乎上意也皆謂臣下不供職之事召旻傳

訿訿窳不供事也釋文引韓詩云潝潝訿訿不善之皃○底當從唐石經作厎所攵篇字不誤所攵傳云厎至也至猶善也言我視謀猶于何爲善也伊維也發語詞伊于胡厎與則靡所臻文義正相同

我龜既厭不我告猶（傳）猶道也謀夫孔多是用不集（傳）集就也發言盈庭誰敢執其咎（傳）謀人之國國危則亾之古之道也如匪行邁謀是用不得于道（疏）猶訓道不我告道言龜瀆既厭不復告我以吉凶之道也集就大明同集卽就之假借字元鈔本韓詩外傳作是用不就襄八年左傳引詩杜預注亦云集就也集就竝與成同義黍苗箋集猶成也爾雅就成也左傳云謀之多族民之多違事滋無成卽其義也伐木傳咎過也傳云謀人之國國危則亾之以釋經咎字之義誰敢執者言莫能任是過責也○匪毛無傳左傳注云匪彼也行邁謀謀於路人也不得于道衆無適從崑山顧炎武杜解補正元和惠棟毛詩古義皆以杜解爲長玉篇廣雅竝云匪彼也王念孫廣雅疏證云小旻三章曰如匪行邁謀是用不得于道四章曰如彼築室于道謀是用不潰于成語意正相同雨無正曰如彼行邁其意畧同則匪卽彼也案王說亦從杜解杜本賈服舊注賈景伯治毛詩故杜注左傳多同毛傳疑此詩毛傳本有匪彼也三字爲全詩匪字與彼字同義者發凡起例杜預注左傳卽本之以爲說匪彼疊韻

哀哉爲猶匪先民是程匪大猶是經維邇言是聽維邇言是爭（傳）古曰在昔昔曰先民程法經常猶道邇近也爭爲近言如彼築室于道謀是用不潰于成（傳）潰遂也（疏）猶謀也匪非也非與不同古曰在昔昔曰先民國語魯語文邢同程訓法連言之曰法程冀州從事郭君碑云先民有呈呈卽古程字經訓常連言之曰經常猶訓道六猶大道也巧言秩秩大猶箋亦云猶道也傳先釋經字後釋猶字逆其辭以爲釋則是經與是程同義而大猶與邇言作對文

也不以先民是法不能常守此大道即上篇所謂辟言不信也傳訓辟爲法與此訓程爲法文義正同鹽鐵論復古篇引詩釋之云此詩人刺不通於王道而善爲權利者亦與毛傳訓猶爲道合傳訓邇爲近者邇言近言也中庸舜好問而好察邇言鄭注云邇近也邇言雖察邇言是聽則不好察之矣傳云爭爲近言以釋維邇言是爭句言上之人維近言之是聽則下之人維相爭爲近言以逢迎王意此亦逆其辭以釋之也上文行邁謀與下文道謀皆所謂近言也○潰者當是遺之假借字遺與遂同義召旻草不潰茂傳同

國雖靡止或聖或否民雖靡膴或哲或謀或肅或艾傳靡止言小也人有通聖者有不能者亦有明哲者有聰謀者艾治也有恭肅者有治理者如彼泉流無淪胥以敗疏止至靡止細小之至也通俗文云不長曰幺細小曰麼靡麼古今字古祇作靡傳於靡止之靡訓小以別下靡膴之靡不同義國雖靡止猶云國無小耳說文聖通也連言曰通聖若豈風傳聖叡也楚語則連言之曰叡聖矣否古祇作不傳以不能詁不不能者言不能通聖也緜傳膴膴美也則此詩膴字當亦訓爲美靡膴無也民雖無美猶云民之無良耳釋文引韓詩作靡腜云猶無幾何正義云王肅讀爲幠幠大也無大有人言少也王用韓義則靡膴與靡止同也哲亦明也連言曰明哲謀讀爲敏如中庸人道敏政地道敏樹敏或爲謀即其證謀亦聰也連言曰聰謀艾讀爲乂爾雅乂治也乂古文叜字恭亦肅也連言曰恭肅乂爲治治爲治理言民亦有明於治理者也洪範五行傳長事一曰貌貌之不恭是謂不肅次二事曰言言之不從是謂不乂次三事曰視視之不明是謂不悊次四事曰聽聽之不聰是謂不謀次五事曰思心思心之不容是謂不聖案詩言聖哲謀肅艾即指洪範五事人有五常之性故皆有此五行之事也傳云明哲聰謀恭肅義即本洪範唯艾言治理聖言通聖但解義爲異古人引書不必依字解說耳或釋爲有古或有聲通也天保無不爾或承箋或之言有也東漢人訓詁如此若西漢之初則直謂或爲有矣或爲有有亦爲或或有同義此傳爲全詩或字通訓也○雨無正傳淪率也釋詁

云無發聲無淪胥以敗淪胥以敗也言周德日衰如泉水之流滔滔不返無
論智愚賢否將相率而底於敗亾也抑曰如彼泉流無淪胥以亾無亦發聲
不敢暴虎不敢馮河人知其一莫知其他（傳）馮陵也徒涉曰馮河徒搏曰暴虎
一非也他不敬小人之危殆也戰戰兢兢（傳）戰戰恐也兢兢戒也**如臨深淵**（傳）
恐墜也如履薄冰（傳）恐陷也（疏）馮陵疊韻說文淜無舟渡河也繫傳引詩作淜
毛詩作馮訓陵說文夌越也陵與夌通傳既詁
馮爲陵又依經句作訓則今本徒搏曰暴虎句舊當在徒涉曰馮河之上後人
誤倒耳爾雅釋訓暴虎徒搏也馮河徒涉也此傳所本也大叔于田傳暴虎空
手以搏之空搏卽徒搏李巡注云無舟而渡水曰徒涉論語述而篇子曰暴虎
馮河死而無悔者吾不與也是暴虎馮河當時有此形容危殆之語傳釋一爲
非釋他爲不敬小人之危殆言人知暴虎馮河爲害之非而無知其不敬小人
之危殆亦如暴虎馮河有立至之害也荀子臣道篇仁者必敬人凡人非賢則
案不肖也人賢而不敬則是禽獸也人不肖而不敬則是狎虎也禽獸則亂狎
虎則危災及其身矣引詩曰不敢暴虎不敢馮河人知其一莫知其它故仁者
必敬人敬人有道賢者則貴而敬之不肖者則畏而敬之賢者則親而敬之不
肖者則疏而敬之其敬一也其情二也毛傳正本荀子又昭元年左傳晉樂王
鮒曰小旻之卒章善矣吾從之予羽曰樂王鮒字而敬尤可證傳義之用古訓
非憑臆說也高注淮南子本經篇云言小人而爲政不可不敬不敬則危猶暴
虎馮河之必死人皆知暴虎馮河立至害也故曰知一而不知當畏愼小人危
亡也故曰莫知其它是漢人說詩與傳義皆合又呂覽安死篇注喻小人而爲
政不可以不敬不敬之則危猶暴虎馮河之必死也人知其一莫知其他一非
也人皆知小人之爲非不知不敬小人之危殆此解人知其二句與傳義略異
○雲漢傳兢兢恐也此以戰戰爲恐則兢兢爲戒戒愼與恐懼無二義也雲漢
兢兢亦作矜矜宣十六年左傳引詩戰戰兢兢本亦作矜矜說文兄部云兢讀
若矜隆俗隊字陷從高下也此傳云如臨深淵恐隊也如履薄冰恐陷也小宛
傳云如集于木恐隊也如臨于谷恐隕也二傳訓同案此詩本刺幽王用小人

而作故章末三句自言王者在上進賢退不肖當有戒慎恐懼之意左傳晉羊舌職引此詩而釋之云善人在上小宛末章韓詩亦謂大王居人上毛意或然也呂覽愼大篇云賢主愈大愈懼愈彊愈恐其下即引周書曰若臨深淵若履薄冰以言愼事也文義亦同

小宛六章章六句

小宛大夫刺幽王也

宛彼鳴鳩翰飛戾天（傳）興也宛小貌鳴鳩鶻鵰翰高戾至也行小人之道責高明之功終不可得我心憂傷念昔先人（傳）先人文武也明發不寐有懷二人（傳）明發發夕至明（疏）傳釋宛爲小兒大玄沈次冋宛雛沈覰宛雛即此雛正與詩訓同考工記函人眡其鑽空欲其惌也鄭司農注惌小孔貌惌讀爲菀彼北林之菀詩考作宛宛彼北林必是宛彼鳴鳩之誤晨風作鬱彼不作宛彼也毛傳訓宛爲小故仲師本之以證惌爲小孔說文宛惌一字也鳴鳩鶻鵰者昭十七年左傳鶻鳩氏杜注云鶻鳩鶻鵰也爾雅鶌鳩鶻鵃案鶻鵰鵰鵃字異義同傳於氓之鳩爲鶻鳩而此以鳴鳩爲鶻鵰則亦謂一物矣夏小正三月鳴鳩月令鳴鳩拂其羽御覽引蔡邕章句鳴鳩鶻鵰也釋文及氓正義引陸機義疏及高誘呂覽注竝以鳴鳩爲斑鳩廣雅鶻鵃鶌鳩也方言作鶌鳩與班同郭璞注爾雅云今江東亦呼爲鶻鵃似山鵲而小短尾青黑色多聲舊說及廣雅云斑鳩非也斑鳩鳩之大者故郭景純不從舊說釋文引字林云鶻鵃小種鳥也義與郭同戾天文選西都賦注引韓詩作厲天薛君章句厲附也韓與毛字異而義同毛傳訓翰爲高戾爲至又以申明興義鳴鳩之小不能高飛至天以喻幽王所行皆小人之道而欲責以高明之功終不可得也高注淮南子時則篇云鳴鳩奮迅其羽直刺上飛入雲中又注呂覽季春紀云是月拂擊其羽直刺上飛數十丈乃復此與詩義合○念昔先人此猶是思古明王之意也傳釋先人爲文武與雲漢傳先祖爲文武同禮記祭義篇言文王之祭即引

詩云明發不寐有懷二人是古說此詩者指文王言文武者文武道同也明發卽發明發明猶發夕此云明發發夕至明載驅傳發夕自夕發至旦載驅正義發夕謂夕時發行明發謂此至明之開發文義相同也懷思也二人謂父母也案此首章與四章台潛夫論讚學篇詩云題彼鶺鴒載飛載鳴我日斯邁而月斯征夙興夜寐無忝爾所生是以君子終日乾乾進德脩業者非直爲博己而已也蓋乃思述祖考之令問而以顯父母也觀此可以知兩章之詩恉矣

人之齊聖飲酒溫克〔傳〕齊正克勝也彼昏不知壹醉日富〔傳〕醉日而富矣各敬爾儀天命不又〔傳〕又復也〔疏〕爾雅齊中也正與中義相近猗嗟之選車攻之同桑柔之黎閟宮之翦傳皆訓爲齊齊皆正也齊爲正則聖爲通卜旻傳人有通聖者是也文二年左傳子雖齊聖又十八年傳齊聖廣淵與詩齊聖同溫猶溫溫也爾雅勝克也克勝互訓勝讀論語不使勝食氣之勝玄鳥傳勝任也○壹專壹也壹醉日三字連讀傳云醉日而富者醉日日醉也而富自富也此猶而甪自用之意瞻卬傳富福也此富字亦當作福字解言自以日醉爲福也經文壹醉日三字冡上文飲酒溫克而言富字卽生下文天命不又也儀威儀也傳訓又爲復執競傳反復也反從又反謂之復又謂之復其理一也不又猶不再也左傳云天祿不再

中原有菽庶民采之〔傳〕中原原中也菽藿也力采者則得之螟蛉有子蜾蠃負之〔傳〕螟蛉桑蟲也蜾蠃蒲盧也負持也教誨爾子式穀似之〔疏〕中原原中謂原田之中爾雅可食者曰原是也菽豆之大名傳以藿詁菽者菽亦得稱藿也七月亨菽釋文菽藿也采叔箋菽大豆也采之者采其葉以爲藿易林漸云旦種菽豆暮成藿羹皆是菽藿通稱之證說文尗豆也藿尗之少也尗菽藿藿爲古今字白駒傳藿猶苗也是藿爲菽之嫩苗者耳箋云藿生原中非有主也以喻王位無常家也勤於德者則得之此箋申傳力采者則得之之義○螟蛉桑蟲爾雅釋蟲文郭注云俗謂之桑蟃亦曰戎女正義引義疏云螟蛉桑上小青

蟲也似步屈其色青而細小或在草葉上又釋蟲蝎桑蠹蝎蛣蝠蝤蠐蝎案桑蠹即桑蟲一名蝎一名蛣蝠一名蝤蠐蛣蝠即步屈蝤蠐與螟蛉一語之轉自是一物也東山傳蜀桑中蟲釋蟲謂之烏蜀郭注云大蟲如指似蠶蓋蜀之爲獨也獨有大義故桑蟲之大者曰蜀亦螟蛉之類也蛉說文作蠕蜾蠃蒲盧亦釋蟲文郭注云即細腰蠭也俗呼爲蠮螉說文蠕蠃蒲盧細要土蠭也天地之性細要純雄無子引詩螟蠕有子蠕蠃負之蠕或作蜾純雄無子此即莊子細要者化之說也大玄親次三螟蛉不屬蜾蠃取之法言學行篇螟蠕之子殪而逢蜾蠃祝之曰類我類我久則肖之矣淮南子說山篇貞蟲之動以毒螫高注云貞蟲細要蜂蜾蠃之屬無牝牡之合曰貞箋蒲盧取桑蟲之子負持而去煦嫗養之以成其子中庸注蒲盧蜾蠃謂土蜂也蒲盧取桑蟲之子去而變化之以成爲己子也義疏云蜾蠃土蜂也似蜂而小腰取桑蟲負之於木空中七日而化爲其子司馬彪注莊子亦云取青蟲子祝使似之也說竝同然則螟蛉爲桑蟲蜾蠃爲蒲盧蒲盧即土蜂土蜂取桑蟲子變成己子故以蜾蠃爲純雄無雌解詩者從古無異說唯梁陶宏景本草注謂細腰土蜂作房自生子捕草上青蜘蛛爲子糧又有入蘆竹管中亦取草上青蟲因以前人說詩言細腰無雌敎祝青蟲變成己子爲謬於是唐宋以降都從陶而與舊說不同矣傳訓負爲持襁負戴皆持也持猶攜持也箋云喻有萬民不能治則能治者將得之○箋讀似如字詩異義云傳於似字皆訓爲嗣則此或不得同之於鄭稽古編引詩詁以似爲似續之似言王不能治民則將爲能治者繼而有之陳氏又謂此章以上四句與此二句文義各相承采爲采菽負爲負螟蛉則似之亦當爲似爾子謂嗣有女之萬民其言良是

題彼脊令載飛載鳴【傳】題視也脊令不能自舍君子有取節爾我日斯邁而月斯征夙興夜寐毋忝爾所生【傳】忝辱也【疏】六書故十題下引傳題眡也眡古視字玉篇題視也大學顧諟天之明命諟或爲題顧題卽顧視也題題諟竝從是聲義同常棣傳脊令雝渠也飛則鳴行則搖不能自舍爾箋云則飛則鳴求其類天性也案則飛則鳴卽此詩之載

飛載鳴詩言飛鳴而彼傳更言行搖以補經義之未備皆其不能自舍之意君子覗脊令以動其勤脩之念故云君子有取節爾漢書東方朔傳此士所以日夜孳孳敏行而不敢怠也辟若鶺鴒飛且鳴矣顏注云小青雀也飛則鳴行則搖言其勤苦也義與傳同○我君子自我也邁征皆行也日邁月征猶云日就月將耳毋唐石經作無忝辱釋言文大戴禮曾子立孝篇引詩云夙興夜寐無忝爾所生言不自舍也不恥其親君子之孝也傳以脊令之不自舍以興君子之不自舍正本大戴禮爲說

交交桑扈率場啄粟（傳）交交小貌桑扈竊脂也言上爲亂政而求下之治終不可得也**哀我塡寡宜岸宜獄**（傳）塡盡岸訟也**握粟出卜自何能穀**（疏）交交小皃秦黃鳥同

傳訓交交爲小卽首章訓宛爲小之義皆以喻行小人之道也桑扈竊脂釋鳥文爾雅作鳸說文雇籀文作鳸今字通俗作扈正義引義疏云桑扈青雀也好竊人脯肉脂及筩中膏故曰竊脂賈逵注左傳桑扈竊脂爲蠶驅雀者也蔡邕獨斷桑扈氏農正趣民養蠶說文亦云九雇農桑候鳥以趣民蠶事謂之桑扈以竊取肉食謂之竊脂以其色青又謂之青雀則桑扈與秋鳸竊藍其色相似而獨司蠶桑之候亦與春鳸同時桑扈篇交交桑扈有鶯其領傳鶯然有文章以其色言之也此傳用爾雅桑扈竊脂之文者以其性言之也淮南子說林篇鳥不食脂桑扈不啄粟非云廉也案桑扈食肉不啄粟是其天性今循場啄粟顚倒其性以喩上之人爲政而亂也傳云上爲亂政以釋經桑扈啄粟云求下之治終不可得兼揆下文塡寡岸獄而言易林同人云桑扈竊脂啄粟不宜亂政無常使心孔明焦說正與傳義合也箋謂竊脂無肉而啄粟不能自活尙不足以申成傳意○塡讀爲疹瘨卬傳疹盡也古塡疹聲通釋文引韓詩作疹云疹苦也疹卽殄字盡寡者盡謂窮盡寡謂寡特也岸爲犴之假借釋文引韓詩作宜犴宜獄云鄉亭之繫曰犴朝廷曰獄毛韓字異義同荀子宥坐篇注漢書刑法志注後漢書皇后紀注鹽鐵論刑德篇初學記政理部及說文引詩皆作犴周禮射人注作豻豻與犴同字悉本於韓詩也○握粟無傳惠棟詩古義云

古者卜筮先用精鑿之米以享神謂之糈東山經曰糈用稌米淮南說山曰巫用糈藉郭璞高誘皆云祀神之米楚辭曰巫咸將夕降兮懷椒糈而要之王逸云言巫咸將下願懷椒糈要之使筮者占茲吉凶之事是也故日者列傳云卜而有不審不見奪糈詩言貧者不得精鑿之米貞于陽卜而但持卷握之粟求兆丁豬肩羊膞雖得吉卜安能爲善乎管子云守龜不兆握粟而筮者屢中言無與於吉凶也

溫溫恭人（傳）溫溫和柔貌**如集于木**（傳）恐隊也**惴惴小心如臨于谷**（傳）恐隕也

戰戰兢兢如履薄冰（疏）爾雅溫溫柔也郭注云和柔抑溫溫恭人傳溫溫寬柔也各隨文立訓隊當作隊隊落也秦黃鳥傳云惴惴懼也隕亦隊也案此詩刺幽王以小智而登高位故末章陳古明王居上位而不敢怠忽於政事者恭人以言明王也韓詩外傳孔子曰明王有三懼一曰處尊位而恐不聞其過二曰得志而恐驕三曰聞天下之至道而恐不能行三懼者明君之務也詩曰溫溫恭人如集于木惴惴小心如臨于谷戰戰兢兢如履薄冰此言大王居人上也韓詩說與毛詩首章與義首尾相應與小旻章末文義亦同

小弁八章章八句

小弁刺幽王也大子之傅作焉（疏）大子大子宜咎也宜咎被幽王之放其傅乃述其念父而作詩此毛詩說也趙岐孟子注以小弁爲伯奇之詩或本三家義與毛詩說異與孟子親之過大而怨之說亦異事繫天下之存亡故曰大也

弁彼鸒斯歸飛提提（傳）興也弁樂也鸒卑居卑居雅烏也提提羣飛貌**民莫不穀我獨于罹**（傳）幽王取申女生大子宜咎又說褒姒生子伯服立以爲后而放宜咎將殺之**何辜于天我罪伊何**（傳）舜之怨慕日號泣于旻天于父母**心之憂**

矣云如之何〔疏〕說文昪喜樂也段注云弁者昪之假借鸒卑居爾雅釋鳥文正
義釋文鸒下有斯而以斯爲語詞定本無斯今俗本爾雅作鸒
鶥鷽下亦有斯案無斯字是也詩正義所引爾雅無斯爾雅釋文及周禮羅氏
疏御覽皇親部十二引毛詩傳皆無斯可證法言學行篇頻頻之黨甚於鸒斯
此用詩辭以足句耳傳既用爾雅鸒一名卑居而又云卑居雅烏也者此以今
名通古名之例說文鸒卑居也鸒與鷽同又云雅楚烏也一名鸒一名卑居秦
謂之雅郭璞注云雅烏小而多羣腹下白江東亦呼爲鵯烏鄭注水經濃水引
犍爲舍人以爲壁居馬融說又以爲賈烏小爾雅云小而腹下白不反哺者謂
之雅烏提者翍之假借鄭司農注翟氏翟讀爲翅翼之翅翅即翍也翟讀爲翅
與提讀爲翍同廣韻五支翍翍飛皃又提下云羣飛皃正義據定本集注傳文
羣下無飛字釋文本有飛字案有飛字是也御覽引傳有飛字可證箋云羣飛
而歸提提然經言歸飛故提提爲羣飛皃與振鷺有騶傳振振羣飛皃句正同
雅烏羣集而飛歸則提提然而樂以與大子既被放逐失父子之親是雅烏之
不如也○大車傳穀生也此穀字亦當作生義解我我大子也罹憂也言人莫
不有生聚相樂我大子獨處於憂謂將有放殺之事鄭語史伯告桓公曰王欲
殺大子以成伯服必求之申申人弗畀必伐之若伐申而繒與西戎會以伐周
周不守矣幽王八年而桓公爲司徒九年而王室始騷十一年而斃然則大子
宜咎奔放在申幽王將有放殺其事在九年之中而去西周之亾甚急促也此
傳據以釋經罹字之義亦總釋全章之恉以明小弁之詩乃宜咎被放而作管
子君臣上篇云婦人嬖寵假於男之知以援外權於是乎外夫人而危大子兵
亂內作以召外寇此危君之徵也○孟子萬章篇萬章問曰舜往于田號泣于
旻天何爲其號泣也孟子曰怨慕也長息問于公明高曰舜往于田則吾既得
聞命矣號泣于旻天于父母則吾不知也公明高曰是非爾所知也夫公明高
以孝子之心爲不若是恝我竭力耕田共爲子職而已矣父母之不我愛於我
何哉趙注云言舜自怨遭父母見惡之戹而思慕也案號泣于旻天于父母列
女傳母儀篇作號泣日呼閔天呼父母則兩于字當作呼字解於我何哉者猶
詩云我罪伊何也毛傳援引孟子爲訓正義云引此者言大舜尚怨故大子亦
可然也心之憂矣云如之何言如之何順於父母可以解憂也此亦大子之傳

述大子怨慕之詞正義謂其
傳言我心爲之憂則誤矣
踧踧周道鞫爲茂草〔傳〕踧踧平易也周道周室之通道鞫窮也**我心憂傷惄焉**
如擣〔傳〕惄思也擣心疾也**假寐永歎維憂用老心之憂矣疢如疾首**〔疏〕爾雅黛
罹禍毒也郭注云悼王道穢塞嘒嘒卽鳴蜩嘒嘒黛黛卽踧踧周道之異文釋
文引樊光本爾雅作攸攸攸音條竝與踧踧古聲同爾雅總括經義傳乃兼通
古訓釋踧踧爲平易說文踧行平易也引詩本傳訓傳云周道周室之通道者
周室謂鎬京也鞫窮邶谷風齊南山同窮猶塞也周室通達之大道其平易踧
踧然今爲茂草所塞墓門傳所謂幽閒希行用生此棘薪也楚辭東方朔七諫
何周道之平易兮然蕪穢而險戲亦此意也茂草生行道窮也讒人進家道窮
也故見者爲之憂傷○惄思釋詁文汝墳箋惄思也焉猶然也如與而通擣者
疛之假借字釋文引韓詩作疛云義同是韓訓心疾與毛同也高注呂覽盡數
篇云疛跳動又注審時篇云胕動病心胕讀如疛案疛訓心疾乃跳動病心之
疾襄三年左傳楚子重遇心疾而卒又昭元年傳六疾明淫心疾竝與傳訓同
箋云不脫冠衣而寐曰假寐說文云疢熱病也呂覽注云疾首頭痛疾也漢書
中山靖王傳宗室擯卻骨肉冰釋斯伯奇所以流離比干所以橫分也其下卽
引此詩以言子臣不得於其君
父者非謂此詩爲伯奇而作
維桑與梓必恭敬止〔傳〕父之所樹己尚不敢不恭敬**靡瞻匪父靡依匪母不屬**
于毛不罹于裏〔傳〕毛在外陽以言父裏在內陰以言母**天之生我我辰安在**〔傳〕
辰時也〔疏〕桑梓以喻國家傳意以桑梓爲父之所樹己尚恭敬以明幽王之周
室爲文武之周室大子尤必愛護之今遭放去不能安其宗是謂靡
其本所以怨也○屬猶附也罹當依唐石經作離凡別離與附離字皆作離不
作罹不屬于毛承靡瞻匪父句不離于裏承靡依匪母句靡無也匪非也非父

則無所瞻視非母則無所依據父者屬于毛非父則不得附屬矣母者離于裏
非母則不能附離矣言不得變於其父母也父母以言毛裏傳必云毛在外為
陽裏在內為陰者亦以明男正位外女正位內之義而念今之不然也辰訓時
我辰安在言我何適在今時也葛覃傳寧安也寧安同義故二字並與何同義

菀彼柳斯鳴蜩嘒嘒有漼者淵萑葦淠淠〔傳〕蜩蟬也嘒嘒聲也漼深貌淠淠衆
也譬彼舟流不知所屆心之憂矣不遑假寐〔疏〕菀柳傳菀茂木兒蜩蟬蕩同方言蟬楚謂之蜩是也其大者曰
唐蜩蟬其小者也傳云嘒嘒聲也疑聲上奪小字文選秋興賦注引詩傳嘒嘒
小聲也說文嘒小聲或作嚖廣雅嚖嚖鳴也疑嚖卽嚖字傳云漼深兒兒當作
也說文漼深也萑當作雈淠讀為朮說文朮艸木盛朮朮然也淠淠卽朮朮之
假借箋云柳木茂盛則多蟬淵深而旁生萑葦言大者之無不容說苑雜言篇
引此詩而釋之云言大者之旁無所不容又韓詩外傳云言大者無不容也此
鄭所本三家毛意或然也楚辭王褒九懷林不容兮鳴蜩王注云國不畜民賢
左遐也爾雅嘒嘒罹禍毒也郭注云羨蟬鳴自得傷已失所遭讒賊訓雖異而
意義實通○節南山傳屆極也舟流喻大子放逐二子乘舟傳云國人傷其涉
危遂往如乘舟而無所薄汎汎然迅
疾而不礙也礙猶止也文義與此同

鹿斯之奔維足伎伎雉之朝雊尚求其雌〔傳〕伎伎舒貌謂鹿之奔走其足伎伎
然舒也**譬彼壞木疾用無枝**〔傳〕壞瘣也謂傷病也**心之憂矣寧莫之知**〔疏〕傳釋伎伎
舒兒又云鹿之奔走其足伎伎然舒也者舒舒遲也箋云鹿之奔走其勢宜疾
而足伎伎然舒留其羣也此箋申傳也說文伎與也廣韻伎侶也與侶卽留羣
之義鹿足伎伎此卽鹿鳴傳鹿得萍呦呦然鳴而相呼之意也說文雊雄雉鳴
也雉雊求雌此卽伐木篇嚶其鳴矣求其友聲之意也以念今大子鹿雉之不
如○壞瘣二字疑經傳互譌經當作瘣傳以壞詁瘣爾雅樊本及說文玉篇广
部引詩皆作瘣爾雅瘣木符婁郭注云謂木病尪傴癭腫無枝條符婁說文作

㾀瘻傳云謂傷病也者釋經疾用無枝句傷病卽㾀瘻之意中論藝紀篇木無枝葉則不能豐其根幹故謂之瘣案此正與詩義合以喻大子放逐無輔翼如木之傷病無枝葉也僖九年左傳秦伯謂郤芮曰公子誰恃對曰臣聞亡人無黨卽此義也故下文云心之憂矣寧莫之知

相彼投兔尙或先之行有死人尙或墐之傳墐路冢也君子秉心維其忍之心之憂矣涕旣隕之傳隕隊也疏墐當爲殣形之誤也說文殣道中死人人所覆也引詩作殣楚語道殣相望韋注云道冢曰殣引詩亦作殣案道冢卽路冢古人葬路冢則不入塋域者也周禮蜡氏若有死於道路者則令埋而置楬焉此周制也列女傳節義篇夫慈故能愛乳狗搏虎伏雞搏狸恩出於中心也卽引此詩○君子席幽王也隕隊七月縣同隊猶墜也禮記云墜涕洟

君子信讒如或醻之君子不惠不舒究之伐木掎矣析薪扡矣傳伐木者掎其巓析薪者隨其理舍彼有罪予之佗矣傳佗加也疏醻猶荅也惠順也舒緩也究窮也不舒究之言不寬緩而窮治之也○七月傳角而束之曰掎賈逵國語注從後牽曰掎說文掎偏引也掎有三訓而義實相通此傳以掎木之顚釋經掎字蓋凡伐木者必先以繩索繫其顚木而角束之而偏引之而從後牽之今人斬伐大木者猶如是也顚俗作巓扡唐石經作扡玉篇引詩作杝五經文字木部杝又音褫見詩小雅則張參所據本亦作杝也杝音褫則與斯字同義墓門傳斯析也說文杝落也此傳以隨薪木之理釋經杝字與析薪同訓其義實相因也箋云掎其顚者不欲妄踣之杝謂觀其理也必隨其理者不欲妄挫折之以言今王之遇大子不如伐木析薪也依正義挫字衍○佗加疊韻俗字作䭾說文佗負何也負何與加義相近予我也詈今君子舍彼有罪之人而推加其罪於我也佗罪猶負罪書曰負罪引慝箋云舍襃姒讒言之罪而妄加我大子

莫高匪山莫浚匪泉傳浚深也君子無易由言耳屬于垣無逝我梁無發我笱

我躬不閱遑恤我後〔傳〕念父孝也高子曰小弁小人之詩也孟子曰何以言之
曰怨乎孟子曰固哉夫高叟之爲詩也有越人於此關弓而射我我則談笑而
道之無他疏之也兄弟關弓而射我我則垂涕泣而道之無他戚之也然則小
弁之怨親親也親親仁也固矣夫高叟之爲詩曰凱風何以不怨曰凱風親之
過小者也小弁親之過大者也親之過大而不怨是愈疏也親之過小而怨是
不可磯也愈疏不孝也不可磯亦不孝也孔子曰舜其至孝矣五十而慕〔疏〕浚讀
與濬同長發傳濬深也書皋陶謨濬畎澮距川史記作浚易恆初六浚恆鄭本作濬此浚濬聲通之證莫高匪山莫浚匪泉與莫赤匪狐莫黑匪烏句法相同
而與義未聞後漢書黃瓊傳曾子大孝慈母投杼伯奇至賢終於流放夫讒諛所舉無高而不可升相抑無深而不可淪可不察與此必本三家詩義○箋
由用也抑無易由言無曰苟矣箋由於也爾雅繇於也繇與由通用於義同韓詩外傳孔子正假馬之言而君臣之義定矣詩曰君子無易由言名正也此詩
乃深戒幽王當愼用其言不得易出諸口將有讒人屬耳於垣壁以窺伺之也言謂卽廢適立庶之言箋以爲用讒言恐非傳義無勿也逝之也之我梁發我
笱以喩褒姒讒佞將顚覆周室大子代父爲憂猶冀其或改也故云無逝我梁無發我笱邶谷風傳閱容也遑當作皇暇也以言不暇也恤憂也後後日也我
躬不閱皇恤我後言我身不能容說於父何暇憂我之後日乎案此皆念父之詞故傳云念父孝也念卽慕也傳又引孟子爲高子論小弁之詩親之過大而
怨是以爲孝直擬諸大舜怨慕當是積古解詩之義如此以總釋全章也

巧言六章章八句

巧言刺幽王也大夫傷於讒故作是詩也〔疏〕五章有巧言二字因以名篇

悠悠昊天曰父母且無罪無辜亂如此幠〔傳〕幠大也昊天已威予慎無罪昊天泰幠予慎無辜〔傳〕威畏慎誠也〔疏〕悠悠憂也且語助尊之如昊天親之曰父母皆斥幽王幽王好信讒而賢者被罪國政亦因之以致亂也幠大爾雅釋詁文亂如此幠言亂如此大也○已甚也威訓畏畏謂畏亂也列女傳續篇引詩釋之云言王爲威虐之政則無罪而遘咎也三家詩讀威如字予我大夫自我也慎誠白駒同慎之爲誠與展之爲誠亶之爲誠苟之爲誠竝同予慎無罪言我誠然無罪也予慎無辜言我誠然無辜也誠作虐義解不作實義解泰釋文作大音泰新序節士上下篇引詩作大昊天大幠承昊天已威句言王亂可畏甚大大也

亂之初生僭始既涵〔傳〕僭數涵容也亂之又生君子信讒君子如怒亂庶遄沮〔傳〕遄疾沮止也君子如祉亂庶遄已〔傳〕祉福也〔疏〕僭當爲譖釋文音側蔭反是也眾經音義卷五引詩作譖數者數與婁同義謂數進讒言也既爲終始既卽始終也涵與含通說文涵水澤多也卽引此詩是涵有容訓矣論語云浸潤之譖膚受之愬與詩義正同王肅云言亂之初生讒人數緣事始自入盡得容其讒言有漸也僭始既涵句就讒之者說下文乃言君子之信讒也涵釋文引韓詩作減云減少也與毛義異箋云君子斥在位者也○遄疾泉水烝民同沮止雲漢同孟子梁惠王篇嬖人有臧倉者沮君君是以不果來也曰行或使之止或尼之行止非人所能也是沮爲止也祉福六月同魯語慶其喜而弔其憂韋注云喜猶福也是福亦喜也遄已猶遄沮也宣十七年左傳范武子曰吾聞之喜怒以類者鮮易者實多詩曰君子如怒亂庶遄沮君子如祉亂庶遄已君子之喜怒以已亂也左傳喜詁祉與毛傳福詁祉義同箋云君子見讒人如怒責之則此亂庶幾可疾止也福者福賢者謂爵祿之也如此則亂亦庶幾可疾止也此鄭申毛也

君子屢盟亂是用長(傳)凡國有疑會同則用盟而相要也君子信盜亂是用暴
(傳)盜逃也盜言孔甘亂是用餤(傳)餤進也匪其止共維王之邛(疏)正義引定本及集注本皆
云用盟而不相要所據傳文有不字案無不字是也周禮司盟掌盟載之灋凡
邦國有疑會同則掌其盟約之載盟要卽盟約要之爲言成也故左傳要言亦
曰成言矣傳引周禮文以釋經之盟字耳屢當作婁婁數也數盟則亂長用猶
以也桓十二年左傳公欲平宋鄭秋公及宋公盟于句瀆之丘宋成未可知也
故又會于虛冬又會于龜宋公辭平故與鄭伯盟于武父遂帥師而伐宋戰焉
宋無信也君子曰苟信不繼盟無益也又襄二十九年傳鄭大夫盟於伯有氏
裨諶曰是盟也其與幾何竝引此詩○傳詁盜爲逃謂盜卽逃之假借字荀子
榮辱篇云陶誕突盜惕悍憍暴以偷生又云汙漫突盜常危之術也王霸篇云
汙漫突盜以先之案突盜卽王制篇之遁逃此盜逃通用之證莊十七年穀梁
傳云逃義曰逃餤進爾雅釋詁文說文無餤字炎部㷋炎光也从炎舌聲徐鍇
云當从甛省聲段注改從㐁聲是也谷部㐁舌皃讀若三年導服之導一曰讀
若沾疑餤卽⿰炎㐁之異體⿰炎㐁從㐁聲㐁讀若沾則⿰炎㐁亦讀如沾沾今之添字炎光
之升曰⿰炎㐁與亂氣之進曰⿰炎㐁其理同也⿰炎㐁㷋形近㐁旁炎因誤作舌旁炎㷋亦
作㷋㷋餤聲近舌旁炎又誤作臽旁炎耳古字作⿰炎㐁⿰炎㐁與甘韻釋文餤音談音
鹽皆誤○匪不也維爲也止共猶言共止倒句協韻耳小旻傳云邛病也韓詩
外傳引詩釋之云言不共其職事而病其主也箋小人奸爲讒佞旣不共其職
事又爲王作病鄭用韓以申毛也說苑政理
篇此傷姦臣蔽主以爲亂者也亦與韓詩同
奕奕寢廟君子作之秩秩大猷聖人莫之(傳)奕奕大貌秩秩進知也莫謀也他
人有心予忖度之躍躍毚兔遇犬獲之(傳)毚兔狡兔也(疏)韓奕傳奕奕大也御
覽地部五引彼傳也
作皃與此傳同疑皃皆也字之誤秩秩進知者謂進乎知也小戎傳云秩秩有
知也說文載大也讀若詩載載大猷此本三家詩猷道也莫讀爲謨此假借字

漢書敘傳注後漢書文苑傳毅傳注引詩作譔抑傳云譔謀也○箋以他人指讒人釋文忖本又作寸寸古刌字說文刌切也刌度言案切測度也躍躍初學記獸部及文選西京賦注引詩作趯趯草蟲傳云趯趯躍也史記春申君列傳詩云趯趯毚兔遇犬獲之集解引韓嬰章句趯趯往來皃獲得也言趯趯之毚兔謂狡兔數往來逃匿其跡有時遇犬得之王肅云言其雖騰躍逃隱其迹或適與犬遇而見獲此王用韓以述毛也廣雅毚猾也狡猾義相近毚兔狡兔喻讒人

荏染柔木君子樹之傳荏染柔意也柔木椅桐梓漆也往來行言心焉數之蛇蛇碩言出自口矣傳蛇蛇淺意也巧言如簧顏之厚矣疏說文栠弱皃姌弱長皃廣雅栠栠姌姌弱也荏染即集姌柔弱同義傳因詩言柔木故云柔意也定之方中椅桐梓漆爰伐琴瑟謂此四木中琴瑟材榛栗因言樹而連及之耳傳訓柔木椅桐梓漆不數榛栗者以此也抑荏染柔木言緡之絲傳緡被也謂被之於琴瑟也義自互明行道也往來行言心焉數之言往來在道路之言當心悉數之如君子之樹木也箋以行言與下碩言作對文碩言爲不顧行之大言行讀爲德行之行行言爲善言箋云此言君子樹善木如人心思數善言而出之善言者往亦可行來亦可行於彼亦可於己亦可是之謂行也未審傳意然不也○孟子告子篇訑訑之聲音顏色趙注訑訑自足其智不嗜善言之貌蛇與訑聲同而義近版傳泄泄猶沓沓也說文引詩作呭又作詍多言也蛇與泄呭詍又竝聲轉而義通傳云淺意也者淺讀與諓同文十二年公羊傳引書惟諓諓善竫言何注云諓諓淺薄之貌越語又安知是諓諓者乎韋注云諓諓巧辯之言公羊釋文引賈注國語云諓諓巧言也楚辭九歎讒人諓諓孰可愬兮王注云諓諓讒言貌引書諓諓靖言潛夫論救過篇云淺淺善竫傳君子怠鹽鐵論論誹篇云淺淺面從以成人之過竝與傳訓合解者多以淺近申傳失其義矣如簧如笙之鼓簧也

彼何人斯居河之麋(傳)水草交謂之麋無拳無勇職爲亂階(傳)拳力也既微且尰爾勇伊何(傳)骭瘍爲微腫足爲尰爲猶將多爾居徒幾何(疏)箋云何人者斥讒人也賤而惡之故曰何人爾雅釋水水草交爲湄傳所本也郭注及李注文選任昉奏彈引詩皆作湄湄本字麋假借字僖二十八年左傳余賜女孟諸之麋杜注云孟諸宋藪澤水草之交曰麋太平寰宇記云虞城孟諸澤俗呼爲湄臺此古麋湄通用之證蒹葭在水之湄傳湄水隒也水隒猶水邊水邊即水草之交○齊語於子之鄉有拳勇股肱之力秀出於眾者管子小匡亦作拳勇說文手部引國語作捲勇文選左思吳都賦覽將帥之權勇李善注權與拳同段注說文云吳都賦當作權勇權者捲之異體案拳捲權三字同傳詁拳爲力者義出國語也拳亦勇也韋注云大勇曰拳拳勇本才力之美稱所謂好勇而不亂者也職主也文二年左傳引周詩曰勇則害上不登于明堂況無勇而主亂乎惡之也襄十五年傳孫文子如戚孫蒯入使公飲之酒使大師歌巧言之卒章杜注云公欲以喻文子居河上而爲亂是其義也○骭瘍爲微爾雅釋訓文郭注云骭腳脛瘍創也說文云骭骹也骹脛也高注淮南子俶眞篇云骭自𨈭以下脛以上也然則𨈭下脛上生瘍是爲微音黴說文瘣病也一曰腫旁出也胡罪切古微瘣同部微即瘣之假借字爾雅釋文引字書作癥爲俗字腫足爲尰亦釋訓文腫足當作足腫足腫謂之尰猶骭瘍謂之微腫瘍互詞玉篇瘇足腫也尰足尰也亦作瘇說文瘇脛氣足腫詩曰既微且瘇籀文作尰案字當從重得聲古亦作重成八年左傳郇瑕氏土薄水淺其惡易覯易覯則民愁民愁則墊隘於是乎有沈溺重膇之疾杜注云沈溺溼疾重膇足腫重即尰之假借字伊何猶維何也言爾既居下溼之地得微尰之疾雖欲自恃其拳勇又何爲也猶謀也將多猶孔多爾雅無正云謀夫孔多是也既微且尰爾勇伊何承無拳無勇句爲猶將多承職爲亂階句居讀爲其語助詞徒猶直也定之方中傳以直訓徒此以徒爲直爾居徒幾何猶言爾直幾何也

何人斯八章章六句

何人斯蘇公刺暴公也暴公爲卿士而譖蘇公焉故蘇公作是詩以絕之【疏】漢書地理志河內郡溫故國已姓蘇忿生所封也今河南懷慶府溫縣是其地正義引世本暴辛公作塤蘇成公作箎譙周以爲謬不足信然應劭注漢書律曆志亦引世本暴辛公作塤又高誘注淮南子精神篇訟閒田者虞芮及暴桓公蘇信公是周有暴國矣箋暴蘇皆畿內國名解者遂據春秋時暴一名暴隧鄭地卽周之暴國未詳確實也戰國有韓將暴鳶一說周禮暴字皆作虣薄報反暴公之暴疑亦作虣說文無虣字虎部虢虎所攫畫明文也古音古博反與虣同部虣卽虢之異體故說文錄虢不錄虣其虢國正字當作郭虢爲假借字周幽王時虢石父爲卿士

彼何人斯其心孔艱胡逝我梁不入我門伊誰云從維暴之云【傳】云言也【疏】云從之云爲語助與之云之云不同義伊維也維其也伊誰云從其誰從也傳訓云爲言釋下云字不釋上云字云言也言卽譖言也古語言之言謂之云語云之云亦可謂之言言又謂之曰云言曰三字同義故三字亦皆爲語詞

二人從行誰爲此禍胡逝我梁不入唁我始者不如今云不我可【疏】二人謂蘇公與暴公也二人從行卽弟七章伯氏吹壎仲氏吹篪之意誰誰暴公也禍者時蘇公巳受譖被罪也○始者不如今云不我可此二句卽蒙二人從行而言我與何人俱爲王臣本有從行之義始者尙可不如今之不我可也句中云字爲語助正與雨無正茲訓咨爲可則可亦咨也咨猶嘉也

彼何人斯胡逝我陳【傳】陳堂塗也我聞其聲不見其身不愧于人不畏于天【疏】爾雅釋宮堂途謂之陳傳所本也塗途皆俗字古作涂孫郭注竝云堂下至門徑鄉飲酒禮主人與賓三揖至于階鄭注云將進揖當陳揖當碑揖李如圭以爲其北屬階其南接門內霤李與孫郭說同考工記匠人堂涂十有二分鄭注謂階前若今令甓裓也分其督旁之脩以二分爲峻也賈疏云漢時名堂涂爲

令甓䄍令甓今之塼也䄍則塼道也名中央爲督假令兩旁上下尺二寸則取二寸於中央爲峻焦循云䄍卽陔陔階次也蓋室南有堂堂下有階東西階及門之涂以甓甃之是謂之堂涂亦謂之陳陳者㯃之假借字說文㯃列也謂㯃列於東西也堂涂在門內詩曰逝陳則入門矣而不入我室所以聞聲不見身也此乃設辭耳箋泥上章言不入我門不入唁我故謂堂涂爲公館之堂涂但公館自在公所則不得稱我公館於經中我字義不相連且與下文我聞不見文亦不相承恐非詩恉

彼何人斯其爲飄風胡不自北胡不自南(傳)飄風暴起之風胡逝我梁祇攪我心(傳)攪亂也(疏)匪風卷阿傳皆以飄風爲回風本爾雅爲訓此云暴起之風終風傳云暴疾也訓異而以喻惡道則同也○我行其野傳祇適也說文攪亂也引詩本傳訓

爾之安行亦不遑舍爾之亟行遑脂爾車壹者之來云何其盱(疏)爾女女何人也遑古祇作皇皇暇也安徐而行不暇舍息亟疾而行又暇脂車言何人之行疾徐莫測猶上章飄風之不自北不自南之意也○卷耳傳盱憂也云何其盱何其憂也云爲語助盱爲憂下章祇訓爲病後箋云曰憂曰病皆承上文攪我心而言壹者之來卽指上文逝梁逝陳之事壹者猶言乃者高誘注呂氏春秋知節篇云一猶乃也漢書曹參傳乃者吾使諫君也注云乃者謂曩日也上來字對舍字言謂但來而不舍息下來字對入字言謂但來而不入唁

爾還而入我心易也還而不入否難知也(傳)易說也壹者之來俾我祇也(傳)祇病也(疏)傳易說下奪也字釋文以說也作音今補正易讀如平易之易易一音羊益切與懌聲相轉版傳懌說也懌謂之說易亦謂之說矣一音以豉切與夷聲相轉風雨郱傳夷說也夷謂之說易亦謂之說矣釋文引韓詩作施施善也毛韓字異而意同入入唁我不入不入唁我也否古作不釋詞云不語

詞否難知難知也言其心孔艱不可測也○祇從示氏聲與易知爲韻作祇從
氏聲者非也祇者地祇義不訓病而故訓云爾者祇讀爲疧此假借字也無將
大車白華傳疧病本字也此傳云祇病假
祇爲疧也說文疧病不翅也从疒氏聲

伯氏吹壎仲氏吹篪（傳）土曰壎竹曰篪及爾如貫諒不我知出此三物以詛爾
斯（傳）三物豕犬雞也民不相信則盟詛之君以豕臣以犬民以雞（疏）土曰壎爾雅大塤謂
之嘂郭注云塤燒土爲之大如鵝子銳上平底形如稱錘六孔小者如雞子釋
文引世本云塤圍五寸半長三寸半六孔塤與壎同周禮小師注說文廣雅竝
云六孔竹曰篪爾雅大篪謂之沂郭注云篪以竹爲之長尺四寸圍三寸一孔
上出寸三分一名翹橫吹之小者尺二寸廣雅云八孔是郭本廣雅爲說世本
云篪長尺二寸鄭司農笙師注云篪七空案空孔古今字七孔與八孔不異正
義云蓋不數其上出者故七也又周禮疏引禮圖言九孔風俗通義言十孔長
尺一寸所傳聞者異也版如壎如篪傳云言相和也箋云伯仲喻兄弟也我與
女恩如兄弟其相應和如壎篪以言俱爲王臣宜相親愛王肅亦云我與女同
寮長幼之官如篪壎之相和○貫讀易貫魚之貫箋云我與女俱爲王臣其相
比次如物之在繩索之貫也諒信也傳云三物豕犬雞也者挨下句詛字作解
云民不相信則盟詛之以釋經詛字之義盟亦詛類定本無盟字非也古多以
盟詛連稱周禮司盟云盟萬民之犯命者詛其不信者鄭注引春秋傳鄭伯使
卒出豭行出犬雞以詛射潁考叔者案此隱十一年左傳文韓子內儲說下篇
亦云釁之以雞豭若盟狀豭卽豕也豕犬雞爲出詛之物與詩義正同傳又云
君以豕臣以犬民以雞乃三物分作三等之用未知出於何書禮記曲禮下涖
牲曰盟賈疏載異義韓詩云天子諸侯以牛豕大夫以犬庶人以雞韓與毛同
唯牛爲盟牲因類
而及之爲異焉耳

爲鬼爲蜮則不可得有靦面目視人罔極（傳）蜮短狐也靦姡也作此好歌以極

反側（傳）反側不正直也（疏）蜮春秋經作蜮莊十八年穀梁傳云蜮射人者也蜮與蜮同一名短狐左釋文狐作弧說文蜮短狐也似鼈三足以气射害人段注云狐當作弧又名射景詩義疏云人在岸上景見水中投人景則殺之故曰射景又名射工左穀梁釋文竝云蜮本草謂之射工亦名水弩漢書五行志劉向以爲蜮生南越亂氣所生故聖人名之曰蜮蜮猶惑也在水旁能射人射人有處其甚者至死南方謂之短弧近射妖死亡之象也劉歆以爲蜮盛暑所生非自越來也顏注云即射工也亦呼水弩五行志狐亦作弧案短弧射景射工水弩其名類皆相近說文及正義引洪範五行傳皆謂似鼈而抱樸子登涉篇以爲狀如鳴蜩大其說迴殊御覽獸部二十一引韓詩云短狐水神也亦與毛異藝文類聚災異部引詩作則不可側或本三家詩○靦姡爾雅釋言文李孫注云靦人面姡然說文靦面見人姡面靦也是靦與姡皆面見人之貌也越語余雖靦然而人面哉吾猶禽獸也韋注云靦面目之貌又後漢書樂成靖王黨傳安帝詔曰甚有靦其面而放逸其心意與越語同罔極中也言不中正也周禮匡人掌達灋則匡邦國而觀其慝使無敢反側以聽王命荀子王制篇故姦言姦說姦事姦能遁逃反側之民竝與詩反側同書洪範云無反無側王道正直無反側謂之正直反側謂之不正直此傳義之所本也

巷伯七章四章章四句一章五句一章八句一章六句

巷伯刺幽王也寺人傷於讒故作是詩也巷伯奄官兮（疏）釋文正義秦風正義及周禮疏皆以此下有巷伯奄官四字又正義本官下有兮字小箋云兮也古通用然則序文有巷伯奄官兮五字矣今據以補正凡全詩不用經字名篇序必申釋其義若小雅雨無正之雨大雅常武之常召旻之旻頌之酌賚般皆然此云巷伯亦不用經中之字故序箸釋篇名之義此其通例也序以巷伯爲奄官則巷伯寺人爲一人周禮無巷伯之官唯襄九年左傳令司宮巷伯儆宮與此詩巷伯同左傳以巷伯次司宮猶周禮之寺人次內小臣杜預云巷伯即寺人當是賈服舊注巷

王之寺人五人於五人中最長者謂之孟子但云孟子則其官不顯但云寺人則其官爲五人長者亦不顯故詩以巷伯名篇巷者宮中之道名孟伯皆長也巷伯卽經所謂寺人孟子也箋以巷伯爲周禮之內小臣而與寺人別官非是

萋兮斐兮成是貝錦(傳)興也萋斐文章相錯也貝錦錦文也彼譖人者亦已大甚(疏)淇奧傳匪文章皃匪卽斐也文章爲斐文章相錯爲萋斐萋錯雙聲爲訓說文緀帛文皃引詩緀兮斐兮玉篇緀文皃緀本字萋假借字錦作貝文曰貝錦故傳云貝錦錦文也禹貢謂之織貝箋云錦文者文如餘泉餘蚳之貝文也興者喻讒人集作己過以成於罪猶女工之集采色以成錦文大甚者謂使己得重罪也

哆兮侈兮成是南箕(傳)哆大貌南箕箕星也侈之言是必有因也斯人自謂辟嫌之不審也昔者顏叔子獨處于室鄰之釐婦又獨處于室夜暴風雨至而室壞婦人趨而至顏叔子納之而使執燭放乎旦而蒸盡縮屋而繼之自以爲辟嫌之不審矣若其審者宜若魯人然魯人有男子獨處于室鄰之釐婦又獨處于室夜暴風雨至而室壞婦人趨而託之男子閉戶而不納婦人自牖與之言曰子何爲不納我乎男子曰吾聞之也男子不六十不閒居今子幼吾亦幼不可以納子婦人曰子何不若柳下惠然嫗不逮門之女國人不稱其亂男子曰柳下惠固可吾固不可吾將以吾不可學柳下惠之可孔子曰欲學柳下惠可

者末有能似於是也彼譖人者誰適與謀（疏）傳云哆大皃皃疑也之誤說文哆張口也僖四年穀梁傳於是哆然
外齊侯也楊疏云哆然寬大之意竝與傳同爾雅釋言誃離也郭注云誃見詩此卽哆兮之異文三家詩用雅訓哆誃同字大離同義說文銘字下及崔集注
本詩作侈兮哆兮疑古本當如是也箕星東方蒼龍之宿實居東宿之末在北之南故謂之南箕南箕卽箕星也大東篇維南有箕載翕其舌傳翕合也彼云
合舌此云張口各隨文訓箋云箕星哆然踵狹而舌廣今譖人之因寺人之近嫌而成言其罪猶因箕星之哆而侈大之正義云箕四星二爲踵二爲舌史記
天官書云箕爲敖客曰口舌索隱侈哆連文猶萋斐連文皆合二字成義萋斐成貝錦之文侈哆成南箕之形皆以喻譖人致讒與寺人受讒之由然讒必有因
故傳申明之云侈之言是必有因也讒之因出於己之不早辟嫌故又申明之云斯人自謂辟嫌之不審也下文卽引昝者顏叔子與魯人男子辟嫌之審不
審以自悔責己之不審義乃著於此章卽承上章侈哆之言以爲說其實傳意乃總釋兩章之恉義與白虎通義誅伐篇引韓詩內傳孔子爲魯司寇先誅少
正卯謂佞道已行亂國政也佞道未行章明遠之而已餘姚盧文弨以爲此詩內傳文韓言遠佞之必早與毛言近讒之不審其用意正同矣傳云摘屋者正
義摘謂抽也小箋摘屋卽左傳之抽屋也武梁碑作摘窂說文曰摘蹴引也云男子不六十不閒居者小箋此卽六十閉房之說謂不六十不能無欲也釋文
閒音閑是也正義男子作男女閒訓閒襍非云嫗不逮門之女國人不稱其亂者荀子大略篇柳下惠與後門者同衣而不見疑非一日之聞卽其事也小箋
後門卽不逮門謂不及門無宿處也禮記注曰以體曰嫗可者可字能似能字小箋依正義補

緝緝翩翩謀欲譖人（傳）緝緝口舌聲翩翩往來貌愼爾言也謂爾不信（疏）說文咠聶
語也聶附耳私小語也咠下引詩作咠咠今詩緝緝爲咠咠之假借字附耳私小語卽傳所謂口舌聲也桑柔傳翩翩在路不息也往來皃亦是不息之意○
箋云愼誠也女誠心而後言王將謂女不信而不受欲其誠者惡其不誠也韓詩外傳云受命之士正衣冠而立儼然人望而信之其次聞其言而信之其次

見其行而信之既見行而眾皆不信斯下矣詩曰慎爾言矣謂爾不信鄭同韓說古也矣通用

捷捷幡幡謀欲譖言（傳）捷捷猶緝緝也幡幡猶翩翩也豈不爾受既其女遷（傳）遷去也（疏）捷者接之假借春秋左傳捷公羊傳皆作接鄭注禮記內則篇接讀爲捷此古捷接聲通之證捷捷者有接續不絕之意故傳云猶緝緝也蘇林注漢書楊雄傳嘐音詩嘐嘐幡幡之嘐說文無嘐字幡幡猶反反翩翩猶偏偏是翩翩幡幡皆是偏黨反側之義故傳云幡幡猶翩翩也○傳於昬賓之初筵殷武皆云遷徙此云遷去又徙義之引申也詩異義云傳訓遷爲去言爾爲是不誠之讒言王豈不受乎既而知言不誠將舍去女也箋遷之言訕也謂王訕誹讒人訕者謗上之名亦賊義之稱以讒言爲非安得謂之訕誹不若傳去義爲當

驕人好好勞人草草（傳）好好喜也草草勞心也蒼天蒼天視彼驕人矜此勞人（疏）驕與憍同爾雅旭旭憍也釋文郭音呼老反是旭旭即好好之異文喜讀與嬉同郭璞云小人得志憍蹇之貌亦嬉之意也草讀爲慅假借字也月出勞心慅兮重言曰慅慅爾雅慅慅勞也是即詩草草之異文故傳云草草勞心也玉篇慅音草

彼譖人者誰適與謀取彼譖人投畀豺虎（傳）投棄也豺虎不食投畀有北（傳）北方寒涼而不毛有北不受投畀有昊（傳）昊昊天也（疏）投與木瓜小弁抑不同義棄也投與斁聲轉義同傳釋北爲北方今奪一北字寒涼而不毛又申釋北方之義毛草也即今北方大漠不草之地有昊猶言彼蒼蒼天謂之蒼昊天謂之昊其義一也後漢書馬援傳朱勃上書引詩釋之云此言欲令上天而平其惡勃能說韓詩與毛詩同箋云付與昊天制其罪也禮記緇衣云惡惡如巷伯

楊園之道猗于畝丘（傳）楊園園名猗加也畝丘丘名寺人孟子作爲此詩（傳）寺

人而曰孟子者罪已定矣而將踐刑作此詩也凡百君子敬而聽之〔疏〕楊園園名其地未聞道路也釋文猗於綺反徐於宜反依釋文本作倚徐仙民讀爲猗耳此與倚重較兮兩驂不倚同誤傳詁倚爲加者楊園在畝丘之上故云楊園之路加於畝丘也爾雅如畝畝丘此釋詩之畝丘也傳云丘名即本爾雅爲訓李注云謂丘如田畝曰畝丘孫注云方百步也李孫但依字作解而其地亦未聞楊園畝丘地必相連畝丘喻自己楊園喻讒人同處加讒亦是辟嫌不審之意小弁舍彼有罪予之佗矣傳佗加也兩加字義同○作爲此詩釋文一本云作爲作詩案一本非也定之方中作爲楚宮作爲楚室桑柔作爲式穀與此作爲同箋嫌作爲連文故云作起也孟子起而爲此詩訓作爲起以別爲爲作非有異本也定本作起也作爲也顏師古定本所見箋不可依據傳云寺人而曰孟子者作此詩也以釋經寺人孟子作爲此詩二句古曰爲通用寺人孟子言寺人之中爲孟子者也爲亦作也作爲此詩言作此詩也云罪已定將踐刑者此自明其被讒之禍且以原其作詩之由也罪定踐刑於經無當當是相傳古說如此今無攷

卷十九終

長洲陳奐學

谷風之什詁訓傳弟二十　毛詩小雅

谷風之什十篇五十四章三百五十六句

谷風三章章六句

谷風刺幽王也天下俗薄朋友道絕焉

習習谷風維風及雨(傳)興也風雨相感朋友相須將恐將懼維予與女將安將樂女轉棄予(傳)言朋友趨利窮達相棄(疏)習習和舒之皃東風謂之谷風傳見邶谷風篇及與也風與雨有相感之理以興朋友相須傳合下二章而總釋其義也○將猶方也文選任昉策秀才文注引韓詩將恐將懼薛君章句將辭也又楊雄甘泉賦注引章句同傳云言朋友趨利窮達相棄者將恐將懼窮也將安將樂達也女既達而予終窮乃相遺棄以釋經中棄字之義趨利者所以推明棄之之故也序云天下俗薄朋友道絕絕猶棄也

習習谷風維風及穨(傳)穨風之焚輪者也風薄相扶而上喻朋友相須而成將恐將懼寘予于懷將安將樂棄予如遺(疏)傳文疑有譌爾雅釋天焚輪謂之穨扶搖謂之猋李注云焚輪暴風從上下降謂之穨穨下也扶搖暴風從下升上故曰猋猋上也孫注云迴風從上下曰穨迴風從下上曰猋穨與猋不同自不得紐合爲說傳云穨風之焚輪者也

正用爾雅焚輪爲穨之訓小箋云焚輪猶紛綸也案言此者以興朋友相切直義已明備不煩更取扶搖以足經文穨字之義而與雅訓乖戾且上章維風冢上谷風維風及雨言谷風與雨興朋友相須此章維風亦冢上谷風維風及穨言谷風與穨興朋友相須若於焚輪之外更增扶搖之說則以風之上下及風之下上爲喻而於經中及字有難通矣朋友相須傳已見上章則此章更不必重文疊義也反復經傳義訓風薄相扶而上喻朋友相須而成十三字當是箋語誤入傳文耳風薄相扶而上鄭用爾雅扶搖爲猋之訓蓋以經之穨爲迴也故不從爾雅毛傳其月令注迴風爲猋亦不從爾雅毛傳用意正同上章箋云喻朋友同志則恩愛成末章箋云以喻朋友雖以恩相養亦安能不時有小訟乎唯此章無箋其云喻朋友相須而成三喻字一例讀可據以删正

習習谷風維山崔嵬無草不死無木不萎（傳）崔嵬山巔也雖盛夏萬物茂壯草木無有不死葉萎枝者 **忘我大德思我小怨**（疏）崔嵬山巓巓俗顚字十月之交傳云山頂曰冢卒者崔嵬爾雅顚頂也山顚即山頂崔嵬者是山顚巉巖之狀兩傳義同谷風生養萬物山顚之草木宜茂盛以興大德也萎與矮通草死木萎以興小怨也後箋云據正義引定本及集注草木無有不死葉萎枝者則正義本不同可知今觀正義云雖至盛夏之月萬物茂壯無能使草不有死者無能使木不有萎者可見傳文無有不死葉萎枝者當作無不有死葉萎枝者無不有即偶然有之之意非謂草木盡死也中論脩本篇詩曰習習谷風維山崔巍何木不死何草不萎言盛陽布德之月草木猶有枯落而與時謬者況人事之應報乎此雖不爲朋友德怨之喻然其言草木猶有枯落正與傳義同也

蓼莪六章四章章四句二章章八句

蓼莪刺幽王也民人勞苦孝子不得終養爾

蓼蓼者莪匪莪伊蒿（傳）興也蓼蓼長大貌 **哀哀父母生我劬勞**（疏）蓼蕭傳蓼長大皃重言之

則曰蓼蓼爾雅莪蘿菁菁者莪傳莪蘿蒿也蒸蒿類衆多蒿之言槀也若蔞蒿蕭蒿毋以秋老得名因之嫩而可食者亦通稱蒿故傳於菁菁者莪本爾雅莪蘿之訓又申之云蒿者義取成材言各有當也此詩首章莪蒿本一物而以時之先後異其名下章莪蔚本同類而以子之有無異其名後箋云嚴粲詩緝據爾雅蘩之醜秋爲蒿及彼注疏蘩蕭莪蔚之類始生氣味各異其名不同至秋老成則皆蒿之語以爲莪始生香美可食至秋高大則麤惡不可食喩子初生猶是美材至於長大乃是無用之子此語於取喩甚合且與首句蓼蓼長大下文生我劬勞語意尤融貫與謂傳云長大指莪不謂長大成蒿蓼蓼者莪言莪長大蓼蓼然以喩子得長大者皆父母生我之德也匪莪伊蒿於匪莪下作一轉語言非莪乃是蒿蒿不可食以喩子不得終養父母也首二章興義同三章因孝子不得終養之故由於王事征役故以缾罄罍恥爲喩末二章南山飄風以自敘其勞苦之情○爾雅京哀懷報德也郭注云悲苦征役思所生也豈風母氏劬勞傳云劬勞病苦也與此劬勞同

蓼蓼者莪匪莪伊蔚(傳)蔚牡菣也 哀哀父母生我勞瘁(疏)蔚牡菣釋草文郭注云無子者菣卽蒿牡菣謂之蔚說文云蔚牡蒿也正義引義疏云牡蒿也三月始生七月華華似胡麻華而紫赤八月爲角角似小豆角銳而長一名馬新蒿案本草角蒿馬先蒿亦名馬新蒿皆有子之蒿陸合牡蒿爲一與郭景純說無子者不同且蒿以牡名郭說是也後箋云莪爲有子蔚爲無子草木自以有子者爲材匪莪伊蔚正與上句一例

缾之罄矣維罍之恥(傳)缾小而罍大罄盡也 鮮民之生不如死之久矣(傳)鮮寡也 無父何怙無母何恃出則銜恤入則靡至(疏)說文缶部云缾罋也或作瓶罋汲缾也罄器中空也詩曰缾之罄矣穴部云窒空也詩曰瓶之窒矣毛作罄三家作窒也爾雅罍器也小罍謂之坎周禮鬯人注大罍瓦罍罍有大小之異罍大對缾小而言之也昭二十四

年左傳鄭子大叔對范獻子曰今王室實蠢蠢焉吾小國懼矣然大國之憂也吾儕何知焉吾子其早圖之詩曰缾之罄矣惟罍之恥王室之不寧晉之恥也此引詩缾喻已小國罍喻晉大國雖是斷章亦取缾小罍大之義傳云缾小而罍大正本左氏說也缾小而盡以喻已不得養父母罍大而恥以喻其不能養之之故實由於上之人征役不息爲可恥也所以刺幽王也後漢書陳忠傳建光中上疏云夫父母於子同氣異息一體而分三年乃免於懷抱先聖緣人情而著其節制服二十五月是以春秋臣有大喪君三年不呼其門閔子雖要經服事以赴公難退而致位以究私恩故稱君使之非也臣行之禮也周室陵遲禮制不序蓼莪之人作詩自傷曰缾之罄矣惟罍之恥言已不得終竟子道者亦上之恥也案忠釋詩凡三事此及鼓鐘民勞於經傳之指悉合大東傳云空盡也罄空聲之轉○鮮寡釋詁文鮮者尠之假借故與寡同訓傳於苕之華鮮可以飽鮮爲少與此鮮爲寡者訓近而意殊寡當讀惠鮮鰥寡之寡鴻鴈傳偏喪曰寡因之喪父母者亦曰寡意㨂下文無父無母而爲之釋也寡字逗不與民連讀寡孤一也寡民之生與左傳寡我襄公文義相同案此下二句卽承上二句一氣直下上之人征役不息則下之人勞苦不休以致喪父喪母不得終其養親之志孤寡之由皆上使之然也大戴禮用兵篇詩云鮮民之生矣不如死之久矣盧注以爲困於兵革之詩此引以證用兵之害就上之人一邊說不如死之久句乃孝子自歎其孤寡難堪也末二章云民莫不穀我獨何害穀生也言民無不生我我獨罹此勞苦之害也民莫不穀我獨不卒卒終也言民無不生我我獨不得終養父母也皆從此義而申說之讀者皆不得其解○鴇羽傳怙恃也渾言之則怙亦恃也釋文及華嚴經音義入法界品引韓詩云怙賴也恃負也析言之也恤憂也憂不得養也入則靡至言役罷而歸時父母皆喪入則無所至士喪禮下篇反哭賓弔者升自西階曰如之何鄭注云反而亡焉失之矣於是爲甚故弔之卽此意也序箋云二親病亡之時時在役所

父兮生我母兮鞠我拊我畜我長我育我顧我復我出入腹我【傳】鞠養腹厚也

欲報之德昊天罔極【疏】爾雅鞠生也依雅訓則母兮鞠我與父兮生我同義也傳以父生母養分言下文畜我育我我行其野傳畜養

也思文箋育養也鞠畜育聲義皆同拊與撫通拊我長我謂撫養長養也顧存回顧旋視之義復反也顧復猶出入也腹厚釋詁文詩連用九我字傳鞠訓養則拊畜長育皆養也腹訓厚則顧復皆厚也重言之者以明生我劬勞之意○氓閟有桃傳皆以罔極爲無中正引之詩述聞云欲報之德昊天罔極言我方欲報是德而昊天罔極降此鞠凶使我不得終養也不言父母既沒不得終養者無父何怙無母何恃已見於上文也昊天罔極猶言昊天不傭昊天不惠朱子所謂無所歸咎而歸之天也漢司隸校尉魯峻碑悲蓼莪之不報痛昊天之靡嘉得詩人之意矣義卽莪字案王說罔極是也昊天當斥幽王節南山兩言昊天亦斥幽王與此同非謂歸咎於天作此泛義易林乾蒙謙恆云南山昊天刺政閔身疾悲無辜背憎爲仇蓋出三家詩與毛詩亦合

南山烈烈飄風發發（傳）烈烈然至難也發發疾貌**民莫不穀我獨何害**（疏）烈烈然至難後箋云難當如行路難蜀道難之難以烈烈爲險阻之狀說文巁巍高也讀若厲玉篇巁韻作巁云巍也集韻類篇巁力蘖切山高皃古有巁山氏禮記祭法注厲山氏炎帝也起于厲山或曰有烈山氏然則烈烈爲山之高峻故傳以爲至難釋文飄本又作票何人斯傳云飄風暴起之風暴亦疾也飄風爲疾則發發爲疾皃

南山律律飄風弗弗（傳）律律猶烈烈也弗弗猶發發也**民莫不穀我獨不卒**（疏）後箋云南山律律王介甫以爲山之崒嵂說文無嵂字玉篇有硉字云硉矹危石文選七發上擊下律注云律當爲硉是律硉同字故傳云律律猶烈烈也案司馬相如子虛賦隆崇嵂崒嵂與硉同古弗發聲同碩人發發皇矣茀茀竝訓爲盛盛謂之發發亦謂之茀茀疾謂之發發亦謂之弗弗故傳云弗弗猶發發也

大東七章章八句

大東刺亂也東國困於役而傷於財譚大夫作是詩以告病焉（疏）幽王之世東國傷困則西周之政亂也譚國大夫作詩告病本刺周亂編諸小雅

有饛簋飧有捄棘匕（傳）興也饛滿簋貌飧孰食謂黍稷也捄長貌匕所以載鼎實棘赤心也周道如砥其直如矢君子所履小人所視（傳）如砥貢賦平均也如矢賞罰不偏也睠言顧之潸焉出涕（傳）睠反顧也潸涕下貌（疏）興者陳古以言今亦興體也餘皆託物以爲喻方言饛豐也自關而西秦晉之閒凡大貌謂之朦饛與朦通說文饛盛器滿皃引詩作饛後漢書張衡傳作蒙蒙者饛之假俗字伐檀傳孰食曰飧案孰食所晐甚廣傳既釋飧爲孰食而又冡簋盛黍稷謂孰食爲黍稷也禮記襍記篇枇以桑長三尺或曰五尺故傳釋捄爲長皃也鄭注襍記云枇所以載牲體者牲體卽鼎實牛羊豕鼎魚腊鼎鼎皆有匕匕取鼎實而載之於俎此匕較長於取黍稷之匕傳釋棘匕不冡上句簋飧故不以爲取黍稷而以爲載鼎實也鄭注又云吉祭枇用棘枇古祇作匕園有桃傳棘棗也秋官朝士注樹棘以爲位者取其赤心而外刺象以赤心三刺也淮南子時則篇孟冬其樹棗高注云棗取其赤心也棘木中心色赤故謂之赤心特牲記棘心匕刻是吉祭之匕用棘心也箋以此喻古者主人致客之禮○說文砥底之或字孟子萬章篇引詩作厎砥訓平均如砥爲貢賦平均矢訓不偏如矢爲賞罰不偏言周家貢賦賞罰之道如此也墨子兼愛下篇周詩曰王道蕩蕩不偏不黨王道平平不黨不偏其直若矢其易若厎君子之所履小人之所視若吾言非語道之謂也古者文武爲正均分賞賢罰暴勿有親戚弟兄之所阿卽此文武兼也案義正與毛傳合此陳古爲興○睠者反顧之皃傳也字當作皃睠言荀子作眷焉後漢書作睠然言焉然三字皆語詞說文潸涕流皃詩曰潸焉出涕韻會作然古然焉同也言顧古周道以念今則潸焉而涕下矣荀子宥坐篇今之世則不然亂其教繁其刑其民迷惑而墮焉則從而制之是以刑彌繁而邪不勝今

夫世之陵遲亦久矣而能使民勿踰乎詩曰周道如砥其直如矢君子所履小人所視眷焉顧之潸焉出涕豈不哀哉楊倞注云言失其砥矢之道所以陵遲哀其法度墮壞毛傳正用荀子

小東大東杼柚其空(傳)空盡也糾糾葛屨可以履霜佻佻公子行彼周行(傳)佻佻獨行貌公子譚公子也既往既來使我心疚(疏)說文云杼機持緯者釋文柚又作軸詩小學云織軸似車軸故同名柚是橘柚字因杼字從木而改軸亦從木非也案大玄挩篇棘木爲杼削木爲軸杼軸既施民得以煥挩擬之經緯法言先知篇田畝荒杼軸空謂之斆其字正作軸空盡爾雅釋詁文東東國小大東國杼軸盡空則是傷於財也管子國蓄篇大國內款小國用盡款與空一聲之轉義與此同下文因言譚困於役之事○爾雅釋訓佻佻契契愈遐急也郭注云賦役不均小國困竭賢人憂歎遠益急切案釋詩佻佻公子契契寤歎也下章傳契契憂苦也本爾雅此云佻佻獨行皃者亦謂困竭急切之狀與爾雅訓異意同釋文佻本或作窕韓詩作嬥嬥往來皃楚辭九歎注作苕苕玉篇彳部佻佻獨行皃並字異而聲同毛揆下行彼周行爲訓韓揆下既往既來爲訓也是詩譚大夫所作故公子爲譚公子詩言周行凡三卷耳鹿鳴及此也此周行無傳者易曉耳上行爲行來下行爲道楚辭注引作行彼周道卽其義言譚公子奉使周道往來不已東國之行役譚尤獨受其困乏也我譚大夫自我也

有冽氿泉無浸穫薪契契寤歎哀我憚人(傳)冽寒意也側出曰氿泉穫艾也契契憂苦也憚勞也薪是穫薪尚可載也哀我憚人亦可息也(傳)載載乎意也(疏)冽當作冽正義云七月二之日栗冽是冽爲寒意也說文冽寒皃故字從冰冽訓寒詩正用傳訓今說文仌部失冽篆仲達所見唐本不誤易井九五爻辭井冽寒泉食說文以爲水清則冽與冽不同義矣爾雅氿泉穴出穴出仄出也側與仄通邵晉涵正義云說文作厬仄出泉也又汍水出從孔穴疾出也湀側出

泉也是側出之泉文曰檿也艾釋文作刈穫薪刈薪也穫稻刈稻也穫稱刈稱也檴菽刈菽也毛於全詩檴字不傳而此作傳者以檴薪爲析薪不謂檴爲木也無浸浸也浸穫薪與哀憚人一喩一正作對文箋讀穫爲檴爾雅檴落樊光注引詩作檴薪與毛義異○楚辭九歎孰契契而委棟兮王注云契契憂貌也義與此同爾雅釋文及楚辭注契契一作挈挈擊鼓傳契闊勤苦也契本亦作挈廣雅挈挈憂也契挈挈聲通釋文憚字亦作癉小明同爾雅癉勞也郭注引詩作癉版傳癉病也勞與病義相近說文癉勞病也○載載乎意義不可解小箋云意當作車是也傳訓檴薪爲刈薪薪是檴薪上薪字疑是浸字之聲誤箋改檴作檴云薪是檴薪者析是檴薪也則鄭所據本巳作薪字矣亦可息當作不可息與東山篇不可畏也俗本作亦可畏也其誤正同此承上文反覆言之彼泉浸之刈薪尚可載乎車哀哉我東國勞人不能止息而自休也若作亦可息則與哀我勞人文不相承矣氓士之耽兮猶可說也女之耽兮不可說也抑白圭之玷尚可磨也斯言之玷不可爲也文正相同

東人之子職勞不來(傳)東人譚人也來勤也**西人之子粲粲衣服**(傳)西人京師人也粲粲鮮盛貌**舟人之子熊羆是裘**(傳)舟人舟楫之人熊羆是裘言富也**私人之子百僚是試**(傳)私人私家人也百僚是試用於百官也(疏)譚國在東故東人爲譚人來勤爾雅釋詁文爾雅又云勑勤勞也說文勑勞也賚傳勤勞也是勑與勤竝有勞義來古勑字箋云職主也東人勞苦而不見謂勤謂亦勑也○周在西故以西人爲京師人粲采一聲之轉今北方評好爲喝采南方衣服鮮麗爲粲聲如餐則重言曰采采亦曰粲粲矣爾雅燕燕粲粲尼居息也郭注云盛飾宴安近處優閒北山傳燕燕安息皃義本爾雅此釋粲粲衣服鮮盛皃者亦近處安息之意箋云京師人衣服鮮絜而逸豫舟人舟楫之人即今月令之榜人是也匏有苦葉傳舟子舟人主濟渡者各隨文訓熊羆裘爲富者言得禽多也正月箋云此言小人富而窶陋將貴也私人私家人謂私屬之家人也若七子姻婭之類

家人猶今言人家耳嵩高傳私人家臣也各隨文訓釋文僚又作寮說文作寮
釆芑傳試用也版傳寮官也傳文是試上寮百僚二字今依小箋補用於百官
此倒句法也詩異義云西人之子舟人之子皆對東人之
困病言私人之子則言羣小得志起下三章曠官廢職意
或以其酒不以其漿〔傳〕或醉於酒或不得漿鞙鞙佩璲不以其長〔傳〕鞙鞙玉貌
璲瑞也維天有漢監亦有光〔傳〕漢天河也有光而無所明跂彼織女終日七襄
〔傳〕跂隅貌襄反也〔疏〕經中或字領下句兼以不以言故傳分釋之云或醉於酒
或不得漿以見王政之偏也或有也以用也不以不用也
不可以不可用也下皆同韓詩外傳宋燕相齊見逐陳饒曰三斗之稷不足於
士而君鴈鶩有餘粟果園梨栗後宮婦人以相提擲士曾不得一嘗綾紈綺縠
靡麗於堂從風而弊士曾不得以為緣引詩曰或以其酒不以其漿釋文鞙又
作琄爾雅作琄說文無琄案鞙是也鞙鞙謂佩玉鞙鞙然非謂玉也傳玉皃當
作佩玉皃三字蓋奪一佩字耳說文鞙大車縛軛靼字亦作鞙釋名鞙縣也所
以縣縛軛也是鞙有縣繫之義箋云佩璲者以瑞玉為佩佩之鞙鞙然依箋亦
當有佩字劉昭注輿服志鞙鞙佩玉皃又集韻四十一迥琄佩玉皃可證爾雅
璲瑞也璲綬也璲為瑞佩瑞即佩玉佩玉之綬謂之璲詩言鞙鞙謂綬也佩璲
謂瑞也璲璲皆不見說文古字當作遂芄蘭箋遂瑞也正本此詩傳訓遂即瑞
之假借字爾雅肖琄刺素飡也箋云徒美其佩而無其德刺其素餐不以其長
言不用其長也周道衰微諸臣曠職下文皆從此句而申言之託天象星名以
為與○天以喻王也漢天河亦曰雲漢棫樸傳及雲漢箋並云雲漢天河也夏
小正七月漢案戶傳漢也者河也案戶也者直戶也言正南北也昭十七年左
傳冬有星孛於大辰西及漢梓慎曰星孛及漢漢水祥也又昭八年傳今在析
木之津孔疏云釋天析木之津箕斗之閒漢津也孫炎曰析別水木以箕斗之
閒是天漢之津也劉炫謂是天漢即天河也天河在箕斗二星之閒箕在東方
木位斗在北方水位分析水木以箕星為隔隔河須津梁以渡故謂此次為析
木之津也不言析水而言析木者此次自南而盡北故依此次而名析木也韋

昭注周語亦云津天漢也析木次名從尾十度至南斗十一度爲析木其川爲
漢津監視也光者水之光天河無星故傳云有光而無所明○跂俗企字小箋
云跂當從說文作攱攱是也說文七部攱頃也引詩作攱玉篇攱隅見顧希馮所
據毛詩亦作攱攱與敧音義皆同廣韻云敧者不正也墨子褋守篇其甚害者
爲築三亭三亭隅織女之令能相救諸蓋織女三星成三角故防禦築三亭以
象織女處隅之形文選顏延之詩注引薛君章句襄反也韓與毛同孰競傳云
反復也七七時也七月終日有七時言織
女星歷七時辰而復見於昏是謂之七襄

雖則七襄不成報章（傳）不能反報成章也**睆彼牽牛不可以服箱**（傳）睆明星貌
何鼓謂之牽牛服牝服也箱大車之箱也**東有啓明西有長庚**（傳）日旦出謂明
星爲啓明日既入謂明星爲長庚庚續也**有捄天畢載施之行**（傳）捄畢貌畢所
以掩兔也何嘗見其可用乎（疏）報亦反也反報猶反復箋云織女有織名爾駕則有西無東不如人織相反報成文章據正義
作報反夏小正七月初昏織女正東鄉初昏見織女在東而不在西小正七月
指夏時而言○睆唐石經作睆玉篇睆明星也廣韻睆明星皆本此詩而睆睆
鍇出疑傳文當作睆明見星字涉下兩言明星而誤衍禮記檀弓釋文睆華板
反明見與傳訓合睆睆睆三字說文皆不錄而艸部䓤從睆聲則說文有睆字
矣爾雅星紀斗牽牛也何鼓謂之牽牛是牽牛爲星紀或名何鼓何揭也鼓量
名實一星也郝懿行義疏云今驗牽牛三星牛六星牟廷相曰牛宿其狀如牛
何鼓直牛頭上則是牽牛人也何鼓中星最明舉頭即見而牛宿差不甚顯詩
人觸景攄情不必舍極明之何鼓而取難見之牛宿睆彼之詠謂何鼓不謂牛
宿明矣毛傳取爾雅爲釋精當不移月令季春旦牽牛中仲秋昏牽牛中皆何
鼓也考諸經典無名牛宿曰牽牛者天官書云牽牛爲犧牲其北河鼓蓋星家
失傳自此始今按牟說足訂史記之誤郭注云擔鼓擔者荷也擔荷說文作儋
何今南方農語猶呼此星爲扁擔何鼓三星中豐而兩頭銳下有儋何之象故

因名遂自史記誤以何鼓牽牛爲三星釋爾雅者因之而誤故李巡曰何鼓牽
牛皆二十八宿名也孫炎曰何鼓之旗十二星在牽牛北故或名何鼓爲牽牛
也爾雅以何鼓牽牛爲一星如李孫之義則二星孫炎又以何鼓左右之旗強
名爲何鼓斯失之矣服牝服傳本考工記車人大車崇三柯綆寸牝服二柯有
參分柯之二羊車二柯有參分柯之一鄭司農注云牝服謂車箱服讀爲負羊
車謂車羊門也釋名立人象人立也或曰陽門在前曰陽兩旁似門也案陽與
羊通牝即牛服者負之服字大車重載牛負之故謂之牝服既夕禮注云服
車箱也說文云箱大車牝服也服以負物箱以載物單言服則服爲車箱連言
服箱故傳分釋之服爲牝服箱爲大車之箱矣凡柯三尺大車崇三柯車崇九
尺也牝服二柯有參分柯之二謂車深八尺也羊車二柯有參分柯之一謂車
深七尺也大車任載牛負之不若乘車用馬故車深較長車廣較狹乘車前面
有版爲軓而後面無版以便升車是謂之淺軫大車後面有版爲軝而前面無
版以便載物是謂之陽門戴說文軝大車後也此大車之箱之制也詩小學云
李善思玄賦注引詩睆彼牽牛不可以服箱與下文不可以簸揚不可以挹酒
累句法一例鄭箋云以用也不可用於牝服之箱爲下文二不可以舉例也今
各本脫可字○傳云日旦出旦當作日正義已誤當從小箋本訂正日出東方
日旦出而明星見於東方是曰啓明啓開也開日之明也爾雅明星謂之启明
启與啓同日入西方日既入而明星見於西方是曰長庚庚續也猶繼也長猶
常也繼日而常明也故箋云啓明長庚皆有助日之名而無實光也史記索隱
引韓詩云大白晨出東方爲啓明昏見西方爲長庚毛傳以啓明長庚爲明星
韓傳以啓明長庚爲大白則明星亦謂大白星也天官書以明星代啓明以大
白代長庚而後之言星家遂多異說正義云庚續釋詁文今爾雅作賡書益稷
疏引詩作賡賡爲庚之譌庚訓續非即賡字也說文賡古文續庚賡同義不同
字楚辭九歎立長庚以繼日續即繼也○正義云上言捄長皃此云畢皃亦言
畢之長也鄭注月令云小而柄長謂之畢漸漸之石傳畢濁也天官書畢曰罕
車爲邊兵主弋獵畢星象田弋之畢故傳云所以掩兎十月之交箋行道度也
今天畢張施道度而不見其可用亦徒虛也
箋用特牲宗人執畢之畢易傳而解經各通

維南有箕不可以簸揚維北有斗不可以挹酒漿（傳）挹斠也維南有箕載翕其舌（傳）翕合也維北有斗西柄之揭（疏）簸亦揚也說文簸揚米去康也賓之初筵箋彼讀曰斠賓手挹酒士冠禮注尊斗所以斠酒也玉篇挹斠也說文斠挹也挹斠義同箕簸揚斗斠酒漿南箕北斗則不可用也韓詩外傳云言有位無其事也○翕合常棣般同玉篇引詩作吸云吸引也箋翕猶引也鄭讀翕為吸本三家詩義禮記曲禮以箕自鄉而扱之注扱讀曰吸謂收糞時也少儀執箕膺擖注膺親也擖舌也持箕將去糞者以舌自鄉蓋三家詩作吸訓引引舌內鄉似箕形毛詩作翕訓合說文合亼口也亼讀若集合舌者箕四星其舌二星亼口行列成箕形皆所以狀箕星之似箕也斗古料字說文料勺也杓料柄也揭高舉也

四月八章章四句

四月大夫刺幽王也在位貪殘下國構禍怨亂並興焉四月維夏六月徂暑（傳）徂往也六月火星中暑盛而往矣先祖匪人胡寧忍予（疏）傳訓徂為往往暑暑時而火星昏中其暑將往矣興者以喻我周列祖盛德而至幽王之身其德就衰矣月令季夏之月昏火中昭三年左傳晉張趯曰辟如火焉火中寒暑乃退此其極也能無退乎杜注云火心星心以季夏昏中而暑退案暑盛而往即是暑極而退之意毛傳正本左傳為訓詩凡八章各自為興不言興者略也○匪彼也彼猶其也胡寧皆何也先祖匪人胡寧忍予言先祖其人何忍予而降禍亂也與雲漢父母先祖胡寧忍予文義相同○正義云王肅述毛於六月徂暑之下注云詩人以夏四月行役至六月暑往未得反已闕一時之祭後當復闕二時也先祖匪人之下又云征役過時曠廢其祭祀我先祖獨非人乎王者何為忍不憂恤我使我不得修子道案王說雖未得毛恉然其言行役未嘗無據徐幹中論譴交篇以四月為行役過時刺怨而作徐偉長為漢靈帝末年人其

解詩正與王子離合則經中四月六月秋日冬日皆爲紀時也行役不歸不得養父母卽不得承祀先祖此又枉久役於外而念及之人情所必至也詩三章烈烈發發與蓼莪弟五章同句而二章淒淒爾雅與蓼莪哀哀同釋蓼莪序云民人勞苦孝子不得終養六章盡瘁以仕寧莫我有與北山或盡瘁事國同解北山序云已勞於從事不得養父母則與此詩文義亦甚相同文十三年左傳鄭伯與公宴于棐子家賦鴻鴈季文子曰寡君未免於此文子賦四月文子賦詩或是取下國構禍罣晉安集之意杜預注云義取行役踰時思歸祭祀卽用王子雖說行役關祭毛詩序傳所無而按諸經義三家詩亦未嘗無據序云構禍怨亂歎行役亦枉其中傳云暑盛而往小明篇所云載離寒暑其毒大苦者不妨假時以設喻此非毛詩序傳之正解而義實足以兼賅爾

秋日淒淒百卉具腓（傳）淒淒涼風也卉草也腓病也亂離瘼矣爰其適歸（傳）離憂瘼病適之也（疏）綠衣傳淒寒風也此云淒淒涼風涼寒義通爾雅哀哀悽悽懷報德也郭注云悲苦征役思所生也又廣雅云悽悽哀哀悲也哀哀卽蓼莪之哀哀父母悽悽卽此秋日淒淒之異文卉草出車同文選謝靈運戲馬臺詩淒淒陽卉腓李善注引韓詩曰秋日淒淒百卉俱腓薛君曰腓變也俱變而黃也腓音肥毛萇曰腓病也今本作腓字非案李注當作毛萇曰腓病也今本作痱字非今腓痱二字互誤張衡西京賦注王粲公讌詩注引毛詩百卉具腓鮑昭苦熱行渡瀘寧具腓注引毛詩秋日淒淒百卉具腓毛萇曰腓病也是李所據詩本作腓釋文云腓房非反病也韓詩云變也然則陸所見毛韓詩字皆作腓用假借字爾雅痱病也郭注云見詩玉篇痱風病也詩云百卉具痱或齊魯詩作痱用本字箋云涼風用事而衆草皆病興貪殘之政行而萬民困病傳意當然也○離憂兔爰斯干同今字作罹者非古也瘼病釋詁文桑柔同方言云瘼病也東齊海岱之閒曰瘼爰於也適訓之於其之歸言歸於亂爲此憂病也宣十二年左傳引詩曰亂離瘼矣爰其適歸歸於怙亂者也夫傳意本左傳說蓋經文亂字讀逗離瘼爲憂病此毛義也文選潘岳關中詩注引韓詩亂離斯莫薛君曰莫散也其所據韓詩作斯莫任昉爲范尚書讓表注引薛君曰瘼散也此瘼字當爲莫說苑政理篇云詩不云乎亂離斯瘼爰其

適歸此傷離散以爲亂者也離散用韓詩義家語辨政篇同今字作瘼者據毛改韓耳家語爰作奚常璩華陽國志引詩作奚其適歸詩小學云疑三家詩有作奚者

冬日烈烈飄風發發民莫不穀我獨何害（疏）蓼莪傳云烈烈然至難也發發疾皃箋云言王爲酷虐慘毒之政如冬日之烈烈矣其亟急行於天下如飄風之疾也案傳意當然也○穀生也我我幽王時也民莫不穀我獨何害言人無不貪生者而我何獨遭此害也

山有嘉卉侯栗侯梅廢爲殘賊莫知其尤（傳）廢大也（疏）箋云嘉善侯維也山有美善之草生於梅栗之下人取其實蹂踐而害之令不得蕃茂喻上多賦斂富人財盡而弱民與受困窮案傳意當然也○廢大爾雅釋詁文郭注卽引此詩釋文云一本作廢大也此是王肅義王子雝所據傳作廢大定本同宋本作伕者乃涉箋而誤尤過也列女傳續編引此詩而釋之云言忕於惡不知其爲過此箋及蕩箋言忕於惡用列女傳本三家義而毛意實同

相彼泉水載清載濁我日構禍曷云能穀（傳）構成曷逮也（疏）箋云相視也我視彼泉水之流一則淸一則濁刺諸侯並爲惡曾無一善案傳意當然也○廣雅構成也本傳訓也箋構猶合集也合集卽構成之義牆有茨箋內冓之言謂宮中所冓成頑與夫人淫昏之語冓與構通正義云曷逮釋言文今爾雅作遏郭注引方言東齊曰遏今方言遏作蝎說文遏微止也讀若桑蟲之蝎曷者遏之假借字逮者及也穀生也我日構禍曷云能穀言我今下國日日成此禍亂及己之身云能獨生乎

滔滔江漢南國之紀（傳）滔滔大水貌其神足以綱紀一方盡瘁以仕寧莫我有（疏）江漢大水故傳云滔滔大水皃也云其神足以綱紀一方者一方指南國紀卽綱紀也言江漢之大水南國百川其神足以綱紀之爾雅紀治也魯語仲

尼曰山川之靈足以紀綱天下者其守爲神法言君子篇仲尼之道猶四瀆也經營中國終入大海他人之道者西北之流也綱紀夷貉或入于沱或淪于漢茲與此綱紀同詩言江漢綱紀南國不使衆水放縱無所入以與幽王之神不足以紀理天下俾下國之諸侯恃强連禍不供王事更無江漢朝宗之義○盡瘁與北山盡瘁同仕事也北山或盡瘁事國傳云盡力勞病以從國事寧猶胡也有相親有也

匪鶉匪鳶翰飛戾天匪鱣匪鮪潛逃于淵（傳）鶉鵰也鵰鳶貪殘之鳥也大魚能逃處淵（疏）釋文云鶉字或作鷻說文鷻鵰也引詩作鷻鵰鷻也籀文从鳥作鵰鳶當爲鳶字之誤也說文無鳶字其所據詩字作鳶云鳶鷙鳥也鷙擊殺鳥也廣雅鷙鶚鵰也鷙鶚即鷻鳶正義云鵰之大者又名鶚孟康漢書音義曰鶚大鵰也說文鳶鷙鳥也鷻鳶皆殺害小鳥故云貪殘之鳥然則正義本作鳶與說文廣雅合釋文本作鳶後人依釋文改正義又以鳶五各反改說文鳶與專反說文注云鳶讀與專反者與鷻疊韻而又雙聲說文鷻鵰也夏小正謂之弋弋即鳶也弋之字變爲鳶廣雅疏證云當從鳥戈聲而書作鳶鳶字古音在元部古從戈聲之字多有讀入此部者故說文閱從戈聲而讀若縣戊從戈聲而讀若環鳶之從戈聲而音與專切亦猶是也案作弋作鳶說俱有理讀與專反者或出三家詩而毛詩作鳶五各反當以說文所據爲證旱麓鳶飛戾大箋鳶鴟之類鳥之貪惡者也說文注云鳶亦當爲鳶正義引說文鳶鷙鳥此亦引說文鳶鷙鳥而從俗寫爲鳶耳釋詞云匪彼也傳云鵰鳶貪殘之鳥也者以喻貪殘之人處於高位傳文大魚上疑奪鱣鮪二字云鱣鮪大魚能逃處淵者以喻今民不能逃避禍害是大魚之不如矣

山有蕨薇隰有杞桋（傳）杞枸檵也桋赤棟也君子作歌維以告哀（疏）蕨薇詳草蟲篇杞枸檵四牡同隰有杞杞生於隰也下篇陟彼北山言采其杞杞生於山也是枸檵山隰皆有矣桋赤棟爾雅釋木文爾雅又云白者棟郭注云赤棟樹葉細而岐銳皮理錯戾好叢生山中中爲車輞白棟葉圓而岐爲大木邢疏引義疏云棟葉如柞皮薄而白其木理赤者爲赤棟一名桋白者爲棟其木皆堅韌今人以

爲車轂案杞棟同類郭景純謂赤棟叢生是已但云赤棟生山中詩言隰棟豈山隰亦皆有此木歟蕨薇之菜杞棟之木山隰足以覆養而有之以喻在位之人不能恩育萬民病困草木之不如○君子庶在位之人作此詩歌以告哀於君子此倒句也正義謂作者自言君子似非詩恉君子作歌與吉甫作頌不同也

北山六章三章章六句三章章四句

北山大夫刺幽王也役使不均已勞於從事而不得養其父母焉

陟彼北山言采其杞偕偕士子朝夕從事傳偕偕彊壯貌士子有王事者也王事靡盬憂我父母疏北山采杞以喻勞於從事言語詞○偕偕爲彊壯彊當作彊說文偕彊也引詩偕偕士子本傳訓也大玄彊次四爰聰爰明左右彊彊測曰爰聰爰明庶士方來也又增上九測曰羣士彊彊偕偕與彊彊同士讀爲事傳云士子有王事者王事揆下句爲訓從事從王事也三章云嘉我未老鮮我方將旅力方剛經營四方卽其義箋云靡無也盬不堅固也王事無不堅固故我當盡力勤勞於役久不得歸父母思己而憂

溥天之下莫非王土率土之濱莫非王臣傳溥大率循濱涯也大夫不均我從事獨賢傳賢勞也疏溥大爾雅釋詁文公劉同溥天之下昭七年左傳東周策孟子萬章荀子君子韓子說林上忠孝呂覽愼人新書匈奴白虎通義封公矦懿服史記漢書司馬相如傳韓詩外傳皆作普普通率循釋詁文率古遳字古文作率漢人作遳今率行而遳廢矣緜訪落同濱古當作瀕漢書王莽傳白虎通義封公矦懿服篇引詩作賓爲假借字說文無涯字采蘋傳作厓○大夫在上位者庶大夫不直庶幽王也節南山傳均平也不均序所謂役使不均也我有王事者自我也傳訓賢爲勞者廣雅賢勞也王念孫疏證云孟子萬章篇引詩而釋之曰此莫非王事我獨賢勞也賢亦勞也賢勞

猶言劬勞故毛傳曰賢勞也鹽鐵論地廣篇亦曰詩云莫非王事而我獨勞刺不均也鄭箋趙注竝以賢爲賢才失其義矣案王說是也我從事獨賢序云已勞於從事是賢勞同也襄十三年左傳引詩而釋之云言不讓也亦謂大夫不知讓不讓與不均同意此詩專刺幽王役使不均從事獨勞是即不均也首章言王事靡盬憂我父母又推獨勞者之情孟子云是詩也勞於王事而不得養父母也統釋首章與序言不得養父母合下章及末三章言獨勞不均皆從此章之義而申說之

四牡彭彭王事傍傍（傳）彭彭然不得息傍傍然不得已**嘉我未老鮮我方將旅力方剛經營四方**（傳）將壯也旅衆也（疏）烝民箋彭彭行皃傍當作㑥說文㑥附行也彭彭㑥㑥聲義皆相近傳於彭彭云不得息於傍傍云不得已互文見義也○未老方將對文故傳訓將爲壯方將即方壯也射義幼壯孝弟壯或爲將爾雅奘駔也奘與壯同樊孫本作將此皆壯將聲通之證旅衆釋詁文大明同桑柔靡有旅力與此旅力同秦誓番番良士旅力既愆周語四軍之帥旅力方剛孔傳韋注竝云旅衆也逸周書大明武篇我師之窮靡八不剛鹽鐵論繇役篇詩云獫允孔熾我是用戒武夫潢潢經營四方故守禦征伐所由來久矣竝與此詩同

或燕燕居息（傳）燕燕安息貌**或盡瘁事國**（傳）盡力勞病以從國事**或息偃在牀或不已于行**（疏）燕安也重言曰燕燕爾雅燕燕尼居息也字又作宴宴傳云安息義同或盡瘁事國昭七年左傳引詩盡瘁作憔悴漢書五行志所載左傳作盡顇鄭注周禮小司寇云謂憔悴以事國其所據詩作憔悴字異義同傳云盡力勞病以釋盡瘁二字語雖分釋而義實平列也云以從國事釋經事國二字倒句以釋之已止也行道也

或不知叫號（傳）叫呼號召也**或慘慘劬勞或棲遲偃仰或王事鞅掌**（傳）鞅掌失

容也【疏】叫號連緜字說文口部叫嘑也嘑號也言部訆大嘑也評召也碩鼠傳號呼也古嘑評呼通用叫謂之嘑嘑又謂之號號謂之呼評又謂之召是叫呼號召四字同義也慘慘釋文字亦作懆懆是也衡門傳云棲遲游息也仰釋文作卬鞅掌疊韻連緜字鞅掌失容猶言倉皇失據耳正義云傳以鞅掌爲煩勞之狀故云失容言事煩鞅掌然不暇爲容儀也今俗語以職煩爲鞅掌其言出於此傳也案莊子庚桑楚篇鞅掌之爲使郭象注云鞅掌不自得宋陳景元校本宥不字今各本奪不不可通矣崔譔云不仁意司馬彪云醜貌並與失容義近又在宥篇遊者鞅掌以觀無妄鞅掌亦浮遊動容之意

或湛樂飲酒或慘慘畏咎或出入風議或靡事不爲【疏】湛亦樂也讀爲酖連言湛樂般樂也連言般樂娛樂也連言娛樂愉樂也連言愉樂喜樂也連言喜樂康樂也連言康樂皆其例慘慘亦懆懆之誤箋云咎猶罪過也風猶放也

北山六章章六句

無將大車三章章四句

無將大車大夫悔將小人也

無將大車祇自塵兮【傳】大車小人之所將也無思百憂祇自疧兮【傳】疧病也【疏】大車與王風大車不同考工記車人大車崇三柯鄭注云大車平地載任之車晉語以傳召伯宗遇大車當道而覆韋注云大車牛車也詩以大車喻小人將大車喻進小人傳云大車小人之所將也者但釋經之大車而喻義自明也我行其野傳祇適也箋云喻大夫而進舉小人適自作憂累故悔之易林井云大輿多塵小人傷賢皇甫司徒使君失家亦此義也○疧石經作疷不誤疧病釋詁文白華傳我疧兮傳亦云疧病也詩小學云詩三用此字爲韵白華與卑韵何人斯祇與易知虒知斯韵此皆弟十六部本音何人斯俗地祇字爲之於六書爲假借若無將大車之疧而與弟十二部之塵韵讀若眞此古合韵之例又云張衡賦思百憂以自疢疢與疧音近禮記𪟝於鬼神鄭注𪟝或爲祇又說文舐一作䑛古狋氏讀如權精於此可求合韵之理釋文都禮反是唐初誤作疷

也

無將大車維塵冥冥無思百憂不出于熲（傳）熲光也（疏）荀子大略篇君人者不可以不慎取臣匹夫者不可以不慎取友友者所以相有也道不同何以相有也均薪施火火就燥平地注水水流溼夫類之相從也如此之著也以友觀人焉所疑取友善人不可不慎是德之基也詩曰無將大車維塵冥冥言無與小人處也又韓詩外傳云今子所樹非其人也故君子先擇而後種也詩曰無將大車惟塵冥冥案此釋詩並與序傳合箋云冥冥者蔽人目明令無所見也猶進舉小人蔽傷己之功德也○熲光釋詁文箋云使人蔽闇不得出於光明之道

無將大車維塵雝兮無思百憂祇自重兮（疏）箋云雝猶蔽也重猶累也

小明五章三章章十二句二章章六句

小明大夫悔仕于亂世也

明明上天照臨下土我征徂西至于艽野二月初吉載離寒暑（傳）艽野遠荒之地初吉朔日也心之憂矣其毒大苦念彼共人涕零如雨豈不懷歸畏此罪罟（傳）罟網也（疏）明明猶昭昭禮記中庸篇今夫天斯昭昭之多鄭注云昭昭猶耿耿小明也照臨猶照察也言至小之明其光甚微以喻世亂則闇於照察故詩以小明名篇○艽野遠荒之地說文艽遠荒也从艸九聲引詩本傳訓也古謂朔爲吉傳以朔日詁初吉者初始也初吉與吉月不同而朔日與月朔又異吉月月朔爲一月之始一日初吉者謂吉月之始朔日者謂月朔之日不必定在始一日自一至十皆是也二月夏正之二月或謂此二月爲周之二月者非也箋云我行往之西方至於遠荒之地乃以二月朔日始行至今則更夏暑冬寒矣尚未得歸案鄭說是也二月初吉冢上我征徂西句即下兩章

云昔我往矣日月方除昔我往矣日月方奥也載離寒暑卽下兩章云曷云其還歲聿云莫也經言先寒後暑箋乃以夏暑冬寒釋之蓋探下采蕭穫菽巳往秋冬之交爲言此西行之大夫固爲歷寒未歸而作也詩五章前三章每章下六句作對耦法上六句用錯綜法首章首二句明明上天照臨下土以喻身所小明之世爲全詩綱領至于艽野繫於我征徂西句下以箸明其行西所到之地二章念我獨兮我事孔庶繫於曷云其還歲聿云莫句下以言歲莫不歸而猶從事獨勞也三章政事愈蹙繫曷云其還下卽二章云念我獨兮我事孔庶也采蕭穫菽繫歲聿云莫下以驗星移物變有行役一時之苦卽首章云載離寒暑也三章上六句皆錯綜以變其體其實一線穿成解者或以二月初吉繫至于艽野之下遂謂二月既至艽野之二月失詩之意矣○共古恭字箋云共人靖共爾位以待賢者之君鄭以上三章共人卽末二章靖共爾位好與正直之君子案鄭說是也經以彼此作對文此者此幽王則彼者彼明王也小宛末章溫溫恭人惴惴小心韓詩以恭人爲大王居人上與此共人同傳云罟網古祇作网說文罟网也或作𦊆或作罠瞻卬罪罟不收傳罪罟設罪以爲罟與此罪罟同鹽鐵論執務篇古者行役不踰時春行秋反秋往春來寒暑未變衣服不易固已還矣若今則繇役極遠盡寒苦之地危難之處陟胡越之域今茲往而來歲還父母延頸而西望男女怨曠而相思身在東楚志在西河故一人行而鄉曲恨一人死而萬人悲詩云念彼恭人涕零如雨豈不懷歸畏此罪罟案桓引詩亦以彼爲古而此爲今春行秋反寒暑未變云云卽解二月初吉意繇役極遠盡寒苦之地云云卽解至于艽野意此雖非全引詩辭正是依詩辭爲說則二月爲春行西京舊說有可證也

昔我往矣日月方除【傳】除除陳生新也**曷云其還歲聿云莫念我獨兮我事孔庶心之憂矣憚我不暇**【傳】憚勞也**念彼共人睠睠懷顧豈不懷歸畏此譴怒**【疏】昔我往矣日月方除此追溯其我往之時也悉蟀除去也天保除開也去者除陳開者生新除字兼有此二義管子度地篇天氣下地氣上萬物交通故事巳

新事未起其下即云寒暑調日夜分分之後夜日益短晝日益長利以作土功之事案此與傳訓同汪龍詩異義云傳訓除爲除陳生新指二月也史記律書

卯之爲言茂也言萬物茂也白虎通義卯者茂也漢書律曆志冒茆於卯說文卯冒也萬物冒地而出象開門之形故二月爲天門徐氏鍇曰天門萬物畢出

也釋名卯冒也載冒土而出也傳以除陳生新爲二月義致確矣箋引爾雅四月爲除釋昔我往矣爲往至於艽野爾雅四月爲余雖除余義通但經言昔我

往矣是追溯始行之時釋往爲往到義終未安○釋文憚字亦作癉徐音旦徐仙民所據詩作癉矣今大東雲漢皆作憚訓勞憚爲癉之假借大東傳睠反顧

皃重言曰睠睠箋云睠睠有往仕之志也王注楚辭九歎引詩李注文選王粲登樓賦張衡思玄賦謝惠連獻康樂詩引韓詩並作眷眷懷顧說文有眷無睠

昔我往矣日月方奧（傳）奧煖也**曷云其還政事愈蹙**（傳）蹙促也**歲聿云莫采蕭穫菽心之憂矣自詒伊戚**（傳）戚憂也**念彼共人興言出宿豈不懷歸畏此反覆**

（疏）奧煖唐無衣同奧爲燠古文假借詩異義云說文煖溫也七月春日載陽箋陽溫也二月萬物畢出陽氣方盛經言方奧傳以煖解之亦致確也且二月

初吉爲始行而昔我往矣則不定指初吉之一日即二月之末接於三月之初凡在征途皆可言經方奧在方除下設文本有次弟疏既以春溫申傳復引洪

範疑燠當爲夏謂二月之初接於正月之末時尚有霜不可云燠其言非也案汪說允當呼解初吉爲一日自誤○蹙古祗作戚戚訓爲促者以疊韻爲訓召

旻傳云戚促也與此同今經典訓促急字皆作蹙子六反非古義古音也凡古今文字日以滋廣實由方語之殊引申假借之用故每字必有數音數義解經

者隨文立訓生生而不窮如公劉傳戚斧也戚之本義而此句政事愈戚訓促下句自詒伊戚訓憂言各有當不妨字同而義異也此故訓用字之通例蕭蒿

也菽九穀中最後穫者亨菽采菽皆其葉也至此則稱穫矣淮南子墬形篇云菽夏生冬死○戚古慽字說文慽憂也字亦作慼伊維也雄雉箋伊當作繄繄

猶是也正義云箋以宣二年左傳自詒繄慼小明云自詒伊戚爲義既同故此及蒹葭東山白駒各以伊爲繄小明不易者以伊慼之文與左傳正同爲繄可

知彖據此則孔所見左傳作彖與此詩作伊義同矣九罭傳云宿猶處也與言出宿言將起而出處仕於治朝也與上睠睠懷顧同意反亦覆也反覆猶反側也

嗟爾君子無恆安處靖共爾位正直是與（傳）靖謀也正直爲正能正人之曲曰直神之聽之式穀以女（疏）爾女女君子席王也恆常也無常於安處安息以起下文靖共好與之意荀子勸學篇君子傳學而日參省乎己則知明而行無過矣其下卽引詩曰嗟爾君子無恆安息靖共爾位好是正直神之聽之介爾景福楊注云無恆安息戒之不使懷安也漢書董仲舒傳武帝策賢良制曰詩云言人君不當苟自安處而已此其義也○靖謀爾雅不云虖嗟爾君子毋常安息神之聽之介爾景福顏注釋詁文詒是我將同其卽共人末二章承上三章念彼共人而言所以傷今而思古也襄七年左傳引此詩而釋之恤民爲德正直爲正正曲爲直參和爲仁如是則神聽之介福降之傳云正直爲正能正人之曲爲直其釋詩正直二字卽用左傳文左傳恤民爲德句以釋詩之靖字杜注云靖共其位所以恤民是也傳訓靖爲謀謀所以恤民當亦本諸左傳召旻實靖夷我邦我將日靖四方傳皆云靖謀也皆謂謀治民人意義相同靖共爾位則指明君矣大夫有恤民之責故引詩可斷章取義而要之詩意在刺幽王自不指在位之大夫禮記緇衣篇云有國者章善癉惡以示民厚則民情不貳亦引此詩箋指明君說不謀乃訓共爲具謂謀具女之爵位與共人箋義不可通共人不得稱具人也

嗟爾君子無恆安息（傳）息猶處也靖共爾位好是正直神之聽之介爾景福（傳）介景皆大也（疏）息猶處傳謂末兩章同意耳上章無恆安處此章無恆安息安息猶安處也殷其靁二章莫敢遑息三章莫敢遑處遑息猶遑處也葛生一章誰與獨處二章誰與獨息獨息猶獨處也浮游一章於我歸處二章於我歸息歸息猶歸處也傳皆云息止也○介大爾雅釋詁文生民同說

文夯大也方言夯大也東齊海岱之閒曰夯今字通作介猶奄大今作純爾大今作佛假借行而本義廢矣景大亦假借字文車牽玄鳥箋訓介爲助非傳義上章式穀以女爾女通稱穀善也爾景者景之假借左傳云介福降之則介福爲大福也穀女猶言介爾鄭於長記注云用祿與女是矣箋云其用善人則必用女亦非傳義

鼓鍾四章章五句

鼓鍾刺幽王也（疏）正義云鄭於中候握河注云昭王時鼓鍾之詩所爲作者鄭時未見毛詩依三家爲說也

鼓鍾將將淮水湯湯憂心且傷（傳）幽王用樂不與德比會諸侯于淮上鼓其淫樂以示諸侯賢者爲之憂傷淑人君子懷允不忘（疏）鍾當作鐘今鍾鐘通用鼓鐘擊鐘謂金奏也大饗王出入奏王夏賓出入奏肆夏賓爲諸侯詩言幽王會諸侯則所謂鼓鐘者奏王夏與肆夏也凡饗食賓射尚金奏故詩四章皆言鼓鐘說文鎗鐘聲也鐘聲爲鎗重言曰鎗鎗將將古文假借執競傳云將將集也載驅傳云湯湯大皃案上句言鼓鐘而下句即言淮水是用樂於淮水之上也淮水之上非方嶽覲諸侯之地今幽王會諸侯而用先王之樂是不與先王之德比矣不與德比即爲淫樂此傳總發全章之指賢者爲之憂傷以釋憂心且傷句箋云爲之憂傷者嘉樂不野合犧象不出門今乃於淮水之上作先王之樂失禮尤甚嘉樂不野合犧象不出門定十年左傳文史記魯世家稱孔子誅齊淫樂鄭引之正以申明此傳之義王肅亦云凡作樂而非所則謂之淫淫過也○釋詞云允語詞懷允不忘懷不忘也

鼓鍾喈喈淮水湝湝憂心且悲（傳）喈喈猶將將湝湝猶湯湯悲猶傷也淑人君子其德不回（傳）回邪也（疏）將將爲樂聲之作喈喈猶然也喈讀如八音克諧之諧湯湯爲水流之大湝湝猶然也說文云湝水流湝

潛也悲傷同義憂心且悲猶云憂心且傷耳回邪小旻同

鼓鍾伐鼛淮有三洲憂心且妯㊀傳鼛大鼓也三洲淮上地妯動也**淑人君子其德不猶**㊀傳猶若也㊀疏縣傳亦云鼛大鼓也長丈二尺淮南子主術篇鼛鼓而食高注鼛鼓王者之食樂也引詩鼓鍾伐鼛鼛鼓當作伐鼛

玉海一百九引淮南正作伐鼛而食荀子正論篇代皋而食皋與鼛通代乃伐之誤淮南即本於荀子也春官大司樂王大食三侑皆令奏鍾鼓即其事也說詳王念孫荀子雜志○三洲淮上地未詳朱右曾云按水經注淮水又東為安豐津淮中有洲俗號關洲蓋津關所在故斯洲納厥稱焉通校全淮惟此有洲在今霍邱縣北也左傳周幽為大室之盟戎狄叛之潁水源於大室而入於淮意王既會遂浮潁入淮數穆天子之浮于滎水以奏廣樂宣其汏侈于諸侯而不知戎狄之竊發此賢者所以聞樂而拊心也與今攷方輿紀要江南鳳陽府壽州霍邱縣縣西南二十里有安鳳城或謂鳳為豐大業陂縣東北十五里周二十餘里人呼為水門塘相傳古名鎮淮洲陷而為陂淮水在縣北三十里自潁州流入境又東北接潁上縣界自霍邱縣而東經正陽鎮潁水流合焉漢志潁水出陽城縣陽乾山東至下蔡入淮其入淮處謂之潁尾左傳昭十二年楚子狩於州來次于潁尾亦曰潁口下蔡城即古州來也是淮洲陷成陂當在潁水入淮之處又案釋丘淮南有州黎丘邵正義引劉台拱經傳小記鹽鐵論論儒篇孔子能方不能圓故飢于黎丘哀公二年蔡遷于州來四年孔子自陳適蔡絕糧鹽鐵論所謂黎丘蓋即州黎之丘也晉志淮南郡壽春縣今為安徽鳳陽府壽州○妯動釋詁文箋妯之言悼也古由卓聲同鄭不以妯悼同訓而以鼓鐘之妯讀同悼猶以菀柳之蹈讀曰悼謂妯蹈皆即悼也檜羔裘傳云悼動也說文心部引詩憂心且怞妯怞聲相近衆經音義卷十二引韓詩憂心且陶妯陶聲亦相近猶若小星同

鼓鍾欽欽鼓瑟鼓琴笙磬同音㊀傳欽欽言使人樂進也笙磬東方之樂也同音

四縣皆同也以雅以南以籥不僭（傳）爲雅爲南也舞四夷之樂大德廣所及也
東夷之樂曰昧南夷之樂曰南西夷之樂曰朱離北夷之樂曰禁以爲籥舞若
是爲和而不僭矣（疏）賓入門則金作故傳云欽欽言使人樂進也晃鬻傳欣欣然樂也欽欽一聲之轉廣雅釋訓欽欽聲也鼓瑟鼓琴瑟
琴在堂上也歌詩以弦之下文言樂舞皆在堂下○儀禮大射儀樂人宿縣于
阼階東笙磬西面其南笙鍾西階之西頌磬東面其南鍾鄭注云笙猶生也東
爲陽中萬物以生言成功曰頌西爲陰中萬物之所成鍾不言頌省文也周禮
眡瞭掌擊頌磬笙磬注云磬在東方曰笙笙生也在西方曰頌頌或作庸功也
大司樂疏引書笙庸以閒注云東方之樂謂之笙笙生也東方生長之方故名
樂爲生也庸者西方之樂謂之庸庸功也西方物熟有成功亦謂之頌頌亦是
頌其成也然則鄭亦以鍾磬之在西者爲頌在東者爲笙矣詩言笙磬不言頌
磬言磬不言鍾皆省文也傳釋笙磬爲東方之樂者舉東方以晐西方亦舉磬
以晐鐘也云同音四縣皆同也者此總釋四面縣之義小胥正樂縣之位王宮
縣鄭司農注云宮縣四面縣四面象宮室四面有牆故謂之宮縣逸周書大匡
篇國不鄉射樂不牆合孔注云牆合即所謂宮縣是也案逸周書言牆合即鄭
司農所謂象宮室四面有牆也凡周樂縣之制編磬編鐘各一四面設縣共八
縣此外之縣者鎛二縣在東西兩行之南特磬一縣在堂下之北更設鞞鼓一
縣在頌磬之西四縣皆在堂下同音者堂下樂器之音同也同之爲言均也調
也此不兼堂上樂器而言正義以爲堂上之琴瑟與堂下之磬鍾皆同其聲音
不相奪倫失傳恉矣○以雅以南傳云爲雅爲南爲釋經之以玉篇以爲也仝
詩以與爲同義者放此雅正樂舞六代之樂也南夷樂也詩但言南夷之樂傳
乃兼言四夷之樂以補明經義不言雅者以易曉畧耳周禮旄人掌教舞夷樂
鄭注云夷樂四夷之樂亦皆有聲歌及舞鞮鞻氏掌四夷之樂注云四夷之樂
東方曰韎南方曰任西方曰侏離北方曰禁詩云以雅以南是也王者必作四
夷之樂一天下也何休昭二十五年公羊傳注云王者舞六樂于宗廟之中舞
先王之樂明有法也舞己之樂明有制也舞四夷之樂大德廣及之也東夷之

樂曰株離南夷之樂曰任西夷之樂曰禁北夷之樂曰昧蔡邕獨斷同白虎通義禮樂篇引河閒獻王樂元語樂先王之樂明有法也興其所自作明有制也昧北夷之樂曰禁合觀之樂儛於堂四夷之樂陳於右先王所以得之順命重興四夷之樂明德廣及之也故東夷之樂曰朝離南夷之樂曰南西夷之樂曰始也案觀當作歡右疑門字之誤劉逵魏都賦注引韓詩內傳王者舞六代之樂舞四夷之樂大德廣之所及後漢書陳禪傳尚書陳忠曰古者合歡之樂舞於堂四夷之樂陳於門故詩云以雅以南昧任朱離蓋忠引三家詩歃任朱離以釋詩之南與毛傳昧南朱離禁以釋詩之南其義正同非三家詩增多四字也雅樂在門內堂下夷樂在明堂四門之外白虎通義所謂夷狄無禮義不在內是其義也禮記明堂位篇昧東夷之樂也任南蠻之樂也納夷蠻之樂於大廟言廣魯於天下也又云大廟天子明堂魯大廟與天子路寢明堂同制唯魯明堂無西北夷樂或下於天子故但納夷蠻樂於大廟而設其樂於路寢明堂外也天子路寢明堂外有四門巡狩會諸侯築明堂其外亦有四門九夷八蠻六戎五狄來朝立於明堂四門之外因以舞其樂焉樂元語東夷之樂持矛舞助時生也南夷之樂持羽舞助時養也西夷之樂持戟舞助時殺也北夷之樂持干舞助時藏也北堂書鈔樂部三引劉向五經通義同此兩夷之樂皆有舞故毛韓詩傳並云舞四夷之樂也傳謂籥為籥舞不僭為和而不僭謂僭差也此總釋雅南也賓之初筵傳云秉籥而舞與笙歌相應所謂為和而不僭也總釋雅南則上文鐘磬琴瑟包在其中矣天子會同築壇觀侯其舞當有干舞不言干舞而但稱籥舞者尚德之義也舉文舞以晐武舞故但以籥言春秋經萬入去籥禮記仲尼燕居武夏籥序興皆是也鄭易傳以雅為萬舞萬舞為干舞而於此詩經傳意不合○案末章陳古樂意承上三章淑人君子謂用樂與德比者也

楚茨六章章十二句

楚茨刺幽王也政煩賦重田萊多荒饑饉降喪民卒流亡祭祀不饗故君子思

古焉〔疏〕詩先言民事而及神饗獲福也陳古以刺今

楚楚者茨言抽其棘〔傳〕楚楚茨棘貌抽除也自昔何爲我蓺黍稷我黍與與我稷翼翼我倉既盈我庾維億〔傳〕露積曰庾萬萬曰億以爲酒食以享以祀以妥以侑以介景福〔傳〕妥安坐也侑勸也〔疏〕牆有茨傳云茨疾藜也玉藻注齊當爲楚薺之薺楚薺即楚茨鄭所據三家有作楚楚者薺也王注楚辭引楚楚者薺玉篇薺蒺藜也三角刺人茨薺薋並同楚木有棘故楚楚爲茨棘兒抽除雙聲棘即茨棘也牆有茨傳襄除也義同訓亦同○自昔何爲句承上生下自昔猶云自古言自古墾田之法如是是何爲乎爲我農夫將種埶黍稷故也說文引此詩作埶今通作藝說文旟旟衆也从㫃與聲是與與有衆義廣雅云翼翼盛也說文倉穀藏也庾倉無屋者甫田箋庾露積穀本此傳訓也周語云野有庾積露積即野積胡廣漢官解詁在邑曰倉在野曰庾葢庾本爲在野積穀之稱故亦謂庾爲倉也萬萬曰億伐檀同詳伐檀篇○以者以黍稷也凡酒食以黍稷爲之享祀又以黍稷爲主也天保吉蠲爲饎是用孝享傳饎酒食也享獻也文義相同妥安坐爾雅釋詁文禮記郊特牲舉斝角詔妥尸鄭注云尸始入舉奠斝若奠角將祭之祝則詔主人拜安尸使之坐尸即至尊之坐或時不自安則以拜安之也天子奠斝諸侯奠角禮器云周坐尸少牢特牲皆拜妥尸則自天子以下同也拜妥尸在爲孰之後侑訓勸侑尸謂勸尸食也特牲饋食禮尸三飯告飽祝侑主人拜尸又三飯告飽祝侑之如初尸又三飯告飽祝侑之如初鄭注云三飯告飽禮一成也侑勸也或曰又勸之又使食有司徹注士九飯大夫十一飯其餘有十三飯十五飯賈疏云諸侯十三飯天子十五飯案此侑尸之禮也以介景福祝爲主人獻神之辭禮運所謂祝以孝告也小明傳云介景皆大也

濟濟蹌蹌絜爾牛羊以往烝嘗或剝或亨或肆或將〔傳〕濟濟蹌蹌言有容也亨

飪之也肆陳將齊也或陳于互或齊其肉祝祭于祊祀事孔明（傳）祊門內也先祖是皇神保是饗（傳）皇大保安也孝孫有慶報以介福萬壽無疆（疏）禮記曲禮下篇大夫濟濟士蹌蹌鄭注云皆行容止之貌義與傳訓同有容與下章翼翼有容傳皆謂助祭之大夫士矣絜爾牛羊以往烝嘗正義云司徒奉牛司馬奉羊也瓠葉箋亨孰也飪孰同義剝亨猶割亨也繁露質文篇先亨而後用樂此即周人尚臭之義也肆陳行葦同說文云肆極陳也將齊釋言文或陳於互者周禮牛人凡祭祀共其牛牲之互注互若今屠家縣肉格賈疏云始殺解體未薦之時且縣於互待解訖乃薦之是也或齊其肉者王肅云分齊其肉所當用案將讀與醬同說文醬醢也古文作牆醢則分齊其肉之細者也是將有分齊之義禮運篇腥其俎孰其殽鄭注腥其俎謂豚解而腥之及血毛孰其殽謂體解而爓之孔疏云特牲九體肩一臂二臑三肫四胳五正脊六橫脊七長脅八短脅九少牢則十一體加以脡脊代脅爲十一體也是分豚爲體解孰其殽謂體解訖以湯爓之不全熟次於腥而薦之堂故祭義曰爓祭祭腥而退是也然則分豚體解即所謂分齊其肉也此言天子朝踐薦腥之事而云或亨者類相及耳文不次也○爾雅閍謂之門李孫注竝云廟門也門曰閍門內之祭曰祊說文鬃門內祭先祖所以徬皇也詩曰祝祭于鬃或从方作祊言門內本毛義也凡祭宗廟之禮廟主藏於室中于其祭也祝以詔告之所謂直祭祝于主也廟門之內皆祖宗神靈所馮依焉孝子不知神之所在于其祭也祝必博求之所謂索祭祝于祊也是祊祭當在事尸之前至繹祭主未納室故無詔室之祭亦必無索神之祭鄭注禮記以祊爲繹安於廟門外箋詩又以門內爲大門內非廟門內康成初不治毛詩而箋詩常自用其禮注孔疏曲爲護解廟門外爲繹祭之祊廟門內爲正祭之祊則詩之祊與禮記郊特牲禮器之祊爲二祭矣江都焦循宮室圖云繹祭之名見於諸經者絕不與祊混祊皆正祭索神之名所云爲祊於外而出於祊者皆對室中言非門外也焦說是矣明詔昭明也○傳訓皇爲大保爲安言先祖之神靈於是大安之則於是饗之也下神保是格神保聿歸保皆訓爲安饗神饗之也孝孫有慶報以介福萬壽無疆此祝爲尸致福於主

人之辭禮運所謂嘏以慈告也凡受侑之後祝致嘏辭士尸親嘏大夫以上命
祝嘏少牢饋食禮尸命祝祝以嘏于主人曰皇尸命工祝承致多福無疆于女
孝孫來女孝孫使女受祿于天宜稼
于田眉壽萬年勿替引之是其義也
執爨踖踖爲俎孔碩或燔或炙傳爨饔爨廩爨也踖踖言爨竈有容也燔取膟
膋炙炙肉也**君婦莫莫爲豆孔庶爲賓爲客**傳莫莫言清靜而敬至也豆謂內
羞庶羞也繹而賓尸及賓客**獻醻交錯禮儀卒度笑語卒獲**傳東西爲交邪行
爲錯度法度也獲得時也**神保是格報以介福萬壽攸酢**傳格來酢報也疏爨今
之竈傳釋爨爲饔爨廩爨者牲與黍稷皆有竈也少牢禮雍人概鼎匕俎于雍
爨雍爨在門東南北上廩人概甑甗匕與敦于廩爨廩爨在雍爨之北特牲記
尸卒食而祭饎爨雍爨案大夫以上皆稱廩爨惟士稱饎爨特牲士禮有牲爨
魚腊爨則天子大牢其雍爨更有牛爨矣雍古饔字爾雅踖踖敬也易離初九
履錯然敬之无咎象傳云履錯之敬以避咎也錯與踖通書大傳云爨竈者有
容與此傳訓同碩大也宗廟之俎用大房也○燔取膟膋祭義云鸞刀以刲取
膟膋乃退又郊特牲云取膟膋燔燎升首報陽也是膟膋燔燎朝踐饋食皆有
其事惟饋食取膟膋以蕭合黍稷爲異詩上承執爨自在黍稷薦陳之後則
傳意同於信南山與生民矣炙炙肉謂以肉炙之也瓠葉傳云抗火曰炙禮運
篇醴醆以獻薦其燔炙孔疏引皇侃義疏云燔謂薦熟之時爇蕭合馨薌正用
毛義爲說○君婦與五章君婦同周禮九嬪凡祭祀贊玉齍贊后薦徹豆籩世
婦掌祭祀之事帥女宮而濯摡爲齍盛及祭之日涖陳女宮之具凡內羞之物
女御凡祭祀贊世婦夫九嬪之職在贊后薦徹豆籩即弟五章所云君婦廢徹
也世婦之職在涖陳內羞之物而女御又贊世婦者即下文所云爲豆孔庶也
說詳何楷世本古義說文漠清也莫與漠同傳云清靜敬至此謂正行祭祀之
時有司徹宰夫羞房中之羞于尸侑主人主婦皆右之司士羞庶羞于尸侑主

人主婦皆左之注云二羞所以盡歡心房中之羞其籩則糗餌粉餈其豆則酏食糝食庶羞羊臐豕膮皆有胾醢房中之羞內羞也內羞在右陰也庶羞在左陽也籩人羞籩之實注卽引二羞羞豆與羞籩同則詩之豆爲羞豆也案天子賓尸之禮旣亾故傳本大夫賓尸言之大夫賓尸尸侑主人主婦皆有二羞則天子賓尸尸侑及王與后皆有二羞可知雖賓客獻酬亦設之也據少牢正祭尸食舉之時羞庶羞而不羞內羞荊溪任啓運天子肆獻祼饋食禮云王不獻祝王與后未交致爵內羞庶羞於何用乎若謂繹祭獻祝致爵王后時則善又云按正祭時賓客無豆繹乃設之葢以內羞庶羞皆爲飲酒設故至旅酬乃用也案任說是也詩言設俎薦孰之後因直說到賓尸設豆之時故傳釋經爲豆卽據賓尸之豆有內羞庶羞爲訓經於爲賓爲客句以起下獻酬傳乃補明經義云繹而賓尸及賓客謂繹祭賓尸之禮始及賓客也絲衣序繹賓尸也穀梁傳繹者祭之旦日之享賓也傳意順經作釋正義謂豆先於祭時豫作以待賓客則經文賓客獻酬皆成豫作泛詞失經傳指矣○釋文醻又作酬酬旅酬也特牲饋食禮主人酬賓之觶奠於薦北賓取之奠於薦南主人獻長兄弟眾兄弟及內兄弟後於是賓取主人酬賓之觶酬長兄弟長兄弟酬眾賓眾賓又酬眾兄弟交錯以辯主婦及內賓宗婦亦旅西面內賓象眾賓宗婦象兄弟其儀節依男子有司徹旅酬賓三獻後使二人舉觶於尸侑尸酬主人主人酬侑酬長賓逮眾賓與兄弟及私人交錯其酬皆是以尊酬卑中庸云旅酬下爲上所以逮賤也特牲士禮士不賓尸有司徹大夫賓尸其旅酬儀文不同而獻酢酬以及旅酬無算爵節次無不同天子諸侯明日賓尸則旅酬爲繹祭祭畢之禮故中庸旅酬卽繼之以燕毛序齒也傳釋交錯之義云東西爲交者東西二觶放旅旅行也東西行謂之交也云邪行爲錯者邪與衺同錯者道之假借字東西而衺行者謂之道也大玄瑩篇東西爲緯南北爲經經緯交錯邪正以分與傳訓同禮記坊記篇子云七日戒三日齊承一人焉以爲尸過之者趨走以我敬也醴酒在室醍酒在堂澄酒在下示民不淫也尸飲三眾賓飲一示民有上下也因其酒肉聚其宗族以敎民睦也故堂上觀乎室堂下觀乎上詩云禮儀卒度笑語卒獲傳釋度爲法度卽示不淫示民有上下之義也祭祀之時清靜而敬至至獻酬時則笑語不禁卽敎民睦之義也故傳云獲得時也儀當作

義韓詩外傳四引詩禮義卒度箋云古者於旅也語○格來爾雅釋言文方言
格來也自關而東周鄭之郊齊魯之間或謂之格格與格通酢報釋詁文瓠葉
酌言酢之傳云酢報也訓同而義異瓠葉之酢報爲賓報主人之獻引申之則
凡報皆曰酢也來來饗介大也萬壽攸酢言報之以萬壽也洪範五福一曰壽
案此章及明日繹祭祭畢而饗燕賓客由饗燕而推本於神報介
福則祀事至此畢矣下三章又複敘祭祀始末以明思古之情

我孔熯矣式禮莫愆（傳）熯敬也**工祝致告徂賚孝孫**（傳）善其事曰工賚予也**苾芬孝祀神嗜飲食卜爾百福如幾如式既齊既稷既匡既敕**（傳）幾期式法也稷疾敕固也**永錫爾極時萬時億**（疏）箋云我我孝孫也熯敬釋詁文小箋云熯即懋之假借字說文懋敬也式用愆過也式禮莫愆即上章禮義卒度之意○正義云論語曰工欲善其事故云善其事曰工工祝致告此正祭工祝告利成也凡正祭告利成後有神餕受福之儀節下文正言其事徂讀爲且與下徂位之徂不同義徂賚孝孫且賚孝孫也古徂且聲通賚予釋詁文下孝孫即下文之卜爾也少牢禮上簋親嘏曰主人受祭之福胡詩依建家室簋古文作餕說文苾馨香也芬艸初生其香分布也或作芬是苾芬皆香也重言苾苾芬芬箋苾苾芬芬有馨香矣文選蘇武詩注引韓詩馥芬孝祀箋音義卷十四引韓詩同韓君章句云馥香皃也馥即苾之異體故說文艸部錄苾而香部不錄馥爾雅享孝也孝可訓爲享天保載見皆云孝享孝亦享也孝祀即享祀也享祀則神饗之神嗜飲食是即神餕矣卜即賚也天保傳卜予也○幾讀與期同此假借字也如期承卜爾百福句式法下武同如式承苾芬孝祀句大宰一曰祭祀之式是也既齊既稷既匡既敕又承如式句永錫爾極時萬時億又承如期句稷讀爲速爾雅速疾也稷音速稷稷皆從畟聲其讀當同敕讀與敕合韻也敕讀爲飭說文飭致堅也从人力食聲讀若敕飭敕不同部許與同者其類相近故其義相通也致堅者固之謂也稷飭同部速敕同部敕讀爲飭猶稷讀爲速並於雙聲得義齊亦疾也爾雅齊疾也又云匡正也固與正義相近故匡敕皆祭祀肅敬之意所謂如法也極中也時是

也箋云長賜女以中和之福是萬是億言多無數所謂如期也神之勑於子孫者福數正多也

禮儀既備鍾鼓既戒孝孫徂位工祝致告【傳】致告告利成也神具醉止皇尸載起鼓鍾送尸神保聿歸【傳】皇大也諸宰君婦廢徹不遲諸父兄弟備言燕私【傳】燕而盡其私恩

【疏】戒亦備也祭祀畢王將出則奏鐘鼓矣周禮大司樂王出入則令奏王夏箋解徂位爲往位堂下西面位告者告孝孫也特牲士禮其正祭於旅酬後祝告利成改饌闔戶牖再告利成士不賓尸也少牢大夫禮其正祭終獻後告利成尸出又賓尸告利成尸出改饌再告利成鄭注云利猶養也成畢也孝子之養禮畢案此告利成之節次也諸侯以上禮更隆盛楚茨篇中兩言致告皆是告利成上章工祝致告謂正祭祭畢此章工祝致告謂繹祭祭畢毛於此章發傳者至繹祭而事尸之禮乃終也改饌尸已出則利成致告於主人尸未出則亦致告於主人箋言告尸失之○郊特牲云尸神象也周七廟當有七尸旅酬則六尸故云神具醉止具俱也皇訓大少牢無君稱皇尸則皇尸爲大尸尊大之也詩小學云宋書禮志四兩引皆曰鐘鼓送尸正義云鳴鐘鼓以送尸是唐初不作鼓鍾開成石經誤矣案周禮鍾師掌金奏凡樂事以鍾鼓奏九夏鄭注云以鍾鼓者先擊鍾次擊鼓以奏九夏杜子春注云尸出入奏肆夏是肆夏亦有鐘有鼓矣不得謂但鼓擊其鐘也神保聿歸箋云神安歸者歸於天也宋書樂志引詩作神保遹歸遹與聿通○正義云周禮宰夫無徹餕之文膳夫凡王祭祀賓客則徹王之胙俎注膳夫親徹胙俎胙俎最尊也其餘則其屬徹之然則徹餕者膳夫也言諸宰者以膳夫是宰之屬官序官膳夫上士二人中士四人下士八人故言諸也又云周禮九嬪凡祭祀贊后薦徹豆籩知君婦豆籩而已餘餕諸宰徹之也長發傳不遲言疾也傳云燕而盡其私恩者釋經燕私二字之義箋祭祀畢歸賓客之俎同姓則留與之燕所以尊賓客親骨肉也正義云特牲祝命徹胙俎豆籩設于東序下注胙俎主人之俎設于東序下亦將私燕也是祭末而燕私之事歸之俎所以尊賓客留之燕所以親骨肉也

樂具入奏以綏後祿爾殽既將莫怨具慶(傳)綏安也安然後受福祿也將行也

既醉既飽小大稽首神嗜飲食使君壽考孔惠孔時維其盡之子子孫孫勿替

引之(傳)替廢引長也(疏)綏安樛木同安謂神安祿謂子孫受福祿此總括上文神饗獲福之意既醉篇爾殽既將傳亦云將行也兩傳行字皆讀如行列之行伐柯籩豆有踐傳踐行列皃是其義也此承祭畢燕私而言中庸云親親則諸父昆弟不怨所謂莫怨具慶也既醉者既醉以酒也既飽者既飽以德也既醉傳云既者盡其禮終其事又云終於饗燕始於享祀文義與此正同此已下復因燕私醉飽而推本於祭祀受嘏與第三章末三句一意孔甚惠順時是也盡之盡其禮也甚順者無不順甚是者無不是祭統云唯賢者能盡祭之義賢者之祭也必受其福非世所謂福也福者備也備者百順之名也無所不順者之謂備言內盡於己而外順於道也替廢釋言文說文竝部云替廢也召旻傳同引長釋詁文行葦卷阿召旻傳皆云引長也爾雅釋訓子子孫孫引無極也舍人注云子孫長引美道引無極也

信南山六章章六句

信南山刺幽王也不能脩成王之業疆理天下以奉禹功故君子思古焉

信彼南山維禹甸之畇畇原隰曾孫田之(傳)甸治也畇畇墾辟貌曾孫成王也

我疆我理(傳)疆畫經界也理分地理也南東其畝(傳)或南或東(疏)周禮稍人注甸讀與維禹畇之之畇同賈疏云出韓詩古甸畇聲義相同也傳詁甸為治韓奕同書禹貢雍州荊岐既旅終南惇物至於鳥鼠案荊岐渭北山終南惇物渭南山終南在今長安縣南惇物在今武功縣南皆為南山禹治水㳄自東而西終南及惇物皆有功施詩言禹所治之南山即此也均人注甸均也讀如畇畇原隰之畇釋

文畱音均又音旬玉篇畱均也畇畇與畱畱同傳云墾辟者夏小正正月農率
均田傳率者循也均田者始除田也言農夫之急除田也周語墾田若蓺草注
云發田曰墾辟者開也序言成王故知曾孫爲成王也行葦維天之命傳同田
讀如甸言成王之脩奉禹功也○傳云疆畫經界也者說文畺界也或作疆月
令孟春之月王命布農事命田舍東郊皆脩封疆審端徑術鄭注云封疆田首
之分職術周禮作遂凡井牧其邱甸縣都之田野營造徑畛涂道之通路皆我
疆事也孟子滕文公篇使畢戰問井地孟子曰夫仁政必自經界始經界不正
井地不均穀祿不平是故暴君汙吏必慢其經界經界既正分田制祿可坐而
定也○云理分地理也者考工記匠人凡溝逆地防謂之不行鄭注云防謂脈
理說文云叻地理也周語農祥晨正土乃脈發韋注云脈理也凡穜稑之種原
隰之宜上地中地下地田萊之數皆我理事也疆理所以治田二者相須而行
故此詩及緜迺疆迺理江漢于疆于理皆連言之○云或南或東者或之爲有
也或南者有南其畝者也或東者有東其畝者也韓子外儲說右上篇晉文公
伐衛東其畝又呂覽簡選篇晉文公東衛之畝高注云使衛耕者皆東畝以遂
晉兵也成二年左傳晉郤克伐齊使齊之封內盡東其畝賓媚人曰先王疆理
天下物土之宜而布其利今吾子疆理諸侯而曰盡東其畝而已唯吾子戎車
是利無顧土宜杜注云晉之伐齊循壟東行易蓋南東必因地埶齊衞在晉東
故晉使東畝爲不顧土宜也程瑤田通藝錄阡陌考云阡陌田閒之道也亦作
仟佰訓故家釋阡陌者皆言南北曰阡東西曰陌惟應劭風俗通具二義曰南
北曰阡東西曰陌河東以東西爲阡南北爲陌諒哉應氏之說得古人物土宜
之義矣天下之川皆東流故川橫則澮縱洫又橫溝又縱遂又橫遂橫者其畛
必縱而畝陳於東是故東畝者天下之大勢也遂上有徑當百畝之閒故謂之
陌其徑東西行故曰東西曰陌也遂上之徑東西行則溝上之畛必南北行畛
當千畝之閒故謂之阡而曰南北曰阡也然則南北曰阡東西曰陌此阡陌之
通義以其義出於東畝蓋東畝者天下之大勢也然有東畝者亦有南畝者天
下之川大勢雖皆東流而河東之川獨南流河爲川之最大者而或南流則其
畞必南陳而爲南畞矣南畞既橫則遂縱徑亦縱而爲南北行豈不南北爲陌
乎溝橫畛亦橫而爲東西行豈不東西爲阡乎由是洫又縱澮又橫而川則縱

而南流矣河東之川天下之大川也而獨南流故特舉之以爲東西爲阡南北爲陌之例物土之宜以爲阡陌必具二義而不知者乃是此非彼蓋亦勿思矣河至大伾又北流則畫畝之法與河東川之南流者同爲南畝而晉人乃欲使齊之境內盡東其畝此賓媚人所以有無顧土宜之庠也阡陌之名從遂人百畝千畝百夫千夫生義而匠人之阡陌則因乎遂人而名之義不繫乎畝與夫之千百命名之事惟變所適亦自然之勢也奐案詩言畝有南東則阡陌亦必南東程說足以證三代定畝之至意天下之川東西流者畝必東南北流者畝必南其大較也河東之川南流豳岐豐鎬在大河之西其川與河東之川同是南流其畝必南陳故七月甫田大田載芟良耜等篇皆云南畝此篇言疆理天下故云南東畝是立文之義矣

上天同雲雨雪雰雰(傳)雰雰雪貌豐年之冬必有積雪**益之以霢霂既優既渥**(傳)小雨曰霢霂**既霑既足生我百穀**(疏)藝文類聚天部下引韓詩外傳云凡草木華多五出雪華獨六出雪華曰霙雪雲曰同雲雰雰猶紛紛御覽天部八引詩作紛紛說文雨部無雰字疑古毛詩本作分分後人加雨耳晏子襍上篇云陰冰厥陽冰厚五寸者寒溫節節則刑政平平則上下和和則年穀孰案此與傳豐年積雪之說畧同爾雅釋天小雨謂之霢霂傳所本也說文瀀澤多也引詩作瀀玉篇瀀今作優說文渥霑也浞濡也足即浞之假借字

疆埸翼翼黍稷彧彧(傳)埸畔也翼翼讓畔也彧彧茂盛貌**曾孫之穡以爲酒食畀我尸賓壽考萬年**(疏)埸訓畔說文畔田界也翼翼恭敬皃故讓畔謂之翼翼彧者𢧢之隸變玉篇作彧彧廣韻作稶稶云黍稷盛皃〇伐檀傳飲之曰饎以爲酒食以黍稷爲酒食也凡祭祀有妥尸饗賓之禮楚茨云我黍與與我稷翼翼我倉既盈我庾維億以爲酒食以享以祀以妥以侑以介景福又云爲豆孔庶爲賓爲客獻酬交錯禮義卒度笑語則獲神保是格報以介福萬壽攸酢是其義也

中田有廬疆場有瓜是剝是菹〔傳〕剝瓜爲菹也**獻之皇祖曾孫壽考受天之祜**

〔疏〕公劉傳廬寄也說文廬寄也秋冬去春夏居此卽在田曰廬之謂也宣十五年穀梁傳古者三百步爲里名曰井田井田者九百畝公田居一古者公田爲居井竈葱韭盡取焉范注云八家共居是廬在公田中矣漢書食貨志理民之道地著爲本故必建步立畮正其經界六尺爲步步百爲畮畮百爲夫夫三爲屋屋三爲井井方一里是爲九夫八家共之各受私田百畮公田十畮是爲八百八十畮餘二十畮以爲廬舍是班本孟子八家同井同養公田定爲八家各助耕公田十畮餘二十畮爲廬舍矣何休注公羊傳云聖人制井田之法而口分之一夫一婦受田百畝以養父母妻子五口爲一家公田十畝卽所謂什一而稅也廬舍二畝半凡爲田一頃十二畝半八家而九頃共爲一井故曰井田廬舍在內貴人也公田次之重公也私田在外賤私也案五口一家卽子產治鄭田疇廬井有伍之制亦卽小司徒下地家五人之法八家分受公田中畫二十畮爲廬舍則八家各得廬舍二畮半此何注因班志以立說韓詩外傳云古者八家而井田方里爲一井廣三百步長三百步爲一里其田九百畝廣一步長百步爲一畝廣百步長百步爲百畝八家爲鄰家得百畝餘夫各得二十五畝家爲公田十畝餘二十畝共爲廬舍各得二畝半八家相保出入更守疾病相憂患難相救有無相貸飲食相召嫁娶相謀漁獵分得仁恩施行是以其民和親而相好詩曰中田有廬疆場有瓜此韓傳亦主廬舍二畝半尚在班何之前其說當爲近古趙岐孟子耕者九一注云八家耕八百畝其百畝者以爲公田及廬井故曰九一也方里而井注云公田八十畝其餘二十畝以爲廬井宅園圃家二畝半也注與古說同唯梁惠王篇五畝之宅樹之以桑注云廬井邑居各二畝半以爲宅冬入保城二畝半故曰五畝也趙邠卿本古有在田二畝半之說以創此在邑亦二畝半合五畝宅之數不知五畝宅在城郭都鄙與田廬本不相涉說見七月篇又案箋中田田中也農人作廬焉以便其田事鄭習韓詩而此箋不言廬畝之數是不從韓詩廬舍二畝半矣甫田箋九夫爲井井稅一夫其田百畝井十爲通通稅十夫其田千畝通十爲成成方十里成稅百夫其田萬畝正義云食貨志取孟子爲說而失其本旨義異於鄭理不可通

何則言井九百畝其中爲公田則中央百畝其爲公田不得家取十畝也又言八家皆私百畝則百畝皆屬公矣何得復以二十畝爲廬舍也言同養公田是八家共理公事何得家分十畝自治之也若家取十畝各自治之安得謂之同養也若二十畝爲廬舍則家別二畝半亦入私矣則家別私有百二畝半何得謂八家皆私百畝也鄭於匠人注云野九夫而稅一此箋云井稅一夫其田百畝是鄭意無家別公田十畝及二畝半爲廬舍之事近儒金鶚井田考九一爲助法以九百畝而得一百畝也若公田僅八十畝是輕於九一矣亦與孟子不合鄭謂公田百畝非八十畝也詩所謂中田有廬者乃於田畔爲之以避雨與暑大不容一畝必無二畝半之廣在公田之中也案金說亦從鄭義而與古殊書缺有閒姑備參攷○經言有瓜故知剝爲剝瓜也剝猶削也曲禮爲天子削瓜者副之巾以絺削瓜作菹所以供祭祀也禮記玉藻論語鄉黨皆有瓜祭皇祖謂先祖也獻瓜菹於先祖神饗德與信不求備焉也

祭以清酒從以騂牡(傳)周尚赤也**享于祖考執其鸞刀以啓其毛取其血膋**(傳)鸞刀刀有鸞者言割中節也毛以告純也膋脂膏也血以告殺膋以升臭合之黍稷實之於蕭合馨香也(疏)周禮酒正辨三酒之物三曰清酒鄭司農注云清酒祭祀之酒也從從獻也量人注云從獻者肉殽從酒也御覽禮儀部三引傳文周尚赤用騂五字與今本異旱麓篇清酒騂牡義同享獻也享于祖考猶上章云獻之皇祖耳○說文鑾鈴象鸞鳥之聲从金鸞省通假作鸞刀有鸞者謂之鸞刀何注宣十二年公羊傳鸞刀宗廟割切之刀環有和鋒有鸞是也禮記祭義云鸞刀以刲郊特牲云割刀之用而鸞刀之貴貴其義也聲和而後斷也是言割中節之事毛以告純也以下二十九字定本集注皆爲毛傳而正義本以此爲鄭箋誤矣御覽引亦誤今訂正毛以告純者毛之色全者曰毛猶角之正好者曰角車攻傳宗廟齊豪尚純也豪與毛同膋脂膏者內則爒之以其膋注膋腸閒脂說文膫牛腸脂也引詩作膫或作膋膟腸閒肥也一名膫戴角者脂無角者膏此析言也渾言則脂膏不別也血以告殺國語楚語文楚語毛以示物血以告殺接誠拔取以獻具爲齊敬也韋注云物色也拔毛取血獻其備物

也禮運云薦其血毛腥其俎禮器云血毛詔於室郊特牲毛血告幽全之物也
告幽全之物者貴純之道也鄭注云幽謂血也詩言啓毛取血是卽告幽全之
義也言取血又言取膟者膟卽膟膋祭義鸞刀以刲取膟膋乃退又建設朝事
燔燎羶薌覵以蕭光以報氣也注云取牲祭脂也郊特牲詔祝于室注云朝事
延尸于戶西南面布主席東面取牲膟膋燎于爐炭洗肝于鬱鬯而燔之入以
詔神於室又出以墮于主前主人親制其肝所謂制祭也禮器君親制祭注云
親制祭謂朝事進血膋時郊特牲取膟膋燔燎升首報陽也升首于堂注云制
祭之後升牲首于北墉下尊首尚氣也自此以前謂之朝踐又郊特牲蕭合黍
稷臭陽達於牆屋故旣奠然後焫蕭合羶薌注云奠謂薦孰時也特牲饋食所
云祝酌奠於鉶南是也蕭薌蒿也染以脂合黍稷燒之詩云取蕭祭脂羶當爲
馨聲之誤也奠或爲薦案此膟膋合黍稷爲饋食也然則朝事饋食皆有膟膋
經言取者謂取之以告備傳乃詳及燔燎升臭之義合黍稷實於蕭必終言其
事也

是烝是享苾苾芬芬祀事孔明（傳）烝進也先祖是皇報以介福萬壽無疆（疏）烝進
爾雅釋詁文甫田漸漸之石同是烝是享是進獻之也廣雅馥馥芬芬香
也文選何晏景福殿賦亦云馥馥芬芬馥馥本韓詩楚茨傳云皇大也

卷二十終

長洲陳奐學

甫田之什詁訓傳弟二十一　毛詩小雅

甫田之什十篇三十九章二百九十六句

甫田四章章十句

甫田刺幽王也君子傷今而思古焉

倬彼甫田歲取十千（傳）倬明貌甫田謂天下田也十千言多也我取其陳食我農人自古有年（傳）尊者食新農夫食陳今適南畝或耘或耔黍稷薿薿（傳）耘除草也耔雝本也攸介攸止烝我髦士（傳）烝進髦俊也治田得穀俊士以進（疏）云傳倬明皃皃當作也說文焯明也釋文引韓詩作菿彼甫田云菿卓也倬焯卓同甫爲大甫田即大田故云謂天下田也楚語天子之田九畡以食兆民王取經入焉以食萬民韋注云九畡九州之內有畡數也十千爲萬故云言多也傳文農夫當依經作農人正義作農人食陳經言取陳食農人耳傳云尊者食新者以申補經義也周禮旅師春頒粟又管子五行篇發故粟以田數是其義也尊者農人對稱則尊者君上也孫毓說尊者爲尊老恐非是有年豐年也箋云自古者豐年之法如此○今謂成王時耘釋文作芸說文𦓤除苗閒穢也或从芸作耘耔當作秄或作芓說文秄雝禾本本傳訓也廣雅云薿薿茂也玉篇䅡䅡然黍稷盛皃漢書作儗儗漢書食貨志后稷始甽田以二耜爲耦廣尺深尺曰甽長終畮一畮三甽一夫三百甽而播種於甽中苗生三葉以上稍壯耨隴草

因墢其土以附苗根故其詩曰或芸或芓黍稷儗儗芸除草也耔附根也言苗稍壯每耨輒附根比盛暑隴盡平而根深能風與旱故儗儗而盛也義與傳同○介大也止猶息也攸介攸止烝我髦士承上文黍稷嶷嶷而言長大其黍稷休息其民人也二章云以介我稷黍以穀我士女文義同烝進已見信南山篇髦俊爾雅釋言文棫樸髦士攸宜思齊譽髦斯士傳竝云髦俊也爾雅又云髦選也食貨志冬月餘子在于序室八歲入小學學六甲五方書計之事始知室家長幼之節十五入大學學先聖禮樂而知朝廷君臣之禮其有秀異者移鄉學于庠序庠序之異者移國學于少學諸侯歲貢少學之異者於天子學于大學命曰造士行同能偶則別之以射然後爵命焉此傳所謂治田得穀俊士以進也

以我齊明與我犧羊以社以方（傳）器實曰齊在器曰盛社后土也方迎四方氣於郊也

我田既臧農夫之慶琴瑟擊鼓以御田祖以祈甘雨以介我稷黍以穀我士女（傳）田祖先嗇也穀善也（疏）齊明明齊也明齊卽左傳絜粢也釋文齊本又作齍豐年傳作齍盛他經典多作粢盛作齋者古文假借字器實曰齊實謂黍稷也黍稷爲齊齊在器曰盛故經言齊而傳乃兼言盛耳犧謂牛閟宮享以騂犧傳犧純也騂犧皆牛之色因之謂牛爲騂亦爲犧也大田來方禋祀以其騂黑傳騂牛也是祭社用牛矣白虎通義五祀篇云祭五祀天子諸侯以牛卿大夫以羊因四時祭牲也中霤以豚或曰中霤用牛不得用牛者用豚此天子祭國中五祀中霤用牛豈四郊五祀尤尊而祭社反不用牛乎鄭箋據曲禮犧牛爲純色之牛遂謂此犧羊爲純色之羊恐非是○昭二十九年左傳云后土爲社此傳所本也后土爲社神祭社以句龍配食左傳云土正曰后土又云共工氏有子曰句龍爲后土后土又爲五祀之神而亦以句龍配食也魏獻子問社稷五祀誰氏之五官史墨旣詳荅五祀又詳荅社稷是后土在五祀之內而社不在五祀之中故言五祀又別言社稷也周禮大宗伯以血祭祭社稷五祀五嶽以貍沈祭山林川澤以疈辜祭四方百物鄭注云不言祭地此皆地祇祭地可知也則地祇亦卽在五祀中矣大司樂

注云地祇所祭於北郊謂神州之神及社稷又云土祇原隰及平地之神也然則土祇地祇皆地祭之名祭原隰之神謂之土祇地以方丘之祭爲大禘神其號謂之地祇黃帝及后土之神皆祀焉而以后稷配黃帝句龍配后土者也后稷配天於南郊配地於北郊北郊亦在中兆內也此謂五祀也若春祈秋報雖亦於中兆而非大禘祀天神不祀天帝而專以句龍配者也此謂社也后土爲五祀亦爲社五祀祀后土兼祀黃帝社亦祀后土專祀后土亦即五祀中別而尊之爲兩祭而實同祀后土高誘注呂覽孟冬紀云社爲土官稷爲木官俱在五祀中以其功大故別言社稷是已傳云社后土與五祀后土不同白虎通義社稷篇歲再祭之何春求秋報之義也是春秋皆祭社一祈一報詩下文云以祈甘雨當指春祈雲漢篇祈年孔夙方社不莫此祈年方社之明證矣箋與周禮大司馬注皆指秋報說○周禮大宗伯以玉作六器以禮天地四方以蒼璧禮天以黃琮禮地以青圭禮東方以赤璋禮南方以白琥禮西方以玄璜禮北方此即曲禮所謂天子祭天地祭四方也鄭注禮天以冬至謂天皇大帝在北極者也禮地以夏至謂神在崑崙者也禮東方以立春謂蒼精之帝禮南方以立夏謂赤精之帝禮西方以立秋謂白精之帝禮北方以立冬謂黑精之帝鄭亦謂地即地祇而四方即四時迎氣矣書大傳云萬物非天不生非地不載非春不動非夏不長非秋不收非冬不藏故書禋于六宗歐陽大小夏侯說六宗上不及天下不及地旁不及四方是四方亦在六宗內也掌次王大旅上帝朝日祀五帝又司服祀昊天上帝服大裘而冕祀五帝亦如之合上帝五帝即爲六宗不數上帝則爲五帝小宗伯兆五帝于四郊其中央帝爲黃帝黃中和之色亦即地祇也中庸郊社之禮所以事上帝言上帝以晐地祇也尊之雖地祇亦稱天稱帝也月令春帝大皞夏帝炎帝中央帝黃帝秋帝少皞冬帝顓頊所謂五帝也春神句芒夏神祝融中央神后土秋神蓐收冬神玄冥左傳木正曰句芒火正曰祝融金正曰蓐收水正曰玄冥土正曰后土所謂五祀也少皞氏有四叔曰重曰該曰脩曰熙重爲句芒該爲蓐收脩及熙爲玄冥顓頊氏有子曰犂爲祝融共工氏有子曰句龍爲后土所謂五官也尊之曰五帝神之曰五祀其義一也然則天地四方謂之六宗地與四時謂之五帝又謂之五祀所配食之人神謂之五官不連地祇言則謂之四方四方皆爲壇祭之祭義云四坎

壇祭四方也書大傳云壇四奥注謂祭四方之帝四方之神是鄭解四方亦依月令四時之帝神而言月令孟春立春之日天子迎春于東郊孟夏立夏之日迎夏于南郊孟秋立秋之日迎秋于西郊孟冬立冬之日迎冬于北郊此四郊迎四方之氣四時之帝神皆與祀焉而中央之帝神雖旺於夏季實則仲夏至月在方丘以祭之四時所以成歲故於四立之日迎四方之氣月令亦並無中央迎氣之文傳云方迎四方氣於郊正本月令爲說書五行傳中央之極自崑崙中至大室之野帝黃帝神后土司之土王之日禱用牲迎中氣于中室司馬彪續漢書志月令有五郊迎氣服色先立秋十八日迎黃靈于中兆祭黃帝后土說同五行傳唯惠棟明堂大道錄云郊特牲正義五時迎氣東方青圭南方赤璋西方白琥北方玄璜其中央無文先師以爲用黃琮黃琮禮地郎方澤之祭先師之言得其義矣惠亦謂地爲地祇不謂迎土氣○既盡也臧慶皆善也擊鼓擊土鼓也御迎也周禮疏引傳田祖先嗇者也有者字春官籥章凡國祈年于田祖吹豳雅擊土鼓以樂田畯鄭注云田祖始耕田者謂神農也郊特牲蜡之祭也主先嗇而祭司嗇也注云先嗇若神農者鄭以田祖先嗇爲神農矣地官大司徒設其社稷之壝而樹之田主注社稷后土及田正之神田主田神后土田正之所依也詩人謂之田祖鄭又以田祖爲社稷之神案傳意以祈年之田祖郎蜡祭之先嗇祈蜡一神非謂祈蜡爲一祭先嗇者始先稼穡之人則不爲社稷之神可知穀訓善王肅云大得我黍稷以善我男女言倉廩實而知禮節也此乃祈年之斷

曾孫來止以其婦子饁彼南畝田畯至喜攘其左右嘗其旨否禾易長畝終善且有【傳】易治也長畝竟畝也曾孫不怒農夫克敏【傳】敏疾也【疏】曾孫成王也以猶爲也饁饋也

爾雅云儴因也攘與儴同左右猶東西謂田畔也嘗其旨否言各嘗其饋之美與不也○易有蕩平之義故傳訓易爲治治者謂除草雖本也生民傳方極畝也竟畝與極畝同義終猶既也有讀歲其有之有敏疾文王生民江漢同齊語盡其四支之敏以從事於田野韋注云敏猶材也曾孫不怒農夫克敏言農夫

能疾除其田則曾孫不怒也不怒者不待趨其耕耨

曾孫之稼如茨如梁曾孫之庾如坻如京（傳）茨積也梁車梁也京高丘也乃求千斯倉乃求萬斯箱黍稷稻粱農夫之慶報以介福萬壽無疆（疏）箋云稼禾也謂有稾者也小箋云說文積積禾也毛謂此茨卽積之假借也茨本訓屋以艸蓋故知此訓積爲假借說文引詩積之栗栗作積之秩秩是積積可通用矣何以言如也此與淇奧如積同義梁車梁卽輿梁正義云孟子十二月車梁成梁謂水上橫橋橫有廣狹得容車渡則高廣者也故以比禾積楚茨傳云露積曰庾蒹葭傳坻小渚也如坻者取酱聚之義也京高丘定之方中同如京者以高積爲喻管子新成囷京悬就篇門戶井竈廡囷京說文圜謂之囷方謂之京廣雅京倉也或三家詩有以京爲倉名故解者迷本之與○大東傳箱大車之箱也箋云萬車以載之是也唐風言蓺黍稷蓺稻粱聘禮黍粱稻皆二行稷[illegible]行內則飯黍稷稻粱白黍黃粱食醫六穀牛宜稌羊宜黍豕宜稷犬宜粱稌卽稻也此四穀之見於經者稷不可以冒粱猶黍不可以亂稻也稻粱貴故禮爲加饌黍稷二者又以黍爲貴鄭注禮云黍者食之主

大田四章二章章八句二章章九句

大田刺幽王也言矜寡不能自存焉（疏）詩亦思古之辭

大田多稼既種既戒既備乃事以我覃耜俶載南畝播厥百穀既庭且碩（傳）覃利也庭直也曾孫是若（疏）箋云大田謂地肥美可墾耕多爲稼可以授民者也將稼者必先相地之宜而擇其種季冬命民出五種計耦耕事脩耒耜具田器此之謂戒是既備矣至孟春土長冒橛陳根可拔而事之○覃讀爲剡此假借也淮南子氾論篇古者剡耜而耕文選東京賦介馭閒以剡耜爾雅剡利也郭注引詩作剡耜本三家詩俶載始事也俶載南畝播厥百穀七月篇所云其始播百穀也箋俶讀爲熾載讀爲菑栗之菑田一歲曰菑載芟良耜箋說同

案箋非也菑一歲休耕之田不得播穀庭直爾雅釋詁文韓奕閔予小子同旣庭且碩庭言直生也碩言長大也曾孫是若若順也箋云成王於是則止力役以順民事不奪其時

旣方旣皁旣堅旣好不稂不莠（傳）實未堅者曰皁稂童粱也莠似苗也去其螟螣及其蟊賊無害我田穉（傳）食心曰螟食葉曰螣食根曰蟊食節曰賊田祖有神秉畀炎火（傳）炎火盛陽也（疏）方極敵也皁郎草斗下文言旣堅則旣皁爲實未堅者之稱今艸木字俗作草草斗字俗作皁作皂廣韻有𦾨而從艸早聲之義𠃊矣稂童粱下臯同稂亦莠之類已成謂之莠不成謂之稂亦謂之童粱其艸皆中牛馬芻國語馬餼不過稂莠是也魏策幽莠之幼也似禾幽莠謂莠也傳云莠似苗也者莠秀挺出直上非若禾秀之下垂其始生時莠與禾苗莫能分辨故孔子有惡莠亂苗之喻淮南子說山篇農夫不察苗莠而拌耘之皆謂其似苗也○爾雅釋蟲食苗心螟食葉蟘食節賊食根蟊此傳所本也說文螟蟲食穀葉者吏冥冥犯法郎生螟葉當作心正義引義疏云螟似子方而頭不赤子方齊民要術作虸蚄說文蟘蟲食苗葉者吏气貣則生蟘从虫貣貣亦聲引詩曰去其螟蟘蟘本字螣爲假借字義疏云螣蝗也高注呂覽云今兖州謂蝗爲螣說文蟊蟲食艸根者吏抵冒取民財則生或作蝥古文作蛑艸當作苗義疏云賊似桃李中蠹蟲赤頭身長而細耳漢書五行志京房易傳臣安祿茲謂貪厥災蟲蟲食根德無常茲謂煩蟲食葉不絀無德蟲食本與東作爭茲謂不時蟲食節蔽惡生孽蟲食心說文正從易傳爲說韓詩稺幼稼也說文稺幼禾也禾稼一也幼讀如養幼少之幼閟宮傳謂稺爲後種凡後種者必小於早種也今字作稚○上篇傳云田祖先嗇者也釋文引韓詩卜畀炎火云卜報也韓詩秉作卜而詁爲報禮記注報讀爲赴疾之赴此報字亦當讀爲赴毛韓字異而意同干旄傳畀予也傳云炎火盛陽也者箋螟螣之屬盛陽氣贏則生之今明君爲政田祖之神不受此害持之付與炎火使自消亡正義云陽而稱火者以南方爲火炎爲甚之故云盛陽又云螟螣之屬得陽而生故陽盛而爲害月令仲夏行春令百螣時起是

陽行而生陽盛則蟲起
消之則付於所生之本

有渰萋萋興雨祁祁雨我公田遂及我私（傳）渰雲興貌萋萋雲行貌祁祁徐也彼有不穫穉此有不斂穧彼有遺秉此有滯穗（傳）秉把也伊寡婦之利（疏）傳文渰雲興皃釋文

正義同定本集注作渰陰雲皃家訓書證篇引毛傳云渰陰雲皃小箋從家訓定本集注作陰雲渰陰雙聲陰雲黑雲也釋文渰本又作弇呂覽務本篇作晻漢書食貨志作黤六帖二作揜茲同萋萋呂覽漢書後漢書左雄傳韓詩外傳說文玉篇廣韻皆作淒淒今釋文正義作萋萋恐係後人改也釋文云興雨或本作興雲非也正義云經興雨或作興雲誤也定本作興雨家訓云渰已是陰雲何勞復云興雲祁祁邪雲當爲雨俗寫誤爾然則釋文正義皆從家訓之說以興雨爲是而呂覽漢書韓詩外傳皆作興雲可知古本作興雲也小箋云說文淒雨雲起也渰雨雲皃雨雲謂欲雨之雲凡大雨之來黑雲起而風生風生而雲行所謂有渰淒淒也已而風定白雲瀰天雨隨之下所謂興雲祁祁雨公及私也作興雨於物理經訓皆失之祁祁釆本作祈祈誤正義云祁祁徐皃釋文作徐也也當皃之誤家訓引毛傳作祁祁徐皃也也當行字○孟子滕文公篇引詩云雨我公田遂及我私惟助爲有公田由此觀之雖周亦助也使畢戰問井地孟子曰方里而井井九百畝其中爲公田八家皆私百畝同養公田公事畢然後敢治私事所以別野人也戰國時周家井田之法已壞孟子乃據大田詩言公田而略陳其概如此也宣十五年穀梁傳古者三百步爲里名曰井田井田者九百畝公田居一私田稼不善則非吏公田稼不善則非民古者公田爲居井竈蔥韭盡取焉此皆井田有公田之說也周禮小司徒乃經土地而井牧其田野九夫爲井四井爲邑四邑爲丘四丘爲甸四甸爲縣四縣爲都鄭注云此謂造都鄙也采地制井田異於鄉遂重立國此制小司徒經之匠人爲之溝洫相包乃成耳匠人爲溝洫九夫爲井方十里爲成方百里爲同注云此畿內采地之制九夫爲井井者方一里九夫所治之田也采地制井田異於鄉遂及公邑又云以載師職及司馬灋論之周制畿內用夏之貢灋稅夫無公田以詩春秋論語孟子論之周制邦國用殷之助灋制公田

不稅夫貢者自治其所受田貢其稅穀助者借民之力以治公田又使收斂焉畿內用貢灋者鄉遂及公邑之吏旦夕從民事爲其促之以公使不得恤其私邦國用助灋者諸侯專一國之政爲其貪暴稅民無藝周之畿內稅有輕重諸侯謂之徹者通其率以什一爲正孟子云野九夫而稅一國中什一是邦國亦異外內之灋耳金榜禮箋云小司徒九夫爲井之法遂人有十夫有溝之法地之險夷異形廣狹異數因地埶而制其宜凡不可非者濟以遂人法而地無曠土孟子請野九一而助國中什一使自賦國中城郭宮室差多涂巷又廣於遂人法爲宜是小司徒實與遂人聯事通職不以鄉遂都鄙異制審矣奐竊謂書缺有閒各存一說以俟參攷焉可也至邦國行井田有公田見諸經傳顯有明證噫嘻傳云私民田也○秉把雙聲同義不穫穉未刈者也不斂穧刈而未斂者也遺秉謂連稾者滯穗謂去稾者伊寡婦之利外舅無錫顧氏廷杏云山東省農家於刈穫時必留畝一角令貧戶取之以爲利猶古遺風與

曾孫來止以其婦子饁彼南畝田畯至喜來方禋祀以其騂黑（傳）騂牛也黑羊豕也與其黍稷以享以祀以介景福（疏）來方猶上篇云以方來古[illegible]字語詞也上篇傳云方迎四方氣於郊也迎四方氣於郊者祀五天帝及五人神周禮大司寇小司寇禋祀五帝大祝注云禋祀祭天神也以其騂黑與其黍稷以享以祀猶上篇云以我齊明與我犧羊以社也上篇傳云社后土也傳以騂黑爲牛羊豕正指社祭召誥乃社于新邑牛一羊一豕一此其義也案此詩騂黑與周禮牧人騂牲黝牲不同牧人凡陽祀用騂牲陰祀用黝牲騂牲色赤黝牲色黑非謂騂爲牛而黝爲羊豕也鄭謂陽祀祭天及宗廟陰祀祭地及社稷箋詩遂引周禮爲說意以四方迎氣用牛社用羊分配經傳騂牛黑羊豕不知天子社稷皆大牢非特用羊也四方迎氣用牛與上篇箋秋祭四方不指迎氣又不合祭社當有句龍配食祭法瘞埋于泰折祭地也用騂犢是騂以祀社羊豕祀配食之人歟召誥用牲于郊牛二祀天一牛配天之人一牛祭地用牛其祭地配食之人與用羊豕

瞻彼洛矣三章章六句

瞻彼洛矣刺幽王也思古明王能爵命諸侯賞善罰惡焉(疏)爵命諸侯若宣王之爵命尹吉甫北伐方叔南征召虎程伯休父伐淮夷賞善罰惡二伯述職也

瞻彼洛矣維水泱泱(傳)興也洛宗周溉浸水也泱泱深廣貌君子至止福祿如茨

韎韐有奭以作六師(傳)韎韐者茅蒐染草也一入曰韎韐所以代韠也天子六軍

(疏)周禮職方氏正西曰雍州其川涇洛鄭注云洛出懷德漢書地理志北地郡歸德洛水出北蠻夷中入河左馮翊褱德禹貢洛水東南入渭雍州寖顏注云褱亦懷字漢懷德縣即今陝西同州府朝邑縣地爲洛入渭之處漢志云入河誤王念孫以爲二字衍文也漢志識洛水入渭之縣而於洛出之源但云出北蠻夷中者略也淮南子墬形篇洛出獵山高注獵山在北地西北夷中洛東南流入渭西山經白於之山洛水出于其陽而東流至于渭元和郡縣志白於山一名女郎山在洛源縣北三十里白於山獵山在漢北地郡所謂北蠻夷中矣漢歸德縣即今甘肅慶陽府安化合水二縣地爲洛出源之處雍州之洛與豫州之雒其字分別自古不紊今以豫州爲南洛水而以雍州爲北洛水非古也洛水在鎬京之北而在岐周之西其川南流入渭以入河要皆在宗周畿內故傳以爲洛宗周溉浸水也鄭注職方氏云浸可以爲陂灌溉者說文泱滃也周禮酒正注盎猶翁也泱盎聲相近傳云深廣皃者考工記匠人爲溝洫廣尺深尺謂之甽廣二尺深二尺謂之遂廣四尺深四尺謂之溝廣八尺深八尺謂之洫廣二尋深二仞謂之澮案都鄙用井田溝洫即爲井田之制軍賦實起於此故詩人以洛水之盛興出軍之衆傳即本匠人溝洫之深廣言之○君子斥諸侯也如與而通甫田傳云茨積也如茨而積也淇奧如簀而積也文義正相同傳文韎下韐字衍草當作韋一下入字依定本補王引之詩述聞云毛傳原文本作韎染韋也今本韎下有者茅蒐三字此涉鄭箋韎者茅蒐染而誤衍也蓋毛以染韋一入之色爲韎而不以茅蒐爲韎故曰韎染韋也一入曰韎鄭以韎爲茅蒐之合聲則以茅蒐爲韎而不以一入爲韎故曰韎者茅蒐染也茅蒐韎聲也若毛以茅蒐爲韎則與一入曰韎之文自相

違異且毛既云韎者茅蒐染韋鄭不須更云韎者茅蒐染矣孔陸所見已是誤本故不言鄭與毛異耳晉語韎韋之跗注韋注曰三君云一染曰韎鄭後司農說以爲韎茅蒐染也云鄭以爲茅蒐染則毛不以爲茅蒐染明矣三君皆從毛義故但言一染曰韎而不言茅蒐也說文韎茅蒐染韋也一入曰韎茅蒐二字亦後人依誤本毛傳加之也賈景伯注成十六年左傳及晉語竝云一染曰韎叔重之學出於景伯故云韎染韋也一入曰韎且賈許皆治毛詩故以一入爲韎至康成始以茅蒐爲韎不得於說文注中增入茅蒐二字且茅蒐爲韎與一入爲韎二者各爲一義不可强同也案王說是也韎從韋故知爲韋韎韋之色故知爲染韋一入曰韎傳又申說染韋之義也玉藻注縕赤黃之閒色所謂韎也爾雅染謂之縓士冠禮注凡染絳一入謂之縓縕與縓古聲同韎卽縓也說文韎字从末聲不从未聲傳既釋經韎之義又釋經韐之義凡士朝服皮弁服玄端服稱韠韎色之韠稱韐故云韐所以代韠也士冠禮爵弁服纁裳純衣緇帶韎韐又受爵弁加之服纁裳韎韐士喪禮爵弁服純衣緇帶韎韐注韎韐縕韍也韐之制似韠說文市部士無市有韐制如榼缺四角爵弁服其色韎賤不得與裳同从市合聲或从韋作韐鄭箋亦云韐祭服之韠合韋爲之其服爵弁服紂衣纁裳也許鄭皆以韎韐爲爵弁服本禮經爲訓春官司服凡兵事韋弁服鄭注云韋弁以韎韋爲弁又以爲衣裳春秋傳曰晉郤至衣韎韋之跗注是也奐謂韎韋卽韎韐郤至爲晉下卿衣韎韋以爲兵事之服天子作師主將朱芾其餘軍士韎韐詩所謂韎韐有奭以作六師也是韎韐又爲韋弁服矣有奭言韐有奭色所謂韎也采芑傳云奭赤皃白虎通義爵篇韓詩內傳曰諸侯世子三年喪畢上受爵命於天子其下又言世子上受爵命衣士服引詩曰韎韐有赩通典禮五十三引內傳同此韓詩義鄭箋正用其說赩與奭同○周禮夏官凡制軍萬有二千五百人爲軍王六軍襄十四年左傳周爲六軍又襄十一年穀梁傳古者天子六師是六師卽六軍也棫樸傳及常武箋竝同地官小司徒乃會萬民之卒伍而用之五人爲伍五伍爲兩四兩爲卒五卒爲旅五旅爲師五師爲軍以起軍旅案此周之軍法乃統四郊都鄙萬民卒伍用之六軍不盡出於六鄉遂人注云遂之軍法追胥起徒役如六鄉是六遂有軍也縣師若將有軍旅會同田役之戒則受灋于司馬以作其衆庶及馬牛車輦會其車人之卒伍稍人掌令邱乘之政令若有會同師田行役之事則以縣

師之灋作其同徒輦輦帥而以至是稍縣鄙皆有軍也采地制井田小都鄉之采地大都公之采地公卿采地之外皆有公邑鄉遂無井田出師人數亦可定卒而軍半出於都鄙出車篇云我出我車于彼牧矣自天子所謂我來矣此之謂也軍制詳采芑篇

瞻彼洛矣維水泱泱君子至止鞸琫有珌〔傳〕鞸容刀鞸也琫上飾珌下飾也天子玉琫而珧珌諸侯璗琫而璆珌大夫鐐琫而鏐珌士珕琫而珕珌君子萬年保其家室〔疏〕說文鞞刀室也削鞞也方言劍削自河而北燕趙之閒謂之室自關而東或謂之廓或謂之削自關而西謂之鞞鞞與鞸同此傳云容刀鞞容刀見公劉篇彼傳云容刀言有武事也蓋有武事則佩之矣說文琫佩刀上飾也珌佩刀下飾也許說正用毛訓段注云鞞之言裨也刀室所以裨護刀者漢人曰削俗作鞘琫之言奉也奉俗作捧刀本曰環人所捧握也其飾曰琫珌之言畢也刀室之末其飾曰珌古文作琿傳云鞞容刀鞞也謂刀削其云琫上飾珌下飾者上下自全刀言之琫在鞞上鞞在琫下珌在鞞末公劉詩不言珌故云下曰鞞舉鞞以該珌鞞琫有珌言鞞琫而又加珌也王莽傳瑒琫瑒珌孟康曰佩刀之飾上曰琫下曰珌若劉熙釋名曰室口之飾曰琫琫捧也捧束口也下末之飾曰琕琕卑也下末之言也琕卽鞞之譌劉意自一鞘言之故雖襲毛上曰琫下曰鞞之云而大非毛意至杜預本之注左傳云鞞佩刀削上飾鞛下飾又互譌上下字矣許云佩刀上飾用毛說謂一刀之上非一削之上也凡刀劍以手所執爲上刀謂之穎亦曰環書刀謂之拊劍謂之鐔案傳文諸侯璆珌釋文及定本集注作璆珌正義本作鏐珌大夫鏐珌定本集注作鏐珌正義云大夫琫珌皆用鐐飾是正義本作鐐珌也說文琫下云天子以玉諸侯以金珌下云天子以玉珧蜃甲也所以飾物也禮佩刀天子玉琫而珧珌璗金之美者與玉同色禮佩刀諸侯璗琫而璆珌珕蜃屬禮佩刀士珕琫而珧珌後箋云此傳所言雖不著所出然說文於珕珧璗下皆引禮云云則毛亦必據禮逸篇之文不應互異如此說文珌下云天子以玉者因珧有玉珧之稱以玉猶言以珧然玉琫珧珌上下究有不同若諸侯璗琫鏐珌黃金謂之璗其美者

詩二十一　六

謂之鏐是諸侯琫珌同以金爲之此所以別於天子也王莽傳瑒琫瑒珌瑒與璗同亦上下皆用金之證大夫則皆以鐐爲之士皆以珧爲之說文諸侯璗珌士珧珌恐是傳寫之誤定本集注作諸侯璗珌大夫鏐珌皆非也奐謂定本集注作大夫鏐珌鏐亦金也此固不誤小箋亦云琫珌天子皆以玉諸侯皆以金大夫皆以銀士皆以珕爲有條理與說文注不同

瞻彼洛矣維水泱泱君子至止福祿既同君子萬年保其家邦

裳裳者華四章章六句

裳裳者華刺幽王也古之仕者世祿小人在位則讒諂並進棄賢者之類絕功臣之世焉〔疏〕此亦思古之詞

裳裳者華其葉湑兮〔傳〕興也裳裳猶堂堂也湑盛貌 我覯之子我心寫兮我心寫兮是以有譽處兮〔疏〕傳以裳裳爲堂堂之假借說文門部云闛闛盛皃與堂堂同廣雅云常常盛也裳常一字毛與三家詩同意也於華言裳裳於葉言湑皆有盛義傳云湑盛皃湑猶湑湑也興者以華葉之盛喻賢者功臣其世澤之茂盛亦如華葉之裳裳湑湑然首章言華又言葉下章不言葉略也○之子席世祿者也三章傳以之子椉駱爲世祿此其義矣蓼蕭我心寫兮傳云輸寫其心也

裳裳者華芸其黃矣〔傳〕芸黃盛也 我覯之子維其有章矣維其有章矣是以有慶矣〔疏〕芸讀如紛紜之紜老子夫物芸芸各復歸其根是芸有盛義詩言華之黃故傳云黃盛也

裳裳者華或黃或白我覯之子椉其四駱椉其四駱六轡沃若〔傳〕言世祿也〔疏〕

或有也或黃或白有黃又有白也華之黃白俱盛○四牡傳云白馬黑鬣曰駱四駱六轡是世祿之所棄故傳卽依序言古之仕者世祿作釋也世祿亦世位詳文王篇

左之左之君子宜之右之右之君子有之傳左陽道朝祀之事右陰道喪戎之事維其有之是以似之傳似嗣也疏傳釋左爲陽道右爲陰道又申明陽道爲朝祀之事陰道爲喪戎之事當有成文無攷成十三年左傳云國之大事在祀與戎荀子大略篇云吉事尚尊喪事尚親逸周書武順篇吉禮左還順天以利本武禮右還順地以利兵老子亦云吉事尚左凶事尚右並與傳訓略同說苑脩文篇詩曰左之左之君子宜之右之右之君子有之傳曰君子者無所不宜也是故韠冕厲戒立于廟堂之上有司執事無不敬者斬衰裳苴絰杖立于喪次賓客弔唁無不哀者被甲纓冑立于桴鼓之間士卒莫不勇者故仁足以懷百姓勇足以安危國信足以結諸侯强足以拒患難威足以率三軍故曰爲左亦宜爲右亦宜爲君子無不宜者此之謂也劉子政所引傳或出魯詩傳其釋詩言君子朝祀喪戎無不得宜與毛詩義正合蓋有者有此宜也故詩下文但接有之句而言○傳讀似爲嗣者言古君子有是美德是以嗣爲世官也襄三年左傳祁奚請老晉侯問嗣焉祁奚卽舉子午羊舌職死又舉職之子赤晉侯於是使祁午爲中軍尉羊舌赤佐之君子謂祁奚能舉善唯善故能舉其類詩云惟其有之是以似之案此上文言問嗣其下卽引此詩則詩之似正訓作嗣以美祁奚能舉善嗣其官職卽是不廢世祿之類毛傳實本左傳以立訓也

桑扈四章章四句

桑扈刺幽王也君臣上下動無禮文焉疏詩亦陳古君臣之詞

交交桑扈有鶯其羽傳興也鶯然有文章君子樂胥受天之祜傳胥皆也疏小宛

交交桑扈傳云交交小皃桑扈竊脂也桑扈小鳥交交爲小鳥皃也扈當作扈今通作扈鶯然有文章者總釋經之兩鶯字以明取興之義言桑扈之羽翼首領皆有文采可觀以喻臣下舉動有禮文合下章而釋之也有鶯其羽鶯然其羽也有鶯其領鶯然其領也鶯者是形容羽領之美楙說文鶯鳥也段注云今說文必淺人所改鶯非即鸎字○君子謂王者也與鶯鶯君子同胥訓相又訓皆皆者皆臣下也祜福也新書禮篇云詩曰君子樂胥受天之祜胥相也祜大福也夫憂民之憂者民必憂其憂樂民之樂者民亦樂其樂與士民若此者受天之福矣案此釋詩樂胥與士民樂本三家詩義箋云王者樂臣下有才知文章鄭讀胥爲諝義異其解君子爲王者樂胥爲樂臣下則與毛義當同也

交交桑扈有鶯其領（傳）領頸也**君子樂胥萬邦之屏**（傳）屏蔽也（疏）玉篇頁部引詩傳云領頸也文選潘岳射雉賦鶯綺翼而經撾灼繡頸而袞背鶯綺翼即鶯羽灼繡頸即鶯領此正用詩義徐爰注云鶯文章貌今本文選誤作鸎字○屏蔽雙聲玉藻云諸侯之於天子其在邊邑曰某屏之臣某屏亦蔽也

之屏之翰百辟爲憲（傳）翰幹憲法也**不戢不難受福不那**（傳）戢聚也不戢戢也不難難也那多也不多多也（疏）之屏承上章言之猶是也之屏之翰言是屏是翰也翰幹爾雅釋詁文文王有聲版嵩高並同翰讀與幹同此謂假借也成十三年左傳孟獻子曰禮身之幹也襄三十年傳鄭子皮曰禮國之榦也是其義辟君也百辟謂外諸侯也百辟爲憲與六月萬邦爲憲句義正同故傳竝訓憲爲法也假樂之百辟卿士百辟與卿士對文非以百辟即卿士也烝民烈文百辟皆指外諸侯○戢聚釋詁文時邁同聚猶斂也言聚斂其志意不戢不難不那三不字傳皆以爲語詞難古儺字周禮占夢遂令始難毆疫故書難或爲儺隰桑阿難隰有萇楚作猗儺家訓書證篇引毛傳不儺儺也然則顏所據經傳正作儺矣竹竿傳云儺行有節度也行有節度謂之儺則儺有動必以禮不敢縱弛之意執競反反難也載芟濟濟難也難皆

儺字那多釋詁文那同說文齊謂多爲夥方言大物盛多齊宋之郊楚魏之際曰夥史記陳勝世家楚人謂多爲夥那與夥同說文魑从鬼難省聲讀若詩受福不儺儺當作那魑聲讀若那疑涉上句不戢不儺而誤不多多也卷阿同

兕觥其觩旨酒思柔彼交匪敖萬福來求【疏】觩爲斛之誤釋文云或作斛說文斛角皃引詩有斛其角今良耜作捄爲六書假借字而絲衣泮水之觩釋文皆作斛字當不誤也思柔與其斛對文則其與思皆爲語詞絲衣篇同○成十四年左傳衛侯饗苦成叔甯惠子相苦成叔傲甯子曰苦成家其亾乎古之爲享食也以觀威儀省禍福也故詩曰兕觥其觩旨酒思柔彼交匪傲萬福來求今夫子傲取禍之道也又襄二十七年傳鄭伯享趙孟于垂隴公孫段賦桑扈趙孟曰匪交匪敖福將焉往若保是言也欲辭福祿得乎案不交敖爲求福之道左兩釋詩同意與毛詩序傳合成十四年引詩彼交匪傲與今本詩同而漢書五行志作匪儌匪傲應劭注云言在位不儌訐不偣傲也臧琳經義襍記謂論語惡儌以爲知者儌鄭本作絞儌絞古通毛詩作交絞之省假故漢書作儌漢志所載左傳爲古文今本出之杜氏未足深信趙孟引詩作匪不作彼與漢書正同尤爲明證漢志匪儌當從應仲援說爲不儌訐師古改爲儌幸非是後箋云臧說是也匪彼二字古雖通用此詩義當作匪絲衣兕觥其觩旨酒思柔不吳不敖胡考之休與此詩四句文義相同此匪交匪敖當與彼不吳不敖一例耳

鴛鴦四章章四句

鴛鴦刺幽王也思古明王交於萬物有道自奉養有節焉

鴛鴦于飛畢之羅之【傳】興也鴛鴦匹鳥大平之時交於萬物有道取之以時於其飛乃畢掩而羅之君子萬年福祿宜之【疏】鴛鴦匹鳥御覽羽族部十二引崔豹古今注云鴛鴦水鳥鳧類雌雄

未嘗相離人得其一則一者相思故謂之匹鳥是也大平之時交於萬物有道此傳用序語以明經義取之以時者交萬物有道也於其飛乃畢掩而羅之者取必以時也大東傳畢所以掩兔兔爰傳鳥網為羅畢與羅異用而散文則通故交取鴛鴦乃畢羅皆施於鳥矣箋云匹鳥言其止則相耦飛則為雙性馴耦也此交萬物之實也而言興者廣其義也獺祭魚而後漁豺祭獸而後田此亦皆其將縱散時也案此一興體也前二章鴛鴦為興言交於萬物有道舉一物以例餘也後二章又以芻秣之式興奉養有節○箋云君子謂明王也

鴛鴦在梁戢其左翼（傳）言休息也君子萬年宜其遐福（疏）桑扈傳戢聚也休息者聚之意釋文引韓詩云戢捷也捷其噣於左也捷今之插字箋斂其左翼以右翼掩之白華鴛鴦在梁戢其左翼箋戢斂也斂左翼者謂右掩左也鳥之雌雄不可別者以翼右掩左雄左掩右雌案此爾雅釋鳥文也鴛鴦匹鳥雌雄相休息戢左翼者言雄以眩雌也上章于飛則畢羅之此章在梁則休息之所謂交於萬物有道也論語云弋不射宿

乘馬在廄摧之秣之（傳）摧莝也秣粟也君子萬年福祿艾之（傳）艾養也（疏）傳文摧莝釋文本作摧芻引韓詩云莝委也是毛詩作摧訓芻謂摧即芻之假借字韓詩作莝訓委委即萎字說文莝斬芻毛韓字異而義同箋云摧今莝字也鄭用韓說後人依鄭箋改毛傳當依釋文本作摧芻為正衆經音義卷十三十五引傳作芻說文繫傳引詩作芻之餘之傳文秣粟釋文本作秣穀馬也亦當依釋文本為正漢廣言秣其馬傳秣養也又雲漢傳歲凶年穀不登則趣馬不秣王制作馬不食穀凡言秣者皆謂以穀食馬不謂秣為粟矣箋云無事則委之以莝有事乃予之穀鄭所據亦作穀馬秣或作餘說文餘食馬穀也許正用毛傳摧秣即芻秣周禮大宰以九式均節財用七曰芻秣之式鄭注云芻秣養牛馬禾穀也案周公制禮以養馬芻秣之事定為國家均節財用之式與詩言養馬之得其時制與王者自奉養有節其義正同○艾養南山有臺同

乘馬在廄秣之摧之君子萬年福祿綏之疏綏安也上言艾此言綏艾綏猶南山有臺之艾保也

頍弁三章章十二句

頍弁諸公刺幽王也暴戾無親不能宴樂同姓親睦九族孤危將亡故作是詩也疏諸公同姓之臣宴釋文作燕

有頍者弁實維伊何傳興也頍弁貌弁皮弁也爾酒既旨爾殽既嘉豈伊異人兄弟匪他蔦與女蘿施于松柏傳蔦寄生也女蘿菟絲松蘿也喻諸公非自有尊託王之尊未見君子憂心奕奕傳奕奕然無所薄也既見君子庶幾說懌疏頍者非形容皮弁之皃乃形容其戴弁之皃正義引王肅云戴頍然之弁疑王子雝所據傳作頍戴弁皃四字今本奪戴字釋文云箸弁皃著弁猶言戴弁說文頍舉頭也也玉篇作皃舉頭與戴弁義同士冠禮注缺讀如有頍者弁之頍鄭本三家義天子視朝用皮弁詩言燕而傳云弁皮弁也者是天子燕用皮弁矣實當作寔寔是也維猶爲也是爲伊何者以言乎在首也一章伊何二章何期三章在首實一意也正義云昭九年左傳王使詹桓伯辭於晉曰我在伯父猶衣服之有冠冕僖八年穀梁傳曰弁冕雖舊必加於首周室雖衰必先諸侯然則王者之在上位猶皮弁之在人首故以爲喻也〇旨酒嘉殽以設燕也兄弟匪他言燕兄弟非有異人也爾雅釋草無蔦傳云寄生說文蔦寄生也或作樢許本毛訓釋木寓木宛童解者皆即以爲詩之蔦蓋寄與寓同義也釋草唐蒙女蘿女蘿菟絲今案桑中傳唐蒙菜名不謂女蘿此傳云女蘿菟絲本爾雅文疑毛所見爾雅與今本或異傳又云松蘿是女蘿菟絲松蘿一物三名矣菟絲通作兔淮南子說山云下有伏苓上有兔絲說林云伏苓掘兔絲死又云兔絲無根而生呂覽精通云人或謂兔絲無根兔絲非無根也其根不屬也伏苓是

菟絲卽女蘿而菟絲又卽松蘿傳與舊說悉合正義引義疏云今菟絲蔓連草上非松蘿松蘿自蔓松上與菟絲殊異釋文亦云在草曰女蘿在木曰松蘿然詩明言女蘿施於松木不得據今驗易古說明矣喻諸公非自有尊託王之尊者箋云託王之尊者王明則榮王衰則微刺王不親九族孤特自恃不知已之將危亾也○爾雅釋訓奕奕憂也此依詩憂心爲訓傳云奕奕然無所薄也者亦是形容憂心之狀楚策楚威王曰寡人心搖搖如縣旌而無所終薄奕奕搖搖語轉而義同懌本作釋靜女箋說懌作說釋與此同案既見指宴樂同姓未見卽序不能宴樂之意既與終同義此因未見而終思相見親戚之臣心不能已也箋云君子席幽王也幽王久不與諸公宴諸公未得見幽王之時懼其將危亾已無所依怙故憂而心奕奕然故言我若已得見幽王諫正之則庶幾其變改意解釋也

有頍者弁實維何期爾酒既旨爾殽既時【傳】時善也豈伊異人兄弟具來蔦與女蘿施于松上未見君子憂心怲怲【傳】怲怲憂盛滿也既見君子庶幾有臧【傳】臧善也【疏】釋文期本亦作其何其何也其語詞箋云何期猶伊何也期辭也辭當作詞○時之言是也故時有善義爾殽既時猶上章云爾殽既嘉耳嘉亦善也廣雅時善也本傳訓爾雅怲怲憂也說文怲憂也詩曰憂心怲怲此亦依詩憂心爲訓傳云憂盛滿也者怲滿雙聲奕薄疊韻蓋依疊韻雙聲言也臧訓善讀善兄弟爲友之善

有頍者弁實維在首爾酒既旨爾殽既阜豈伊異人兄弟甥舅如彼雨雪先集維霰【傳】霰暴雪也死喪無日無幾相見樂酒今夕君子維宴【疏】阜盛也兄弟謂諸公也此言燕同姓而必及甥舅者禮記文王世子篇云公若與族燕則異姓爲賓○霰暴雪釋文霰消雪也疑陸元朗所據傳作霄雪霄暴形易譌今作消雪後人或以爾

雅亦作本改之也爾雅雨霓爲霄雪霄本亦作消說文雨霰爲霄齊語也霰稷雪也或作霓繫傳作積雪文選謝惠連雪賦注御覽天部十二引韓詩章句云霰霙也御覽引又云雪華六出曰霙訓家多不同大戴禮曾子天圓篇云陽之專氣爲霰釋名云霰星也水雪相摶如星而散也箋云將大雨雪始必微溫雪自上下遇溫氣而摶謂之霰久而寒勝則大雪矣喻幽王之不親九族亦有漸自微至甚如先霰後大雪○死喪無日無幾相見無不也言不日死喪相見無幾也王逸注楚辭大招引詩作樂酒今昔云昔夜也古夕昔通用今昔即今夕唯同姓有夜飲禮也維猶是也樂酒今夕君子維宴言王能宴樂飲酒當自今日始此乃覬幸之詞案上二句猶云未見君子憂心奕奕未見君子憂心怲怲也下二句猶云既見君子庶幾說釋既見君子庶幾有臧也詩三章皆欲王之宴樂親睦同姓以刺今之不能則孤危將亡其兆既著矣

車舝五章章六句

車舝大夫刺幽王也褒姒嫉妬無道並進讒巧敗國德澤不加於民周人思得賢女以配君子故作是詩也

閒關車之舝兮思孌季女逝兮（傳）興也閒關設舝也孌美貌季女謂有齊季女也匪飢匪渴德音來括（傳）括會也雖無好友式燕且喜（疏）詩凡五章皆與前三章就賢女往配君子說後二章就賢女既配君子說設舝往配亦是陳古以刺今與大東篇興義相同○正義及泉水正義引傳文作閒關設舝皃皃乃也之誤今本作也不誤關讀爲絲說文絲部絲織以絲毌杼也從段本訂以絲貫杼曰絲以舝設車軸閒曰閒關閒關者言季女乘車設舝之事非形容其設舝也北堂書鈔車部三引韓詩注閒關好皃陳禹謨本刪去舝韓詩作轄昭二十五年左傳昭子賦車轄墨子魯問篇子之爲鵲也不如匠之爲車轄也須臾斲三寸之木而任五十石

之重淮南子繆稱人閒篇竝云三寸之轄蓋古轄以木爲之耳思詞也思變季女與思齊大任思媚周姜句例相同泉水猗嗟候人傳竝訓變爲好而此訓變爲美美有美德者也云季女謂有齊季女也者采蘋誰其尸之有齊季女傳尸主齊敬季少也少女微主也古之將嫁女者必先禮之於宗室此季女亦是將嫁之女與采蘋季女同故傳卽本采蘋以釋之也逝往也謂往嫁之也○君子于役傳佸會也括與佸同義會者當讀如媒氏令會男女之會會猶作合也德音來括言季女有此德音是宜與我王作合也來語詞文選劉越石荅盧諶詩陸士衡辨亡論注引韓詩章句括約束也王伯厚以爲此詩章句箋謂使我王更脩德教合會離散之人或鄭用韓義也友讀琴瑟友之之友燕安也

依彼平林有集維鷮（傳）依茂木貌平林林木之在平地者也鷮雉也**辰彼碩女令德來教**（傳）辰時也**式燕且譽好爾無射**（疏）依爲茂木依猶依依也采薇韓詩傳云依依盛皃茂與盛義相近周禮林衡注云竹木生平地曰林說文云平土有叢木曰林从二木林者木之多也是木在平地者稱林故此及生民詩皆謂之平林鄭許與傳訓皆同擊鼓傳又云山木曰林各隨文釋也鷮雉爾雅釋鳥文中山經女几之山風雨之山其鳥多白鷮文選西京賦游鷮高翬薛綜注云雉之健者爲鷮尾長六尺鷮尾長故韓詩二矛重鷮以鷮羽爲矛飾說文桑與防鈂用鷮平林之有鷮以喻賢女之在父母家也○辰訓時時當讀如男女得以及時之時女者在父母家之稱令德來教言教之以婦道也葛覃傳古者女師教以婦德婦言婦容婦功祖廟未毀教于公宮三月祖廟既毀教于宗室案此卽經教字之義也來語詞謝讀爲斁葛覃傳斁厭也韓奕云慶既令居韓姞燕譽文義與此同

雖無旨酒式飲庶幾雖無嘉殽式食庶幾雖無德與女式歌且舞（疏）德卽承上兩章德音令德兩德字而言與女猶好爾爾女皆指王也式歌且舞猶云式燕且喜式燕且譽也蓋周人歷世有賢聖之配今幽王寵襃姒立以爲后大臣知其將有

傾城滅周之禍故篇中語氣言不必若大姜大任大姒之賢聖第思得德音令德之女以配我君子已有歌舞喜樂之盛猶無旨酒嘉殽亦足以解渴而解飢此淡惡王之黜申后而用褒姒也故詩以雖無德與女作一轉語而序則直謂之賢女耳昭二十六年左傳晏子曰陳氏雖無大德而有施於民豆區釜鍾之數其取之公也薄其施之民也厚公厚斂焉陳氏厚施焉民歸之矣詩曰雖無德與女式歌且舞案此斷章取義詩人本以女與褒姒相比晏子引之以爲公與陳氏相較而用意實同雖無德解作雖無大德則詩義本然也首章云雖無好友亦此義也

陟彼高岡析其柞薪析其柞薪其葉湑兮鮮我覯爾我心寫兮（疏）靜女靜女其姝俟我乎城隅傳城隅以言高而不可踰此高岡之義也桃夭其葉蓁蓁傳蓁蓁至盛皃有色有德形體至盛也此其葉湑兮之義也裳裳者華傳云湑盛皃陟岡析薪以興越國取賢女漢廣綢繆皆以刈薪束薪喻嫁娶齊南山析薪如之何匪斧不克取妻如之何匪媒不得亦以析薪喻取妻此其義也柞木名可爲薪采叔云維柞之枝其葉蓬蓬亦謂柞葉之盛秦人謂柞爲櫟三蒼說又謂棫爲柞皆是方俗通稱柞與櫟棫或相似爾○草蟲傳覯遇也遇者配偶之義鮮我覯爾我心寫兮下章云覯爾新昏以慰我心猶草蟲篇亦既覯止我心則說亦既覯止我心則夷也覯皆訓爲遇東門之池可以晤歌傳晤遇也彼序云思賢女以配君子又與此詩序同

高山仰止景行行止四牡騑騑六轡如琴（傳）景大也**覯爾新昏以慰我心**（傳）慰安也（疏）仰當作卬說文匕部引詩作卬止當作之禮記表記釋文引詩作之景大小明玄鳥同景行與高山對文上行爲道下行讀女子有行之行高山猶高岡也靜女變而不見搔首踟蹰傳志往而行止此高山卬之景行行之之義也漢廣之子于歸言秣其馬之子于歸言秣其駒鵲巢之子于歸百兩御之之子于歸百兩將之此四牡騑騑六轡如琴之義也四牡傳云騑騑行不止之皃如琴言調和也六轡以御四馬喩御衆之有禮法簡兮執轡如組傳御衆

有文章言能治衆益言有賢德下相準箋以析薪爲喻除嫉妬之女如琴爲喻
羣臣有也此末二章皆興君子得賢女以爲配凡興義必與上下文意
不連屬矣○孫毓王肅據傳作慰怨也釋文從之而以慰安爲馬融義引韓詩
作以慍我心云慍恚也是孫王同韓詩也正義從定本作慰安案慰安是也箋
云我得見女之新昏如是則以慰除我心之憂也新昏謂季女也鄭亦依慰安
爲解蓋此詩曰季女曰碩女曰新昏皆是思望賢女之詞刺褒姒意在言外所
謂主文譎諫言之者無罪聞之者足以戒若楚茨以下諸詩皆是例矣竊疑傳
文本無慰安也三字馬作毛詩注鄭作毛詩箋皆依豈風縣傳文作慰安解至
孫王剝鄭以新昏謂褒姒不謂季女復
取韓詩說易安訓怨致失序傳之指

青蠅三章章四句

青蠅大夫刺幽王也【疏】襄十四年左傳云賦青蠅而退則詩爲刺讒明矣詩考
引袁孝政注劉子以爲魏武公信讒詩案魏當衞之誤
三家詩以此合下篇皆
衞武公所作何楷說同

營營青蠅止于樊【傳】興也營營往來貌樊藩也豈弟君子無信讒言【疏】興者青
蠅以喻
讒人也箋蠅之爲蟲汙白使黑汙黑使白易林論衡初學記竝有青蠅汙白之
語後漢書楊震傳青蠅點素同茲在藩漢書昌邑王賀夢青蠅之矢積西階東
可五六石矢卽汙也此皆本三家詩可以申明毛詩之興義也大玄堅次四小
蠭營營螉其翅翅測曰小蠭營營固其氏也是營營爲往來不絕之皃與詩營
營同說文爻部引詩作營營又言部云謍小聲引詩作謍謍本三家詩樊藩東
方未明同說文云棥藩也从爻林詩曰營營青蠅止于棥案爻者交也棥从爻
林取交積材之義叔重所據詩作棥今詩作樊者假借字也漢書武五子傳兩
引詩作止于藩史記滑稽傳作藩蕃與藩同三家詩作藩毛詩作樊故傳以藩
詁樊也○君
子席幽王也

營營靑蠅止于棘讒人罔極交亂四國(疏)極中也史記滑稽傳漢書武五子傳敘傳注論衡言毒篇新舊唐書顏眞卿傳並作讒言罔極

營營靑蠅止于榛(傳)榛所以爲藩也讒人罔極構我二人(疏)棘榛皆爲藩上章不言棘所以爲藩正義謂互相足是矣藩猶籬也傳中兩藩字同義東方未明折柳樊圃傳樊藩也藩猶屏也訓同而意異○釋文引韓詩構亂也亂即上章交亂箋構合也合猶交亂也用韓詩也魏源云易林豫云靑蠅集藩君子信讒害賢傷忠患生婦人又觀革云馬躓顛車婦惡破家靑蠅汚白恭子離居夫幽王聽讒莫大于廢后放子而此曰患生婦人則明指褒姒矣恭子離居用申生恭世子事明指宜臼矣故曰讒人罔極構我二人謂王與母后也讒人罔極交亂四國謂戎繒申呂也案魏說本何楷世本古義漢書戾太子之亂壺關三老茂上書昔者虞舜孝之至也而不中於瞽叟孝己被謗伯奇放流骨肉至親父子相疑何者積毀之所生也其下即引靑蠅之詩與幽王放宜臼合楚辭九歎若靑蠅之僞質兮晉驪姬之反情又與幽王嬖褒姒合皆出於三家有足以補明毛義者也

賓之初筵五章章十四句

賓之初筵衛武公刺時也幽王荒廢媟近小人飲酒無度天下化之君臣上下沈湎淫液武公既入而作是詩也(疏)入入相也武公入相在周平王之世是詩爲追刺幽王而作抑三章云顛覆厥德荒湛于酒刺厲王飲酒無度也衛武公刺厲刺幽皆事關王政故抑編諸大雅而此則編諸小雅焉後漢書孔融傳注引韓詩云衛武公飲酒悔過也則專以爲武公所自警矣

賓之初筵左右秩秩籩豆有楚殽核維旅(傳)秩秩然肅敬也楚列貌殽豆實也

殽加籩也旅陳也酒既和旨飲酒孔偕鍾鼓既設舉醻逸逸〔傳〕逸逸往來次序也大侯既抗弓矢斯張射夫既同獻爾發功發彼有的以祈爾爵〔傳〕大侯君侯也抗舉也有燕射之禮的質也祈求也〔疏〕筵席也燕禮司宮筵賓于戶西東上無加席也射人告具小臣設公席于阼階上西鄉設加席是主席在東而賓筵在西左右猶東西也後漢書注引韓詩云言賓客初就筵之時賓主秩秩然俱謹敬也毛韓義同荀子仲尼篇貴賤長少秩秩焉莫不從桓公而貴敬之與詩秩秩同楚之言鍇也正義據傳文列上有陳字列亦陳也士冠禮籩豆有楚鄭注亦云楚陳列之貌殽釋文作肴生民傳豆薦菹醢也菹醢置於豆中故豆實謂之肴傳因文立義也春秋內外傳並以肴爲俎實傳於豆言實而於籩言加互詞加籩者廣庶品也箋據籩人加籩無核而饋食之籩有核故以核爲籩實此鄭義也正義依箋解傳加籩爲加之於籩則誤矣核亦作覈班固典引肴覈仁義蔡邕注肴覈食也肉曰肴骨曰覈詩云肴覈惟旅蔡所引當是魯詩旅陳爾雅釋詁文說文旅古文作㫃以爲魯衛之魯士冠禮注古文旅作臚周禮司儀注旅讀爲鴻臚之臚臚陳之也是旅古讀如魯又讀同臚也殷武傳同豐年傳云皆徧也偕與皆通○醻亦作酬燕禮旅酬有樂故云鍾鼓既設也禮記燕義篇獻君君舉旅行酬而后獻卿卿舉旅行酬而后獻大夫大夫舉旅行酬而后獻士士舉旅行酬而后獻庶子案燕禮於獻士後行射大射則鄉舉旅後即行射燕禮注云爲旅食乃射者燕射主於飲酒是也逸逸猶繹繹也楚茨傳東西爲交邪行爲鍇所謂往來次序也侯射侯也考工記梓人爲侯張獸侯則王以息燕儀禮鄉射記凡侯天子熊侯白質諸侯麋侯赤質大夫布侯畫以虎豹士布侯畫以鹿豕凡畫者丹質案此皆獸侯也熊麋皮也天子諸侯側用皮大夫士側中皆用布布用畫獸其質天子白質諸侯赤質大夫士畫獸則丹質也獸侯用諸鄉射故特箸於鄉射記而燕射亦用獸侯燕禮云若射如鄉射之禮是其義也傳釋大侯爲君侯者詩刺幽王則君侯指熊侯天子熊侯白質故傳以的爲質的白同義矣凡侯皆設鵠王以虎熊豹三皮棲鵠謂之皮侯飾皮棲鵠又張五采謂之五采之侯五采即

五正也若以皮飾側設鵠設正舉一獸不舉三皮備一正不備五采則謂之獸侯鄭仲師賈景伯馬季長說皆如是箋謂大侯大射之侯漢書吾丘壽王傳引此詩亦爲大射之禮其魯詩說歟但大射皮侯不設正質也梓人祭侯之辭故抗而射女鄭注云抗舉也張也義與傳同舉酬之後始行燕射故傳特箸之云有燕射之禮所以釋經既抗之文也楚辭大招三公穆穆登降堂只諸侯畢極立九卿只昭質既設大侯張只執弓挾矢揖辭讓只文與詩義同的釋文作勺勺者旳之假借禮記射義篇古者諸侯之射也必先行燕禮又孔子曰射者何以射何以聽循聲而發發而不失正鵠者其唯賢者乎若夫不肖之人則彼將安能以中詩云發彼有的以祈爾爵祈求也求中以辭爵也毛傳與禮記正合燕射用獸侯獸侯有鵠有正故記以正鵠爲的傳以的爲質質者正也鵠居正外言正以包鵠也猗嗟傳二尺曰正則質當二尺矣鄭衆馬融及王肅說四寸曰質又韓子外儲說左上篇難勢篇設五寸之的小爾雅正中謂之槷方六寸槷卽質也諸說謂質居正內而寸數不同傳渾言正質無別耳傳詁祈爲求正用射義文射義注云言射的必欲中之者以求不飲女爵也爾或爲有箋云射之禮勝者飲不勝所以養病也故論語曰下而飲其爭也君子

籥舞笙鼓樂既和奏〔傳〕秉籥而舞與笙鼓相應烝衎烈祖以洽百禮百禮既至有壬有林錫爾純嘏子孫其湛〔傳〕壬大林君也嘏大也其湛曰樂各奏爾能賓載手仇室人入又〔傳〕手取也室人主人也主人請射於賓賓許諾自取其匹而射主人亦入於次又射以耦賓也酌彼康爵以奏爾時〔傳〕酒所以安體也時中者也〔疏〕傳云秉籥卽簡兮之執籥吹籥而舞謂之籥舞云與笙鼓相應者伐木坎坎鼓我墫墫舞我又有駜振振鷺鷺于下鼓咽咽言舞一手秉籥一手必執羽羽所以舞也鼓所以節舞也是籥舞與鼓相應矣燕禮公又舉奠觶唯公所賜以旅于西階上如初卒笙入立于縣中記云笙入三成遂合鄉樂

若舞則勺燕於大夫舉旅之後有笙入閒歌之樂至無算爵無算樂舞亦必有
笙相和是籥舞與笙相應矣周語王子穨飲三大夫酒子國爲客樂及徧儛此
卽天子燕飲樂舞之證奏猶作也六月傳奏爲也爲謂之作故奏亦謂之作王
大林君嘏大竝爾雅釋詁文純嘏古語卷阿載見閟宮皆曰純嘏純亦大也湛
樂也案二章言燕射重敘飲酒之禮首二句冡首章鍾鼓既設舉醻逸逸說下
烝衎烈祖六句卽承首二句說下燕禮坐燕時有羞庶羞大夫祭薦之禮至燕
舞則歌勺周頌作酌序酌告成大武也言能酌先祖之道以養天下也此卽射
義所謂先王養諸侯兵不用而諸侯自爲正之具也燕射歌勺義取諸此此當
舞時因而念今日之息燕實本於先祖告成功烈之所致百禮莫愆威儀無失
於是有美大其爲人君之道錫爾子孫以大大之福子孫其有此樂也詩因燕
而推本言之故下文仍接燕射以樂之之事王肅云言燕樂之義得則進樂其
先祖是也箋以衛稱殷禮故祭祀先奏樂自不如毛義之有據矣○奏獻也能
技能也載語詞傳訓手爲取取言擇比也訓仇爲匹匹猶耦也賓與室人對稱
故傳以室人爲主人主人爲君之黨則君亦主人也首章射夫既同言眾耦比
射之事二章言從眾耦比射及君與射之事而以君射爲主傳云主人請射於
賓賓許諾自取其匹而射者釋經賓載手仇句大射儀司射適次請射遂比三
耦司射命上射曰某御於子命下射曰子與某子射卒遂命三耦取弓矢于次
鄭注云次若今時更衣處張幃席爲之是請射比耦燕禮亦司射爲之司射命
於君故直謂主人請射而賓自此以比耦也云主人亦入于次又射以耦賓也
者釋經室人入又句謂君與賓爲耦也燕禮記云君與射則爲下射袒朱襦樂
作而后就物上射退于物一笴既發則荅君而俟案下上猶左右也主尚左爲
下射賓尚右爲上射故君與射亦爲下射大射君與賓耦射之儀公將射則賓
降適堂西袒決遂執弓搢三挾一个升自西階先待于物北北一笴東面立注
云不敢與君并東面立鄉君卽燕禮記所謂君射爲下射上射退于物一笴者
也此爲君射耦賓之禮○射義酒所以養老也所以養病也求中以辭爵者辭
養也傳云酒所以安體釋經康字之義正本射義爲訓云時中者也者時是也
中得也勝者爲是則不勝者爲不是矣獲者爲得則不獲者爲不得矣奏爲也
酌康爵以爲女中者也爲中者飲不中者的此爵以俟之燕禮記若飲君燕則

夾爵鄉射記則云如燕則夾爵鄭注云謂君在不勝之黨也賓飲君如燕賓媵觚于公之禮則夾爵夾爵者君飲卒爵復自酌

賓之初筵溫溫其恭其未醉止威儀反反曰既醉止威儀幡幡舍其坐遷屢舞僊僊（傳）反反言重慎也幡幡失威儀也遷徙屢數也僊僊然其未醉止威儀抑抑曰既醉止威儀怭怭是曰既醉不知其秩（傳）抑抑慎密也怭怭媟嫚也秩常也（疏）上二章陳古下三章刺今故重言賓之初筵以箸燕之失燕禮記云與卿燕則大夫爲賓與大夫燕亦大夫爲賓是賓爲大夫也曰賓者不敢直斥王且以刺王所與之大夫皆小人也○小宛傳溫溫和柔皃反反言重慎正義云自重而謹慎釋文引韓詩作昄昄云善皃毛韓字異意同文王傳濟濟多威儀也多威儀曰濟濟失威儀則曰幡幡遷訓徙屢俗字釋文本作婁傳訓婁爲數者爲全詩婁字通訓正月巧言箋皆云婁數也爾雅釋言婁亟也亟亦數也僊僊然上當更有數舞二字蓋僊僊然者數舞皃也數舞僊僊然與南山崔崔然信誓旦旦然句例相同莊子在宥篇鴻蒙曰意毒哉僊僊乎歸矣又說苑指武篇孔子曰辯哉士乎僊僊者乎亦謂僊僊爲數疾也燕禮賓及卿大夫皆說屨升就席公以賓及卿大夫皆坐乃安司正升受命皆命君曰無不醉賓及卿大夫皆興對曰諾敢不醉皆反坐案燕有坐燕之禮燕樂有舞春官樂師燕射帥射夫以弓矢舞旄人舞其燕樂皆謂燕舞之事若坐則徙矣舞又數矣是則小人既醉之情態也此總括初筵舉旅至無算爵○抑傳抑抑密也本爾雅此又益其義云慎密也怭怭說文人部引作佖佖心部無怭字玉篇怭慢也慢輕侮也慢與嫚同媟與褻同新書道術篇接遇慎容謂之恭反恭爲媟接遇肅正謂之敬反敬爲嫚秩常釋詁文烈祖同常則也法也不知其常所謂幡幡怭怭也所謂坐徙舞數也

賓既醉止載號載呶亂我籩豆屢舞僛僛是曰既醉不知其郵側弁之俄屢舞

僛僛〔傳〕號呶號呼讙呶也僛僛舞不能自正也傞傞舞不止也既醉而出並受
其福醉而不出是謂伐德飲酒孔嘉維其令儀〔疏〕碩鼠傳號呼也二傳訓同意別碩鼠之呼爲身呼此號呼
爲召呼說文云召評也評召也又嘑號也號呼也是號爲呼也呶字當在讙字上轉寫或誤耳民勞箋惛怓猶讙譁也彼箋以讙譁釋惛怓與此傳以讙釋呶
同義說文呶讙聲詩曰載號載呶許以讙聲釋呶亦與傳訓同說文又云嘮呶讙也是呶讙連文之證韓詩云賓既醉止載號載呶不知其爲惡也僛與欹聲
相近故云舞不能自正也說文僛醉舞皃詩曰屢舞僛僛玉篇同側說文引詩作仄燕君臣同服朝服諸侯玄冠天子皮弁則此弁爲皮弁矣傞傞舞不止也
各本奪舞字今據釋文補正玉篇傞傞舞不止皃說文傞醉舞皃詩曰屢舞傞傞又女部引作娑娑玉篇同晏子襍上篇云側弁之俄言失德也屢舞傞傞言
失容也〇晏子又云既醉而出並受其福賓主之禮也醉而不出是謂伐德賓之罪也說文伐一曰敗也伐德敗德也大明傳云嘉美也令儀善威儀也案此
言無算爵既醉失德遂陳古者醉出之禮因以箴之燕禮賓醉北面坐取其薦脯以降奏陔賓所執脯以賜鐘人於門內霤遂出鄭注云明雖醉不忘禮大戴
禮文王官人篇云醉之以觀其不失是其義也
凡此飲酒或醉或否既立之監或佐之史〔傳〕立酒之監佐酒之史彼醉不臧不
醉反恥式勿從謂無俾大怠匪言勿言匪由勿語由醉之言俾出童羖〔傳〕羖羊
不童也三爵不識矧敢多又〔疏〕凡此飲酒此字承上章末六句之意而言立監佐史所以觀察其醉否凡飲酒禮皆然也鄭注
鄉射云爵備樂畢將留賓以事爲有解倦失禮立司正以監之察儀法也引詩既立之監或佐之史〇彼醉不臧彼字與上此字作對文彼彼飲酒無度者也
臧善也不善猶無儀也式用也勿無也俾使也匪不也由用也言無使其大怠慢無度不言無禮之言不用無禮之語爲醉者設此禁詞然已醉矣用無從而

謂之也以明醉者不可說數當早戒也抑傳童羊之無角者也此云羖羊不童則羖羊爲有角矣爾雅夏羊牡羭牝羖程瑤田通藝錄釋蟲云牝牡二字互譌說文夏羊牡曰羖又曰羯羊羖犗也去勢曰犗詢之今之屠羊者綿羊牡曰羝羯之則曰羖牡者多有角亦閒有無角者百中之數頭耳其牝多無角亦閒有有角者亦百中之數頭耳然即有角亦不能如牡者之角大也案據程說則羖爲有角牡羊目驗之而確證今醉之言不中禮法或有從而謂之彼醉者推其類必使羖羊物變而無角謂出此童羖以止飲酒猶漢書云羝乳乃得歸皆必無是之事角所以爲爵故借以設喻也此醉者詎人戒之詞○箋云三爵者獻也酬也酢也宣二年左傳臣侍君宴過三爵非禮也玉藻君子之飲酒也受一爵而色洒如也二爵而言言斯禮已三爵而油油以退鄭注云禮飲過三爵則敬殺可以去矣矧況也言凡禮三爵之後則不識德況敢多又飲乎此懲箴之詞以刺今之無度也

卷二十一終

長洲陳奐學

魚藻之什詁訓傳弟二十二　毛詩小雅

魚藻之什十四篇六十二章三百二句

魚藻三章章四句

魚藻刺幽王也言萬物失其性王居鎬京將不能以自樂故君子思古之武王焉

魚在在藻有頒其首（傳）頒大首貌魚以依蒲藻爲得其性王在在鎬豈樂飲酒（疏）樊光注爾雅引詩有賁其首賁與墳通頒與墳義又合也釋文引韓詩云頒衆皃韓讀頒爲紛謂魚口上見喁喁然衆多與毛詩異魚以依蒲藻爲得其性者傳合弟三章依于其蒲而總釋之箋云魚之依水草猶人之依明王此申傳義也○王武王也鎬鎬京豈亦樂也豈與樂無二義故一章豈樂二章樂豈義竝同也

魚在在藻有莘其尾（傳）莘長貌王在在鎬飲酒樂豈（疏）說文艸部無莘而手部斻下云讀若莘廣雅䍲多也疑莘即䍲之異體故說文錄䍲見螽斯釋文不錄莘今本說文併佚䍲字矣傳云長皃者莊子徐無鬼篇䯞之長也茲莘此莘有長義玉篇𩵽魚尾長𩵽莊即莘之俗大首長尾得性之驗也

魚在在藻依于其蒲王在在鎬有那其居疏桑扈那傳箋云那多也多者盛大之詞居處也

采菽五章章八句

采菽刺幽王也侮慢諸侯諸侯來朝不能錫命以禮數徵會之而無信義君子見微而思古焉疏箋云幽王徵會諸侯爲合義兵征討有罪既往而無之是於義事不信也君子見其如此知其後必見攻伐將無救也正義即據史記幽王數舉烽火其後諸侯莫能信至以證其事

采菽采菽筐之筥之傳興也菽所以芼大牢而待君子也羊則苦豕則薇君子來朝何錫予之傳君子謂諸侯也雖無予之路車乘馬又何予之玄袞及黼傳玄袞卷龍也白與黑謂之黼疏釋文菽本亦作叔昭十七年左傳小邾穆公來朝公與之宴季平子賦采叔晉語秦穆公燕公子重耳賦采叔字皆作叔豆名作尗叔假借字菽非古也小宛傳云菽藿也公食大夫禮記鉶芼牛藿羊苦豕薇鄭注云藿豆葉也詩之菽即儀禮之藿藿爲牛俎之芼傳云芼大牢者兼牛羊豕就牢禮而言以補明經義舉菽以晐苦薇也箋菽大豆也采之者采其葉以爲藿三牲牛羊豕芼以藿王饗賓客有牛俎乃用鉶羹故使采之此鄭申傳義也芼大牢本以待君子之禮而言興者因所事而興也○序言諸侯來朝故知君子爲諸侯也通章九君子同云玄袞卷龍也者玄玄衣也玄衣而加袞謂之玄袞袞者畫卷龍於裳也鄭謂畫卷龍於衣不合古制詳九罭篇白與黑謂之黼考工記畫繢之事文文王傳亦云黼白與黑也禮器云諸侯黼袞爲畫繢之事黼爲黹刺之文故云袞及黼也爾雅斧謂之黼謂畫斧於依爲天子宁立之處古畫繢與黹繡散文則通稱故斧依一作黼依與黹繡於裳者不同解者誤以衣畫斧形爲黼又誤以衣畫兩已相背爲黻不知黼黻皆黹文或以黑青綫爲之或以白黑綫爲之爾雅黼黻彰也揚之

水傳觱觱也

觱沸檻泉言采其芹〔傳〕觱沸泉出貌檻泉正出也君子來朝言觀其旂其旂淠淠鸞聲嘒嘒〔傳〕淠淠動也嘒嘒中節也載驂載駟君子所屆〔疏〕觱觱之隸變玉篇滭泉水出皃滭與觱通十月之交傳沸出也爾雅釋水濫泉正出正出涌出也傳明本也說文濫氾也引詩觱沸濫泉槃傳作滭沸濫泉字皆作濫今此詩及瞻卬皆作檻釋文正義引爾雅亦作檻檻假俗字箋云芹菜也可以為菹亦所用待君子也周禮芹菹鴈醢○淠淠泮水作茷茷出車傳旆旆旒坐見動者旒坐之意也古淠茷旆並聲同而義通鸞當作鑾嘒嘒猶噦噦庭燎鑾聲噦噦傳噦噦徐行有節也泮水鑾聲噦噦傳噦噦言其聲也亦言其聲中節也字或作噦噦或作鉞鉞曲禮釋文彗徐音雖醉反則彗聲讀同歲聲矣屆晏子諫上引詩作誠王念孫讀書襍志云晏子亦作屆今作誠者俗音亂之也屆者至也君子所屆者君子至也所語詞耳屆字以出為聲於古音屬至部其上聲則為旨部其入聲則為質部詩中用屆字者小雅節南山與惠戾闋為韻小弁與嘒淠寐為韻采菽與淠嘒駟為韻大雅瞻卬與疾為韻

赤芾在股邪幅在下〔傳〕諸侯赤芾邪幅幅偪也所以自偪束也彼交匪紓天子所予〔傳〕紓緩也樂只君子天子命之樂只君子福祿申之〔傳〕申重也〔疏〕諸侯赤芾邪幅與車攻諸侯赤芾金舃又侯人大夫以上赤芾乘軒句法一例幅偪也當作邪幅偪也各本奪一邪字正義云邪纏於足謂之邪幅故傳辨之云邪幅正是偪也是正義本有邪字可證內則云偪屨著綦詩謂之邪幅禮記則謂之偪故傳以偪釋邪幅也說文幅布帛廣也布帛廣施諸於纏足謂之邪幅鄭幅謂之偪取偪束之義故傳又申之云所以自偪束也又謂之徽說文云徽衺幅也衺與邪同鄭箋詩及注禮記內則杜注桓二年左傳皆謂之行縢此古今異名也○紓緩釋言文彼交匪紓荀子勸學篇引詩作匪交匪紓疑今本毛詩彼乃匪字之誤荀子云禮恭而後可與言道之方辭順而後可與言道之理色從而後可與言道之致故未可與言而言

讟之傲可與言而不言謂之隱不觀氣色而言謂之瞽故君子不傲不隱不瞽謹慎其身詩曰匪交匪紓天子所予此之謂也案匪與非同非不也交古絞字交傲一義桑扈彼交匪敖左傳引詩作匪交匪敖義同所云未可與言而言謂之傲也傳訓紓爲緩緩怠緩也所云可與言而不言謂之隱也不交傲不怠緩則體恭辭順色從矣君子如此宜爲天子所賜予毛義正同荀子韓詩外傳引詩彼交匪紓天子所予言必交吾志然後予箋云彼與人交接本韓詩申重釋詁文天子命諸侯而又重之以百福千祿也假樂烈祖傳並訓申爲重

維柞之枝其葉蓬蓬（傳）蓬蓬盛貌**樂只君子殿天子之邦**（傳）殿鎮也**樂只君子萬福攸同平平左右亦是率從**（傳）平平辯治也（疏）柞之枝喻外諸侯言此者興諸侯承順天子天子恩被優渥如柞葉之蓬蓬然盛也蓬蓬與芃芃聲相近○殿讀如臀與鎮聲相近釋文鎮本作塡古塡與鎮通樂只襄十一年左傳引詩作樂旨杜注云殿鎮也謂諸侯有樂美之德可以鎮撫天子之邦平平釋文引韓詩作便便爾雅便便辯也書大傳子辯下土使民平平古平便聲通傳云辯治當作治辯辯亦通作辨荀子儒效篇云分不亂於上能不窮於下治辨之極也詩曰平平左右亦是率從是言上下之交不相亂也毛傳正用師說又樂辱云脩正治辨矣而亦欲人之善已也王霸云出若入若天下莫不平均莫不治辨議兵云禮者治辨之極也正論云上宜明則下治辨矣又云治辨則易一禮論云君者治辨之主也成相云治辨上下貴賤有等明君臣凡此皆作治辨之證治辨左右者言天子治平上諸侯治平下辨別不亂平平然左傳引詩作便蕃便與辨同言辨別也蕃與緐同言緐亂也辯別緐亂謂之便蕃治辯謂之平平文異而義同也韓詩云便便閒雅之皃當亦是治辨之極之義思文傳率用也左傳作帥從謂諸侯之順從也亦發聲亦是率從與我是用憂我是用長句略相同左傳引此詩而釋之云夫樂以安德義以處之禮以行之信以守之仁以厲之而後可以殿邦國同福祿來遠人所謂樂也

汎汎楊舟紼纚維之（傳）紼繂也纚緌也明王能維持諸侯也**樂只君子天子葵之**

樂只君子福祿膍之【傳】葵揆也膍厚也優哉游哉亦是戾矣【傳】戾至也【疏】汎汎流兒爾雅
釋水汎汎楊舟紼縭維之紼繂也縭緌也傳所本也縭與纚通孫注云繂大索也
李注云繂竹為索所以維持舟者釋文引韓詩云筰也筰才各反索筰亦繩索之
名此當為紼之義釋文乃誤為纚注耳文選顏延年元皇后哀策文注引韓詩纚
繫也是纚為維繫之稱緌者冠纓下垂亦為繫也傳云明王能維持諸侯也者言
明王維持諸侯如紼之纚維楊舟以刺今幽王之不然也○葵揆釋言文揆者度
也古量度制度不分二音膍厚釋詁文釋文引韓詩作肶說文膍或作肶節南山
傳毗厚也毗與膍通揆厚者言天子揆度諸侯之德而厚予之以福祿也卷
阿篇優游爾休矣與此優游同戾至采芑小宛同至讀如君子至止之至

角弓八章章四句

角弓父兄刺幽王也不親九族而好讒佞骨肉相怨故作是詩也

騂騂角弓翩其反矣【傳】興也騂騂調利也不善紲檠巧用則翩然而反兄弟昏姻
無胥遠矣【疏】騂騂說文引詩作觲觲云用角低卬便也言一低一卬用角便易與
傳調利之訓合凡角長二尺有五寸角之中當弓之淵其輔弓之檠
短長與弓淵相埒考工記弓人言居角之過長者以終紲為比也弛則伏諸檠張
則去檠拂弓淵然後用之大射儀小射正授弓大射正以袂順左右隈上再下一
此即調利用弓之法翩者偏之假借傳云不善紲檠巧用則翩然而反者釋翩其
反矣句善葢繕之省紲亦檠也巧猶調利也弛不納諸弓檠用又不數摩弓淵其
必偏然而反說苑建本篇烏號之弓雖良不得排檠不能自任即其義也箋云興
者喻王與九族不以恩禮御待之則使之多怨也○昏姻因兄弟而推及之也正
月洽比其鄰昏姻孔云傳訓鄰為親親亦是由善兄弟而兼善昏姻以刺幽王之
不能兩詩意正同襄八年左傳晉范宣子來聘公享之季武子賦角弓昭二年晉
韓宣子來聘公享之韓子賦角弓季武子拜曰敢拜子之彌縫敝邑寡君有望矣
既享宴于季氏有嘉樹焉宣子譽之武子曰宿敢不封殖此樹以無忘角弓案此

兩引詩皆義取兄弟之國宜相親近箋云胥相也骨肉之親當相親信無相疏遠相疏遠則以親親之望易以成怨鄭亦但說兄弟以詩本言兄弟故昏姻得從略耳

爾之遠矣民胥然矣爾之教矣民胥傚矣（疏）箋云爾女女幽王也案此承上章胥遠而言遠遠兄弟教教民以相遠也傚古字作效白虎通義三教潛夫論班祿及羣書治要皆作效昭六年左傳叔向曰楚辟我衷若何效辟詩曰爾之教矣民胥效矣從我而已焉用效人之辟其字亦作效

此令兄弟綽綽有裕不令兄弟交相為瘉（傳）綽綽寬也裕饒也瘉病也（疏）此以民胥傚為此也爾雅釋言云寬綽也寬謂之綽故綽綽謂之寬又釋訓云綽綽緩也孟子公孫丑篇豈不綽綽然有餘裕哉趙注云豈不綽綽然舒緩有餘裕乎寬緩義相近傳裕饒下也字今補說文裕衣服饒也引申之則為凡饒之稱寬饒者能讓之謂也瘉病正月同交相為瘉斯不讓而已亾矣斯干篇兄及弟矣式相好矣無相猶矣箋猶當作瘉瘉病也鄭蓋本此詩

民之無良相怨一方受爵不讓至于已斯亾（傳）爵祿不以相讓故怨禍及之比周而黨愈少鄙爭而名愈辱求安而身愈危（疏）民之無良此即不令之兄弟亦下文受爵而不讓者也相怨一方序所謂骨肉相怨也漢書劉向傳上封事書下至幽厲之際朝廷不和轉相非怨詩人疾而憂之曰民之無良相怨一方後漢書章帝紀上無明天子下無賢方伯人之無良相怨一方此引詩以言怨之所聚即是爾教民效之意又說苑建本篇云民怨其上不遂亾者未之有也韓詩外傳亦云民皆居一方而怨其上不亾者未之有也釋詩以言交怨必致亾國與序刺幽王意合傳義當然也傳云爵祿不以相讓釋受爵不讓句云故怨禍及之者怨即彖上怨字禍及釋經已亾二字已謂已身

也亡謂惡棄也比周以下三句皆用荀子語以總釋無良相怨不讓已亡也荀子儒效篇君子務脩其內而讓之於外務積德於身而處之以遵道如是則貴名起之如日月天下應之如雷霆鄙夫反是比周而譽俞少鄙爭而名俞辱煩勞以求安利其身俞危詩曰民之無良相怨一方受爵不讓至于已斯亡此之謂也案俞古愈字元刻譽作與讀書䟽志以與爲黨與故荀子作與毛傳作黨也韓詩外傳云有君不能事有臣欲其忠有父不能事有子欲其孝有兄不能敬有弟欲其從令詩曰受爵不讓至于已斯亡言能知於人而不能自知也箋云民之意不獲當反責之於身思彼所以然者而怨之鄭本韓義○案首章言幽王之宜親九族兄弟無相怨棄二章卽承無胥遠矣句言幽王遠兄弟而人則傚之三章卽承民胥傚矣句言兄弟之不善遂相爲病四章卽承交相爲瘉句言兄弟生怨爵祿不讓將有喪家亡身之禍則予人以爵祿者宜早體察知之以諷動幽王耳以下五六兩章宜安待族人以刺幽不親九族而言七八兩章宜遠屏讒人以刺幽專好讒佞而言骨肉相怨由於不親九族之故不親九族又由於好讒佞之故

老馬反爲駒不顧其後(傳)已老矣而孩童慢之**如食宜饇如酌孔取**(傳)饇飽也(疏)傳以老釋老馬孩童釋駒釋文孩本亦作咳正義本作咳并引說文云咳小兒笑也孩咳字通後不先也言老馬而反視爲駒任之以勞不顧其不能先所謂慢也經言喻義傳則言其正義以明王者不可慢老人也故下文卽言養老之禮○古饇飫通用常棣飲酒之飫韓詩作饇說文飫燕食也飽猒也飫飽連言則饇飽同訓常棣以飫爲饇此又以饇爲飫也說文繫傳引詩正作飫孔取與宜饇對文宜孔皆語詞耳孔甚也甚取言取酌之多如食宜飽之如酌甚取之食飲飽醉正養老之事箋謂王有族食族燕之禮與傳同唯孔爲器孔之孔釋文引韓詩宜饇作儀饇云儀我也皆不謂語詞

毋教猱升木如塗塗附(傳)猱猨屬塗泥附箸也**君子有徽猷小人與屬**(傳)徽美也

(疏)猱猨屬正義云猱則猨之輩屬非猨也引義疏云猱彌猴也長臂者爲猨爾雅猱蝯善援說文亦作蝯出車傳塗凍釋也塗者以土之粉解帶水而言故傳訓

塗爲泥附之爲言祔也祔者合也傳訓附爲箸箸亦合箸也泥謂之塗以泥箸之謂之塗附上塗字虛下塗附連讀得義毋教猱升木如塗塗附此設喻二句一意與上章設喻亦二句一意同其例毋依全詩字例求之當作無無不也如而也猱喩不令兄弟列女傳母儀篇引詩以猱比公子州吁是其義也猱之性善登木而以泥附箸於木不教猱升以明王者宜與族人樂聞善道而連屬之也故下文正言其事○爾雅徽善也美善義相近猷當作猶猶道也君子有徽猷小人與屬此二句平列與上章末二句平列同其例君子小人指族人在位或不在位者言屬讀不屬于毛之屬

雨雪瀌瀌見晛曰消（傳）晛日氣也**莫肎下遺式居婁驕**（疏）瀌瀌疑詩本作麃麃後人加水旁耳韓詩外傳四荀子非相篇漢書劉向傳作麃麃曰作聿字通碩人鑣鑣盛皃載驅儦儦眾皃竝以麃聲得義則此麃麃爲雨雪眾盛也見晛合二字成義見謂日見非謂雪見日也釋文引韓詩作曣晛云日出也荀子作宴然廣雅曣燃熛也史記封禪書曣嗢有黃雲蓋焉漢書郊祀志作宴溫皆合二字成義荀書之宴韓詩之曣與毛詩之見皆謂日之初升天氣清明也說文無燃字火部然燒也然有氣煥之意毛韓之晛與荀書之然義皆同也傳但釋晛爲日氣不解見字疑有奪字當云見晛日出氣也則文義始備矣日氣初升而雪遂消卷阿傳惡人被德化而消卽此消字之義也韓詩外傳云上法舜禹之制下則仲尼之義以務息十子之說如是者仁人之事畢矣天下之害除矣聖人之迹箸矣又外傳云孔子曰聖士哉六人出小人匿聖者起賢者伏竝引此詩劉向上封事書君子道長小人道消則政日治故爲泰泰者通而治也亦引此詩鄭箋以雨雪消喩小人誅滅蓋用韓以申毛也○遺荀子作隧古遺隧音同說文旞或作䢦此其例北門傳云遺加也此遺字當亦訓加婁數也莫肎下遺式居婁驕言小人之行不肎卑下加禮於人唯數數驕慢好自用也箋亦謂小人不肎謙虛而驕慢義亦同荀子非相篇云人有三不祥幼而不肎事長賤而不肎事貴不肖而不肎事賢是人之三不祥也人有三必窮爲上則不能愛下爲下則好非其上是人之一必窮也鄉則不若偝則謾之是人之二必窮也知行淺薄曲直有以縣矣然而仁人不能推知士不能明是人之三必窮也人有此三數行者以爲上則必危爲下則必滅詩曰雨雪麃麃宴然聿消莫

宥下隧式居婁驕此之謂也荀子引
詩指小人而在位者說傳義正同

雨雪浮浮見晛曰流〔傳〕浮浮猶瀌瀌也流流而去也如蠻如髦我是用憂〔傳〕蠻南蠻也髦夷髦也〔疏〕浮浮瀌瀌一聲之轉江漢浮浮廣大也廣大亦衆盛意故云浮浮猶瀌瀌也禮記大學篇唯仁人放流之屛諸四夷不與同中國卽此流字之義也傳云流流而去也者爾雪因日氣而流以喩讒佞之去巷伯豈不爾受既其女遷傳遷去也亦謂去爲去讒人○爾雅釋地六蠻周禮職方八蠻在殷者蠻有六種在周者蠻有八種傳以蠻爲南蠻則髦爲西夷夷髦謂西夷之髦種也箋云髦西夷別名武王伐紂其等有八國從焉案今書牧誓作髳括地志云姚府以南古髳國之地有髳州原本方輿紀要云雲南楚雄府定遠縣唐爲髳州地天寶中没於南詔曰牟州牟與髦同音也顧祖禹方輿紀要其底稾原本多親筆更改與外流傳本頗有不同舊存在奐處韓詩外傳云出則爲宗族患入則爲鄉黨憂詩曰如蠻如髦我是用憂小人之行也又云今夫肢體之序與禽獸同節言語之暴與蠻夷不殊混然無道此明王聖主之所罪並引此詩箋今小人之行如夷狄而王不能變化之鄭亦用韓申毛也此末二章皆以刺幽王之好讒佞我是用憂我父兄也十月之交傳云親戚之臣心不能已

菀柳三章章六句

菀柳刺幽王也暴虐無親而刑罰不中諸侯皆不欲朝言王者之不可朝事也

有菀者柳不尙息焉〔傳〕興也菀茂木也上帝甚蹈無自暱焉〔傳〕蹈動暱近也俾予靖之後予極焉〔傳〕靖治極至也〔疏〕傳云菀茂木也疑也當作皃桑柔菀彼桑柔傳菀茂皃正月有菀其特小弁菀彼柳斯箋竝訓菀爲茂釋詞云不語詞不尙尙也案息者休也茂然之柳木人可以休息之興者以喩王者之朝諸侯願往之一二章同末章皀傳于天喩諸侯之朝天子○上帝

厲幽王也蹈卽妯悼之假借蹈與妯爲聲近鼓鍾憂心且妯傳妯動也妯謂之動蹈亦謂之動蹈又與悼爲聲轉檜羔裘中心是悼傳悼動也悼謂之動蹈亦謂之動箋蹈讀曰悼是也傳云動者猶亂也眾經音義卷五引詩上帝甚陶陶變也此三家義動與變義相近暱近爾雅釋詁文此章無自近言無自近亂也下章無自病言無自取病也皆謂幽王暴虐不可朝事廣雅暱病也王念孫疏證云訓暱爲病當本之齊魯韓詩與案三家詩暱瘵同訓病上下章一律毛傳例不一律而辭有互足義有互明故訓暱爲近與訓瘵爲病訓不同而意無不同王以毛傳訓近爲非則失之矣釋文云俾本作卑後皆同卑使也末章曷予靖之曷訓害使爲致使納於刑罰則是害也靖治釋詁文治謂治其罪也後予極與後予邁同義邁者行也傳訓極爲至至當讀如君子至止之至言恐致治我罪我是以後至不欲朝事也

有菀者柳不尚愒焉（傳）愒息也上帝甚蹈無自瘵焉（傳）瘵病也俾予靖之後予邁焉（疏）上章不尚息焉此章不尚愒焉民勞三章迄可小息四章迄可小愒愒與息同義故傳竝訓愒爲息也○瘵病釋詁文瞻卬士民其瘵傳亦云瘵病也韓詩外傳載荀子賦曰璇玉瑤珠不知佩襍布與錦不知異閭娵子都莫之媒嫫母力父是之喜以盲爲明以聾爲聰以是爲非以吉爲凶嗚呼上天曷維其同其下引詩曰上帝甚蹈無自瘵焉案外傳引詩以證聽明是非吉凶悉皆顛亂與毛詩訓蹈爲動字異而意同荀子賦篇不引詩而楚策載荀子賦其下亦引詩曰上天甚神無自瘵也王念孫讀書襍志云外傳每章之末必引詩爲證若戰國策則無此例也後人取外傳附益之耳引詩上帝作上天因與上文嗚呼上天相涉而誤神者蹈之壞字瘵焉作瘵也亦是傳寫之誤案王說是也高誘注楚策已從誤本詩考入異字異義條下

有鳥高飛亦傅于天彼人之心于何其臻曷予靖之居以凶矜（傳）曷害矜危也（疏）于何其臻潛夫論賢難篇作于何不臻箋云臻至也彼人斥幽王也幽王之心於何所至乎言其轉側無常人不知其所屆疑箋所據經其作不古害曷聲同通假

其字作舄其義爲害此謂假借也長發傳同害言賊害也居猶其也語詞廣雅矜危也本傳訓凶危言凶桀危險也

都人士五章章六句

都人士周人刺衣服無常也古者長民衣服不貳從容有常以齊其民則民德歸壹傷今不復見古人也（疏）後箋云據箋正義此序當作周人刺服無常也服上無衣字

彼都人士（傳）彼彼明王也狐裘黃黃其容不改出言有章行歸于周（傳）周忠信也

萬民所望（疏）傳云彼彼明王也者下泉序明王賢伯對稱明王爲周之先王也周禮小都鄉之采地大都公之采地及王子弟所食邑外諸侯入爲天子大夫亦食邑於都謂之鄉士詩言萬民所望者天子曰兆民諸侯曰萬民縣內諸侯與畿外同也又三章言充耳琇實與淇奧二章充耳琇瑩同二傳訓美石義亦同彼衛武公入爲天子卿士之服此都人士同有是服則其爲王朝大夫與古明王共有長民之責者正義以都人士目爲庶人誤也○狐裘黃黃狐黃裘也白虎通義衣裳篇天子狐白諸侯狐黃大夫狐蒼士羔裘然則諸侯狐黃裘矣論語鄉黨黃衣狐裘禮記玉藻狐裘黃衣以裼之此黃衣爲裼衣郊特牲黃衣黃冠而祭此黃衣爲蜡祭之衣鄭注合爲一事金榜已辨之其緇衣注云黃衣則狐裘大蜡之服也詩人見而說焉然蜡祭國人皆與故黃衣黃冠爲庶人祭服與詩義不合箋云冬則衣狐裘黃黃然取溫裕而已黃黃爲形容狐裘之色狀不指蜡祭此說得之○襄十四年左傳君子謂子囊忠君薨不忘增其名將亦不忘衛社稷可不謂忠乎忠民之望也詩曰行歸于周萬民所望忠也左引詩以明子囊之忠其實忠信必連言而義始備傳釋周爲忠信正本左傳皇皇者華傳忠信爲周本國語楚語云民事忠信是其義也禮記緇衣篇子曰長民者衣服不貳從容有常以齊其民則民德壹詩云彼都人士狐裘黃黃其容不改出言有章行歸于周萬民所望鄭注云此詩毛氏有之三家則亡正義引服虔左傳注云此逸詩也今韓詩實無此首章時三家列於學官毛詩不得立故服以爲逸

彼都人士臺笠緇撮(傳)臺所以禦暑笠所以禦雨也緇撮緇布冠也彼君子女綢直如髮(傳)密直如髮也我不見兮我心不說(疏)汪龍詩異義云南山有臺疏及文選謝玄暉臥病詩注引此傳云臺所以御雨又無羊傳袲所以備雨笠所以御暑則毛公本臺爲御雨笠爲御暑此傳暑雨字正是後人轉寫誤倒笠本以禦暑而亦可禦雨故良邦傳曰笠所以禦暑雨案汪說是也南山有臺傳臺夫須臺皮可以爲袲因之御雨之物卽謂之臺此傳臺御雨無羊傳袲備雨則臺卽袲矣臺與笠明是二物箋云臺夫須也以臺皮爲笠鄭以臺笠與緇撮對語合爲一物矣又案無羊篇爾牧來思何袲何笠牧人何袲笠則臺笠不專屬庶人郊特牲大羅氏天子之掌鳥獸者也諸侯貢屬焉草笠而至尊野服也鄭注云諸侯於蜡使使者戴草笠貢鳥獸也詩云彼都人士臺笠緇撮鄭或本三家詩緇爲緇布冠撮卽所以固緇布冠之物傳渾言以釋之而學者皆不得其撮字之義儀禮士冠禮緇布冠缺項青組纓屬于缺緇纚廣終幅長六尺鄭注云缺讀如有頍者弁之頍緇布冠無笄者著頍圍髮際結項中隅爲四綴以固冠也項中有緬亦由固頍爲之耳今未冠笄者著卷幘頍象之所生也滕薛名蔮爲頍屬猶著纚今之幘梁也終充也纚一幅長六尺足以韜髮而結之矣喪服注云首經象緇布冠之缺項案此缺項之制也缺在項故謂之缺項詩之撮卽儀禮之缺缺爲固冠之物撮亦固冠之義莊子寓言篇向也括撮而今也被髮道藏本陳景元音義有撮字各本奪撮卽詩之撮也人閒世篇會撮指天崔譔云會撮項椎也司馬彪云會撮髻也古者髻在項中脊曲頭低故髻指天也失宗師篇句贅指天李頤云句贅項椎也其形似贅言其上向也葢贅卽撮也又淮南子精神篇燭營指天高誘云燭陰華也營其竅也燭營讀曰括撮也括與會通故會髮卽括髮其固緇布冠之物是謂之缺亦謂之撮缺從夬聲撮從最聲古音正同撮者本字缺者假借字儀禮之缺項缺當讀如臺笠緇撮之撮鄭注缺讀如有頍者弁之頍毛傳以頍爲著弁之皃則不爲固冠之物名矣緇布冠爲三加之始冠諸侯有繢緌諸侯以下無繢緌以緇布冠爲常服其猶大古冠布之遺與○傳讀綢爲周故釋綢爲密說文周密也杜注昭二十年左傳周密也周謂之密凡從周得聲字皆可謂之密說文㐱稠髮也鬒髮多也稠鬒竝有密義密直如髮言

其髮之𪧐直如猶而也與四章云彼君子女卷髮如蠆意同箋讀如爲比方之詞

彼都人士充耳琇實（傳）琇美石也**彼君子女謂之尹吉**（傳）尹正也**我不見兮我心苑結**（疏）琇當作璓璓美石詳淇奧篇實者充耳之皃尹正爾雅釋言文王肅云尹吉正而吉也案吉善也上章云彼君子女綢直如髮下章云彼君子女卷髮如蠆上下章皆言容之美此章言其德之美也○苑依釋文正義皆作菀徐音鬱正月菀音同素冠云我心蘊結兮菀結即蘊結也

彼都人士垂帶而厲（傳）厲帶之垂者**彼君子女卷髮如蠆我不見兮言從之邁**（疏）古厲烈聲相通爾雅烈餘也烈謂之餘厲亦謂之餘垂帶而厲即下章言匪伊垂之帶則有餘也傳云厲帶之垂者毛正讀厲爲烈矣帶之垂者爲大帶高注淮南氾論傳帶大帶引詩垂帶若厲是也箋而亦如也而厲如鞶厲也鞶必垂厲以爲飾厲字當作裂內則注鞶小囊盛帨巾者男用韋女用繒有飾緣之則是鞶烈與詩云垂帶如厲鄭讀厲爲鞶裂之裂義或本三家詩桓二年左傳鞶厲依鄭讀亦爲鞶裂上文云帶裳幅舄則鞶厲疑非帶謂左傳鞶厲爲鞶裂則可謂詩之厲爲鞶裂則不可詩但言厲不得增入鞶字也卷阿傳卷曲也箋云蠆螫蟲也尾末揵然似婦人髮末曲上卷然鄭亦訓卷爲曲也禮記襍記下女雖未許嫁年二十而笄禮之婦人執其禮燕則鬈首注既笄之後去之猶若女有鬠紒也鬈與卷同○言猶云也我不見兮言從之邁從之邁也下章我不見兮云云何盱矣何其盱也何人斯傳云云言也是云言同義故言與云亦皆爲語詞

匪伊垂之帶則有餘匪伊卷之髮則有旟（傳）旟揚也**我不見兮云何盱矣**（疏）引王之釋詞云匪彼也言彼帶之垂則有餘彼髮之卷則有旟也猶上文言彼都人士垂帶而厲彼君子女卷髮如蠆也說者訓匪爲非失之矣傳訓旟爲揚旟猶舉也說文云揚飛舉也箋云旟枝旟揚起也枝即榰字言髮之揚起如榰旟也說稍異○卷耳傳云盱憂也言憂傷之深也此即序傷今不復見古人之意

采綠四章章四句

采綠刺怨曠也幽王之時多怨曠者也

終朝采綠不盈一匊(傳)興也自旦及食時爲終朝兩手曰匊予髮曲局薄言歸

沐(傳)局卷也婦人夫不在則不容飾(疏)綠讀爲菉假借字也楚辭注引詩終朝
采菉淇奧傳云綠王芻自旦及食時爲
終朝㷀㷀同兩手曰匊椒栁同興者怨曠之人自旦及食時以采王芻而不滿
兩手以喻憂思之淺卷耳采采卷耳不盈頃筐傳憂者之興也義與此同○正
月局曲也卷阿卷曲也局卷竝有曲義傳云婦人夫不在則不容飾以釋予髮
曲局句也伯兮自伯之東首如飛蓬豈無膏沐誰適爲容傳婦人夫不在無容
飾義與此同薄言語詞
歸夫歸也沐沐髮也

終朝采藍不盈一襜(傳)衣蔽前謂之襜五日爲期六日不詹(傳)詹至也婦人五

日一御(疏)說文藍染青艸也衣蔽前謂之襜爾雅釋器文說文襜衣蔽前段注
云此謂衣非謂蔽厀也引申之凡衣或曰襜褕或曰襜襦皆取蔽義
案段氏說甚精詩人言欲以襜盛藍與以衽納芣苢其事相同芣苢傳袺執衽
也襭扱衽也衽屬裳之兩旁而襜則其在前者也碩人傳嫁則錦衣加褧襜褧
襜猶衣裳爾雅毛傳釋詩竝云衣蔽前正謂其裳之蔽前者耳釋名裳障也以
自障蔽也古者衣皮先知蔽前蔽厀乃其遺象不得謂蔽前卽蔽厀明甚○詹
至釋詁文方言亦云詹至也閟宮傳同婦人五日一御禮記內則文上章言望
夫之歸此章言夫不至因念及夫在進御之情故傳文先釋不詹爲不至再釋
五日之義五日六日連而及之非行役過六日便生怨曠正義引孔晁云行役
過時而以六日不至爲過期之喻非止六日是也又王肅云五日一御大夫以
下之制案下章云之子于狩之子于釣之子爲行役之君子其非庶人可知綢
繆傳大夫一妻二妾是有正寢一小寢二夫婦恆居不必同寢五日一御禮或

宏然內則云妾雖年老未滿五十必與五日之御禮記言妾不言姪娣明是大夫以下之制也鄭以五日爲諸侯制非大夫以下婦人進御之日限其注禮記以五日配諸侯九女至箋詩乃依傍月令小正采藍當在五月故以五日六日爲五月之日六月之日俱於經義未當後漢書劉瑜傳且天地之性陰陽正紀隔絕其道則水旱爲幷詩云五日爲期六日不詹怨曠作歌仲尼所錄此亦言怨曠者舉近以喻遠也

之子于狩言韔其弓之子于釣言綸之繩（疏）韔弓弢弓也郭注釋草綸今有秩嗇夫所帶糾青絲綸是綸有糾合之稱綸之繩與韔其弓對文之猶是也之子狩歟則弢其弓之子釣歟則糾是繩言皆語詞此婦人思夫之不在而設想之如此下章又因釣而申說之耳皆爲怨曠之詞非爲悔不從夫往狩往釣而爲之韔弓綸繩也

其釣維何維魴及鱮維魴及鱮薄言觀者（疏）觀釋文引韓詩作覩

黍苗五章章四句

黍苗刺幽王也不能膏潤天下卿士不能行召伯之職焉（疏）召伯召穆公虎也申伯封謝召伯述職詩陳古以刺今

芃芃黍苗陰雨膏之（傳）興也芃芃長大貌**悠悠南行召伯勞之**（傳）悠悠行貌（疏）天有陰雨膏澤百物興者以喻古賢伯承順王者之恩施膏潤天下亦如陰雨之膏黍苗芃芃然長大也襄十九年左傳范宣子賦黍苗季武子興再拜稽首曰小國之仰大國也如百穀之仰膏雨焉若常膏之其天下輯睦豈唯敝邑晉語子餘使公子賦黍苗子餘曰重耳之仰君也若黍苗之仰陰雨也若君實庇陰膏澤之使能成嘉穀薦在宗廟君之力也此兩引詩並以古賢伯起興○悠讀爲攸說文攸行水也引申之義凡行皆曰攸竹竿傳滺滺流皃滺即攸之隸變義正相近南謝在

周南也申伯封謝則悠悠然行能建國親族此卽膏潤天下之意也勞勤也召伯勞之鄉士述職也箋以悠悠爲徒役衆多然將徒役而往營謝未免擾動兵衆不中時務嵩高詩但言因謝作庸也

我任我輦我車我牛〔傳〕任者輦者車者牛者**我行既集蓋云歸哉**〔疏〕我任我申伯也任者箋云有負任者輦者箋云有輓輦者輦詳車攻篇車者箋云有將車者正義以爲大車云此轉運載任則是大任以駕牛者也牛者箋云有牽傍牛者正義引秋官罪隸凡封國若家牛助爲牽傍又引地官牛人凡軍旅行役共其兵車之牛與其牽傍以載公任器牽傍在轅外不與將車同也箋主召伯營謝轉餫則牛爲封國牽傍之牛罪隸之所助者今細繹傳指二章三章皆敍申伯入謝牛卽軍旅行役所牽傍之牛當爲牛人之所共者正義據罪隸以申明箋說是已至傳與箋不同孔氏尚未能明也傷當作傷說文彳部傷附行也つ集就猶成也蓋讀爲盇爾雅曷盇也曷謂之盇盇又謂之曷蓋亦謂之曷蓋云歸哉曷云歸哉也蓋云歸處曷云歸處也歸歸于謝也晉語重耳若獲集德而歸載使主晉民成封國其何實不從韋注云集成也載祀也集德歸載正以釋詩集歸之義歸爲歸謝明矣嵩高云申伯還南謝于誠歸

我徒我御我師我旅〔傳〕徒行者御車者師者旅者**我行既集蓋云歸處**〔疏〕徒行者御車者徒御對文則徒爲徒行御爲御車也徒行者謂小人也御車者謂君子也上章任輦車牛是言申伯遷謝任載之事下章徒御師旅是言申伯入謝從行之衆皆就申伯一邊說嵩高云以峙其粻式遄其行卽此上章之義也又云既入于謝徒御嘽嘽卽此下章之義也彼傳云徒御嘽嘽徒行者御車者嘽嘽喜樂也此徒御卽嵩高之徒御故兩傳訓同師者旅者以釋經之師旅有爲師者有爲旅者謂是從入謝之官師與泛言師旅爲衆者異也王引之左傳述聞云經傳言師旅者有二義一爲士卒之名小司徒五卒爲旅五旅爲師是也一爲羣有司之名宰夫掌百官府之徵令辨其八職一曰正掌官灋以治要二曰師掌官成以治凡三曰司掌

官瀆以治日四曰旅掌官常以治數是也襄十四年傳今官之師旅無乃實有所闕以攜諸侯晉語陽有夏商之嗣典有周室之師旅樊仲之官守焉皆謂掌官成官常者官之師旅猶言羣有司也周室之師旅卽官守也蓋樊仲之官守所守者嗣典也其官則師旅也三句一貫故下文但曰其非官守也其大小之差則旅卑於師師又卑於正故八職師旅在正之下成十八年傳師不陵正旅不偪師言小不加大也襄二十五年傳百官之正長師旅先正長而後師旅也楚語天子之貴也唯其以公侯爲官正而以伯子男爲師旅言公侯之統伯子男猶官正之統師旅也乃杜注師不陵正旅不偪師曰師二千五百人之師也旅五百人之師也注官之師旅曰師旅之長注百官之正長師旅曰師旅小將帥也韋注伯子男爲師旅曰帥師旅也皆不知師旅爲羣有司之名而誤以爲帥師旅者夫帥師旅者豈得遂謂之師旅乎至韋注周室之師旅曰周室之師衆則又誤以爲人衆之名矣與案此箋解師旅謂五百人爲旅五旅爲師引春秋傳君行師從卿行旅從其誤正與杜注左傳韋注國語同此是申伯入謝不必盛言兵衆嵩高傳以徒御爲虎賁又王命傳御遷其私人傳御治事之官也私人家臣也傳御私人亦卽在徒御師旅之中則此師旅非兵衆可知鄭箋以徒御師旅皆謂召伯之士卒與毛傳不同義二千五百人爲師則傳不得稱之曰師者矣五百人爲旅則傳不得稱之曰旅者矣正義依箋申傳失之

肅肅謝功召伯營之（傳）謝邑也烈烈征師召伯成之（疏）小星肅肅宵征傳云肅肅疾皃嵩高傳謝周之南國也此云謝邑也者謝在周爲南國之邑周宣王徙封申伯於謝邑而召伯往營成之嵩高云于邑于謝南國是式又云登是南邦世執其功傳功事也兩功字義同烈烈讀如如火烈烈征行也師衆也襄二十七年左傳鄭伯享趙孟于垂隴子西賦黍苗之四章趙孟曰寡君在武何能焉言不敢受召伯之任也

原隰既平泉流既清（傳）土治曰平水治曰清召伯有成王心則寧（疏）原隰既平則土治矣泉流既清則水治矣故云土治曰平水治曰清此以喻治之有本也說苑建本篇夫本不正者末必倚始不盛者終必衰詩云原隰既平泉流既清本立而道生是故君

子貴建本而重立始王宣王也寧安也

隰桑四章章四句

隰桑刺幽王也小人在位君子在野思見君子盡心以事之也（疏）唐石經初刻之下有也字羣書治要亦有也字今補

隰桑有阿其葉有難（傳）興也阿然美貌難然盛貌有以利人也既見君子其樂如何（疏）阿之爲言猗也淇奧傳猗猗美盛也古難儺通難之爲言那也釋文難乃多反其讀同那桑扈那傳那多也盛與多同義阿難連緜字萇楚曰猗儺那曰猗那聲義皆同也案此詩三章皆言隰桑有阿首章言有阿又言有難故傳分別以釋之云有以利人也者桑葉之美盛以利人與君子之德以庇陰人隰以言在野也小人在位則君子在野矣故詩人思欲見君子也○既見君子其樂如何既猶終也言君子在位有利人之德政故可樂也

隰桑有阿其葉有沃（傳）沃柔也既見君子云何不樂（疏）阿阿難也彖言阿難單言阿也沃古字作渶柔者亦是美盛之意

隰桑有阿其葉有幽（傳）幽黑色也既見君子德音孔膠（傳）膠固也（疏）幽黑色幽即黝之古文假借說文黝微青黑色也爾雅黑謂之黝玉藻注云幽讀爲黝○膠固爾雅釋詁文列女傳賢明篇引詩曰既見君子德音孔膠夫婦人以色親以德固姜氏之德行可謂孔膠也又韓詩外傳云夫習之於人微而著深而固是暢於筋骨貞於膠漆是以君子務爲學也亦引此詩膠訓爲固三家詩義同也

心乎愛矣遐不謂矣中心藏之何日忘之（疏）遐不謂矣禮記引詩作瑕不謂矣遐瑕古通用鄭注云瑕之言胡也謂猶

告也南山有臺篇遐不眉壽遐不黃耇遐不皆胡不也藏當作臧釋文作臧羣書治要作藏禮記釋文誤作艸頭藏云鄭解詩作臧善也王肅訓善其字亦當作臧中心臧之猶云中心好之耳案末章言君子事君之道序所謂思見君子盡心以事之也禮記表記子曰事君欲諫不欲陳孝經子曰君子之事上也進思盡忠退思補過將順其美匡救其惡故上下能相親也並引此詩襄二十七年左傳鄭伯享趙孟于垂隴子產賦隰桑趙孟曰武請受其卒章此賦詩以君子美趙孟趙孟但斷取忠君愛上之義故云請受卒章也皆與序合

白華八章章四句

白華周人刺幽后也幽王取申女以爲后又得褒姒而黜申后故下國化之以妾爲妻以孼代宗而王弗能治周人爲之作是詩也〔疏〕幽王立褒姒爲后在即位之四年五年中

白華菅兮白茅束兮〔傳〕興也白華野菅也已漚爲菅之子之遠俾我獨兮〔疏〕白華野菅爾雅釋草文舍人注云白華一名野菅郭注云菅茅屬通藝錄謂菅柔忍而茅脆以白華者爲蘆芑說詩東門之池篇野菅已漚曰菅猶紵麻作布曰紵故傳本爾雅既以白華爲野菅而又釋經菅兮之菅以爲已漚者之名也東門之池傳云漚柔也野有死麕傳云白茅取絜清也案詩凡八章皆各自爲興首章興義正義引王肅云白茅束白華以興夫婦之道宜以端成絜白相申束然後成室家也箋以菅喻申后茅喻褒姒菅柔忍中用更取白茅收束喻取申后更納褒姒與二章傳義不合則此章當從述毛爲長○箋云之子庶幽王也

英英白雲露彼菅茅〔傳〕英英白雲貌露亦有雲言天地之氣無微不著無不覆養也天步艱難之子不猶〔傳〕步行猶可也〔疏〕英英釋文引韓詩作泱泱潘岳射雉賦天泱泱以垂雲用韓詩也其

英假借字云露亦有雲者以釋白雲即露也御覽天部八引傳言天地之氣無微不著無不覆養也今本奪也字補淮南子主術篇云覆露照導普化無私義亦同也菅茅即冢上章言菅即白華茅即白茅正義云上既言王不以禮已失菅茅申束之義故因言菅茅之蒙養英英然白雲下露潤彼菅之與茅使之得長成以反興申后見黜菅茅之不如箋謂養彼可以爲菅之茅使與白華之菅相亂易則此章之菅與上章之白華不同恐非經恉○步行桑柔同中谷有蓷傳艱亦難也猶可陟岵同正義云王肅云天行艱難使下國化之以倡爲不可故也奐苞云天行艱難於我身不我可也如肅之言與上章不類今以奐爲毛說

滮池北流浸彼稻田(傳)滮流貌 嘯歌傷懷念彼碩人(疏)滮說文作淲水流皃从水彪省聲詩曰淲池北流許本毛不謂滮爲水名箋豐鎬之閒水北流正義云文王有聲箋豐在豐水西鎬在豐水東然則豐鎬之閒唯豐水耳池者下田畜水之處池引豐水亦北流也案孔說是也鎬京諸水唯豐爲大鎬京之水西承豐水北爲於渭池水即豐水鎬池其遺跡歟酈注水經渭水篇鎬水又北流西北注與滮池合水出鄗池西而北流入於鎬毛詩云滮流浪也而世傳以爲水名矣酈所據毛傳與今本異其云滮池水北流入鎬亦與古異浸彼稻田與上章露彼菅茅喻意同○嘯當依釋文作歗箋云碩大也妖大之人謂褒姒也申后見黜褒姒之所爲故憂傷而念之案鄭意篇中五我字皆指申后四章六章云維彼碩人實勞我心若碩人指申后則我心之我又屬何人矣衛風碩人爲夫人故此碩人爲褒姒后與夫人一也此鄭義也王肅孫毓不同於鄭

樵彼桑薪卬烘于煁(傳)卬我烘燎也煁烓竈也桑薪宜以養人者也維彼碩人實勞我心(疏)卬我匏有苦葉生民同我者我幽王也烘燎爾雅釋言文燎當作寮說文烘寮也詩曰卬烘于煁煁烓亦釋言文傳既本爾雅釋煁爲烓而又釋之爲竈也郭璞云今之三隅竈說文烓行竈也从火圭聲讀若同薪爲吹爨故云宜以養人言桑薪者明傳桑女功之所起是其義也傳先釋煁

而後爨桑薪者此逆辭爲訓之例宜以言不宜也正義云桑薪薪之善者宜以炊爨而養人今不以炊爨反燎於煁竈失其所也以興申后有德宜居王后之位而母養天下今不以當尊反黜爲卑賤非其宜矣

鼓鍾于宮聲聞于外〔傳〕有諸宮中必形見於外念子懆懆視我邁邁〔傳〕邁邁不說也〔疏〕傳云有諸宮中必形見於外韓詩外傳亦引此詩而釋之云言有中者必能見外也箋云王失禮於內而下國聞知而化之王弗能治如鳴鼓鍾於宮中而欲外人不聞亦不可止○說文懆愁不安也从心喿聲詩曰念子懆懆正月傳懆懆猶慼慼也抑傳懆懆憂不樂也釋文云邁邁韓詩及說文竝作怖怖韓詩云意不說好也許云很怒也然則毛詩邁邁訓不說即爲怖怖之假借古怖邁聲同宣十二年公羊傳是以使君王沛焉何注云沛焉者怒有餘之貌沛亦怖之假借廣雅怖怒也

有鶖在梁有鶴在林〔傳〕鶖禿鶖也維彼碩人實勞我心〔疏〕說文鵚禿鵚也或作鶖李時珍本草綱目云禿鶖水鳥之大者也出南方有大湖泊處其狀如鶴而大青蒼色張翼廣五六尺舉頭高六七尺長頸赤目頭項皆無毛其頂皮方二寸許紅色如鶴頂其喙深黃色而扁直長尺餘其嗉下亦有胡袋如鶴鷁狀其足爪如雞黑色性極貪惡能與人鬬好啖魚蛇及鳥雛詩云有鶖在梁即此案鶖喻褒姒鶴喻申后鶖在梁得食魚鶴在林不得食魚以喻褒姒安享而申后窮困也

鴛鴦在梁戢其左翼之子無良二三其德〔疏〕鴛鴦傳云鴛鴦匹鳥又云戢其左翼言休息也言此者以喻夫婦之道各有配耦然後休息得所刺今之不然

有扁斯石履之卑兮〔傳〕扁扁乘石貌王乘車履石之子之遠俾我疧兮〔傳〕疧病

也疏斯猶其也有扁斯石言扁然其石也扁者器不圓也經言扁傳云扁扁扁爲乘石之皃正義謂上車履石之皃者誤也周禮隸僕王行洗乘石鄭司農注云乘石王所登上車之石也詩云有扁斯石履之卑兮謂上車所登之石仲師說正本毛傳王上車所登之石石曰乘石猶馬曰乘馬車曰乘路也李善注文選任彥昇進今上牋引尸子曰昔者武王崩成王少周公旦踐東宮履乘石假爲天子七年又見淮南子齊俗篇高誘注云人君升車有乘石也此皆乘石之證也士昏記婦升車法婦乘以几從者二人坐持几相對賈疏云王后則履石大夫諸侯亦應有物履之但無文今人猶用臺案履之卑猶小戎軫之淺皆便於上車之謂言王后出入與王同體也以反刺今王后之易位不得其宜上章與體皆用反興此亦然也箋以履卑喻申后見黜而卑賤非傳之指矣○底當依石經作疷釋文祁支反是也氏聲在支佳部故與卑爲韻傳訓疷爲病無將大車同

緜蠻三章章八句

緜蠻微臣刺亂也大臣不用仁心遺忘微賤不肯飲食教載之故作是詩也疏箋云微臣謂士也古者卿大夫出行士爲末介士之祿薄或困乏於資財則當睠䁔之幽王之時國亂禮廢恩薄大不念小尊不恤賤故本其亂而刺之

緜蠻黃鳥止于丘阿傳興也緜蠻小鳥貌丘阿曲阿也鳥止於阿人止於仁道之云遠我勞如何飲之食之教之誨之命彼後車謂之載之疏緜蠻雙聲禮記大學作緡蠻文選何晏景福殿賦王融曲水詩序注引韓詩章句緜蠻文皃傳云小鳥皃者毛意因以黃鳥喻微臣也曲阿釋阿不釋丘鳥止於阿以釋緜義人止於仁傳又以明經之興義也大學云子曰於止知其所止可以人而不如鳥乎鄭注引論語擇不處仁以明人亦當如鳥之擇處箋止謂飛行所止託也興者小鳥知止於丘之曲阿靜安之處而託息焉喻小臣擇卿大夫有仁厚之德者而依屬焉案此皆足以申成傳義○箋云後車倅車也

緜蠻黃鳥止于丘隅豈敢憚行畏不能趨飲之食之教之誨之命彼後車謂之載之

緜蠻黃鳥止于丘側豈敢憚行畏不能極飲之食之教之誨之命彼後車謂之載之〔疏〕箋云極至也

瓠葉四章章四句

瓠葉大夫刺幽王也上棄禮而不能行雖有牲牢饔餼不肯用也故思古之人不以微薄廢禮焉

幡幡瓠葉采之亨之〔傳〕幡幡瓠葉貌庶人之菜也君子有酒酌言嘗之〔疏〕經言瓠葉故傳云幡幡瓠葉皃卷伯傳幡幡猶翩翩也幡幡正偏反少嫩之時故又云庶人之菜也胡承珙後箋云傳以瓠葉爲庶人之菜者不過極言其物之微薄以見維其禮不維其物如蘋蘩蘊藻可以薦鬼神而羞王公之意未嘗以全詩皆言庶人之禮也鄭箋泥於傳意以君子爲庶人之有賢行者與序思古意不合又云孰瓠葉以爲飲酒之菹農功畢乃爲酒漿以合朋友與豳風箋瓠葉苦謂八月之時說亦不合案胡說是也七月篇言斷瓠作菹自在八月則采亨瓠葉其時尚早傳言菜者當是中鼎實之芼若荇蘩蘋藻皆謂芼爲菜此其義據當時庶人之禮或用瓠葉以爲芼傳必有依據而言之也楚語云庶人食菜楚茨傳云亨飪之也亨飪瓠葉以爲菜下三章三言兔首以爲所羞之肉皆是微薄之物行酌嘗獻酬之禮序所謂不以微薄廢禮也○嘗者主人未獻於賓先自嘗之也行葦箋云有醇厚之酒醴以大斗酌而嘗之而美故以告黃耇之人是主人固有先嘗之禮矣

有兔斯首炮之燔之〔傳〕毛曰炮加火曰燔君子有酒酌言獻之〔傳〕獻奏也〔疏〕兔首亦示微薄之意王肅孫毓述毛云唯有一兔頭耳案兔頭猶云牛三頭牛十二頭孔仲達誤解頭字致有空用其頭其肉安在之誚有兔斯首與有鶯其羽有捄其角句同斯猶其也古斯其同聲故二者皆爲語詞箋斯白也今俗語斯白之字作鮮齊魯之閒聲近斯有兔白首者兔之小者也此箋斯訓白王赫斯怒斯訓盡無獨斯畏斯訓離皆不本毛傳毛曰炮古日與爲通禮記禮運以炮鄭注云裹燒之也內則炮取豚若將封之刲之實棗於其腹中編萑以苴之涂之以謹涂炮之涂皆乾擘之注將當爲牂謹當爲墐案此即裹燒之說也說文炮毛炙肉也義與傳同加火曰燔禮運以燔注加於火上說文火部燔爇也爇燒也亦與傳同○燕禮記獻公曰臣敢奏爵以聽命是獻爲奏也昭元年左傳子皮戒趙孟趙孟賦瓠葉子皮遂戒穆叔且告之穆叔曰趙孟欲一獻子其從之及享具五獻之籩豆於幕下趙孟辭乃用一獻趙孟爲客後箋云此詩當是一獻之禮禮有獻有酢有酬而後一獻之禮終古者士禮一獻既夕禮注云士腊用兔

有兔斯首燔之炙之〔傳〕炕火曰炙君子有酒酌言酢之〔傳〕酢報也〔疏〕炕火曰炙正義云炕舉也謂以物貫之而舉於火上以炙之據孔所見傳當作抗火賓之初筵傳抗舉也舉肉加火是謂之炙生民傳貫之加於火曰烈烈即炙也禮運以炙注貫之火上是貫即抗也若依今本作炕火則炙與燔無別矣說文注亦以此傳炕爲俗字哀十五年左傳欒寧將飲酒炙未孰聞亂行爵食炙此飲酒用炙之證也○酢報楚茨同說文醋客酌主人也从酉昔聲今經典皆以酢爲醋矣酢者賓所以報主人之獻也故謂酢爲報箋云報者賓既卒爵洗而酌主人也行葦箋云客答之曰酢

有兔斯首燔之炮之君子有酒酌言醻之〔傳〕醻道飲也〔疏〕醻道飲道飲謂主人自飲復道客飲也箋

云主人旣卒酢爵又酌自飮卒爵復酌進賓猶今俗之勸酒說文云醻獻醻主人進賓也字或作酬

漸漸之石三章章六句

漸漸之石下國刺幽王也戎狄叛之荊舒不至乃命將率東征役久病於外故作是詩也(疏)箋云荊謂楚也舒舒鳩舒鄝舒庸之屬正義云又有舒龍謂之羣舒文十二年左疏云世本偃姓舒庸舒蓼舒鳩舒龍舒鮑舒龔漢書地理志廬江郡舒故國莽日昆鄉龍舒應劭注云羣舒之邑

漸漸之石維其高矣山川悠遠維其勞矣(傳)漸漸山石高峻武人東征不皇朝矣(疏)漸讀爲嶄假借字也繫傳引詩作嶄嶄說文嶄礹石也礹石山也連言之曰嶄礹或曰嶄巖上林賦嶄巖㠑嵳又曰巉巖高唐賦登巉巖而下望竝字異而義同節南山傳巖巖積石皃巖巖即礹礹漸漸即嶄嶄古嶄聲嚴聲同也傳云山石高峻疑峻下奪皃字玉篇嶄岩高峻皃或作嶃有皃字可證說文𡶴或作峻悠亦遠也勞勞苦也○武人謂將率也荊舒在鎬東東征者東征荊舒也舒爲荊之屬序云戎狄叛之荊舒不至乃命將率東征詩本爲用兵荊舒而作戎狄乃連而及耳箋以漸漸之石二句喻戎狄山川悠遠以下四句指荊舒而正義用王肅意以上四句爲征戎狄下二句征荊舒皆非經指皇暇也朝音朝夕之朝不皇朝猶言無暇日耳左傳云朝夕之不皇句義相同王肅述毛以爲不暇修禮相朝正義駁之是矣箋訓皇爲正言不能正荊舒使之朝王然與序役久病外不合恐亦非經恉何草不黃篇哀我征夫朝夕不暇以刺用兵之不息此刺征人役久爲病兩詩皆爲下國刺幽王其意一也

漸漸之石維其卒矣山川悠遠曷其沒矣(傳)卒竟沒盡也武人東征不皇出矣(疏)爾雅卒有四訓盡也已也終也旣也竝與竟義近而有別故傳於節南山之卒爲盡而於此卒爲竟竟猶窮也維其卒矣與維其高矣意同說文㓜終也

沒與㓜通傳云盡者言欲歷盡久長之道也亦維其勞矣之意○出猶行也

有豕白蹢烝涉波矣（傳）豕豬也蹢蹄也將久雨則豕進涉水波月離于畢俾滂沱矣（傳）畢噣也月離陰星則雨武人東征不皇他矣（疏）豕豬爾雅釋獸文當入釋畜錯簡在此今本豕下有子字爾雅述聞以爲涉上文豝子㹠而衍郭注云今亦曰彘江東呼爲豨皆通名邪疏引小爾雅云彘豬也其子曰豚大者謂之豝方言云豬北燕朝鮮之閒謂之豭關東西或謂之彘或謂之豕東楚謂之豨其子或謂之豚或謂之豯吳揚之閒謂之豬子案此其異名也爾雅四蹢皆白豥郭注云詩云有豕白蹢蹢蹄也郭本傳訓豕豬皆大名而四蹢白者又別其名曰豥也箋四蹢皆白曰駭則白蹄其尤躁疾者鄭亦以白蹢爲駭矣駭與豥同說文蹏足也蹄俗字白蹢涉波豕之性也烝進也傳云豕進涉水波以釋經義云將久雨釋文一本作天將雨案一本是也雨上又奪一大字耳正義本據傳文作天將大雨四字可證下箋云將有大雨亦豕傳言也傳蓋探滂沱句作訓也正義云毛以下經月離于畢爲雨徵類之則此亦雨徵也言役人遇雨之勞苦也孔說得毛恉矣詩言東征偕雨以況勞苦之情東山篇云我徂東山慆慆不歸我來自東零雨其濛亦此意也○離讀與麗同論衡說日及淮南子原道注引詩作麗盧令箋畢噣也彼正義引釋天噣謂之畢李巡云噣陰氣觸起陽氣必止故曰畢畢止也史記律書北至于濁濁者觸也言萬物皆觸死也故曰濁索隱引爾雅濁謂之畢今郭本作濁李本作噣噣濁其義皆與觸同也案小星傳五噣爲柳星此當依史記作濁讀爲觸爲正字仲尼弟子列傳集解引毛傳畢濁也釋文云本亦作濁此古本傳作濁之證孫郭爾雅注竝云掩兔之畢或呼爲濁因以名星其字亦皆作濁也傳云月離陰星則雨者正義云以畢爲月所離而雨是陰雨之星故謂之陰星是也畢西方宿實沈之次也書洪範篇月之從星則以風雨江氏聲集疏云漢書天文志云西方爲雨雨少陰之位也月失中道移而西入畢則多雨此則非鄭君說也依鄭君之說雨爲木氣畢西方金宿金克木木爲妃畢好其妃故多雨也志又云月失節度而妄行出陽道則旱風出陰道則陰

雨是亦一說也東北東南皆陽道西則陰道也毛傳云月離陰星則雨與志言出陰道相似也史記仲尼弟子列傳云孔子既殁弟子思慕有若狀似孔子弟子相與共立爲師師之如夫子時也他日弟子進問曰昔夫子當行使弟子持雨具已而果雨弟子問曰夫子何以知之夫子曰詩不云乎月離于畢俾滂沱矣昨莫月不宿畢乎他日月宿畢竟不雨有若無以應是滂沱爲多雨之證也奐案滂沱詩考引史記作滂池說文滂沛也初學記引說文池者陂也大雨沛然下來積水成陂是爲滂池新臺河水浼浼傳云浼浼平池也與此義同○他古作它

苕之華三章章四句

苕之華大夫閔時也幽王之時西戎東夷交侵中國師旅竝起因之以饑饉君子閔周室之將亡傷已逢之故作是詩也

苕之華芸其黃矣(傳)興也苕陵苕也將落則黃心之憂矣維其傷矣(疏)苕陵苕爾雅釋草文釋草又云黃華蔈白華茇舍人注云別華色之異名也箋云陵苕之華紫赤而繁列女傳孼嬖篇顏若苕之榮綦毋邃注云陵苕之草其華紫蘇頌本草圖經云紫葳陵霄花也初作藤蔓生依大木歲久延引至顛而有花其花黃赤夏中乃盛陶隱居蘇恭引郭云陵霄按今爾雅注無陵霄之說郭又謂苕爲陵時本草云今紫葳無陵時之名而鼠尾草有之乃知陶蘇所引是以陵時作陵霄耳陸機義疏苕一名陵時一名鼠尾似王芻生下溼水中七八月中華似今紫草郭從陸說案義疏與圖經不同奐在杭州西湖葛林園中見陵苕花藤本蔓生依古柏樹直至樹顛五六月中花盛黃色俗謂之卽陵霄花與圖經目驗合陵苕草類故爾雅入草部而本草繫於木部者以其蔓生木上故也黃華見於樹末其卽爾雅之黃華蔈者歟蔈者末也白華見於樹本故爾雅白華者爲茇華有黃白二種其紫者疑又一種也芸者秐之假借秐落也傳云將落則黃者黃爲蔫黃非其華黃也箋云興者陵苕之榦喻如京師也其華猶諸夏也故

或謂諸夏爲諸華華衰則黃猶諸夏之師旅罷病將敗則京師孤弱

苕之華其葉青青(傳)華落葉青青然如我如此不如無生(疏)華落葉青青然者意承上章而言上言華黃將落此言華已落但見葉青青然唐杕杜傳菁菁葉盛也假借字作青青箋云京師以諸夏爲障蔽今陵苕之華衰而葉見青青然喻諸侯微弱而王之臣當出見也傳華落箋華衰猶上章傳將落則黃箋華衰則黃不異義也正義謂箋易傳者非

牂羊墳首三星在罶(傳)牂羊牝羊也墳大也罶曲梁也寡婦之笱也牂羊墳首言無是道也三星在罶言不可久也人可以食鮮可以飽(傳)治日少而亂日多

(疏)爾雅羊牡羒牝牂傳所本也羊吳羊吳羊之牡者曰羒牝者則曰牂也魚藻傳頒大首皃墳頒聲同郝懿行爾雅義疏云羒蓋同墳言高大也牂猶牂牂言肥盛也今吳羊高大而肥盛詩曰牂羊墳首墳卽羒矣言牝羊而牡首故毛傳言無是道也桼郝說是也吳羊牡者多有角牝者無角雖有角而不能如牡之大墳首謂頭角之大正義云牂小羊而大首失之矣廣雅三歲曰牂則非小羊可知易林中孚云牂羊肥首君子不飽年飢孔荒士民危始古墳聲如肥墳首作肥首或本三家詩也罶詳魚麗篇箋云無是道者喻周已衰求其復興不可得也不可久者喻周將亡如心星之光耀見於魚笱之中其去須臾也○鮮少也經言人食少飽傳乃申明之云治日少而亂日多也

何草不黃四章章四句

何草不黃下國刺幽王也四夷交侵中國背叛用兵不息視民如禽獸君子憂之故作是詩也

何草不黃何日不行何人不將經營四方【傳】言萬民無不從役【疏】上章言黃下章言玄黃玄猶玄黃也爾雅玄黃病也卷耳傳馬病則玄黃馬病謂之玄黃草病亦謂之玄黃大戴禮用兵篇草木嫣黃嫣與玄疊韻玄與黃雙聲是合二字成義詩人偶分屬上下章耳詮首二章以草之病喻人之病末二章以兕虎芃狐喻軍旅之勞苦非以草黃草玄分說紀用兵之時也易林蒙何草不黃至末盡玄室家分離悲愁於心分說黃玄此非毛義○將行也傳云言萬民無不從役此總釋經義序所謂用兵不息也

何草不玄何人不矜哀我征夫獨爲匪民【疏】詩小學云鴻雁傳矜憐也菀柳傳矜危也何人不矜言夫人而危困可憐不必讀爲鰥詩敝笱鰥與雲韻在弟十三部菀柳矜與天臻韻何草不黃與玄民韻桑柔與旬民塡天韻在弟十二部漢人十二十三部合用多借矜爲鰥寡字而書堯典康誥無逸甫刑詩鴻雁孟子明堂章皆作鰥不假借矜字惟烝民作不侮矜寡則漢後所改而左傳昭元年引不侮鰥寡不畏彊禦固作鰥何人不矜當從本字非鰥之假借字也○箋云征夫從役者也

匪兕匪虎率彼曠野【傳】兕虎野獸也曠空也哀我征夫朝夕不暇【疏】傳以兕虎爲野獸芃狐爲小獸序所謂視民如禽獸也箋云兕虎比戰士也曠空雙聲曠野廣大之野白駒傳空大也廣雅疏證云匪彼也言彼兕彼虎則率彼曠野矣哀我征夫何亦朝夕於野而不暇乎猶下文云有芃者狐率彼幽草有棧之車行彼周道也

有芃者狐率彼幽草【傳】芃小獸貌有棧之車行彼周道【傳】棧車役車也【疏】芃小獸皃芃與濛一聲之轉對上章兕虎言故以狐爲小獸也箋云狐草行草止故以比棧車輂者伐木傳云幽深也周語野無奧草韋注云奧深也奧草賈逵本作冥草玉篇冥草深也說文冥幽也義竝同○周禮巾車士乘棧車庶人乘役車鄭注云棧車不革鞔而漆之役車方箱可載任器以共役是棧役本二車二車皆

無革輓故考工記輿人棧車欲弇亦統役車而言箋謂輂亦依役車任器者而言之也杕杜檀車幝幝傳檀車役車也與此同旣夕禮注今文棧作輚成二年左傳字作轏輚轏皆棧之異體說文云竹木之車曰棧鹽鐵論散不足篇古者椎車無柔棧輿無植蓋柔卽輪輮車輞也無輮謂無輞無植謂無輻或古者棧車無輻而輞亦不革輓歟

卷二十二終